本书为十三五国家重点出版物出版规划项目

本书 1—10 卷获中国人民大学 2016 年度"建设世界一流大学（学科）和特色发展引导专项资金"资助出版。

本书 11—13 卷获中国人民大学科学研究基金（中央高校基金科研业务费专项资金）项目（12XNL007）资助出版。

李　今 主编
刘　彬　张燕文 编注

汉译文学序跋集

第十三卷

1937—1938

上海人民出版社

本书编委会

致谢和说明

　　大约 1999 年，因为参与了杨义先生主编的《二十世纪中国翻译文学史》的写作，我进入了一个方兴未艾的研究新领域。在搜集爬梳相关文献史料的过程中，我深深感到汉译文学作品的序跋对于认识翻译行为的发生、翻译方法及技巧的使用，对于不同时期中国面向世界的"拿来"选择，对于中国知识界如何在比较融合中西文化异同中重建现代文化新宗的艰难探索，都具有切实而重要的历史价值和意义。同时也体会到前辈方家编撰的工具书与史料集，如北京图书馆编的《民国时期总书目》，贾植芳、俞元桂主编的《中国现代文学总书目》嘉惠后学的无量功德。于是，编辑一套《汉译文学序跋集 1894—1949》，助益翻译文学研究的想法油然而生。但我也清楚，这样大型的文献史料集的整理汇印，没有一批踏实肯干的学人共同努力，没有充足的经费支持是难以实施的。

　　2006 年，我从中国现代文学馆调到中国人民大学文学院，曾和院领导谈起我的这一学术设想。让我感动的是，孙郁院长当场鼓励说，你若能完成就是具有标志性的成果，不用担心经费问题。后来出任人大副校长的杨慧林老师一直对此项研究给予默默的支持。我的学术设想能够获得学校项目的资助，是与他们的关心和支持分不开的。我先后招收的博士生、博士后让我有幸和他们结成工作团队。师生传承历来都是促进学术发展的有效传统，我对学生的要求即我的硕士导师朱金顺先生、博士导师严家炎先生给予我的教诲：见书（实物）为准，做实学。只因适逢当今电子图书数据库的普及与方便，我打了折扣，允准使用图书电子复制件，但要求时时警惕复制环节发生错误的可能性，只要有疑问一定查证实物。即使如此，《序跋集》收入的近 3000 篇文章都是各卷编者罗文军、张燕文、屠毅力、樊宇婷、刘彬、崔金丽、尚筱青、张佳伟一本本地查阅、复印或下载，又一篇篇地录入、反复校对、整理出来的。为了找到一本书的初版本，或确认难以辨识的字句，他们有时要跑上好几个图书馆。为做注释，编者们更是查阅了大量的资料文献。尤其是崔金丽在编撰期间身患重病，身体康复后仍热情不减，重新投入工作。从他们身上，我看到作为"学人"，最基本的"求知""求真""求实"的精神品质，也因此，我常说我和学生没有代沟。

本套丛书虽说是序跋集，但所收录的文章并未完全局限于严格意义上的序跋，也就是说，我们编辑的着眼点并不仅仅在于文体价值，还注重其时代信息的意义，希望能够从一个侧面最大限度地汇集起完整的历史文献史料。考虑到对作家作品的评价往往保存着鲜明的时代烙印，译者为推出译作有时会采用理论、评论、文学史等相关论说，以阐明其翻译意图与译作价值，因而译本附录的作家评传及其他文章也一并收入。

鉴于晚清民国时期外国作家、作品译名的不统一，译者笔名的多变，编者对作家、译者、译作做简要注释，正文若有原注则照录。其中对译作版本的注释主要依据版权页，并参考封面、扉页、正文的信息撰写。由于晚清民国初期出版体制正在形成过程中，版权页著录项目并不完备，特别是出版部门尚未分工细化，发行者、印刷者、个人都可能承担出版的责任，因而，对出版者的认定，容易产生歧义，出现由于选项不同，同一版本录成两个版本的错误。为避免于此，遇有难以判断，或信息重要的情况，会以引号标志，照录版权页内容。《序跋集》按照译作初版的时间顺序排列，如未见初版本，则根据《民国时期总书目·外国文学》《中国现代文学总书目·翻译文学》，并参考其他相关工具书及著述确定其初版时间排序。但录文所据版本会于文末明确标注。经过编者的多方搜求，整套丛书已从450万字又扩充了近200万字，计划分18卷出版。为方便查阅，各卷都附有"书名索引"和"作者索引",终卷编辑全书"《序跋集》书名索引"和"《序跋集》作者索引"。其他收录细则及文字处理方式详见凡例。

经过六七年的努力,《汉译文学序跋集1894—1949》第三辑即将面世,我和各卷的编者既感慨万千,又忐忑不安。尽管我们致力为学界提供一套可靠而完整的汉译文学序跋文献汇编,但时间以及我们能力的限制,讹漏之处在所难免,谨在此恳切求教于方家的指正与补遗,以便经过一定时间的积累出版补编本。此外,若有任何方面的问题都希望能与我取得联系(中国人民大学文学院)。

本套大型文献史料集能够出版,万万离不开研究与出版经费的持续投入,谨在此感谢中国人民大学及文学院学术委员会对这套丛书的看重和支持;感谢中国人民大学2016年度"建设世界一流大学(学科)和特色发展引导专项资金"支持了1—10卷的出版经费;感谢中国人民大学科学研究基金(中央高校基金科研业务费专项资金)项目(12XNL007)资助编撰研究费用和11—18卷的出版经费;感谢科研处的沃晓静和侯新立老师的积极支持和帮助。另外,还要特别感谢每当遇到疑难问题,我不时要叨扰、求教的严家炎、朱金顺老师,还有夏晓虹、解志熙老师,我们学院的梁坤老师帮助校对了文中的俄语部分;感谢各卷编注者兢兢业业,不辞辛苦地投入编撰工作;感谢在编辑过程中,雷超、樊宇婷、刘彬事无巨细地承担起各种编务事宜。感谢屠毅力对《序跋集》体例、版式、文字规范方面所进行的认真而细心的编辑。

总之,从该项目的设立、实施,到最后的出版环节,我作为主编一直充满着感恩的心情,处于天时、地利、人和的幸运感中。从事这一工作的整个过程,所经历的点点滴滴都已化为我美好的记忆,最后我想说的还是"感谢!"

李今

凡　例

一、本书所录汉译文学序跋，起 1937 年，终 1938 年。

二、收录范围：凡在这一时段出版的汉译文学单行本前后所附序跋、引言、评语等均予以收录。作品集内译者所作篇前小序和篇后附记均予以收录。原著序跋不收录，著者专为汉译本所作序跋收录。

三、文献来源：收录时尽量以原书初版本或其电子影印件为准。如据初版本外的其他版本或文集、资料集收录的，均注明录自版次、出处。

四、编录格式：以公元纪年为单位，各篇系于初版本出版时间排序，同一译作修订本或再版本新增序跋也一并归于初版本下系年。序跋标题为原书所有，则直录；若原书序跋无标题，加"[ ]"区别，按书前为 [序]，书后为 [跋]，篇前为 [小序]，篇后为 [附记] 格式标记。正文书名加页下注，说明译本所据原著信息，著者信息，译者信息及出版信息等。若原著名、著者原名不可考，则付阙如。

五、序跋作者：序跋作者名加页下注，考录其生卒年、字号、笔名、求学经历、文学经历、翻译成果等信息。凡不可确考而参引其他文献者，则注明引用出处。凡不可考者，则注明资料不详。在本书中多处出现的同一作者，一般只在首次出现时加以详注。若原序跋未署作者名，能确考者，则加"（ ）"区别，不能确考者则付阙如。

六、脱误处理：原文脱字处、不可辨认处，以"□"表示。原文误植处若能确考则直接改正，若不能完全确考则照录，并以"[ ]"标出改正字。部分常见异体字保留，部分不常见字则改为规范汉字，繁体字统一为通行简体字。原文无标点或旧式标点处，则皆改用新式标点。

　　七、注释中所涉外国人名、书名，其今译名一般以中国大百科全书出版社中文版《不列颠百科全书》《简明不列颠百科全书》等为依据。

目　录

1937 年

《圣安东的诱惑》 [1]

《圣安东的诱惑》跋
李健吾 [2]

福楼拜用了二十五年来克服《圣安东的诱惑》给他的困难。他胜利了。这场胜利是光荣的,因为他收服了一个读者的读者,他自己。一个作家最大的胜利,不在读众的喝彩,而在自己的归顺。他的精神绥静,他的良心安宁。这是敌人,同时也是朋友,因而,不免带着一个和老伴儿分手的忧郁。看完定稿的校样,一八七四年二月七日,福楼拜向他的前辈女文豪桑·乔治报告道:

"这完了,我不再在上面用心了。《圣安东》于我成为一种回忆。然而我不瞒你,看看最后的校样,我有一刻钟的广大的忧

---

① 《圣安东的诱惑》(*Le Tentation de Saint Antonie*),长篇小说,法国福楼拜(Gustave Flaubert,1821—1880)著,李健吾译,"世界文库"丛书之一,上海生活书店 1937 年 1 月初版。

② 李健吾(1906—1982),山西运城人,笔名刘西渭,1925 年考入清华大学,先入中文系,后转入西洋文学系。文学研究会成员。1931 年赴法国巴黎现代语言专修学校,开始研究福楼拜。1933 年回国,任职于中华文化教育基金董事会编辑委员会,任教于暨南大学。抗战期间,在上海从事进步戏剧运动。另译有法国福楼拜《包法利夫人》《情感教育》、罗曼·罗兰剧本《爱与死的搏斗》及《契诃夫独幕剧集》《高尔基戏剧集》等。

郁。和一个老伴儿分手，本来也就难受。"

　　文字语言是种奥妙的组合。同样文字语言，我们多知道一点它们的根据，便可以多欣赏一点它们的意义。读到福楼拜的"这完了，我不再在上面用心了"，想起一生他在《圣安东的诱惑》上消耗的年月心力，我们立即感出他如释重负的轻适。但是，这不是说，作者的推敲斟酌，便是他才尽力拙的征候。所以，法盖 Faguet 以为《圣安东的诱惑》是作者最吃力最痛苦的创造，狄保戴 Thibaudet 立即回答他一句：C'est mal tombèr[①] 莫瑞 Middleton Murry 不聪明，临到一九二一年，冒冒然断定"他在文笔上最少操作的书——一个福楼拜式最小的限度却不就像别人的限度——是他最为人记忆的一本书。"[②] 他的意思是《包法利夫人》Madame Bovary。然而我们知道，一八五三年四月六日，正当从事《包法利夫人》的时节，福楼拜给他的女友写信道：

　　　　"《包法利夫人》引起我精神的紧张，《圣安东》连四分之一也不用。这是一个水闸；写的时候我唯有快乐，我一年半写成五百页，这一年半是我生平兴会最淋漓的时辰。"

　　福楼拜从一八四八年开始《圣安东的诱惑》，到次年九月，全书脱稿。这就是现今传世的一八四九年的初稿。他读给两位朋友，结局他们劝他扔到火里烧掉。他必须约束他过分发展的抒情倾向，于是对症下药，一位朋友向他建议，写一个俗不可耐的现实的故事。他接受了，这就是他的《包法利夫人》。但是，他痛苦，一八五二年六月，

---

① 参阅法盖的 *Custave Flaubert*（Hachatte）和狄保戴（新近去世）的 *Gustave Flaubert*（Gallimard）。——原注

② 参阅莫瑞的 *Gustave Flaubert* 一文，收在 *Countries of the Mind*（Collins）里面。——原注

开始写作的时候，他向女友去信比较二者道：

> "在《圣安东》里面，我和在自己的家一样。这里，我和在
> 邻家一样，所以我寻不见一点舒服。"

然而莫瑞先生，却以为《包法利夫人》的文笔最少人工气息。《包法利夫人》用了五年完成，《圣安东的诱惑》初稿用了一年半；一八五六年，他用了整整一个秋季修改，删成他骨瘦如柴的次稿；直到一八六九年六月，他重新拾起他的旧稿，整理成功他一八七二年的定稿，也就是我们现在译出来的《圣安东的诱惑》，中间除掉一八七零年普法之战避难的时日，和其他人世必有的消耗，只用了一年半的光景。从初稿到定稿的距离是二十五年，中间他完成了三部杰作：《包法利夫人》，《萨郎宝》Salammbô 和《情感教育》L'Education sentimentale，而不是用了二十五年来写了一本书。实际，对于《圣安东的诱惑》，福楼拜的操作不在文笔方面，更在一个全部的解决方案，一个适当的形体，犹如作者所谓一个线索。一八五二年一月十六日，他向女友去信，指摘早年《圣安东的诱惑》道：

> "我再也找不见这样热狂的文笔，像那一年半我的文笔。我
> 用了怎样一腔热血修削我项圈的珍珠！我只遗忘了一件事，就是
> 穿珠的丝线。"

所以，法盖的武断由于缺少材料，莫瑞的错误由于缺少同情。莫瑞以为没有更比"《萨郎宝》，《圣安东的诱惑》和《布法与白居谢》Bouvard et Pécuchet 那样内在空洞的作品"，我们无从指摘，因为我们推不倒一个人的存在和他的主见。每一个人有每一个人的主见，和其必然结果的爱恶。莫瑞把《圣安东的诱惑》看做内在空洞，但是另一

位批评家，新近去世的散慈玻瑞 Saintsbury，却特别加以推崇：

> "在作者的书中间，它最得我的喜爱；正如好些书，你可以
> 只为享乐来读它，或者把它看做一个研究的题目，随你高兴——
> 你要是聪明的话，你把你百分之五的注意用在后者，把你百分之
> 九十五的注意用在前者。"①

我们不是有意用散慈玻瑞纠正莫瑞，而是藉了这两个相反的例，
看一部书可以把两个高明的批评家带到怎样不同的极端。介乎二者之
间，像我们这样可怜的小读者，何所依从呢？让我们先再引来莫瑞一
段深刻的见解，做我们一个观察的根据：

> "两个魔鬼站在福楼拜和他的梦中间，'文笔'和'征信'
> truthfulness 二者之中，魔难他的更是'征信'。这把他驱往不可
> 置信的搜集材料的努力：——什么是他工作的真实？他要是问一
> 下，他会不得不答道：历史的真实，不是艺术的真实。然而他从
> 来没有把它们划分清楚。"

这段精微的指责的另一面，便是赤裸裸的

> "他得到更多的材料，然而没有更大的能力把握。"

福楼拜的《布法与白居谢》，我们晓得，是一千五百册参考书和
若干趟小旅行的结果。他自己说："我笔记的卷宗有八寸之高"，② 为什

---

① 参阅散慈玻瑞的 *History of the French Novel* 的下卷第十一章。——原注
② 一八八〇年一月，福楼拜致翟乃蒂夫人书。——原注

么他要这样耗费或者浪费自己？因为"要写这部书，我必须读许多我不知道的东西；化学，医学，农学。"① 唯其这部小说将是一册"滑稽的批评的百科全书"。② 我们没有多少理由责备福楼拜这样的工作者，正如我们没有多少理由责备那些一挥而就的天才。我们赞美后者，然而临到欣赏工作的成就，我们无所用其轩轾，一切只是五十步百步的程度上的差别。我们不问作者的汗血，我们得问他最后的目标。有的人在搜集材料上得到一种快乐，止于材料的搜集；犹如若干藏书家，藏书只为藏书。福楼拜不然。一切在他只是创造过程上必有的步骤，为了达到一个终极的更高的追求——艺术。他得鉴别什么材料合乎他的需要，他得造出他想象的氛围，吸进心灵，化成一片血肉，做为他创造的力量。他不是为了历史的真实而努力，而正是从历史的真实奔往艺术的真实。看来是二，其实是一。到了重要关头，必须有所依违的时节，福楼拜知道怎样牺牲历史，完成艺术的真实。在《萨郎宝》里面，他不惜歪扭事实，叫哈龙 Hannon 死在马道 Matho 的手心。在《希罗底》*Hérodia* 里面，他不惜提前请出叙里亚的总督维特里屋斯 Vitellius。让我们来看福楼拜自己的辩护。一八五七年八月，开始写作《萨郎宝》的时候，他向率斗 Feydeau 解释他的态度道：

　　"至于考古方面，只要或能就成。我的需要是，只求人家证明不出我的东西荒唐无稽。至于什么叫做植物学，满不在我的心上。凡是我所需要的树木花草，我全亲眼看过。

　　"而且，这还是次焉者，不关紧要。一本书也许充满了荒与谬；然而不见得因此，就不美丽。我知道，类似这种学说，如果接受下来，绝不会好，特别在法国，有的是冬烘学究。不过在相

① 一八七二年同月十八日，福楼拜致翟乃蒂夫人书。——原注
② 同上。——原注

反的倾向（可怜正是我的倾向）之中，我看见一种很大的危险。衣服的考究，使我们忘掉灵魂。五个月来，我读了九十八部书，写了一叠一叠的笔记；如果有三分钟，我的英雄的热情真正激动了我，哪怕只是三分钟，我也可以扔掉我的笔记。如今就有一种画派，因为太爱彭派伊 Pompéi，结果比吉罗岱 Cirodet 还要来得繁重 rocece。所以我相信，不可以爱，这就是说，应该不偏不倚地俯览一切的对象。”

福楼拜或许没有做到自己期许的地步。然而我看不出他这段话和莫瑞的见解有什么参池。如若福楼拜在材料上傻卖气力，临到艺术上，他并非绝对忽视适可而止。结束了《圣安东的诱惑》定稿，一八七三年六月十八日，他向翟乃蒂 Genettes 夫人去信道：

“关于圣安东，我一点也不想有所删削了。我弄够了它，现在我很可以不再睬理它了，因为我会毁坏全盘的。完美不属于这个世界。认命罢。”

唯其“完美不属于这个世界”，我们不能不同意泰尼 Taine 的指责，[1] 以为希腊的神祇不应当采用罗马的称呼，临尾的动植物未免太接近现代的生物学。一八七〇年七月八日，福楼拜给尚特比 Chantepie 女士去信，把《圣安东的诱惑》看做“一个四世纪亚力山太世界的戏剧的展览”。四世纪容不下现代的生物学，亚力山太是希腊后期文化的中心，不会采用罗马的称呼。然而这些节目，挡不住泰尼对于全书的颂扬：

---

① 　泰尼致福楼拜书，附在高钠书店的《圣安东的诱惑》后面。——原注

　　"我一口气读完了你，如今重新在读；从物质的观点来看，
这有趣，变化，一出神仙剧似地光采耀目。实际，这正好是我以
往所想的：一个隐士的头脑看到的第四世纪。唯其当时统治的人
物是神学方面的隐士，神学的梦想和机构是时代的大事，眼镜选
得正好。生理和心理的准备，非常之好；人家一看就知道你熟悉
幻觉的先兆和作用，这齿轮一样地交切而动。"

　　泰尼不愧是福楼拜的一位畏友。福楼拜有时诚然失之过分，然而
当他看对了的时节，他知道轻重，知道牺牲《圣安东的诱惑》初稿的
热狂和紊乱，达到凝结的艺术的效果。反对福楼拜的作品的，例如尼
采 Nietzsche，普鲁斯蒂 Proust，甚至于莫瑞，根本有所厌憎于他同他
作品里面所呈露的本质。莫瑞不明白古尔孟 Gourmont 对于福楼拜的
膜拜。然而，不像我们现今的作家，一言不投，便即一笔抹杀，他们
能够欣赏他在某一方面的造诣。比较没有偏见的散慈玻瑞，曾经指出
《圣安东的诱惑》的特点道：

　　"这种在台子上一掠而过的梦的进行，借着文笔的华丽传达
给读者；这种文笔的华丽，或许是第一件震撼他的事体；而且这
绝不走味。然而，如若不是立即，不久，任何真正批评的心灵一
定看到有些东西，不同于文笔，而更珍贵于文笔。这就是那卓绝
的能力——不见任何过分或者浪费的工作，而把梦的成分重现于
正确修洁和自由的叙述。"

　　我们并不预备替福楼拜回护过失，更不打算帮他的《圣安东的
诱惑》说话。我们也不想限定读者把百分之若干的注意用在阅读或
者研究的某一方面。因为这全不聪明，而聪明的倒是读者个别的感
受。如若第一件震撼读者的事体是作者的文笔，对着我这半生不熟

的翻译，中国读者一定立即感到失望。这太显而易见了，我正也无
所用其粉饰。然而另外一个困难，倒怕不出莫瑞所料，是时代和地
域的生疏。特别是中国读者，缺乏四世纪宗教的知识。我们不能根
据这种知识，领略《圣安东的诱惑》所形成的想象的活动的奇谲的
世界。

　　我们不得不借重注解。关于这方面，我们得感谢高钠 Louis
Conard 书店出版的福楼拜全集，在《圣安东的诱惑》三个稿本后
面，附录古伊涅拜 Guignebert 先生的考证和维洛路 Virolleaud 先生
的注释。小泉八云 Lafcadio Hearn 先生的英文译本偶而注明原来引据
的出处。不过遗憾依旧难以免掉。例如"赛莱福"，"嘉德放"，"阿
克萨"，"法勒芒"，等等，维洛路先生付之阙如，我们一样查不出
来。另如"以利沙"，维洛路先生疑是迦太基，我们证明是希腊以
东的岛屿。惜乎限于知识，时日和参考书，我们所补足的太渺不足
道了。

　　散慈玻瑞告诉我们，"这本书最近有一个例外地良好的翻译。"他
没有指明英文的译者和出版的地方。我们猜想是小泉八云的英文译
本。最近钱公侠先生根据他的英文译本重译，在启明书局出版，封面
嵌着"足本"两个大字。不幸的是小泉八云的英文译本经过删削。凡
作者大胆，过分，刺目的辞句，尤其是有伤基督教徒感情或者道德观
念的形容，小泉八云大致跳过不译。狄保戴以为作者在定稿"没有勇
气牺牲掉"的克乃皮士思，小泉八云完全删去。另一个英文译本也把
这一节抹掉。英文译本虽然如此，我们看不出中文译本有什么可忌讳
的必要，所以，为了保存原来面目起见，便照直全译出来。小泉八云
并非没有错误，最显然的，例如 hirondelles 译成 nightingales，volupté
surhumaine 译成 human pleasure；值得讨论的，例如 tout au fond, une
masse remue, comme des gens qui cherchent leur chemin. Elle est là! lls
se trompent. 小泉八云把 Elle est là 译成 She is there，另一个英文译本

译做 Here it is.[①] 但是，这些错误，大半由于疏忽，并不足以妨害小泉八云的英文译本是"一个例外地良好的翻译"。他的文章有风格，而且尤其是难能可贵的，是他相当保存原作高贵的气度和"文笔的华丽"。

钱公侠先生幸而依据小泉八云的英文译本重译，可以保存原作若干面目，而错误，一部分自然应由英文译本负责。实际，钱公侠先生很有他不可埋没的用心，例如，用佛经的体格翻译第五章佛的独白。他的成功是我的师法，他的失败是我的借鉴，我得感谢前人孤苦的经验。

凡见于官话《新旧约全书》的人名地名物名以及章句的引证，我这里一律采用。

我用的是高钠书店的版本。插图十六幅，选自福楼拜百年纪念全集《圣安东的诱惑》的插图。绘者为吉瑞欧 Pierre Girieud 先生。

关于《圣安东的诱惑》的参考书，重要的有：

1. *La Correspondance de Gustave Flaubert*（Louis Conard）

2. Ducamp：*Souvenirs littéraires*（Hachette）

3. René Descharmes：*Flaubert avant 1857*（Ferroud）

4. René Dumesnil：*Gustave Flaubert*（Deschée de Brouwer et Cie）

5. René Descharmes et René Dumesnil：*Autour de Flaubert*（Mercnre de France）

6. Louis Bertrand：*Gustave Flaubert*（Mercure de France）

7. Alfred Lombard：*Flaubert et Saint Antoine*（Editions Victor Attinger）

中文方面，请参阅译者的《福楼拜评传》（商务印书馆）。

译者　民国二十五年，九月二十九日。

——录自生活书店 1937 年初版

---

① 这里三个例子，散在第一章临尾各节。——原注

《书的故事》[①]

《书的故事》译者后记

胡愈之 [②]

　　一九三六年初夏，在印度洋船上颇为纳闷，就把伊林的《书的故事》，从 Ilo Venly 的法文译本，译成汉文。打算带回给小侄女序同，当作一件恩物。到了上海以后，才知道这一本小书，在国内已有了两种译本。我这一个译稿，自然更没有出版的必要了。

　　后来，偶然的机会，看到董纯才先生的译本，和我的译本，竟有许多不同的地方。这才又把张允和先生的另一译本买来比较。原来董张两先生都是根据英译本重译的，和我所根据的法译本，内容颇有出入。其中最重要的是英译本不见了那原书最后一章最末几段文字，另外却又在上篇第三章后面，加上了一个故事，是嘲笑黑人的愚蠢的。当初我就怀疑法文本翻译不忠实，就请张仲实先生用俄文原本核对。才知道法文译本是比较忠实的。英译本却把原作增删了许多地方。

　　这一些书本来是给孩子读的，我不明白英译本的译者，为什么不加声明，添上了一段牛头不对马嘴的故事，故意要替英美的儿童，造成一种蔑视有色人种的成见。而且英译本故意截去原书的尾巴，也不明白到底是为了什么。

---

① 《书的故事》（一名《白纸上写黑字》），儿童科学故事，苏联伊林（M. Ilin，1896—1953）著，胡愈之译，N. Lapshina 插图，上海生活书店 1937 年 1 月初版。

② 胡愈之（1896—1986），浙江上虞人。1912 年入杭州英语专科学校。1914年考入上海商务印书馆为练习生，自修日语、世界语。后流亡法国，入巴黎大学国际法学院学习，回国后与邹韬奋共同主持《生活》周刊，主编《东方杂志》。另译有俄国爱罗先珂《春日小品》及《枯叶杂记》等。

因此，为求忠实介绍苏联的青年读物起见，我就决定把这个译本重行印刷出版。并且请张仲实先生依照俄文本，加以校订，除了俄文本中对于中国文字了解的一些错误，加以删改外，自信和伊林的原作，已没有多少出入。

伊林说得不错："一本书都不是偶然的，因为书的生活断不能和人的生活分离。"从翻译上看来，也是如此。

译者　1936，1，7. 上海

——录自生活书店 1937 年初版

《台风及其他》[①]

《台风及其他》译者附记

（袁家骅[②]）

在康拉德底全部作品里，《台风集》底地位似乎特别重要。《台风》这篇故事，比起《黑水手》来，没有那么浓烈的浪漫气氛和抒情色彩，可是康拉德所特有的讽刺的幽默变得更轻快明朗，他所描写的剧景也更紧凑活泼。《台风》是个短篇故事，而《黑水手》是个小说，形式跟体裁多少受有限制，前者自然赶不上后者底丰富，可是单以艺术的完整而论，后者怕还比不上前者。《台风》故事证明康拉德底艺

[①] 《台风及其他》（*Typhoon，and other stories*），短篇小说集，英国康拉德（Joseph Conrad，1857—1924）著，袁家骅译，中华教育文化基金董事会编译委员会编辑，上海商务印书馆 1937 年 1 月初版。

[②] 袁家骅（1903—1980），江苏省沙洲县人，毕业于北京大学英文系。1937 年考取庚款，赴英国牛津大学默顿学院留学，学习古英语、古日耳曼语和印欧语比较语言学等。回国后任教于北京大学、西南联大，另译有英国康拉德《黑水手》《吉姆爷》、童话《老柳树》等。

术已经达到了成熟的程度。[1]

　　康拉德底风格在《台风集》里也开始渐渐地起了变化。他所运用的文字比早年更精审更凝炼，而没有显著的浮夸和矫强。尤其是读《阿媚·福丝特》能感得这种痕迹。[2] 要是把《阿媚·福丝特》，《福克》和《明朝》这三篇，跟《不安故事集》里的几篇，互相比较，细心的读者往往会发现康拉德底散文虽然始终同样地浓艳铿锵，富于诗意，可是早期的文字有时难免沉重累赘，往后才渐渐变得轻松灵活了。

　　有些批评家把康拉德底文章风格比拟海浪底节奏，雄浑壮阔，而浪漫的氛围补偿了他难免的单调。他底每个故事，每件作品，都"被海水底腥味渗透了，因为他就把那咸水当过生命底饮料的。"照他自己的告白："人们靠一种很专门的职业挣面包，总爱谈他们自己的本行，一则因为这在他们生涯里最富于浓烈生动的兴趣，再则因为他们对于旁的问题知道的不多。他们也实在没有功夫跟旁的问题打交涉。"其实，这位海员艺术家对于天文地理的知识是够渊博的，对于人世的经验也够深刻的，他替我们创造了一个灿烂的世界。在这个世界里各种各色的人物，可爱可憎可悲可喜的男男女女，都有的是。他对于海洋生涯以外的一切也并没露过外行的寒伧，他三句不离本行倒也从不乏味。

　　假使要从康拉德底全部作品里挑选最精华的一二篇，能以代表他二十年海洋生涯的结晶，依我看，只有《黑水手》同《台风》最为合格。这两篇题材相似，性质相近。康拉德自己也说过，如果可以按题目分类的话，《黑水手》和《台风》不妨说都是专写暴风雨之作。[3] 当然，这两个暴风雨不是一个模型里刻画出来的，而刻画的技巧也不一样。《黑水手》里的风暴好像一幅泼墨山水，沉郁、暗淡、迂缓，线条有些模糊，笼罩着一般悲剧的意味；而《台风》里的风暴俨似一个

①　参看 Mégroz：*Joseph Conrad's Mind and Method*，p.173。——原注

②　参看 Richard Curle：*Joseph Conard*，*a study*，p.181。——原注

③　见《康拉德短篇故事集》*Twist Land and Sea* 底"作者序言"。——原注

雕刻、鲜明、彩烈、迅疾，线条异常清晰，带有轻快的喜剧的精神。这个差异底主要原因大概是娜仙瑟使号上始终盘据着死神底阴影；南山轮上却有一只粉色蝴蝶飞舞在望台，海图室，机器间，过道，中舱……飞舞在整个的空间，仿佛天鹅绒似的黑暗里到处点缀着一星星明晃晃的光亮。那颠簸震荡的小小星球，无论是娜仙瑟使号或是南山号，被一个庄严神圣的巨人阿列斯笃船长或马克惠船长主宰着，我们虽听得整个宇宙底骚扰，一切星球运转时激狂的乐音，可是无限的和谐始终没有零乱或中断，因为这和谐是永远不会零乱或中断的，尽管它变化无常，有时舒徐，有时急迫。海洋自身就仿佛是一篇史诗底背景，而海员们——自船长以至每个平凡的水手，都是史诗里的英雄。

有些批评家把康翁底几个杰作——《黑水手》，《台风》，《吉姆爷》，和《瑙斯曲若谟》跟史诗比拟。只就"雄伟"说，这比拟自然是不错的。可是荷马和密尔敦底史诗里缺乏那种带有讽刺意味的幽默，所以我们还不如把这几部杰作比拟莎士比亚底悲剧，倒似乎更亲切些。讽刺幽默是近代小品文底特色。在康拉德底小说里，抒情写意和暗示哲理的部分往往就是小品文式的散文诗，而在创作性格和氛围的时候，才真正显得雄伟庄严。

康拉德刻画人物底性格，也同雕塑最接近。他底笔致似乎比刀刻还有力，人物底生命能在稀疏的字里行间搏动跳跃。他极端地忠于主观的感觉，却并没有扭曲客观的真实。照 E. M. Forster 底说法，我们很难把他底人物归入圆浑的（round）一类——悲剧里的脚色，或扁平的（flat）一类——喜剧意味的典型。阿里斯笃船长，马克惠船长，吉姆爷，福克，杨珂·顾拉尔，海格伯父子，都可以说是些感情的象征，孤立的灵魂，同时又毕真毕肖，有血有肉。至于女性，往往不如男性重要，可是就拿目前的《阿媚·福丝特》，《福克》和《明朝》三篇为例，女性底地位也并不次于男性。这三个故事里的女性很足以代表康拉德。Symons 说过，康拉德底女性大多是些无名的影子。可是影子底形成不能不有实体。一九○三年 George Gissing 给康拉德写信道：

> "可惊奇的是你那哑巴似的或近于哑巴似的妇女。你到底凭
> 借了什么本领，叫她们底灵魂能从沉默里说话呢？不但如此，整
> 个世界底灵魂仿佛都在替她们说话哪——说话的声音似乎就是那
> 使全世界变作一座鸣钟的，海底声音。"①

阿媚·福丝特，海尔芒底侄女，白西·卡维尔，都是带有象征意
味的性格。在她们，尤其是海尔芒底侄女，沉默似乎比人类的语言更
能表示灵魂底深处，更能给旁人深刻的感印。旁人好像要凝神倾听她
们那神秘的沉默，为她们惊讶颤震！沉默是她们唯一凄婉热烈而崇高
的语言！

要说明这些象征感情的性格，我们不妨拿《明朝》作例。船长
海格伯和造船匠卡维尔，都是鳏居的家庭暴君，一个被永远的希望
迷了心，"昧于真实性和盖然率"，一个瞎了眼，"昧于世界底光明与
美色"，所以时间和空间对于他们似乎并不存在。哈瑞·海格伯同白
西·卡维尔也形成了强烈的对照，哈瑞受不了他父亲底惨酷的疼爱，
浪迹天涯，从不担心明天的坟墓，白西则安于那地狱魔王底虐待，替
疯疯癫癫的海格伯船长逗趣，在昏暗里发现了昙花一现的美梦之后，
依然坠入无限的恐怖。生命只是嘲弄他们，人只是命运底玩具。这是
一出传奇的戏剧（Melodrama），浪漫而又悲哀。

康拉德写完《明朝》（一九○一），过了三年光景把这个故事编作
剧本（一九○四），题名《再过一天》，这在他可算是新鲜的尝试。《明
朝》底中心人物是海格伯船长，而《再过一天》底中心人物变作了白
西·卡维尔姑娘。《再过一天》在康拉德底三个戏剧里似乎是最好的

---

①　见 *Joseph Conrad's Mind and Method*，p.94。——原注

一个，但是我们觉得他这个尝试并没有多大的成功。他底小说虽然充满着动作，可是并没有严密的结构，（也许《瑙斯曲若谟》要除外），并且他太富于浪漫的梦想家底气质，他有太多的回忆、诗情、和哲学，所以他不跟写小说似的适于写戏剧。他曾批评 Galsworthy，以为 Galsworthy 写小说只是感情底自然流泻，出于本能，往往不加条理。[①]这话倘使应于他自己，我觉得还更确切些。Galsworthy 底戏剧跟他底小说是同样地成功的。在康拉德，抒情和绘画的特长却压倒了戏剧的倾向。可是要追问小说家康拉德为什么不能够成功一个戏剧家，就跟追问他为什么能写得这样好的英文，或者他为什么不用法文或波兰文写作，同样是不易解答的疑案。一个天才底特点和限制，我们只能看它结果底所在，却很难确定它原因底所在。

伦敦邓特公司（J. M. Dent & Son's LTD.）出版的康翁全集（The Uniform Edition），《黑水手》跟《台风集》原是印成一本的，所以我译完《黑水手》之后，接着就译《台风集》，去年初冬脱了稿。这次所费的时间比较经济些，主要原因是晋华帮了我许多忙，她替我校阅，替我腾 [誊] 写，使我底工作减轻不少。尤其是附录里的那个独幕剧《再过一天》，因为想译成比较自然点儿的北平话，得到她底帮助更多。但是这几篇译文里，我知道仍有许多生硬的地方，这当然得让我自己负责。倘有晦涩的地方，有的也许是我了解得不彻底，或译笔的不条畅，有的也许是康拉德底本来面目。只要晦涩并非是不可解，晦涩未尝不是一种风格底特点——说是缺点当然也可以。一种文字自有它底特性，自有它暗示的能量。

至于注释，照例还是有的，但详略未必能恰好。依我底私见，读一个现代的散文作家，这些注释似乎并非必要。所以我所加的注释只注重典实和知识。严格地说，只是注而未释。再说，这些注释对于读者

不见得就有帮助，有时反引起障碍也说不定，所以我希望读者非必要时最好是不去理会它。记得 Samuel Johnson 在《莎士比亚全集》序里说过：可悲叹的是，这样的一个作家还需要诠释，他底文字会变得陈旧，他底情感会变得晦涩。他承认注释有时需要，但是这个需要会有害处。至少，我得承认，一个译者底注释不见得就能比读者底了解高明。

　　人总喜欢多事，我这个蛇足还是别再往长里画了罢。　　一九三六年，八月。

——录自商务印书馆 1937 年初版

附录一《再过一天》^①译者附识

（袁家骅）

　　依 Aubry 底《康拉德生平与信札》内所记，康拉德于一九〇四年初，借了 John Galsworthy 在坎坡登山（Campden Hill）的书斋，用整整六天的功夫把《明朝》改编了一篇独幕剧，题名为《再过一天》（*One Day More：A Play in One Act*）。一九〇五年六月二十五日（礼拜日）晚，初次上演于伦敦 Stage Society，颇受欢迎，康拉德自己却承认失败，很失望。一九一八年公演于 Birmingham Repertory Theatre。共计在英国有三处城市演过。一九一四年在支加哥连演了一礼拜，在巴黎也演过。康拉德自己说，剧中女主人公白西·卡维尔是他全部作品里头一个自觉地创造的女性（一九一九年给 T. B. Pinker 的信）。

　　此剧最初一九一三年刊于《英国评论》（*The English Review*）八月号，一九一七年二月由 Clement Shorter 印了二十五本，复于一九一九年一月由 The Beanment Press 印了两种版本，一种印二七四本，另

---

　　① 此篇是《台风及其他》一书的"附录一"，副标题为："根据《明朝》故事改编之独幕剧"。

一种用日本皮纸印二十四本，有作者签字。一九二〇年始由美国 Doubleday 发行。

差不离过了二十年，康拉德才重新尝试，把 *The Secret Agent* 编作四幕剧（初系三幕），把 *Within the Tides* 集内一个短篇故事 *Because of the Dollars* 改编为二幕剧，题名 *Laughing Anne*。这算是康拉德在戏剧方面的全部努力了。

此处译文，根据一九三四年伦敦 Methuen 公司出版之 *Three Plays by Joseph Conrad*。

——录自商务印书馆 1937 年初版

《亚德王故事》①

《亚德王故事》介绍亚德王的故事
（孙镇域 ②）

本来，像亚德王的故事这么一种童话，在英国——不，不一定在英国——是最流行不过的；虽未必如《新约圣经》那么"人手一册"，但早已是"人所共知"成为"有口皆碑"的了——像这么一种童话，还用得来介绍吗？不过，事实是这样：亚德王故事的流行地点是在英国——中国国境外的英国——和其他各国——中国国境外的其他各国；而亚德王故事的介绍所在是在中国——非英国，更非其他各国。如此，流行由他流行，介绍还是介绍。

亚德王相传是英国王国的开山鼻祖，是英国古代王国的唯一英雄

---

① 《亚德王故事》(*Stories of King Arthur*，今译《亚瑟王的故事》)，童话，美国汶德（B. Winder）著，孙镇域译，"世界文学名著"丛书之一，上海启明书局 1937 年 1 月初版。

② 孙镇域，生平不详。

酋长。从第五世纪起，亚德王便成了一个童话的中心。当时掌故家所传著的，无非是亚德王；诗歌家所咏著的，也无非是亚德王。到了第十二世纪那时，威尔士地方有一个著名历史家，叫做淇奥弗莱·孟麦斯的，便收集了关于亚德王的各种材料，编成一部正式的历史书。孟氏的历史中，关于魔灵的出世，圣杯的典故，亚德王的生平，等等，都有很详细的记载。

到了十五世纪那时，汤麦斯·马洛来的《亚德王之死》出现了。《亚德王之死》这书，非但是马氏的伟著，在英国初期的文学史上，却占着极重要的地位。马氏这书一出，顿时远近传诵着，风行一时。一般批评家说，当第十五世纪那时，英国的文坛，确实毫无生气，间有作品，也是平庸得很。一待马氏的书出版，在著作界上才放一异彩。英国文坛的立场，于以巩固。这样以后，亚德王故事在英国文坛上的地位，便也"身价十倍"，"流传不朽"了。

一到第十九世纪那时，亚而弗莱特·坦尼荪收集了亚德王的故事，把内中最精美的几件挑了出来，写成为《亚德王之歌》。只想坦氏在当时英国文坛上，虽和洛鲍脱·勃朗宁双峰并峙地称为维多利亚时代的代表诗人，无分轩轾；但是在一般人眼中看来，坦氏较之勃氏，"有过之"，"无不及也"。坦氏所著诗，最能"清人耳目"，"沁人心脾"。自从《亚德王之歌》一出问世，"洛阳纸贵"，"名重一时"，这也不必说；眼见得亚德王故事在英国文坛上的地位，非惟"升堂入室"，抑且"登峰造极"了呢。

亚德王故事的构造，是以亚德王为主体，圣杯为客体，魔灵为主客二体中的关键。单独分开，固是短篇；连合首尾，又不无蛛丝马迹可寻。有的是白神黑魔，最足以教儿童祛恶；有的是击剑挥矛，最足以激励儿童尚武习战；有的是英雄美人，最足以迎合儿童心理——诸如此类，不胜枚举，儿童读物，真是无出其右啦。

总之，亚德王的故事，有历史上的背景，有文学上的地位，有适合儿童读物的心理，是以古今相传，欧美遍播，这并不是偶然的！

一九三三，六，八，于沪渎。

——录自启明书局 1937 年再版

《战争》①

《战争》小引

（王公谕②）

在希特勒没有登台之前，德国文学在世界文坛上，年年都放着辉煌的异彩；我们且不提新写实主义潮流在德国作品上的影响和发展，即以一九二九年最盛行的战争文学而论，亦完全以德意志为其摇篮。

一九二九年，是欧战告终的第十周年。当时帝国主义者虽已开始着进行第二次大战的准备，然而一般人民对于战争痛苦的回忆，以及他们在大战中所受的创痕，还是非常地新鲜，深刻。尤其在小资产阶级中间，他们充满了更炽烈的反战热情和心理。迎合着这种心理，便应运而生产生战争文学，这是很自然的现象。

战争文学在欧战后，就陆续地出了不少，但那些著作都走错了路——他们不是夸张本国战争的胜利，便是颂扬自己军队的勇敢。这种作品当然收到了一部分狭隘爱国主义者的拥戴，和少数好奇阅者的爱读，但是得不到大众的欢迎。

自从雷马克的《西线无战事》发表以后，欧洲战争文学便独树一

---

① 《战争》（*Krieg*），长篇小说，德国路易棱（Ludwig Renn，今译雷恩，1889—1979）著，王公谕（封面题"王公渝"）译述，"世界文学名著"丛书之一，上海启明书局 1937 年 1 月初版。

② 王公谕，生平不详。

帜，大大地改变了先前低能战争小说家的烂调。他以平淡的文笔，描写战事的残酷，以伟大的非战热情来促醒欧洲市民的觉悟。

与雷马克同时震动文坛的同类作家，除了支魏格及格来塞尔外，最受尊崇的便是本书作者路易·棱。

路易·棱（Ludwig Renn）是德国新起的一个优秀作家。他的年岁与出身，虽则不很了然，但大抵还是个青年。他从欧战开始便参加战争，一直到休战为止，出入枪林弹雨者三四载，身临火线者十余大战。老天保佑！总算没有结果他的一条老命，虽然他曾经带了两次"花"，而且伤的不轻。但是正因为他受过大战的洗礼，亲历了战祸的惨烈，所以他要反对战争，反对帝国主义者争夺市场的野蛮行为。这部伟大的《战争》，便他是［是他］的宣言，他的抗议书。

《战争》动人的场面，决不在于：法国少女的调情，狂雨中哀壮的国歌，深夜凄恻的四弦琴，和拂晓地平线上的红旗等等。它的伟大的精神。实寄托在揭破"爱国狂"的幻灭，与描写战争的残酷和惨烈上面。它把战争的结果清算给读者，使读者惊心震魄，宛如眼见到一幅毒气杀人，大炮轰城的图画一样。所以《战争》销路达二十余万，也绝非偶然的。

路易·棱以真挚的笔调刻画战争的惨酷，当然对于希特勒这个战争放火者，是极其不利的。他不啻在德国大众中，替希特勒喝了个倒采，甚至把他那狰狞的面貌，也用素描解释出来了。为此，《战争》于国社党上台后，即被禁止，而且连路易·棱所有的著作亦均被付之一炬。听说路易·棱还下了狱，受了卍［卐］字号刽子手的鞭笞。

路易·棱本是贵族子弟，而今时代变革，社会阶级关系日益尖锐化，使他明白地认识到本阶级的没落，因而抛弃了贵族的身份。现在他不但思想转变，而且在国社党法西斯疯犬的逼迫之下，竟加入了最革命的政党团体。

近年他曾游历苏联，著有关于苏俄纱厂工人生活的游记文字。又写了一部《思想与感觉》（*Denken und Euelung*），系描写德国贵族阶级之没落，并触及一九二一至一九二三年因马克滥发而狂跌的混乱的情况。

路易·棱最近也做了亡命客，他对于反法西主义与反战的斗争，都非常努力，他已经不仅只是发表宣言及签名于抗议书了，而且在实际的行动中也积极起来，成为世界上，战斗的革命作家之一了。

——录自启明书局 1937 年再版

《茶花女》①

《茶花女》序

陈绵 ②

我在民国二十四年五月二十七日帮着中国旅行剧团把小仲马的五幕剧《茶花女》首次在北平协和医学院的礼堂演出。《茶花女》虽然在中国已经出演过好几次，但都是根据刘复的译本演出的，而不幸刘译本中的错误是多的很，比方：

第二幕第十三场 Armand, allant se mettre à genoux aux pieds de Marguerite.（阿芒，跪倒在马格里特的脚下）刘译作"阿芒，往就马格哩脱膝上坐下。"

第三幕第七场阿芒读书的一段中，Crois tu gue l'on puisse être bien

① 　《茶花女》（ *La Dame aux Camélias* ），五幕悲剧。法国小仲马（ Alexandre Dumas fils，1824—1895 ）著，陈绵译，中华教育文化基金董事会编译委员会编辑，"新中学文库"丛书之一，上海商务印书馆 1937 年 2 月初版。

② 　陈绵（1900—1968），剧作家、话剧导演，笔名齐放，福建闽侯人。毕业于北京大学，后法国留学，在巴黎大学专攻法国文学，获博士学位。回国后，曾任教于北京大学、中法大学、北京艺术专科学校，并组织、领导中国旅行剧团到各地公演中外著名话剧。另译有法国拉辛戏剧《昂朵马格》、德朗斯（ Georges Delance ）戏剧《牛大王》、柯奈耶（今译高乃依）戏剧《熙德》、法国巴大叶（ Henry Bataille ）改编的托尔斯泰小说剧《复活》等多种剧本，以及《候光》等改译剧。

tendre lorsgu'on manque de pain ［Crois tu que l'on puisse être bien tendre lorsqu'on manque de pain］？（你相信人在缺乏面包的时候还能尽量地温存么?）刘译作"你以为一个人没有面包吃了，还能站得直么？"他把形容词的 tendre（温存）当做动词的 tendre（伸张）了，由"伸张"所以继译成"站得直"的话。

第四幕第四场茶花女初到与柏吕当司谈话的一段中，柏吕当司说：qu'il ne vous on vent pas，que vous avez eu raison.（他说他并不同你生气，说你这事做得有道理。）刘译作"他说他不要你了，说你这样也很好"，他不明白 en von loir 是同人生气的意思而译成了要的意思。

这是我偶然举的几个例子，其他译错的地方可以说是篇篇都有。第一幕第八场中嘎司东唱的歌的译法更使我们看出刘译的随便：

> Il est un ciel gue ［que］Mahomet
>
> Offre par ses apôtres
>
> Mais les plaisirs qu'il nous promet
>
> Ne valent pas les nôtres
>
> Ne croyons à rien
>
> Qu' à ce qu'on tient bien，
>
> Et pour moi je préfère
>
> A ce ciel douteux
>
> L'éclair de deux yeux
>
> Reflété dans mon verre.

原意是：

> 他许给我们一个天堂
> 默罕麦德。

不过它那里面的美满，

没有我们人间的快活。

任凭他说的那么天花飞坠。

那可靠的幸福，

除非是我们手里拿着。

可疑的天堂我不爱，

我偏爱我两眼的神光，

照在那杯中酒的漩涡。

刘译作：

这是个东方色彩的老晴天，

　　大家及时行乐罢！

嚇！若要有了这明媚风光才行乐，

那又是糊涂绝顶太可怜！

　　我们是什么都不提

　　只要是大家舒舒服服笑嘻嘻。

也不管天光好不好，

　　只要是笑眼瞧着酒杯中，

杯中笑眼相回瞧。

刘复先生的诗意不知是从哪里得来的？

所以当中国旅行剧团的领导者唐槐秋先生来约我导演这个剧的时候，我就坚持不可用刘译本而我自己又把这个剧本改过一次，也可以说我又重译了一遍。虽然不能说全无错误，至少把我的亡友刘复先生疏忽的过处赎回了一点。半农死而有知，或者不以我为罪罢。

至于关乎小仲马与《茶花女》种种的研究，我在这个剧本首次公演的时候曾经做过几段介绍的文字，现在把它抄在下面，一共是六段：

一、小仲马的作风

二、小仲马的作品

三、《茶花女》在法国的演出

四、小仲马与《茶花女》

五、《茶花女》的真传

六、《茶花女》故事在小说上与在剧本上之不同

（一）小仲马的作风

小仲马（Alexandre Dumas fils）是大仲马（Alexandre Dumas père）的儿子。这好像是一句废话，但不知小仲马一生的作风全是受了这一句话的影响。

我们知道小仲马是大仲马的私生子。在他生的时候大仲马因为没有地位，也可以说是没有勇气，不肯承认他。他的母亲却是个有爱情，有勇气，肯牺牲的女子。自己便独力地谋生养育他的儿子，后来小仲马大了，入了学堂，大仲马的境遇也渐好起来，先就量力的帮助他的学费，到后来他享了盛名而且富有了，才毅然决然地承认了他的儿子。不过在十几年中除去儿童天真的时代，有着慈母的爱，毫不觉得无父的痛苦外，其余的年月无非在受人哂笑与轻视的生活中，尤其是入了中学的时候。他的同学都是富豪子弟，名正言顺的少爷们。在那个时候他对社会人生中种种的缺点与污秽，已经有极深的印象了。到大仲马承认他为子之后，因为他父亲觉得惭愧，对他不起所以就非常的放任他。小仲马有了名姓，花钱又可以随意，就在交际场中大行活动，吃喝嫖赌无一不来。这种行动可以说是因为长久不得快乐，一旦得到快乐自然拼命地享受。不过小仲马虽然在这种社会里混，可是那里面的丑恶，虚伪，堕落无一不在他眼光中分析着。所以到了一个时期，他认为他玩得够了，白

费的时光不少了，（其实也不能说全白费）自己应当做一点对得起自己，对得起社会的事了，他就毅然地闭门著起书来。在一个很短的时间，他曾经写了很多的小说，竟自把他拉的亏空都弥补上。等到出版了《茶花女》小说，小仲马的名字哄动全欧洲了。因为这个小说很受欢迎，所以他又把它改成剧本。这个整天整夜一气写成的剧本公演之后，好像在当时戏剧界放了一声大炮，震动了全巴黎。一日之间全欧洲都感觉到一个大戏剧家出世了。小仲马也因为他这第一个剧本发现了他自己的天才，从此就专心致力于戏剧，结果留下了二十几种剧本。

在他所有的著作中，都是在为弱者呐喊。尤其是为被男子诱惑而又遗弃的女子，他的母亲不就是一个活的模特儿么？他的剧本所提出的问题都是些私生子，离婚，诱惑，纳妾，娼妓，奸淫问题。所以有许多人说小仲马是一个危险的作家，不该把人生的丑态公演在舞台上，功不敌罪。甚至有些宗教的批评家骂他是三辈子奸淫的后代，始终没刷白的黑子孙。（因为他的祖父是个黑白人的混血儿）这种谩骂完全是因为小仲马攻击最力的便是宗教所最维护的结婚（不得离婚）与家庭。小仲马的理想是自由结合，主张在这种学理不能成为风俗，定为法律之前，如果夫妻之间对方有罪，无论男女只有一个办法：杀他，杀她杀他们。他有这种急烈的理论，难怪当时虚伪的，懦怯的人物们发惊。下而我引证一段沙塞的批评。可以看出当时一般人对于小仲马的印象。沙塞（Francisque Sarcey）是十九世纪的大批评家，有个评剧集叫做《四十年的戏剧》，他说："在小仲马的戏剧里好像有一种潜伏的淫意的辣椒。昨晚我听他的戏去了，观众被他激出来笑声，有一种特别的声调。我细细地研究起来，实是一种破廉耻的笑。戏本里这种生物学家，医学家的明显而粗野的言谈，竟在大庭广众，少妇幼女的面前说出，简直对观众是一个无礼的轻视。最使人发气的是他还妄自称做道德家，而他那个戏中哪里是在劝善。实在是损德……"（见一八七一年十月十六日巴黎《时报》。）

　　实在就戏剧论戏剧地说起来小仲马最成功的作品要算他第一个剧本《茶花女》同他最末个剧本《福朗西雍》（*Francillon*）。其余的都有些过于宣传主义的毛病。他在每个人物的口中，都演说似地有长段的台辞。他自己说过："我在几天的工夫写了《茶花女》，它的成功真是侥幸，以后我用十几个月工夫做出来的剧本，还是怕它不妥。《茶花女》是我二十岁的作品，恐怕过了这个年岁我一定不肯写这种幼稚的文章。"

　　这个小仲马晚年对《茶花女》的评断是不大对的。你看这几十年来《茶花女》在法国，在世界各国都不断地上演，而其余的都只是在教授们口里讲给学生们听听罢了。《茶花女》实在是一本真情流露的剧本，因为只是有真实才能传至永久。

（二）小仲马的作品

　　法国大戏剧家小仲马是一个幻想的道德家。社会的腐化，家庭的组织不良，常常使他发疯发狂地作不平鸣。他立志要把家庭重建在平等的正义的爱情的基础上。他攻击金钱，因为他往往把婚姻作成买卖。他攻击男子们轻浮的风俗，他说男子的淫行受着社会的准许与原谅，真是家庭的致命伤。他攻击教育，说它教给人许多无益的学问，反把男女们作夫妻的义务讳而不言。他攻击社会的成见，说它不知为罪人们设想，原谅他们的无知，承受他们的悔过。他攻击法律，说它为男人的自私与罪恶，往往牺牲了女子，牺牲了儿童。小仲马用的武器就是戏剧，他在三十多年的剧作家生活中作了二十几本戏。每本戏中都是在为弱者呐喊，把社会的黑暗赤裸地表演在舞台上。我现在把他最主要的著作简单地分析一下：

　　《茶花女》（*La Dame aux Camélias* 一八五二年出版）是说一个妓女马格里特·高杰因为真诚地爱阿芒·杜瓦乐，牺牲了自己的幸福而至于死。这是小仲马第一个剧本，也就是他最好的剧本。这戏里的事，多半是他自己的经历。我们知道他是大仲马的私生子，幼年间受了许多社会上不平的待遇。以后大仲马认了他，因为觉得他对他儿子不起，一切都很放任他，使他整日地在花天酒地里过生活。所以小仲马对于娼妓的风俗有深刻的认识。在这个剧本里他要说在社会所轻视的而又是它自己造成的这种堕落的污秽的世界中，也会有高尚的灵魂；值得我们原谅，值得我们同情，值得我们钦佩，这件事情的原委不是一两句话可以说完的。容我在别一个地方再详细的说罢。

《半高等社会》(Le Demi-monde 一八五五年出版) 是描写社会中一种畸形的生活。这半高等社会是指着那些高级的卖淫的妇女。表面上举止动作都与高等社会无异，但是骨子里都是下流的。这个戏剧说的是一位叫西赞纳而自称男爵夫人的女骗子。她想要一个贵族娶她，不幸她的诡计被人看破了，这是他一个技巧甚高的戏。

《银钱问题》(La question d'argent 一八五七年出版) 是描写一位无道德心的银行家，是一出描写个性很有力量的戏。这戏本有一句台辞现在差不多变成俗语了："买卖就是把别人的钱变到你的口袋里。"我国有陈聘之先生的译本。

《私生子》(Le Fils naturel 一八五八年出版) 一个富而无为的人诱惑了一个工女，工女有孕，他就弃了她。后来他儿子享了大名，他很想认他为子，可是他的儿子拒绝了他，宁愿姓他母亲的姓。这很明显地他是想替私生子们吐一口气。

《放荡的父亲》(La [Un] Père prodigue 一八五九年出版) 这里面有许多是他父亲大仲马的性格。这个剧本里有主角叫做李翁尼伯爵，年纪虽老，还是放荡无度，甚至想娶一个少女阿维小姐，不过后来他看出他的儿子昂得雷也爱她，他就向她求婚，可是替它 [他] 儿子向她求婚。有许多挑拨是非的人想离间他们三个。有一天李翁尼伯爵为他儿子的安全与人决斗，这才使他们三人彼此相信相爱了。老伯爵也弃了他那放荡的生活，娶了他认识多年的一位女友。

《欧白夫人的见解》（*Les Idées de Madame Aubray* 一八六七年出版），这里说一个女子因为无知堕落了，生过孩子，受过男子有代价的援助。可是她醒悟了，她想自救。一个同情的少年居然向她求婚，虽然知道她的往事。而这位少年的母亲，一位庄严名贵的母亲，也居然赞成这件事，因为她自有她的见解，不同普通的俗人一样。

《新婚的拜会》（*La* ［*Une*］*Visite des noces* 一八七一年出版）是一幕颇有味道的短剧。他想要解说往往男子不是因为爱而嫉妒，反是往往因为嫉妒了才爱。

《佐治郡主》（*La Princesse Georges* 一八七一年出版）一位贵妇人原谅了她的丈夫有外遇，因为他所做的只是一个愚蠢的错误。不过在这个戏里小仲马提出了一个问题：丈夫不贞是否可杀？而作者的意思似乎说是可以。

《柯罗的妻》（*La Femme de Claude* 一八七三年出版）柯罗屡次为他的妻子所欺骗。一次她竟要把她丈夫的一个发明盗卖，他忍无可忍就把她杀了。

《阿乐丰斯先生》（*Monsieur Alphonse* 一八七三年出版）他抛弃了爱他的但是穷的少女，去向一位有钱的寡妇去追求。

《德尼子》（*Denise* 一八八五年出版）这是一出最感动人的戏，表演时总是全堂观众都要流眼泪的。德尼子是一个小学女教员，受了人家的欺骗被弃了。但是她是那么可爱那么动人，使大家同作家只有一个观念，希望一个有心人老老实实地向她求婚。

《福朗西雍》（*Francillon* 一八八七年出版）小仲马最末的一本戏，也是他技巧最高最成功的一本戏。《茶花女》是一个无意而成的杰作，《福朗西雍》是一个有意而成的杰作。福朗西雍知道她的丈夫欺骗了她。她要复仇，她也假做在那里欺骗她的丈夫。全剧都是在写丈夫的疑惧，观众也就随着他疑惧。到结尾才知道福朗西雍是个诚实的妇人，她不过要她的丈夫知道被欺骗的痛苦而已。

我们在上面所分析的这十二本戏中可以看出小仲马是如何教世人努力弥补社会的不公，改良我们因为懦怯而不敢看真的怪现状。我想这就是小仲马给我们的真教训。至于他著作中用字的随便与粗俗，好宣传学理而忽略了作剧的技巧等等毛病都是小节无关大体。不过他取题往往失真，使他这些劝善的剧本不能都像《茶花女》一样地受人欢迎，那是太可惜了。

（三）茶花女在法国的演出

一八四八年在《茶花女》小说出版后的几天，小仲马遇见了当时甚有名气的一位戏剧家西娄旦（Sirandin）。西娄旦回他说："你这个小说真是一篇戏剧的好材料，为什么你不把它编成剧本呢？"小仲马回家就把这个话告诉了他的父亲大仲马。大仲马这个时候正在组织他的历史剧院（Théâtre Historique），可是他并不以他儿子的意思为然。又过了几天有一位白楼（Béraud）先生找小仲马。这位白楼先生是剧作家同时又是戏院主人。可是他的剧作很有点儿像我们文明戏中的整本戏，一来就是十几幕。他这天拿着一个分幕的单子：

第一幕。在海边，老公爵巧遇茶花女。

第二幕。阿芒家中，众朋友畅谈交际星。

第三幕。尼晒脱家中，浪漫女偏有纯洁友。

第四幕。……………………………

这样一幕一幕的是有二十来幕，小仲马这时虽只有二十四岁，但是看了这种场幕心中不免暗笑。自己说"还是自己动手罢"。

他这个时候住在近郊他父亲的别墅，懒的出去买纸，就把家中所有的残笺破纸都拿来用。一开笔就几乎没有停顿地写了八天八夜。戏里所有的角色都是小说中原有的，只是尼晒脱是白楼的发明，小仲马采用了。因为在一个堕落的环境中，一个高超的茶花女是一种极好的对照，而在茶花女极端不幸的旁面，加一对极端美满的尼晒脱与居司打夫是一个更好的对照。

小仲马把这五幕剧写好之后，就拿给他父亲看。大仲马当做一碗坏菜似的勉强吃下去。第一幕看完了说平平，看了第二幕说还好，看了第三幕起首流泪了，看了第四幕哭起来了，第五幕自己看不下去了，只闭了眼睛听小仲马读。听完了说："我以前对你的看法完全错了，好孩子，这算是一部好戏。我这历史戏院就拿它来开幕。"可惜大仲马不是一个事业家，历史戏院没开幕就关门了。这可以说是《茶花女》剧本的第一期。

以后又经过了若干期，过了三年在一八五一年的十二日才得正式排演，女主角是发而格（Farguargueil），这位演员很有些名气，骄傲的不得了，根本就看不起小仲马，所以故意同他为难。才排了两幕就说了话啦："仲马先生，这个丫头就这么样地吐五幕的血么？"小仲马说："不必，只是第五幕多咳几声就是了！"发而格又说："还有一个困难，这种娼妓的性格与灵魂，我是无从琢磨的，你可要一一地讲谈清楚！"小仲马说："马丹，你要是现在琢磨不出，恐怕你一辈子也琢磨不出了！"发而格大怒，登时辞了戏院不干了。

院主布飞先生（Bouffé）是个有眼力的艺术家，决不因此而失望。就打发他的朋友著名小生费诗德（Fechter）到伦敦去请名女优杜诗（Doche）夫人。杜诗夫人听费诗德把《茶花女》的角色讲说了一遍，立刻就答应了回来排演。他们那时候是一面排演一面呈请官方批准。不过等到他们排演完了，官方的禁演令也下来了。这又是《茶花女》剧本最大的一劫。官方说妓女的生活哪里能够公然地表演在舞台上，替妓女做宣传是有害于社会的。

有一位谋尔尼（Duc de Morny）公爵是仲马父子的好友，立刻出面请求官方通融，又请出当时的名学者名道德家们联名请求，保证《茶花女》是一个道德的剧本。但是官方固执得很，一定不肯容他们上演。

一直到了一八五二年政局变了，刚巧又是谋尔尼公爵组阁。在他就职的第二天就把这本将要哄动世界的《茶花女》剧本的演出批准了。当年二月二日就是《茶花女》剧本正式与观众相见的第一天。

《茶花女》演出成绩之佳打破了当时戏剧界的沉闷，观众热烈地赞许立时把小仲马举在大戏剧家之列了。小仲马在第一次公演的晚上回家来的时候打了一个电报给在比京的大仲马说："观众欢呼的声音使我好像在参加你的杰作的表演。"大仲马回电说："我最大的杰作就是你。"这也可以使我们想见他们父子的兴奋了。

杜诗夫人一生表演过五百多次《茶花女》，她常说表演这个剧本能使她得到一种莫大的安慰，所以她对作者非常地感激，每年在二月二日（《茶花女》第一次公演纪念日）都写一封感谢信给小仲马，十数年不断。

后来名女伶撒拉·白尔纳尔（Sarah Bernhardt）氏同吕仙·吉特里（Lucien Guitry）主演此剧，更把《茶花女》与阿芒的性格表演得活现。直到现在表演这个戏的人家还以他们为典范。

如今《茶花女》的表演有两派：一是现代派，一是当代派。现代派的服装布景都是现代化，词句，动作与原著略有出入，演起来比较直接容易得观众的了解。中国旅行剧团所本的就是这一派的演法，也就是撒拉·白尔纳尔氏的演法。当代派是完全照第一次表演时的方式，布景，服装都照十九世纪末的样子，词句，动作也都照原著。演起来固然别有风味，但是若没有极高程度的演员是不容易演好的。中国旅行剧团对于这次《茶花女》的表演，有极大的努力。假如能够继续地用功，或在不久的将来，我们再来试验一次当代派的演法。

（四）小仲马与茶花女

一千八百四十四年冬天的一日，小仲马同他的朋友，一个音乐家狄若在（Déjazet）（就是戏本中的戛司东）从郊外骑马回巴黎来。因为谈得高兴不忍分散，就约定了吃过晚饭到奇幻戏院（Théâtre Variété）去看戏。那时小仲马整二十岁，他的父亲大仲马因为认他为子认的迟了觉得对他不起，一切都很放任他，所以小仲马在游戏场中很是一个漂亮的公子。这天晚上奇幻戏院楼下临台左边第一个包箱里坐着一位美丽的小姐，她穿着淡色的衣裳，漆黑的头发，漆黑的大眼睛，米色的皮肤，如同一位东方的美人一样。小仲马同他的朋友坐的是池座，看得很真，小仲马说，"哪里来的这么一位美人？你认识她是谁么？"他的朋友就回答说，"提起名字你应当知道，这就是大名鼎鼎的那位玛丽·杜白来西（Marie Duplessis）（就是戏本中的玛格丽特·高杰）！我认识她的。——你可以带我看她去么？——这很难，因为有位贵族总腻在她家里。"这时小仲马看见玛丽回头，向包箱后面一位看不见的人说话。（这是一位老公爵，因为玛丽长得像他害肺病死了的女儿，所以把她当做亲女儿看待。不过玛丽的生活究属不名誉，但是他又不能禁止自己不去看她，所以出来看戏时就躲在后面。）又看见她同第一层楼包箱里一个胖妇人打手式，"这个胖妇人是谁？你认识她么？小仲马又问狄若在。——她姓蒲拉 Prat（就是戏本中的蒲吕当司）。是一个想做戏而没成功的妇人，现在只往来于交际明星的场所，做一个寄生物。她是玛丽的邻居，散戏时我们倒可以上她家里看看有机会见玛丽没有。"果然散了戏他们就到蒲拉家里去了。无巧不成书，玛丽正因为有个讨厌的贵族在她家缠着不走，她隔着窗户叫蒲拉同她的朋友们过去，小仲马就这样的同玛丽认识了。

　　原来玛丽的真姓名叫阿乐丰信·白来西（Alphonsine Plessis），因为不好听，在交际界叫不响，所以改做玛丽。她本是一个商人之女，但是她父亲不务正，母亲又到外国佣工去了，所以她就被堕落的社会吸收了。可是她有高尚的灵魂，绝顶的聪明，惊人的美丽，一步一步地到了交际场中最高的地位。求爱的到处皆是，不过她总是随心所欲做去，决不因金钱而改了她的喜恶。这天晚上在她家里的正是一位有钱的贵族，但是她讨厌他，所以就毫不客气的赶走了他。

小仲马一见玛丽就钟了情。看了她这种疯狂的生活简直是自杀：他就诚恳的劝她，求她爱护她自己，玛丽被他感动了，便与小仲马真正地恋爱起来。不过她有她生活上的困难，她有她改不了的习惯。小仲马在精神上在爱情上都能使她得到满意，但是在物质上他决不能独自地维持她的生活。玛丽以为只须相爱，钱自有来处，不必去管，小仲马可不能承受这种生活，而多少次因为嫉妒争吵。最后小仲马留下了一封信，出国旅行去了，那封信上说：

> 我亲爱的朋友：我没有相当的富，使我能够爱你像我希望的那样爱；而我又非相当的贫，使我能够承受你所主张的那样爱。所以我取了这个决断，我走了。你应当知道我是如何地痛苦，因为你已经知道我对你是如何地爱。你有的是聪明，一定能明白我的道理，而你又有的是心，一定也能原谅了我的行为。

小仲马到西班牙去，希望远行能使他忘去烦恼。有一次因公回国走到马赛的时候，听见一位朋友随便说起玛丽病得很重。他好像受了打击，疯狂似地不分昼夜地赶回了巴黎。可是他看不见了她 [他] 心里始终忘不了的爱人。只有一个长方形的坟墓在蒙马特公墓（Cimetiére Montmartre）等待了他。他去的那天一进公墓的大门就问玛丽的坟。看坟的说："是不是那位有茶花的夫人？"小仲马不由己地随他走，果然看见一座新坟，坟上装饰着一束铁制上油的茶花。上面写着"此处长眠的是阿乐丰信·白来西。"

不久《茶花女》小说出版了。又不久《茶花女》剧本也出版了。于是玛格丽特·高杰的名字（玛丽，在小说与剧本中的化名）传遍了全世界。

（五）茶花女真传

茶花女的真姓名是阿乐丰信·白来西（Alphonsine Plessis），于一八二四年一月十五日生于法国南部莫南城（Mornant）。她的父亲是一个商人，据说很不务正。她的母亲倒还是一个勇敢的母亲。她还有一个姊姊，比她只大两岁。这两个孩子的幼年是很痛苦的。她的父亲虽然长得很美，可是性情粗暴，沉于酒色。往往于醉后打骂他们的母亲，使她避到邻居去不敢回来，邻居可怜她们的母亲，给她找一个佣工的地方。几个月以后因为主人要回瑞士去，她就把两个女儿交托给亲戚，随着她的主人到外国去了。

阿乐丰信从此离了慈母，在乡间过野孩子的生活。她的母亲许久没有寄钱，以后更连消息也没有了。亲戚看孩子大了，怕负担不起，就把她送还给在巴黎住着的父亲。她姊姊是由另一位亲戚收养，却始终没到过巴黎。

阿乐丰信到巴黎以后的事情有各种的传说。有的说她曾被父亲把她的贞德卖给一个老富人。有的说她曾做女工，就是说她有着相当的自由，而环境又在处处诱惑着她。从这个阶级到堕落，那简直是平坦的大路。

最初不过同学生们交交朋友。学生不如商人之多金，自然的趋向又使她做了贵族们的虚荣。这时候因为她原来的名姓，不够华贵，所以说起了一个花名叫做玛丽·杜白来西（Marie Duplessis）。小仲马就是在这个时代认识她的。

他们两人一见钟情，彼此都绝对的爱着。不过玛丽有奢侈的习惯，虽然她想要改而一时难改；有许多苛求的老朋友，虽然她想要都拒绝而一时难断。后来小仲马以此种生活为耻，虽然离开她是痛苦，他竟然出国远行去了。

玛丽自小仲马走后所过的生活，更是浪漫，病体也更残毁得不堪了。可是有一个少年的英国贵族白尔勾（Perregaux）伯爵可怜她，竟肯请她同到英国去秘密结婚。这件事以前还有许多人怀疑，如今是一切结婚证，去英国的护照，他们夫妇间的通信等等证据都由考据家搜集齐全了，不过她结婚决不愿对她的丈夫有金钱的要求。结婚后她唯一要享受的权利就是在她用具上刻一个伯爵夫人的冕，在她看来这个结婚不过是个游戏罢了。

后来她的病到了末期，她所有的朋友都弃了她不管了，只还有她这个英国少年的丈夫，同一位拿她当女儿看待的某老公爵。

一八四七年二月三日玛丽死了。临死时留下一个遗嘱说：求她的姊姊一辈子也别到巴黎。送葬时也就只有上面所说的老少二位。到小仲马闻信赶了回来，所能见到的不过一个装饰着白茶花的坟。

小仲马为纪念他的亡友做了《茶花女》小说同剧本，书中的主人翁玛克里特·高杰（Marguerite Gautier）就是玛丽·杜白来西。

茶花女能使一代文豪的小仲马做出一个不朽的杰作，自必有她特异的灵魂。小仲马说："我的《茶花女》剧本第一幕同第二幕差不多可以说完全是当时的情形。至于茶花女为阿芒的牺牲虽然不是事实，但是茶花女假若有这种机会，她一定会这样做的。"

读了关于《茶花女》的各种传记，我只觉得这个漂流抑郁而死的女子可怜又可爱。我记得有个传记上说到她与学生们交朋友的时代，有一次她有三四天没吃饭了，后来好容易见遇见一个有钱的朋友，这位朋友心肠很热地说："你说罢，你要吃什么鸡鸭鱼肉山珍海味都可以！"茶花女说："我要吃樱桃！"

（六）茶花女故事在小说上与在剧本上之不同

茶花女的真名叫做阿乐丰信·白来西（Alphonsine Plessis）。她是一八二四年生的。一八四四年她正用着玛丽（Marie Duplessis）的名字，在巴黎做压倒群芳的交际花。小仲马这时也正是一位花花公子，一看见了怎不钟情。但是真正的爱情，总是暴烈的，绝对的。因为玛丽不能完全辞去一般的追求者，而小仲马既没有相当的财力，把她独占，又没有相当的勇气，同她正式结婚，所以终于离开她出国远行去了（一八四六年）。等他得到玛丽重病的消息，赶回来的时候，只能到蒙玛特公墓（Cimetière Montmartre）看一看她的新坟（一八四七）。他的懊悔与悲哀，是可以想见的。在这种感动之下他写了《茶花女》小说（一八四八）。

在小说中他说他有一次参加一个哄动了巴黎的拍卖的场所，是在一个新死的名妓玛格利特·高杰（Marguerite Gautier）的家中，所拍卖的也就是她的遗物。他在这个拍卖场买一本书：曼侬来斯歌（Manon Lescaut）小说。书的首页写着阿芒·杜瓦乐赠，过几天有一个客人来找他，自称就是阿芒·杜瓦乐，想出重价买回这一本书。小仲马看他那种悲痛的样子，就慨然的把这本书送给他。有一天在玛格利特的坟墓上，小仲马又遇见了阿芒。阿芒感谢这样的好友，不由己地把他所有心事都说出来了。他说如何地有一天在戏院遇见玛格利特，如何地同他的朋友夏司东到玛格利特的邻居普吕当司家去探听消息。如何地知道了她的身世，与她来往的人。其中有一位是老公爵，因为玛格利特同他死去的女儿相像，就把她当做自己的女儿看待，不断地帮她的忙。又有一位是她所最厌恶的贵族。这天这位贵族正在她家里胡缠，所以玛格利特就隔窗叫普吕当司过去同她作伴。阿芒与夏司东也被请了过去。相识后互相爱慕，两人计算到乡下去过夏。离开这污浊的城市生活。

他们的目的达到了，他们非常地幸福。谁知这幸福是短命的。有一天阿芒回来了看见玛格利特的神色很慌张，说要到巴黎去。后来他知道她已经随了她素来所最厌恶的贵族走了。他的气愤不必说了。然而玛格利特为什么忽然间地离了他，真是使他不解。于是阿芒想尽方法去侮辱她，同她的女友欧蓝朴姘上，来使她难堪。有一天居然他们两人又会在一起过了一夜。她是忍着悲哀，他是半爱半恨。第二天阿芒遂觉得此恨难消。就封了一张钱票给她送去，说是给她的夜度资。阿芒也就从此出国去了。直到后来，他才知道是他的父亲如何地劝她与他断绝。如何地她为他的将来，他的幸福而牺牲了自己。在玛格利特留下的日记中，他知道她在自知不起时，还支撑着穿了一身白素的衣服去到戏院，头一次与阿芒会面的地方。整晚地凝视着那一天阿芒坐的位子。可是这天却坐着一个肥头大耳的俗人。两三天后她就死了。等他回到巴黎的时候连她的遗物都不得见。在各处打听才寻到这位买书的小仲马。以上是小说中述说的大概。小仲马把自己当做一个第三人客观地写成这来［来这］小说，但是阿芒・杜瓦乐（Armand Duval）的名字很明显地告诉我们这就是他自己的化名，小仲马的名字是（Alexandre Dumas），这两个姓名的第一个字母，不都是 A. D. 么？

剧本里所述的故事，第一幕第二幕，都与小说不大相差。第三幕，把小说所虚写的阿芒的父亲与玛格利特相见的场幕，着实的演出来。第四幕当众侮辱玛格利特，也与小说不同。第五幕阿芒竟能回来得与玛格利特相会，使她死在他的怀里。最完全是小仲马给他自己，同时也是给他亡友的灵魂，一个最凄惨的安慰了。

我们比较着看他的小说同剧本，更可以明白小仲马是如何忠诚地纪念他的亡友。那里面的事情，虽不尽实。可是仲马自己有过一句声明，他说："关于玛丽为阿芒牺牲的事情，假若有此情景，她也一定要这样做的。"

《茶花女》是一个划时代的写实剧，我们已经看见它在法国的演出是经过多少劫难。这个难产的著作不但对于法国的文学创一条新道路而好像对于我国新文艺的运动也很有缘分。林纾译的《茶花女遗事》实在开了我国新小说的风气，宣统年间王钟声演的《新茶女》也未尝不是我国话剧的一声炮。

这个剧本出演后很得些批评家的赞许，不过我要声明，假使观众觉得这个戏的导演方法有可取的地方，那么这个功劳应该归法国历年来上演这个戏的导演们，尤其是应当归功于法国伟大女艺员色拉·白尔纳尔氏（Sarah Bernhardt，1844—1923）。因为我导演这个戏完全是抄袭着他们的成法。

中国旅行戏团为上演这个戏曾经做过极大的努力，我们是应当向它感谢的。那次上演的演员们是：

演员表

玛格里特·高杰……………………………………… 唐若青女士

伯吕当司·杜维奴阿………………………………… 章曼苹女士

那宁那………………………………………………… 赵彗深女士

欧蓝伯………………………………………………… 白　杨女士

尼晒脱………………………………………………… 陈　映女士

阿那衣司……………………………………………… 童　毅女士

阿代乐………………………………………………… 蓝　芝女士

爱司代乐……………………………………………… 冯　璇女士

女客…………………………………………………… 熊贤璆女士

阿芒·杜瓦乐………………………………………… 陶　金先生

乔治·杜瓦乐………………………………………… 戴　涯先生

瓦尔维乐……………………………………………… 文　珺先生

嘎司东·里月………………………………………… 谭　汶先生

琪来伯爵……………………………………………… 唐槐秋先生

善戈当………………………………………………… 曹　藻先生

居司打夫……………………………………………… 赵　翙先生

医生…………………………………………………… 姜　明先生

阿尔都玉儿…………………………………………… 吴景平先生

男仆…………………………………………………… 张文和先生

　　　　　　　　　　　　　　　　　　　　　　　　任　苏先生

　　　　　　　　　　　　　　　　　　　　　　　章超群先生

送信人………………………………………… 李　敦先生

还要声明一句话，剧本里旁边有……的辞句，是我按照法国现在的演法加进去的，不是原文。请读者注意。

　　　　　　　　　　陈绵二十五年七月在北平

　　　　　　　　　　——录自商务印书馆 1937 年初版

《俄国图画故事全集》[①]

《俄国图画故事全集》序

董任坚 [②]

贡献给父母和教师们的几句话

我们觉得："编辑儿童读物的人，往往对于图画加以歧视，估价太低，没有充分的利用，实则文字图画，都是一种传达意义的符号。在代表某种事物时，图画比文字更加具体，编辑一本书，图画文字，是同样的重要。"特别在低年级儿童，与其说他在看一本书的文字，

---

① 《俄国图画故事全集》（*Russian Picture Tales*；*More Russian Picture Tales*；*Still More Russian Picture Tales*），童话集，俄国加立克（Valery Carrick，今译卡里克，1869—1942）著，董任坚编译，"中华儿童教育社乙种丛书"之一，上海商务印书馆 1937 年 2 月初版。

② 董任坚（1900—?），董时，字任坚，浙江杭县人，与徐志摩、郁达夫在杭州府立中学为同学，曾就学于圣约翰大学、清华学校，后考取清华公费留美，克拉克大学本科毕业，转学至康奈尔大学，师从著名心理学家铁钦纳（Edward Bradford Titchener），获硕士学位。曾任教于美国哥伦比亚大学、南开大学、东南大学、光华大学、大夏大学等，曾任中华儿童教育社上海分社总干事。抗战胜利后出任上海市立师范专科学校第一任校长。著有《大学教育论丛》《性的教育》，另译有美国皮开特（Pickett）、博润（Boren）著《初期儿童教育》、英国 G. M. Craik 童话《汪汪和咪咪》等。

不如说他在看一本书的图画。它不但能够补充文字的说明，还能够引起读者的兴趣，——它大部分决定了儿童们对于一本书欢喜不欢喜，和他们受到这本书的印象的深刻不深刻（引王晋鑫著《一个参与儿童读物编目工作者之感想》文中语）。所以"没有图画的那些书是不好看的"；儿童这样想；许多成人，也未始不是这样的想。

　　本书的主体是图画，不是文字；文字不过是图画的一种说明，一个补充，给父母和教师们的一点方便罢了。而那些故事的意思这样的简单，叙述这样的有趣、重复，再加之图画又这样的真得恰到好处，恰合儿童心理，非是艺术家而兼教育家的手笔不办；特编译出来为家庭和学校教学儿童的一助。

董任坚民国二十四年十二月

——录自商务印书馆 1937 年初版

《哈漪雅格赞》 [①]

《哈漪雅格赞》译者的话

马兴周 [②]

　　当我接到世界书局总经理陆高谊先生的大函，承认刊印阿拉伯故

---

① 《哈漪雅格赞》，阿拉伯民间故事，埃及高米尔编著，马兴周译，"阿拉伯故事丛书"之一，上海世界书局 1937 年 2 月初版。前尚附有陆高谊撰 "阿拉伯故事丛书"《发刊辞》及马兴周《编译旨趣》，因已于 12 卷中收入，此处略去。

② 马兴周，生卒年不详，本名纳兹安，后改为马俊武，字兴周，云南开远大庄人。1934 年由母校昆明明德中学保送到爱兹哈尔大学留学，在埃及学习 13 年后归国。另译有埃及高米尔编著《阿里伦丁》(今译《阿拉丁》)、《桑鼎拜德航海遇险记》《巴格达的商人》，均收入他所编译的 "阿拉伯故事丛书"，埃及太浩虚生（今译塔哈·侯赛因，Taha Hussain Bey）自传体小说《童年的回忆》(*The Days*，今译《日子》) 等阿拉伯文学史上的经典之作。又以马摩西笔名，在马新报刊上发表文章。

事丛刊的时候，感谢之余，曾给予我很大的兴奋来专心致志于移译的工作！《哈漪雅格赞》这个故事就是在这种热情之下译成的。

若有人承认我的文字往往注重感情的话，那末这本书也算是我输泄情感最浓厚，最显明的结晶！说来并不是我有意要如此，而却是原文的特长（有生气的文字）。

我初读《哈漪雅格赞》的时候，觉得这种玄妙动人的故事，与其说是科学的，勿宁说是文学的。

诚然，一种学说，只要是能够做到："行之于全球无往不利，垂之于永久无时而不适"的地步，就可以算是不易消灭的真理了。

现在世界上的任何人，只要一提到科学、文化、航海……种种的事业，就会联想到这一切事业所仰赖着的火药、印刷术、指南针、……等等的利器却都是中国发明的。

然而后进的欧美就依靠着这些利器，去精益求精的逐步改良，孟晋不休，而促成现在的灿烂光华的物质文明了。但是我们这个先进的天府之国却被挤到后头而显出老背龙钟的状态来了。

说到整个的阿拉伯的命运，也恰与我们所遭遇的境况，不约而同，他们在中古时代，不论由哲学、文学、科学……种种的学术上去推论一下，也就可以看出他们也是曾经显耀过一些时候的。所以现在的人士，辄不时的怀想他们的先辈所立下的许多丰功伟业！他们也曾追念现代欧洲的物质的文明，也都不过是十字军东征后，由阿拉伯学去的，换句话说，那就是欧洲的物质文明，大半是胚胎于阿拉伯的文明的（详情请阅吾友纳子嘉先生所译之《回教与阿拉伯文明》）。

《哈漪雅格赞》问世以后，曾哄动一时，各国都有不少的译本，尤其成为要想研究几百年以前的阿拉伯文人的思想的不二法门。可惜我国还没有一种译本，真是莫大的缺憾！

近阅樊炳青先生所编之《哲学词典》（商务出版）曾有过这样的介绍：

"亚勃百色（Abnbacer）——阿拉伯之哲学家。原名伊本多斐尔（Ibn Tophail），生于西班牙之瓜的克斯（Guradix），其生平不可考，尝师事亚芬怡斯，精医术，擅数学，尤其以诗家鸣。撰有《杰克丹》（*Haji Ibn Jackdhan*——本题 *Hai Ibn Yokdhan* 即《哈漪雅格赞》）一书，以小说体而写哲理。略言，'有杰克丹其人者，幼生荒岛，独居无侪，而能用其理性之光，认识自然与神。及其遨游城市，与号最开化之人间，周旋谈道，乃知世间所谓真理，不从概念中得来，而徒蒙以比喻之衣。杰克丹所持理性宗教之说，大遭嘲弄。卒不得人领悟，废然归岛上云。'是书经后人以拉丁文译之，一时颇享盛誉。"

书中的内容如何，此地勿庸赘述！总之我们读上古史，往往告知我们钻木取火是燧人氏发明的，稼穑医药是神农氏发明的，养蚕取丝是嫘祖发明的……在当时是一种惊人的发明，是先知先觉者对人类的大贡献！

现在置身于声光化电，机械工艺极发达的时代，或许要认为那是卑卑不足道的简而又简的事，岂知那是时代不同的关系呢？

末了，我再说一句话：

在这个繁复的社会环境里，我很愿意读者能够细细的玩味这个不流于俗的关于哲理的故事，也可以平心静气的想一想，在科学未昌明以前阿拉伯的学者就在那里竖起研究自然科学的旗帜来了。

一九三六·六·三〇

——录自世界书局 1937 年初版

《杜布罗夫斯基》 [①]

《杜布罗夫斯基》译者序言
周立波 [②]

一八三七年二月，普式庚和沙皇的客宾，法人乔沼·丹提斯决斗，决斗后三天，这位俄罗斯文学的真正开创者，同时是世界的伟大的天才诗人，就死了。离开他生时，一七九九年五月，仅三十八年。

这次决斗是谁也知道的沙俄统治者的阴谋。普式庚是一个纯粹的贵族，他的家庭是莫斯科的古老的世家，看了他那篇有家谱性质的没有写完的杰作，《彼得大帝的黑人》(*Peter the Great's Negro*)，我们知道普式庚的血管里虽然有非洲黑人的血液（他的外曾祖父就是那位彼得大帝的黑人），但在彼得大帝的时代，他的家运已经交织在俄罗斯的命运里面了。

普式庚自己更带着充分的贵族精神，在描写布加曹夫的农民暴动的时候，他始终带着一种贵族的观点。他的小说里面的农奴，最忠心于主人，忠心到忘记了自己的，是最可爱的。可是这一切都不妨碍普式庚为人类自由而战斗的精神。他攻击着社会的不正。同情被蹂躏的弱小人物。对于宗教与〔予〕以巨大的不敬。最重要的是他描写了炽烈的爱和勇敢的反叛。囿于时代，他的反叛社会的积极的人物，总多少带了一点安那其式的色彩，但是那种不妥协，不屈挠的精神是一

---

① 《杜布罗夫斯基》(即《复仇艳遇》)，中篇小说，俄国普式庚（A. S. Pushkin，今译普希金，1799—1837）著，立波译，上海生活书店 1937 年 2 月初版。

② 周立波（1908—1979），原名周绍仪，字凤翔，湖南益阳人。曾就读于湖南省立第一中学、上海劳动大学。1934 年参加左联，1939 年至延安鲁迅艺术文学院工作，后主编《解放日报》文艺副刊。另译有苏联肖洛霍夫《被开垦的处女地》、捷克斯洛伐克基希（E. E. Kisch）报告文学《秘密的中国》等。

贯的。

普式庚就为了这种精神，使自己成了沙皇统治的仇敌。他在一八二〇年发表的《自由之歌》（*Ode to Liberty*）触怒了亚力山大一世，被流放到南俄，居留在高加索，克里米亚等地，在高加索，因为他给圣彼得堡的一个英国朋友的一封拥护雪莱的无神论的信，被当局检查出来了，因此受了六年的监禁。在亚力山大一世和一八二五年十二月党人叛乱以后，尼古拉一世召了他回来。十二月党人许多是普式庚的朋友，因此尼古拉一世问他：十二月党人作乱的时候，他如果在彼得堡，是不是会参与反叛，诗人依着他的一向的爽直，回答一定会参与。尼古拉一世饶恕了他。可是诗人把沙皇当作特别的宽仁，那是错了，尼古拉一世不但没有放松他，而且把他的著作的检查权交与了宪兵总监彭根多夫伯爵：这是一个愚昧而又险恶的人，于是普式庚的著作受着严厉的束缚，一直到他死。

普式庚遭受了统治者的各种蹂躏和束缚，还要加上他的生活的不幸。他爱上了一位年轻的社交界的女人。他非常爱她，她却没有什么文学兴趣，更不能够尊重她的丈夫的天才；她所爱的时髦社会和宫庭环境，普式庚是非常厌烦的。为了她，他忍受着对他无味，他不能堪的一种生活方式。和他来往的时髦朋友为了他的贫困和职位的低微看不起他。普式庚带着诗人的敏感和骄傲，反转来不但看不起他们，而且常常对他们报以讥嘲。这样他招致了沙皇皇室的忌刻，同时也引起了整个上流社会的仇视。当他正想退居乡间，摆去这一切俗恶的烦恼，专心写作的时候，一个谋害他的生命的阴谋，已经设定了。准备和他决斗的法国人，侮辱他的爱人，这样，普式庚就落入了他们的笼套，永远的止息了他的天才的呼吸。

普式庚的主要的成就，是他的诗。十二岁在兰心（Lyceum）贵族学校读书的时候，他就开始写诗了。一八二〇年发表了 *Ruslan and Lyudmila* 在全俄博得了诗人的声誉。同年他又发表了触怒亚力山大一世的《自由之歌》。在高加索的流放时期，除了许多其他的诗作以外，他又开始了他的 *Yugeni*［*Eugene*］*Onegin* 的最初的几章。*Yugeni*［*Eugene*］*Onegin* 和他的另外一篇诗作，《青铜骑士》(*Bronze Horseman*) 同是他的诗的杰构。后者发表于他的死后的一八四一年。普式庚许多著作，都是在他死后才能发表，这是沙皇的著作检查制度的成绩。

普式庚的诗建立了他以前的俄国从来没有，以后也从来不曾越过的美的标准。他的优雅和朴素的韵文成了俄国文学的永远光辉的宝饰，因为他的诗句的文气是这样的完全，所以翻译家以为译成任何别国的文字，都很困难，在中国，普式庚的巨大的诗篇还没有完善的译本，这是并不足怪的。

诗人普式庚同时也是伟大的小说家。他的小说是这样的坦白和有力，就是在现在，也是散文里面的最优良的模范。普式庚是一直到一八三〇年才留意散文，可是因为他的散文简单明畅，易于移译，所以它的流行比他的韵文更为广远。现在我们来谈谈比较容易和我国的读者见面的他的散文的名著罢。

他的最有社会意义的小说是《大尉的女儿》(*The Captains Daughter*)，这是以俄国农民运动史上有名的布加曹夫的叛乱做背景的一个中篇浪漫的历史小说。故事的主角和一个边僻地方的要塞的守将的女儿恋爱过程交织在整个的布加曹夫的乱事里。布加曹夫叛乱的发生，发展和失败的过程，在这篇小说里，可以看出一个亲切的侧影。作者拘囿于时代，而且也许还要意识的逃避检查官的鹰眼，对于这位农民运动的领袖布加曹夫不敢公然的敬佩，而且不时的流露着对于暴力的社会变革的嫌恶，满怀着一种素朴的人道主义的思想。但是布加曹夫并没有被丑化。我们可以看到作者一方面不直他的暴力的行为，一方面又把他写成了一个充满了人情味而又带着神力的农民领袖。对于统治者，他决不宽仁，对于同辈，保持着威严，却不失其亲切。故事的主角和困顿时候的布加曹夫无心的会见过，有赠给他一件皮衣的小惠，后来主角站在官家方面，和他对敌，几次落在布加曹夫的手里，却几次都受了他的礼遇和饶恕。这是人性的温情。

然而作者的同情，显然是在官家的将校方面。大尉和他的妻被描写得非常可爱，却受了布加曹夫的绞刑。而投降了布加曹夫的官军的将官司西华卜林却是阴险奸恶的人物。嫌恶农民运动的暴力，却又在农民和农民领袖的身上找不出巨大的缺点，于是把憎恶一概堆砌在他自己阶级的叛徒身上，这也许是作者的一种苦心孤诣罢。

这故事里的可爱的人物，除了大尉夫妇以外，还有主角的侍仆绥惠里支。这是贵族文学中常见的忠仆的典型。对主人竭尽忠诚，而又带着喜剧人物的姿貌。莎士比亚宫廷文学中常见的弄臣，和这个有些仿佛。

这小说的女主角，大尉的女儿，却描画得并不十分出色。不过也显露了普式庚小说中的青年女性的特征：带着幽怨，又温柔贞静，而且又好像时时刻刻需要骑士的护卫一样的纤弱。这一切也许是贵族女性的特质。

描写布加曹夫的乱事的时候，作者嫌恶着社会变革的暴力，同情总是在官方，但他描写另外一个反抗社会制度的人物，杜布罗夫斯基的时候，他的同情是在反抗者方面，而对于暴力，在这里也曲与优容了。

杜布罗夫斯基是一个小地主的儿子。父亲被一个横暴的大地主气死了，土地被夺去，自己不得已做了强盗。他原是想报仇，先杀了仇人的。而仇人的女儿魅惑了他。爱和恨的对象同在一家，爱和恨的情绪同在他一个人身上找到了最强烈的表现。终于是爱得了胜利。为了爱他原谅了他的家仇和情敌，而且停止了他反对不正的社会和腐败的地主制度的斗争。安那其式的反叛，化为了爱情无上的容忍。这是普式庚时代解决社会矛盾的方式，而这方式是多少带着一种黑暗时代的凄味的，杜布罗夫斯基没有了家，情人被强夺，自己又被打伤，离开俄国的时候，我们可以想象得到，他是多么的寂寞和阴暗。

　　在俄国的诗人当中，普式庚算是最为明朗的一个。可是他也有时禁不住露出阴郁的面容，尤其是当他描画弱小的人们的时候。他的小说集《白尔金的故事》（*Tales by Belkin*）中的《驿站站长》（*The Station-master*）是有名的一个短篇，却是多的阴暗。驿站站长的可爱的女儿，他的阴暗孤凄的生活之中的唯一安慰，被一个过路的贵族引诱去了。这个可怜的老人几次去找他的女儿的下落，最后的一次，阴影一样的站在那贵族之家的内室门口，望着他的亲生的女儿变得好像生人一样害怕他起来了的时候，那是多么可怕的场面，老人和女儿以后永远不曾再见面，就这样孤苦凄清的永逝了。

　　普式庚的另外一个敌杰作，《铲形皇后纸牌》（*The Queen of Spades*），色调比《驿站站长》更为阴暗。那故事是这样的：

　　在赌室的漫谈中，×伯爵夫人的孙儿漫不经意的说他祖母知道三个必胜的纸牌的秘密，得到这秘密，祖母自己解除了一回巨债的灾厄，又救了另外一个人，以后这秘密，就永远被她保守着，再不用了。这只是并不实在的虚构，却打动了一个赌博的旁观者，的黑曼心情。

　　×伯爵夫人很老了，过着一种非常怪僻的老年的生活，她的一个年轻的侍婢，丽查，也跟着她度送了一种没有青春，没有情爱的寂寞的生活。每天所看见的是伯爵夫人的古怪的习惯，所听到的是伯爵夫人的任性的专制的吩咐。突然一天在她的窗子下面，她看到了一个年轻的军官。这就是黑曼。打破她的青春的孤寂的爱情降临到她身上来了么？她是多么激动，疑惧和惊喜。

　　以后，黑曼真的对她表示了狂热的爱情。经过多少热情的表露，丽查终于热烈的爱上他了。最后，她约他幽会，那是约在伯爵夫人出去赴跳舞会的晚上，约了他在她陪伯爵夫人去赴跳舞会，还没有回来的时候，他混到她的寝室里去，黑曼照了她的话混进了伯爵夫人的府邸，可是等到丽查和伯爵夫人回来的时候，他并没有到丽查房间里去赴爱情的密约，却走到伯爵夫人的房间里，向她询问必胜纸牌的秘密。几个月来爱情的表示，原来是为了得近伯爵夫人，得到她的胜利的纸牌的秘密。"这样，那许多热烈的信和热烈的祈求，那种鲁莽的，坚固的固执——不是意味着爱情！金钱——那是他渴求着的东西。"丽查觉悟了，而她是多么的凄寂。

这是浪漫的，爱情无上的普式庚的一篇最现实的故事。彼得大帝维新以后的俄国，资本主义已经在萌芽，金钱已经快要窒灭贵族的精神了。这种社会变动所给与普式庚的贵族意识的影响，在这一个短篇之中，找着了最明确的表现。黑曼是和戈哥理的《死魂灵》里面的乞乞科夫有些仿佛的人物，为了挣取金钱，他们都可以用生活中一切神圣的东西作为手段。普式庚到处歌颂的神圣爱情，在黑曼身上却不过是取得金钱的可怜的垫脚物，明朗的普式庚还可以免掉阴沉吗？

我所看到的最有社会意味的普式庚的小说，是这几篇。此外还有他的带着家谱性质的《彼得大帝的黑人》，这里面的彼得大帝是一个最英明又最仁慈的君主。作为诗人的传略，作为俄国维新时代的史话，这都是一篇深有价值的作品。

普式庚小说还很多，但因为有的没有看到，有的是思想的意义比较的小，在这里都不谈了。

普式庚不只是诗人，小说家，他还写过悲剧，做过批评论文，写过游记，还作了一部《布加曹夫变乱史》。他是一个多方面的伟大的天才。俄国的贵族却不重视他，使他终生的颠沛，最后还要设定一个谋杀他的圈套，太早的终结了他的生命。

这位天才贵族的呼吸的停止，至今年恰恰一百年。他的国家已经成了无产阶级的自由的天国。听说苏联对于这个伟大天才的百年祭，全国将有盛大的祭祀。贵族的诗人遭受了贵族阶级的凌虐和谋杀，百年后，却受着无产阶级热烈的敬礼。无产阶级不但懂得爱惜自己阶级的诗人，而且也能怀抱任何阶级的真正的诗人。

这里所译的《杜布罗夫斯基》，是前年根据 Natalie Duddington 的英译重译，译给郑振铎先生所编"世界文库"的。"世界文库"后来改了计划，这译稿就一直搁着。在普式庚百年祭祀的今年，书店愿印单行本。我趁这机会，一知半解的谈了一些我所知道的普式庚，和这一定不满人意的译文，当做一个小小的羞涩的花环（如果也能当做花环的话），放在诗人的中国祭祀的一个小角落，能够这样，我真是非常的欢喜。

——录自生活书店 1937 年初版

《切流斯金号北极探险记》[①]

《切流斯金号北极探险记》译者序言
（逸夫〔楼适夷〕[②]　郭和[③]）

一九三四年二月十三日，苏联北极探险船切流斯金号在北极丘科忒海中为流冰所包围，失却了行驶的自由，经过五个月的漂流之后，终于因猛烈的冰山的挤压，而破碎沉没了。在北极的苍茫暮色之中，零下四十度的严寒，六波尔的强风，和猛烈的雪片之下，搭乘在船上的一百余人的探险队员——内有十个女子和两个幼孩，跳到一块荒凉的大流冰上；在冰上漂流了两个月，与残酷的自然，作不屈不挠的鏖

---

① 《切流斯金号北极探险记》，苏联斯密忒等六十四人集体著作，逸夫、郭和合译，上海天马书店 1937 年 2 月初版。

② 逸夫，楼适夷（1905—2001），原名锡春，笔名楼建南等，浙江余姚人。1925 年从事党的地下工作，1928 年入上海艺术大学，参加太阳社。1929 年赴日本留学，主修俄罗斯文学。归国后参加"左联"，参与编辑"左联"机关刊物《前哨》《文学导报》《文艺新闻》等，后出任《新华日报》副刊编辑和中华全国文艺界抗敌协会理事。先后合编《文艺阵地》《奔流新集》《中国作家》等。另译有苏联高尔基《人间》《我的文学修养》及《林房雄集》等。

③ 郭和，生卒年不详。另译有马克思著作《犹太人问题》《巴黎公社》《法兰西内战》，编有儿童文学《小博士的趣话》。

战，终于以苏联政府和全民众的努力，赖航空队出生入死的拯救，全
体都得了生还。——这事件曾由报章的传达，轰动了全世界的耳目。

得救的队员和援救的航空士，在全苏联受了空前盛大热烈的欢
迎，及政府机关越格的褒奖。担任援救工作的七位飞行家，得了"苏
联英雄"的新称号。除了随探险队同行的电影员所摄制的影片，已遍
映于全世界的都市（在中国也曾经映演），博得盛大的感动，又由苏
联政府的主持，出版了两部关于此事件的记录，一部是记载救援的飞
行士的自传和全部救援工作的《我们如何救援了切流斯金队员?》，一
部是由六十四位切流斯金队员执笔的，分为两卷的《切流斯金远征
记》，记录切流斯金号自一九三三年七月从列宁格勒出发以后的航程，
及九月间到达丘科忒海为流冰所包围，随冰块漂流，以至一九三四年
二月十三日受挤沉没，一百零四人在冰上营幕中的生活与以后得救
的经过。这三卷原书合计共一千二三百页，日人平冈雅英就这三卷中
撷要剪繁辑译一册，题为《切流斯金号的最后》；他自己说虽然没有
原书那么豪华和详细，但对这未曾有之历史事件，自信已能作简赅的
传达。这本译书，便是依据平冈氏辑译，东京那乌加社出版的译本移
译，除原书《序言》——《真理报》主笔 L·梅夫里斯的《北极海的
史诗》，及远征队秘书 S·赛门诺夫的文中第四第六两节均未译以外，
其他文字及图画均没有大的变动。

能够把这本译书呈献于和一块破碎的流冰差不多的中国的读者，
在译者是觉得非常的荣幸。译者深切地觉得切流斯金事件的意义，并
不仅在于它因特殊的命运，会引动了全世界好奇的瞩目；也不仅因其
虽遭破碎而依然完成了科学研究上及北冰洋航路开拓上的不朽的功
业，而尤其是因在这事件中，可以使我们最明白地认识一个人类的新
的感情和新的道德的说界。

我们如果略略涉猎一下近代科学探险的历史，例如斯文赫定的中
亚细亚探险，那种探险团的组成，除了领袖的探险家，便是一些用金

钱雇用的无知的土人，受着残酷的驱使，作无名的牺牲；在光辉的科学研究后面，隐藏着黑暗悲惨的一面；又如美国裴特少将的南极探险，与其说是为科学的研究，宁可说是 Sportman [Sportsman] 的游赛纪录。但是在苏联的北极探险中，我们所见的是完全不同的面目。我们看见他的科学研究怎样地和实际建设作紧密的联系；又从其队伍的组成上，看见怎样的一种集团的力量；尤其是当他们在危险中所显示的。

——建立自己的幸福于集团的幸福之上；要救助自己，必须救助集团！

这是在北极流冰上和自然苦斗的施密忒营中的信条；他们最严格地遵守了这个信条，终于战胜了自然，获得了援救，以自己赤血淋漓的事实，证实了这个信条。梅夫里斯在《北极海的史诗》上说：

> "全体探险队员遏制了在这种不幸状态中最容易勃发的个人的本能，和疯狂的丘科忒冰海斗争。如果在这情势中，各人只关念个人的安全，则即使不是全体——至少其中大多数是会陷入灭亡的；他们对施密忒营全体的努力，也很好的开辟了各人个人的命运。"

当一百另四人被弃于北极海的浮冰上以后，在冰上所出的壁报《不屈》第一号上，他们写了这样的话：

"我们是甘心着我们的命运的！"因为他们深信："我们伟大的联邦共和国政府，毫无疑义的将竭尽一切的手段，使我们得到切实的援助。"切流斯金号现在是没有了，但切流斯金队员是不朽的；切流斯金队员的事业是不朽的！

在队中，从最高干部队长船长，一切教授专门学者，直到一班完全没有见过世面的农村手工业者——木匠，和担任最"低级"工作的扫除妇，都受着同样的集团的教育，确信自己的事业是伟大不朽的英雄的事业。因为他们有这种确信，所以虽然站在生死线上，还能够以无限的忍耐和无限的勇气，面对着最凶暴最狰狞的现实，没有丝毫怯惧之色，作不屈不挠的斗争。当冰上的无线电和陆地接通之后，他们所得到的由政府领袖署名的第一封电报，便这样的写着：

> "我们正抱着无限的感动，守护着诸君对大自然的英勇的斗争，我们要竭尽一切的力量来援救你们；我们坚决的相信，你们的远征将得到可庆贺的结局……"

事实上全队员没有一个例外的得到了奇迹似的救援；七位航空英雄在狂暴的大风雪中，在一片白皑皑的冰洋之上，以单骑深入万军的勇敢的行为，找到了这个与全人类隔绝的烟村，完成了荒古未有的英雄事业。

在这里我们看见人与人的新的关系；一种个人对全体的责任感，一种由集团行动所训练成的新英雄主义。——从这点上说，这不仅仅是一部战胜大自然的英雄的史诗，也是一部新的人类史的序曲。

就是在这本书的本身上，也完全和其他一切探险记有不同的意义。我们在这里再引用梅夫里斯的话来结束这篇小序：

> "这本描写英雄的远征的书，也有着它本身的历史。这本书是产生于切流斯金号的沉没和传说一般的冰上生活之活鲜鲜的印象下的，它的开头的几页，是在天幕中，在煤油灯的黯淡的光线中，在不绝受着会重蹈许多勇敢的北极探险家所遭遇的悲剧的命运这个威胁之中所写成的。
>
> "永是快活而富于独创的巴叶夫斯基，在流冰上结合了队员，编辑关于远征的日记，回想，论文。其中一部分由《真理报》通信员伊萨珂夫从堪察加的百特罗波罗夫斯克乘坐飞机带到莫斯科，发表在报上。巴叶夫斯基所搜集的材料，实为接着英雄飞行

家的书而出版的《切流斯金号远征记》两卷的基础。

　　"我们很少关于苏联各探险队的文献，本书可以略略补满这个缺憾了。但《切流斯金远征记》和普通游记探险记不同的一点；是在于由直接参加北极大远征的集团所编辑的。

　　"切流斯金队员的小品，论文（有许多人还是初次动笔的），他们的日记，回想录，画家莱雪托尼珂夫的优美的插画，诺维茨基和其他队员的摄影——这一切材料，把这本书作成了稀有的，动人的历史文书。六十四个队员写了两大卷的远征记；这正是创造了伟大的史诗，创造了强固的组织的，也是英勇的征服了奇怪疯狂的北极无人境的人们真正的集团的作品。"

译者　一九三五，十二月二十日。

——录自天马书店 1937 年初版

《逃亡》^①

《逃亡》译序
向培良^②

　　十九世纪末年到二十世纪初，英国的戏剧，一时呈异常发皇的气象。从平内罗（Peniro [Pinero]）以下，琼斯（Henry Jones），王

---

①　《逃亡》（*Escape*），剧本。英国高斯华绥（John Galsworthy，今译高尔斯华绥，1867—1933）著，向培良译，"世界文学名著"丛书之一，上海商务印书馆 1937 年 2 月初版。

②　向培良（1905—1959），湖南黔阳人。1923 年考入北京私立中国大学。后任郑州《豫报》副刊、武汉《革命军日报》副刊编辑。1929 年到上海南华书店任总编辑。1936 年在上海创办上海大戏院，并兼任上海美术专科学校教授。另译有意大利丹农雪乌（今译邓南遮）戏剧《死城》等。

尔德，坎伯尔（Chambers），大维斯（H. Davies），巴喀尔（Baker），菲利浦（S. Phillips），汉钦（Hankin），曼殊斐尔（J. Masefield），浩顿（Houghton），巴蕾（Borrie），毛格姆（Maugham），以及爱尔兰作家之群，均争奇斗妍，蔚为大观。而萧伯纳及高斯华绥（John Galsworthy）两人，更为国人所最熟悉，两人对于人生的态度，亦颇有近似处，同为反抗社会之不懈的战士。

原来英国戏剧，从莎士比亚以后直到近代，几百年间，并无特殊的天才出现。十八世纪的高尔斯密斯（Goldsmith，1728—1770）与希锐顿（Sheridan，1751—1816）为点缀其间仅有的人物。从王政复辟之后，英国剧坛，即重压于法国影响之下，同时莎士比亚之崇拜，亦达于极点，又因为莎氏剧的名演员辈出，如欧文（Henry Irving）等，足以转移一时观听，把重心从剧本夺开，所以天才的剧作者，都趋向别的方面去了。这种形式，到十九世纪末年才转度。易卜生的剧本传入英国，给剧坛以重大的刺激。十九世纪最后十年，剧坛顿呈异采。一八九二年有王尔德的《温德米尔夫人的扇子》，萧伯纳的第一剧《鳏夫之室》。翌年有平内罗的名作《汤格罗的续弦夫人》，王尔德的《不重要的妇人》。随即杰作辈出了。而高斯华绥，则开始作剧于一九〇六年，发表其名作《银匣》。

高斯华绥生于一八六七年，英国之康伯（Coombe）。入牛津大学读书，毕业于一八八九年。他本来是学法律的，毕业之翌年曾经出庭，但是他说：“我读得很多，一点实用都没有，却恨透了我的职业。”于是他放弃了律师生涯。他家庭状况很好，用不着为口腹奔走，此后数年便任情浪游，并开始写作，他最初发表的是一篇小说《约瑟林》（Jocelyn），时为十九世纪之最后一年。此后即继续写小说，散文，《银匣》以后更大量写作剧本，成为英国现存作家能同时在戏剧和小说两方面都得到成功的惟一人物，他的剧本重要的有《银匣》，《争斗》（Strife 1909），《法网》（Justice 1910），《愚人》（Pigeon 1912），《长子》（*The Eldest Son* 同年）《群众》（*The Mob* 1914）《翻戏党》（中译《相鼠有皮》*The Skin Game* 1920），《忠义》（*Loyalties* 1922），《表演》（*The Show* 1925），《逃亡》（*Escape* 1927）等。

就创作的年代来说，高斯华绥是属于二十世纪的，但他实在是承十九世纪以来戏剧诸大师的系统底一个伟人，这就是说，他和自易卜生以下的现代戏剧诸大师一样，是一个战士。凡是当一个战士的，必须心性坚定，态度勇敢，目标确实——高斯华绥正是这样的，他毫不动摇，在他的剧本里有着一致的坚定的精神。这种精神，我们不妨称之为人类之永久向上的精神，本来是流行于一切时代一切伟大的作品之中的，但在十九世纪末年，个人与社会的对立性极其明显，人们开始以敏锐的眼光和毫不妥协的态度从社会里掘出一切不合理来：似乎更加强固了。在他的一篇论文《戏剧庸言》里，高斯华绥说过如下的话："戏剧应该形成之使有一意义的中心（A spire of meaning）。每一群生活或人物有其固有的道德；剧作家的任务就是要装置这一群使其道德能尖锐地暴于日光之下。"

这是高斯华绥作剧的基本，每一个剧本里都可以看出来的。他猛烈地攻击社会之不合理。第一剧《银匣》，即以辉煌的雄辩向法律进攻，斥之为仅系有势者之御用物。也许因为他自己曾习过法律，故对此兴味甚高，《法网》和《逃亡》均以法律为题材。此外如《争斗》之写劳资冲突，《长子》之写顽固的旧思想，《翻戏党》之写无谓的意气之争，人类的愚蠢；他虽然是以英国的社会为对象，却是超乎时间和地域之限制，对于社会之不合理作普泛的攻击。

不过在高斯华绥的剧本里面，却并没有什么阴惨的气息，因为他是一个战士，所以觉得一切困难和不合理都不过只是一种障碍罢。他似乎把攻击的目标都放在社会和制度上，而对于人性的本原，却认为是有良好的成分隐在那后面。这种态度，在《逃亡》里更属显明。《逃亡》一剧，表面上是描写种种人对于法律的态度——一个逃犯，从监狱中出来，经过了四十八小时而重被捕。在此时间，他转入种种情境，遇到了种种人，他们有的同情他，有的帮助他，有的拒绝他，有的深恶痛绝地追逐他。其实这个剧本的中心，不过从多数情境中表现出人性之各种方面罢了。剧中马迪，误伤人命，判刑四年，他好像是罪有应得，他也没有什么必须逃走的理由。因此，同情他的人固然是好人，就是憎恶而追逐他的人也似乎是通常应有的见解。在这种情况之下，我们也和那个牧师一样，不知道究竟应该怎么办了。于是在这种进退维谷之中，作者以敏妙的手腕，深深发掘人性之根基了。

《逃亡》，在技巧上，也是高斯华绥的上乘作品。正如克拉喀（B. Clark）所说："在一首小诗《祈祷》里面，诗人高斯华绥要求被'了解'。所有高斯华绥的剧本都是那样的一个人——，希望发掘到底层，求取了解，并帮助别的人也这样作的人所写的。"这个剧本，正是一个在人生中（我们不妨象征地这样说）逃亡的人，在要求了解；然而作者却严守自然派的手法，他自己是客观地站在旁边的。他介绍种种人物，在种种日常可以发生的小事故里面，让他们如真实的人生一样活动，绝不参加自己的意见。他使场面迅速变化（全剧连序幕共十场），每在短短的场面里介绍新的角色（每一场除了主角马迪之外，几乎都全是新的，）却都异常生动，个性极其显明。动作都自然而生动，毫没有什么做作的所谓 theatrical 的地方。他放弃一切固有的手法，但却通体生动而有兴趣；其吸引观众之力，竟在 Well-made play 之上。（此剧于一九二六年写成，八月十二日在伦敦大使剧院开演，直继续到翌年三月同日。）

说到形式，这个剧本有其特殊之点。全剧不分幕，而为短的急促变换的场面。计除序幕外，共九个 episode。Episode 一字，无恰当的译名，姑称之为折。这是在技巧上的一大变革。近代剧与此形式相同的，似仅有 Kaiser 的《从清晨到夜半》。原来剧本组织的形式，是与舞台的构造直接发生关系的。希拉及莎士比亚的舞台均不用幕，亦无征实的布景。故希拉剧不分幕，而莎士比亚的戏剧，则地点之变换，委之于观众的想象，而可以任意变更，遂分场甚多。法国新古主义时代及英国王政复辟时代，剧场初用硬片为景，按远近法绘画，然后固定近代分幕的剧本形式。布景装置，从此为舞台上一重要成分，不可分离，虽增加戏剧之真实的氛围气，但不利迅速更换，故剧本之地点底更换，亦遂不能自由。这种从三幕到五幕的形式（亦间有六幕），遂为近代剧惟一的形式。这是不是最好的形式，似乎没有人能够断定，只不过因为这是惟一可能的形式罢了。

但高斯华绥一起始并不是个专实戏剧的人，他的剧本一开始就在 Repertory theater（可译为编目剧院，一种不纯粹以营业为目的而注重于新戏本之上演的剧院，其性质同自由剧场）上演的，故能摆脱剧场中的因袭。并且二十世纪的舞台装置有极大的进展，已能迅速变换。所以幕的限制，已渐非决定的限制了。德国的表现派开始于此方面破坏，但未曾得到完满的结果。高斯华绥的这一尝试，在其本身算是成功的，然亦未能开创一新的运动，这是因为"幕"底废除，影响到全部写作戏剧的技巧之故。

一幕（An act），在性质上是完整的，有起有发展有结束，开始是介绍和展开闭幕之前，往往是大场面（big scene）。把全剧结构集中为三，四或五幕，在技巧上又甚为方便。虽然作者久已不满意于这种机械的组织，而企图变换，但终未能彻底改革。契珂夫，高尔基等人的剧本，往往使之如人生的实际一样，听其自然流走，其分幕不过是一种形式上的便利而已；至少对于 big scene 的手法，已经为大多数剧作家所放弃了。《逃亡》是从这点上更进了一步。

放弃幕底区分，其最大的好处在于结构可以更自由更真实，而困难之处，则在于人物之介绍及故事之开展不易处理。《逃亡》的故事，是跟着时间之经过而发展的，集中于一个人，故情节的处理不发生困难（《从清晨到夜半》亦采取同一方式，但这终不过是特殊的题材而已），而人物之介绍，则高斯华绥发挥其最高的技巧，往往在几行里面就完成了他的工作。这是不能求之于一般人的。

　　这个剧本，介绍到我国来，也许可以给剧作者一点新的刺激罢。这里开展了一个新的园地。我国戏剧，以社会的及文化的原因，一时殊不易发展，尤其是舞台装置，在没有良好的剧院（这恐非短时期所能进展的）之先，更无从改进，则另外走一条不依赖舞台装置的路子也未尝不可，高斯华绥的《逃亡》是舞台装置高度发展以后的产物，却同时可以暗示一种不依赖舞台装置的情形。这就是说，莎士比亚型的戏剧（当然有其近代的变更）。并不是不能再尝试的。

　　此处承友人刘思训先生仔细校正一次，改正不少错误，至为感激，刘先生英文学识至为深湛，有若干困难，蒙其代为解决。如非刘先生之力，此译本恐尚不敢大胆发表，谨此致谢。

黔阳向培良识　　二十五年十月

——录自商务印书馆 1937 年初版

《贵族之家》[①]

《贵族之家》译者小引

丽尼 [②]

　　一八五八年夏日，屠格涅夫从国外归来，在他底田庄斯帕斯科伊

---

① 《贵族之家》，长篇小说，俄国屠格涅夫（I. S. Turgenev，1818—1883）著，丽尼译，"译文丛书·屠格涅夫选集"，上海文化生活出版社 1937 年 2 月初版。

② 丽尼（1909—1968），原名郭安仁，生于湖北孝感，早年就读于武汉教会学校博学中学，曾在上海劳动大学做旁听生。1930 年前后到福建任职于《泉州日报》，担任晋江黎明高中英语教师。后与巴金等创办文化生活出版社。另译有俄国契诃夫戏剧《万尼亚舅舅》《海鸥》、屠格涅夫小说《前夜》及高尔基小说《天蓝的生活》等。

过了勤劳的四个月；到了冬天，当他回到彼得堡他底朋友们面前的时候，他随着带来了一部小说底原稿：这就是"使得全个俄罗斯为之流泪"的那部小说，《贵族之家》。小说发表于次年一月号的《当代》杂志，立刻为它底作者确立了第一流小说家底名誉。杂志底批评栏给它献奉了巨大的篇幅，女主人公丽莎底名字成了流行的用语，青年作者们把他们底作品羞愧地捧呈于这位作家之前，即一向只把屠格涅夫认为随笔作家的冈查罗夫，这时也不能不把他当作小说家而对他侧目了。总之，如果屠格涅夫底其它大部作品从读者所唤起的毁誉往往难得一致，至少对于这部作品，则无论他底友人和敌人，无不异口同声地称赞。《贵族之家》底时代快过去了，新的人渐渐在俄国生长起来，而屠格涅夫底作品却对于那夕阳似的时代给予了无限诗意的描画，这，当然是会感动每一个读者底心灵的。在一八五五年代所写的《罗亭》里（在那时，屠格涅夫还不曾给他底无行动力的英雄安排一个光荣的死），作者已经对他底青年时代，理想主义的四十年代，作了同情的，然而同时是谴责的告别，而在这一部里，作者更以一个踏入了人生中年的人底温情，回顾了已经过去的青年时代底危机，那调子，也就更其亲切，而尤其更为惆怅了。

然而，这小说，也并不仅仅给那将要过去的时代给了最后的凝视和伤悼。在这里，正如在作者底另外的长篇里一样，也表现着一个特定时代底思潮和其特殊的气息。拉夫列茨基不再是罗亭式的人物了，却是一个更有根基的人。拉夫列茨基，在不幸的打击之后，却还有坚强的气力回到俄国来，"耕种土地"。这不是一个纯然的徒托空言者，不是一个罗亭式的没有根的，无家的俄国漂流者；他不仅耕种了土地，而且也该有自满的权利，因为，"他也尽可能地为着他底农民们图谋了并且保证了生活底利益。"屠格涅夫自己，原是一个"顽固的西欧派"，所拥护的，不是信仰，却是理性，不是民族主义，却是人类主义，不是东方的正教，却是西方的文明，然而，为了使他底小说更忠实于时代底思想，他不惜借着拉夫列茨基底口宣说着自己所不能同意的斯拉夫主义，而使他所憎恶的潘辛将自己所拥护的西欧主义底思潮变成歪曲。①西欧主义者的罗亭，在这里堕落为潘辛一流的俗吏，而斯拉夫主义者的拉夫列茨基，却出现在胜利的光影里，成为改革农民生活的实行者了。当然，罗亭是不能变成潘辛的：罗亭所有的崇高的理想，在潘辛，一个俗吏，却决不能有；而同时，斯拉夫主义者的拉夫列茨基，也决不能成为"到民间去"的运动底先锋。可是，忠实艺术家而兼深锐思想家的屠格涅夫对于这一历史底矛盾，却给与了一种极其光辉的解决：惟有对于人民生活有着真实的了解，才能说到西欧主义，不然，上焉者，会变成徒托空言而当与现实接触之际就只能逃避的罗亭式的英雄，下焉者，则简直变成潘辛式的俗吏；而在另一方面，对于斯拉夫主义者，也惟有在牺牲自己而图谋万人底福利之下，这才能够发见俄罗斯底独特的命运和使命。在这种意义上，屠格涅夫对于那永远怀着热情的米哈莱维奇，也许是寄托着深大的希望的。

　　在拉夫列茨基身上，屠格涅夫写出了一个过渡时代底英雄底命运，而在丽莎身上，他则创造了在那时代由俄罗斯底土地上所生长出来的最完美的女性底典型：诚实，虔敬，纯洁，崇高，有着善良的，温厚的心田，和坚强的，不可屈的意志；不十分美，然而却自然地可爱；不秉有特大的天赋，然而，却有着自己底思想。她不是一个爱国者，然而，她却爱着俄国底人民。丽莎在小说里的自我牺牲，就保证着未来的俄罗斯女性底一切更积极的美。朵思托也夫斯基，在论及普式庚底《爱瑾·奥涅琴》里的女英雄泰狄亚娜之时，曾经说道："像

---

①　见本书第三十三章，潘辛和拉夫列茨基的辩论。在当时的俄国，思想界分为两派，西欧派与斯拉夫派：前者，由潘辛代表，认为"所有民族，本质的地，全是相同的"，因此，在西欧所曾经历的一切，对于俄国，均当成为历史底必然；后者，为拉夫列茨基所代表的，则认为俄国自有他底"独特性"，因此，凡有改革，须先"认清国家底真精神"，可是，落后的斯拉夫派，所拥护的实际上只是莎皇和正教。——原注

这样美的，积极的俄罗斯女性底典型，在我们底文学中，是一直不曾被创造过的"[1]，然而，将屠格涅夫底丽莎当作了惟一的例外。在泰狄亚娜，是以自我牺牲，以义务感而完成了她底美和积极性；在丽莎，也是。在这里，我们可以说，我们底艺术家已经预言了新的女性底到来。而这种女性，在他底次一部小说《前夜》里，就果真到来了。

不幸的婚姻，和幻灭的恋爱，诗和哀愁的调子，当然是使这小说得到最普遍的申诉的原因，然而，全体看来，以这作品本身底完美和谐，也就可以博得极大的称赞。不像在《罗亭》里作者对于主脚的同情和谴责有时不能得到适当的调协，也不像在《前夜》里作者对于行动的英雄缺少着表现，亦不像在《父与子》里虚无主义者有时变成了可笑的人物，更不像在《处女地》里作者底艺术的直觉弥补不了他对于现实情形的隔阂：以一贯的同情，家族史似的精细，平静的流水似的场景和动作，和多一半是自传式的实感和亲切，《贵族之家》成功了一件非常的艺术杰作，在这里，我们难得找出一个虽然极其细微的错误的音符，也更难发现一个极小的不必要的场面。[2] 每一个人物，从被称为"俄罗斯底格丽卿"的女主人公丽莎起，以至男主人公拉夫列茨基，牝狮型的拉夫列茨基夫人，坚强而爽直的姑姑，懒惰而且自私的母亲，俗物潘辛，和年老的，不幸的音乐家伦蒙，莫不出现于神奇的，艺术的光影里；不仅这些主要的和次要的人物，就是每一个仆婢，甚至每一个动物，也都以美妙的形象在读者底心里留下不可磨灭的迹印。短短的家族史的插曲，给我们复活了农奴解放前的地主俄罗斯底历史，在那对于"好的往昔"的回忆里，我们看见了亚历山

---

[1]　见一八八〇年六月朵思托也夫斯基在莫斯科普式庚塑像揭幕式中的演说。——原注

[2]　Sollogub 伯爵和 M. A. de Calonne 底法译本 "*Une nichée de gentilshommes*" 删去了第二十五章拉夫列茨基和米哈莱维奇重逢的一场。聪明的读者自然会知道这删削对于原著给了多么大的损害。——原注

大和尼古拉斯制下的地主世界，那些只会说空话的老新党们是怎样脆弱，怎样在现实生活之中露出了原形，而这么相形之下，四十年代底英雄们就到底显现着无限的优越性。小说中的每一段对话，每一处背景，也无不精美绝伦，奇妙地增加着一般的效果，并且适宜地遂行着特定的任务。俄罗斯底风景，荒废的地主底邸宅和庄园。沉静的湖水，平和的夏夜，温柔的私语和神奇的音乐，所有这些，只要和屠格涅夫底笔一经结合起来，就不知怎样产生出来了不可思议的魅力。至于那有名的"尾声"，则是除了应用音乐的术语以外，在文字中是找不出恰当的赞美的。

　　在《罗亭》里，正如黑尔惨所说，"屠格涅夫是以上帝造人为榜样，依着自己底形象，创造了罗亭。"《贵族之家》也可以算得屠格涅夫底自传成分极浓的小说之一例。拉夫列茨基，多一半就是作者自己底写照。那平静的庄园生活，与屠格涅夫自己在斯帕斯科伊的羁囚之日是颇相类似的；西欧的倦游，使他想念着故国，有如拉夫列茨基底回到俄国来耕种土地；对于费雅度夫人的无望的恋情，使他在他底小说里不自主地露出了凄恻；而女主公丽莎底模型，则据说正是他底一门远亲，而且日后也正如丽莎一样进了修道院的一个少女。当拉夫列茨基在小说底"尾声"里向着他底后辈们告别的时候，他曾经说道："未来是属于你们的……我虽然有着悲哀，却并无嫉妒"，这，也正象征着屠格涅夫自己底心情：在当时，新的人已经上前来了，如杜布洛柳波夫，巧尔尼雪夫斯基等，这些青年人们才是真正的历史推动者，屠格涅夫在心情上虽然不能同他们调协，然而，在思想上却是不能不和他们谐鸣的。他已经到了中年，他惆怅于自己底青春已经失去，然而，他也正和拉夫列茨基一样可以自满，因为他不独不曾失去"善良底信仰，意志底坚强，和活动底欲望"，并且也不曾停止他自己底进展：在他底紧接着《贵族之家》而出现的《前夜》和《父与子》里，他所写的就不再是他自己底回忆，却是当前的青年底典型了。

屠格涅夫底文章承继着普式庚底诗和明洁，果戈理底讽刺和丰富，加上他自己底抒情主义和忧郁：他将两位伟大的创业者所遗留下来的文学语言变成更纯熟，更洗练，而且更"诗"的，因此，这里的译文（尤其因为不是从原文直接译出之故），如果逃走了屠格涅夫，而只是用另外的语言讲了一个屠格涅夫所曾讲过的故事，那在译者自己，是不会觉得十分意外的。可是，译文虽然粗劣，译者却尽了他底最大的慎重和努力，这是敢于向读者担保的。如能因为这点慎重和努力，和对于原作的热爱，或在某些方面的共鸣，使这译本还能勉强可读，使读者在读过之后还能略略窥见原作底面目，那就是译者最大的幸福。

译文所根据的是英译，一共有四种不同的本子：（一）拉耳斯顿译（W. R. S. Ralston：*Liza*）"万人丛书"本；（二）伊莎伯尔·哈勃葛德译（Isabel F. Hapgood：*A Nobleman's Nest*）全集本；（三）康斯坦士·迦奈特译（Constance Garnett：*A House of Gentle folks*）全集本；（四）达维斯译（F. D. Davis：*A Nest of Hereditary Legislators*）。除了最后一种间有脱落外，其他三种都是早有定评的好译本，就中，拉耳斯顿所译，既忠实且多神采，因为是作者底友人，所以根据的原文也是经过作者亲手订定过的，和他本间有出入，同时，长句和长段也多改成了短的。哈勃葛德底译本是以绝对忠实著称的；迦奈特也是有名的忠实译者。在译这书的时候，我底主要根据是拉耳斯顿译本，标点和段落多依哈勃葛德，最后的校对，则对照迦奈特；如有三本各不相同的地方，那就参看第四种译本，采取较近似的一种。有时，也参照熊泽复六底日译。

我不能忘记许多年来我每一次阅读这书的时候所得到的喜悦和感动。九年以前，我曾以幼稚的热情将这书译过一次，但是，幸而那草率的译稿不曾得到出版底机会，而且终于也不见了踪影。近年来，忠实而负责的译者渐渐增多了，把名著还它一个名著，不独是读者底企望，并且，也成了多数翻译者所努力的目标。至于我自己，虽然极愿在优异的译者们底后面作一个拙劣的追随者，但这目前的成绩却是不足道的，然而，我希望着我以后能有进步。

　　这一次的译文，动手于去年夏季，及至校印完毕，已到今年底初春了。全稿译成之后，得友人陆蠡先生对照法译，陆少懿先生对照日译，柳野青先生对照英译，逐字校读，荒煤先生校读最后的排印稿样，或提出各种译文间的参差，或对我自己底译文给与修辞上的指正，花费了他们底许多宝贵时间，是当特别感谢的；书中间杂的法语，在翻译之际，多就正于吴金堤先生；音乐术语，则多由贺绿汀，吕骥，和张汀石三位先生给以鉴定，一并志谢。

　　最后，对于俄国底人名组织和称呼习惯，为了便利初读俄国作品的读者，在这里也略加解说。俄国人名，普通由三部分组成，如费多尔·伊凡诺维奇·拉夫列茨基：第一部分，费多尔是自己底名，即教名；第二部分，是父名，伊凡诺维奇即指父亲名叫伊凡，而后面的语尾则意云"其子"，第三部分是姓。费多尔·伊凡诺维奇·拉夫列茨基就是说这人姓拉夫列茨基，名费多尔，为伊凡底儿子。女性底名字也同样有这样的三个部分，不过父名底语尾则意云"其女"，如莉萨维大·米哈伊洛夫娜·加里丁，即是这姑娘自己名叫莉萨维大，姓加里丁，是米哈伊尔底女儿。除这之外，也还有昵称，如费多尔被称为费狄亚或费狄乌其嘉，丽莎维大被称成丽莎，丽赛大，或者丽索其嘉。在称呼上，一般地，上对下，仅称其教名，或昵称；教名连父名，则表示客气，行于下对上，平辈间有交情者或仅仅相识者。所以，当拉夫列茨基称丽莎为"丽莎维大·米哈伊洛夫娜"的时候，玛尔法·提摩费埃夫娜就说道："她怎么米哈伊洛夫娜到你底头上来的？"以拉夫列茨基对丽莎的身份，仅称"丽莎"就行，原可不必这么客气的。

一九三七年二月　译者

——录自文化生活出版社 1940 年三版

《缓期还债》[①]

《缓期还债》序
陈绵

　　这个《缓期还债》（*Payment Deferred*）的剧本是由一部小说改编出来的。小说的作者是现代英国文坛中颇有名气的傅来司特（C. S. Foreste），他最近的两部历史作品《拿破仑》（*Napoleon*）同《纳尔逊传记》（*Biographic de Nelson*）得到了很高的评价。在戏剧著作上，他的名著有《嘉维尔小姐》（*Miss Cavel*）同《U 字九十七号》（*U-97*）。这一种戏是关于战争的作品。

　　将《缓期还债》由小说改编成剧本的是一位伦敦新的剧作家戴耳先生（Jeffrey Dell），戴耳先生是伦敦的一个青年律师；《缓期还债》就是他的第一个剧作品，他竟一鸣惊人得了盛名。以后他又做了两个剧本，一个叫《火鸟》（*Fire Bird*），一个叫《与美国交易》（*Business with America*）。

　　《缓期还债》是于一九三〇年在伦敦圣吉母戏院（Theatre Saint James）上演，主角是由著名的电影明星却尔利·何东（Charles Haughton）担任的，这个剧曾连续地演了好几百次。

　　一个法国的女艺员兼剧作家拉佛·米罗（Mme Juliette Ralph-Mylo），把《缓期还债》译成了法文，改名《咖尔嘛》（*Karma*），咖尔嘛是一个梵文字，是报应循环的意思。因为《缓期还债》的故事，是说伦敦一个银行的小行员，因为债台高筑，被投机发财的迷梦所迫，遂杀害了一个刚从外国独身回来的亲外甥，把他埋在了花园里，霸

────────────────

① 《缓期还债》（*Payment Deferred*），三幕剧。英国戴耳（Jeffrey Dell，1899—1985）原著，陈绵译述，中华教育文化基金董事会编译委员会编辑，上海商务印书馆 1937 年 2 月初版。

占了他身边带的巨款而暴富起来。但是因为暴富而结交了一个浪漫女子，因为结交了浪漫女子而致使他的妻子气愤自杀，法庭判了他的死罪，说他是谋害。自己犯的罪虽然没有败露，但是以后究竟受了死刑的处分，虽然缓了期，这个债他到底还是要还的，这也正是报应循环的意思，"咖尔嘛"。

报应循环，因果，在我国好像是一个俗套子，但是在西方则似乎很新颖。因为这个问题，在巴黎出演的时候，曾经引起许多人的议论。

一个批评家法努·来喏先生（Farnoux-Reynaud）说："译者把《缓期还债》改名《咖尔嘛》显然是有着神学的意味。按照神学家们的说法，'咖尔嘛'是报应循环的意思（Blavatsky 夫人的见解），或是因果的意思（Sinnet 先生的见解）。但是我的一个朋友梵文家，他说'咖尔嘛'的原意只是'为'的意思，并不含有什么道德观念的因果问题。大概他们是把 Karma（为）同 Aparva（循环律）的两个意思混合了。……"

其实宗教家所称的"上帝"古希腊的戏剧家们所称的"命运"，佛家所称的"因果"与近人所称的"自然的法则"都是说这个推动我们人生的显明或者潜伏的力量。用这种力量作主题的戏剧自然具有特殊感动人的能力。

我近年来帮着唐槐秋先生所领导的中国旅行剧团做话剧的运动，感觉到要使大众爱好话剧，必须要使他们先感到话剧有趣味。所以我给他们选译的剧本虽不都是什么文学上的名著，但都是些能使多数观众欢喜的作品，这个《缓期还债》也就是这样的一种。

我因为表演的方便，并使观众能够直接了解的原故曾把这个戏改编成中国的故事。把原剧的背景伦敦改作天津。把原剧《缓期还债》的名字舍去不要，就法译本《咖尔嘛》的名字译音作为"干吗?"我的意思是说一个人争名夺利为非做恶到底为些什么？另一方面也有使观众想到一个好好的人干吗作恶，这到底是他一个人的错，还是社会——整个人类——的错？后来又为招引观众的起见又把这个戏叫做《天罗地网》。当时有许多朋友诽议这个旧戏气味太浓的名字，但是我正是因为它的旧戏气味太浓而选用它。因为我国并不是没有戏剧的观众，我们缺乏的是话剧的观众：旧剧的观众是多的很。若能把旧剧的观众引到话剧的路上来，那么离话剧运动的成功就不远了。

《天罗地网》是今年（一九三六）二月六日在天津新新戏院首次公演的。在表演期内每次都有些扶老携幼来的观众，是些向不看话剧的观众。这一点实在使我得到了不少的鼓励。当时在报纸上还见过这么一段评论：

> "这一个剧，乃是一个社会教化剧，他对社会有着有力的抨击和讽刺，全剧基本的内容和主题，是在教示人们不要作恶！可是没有宗教的意味。这一个剧本，深涵哲理，结构和穿插，皆极紧密美妙。全剧九段，都可令人感叹！到处显示着因果律的支配。所谓'天罗地网'，真如细针密缕，可以看到作剧者精致的手法。"

这个评论很可以使我们见到我国普通观众的心理，他们是喜欢含着教训的，结构紧密穿插美妙的戏剧。那么我们就照这个方向做去，同时再加进新的艺术新的思想，无疑地这就是话剧运动的道路了。

这是一个带序幕与尾声的三幕剧，共为九段：序幕一段，第一幕三段，第二幕两段，第三幕两段，尾声一段。序幕与尾声是现在时，第一幕是两年前，第二幕是第一幕的两个月以后，第三幕是第二幕的一年以后。布景则始终是一个。

《天罗地网》首次公演时是由中国旅行剧团的戴涯先生饰小行员，赵慧深女士饰其妻，章曼苹女士饰其女，唐若青女士饰其情妇，陶金先生饰其甥；看房人海蒙由姜明先生饰，租房小说家张焱先生饰，搬运夫甲乙任荪同李曼林先生饰。这个戏演出的成功是多亏了他们的努力，我在这里诚恳地志谢。

改译本同这个原译本不同的地方，都很详细地写在后面的一个附录里，请读者注意。

陈绵　一九三六年，七月，在北平。

——录自商务印书馆 1937 年初版

《赫尔曼与陀罗特亚》[①]

《赫尔曼与陀罗特亚》译者序

周学普 [②]

一

这是三四年以来我关于歌德底书所译的第四种书：《浮士德》一、二两部全译和《铁手骑士葛兹》各于去年秋冬出版了，今春译成了的爱克尔曼著的《哥德对话录》不久就将出来；而这种《赫尔曼与陀罗特亚》是今年四五月的时候译成了的。哥德底这种古典的著作，在他

---

① 《赫尔曼与陀罗特亚》（*Hermann und Dorothea*），长诗，德国歌德（J. W. v. Goethe，1749—1832）著，周学普译述，上海商务印书馆 1937 年 2 月初版。
② 周学普（1900—1983），生于浙江嵊县。毕业于日本东京帝国大学。曾任教于浙江大学、山东大学，1938 年与黎烈文共同主编《改进月刊》。后赴台，任教于台湾大学外文系等。另译有歌德诗剧《浮士德》、剧本《铁手骑士葛兹》及爱克尔曼《歌德对话录》、海涅长诗《冬天的故事》等。

底作品之中，除了《少年维特之烦恼》以外，是最被普遍地爱读的，也是我初学德文时最早读过的文艺作品之一；现在在这样的环境之中，如同哥德产生它的时候同样顺利地在我底手下变成了中文，这在我自己也似乎是意外的收获。

《浮士德》是近代底文学底巨人哥德底终身大作，《葛兹》是代表他底青年时期底，即所谓"狂飙"时代（Sturm und Drang）底心情的戏剧，而《赫尔曼与陀罗特亚》则是他四五十岁与释勒交际时代底"市民的牧歌的叙事诗"。这几种书，不过是他底大量的著作中底一小部分而已，但也已经反映着他底多方面的雄伟的性格底许多情态了。

<h2 style="text-align:center">二</h2>

哥德在写此书以前，已经在戏剧和小说上写成了许多杰作，却没有写过长篇的叙事诗，久想在这方面也试试自己底能力；后来他受了福斯（Johann Heinrich Voss）底叙事诗《路易西》（*Luise*）和他所译的荷马底《奥迪赛》和《伊利亚特》底译本所刺激，写成了《赫尔曼与陀罗特亚》。一七九六年九月，他到叶那去和释勒等朋友晤叙的时候，在叶那底古城中于十一日动笔，在九天之内就写成了最初的四章，即现行本底前六章。十月回魏玛尔后加以修改。其余的三章（原定为两章）是于翌年五月二日至十一日也在叶那写了的。几经修改之后，在九、十月间由费威克（Vieweg）书店出版。他写作时觉得非常爽快顺利，正如同释勒给他底朋友 H·马耶尔的信里所说，哥德写成这种极其圆熟的作品，好像把成熟的果子轻轻从树上摇落下来那样容易。但他写成了这种作品，并非如同《维特》和《浮士德》第一部那样只凭强烈的冲动，而是以明确的求形式美的意识写的。

三

　　这篇叙事诗底内容，据哥德给马耶尔的信里说，是讲一七九六年八月某一天底午后到日暮为止的仅仅半天之内的一个地主家里底一件事情。场所似乎是法兰克府或伊尔美瑙（Ilmenau）那样的小都市。这诗篇底题材，是根据《对于萨尔兹堡底移民的格拉市底慈善》（*Das liebtaetige* [*liebtätige*] *Gera gegen die Salzburgischen Emigranten*）这 种 记 录 和 葛 金（G. G. Goecking） 底《移 民 全 史》（*Volkommene Emigrationsgeschichte von denen aus dem Erz＝Bissthum Salzburg vertriebenen…Lutheranern* [*Vollkommene Emigrations-Geschichte von denen aus dem Ertz-Bißthum Saltzburg vertriebenen und in dem Königreich Preussen größtesten Theils aufgenommenen Lutheranern.*]）所载的，一七三一年的萨尔兹堡底新教徒迫害事件中底一件事情的。这是叙述一个富裕的市民底儿子经过若干曲折而娶了一个避难的贤能的女子的故事。哥德采用了这种题材，而改用一七九二至一七九六年之间因法国革命军底扰乱，莱茵以西底德国人纷纷避难的情形为背景，而加之以他亲自参加出征法国时所得的种种经验。这篇诗底作意，据哥德自己说，是想"把德国底小都市底纯人性的事态在叙事诗底坩埚中提炼出来，同时把世界舞台底大变动映在一面小镜里"。

　　一七八九年七月十四日法国大革命发端于巴斯提伊（Bastille）监狱底冲破，成立国民会议，宣言自由，平等；后来成为暴民专政，杀戮或驱逐王公贵族。一七九二年普奥联军侵入法国，想要恢复法国王位。岁末被法军逐出法境。同时寇斯汀（Custine）将军率法军侵入莱茵河以西的德境。德人因厌恶旧政，欢迎法军。法军宣布自由，平等，当初是很宽大；但以后却变成了凶狠暴虐，德人纷纷避难河东。一七九三年守玛英兹的法军为普军所克服。哥德也随军出征〔后来著了《征法记》(*Campagne in Fankreich* [*Kampagne in Frankreich*]) 和《玛英兹底围攻》(*Belagerung von Mainz*) 以记述之〕。一七九三年春路易十五被戮，法国宣布共和，不久变成了恐怖政治。英国与欧洲诸国联合攻击法国，但战多不利。普鲁士不得已于一七九五年四月五日与法国订巴塞尔 (Basel) 和约，割莱茵河以西之地。翌年法国军分两路侵入德国南部，八九月时被奥国大公爵查理所败。以后因种种军事行动的结果，于一七九七年四月十八日及同年十月十七日各有勒渥本 (Leoben) 临时和约及坎波·福尔米渥 (Campo Formio) 正式和约底缔结。一七八九年哥德父亲死了之后，母亲仍住法兰克府，常在信中以人民遭灾的惨况告知哥德。一七九六年该处本由奥军把守，被法军轰炸甚烈，终于被攻克了；但不久法军又为德军所败。引起哥德把法国革命做这种叙事诗底背景的，大抵是这一年夏天的种种事情。

四

这篇诗是用荷马底诗体六脚韵 (Hexameter) 写的。原来欧洲底叙事诗底大师是荷马，而牧歌底大师是德沃克利都斯 (Theocritus)。这两种诗体，经罗马人应用之后，变为人工的，不自然的，陈腐的了。在十七八世纪底德国文学里，牧歌是只表现牧童村女等理想人物底理想的景慕的纯主情 (sentimental) 的文体，可以以格斯纳尔 (Salomon Gessner) 为代表。一七七〇年以后，福斯受了"返于自然"的思想底影响，使牧歌变成了只纯朴地客观地表现现代底人民底实际的行动和性格的文体。哥德继承了他们底业绩，作成了这种尽能与前人媲美的，以广大的历史的，国民的事态为背景而含有他底当时底，本地底市民阶级的，牧歌的要素的，纯朴的叙事诗。他这样不但把材料艺术地扩大为表现德国人底生活的生动的图画，而且使诗中底人物也变成了人类一般的典型的，有伦理价值的东西。

　　格尔维努斯（Gervinus）说："哥德受鼓动而想写一篇牧歌；但在完成了工作的时候，他自己和别人都惊异地看到较小的东西变为较大的了，牧歌变成了叙事诗"。在这篇诗里，地主底范围狭小的生活，小城市底简单而自然的习惯，人物底质朴真纯的性格，这都是牧歌的要素；国民生活底概观的描写，情节底急速的进行，种种情景底对照，个人与家庭及国家底利害相关的内外的烦闷和纠纷，客观的，造型艺术般具体的写法，这都是叙事诗的要素；而叙事诗的要素比牧歌的要素更多。

　　瓦尔则尔（Oskar Walzel）在马耶尔版本的哥德全集中为此书所写的序文中说：哥德关于人物底性格底描写，"在这里如同在他处一样，古典地一般化的和日耳曼地个人化的艺术底综合被自然而顺当地完成了"。诗中底人物之中，正直，敏感，沉静，刚毅的赫尔曼，通常被认为是青年时代的哥德自己；聪明，贞淑，果敢的陀罗特亚，颇与他底爱人夏绿蒂（Charlotte Buff）相似，而她底避难中的情形，则与他底爱人黎丽（Lili Schoenemann）在法军侵入时避难的情形相似。乐天，信神，严峻，怕烦的父亲，慈爱，慷慨，饶舌的母亲，大体像哥德自己底父母。但因为把种种的印象和经验艺术地一般化类型化了的结果，偶然的，纯个人的东西被除去了，而只表现出一般的人的运命和关系，所以当然不能，也不必指示什么是什么底模特儿了。

　　这种只讲一个市民家里底事情那样的叙事诗，末了因为发见了陀罗特亚有过一个以前的未婚夫而开启了对于世界底事情的展望。她底以前的未婚夫是前进的理想主义者；而赫尔曼则是保守的理想主义者。他以为：健全的国民应该尊重家庭和社会底秩序而黾勉地振兴家业；若在乱世中意志不定，则只会增长祸患。他虽然并不以为革命一定是坏；但使这种可怕的运动蔓延，非德国人所宜，应当预先设法消除它。然而他决不是畏怯退缩，苟且偷安，一旦遇有外患，他预备挺身迎敌，不惜为国牺牲。就这一点而论，他是与陀罗特亚底以前的未婚夫站在同一水平线上的。如是，这种饶有兴趣地开始了的诗篇，终于以激昂兴奋的场面作结束，从小都市底幽静的境域而接近于广大的世界和崇高的思想世界。

宫陀尔夫（E. Gundolf）说，这种著作，既然不是和《维特》（Werther），《塔梭》（Tasso）那样把作者自己底烦恼象征化了的东西，也不是《葛兹》，《浮士德》（Faust），《威廉·迈斯特》（Wilhelm Meister）那样描写了作者底努力，生活，葛藤，运命的东西，而是把他自己生活于其中的市民生活净化美化了的东西。李夏特·马耶尔（Richard Meyer）说，这种作品与《维特》很相似，把两者互相比较，对于认明哥德所进行的路径，很有裨益：例如在泉水边的情景，在《维特》中富于多感性，而在《赫尔曼与陀罗特亚》中则充溢着幽静而强有力的乡村底美。我们把两者比较时，可以看出许多异同，例如：两者都充满着牧歌的风趣，而两个女主人公底情态，风景底描写，生活底描写，则各有不同。

这种著作里在写作底技巧上可注意的是种种的巧妙的对照法底应用，与民间风俗及传说有关系的梨树，以及泉水边的情景等主题等等。哥德因为要给戏剧的内容以牧歌的安静，所以用了六脚韵的文体；对于平静的最初的场面继之以避难民底苦痛纷乱，革命，战争，对于在梨树下的母子底热情的场面配之以广大清幽的山川田野，对于静寂的井边配之以青年男女底兴奋的情绪，末了于安乐亲睦的家庭底环境之中描写奔放激荡的情意和关于广大的世界和国家的关心等等，都是非常巧妙的对照的写法。在泉水边的情景底描写中，哥德把这个《圣书》及民间传说等之中常用的主题充之以个人底印象，而使在荡漾的水镜中两个形象互相流合的那种现象之中含有一种微妙的象征。以后克勒底《绿色的海英利希》（G. Keller：Gruener Heinrich），佛林森底的《约伦·乌尔》（G. Frenssen：Joern Uhl）以及卢纳堡（J. L. Runeberg）底《韩那》（Hanna）等作品中所写的泉水边的情景也似乎是受了哥德底影响的。

　　据瓦尔则尔底意见，哥德底《赫尔曼与陀罗特亚》与《圣书路得》（*Ruth*）记所载的路得因她底阿姑拿俄米（Noomi）底设法而与波亚斯（Boas）结婚的事情以及两种印度底谣曲（Balladen），虽然有种族的，阶级的关系底种种不同，而颇有相似之点：因为这些女子，都以她们底天生的高贵的品性胜过了社会底偏见，而得到了幸福的结果。所以瓦尔则尔说："哥德在这种限度内完全是民主主义的；但他却相信性情底贵族性：他不讲革命，而讲人底道德的精神底没有激情和举动相伴的发展"。这话很简要地说明着哥德进化论的民主主义底思想。我们以下稍稍详细地检讨这种作品底思想的基础罢。

五

　　我们体味这种作品底内容和形式，与他底其他作品相比较，很可以明白哥德中年时代以后底世界观以及对于社会的态度——尤其是对于法国革命的态度。他自己从一七七五年到魏玛尔（Weimar）居住以后，"狂飙"时代底非合理主义，嘲笑和反抗现在制度的那种激昂雄伟的心情渐渐被克服，而与社会妥协。因此，在他底作品之中，像葛兹那样争社会的正义和自由的斗士，维特那样因多感性和热情而毁灭的天才被厌弃了，叛逆的巨人式的《普罗美修士》，《永远的犹太人》，《摩罕默德》都中途停止了，悲剧的《浮士德》也被宗教地"救济"了。他以后对于创作，就都采与现实妥协或回避现实的人物，用整齐幽雅的古典的形式。他于较少写作的魏玛尔底最初的十年以后，主要的作品，除了写成了《爱格蒙特》（*Egmont*），《伊斐格尼》（*Iphigenie*），《塔抄》，《浮士德第二部》等戏剧，《亲和力》（*Die Wahlverwandtschaften*）等小说和《威廉·迈士特》等修养小说以外，还写了《赫尔曼与陀罗特亚》，《市民将军》（*Buerger：General*），《激愤的人们》（*Die Aufgeregten*），《列那狐》（*Reineke Fuchs*），《私生女儿》（*Die natuerliche Tochter*），《德国亡命者们底会话》（*Unterhaltungen deutscher Ausgewanderten*）等反抗暴力革命的作品。在最后一类的作品之中，《赫尔曼与陀罗特亚》，在描写小市民底保守的理想主义和古典的艺术形式之完美等点上，可算是代表的著作。

在哥德底创作之中，受了十八九世纪底德国底及全欧洲底布尔乔亚底特殊的发展条件底影响，有革命的和反革命的要素交错着。他由"狂飙"时代移到古典主义以后，拒绝与现实社会的积极的斗争，而主张从上而下的"合理的改革"，即反对急进的革命而主张"前进"与"向上"的进化。勃兰兑斯（Brandes）说："在他看来，革命是一种什么无边际的，无秩序的，破坏进化的东西。在一七八九年法国革命勃发的当时，是他生平最努力拥护进化和秩序的时期。他所谓秩序，就是我们称为构成的东西。我们所谓构成，就是发展底过程中底构成。他以为在植物界里，根变为茎，茎变为叶，叶变为花；在动物界及人类，脊椎骨变为头。他以为决无飞跃而只有移行。在地质学里，他认为只有数千年底缓慢的变化，而激烈地反对主张因火山作用而来的变化的学说"。这就是因为哥德信仰斯宾诺莎（Spinoza）底学说，拥护自然法则底理论，而把自然底法则应用于社会底发展上来了。但如同现代底批评家 F·释勒在他底论文《哥德和他底历史的意义》里所说，他和康德，克洛普石托克（Klopstock），赫尔特尔（Herder），费希德（Fichte），赫格尔（Hegel），释勒等德国底第三阶级底斗士一样，也认明了有"幸福的结果"的法国革命底政治的及历史的意义而接受了法国底稳健的布尔乔亚底革命。他在一方面固然竭力排斥"赤色的雅各宾党"和"贱民底革命"，而在另一方面，则又以稳健的布尔乔亚底名义反对梅特涅底政治制度。在褊狭的"爱国的"志士们热心鼓吹那种反抗那坡仑的"解放战争"（一八一三——一八一五）的时候，他和赫格尔同样，把那坡仑认为不仅是非凡的英雄，而且是扫除封建的欧洲诸国底中世纪的秩序底残渣的布尔乔亚底革命原则底化身。他炯眼地看取了"征服者"那坡仑底这种伟大的历史的意义——这表示他在全体的意识上不是特别的小市民，而是全欧洲底稳健的布尔乔亚。自从那坡仑没落以后，如同他自己所说，他大体是"稳健的自由主义者"。英，法，美等国家底资本主义的生产方法底急速的发展及其在德国的萌芽，使他愈益深信科学和技术底无穷的进步和资本主义社会底未可限量的光明的前途。因此，他在最后的二十年间，如同在《浮士德第二部》里那样，热心地乐天地鼓吹着布尔乔亚社会底活动和积极的建设。他和新兴的第三阶级底斗士们一样，以为他们自己底阶级底利害和人类底利害一致，以为力求资本主义的生产方法发展的他们自己底战争就是全人类底战争，以为这种生产方法是永远的生产方法。他赞叹先进资本主义诸国底隆盛，而以为在各该国中因资本主义底发展而来的农工大众底贫困化，也可由资本主义的生产方法底改良而使其消灭。他为落后的德国底的资本主义底进步底程度所限，在资本主义的体系之中，只认见了产业底进步底倾向，而没有认见社会底阶级的分化底倾向，没有认见无产阶级将成为资本主义底掘墓人。他虽然理解了法国大革命底历史的意义，而不能理解作为社会的，政治的革命的七月革命底意义。

由于他底这样的进化论的见解，他在晚年一方面反对浪漫派底幻想的神秘性，封建制度底赞美，以及对于教会和僧侣的尊重，而在他底《威廉·迈士特》中，则充满着与浪漫派接近的种种人物，题材与描写，而被浪漫派尊奉为模范的作品。又在《浮士德》底序曲及最后的一场中也有神秘的合唱和加特列教式的天国底颂歌，表示他不但放弃了对于封建制度的斗争，而且与它亲善地接近了。

哥德底时代是封建社会与资本主义社会底过渡期，我们现代底社会是资本主义社会与社会主义社会底过渡期，所以我们若以唯物史观的研究法阐明社会经济的条件对于哥德底世界观和创作方法底变迁的制约性，可以把它作为德国底及全欧洲底布尔乔亚发展底镜而确定哥德在人类底文化底发展上的位置以及他底业绩对于我们新文学底相对的价值。他底《赫尔曼与陀罗特亚》，在我们就当时底全社会底环境底种种关联上评论哥德的时候，也有相当的意义罢。

六

《赫尔曼与陀罗特亚》，如同上面说过，在哥德底著作之中，除了《维特》以外，是最被普遍地爱读之书。释勒在给马耶尔的信里说，它是德国底新艺术底最高峰。石勒格尔（A. W. Schlegel）在《一般文学新闻》里说，这是"大规模地完成了的艺术品，同时是理智的，心情的，祖国的，民众的书；这是一本充满知慧和德性底珍美的教训的书"。通常于写成了一种书之后就与书中底世界绝缘，连《维特》那样的作品也不再重读的哥德，说《赫尔曼与陀罗特亚》是他生平喜欢反复重读的自己底唯一的著作，而且每次重读，都非常感动。瓦尔则尔说："如果《少年维特之烦恼》是像一颗光耀的流星一般使全欧洲底热情的心狂喜了，那么《赫尔曼与陀罗特亚》可说是和太阳底鼓舞一切东西的光线一般平均而持久地对于德国底人民底广大的群和层发挥作用"。

被哥德自己和与他同时代底以及后世底布尔乔亚文艺家和人民这样推重赞美的这种书，近代底以唯物史的辩证法的见地而批判的批评家怎样评论它呢？

马克思和恩格尔斯考虑哥德底当时底经济的，政治的，以及一般文化的，阶级之间底力底关系而批判哥德，认为他底世界观和创作方法，都是含有积极和消极的二种性的。所以他有时是伟大，有时是微小，有时是嘲笑和反抗现存制度的叛逆的天才，有时是妥协的，或逃避现实的，甚至拥护现存制度的俗人。就是这个最伟大的德国人，也没有胜过魏玛尔底后期封建制度的社会底悲惨的环境，却被环境所胜过了。这是悲惨底环境决不能"由内面"而被克服的最好的证明。但就哥德底全体的创作底优点而论，马克思和恩格尔斯以为哥德比康德和释勒更为伟大之处，是在于他底积极性，趋向于生活的那种倾向，以及广泛地多方面地以客观的态度分析和暴露封建的及布尔乔亚的社会情形的那种朴素的布尔乔亚写实主义。

依据上述的马、恩二氏底论旨而评论哥德底《赫尔曼与陀罗特亚》的人们底批评之中，我们引用现代底批评家维特福格尔（Karl August Witvogel）和 F. 释勒底批评为例罢。

维特福格尔（在他底《哥德论》里）说："以革命为题材的他底作品之中，恶意最少的《赫尔曼与陀罗特亚》也由于保守的被压迫的小市民对于特异的前进的布尔乔亚的憎恶而把改革完全歪曲着。在另一方面，少壮时代底诗人底写实主义在这种作品里被破坏了；他把畏怯的，早熟的小都市民和悲惨的农民希腊式地理想化了"。

F. 释勒说："叙事诗《赫尔曼与陀罗特亚》，全体地是反对着法国革命底'破坏的倾向'。这是安静的小市民底满足底，和'健全的'家庭生活底颂歌。哥德在这里描写着住在小市镇里，决不反抗'法律'，常把祖先所遗下的东西遗给后人的那种俗人们底'和平的幸福'的运命。他在革命之中看着以光辉和华美眩目的虚伪的自由，而使其与小市民底和平底'真正的自由'相对立。这种叙事诗底主人公说：'使可怕的运动蔓延，于德国人是不相宜的。'这是哥德底最保守的作品之一；这里所写的'理想的特权阶级人'是逃避革命而在外乡求安息的小市民。"

我们底新时代底读者，请问还是和已故的艺术理论家法兰兹·梅林（Franz Mehring，1846—1919）在他底《德国史》里所说那样，把这种书认为是"在一切的苦恼和混乱之中，对于伟大的未来拯救了德国底名字"的"光耀的珠"呢，抑还是把它认为是马、恩二氏所谓"哥德把自己底美的感情为当时底历史的运动底恐怖而牺牲了"那样的作品之一呢？译者只于翻译和介绍上尽了区区的微力，请读者适当地鉴赏批评它罢。

译者序于青岛，一九三六，七，一〇。

——录自商务印书馆 1937 年初版

《普式庚逝世百周年纪念集》^①

《普式庚逝世百周年纪念集》序

韦悫^②

本年二月十日为俄国大诗人普式庚逝世百周年纪念日，中苏文化协会上海分会决定在上海开一盛大的纪念会，并出一本纪念册，委托我担任编辑这纪念册的责任。这是一件荣幸和有价值的事情，我当然乐意做。

我得到苏联友人柏物尔·萨拉托夫策夫（Pavel Saratovtsev），张西曼，和盛成中几位先生的指示和帮忙，便开始拟定纪念册的内容和约作家担任著述与翻译的工作。各位作家都非常热心，经过两个多月的时间，他们都交稿了。我很诚恳地在这儿对他们表示万分谢意。尤其是秦涤清先生贤伉俪（孙素玎女士就是秦夫人）一起担任译述的工作，真是难能可贵，孟十还先生以百忙之身，独力译了十四首优美的诗，可谓见义勇为。他还供给了一部分的插图。

---

① 《普式庚逝世百周年纪念集》，中苏文化协会上海分会主编，韦悫编辑，上海商务印书馆 1937 年 2 月初版。

② 韦悫（1896—1976），广东香山（今中山）人。1914 年赴英国留学，入格拉斯哥大学，次年赴美国俄亥俄州奥柏林学院，1918 年毕业，获文学士学位。后入芝加哥大学研究院，1920 年获哲学博士学位。回国后，曾担任孙中山秘书，北伐胜利后，出任上海教育局局长。1932 年任商务印书馆编审部主任，曾与王云五主编“苏联小丛书”“公民教育丛书”“现代政治丛书”“比较教育丛书”等。1942 年赴苏北和皖东北抗日民主根据地，历任江淮大学校长、苏皖边区政府副主席等。中华人民共和国成立后，出任上海市副市长、教育部副部长，致力于文字改革工作。

这本纪念册能够出版完全是各位友人赞助之力。萨拉托夫策夫先生供给俄文原著与宝贵插图，并且给予种种精神和物质的援助。假使没有他的助力，这本纪念册恐怕不会出版。张西曼先生的热忱和指导也是这本纪念册成就的要素。他译了一篇宝贵的传记，还自动地再译一首耐人寻味的诗。盛成中先生对于纪念集的编辑计划，贡献极多。他在旅行当中，译了一首无国游民长诗。吴清友先生把中文序替我译成俄文，以便苏联友人看了，可以明白编辑这本纪念集的经过。他还替我做了许多插图的说明。现在我底俄文程度还浅，清友先生的帮助是非常需要的。我对于上述四位先生，应该特别表示谢意。最后我还要感谢黎曜生先生。

　　　　　　　韦悫　一九三七年一月二十日于上海

　　　　　　　　　　　　——录自商务印书馆 1937 年初版

《希腊三大悲剧》[①]

《希腊三大悲剧》自序
（石璞[②]）

译事最难，要把别国的东西生拉活扯用本国语言表达出来，同是又要保存它一模一样的口气、精神、意义、文采，这真是一件岂有此理的事；何况根［跟］本民族国度既不同，不但语言各异，就是一切

---

① 《希腊三大悲剧》(*Agamemnon*，*Antigone*，*Medea*)，上下册，收入古希腊埃司克拉斯（今译埃斯库罗斯，公元前 525/524—前 456/455)《阿加麦农》(今译《阿伽门农》)、沙福克里斯（今译索福克勒斯，约公元前 496—约前 406)《安体哥尼》(今译《安提戈涅》)、尤里比底斯（今译欧里庇得斯，公元前 484—前 406)《米狄亚》(今译《美狄亚》)等三种，石璞译述，"万有文库"第二集，上海商务印书馆 1937 年 3 月初版。
② 石璞（1907—2008），四川成都人。1933 年毕业于清华大学外国语言文学系。曾任教于杭州浙江省立第一中学及四川大学，另译有英国伍尔夫传记体小说《狒拉西》。

风俗、习惯、思想以及各种表现法都和我们的是两样，二而非一的东西，特别是我国的单音文字和西洋的拼音语言，在语言学上族属就根本不同，下行之与蟹行，岂能混为一谈？所以近来许多人主张翻译一事，根本就"不可能"。是的，"不可能"；但是在我们理想中的大同世界还没有到来，世界语还未能完全代替各国语言以前，我们又不能开倒车，仍旧行闭关主义，把一切碧眼儿的东西都"夷"之，"狄"之；并且还知道除了我们自家有所谓"国故"的宝藏外，别人也还有价值连城的法宝，不可不参观参观，赏鉴赏鉴，那么就不得不仍然借重这种"不可能"的译法了。自己译这三本古剧的动机有两种：第一种可以说是完全被动的：就是说完全是受了这美丽的作品本身的引诱力量而译的，读了这样的好作品，感觉得十分兴趣，只是读一读还不能尽兴，必思用自己的笔把它们译做自己的语言，公诸同好才好。第二种动机可以说是自动的或有意的：就是读了这些剧以后，我觉得它们虽是二千余年以前的希腊古剧，论年代要算顶老顶老的老古董，该供奉在古物陈列所的东西，然以其内容方面的思想情绪看来，不但一点也不陈腐，而且是极现代，极进步的超越时代的作品。不但不会为现代人唾弃，而且更足以鼓励，刺激现代这一批麻木怯懦的人，尤其是意志薄弱的女性。因为这三个悲剧中的三位女主角是三位女英雄，三个叛逆的女性，她们有大无畏的精神，勇往直前的去作她们理智所判断认为应该作的惊人的事。无论她们作的事是否过分，她们那种反抗不屈，虽死不惧的精神，确能医治一般怯懦、苟安、麻木、彷徨、屈伏、萎靡等等的病，这些都是现代中国青年女性，甚至男性的通病。这样看来，这三个剧不但以外形的技艺文章之美丽而论，值得一译，论其内容思想情绪之伟大来说，更值得我们崇拜而且有译出的价值；何况它们在西洋文学上居如此重要的位置。中西文学沟通以来，此类悲剧至今尚无译出，（除了杨晦君译的《被幽囚的普罗密修士》。）自己这三篇拙译还是在清华时于一个暑假中断断续续的译成的，时间所限，当然不免有许多罅漏的地方。所希望的就是我这有许多罅漏的译品能够从反面引起一些高明译者的兴趣来，供献出多量的无罅漏的美好译品，那便不胜欣幸了。再这三篇译品的完成，多得力师友们的帮助和鼓励，在此敬示感谢。

　　　　　　　　　　　　　　　　——录自商务印书馆 1937 年初版

《希腊三大悲剧》希腊悲剧
（石璞）

　　希腊的天才特别集中于他们的悲剧，谁都知道。希腊的悲剧是最早而又最高的文艺结晶，除了荷马的史诗而外。希腊悲剧的成功不但非当时他国所能及，而且以后世界各国的戏剧里，也很少有达到那样伟大而神圣的成功的，无论它们都是直接或间接受希腊剧的影响。说者谓因希腊的天才们有灵敏的美的感觉，开旷的心思，有接受新的事物的渴望，加以他们有固有的文学上高贵美丽的传说，溶和这几样原素，这些聪明的天才家于是便制造出这样灿烂的产品来。有人谓整个的西洋文学之黄金时代还是在希腊纪元前四五世纪之际，而不在以后十六或十八世纪。这种话也许说得过分一点，但从有些方面看来，也不无理由。希腊悲剧之有如此灿烂的发展，第一个重要的原因乃在其国家的热烈的提倡。悲剧的起源，最初只不过是一种敬神的歌舞。当时希腊都崇拜一位特别的神人戴昂里苏斯。相传他为酒神、医神，以及收获之神，因为他教民造酒、种田、收获，又医治人民的疾苦。功德广大，法力无边，所以希腊人民每年秋季必要举行一次大大的神会来纪念他。举行的时候用一队歌舞围着神坛和着歌声跳舞，歌中叙述颂扬这位神人的冒险事业。歌舞队分成两组，每组有一个头目，互相对话，但这种对话不能即谓之为剧，只不过是一种叙事诗而已。后来到了塞司比斯（Thespis）才加上一个演员，与歌舞队的头目相问答，而且自己表现主要的角色，于是渐具戏剧的雏形。到了埃司克拉斯（Aeschylus）又介绍进第二个演员，沙福克里斯介绍进第三个演员，于是剧台上便可以表演生动的对话了。后来人不敷用，歌舞队的人员也可拟作角色，又可于必要时添上哑角等等。剧台的设备也因之一天一天的增繁，演员既不属于歌队，不便在歌舞队队里，所以要在歌舞队之后方另外筑起剧台来，台上又渐渐装置各种升降神仙的机器和装扮的地方，台下又设备无数的观众的座位，绕着歌舞队成半圆形，于是正式的剧场便已成功。在纪元前五三五年，毗塞司它士斯（Pisistratus）于雅典设立一个比赛的神会，每位剧作家都作剧去比赛，优胜者还有奖品。经这样提倡，一时剧作家风起云涌，内中才产生了这三位伟大的悲剧家。当时作剧的材料，大半取诸传说的神话或史诗。因为观众很多，要使坐在远处的人都看得见，于是又有所为鲜明的脸谱和长大的衣饰与高底靴履之发明。又自尤里比底斯之后，歌舞队渐渐减少，使戏剧更近于现代剧的模型。后来亚里士多德等更讨论到戏剧的技艺，作法等等，更树立了戏剧在文学上的稳固的根基和价值，给与后代戏剧莫大的影响。后来之有一切高尚的悲剧，无一不赖希腊悲剧引导。可见希腊悲剧于文艺上，实有莫大的贡献。

——录自商务印书馆 1937 年初版

《牛大王》[①]

《牛大王》序

陈绵

《牛大王》的原名叫做 *Bluff*，是最近三年来在法国戏坛上很出风

---

① 《牛大王》(*Bluff*)，三幕喜剧，法国德朗斯（Georges Delance，1896—1947）著，陈绵译述，中华教育文化基金董事会编译委员会编辑，上海商务印书馆 1937 年 2 月初版。

头的一个喜剧。这个剧首次公演是在巴黎著名的奇幻戏院（Théâtre Variétés），这个戏院有很悠远的历史，在近几十年来是专演喜剧，富有讽刺性的喜剧。在前六年现代青年喜剧家巴钮乐（Marcel Pagnol）的《杜博士》（*Topaze*）曾在那里演了两年之久，自从这个喜剧出演以后，好像其他一切的戏剧都减了色。所以要找一个剧本继《杜博士》之后，成了一个很困难的问题。因此这个奇幻戏院的院主花费了很大的功夫，才在一百多个剧本里，选定了这个剧本《牛大王》，而《牛大王》这个剧本，也居然被这位院主选着了。因为它不仅能继《杜博士》之后，而且还有驾乎《杜博士》之上之势。自出演的时候起，竟连续不断的演了两年之久，由此便可想见到它的号召力量了。

这个剧本的作者德朗斯先生（Georges Delance），是现代法国一位青年剧作家，今年才四十岁。论起他的生活，起初也和我的朋友唐槐秋先生一样，先是从事于航空事业的，而后才开始转变到戏剧界来。当他学航空的时候，曾参加过欧战末年的航空战。他的第一个剧作的演出，就是在一个军人的同乐会里，那时候大家都觉得发现了一个剧作家的天才：于是他也就从此专心致力于戏剧了。

他生平最被人称许的有四个剧本，第一个是在一九二八年上演的，叫作《光明的复活》，这个剧本是描写一个为战争而失明的英雄，怎么样在他的黑暗生活里，又找到了他精神的光明。第二个剧本是在一九二九年上演的，叫做《航空队》，这个剧本是描写他当时在战争中所见到的空军生活。第三个剧本是在一九三一年上演的，叫做《西比先生的秘密》，这个剧本是描写国际间谍的情形的。以上三个剧本都是作者关于战争的叙述及描写。也可以说是作者自从作剧以来的先期作品。可是到最近他的作风，却突然改变了，这或者是因为他的生活改变了的缘故。他作风改变之后，第一个就是从事于讽刺喜剧的写作，居然他获得了最大的成功。这个喜剧便是我们所要说的《牛大王》。

这个剧里的对话，是非常的幽默而美妙，同时他的结构和布局，也是非常的严密而奇幻。他这个剧本，是把现代社会失业的恐慌，用一种很乐观的态度将它编写出来的一个喜剧。这个剧虽然使我们看了不免要发笑，可是，在我们的喜笑中，都能使我们回味到一种人生的悲伤情感。这剧本里的主角是一个很年轻很聪明的人，但是因为他受了经济的压迫，和恶劣环境的包围，几乎走到了一条欺骗与虚诈的路上去；可是，他的纯洁，他的天真，却时时刻刻在他良心上发现，在他的种种恶作剧里流露出来。结果，他却能打碎了经济捆扎的锁链冲破恶环境的包围，而走上了一条光明的道，这个喜剧好像暗示着，一些青年，一些有为的青年，在现社会中，万恶的现社会中，怎么样地容易堕落，假使没有善根，没有智慧，则杀人放火，都是他们能做的事。《牛大王》侥幸只演一出喜剧，可是在实际上演悲剧的又有多少呢？杭州最近枪决的做绑匪的大学生，不就是这种悲剧的角色么？

这不过是我个人对于《牛大王》这个戏的感慨，至于这个戏的真正格调，倒是一个很可以代表法国现代纯喜剧的模型，演员的表情和动作，都要另取一个风度，我这次试验着给爱好话剧的观众换一换口味。至于能做得到作不到，那又是另外的一个问题了。

以上是我为中国旅行剧团导演这个戏的时候在天津的报纸上发表的一段介绍文字，现在我就把它抄在前面做为这个译本的序文。

剧情：

朗西是一个失业的少年可是他不愿意被环境克服，而反要支配环境。他全部的财产只剩了三十六个佛郎，可是他跑到一个豪贵的侯爵府上去参加他们所开的慈善募捐大会。因为他想在那里遇见美国的百万富翁林松，想靠着他三寸不烂之舌，把他说服了，好同他合伙作一个事业。那天，赶巧有一位著名的歌伶伯利小姐在那里演唱。于是他就想出一条妙计，是设法叫伯利小姐把她的香吻拍卖。主办这个慈善会的侯爵夫人居然上了他的圈套，伯利小姐为做慈善而牺牲色像的虚荣，也就慨然地应允了。谁知吝啬的慈善家们谁也不肯拿出高价，就是百万富的林松先生也只出到九千佛郎。

朗西知道机会到了。他一人独告奋勇，把价格提高到几万佛郎。林松先生在初起，还同他争给高价，以后到底是勇气不够，结果被全部财产只剩三十六佛郎的朗西先生用一张十万佛郎的空头支票买得了同伯利小姐接吻的权利。但是当大家都极端注意这位豪贵的朗西公爵——因为他在谈话中，早已毫不客气地假说他是公爵——去取他十万佛郎的代价（伯利小姐的香吻）的时候，朗西只是很大方地微微地吻了一下她的纤手。于是他得了一般人的同情，伯利小姐的重视，尤其是得到了林松先生的钦佩。朗西也就乘虚而入同他大谈起买卖。伯利小姐更是被这位美而不骄，富而有礼的青年公爵感动得口服心服了。她答应了他一同去吃消夜，而吃了消夜之后也就做了他的情妇。

不过到了第二天，伯利小姐要到银行去提取十万佛郎的时候，朗西才起首着慌，因为他同林松约好，要是林松肯同他做买卖的话，一定会在十一点钟以前给他送到十万美金的保证费。可是那个时候已经快一点钟了；而林松还是毫无消息。朗西只好同伯利小姐说了实话，伯利小姐先是很生气，不过结果还是被爱情的力量战败，把空头支票还给他，不去追究。在这个时候忽然林松又找了来，因为他实在喜欢朗西的才干，想请他做他公司里广告部的主任，哪知朗西知道有了把握，反倒拒绝了他，等林松恳求他做他公司的协理的时候，他才接受了那张十万保证金的支票，勉强地答应了他的请求。

朗西利用他的智慧，看破了世人的虚伪与弱点，居然战胜了他的环境，获得了最后的成功。虽然表面上他有一点像骗子，可是真实地看起来，只是被他骗的人在那里自己骗自己。

这个戏是今年（一九三六）二月七日在天津新新戏院首次公演的，当时的演员是：

牛大王　　　　　谭汶先生

美国富翁　　　　陶金先生

侯府听差　　　　张焱先生

蓝大夫　　　　　李景波先生

银行家　　　　　戴涯先生

新闻记者　　　　吴景平先生

饭店经理　　　　姜明先生

音乐队长　　　　曹藻先生

甲侦探　　　　　任荪先生

乙侦探　　　　　张子和先生

大伙计　　　　　徐叔阳先生

小伙计　　　　　葛鑫先生

穿红小姐　　　　程辰女士

穿黄小姐　　　　童毅女士

女客　　　　　　蒋弈芳女士

伯利小姐　　　　章曼苹女士

侯爵妇人　　　　唐若青女士

女仆　　　　　　吴静女士

我在这里向我们的忠实演员们谨致谢意。

陈绵　一九三六年七月在北平

——录自商务印书馆 1937 年初版

《高尔基作品选》[①]

《高尔基作品选》M·高尔基走过的路程

汪仑 [②]

伟大的玛克辛姆·高尔基（原名亚历克赛·玛克辛姆维支·彼西科夫），以一八六八年生于中部俄罗斯的尼什尼·诺甫哥罗特城的一个染匠底家庭里。那适当是前世纪底七十年代——罗曼诺夫王朝底封建的警察制度与落后的"亚细亚式的"的资本主义密切地联系着而成为二重的压迫，加在工农大众上面的时代；都市手工业者受了资本主义发达的打击已开始败落，巨大的工人阶级正在成长的时代。

在这"交叉点"的时代里所形成的小市民底生活，是陈腐阴郁的兽类般残忍的。多数人的陷于苛酷的劳动中和少数人的坐收红利，胡乱的暴行，酗酒殴斗，对于弱者的嘲弄，无教育的愚昧——这位未来的作家，少年彼西科夫是在这样的生活条件之中长成了的。后来他在《我的童年》和《在人间》以及其他许多小说中，这些生活的经验都成了他的题材。在这种环境中，使高尔基从少年时代起，就在心底里掀起了一种对这丑恶的世态底厌恶之情，而养成了他底对于形成这些现象的社会及经济诸条件的反抗心。

高尔基没有受过有系统的学校教育，在初等学校里只读了几个

---

① 《高尔基作品选》，汪仑编选，上海良友图书印刷公司 1937 年 2 月初版，另上海惠民书店 1949 年 7 月初版。

② 汪仑（1912—1991），安徽泾县人。左翼画家，曾求学于安徽大学，预科毕业后在安徽省通志馆工作，后协助叶以群筹建中国左翼作家联盟安庆分盟。之后去上海，在左联秘书处的秘密印刷发行机关工作，负责刻印、传递左联内部文件。1933 年，进入良友图书公司，负责文学图书的装帧和广告设计。1935 年参与筹办读书生活出版社，次年去陕北从事革命工作。

月，他就离开了，而不得不开始用自己的力量去赚点钱来维持生活，他最初的谋生方法，是跟马路上所常见的那些无家可归的流鼻涕娃娃们混在一起，终天在街坊或酒馆的附近走来走去，收集牛骨碎布和一些破铜烂铁的旧东西，拿到旧货铺里去换得几个"哥贝克"。十三岁起他开始被送出去学生意。他做过皮匠店的学徒，做过一家绘图所的练习生，但他在那里所学的并不是绘图，而是一些零零碎碎的茶房的工作。以后他又做过一个轮船上的厨子的徒弟，做过苦力，做过码头脚夫，做过烤面包的工人。

在这种被剥削的劳动生活里，给了高尔基去领会革命的马克斯主义的观念之基础。这种观念，他不是从书本里得到的，而是从自己底实生活里去体验来的。后来他在回想里说："我从喀山面包店的赛苗洛夫那里，受到了比书本里更好的，也是更多的马克斯主义"。所谓赛苗洛夫，就是叫高尔基每天劳动十四小时到十六小时的一个制面的工头。生活和劳动对于亚历克赛·玛克辛摩［姆］维支，也是他的小学，也是他的大学。

书籍启发高尔基的地方还是很多。他的读书"是在所谓长期间里苦干着来的。"他每夜总是瞒着主人，偷偷地点着蜡烛用功。工头们如何地讨厌读书是可想而知的，看书的时候若是被他们发见了，便会遭到一顿狠狠的毒打。有一次竟被打得不能不送进了病院。虽然有了这些困难和妨害，高尔基还是如饥渴般的读着书，一心的用着功。书本把最合理的，最有意义的生活指示了给他，因而他对于自己周围的生活底反抗心也更加强大了起来。

为了读书底热爱，高尔基满怀着进大学的希望跑到了喀山市。虽然他深深的希望着这计划能够实现，可是进大学必须有很多的预备知识和学费，而高尔基——这十六岁的穷少年也一无所有！他死心绝望了，再也不想去蹈进那为特权阶级而特设的学府底门槛了。

高尔基在喀山，渐渐和那里的一个革命的学生团体接近了起来。

当时在那地方，马克斯主义的赞成者和"民情派"（Narodniki）之间，常常发生很激烈的论争。他也常常出席这种喧嚣的会集。这革命的团体，于形成高尔基底马克斯主义的世界观上，给了很不少的影响。然而如高尔基这非常活动底性质，先参加一些知识分子们的论争，自然是不能够满足的。于是高尔基又第二次的开始向这"古旧的俄罗斯"，作漫无边际的放浪去了。他周游了伏尔加河畔，乌克兰，比萨拉比亚，克里米亚和高加索这些地方。在沿途上干着一些糊口的工作：做过人家的看们〔门〕人，做过打扫烟囱的小工，又到过一个铁路上当过差。因此他遇到了很多的人，贮蓄了极丰富的生活的体验，供给了他底以后的作品以无限的材料。

　　当着九十年代的时候，这时俄国文坛上正笼罩着一种昏暗悲惨的气氛。陀斯妥也夫斯基底痉挛苦痛的有毒的思想在发着酵。托尔斯泰在大声地喧叫着他的晦涩的说教——"不要以暴力对抗恶行"。契珂夫以他非凡的才能，在诱引那些疲累的，忧伤的人们去认识那作为最高的智慧的谦让的智慧。那群颓废派，象征主义者们在用一种逃避现实的情调歌咏着：

　　　　"女女底尸骸，腐臭与脓腥"
　　　　"病色的荒原，青铁旳穹窿。"

　　也就正在这时候——一八九二年，高尔基出现了。这个纯粹从坚实的生活出发的，带着泥汗气味的，完全粗鲁的，毫不文雅的时代的巨人；用他那走进生活内部去的强固的步调，走进文学世界里面来了。在第夫里斯市底报纸《高加索》上，他发表了最初的短篇小说《玛加尔·丘特拉》。这些年青的作家虽然是带着浪漫主义的色彩而出现，但与常时一般流行的风尚却显然不同。他是健全而且快乐，勇敢而毫无所悔恨。他的出现，是代表着一个新的势力底抬头，如一个耸立着的巨人似的，正面地像风一般的毫无顾忌地，对着当时那种萎靡的暗昧的气氛，发出了一声充满了激动的，确信的，乐观的，战斗力的，从不曾听到过的巨雷似的吼声；对着当时那种古旧生活的一切奴隶的条件，提出了火焰一般的抗议。

这位年青作家在初期文学活动上，成为他底指导者的，是当时俄国名小说家柯洛连科。一八九四年，高尔基又写成了一个中篇《拆尔卡士》，刊载在民情派的杂志 *Russkoe Bogatsto* 上。九八年，高尔基的短篇小说，已经集成单行本出版了。九九年他写下了他的最初的长篇小说《福玛·哥蒂耶夫》（中译《胆怯的人》），这是一部鲜明地描绘了那时代的布尔乔亚氾［范］底都市风俗的画圈［卷］。他并且又是一个有才能的剧作家。他初期写作的戏曲《小市民》和《底层》（中译《夜店》），在莫斯科艺术剧院上演时，曾博得了非常的好评。

高尔基也参与过革命的社会事业，给革命团体以各种的助力，又常在新闻纸上发表关于社会生活之紧急问题的论文。

沙皇政府，嫌忌和压迫用那些作品来鼓舞斗争和反抗心的这位社会作家高尔基，因此，他曾数次的受了拘禁或放逐的处分。在一八八九年，在一八九二年，在一八九八年，在一九〇一年都曾被他们拘捕了去。等到拘捕的期间一过，接着就被放逐到离开工厂巨城很远的乡间去了。在他的背后常常有官宪——"包打听"或"眼线"之类的眼光盯着他，图书杂志审查官也命令把他作品中的全章或者全页删去，并且禁止他的戏曲的上演。这些官员们是怎样地批评高尔基底作品呢？他们审查《新话》杂志以后，写着这样一段报告："在小说栏里给了暴露阶级斗争和劳动者底贫困的状态的作品以主要的地位。尤其显明地运用这种题材的，是高尔基优秀的小说《科诺瓦罗夫》和《曾经为人的动物》。"接着，这杂志就被当局禁止了。从这里证明了沙皇政府也不得不敬佩着他底敌人底伟大的才能，而称赞他底敌人的作品为"优秀的"，可是同时他们也就更惧怕着高尔基底在革命的青年和劳动者们底社会里的广泛的名声与影响，而采取了最最卑劣的如一切资本主义国家用来对付革命势力的那种手段，企图来塞住这巨人底"号角"。

　　由于高尔基底名声轰动着世界，一九〇一年巴黎举行嚣俄一百年纪念时，高尔基以俄罗斯代表者的资格去参加，接受了最郑重的招待。因此连官办的俄罗斯皇家学士院也自以为很荣幸地赠给他一个名誉会员的头衔，可是等得奏章呈到尼古拉二世那里的时候，因为贵族们的反对，便即刻遭了驳斥；下令把高尔基底学士会员的称号取消了。这件事使契珂夫和柯洛连科非常气愤，他们同时声明退出学士院放弃了会员的资格。

　　一九〇〇年代之初，是高尔基开始与社会民主党的一部分——即聚集列宁报纸 *ISKLA*《火花》周围的，以后形成多数党（即布尔雪维克党，以下概称多数党。）的一派，相接近的时代。

　　高尔基底社会政治的活动，在第一次的革命骚乱之年，就很活跃了。对于革命爆发的不可避免，一九〇五年的数年以前，就在有名的《暴风雨海燕之歌》中（中译《海燕》）中写着了。一九〇五年一月九日之前夜，高尔基曾为了防止当局枪杀请愿的劳动者群众，同一班作家和学者们的代表一道去访问了沙皇政府的阁员弥尔斯基和卫德，然而终没有得到丝毫的结果。在"血底星期日"之后，为此种惨杀而震怒的高尔基写了一篇檄文，痛责皇帝及其走狗们"有计划地屠杀多数俄国底公民"，呼唤一切人"与专制政体迅速而顽强地争斗"，因此高尔基又被拘捕了，被监禁在彼得洛帕洛夫斯基要塞监狱里，罪名是"企图颠覆俄罗斯现存制度"。在俄罗斯底各城市和西欧诸国底中心地，对于他的被捕激起了"要求立刻释放高尔基"的大示威运动。结果，高尔基被悄悄地释放了。

　　一九〇五年之末，是彼得堡发生着最喧骚的许多革命事件的时期，高尔基发刊了一个大日报《诺瓦亚·企滋尼》（*The New Life*），这种报纸成为多数党底最初的合法的机关报，事实上是置于列宁底指导之下的。高尔基在这报上发表了一篇《关于小市民生活》（亦可译《关于小市民性》），暴露了布尔乔亚知识分子的反革命性。在十二月事件的时候，高尔基在莫斯科也亲自参划了武装暴动的组织。

　　一九〇六年之初高尔基又亡命到外国去了。在那里他写了以普维列塔利亚的革命运动为小说《母亲》和戏曲《敌人》。他依从党的嘱托，为募集援助革命运动的资金，旅行到了美国。他以在那里亲历过的生活，写了一篇《黄色的恶魔的都市》。在这里鲜明地描绘了资本主义的野兽都市底姿态，在这，布尔乔亚汜［范］的所有的傀儡都被暴露着。法国的布尔乔亚汜［范］，借款给尼古拉·罗曼诺夫政府，来支持镇压革命运动的时候，高尔基写了一本题名《亲切的法兰西》的小册子，痛骂着与反动的沙皇政治联盟的法国布尔乔亚底无廉耻行为。

　　当在反动的时代——颓废与背叛的时代，在作家的一部分及一般的知识分子们，都离反了组织而成为"内奸"之流的时候，高尔基是始终忠实于劳动阶级和普罗列塔利亚革命的。

　　一九〇七年，高尔基参加了伦敦的社会民主党大会。这时高尔基开始和列宁接近，而成为非常亲密的朋友。列宁尊重着高尔基以艺术家底才能贡献给俄罗斯劳动运动底伟大的功绩，对于他，尽了特别的关切与注意。列宁时时用着像同僚样的那种态度批评高尔基，并指摘了他的政治上的错误或者有什么离开了唯物的世界观地方。同时列宁又把高尔基当着互相商量的人，他们毫无隔阂地谈着关于党的生活以及一些其他新的斗争的消息。对于高尔基的列宁底温情的，庇护的，恳切的关系，例如从担忧他的健康，或者尽力给与为做一个作为作家底事业底必要的条件这些地方处处都表现着。列宁很希望把高尔基任为党的机关报《普罗列塔利亚》的经常协力者，关系这件事他费了很大的心思周详地打算过，并且他还专门写过一封信给卢那卡尔斯基（见《列宁全集》第三十八卷五二一页）。

列宁的希望到底是实现了。高尔基在外国的时候，担任了《普罗列塔利亚报》的文艺栏编辑。

一九〇九年和一九一〇年，高尔基发表了以他最熟悉的旧俄罗斯小市民生活为题材的《乌古罗夫镇》和《莫德惠·郭赛米耶金的一生》等几部创作。一九一三年起又相继发表了长篇自叙传小说《我的童年》，《在人间》和《我的大学》，这在作者自己是生活底总决算。这是以强韧的意志力和执拗性走过了旧俄国底乌古马［罗］夫镇式底（阴暗无聊的，鄙卑而愚蠢的，畜牲般污秽的）生活在其路程上所设置的一切的，那条长长的道路的人底生活底年代记。

高尔基这样说过："想起了未开化的俄国底生活底这样迟钝的卑鄙，我常常问自己：这种事情值得写吗？我总以更新了的确信回答自己：这是值得写的。为什么呢？因为这是活着的卑鄙的现实，这在现在也还未死灭。因为要把它从人心中，从我国底沉重的屈辱的一切生活中连根拔去，这是不可不彻底明悉的真实。又使我写这样的卑鄙的情形的，还有另一种更积极的原因。俄国底生活，不仅仅因为有各种各样的畜生般的污物底层在其中丰富地停蓄着，而也是因为通过这种层也还有明朗的健康的创造的东西在顺利地成长，有善良的人性在成长，使得对于趋向人样的生活的我们底复活的难以破坏的希望醒来，而是可惊的。"

在国外的期间，一方面他写着一些表现俄罗斯市民层的阴郁无味的生活底作品，同时他又写了赞美普罗列塔利亚的一致团结（Solidarity）与人类劳动能力作的品——《意大利童话》。

一九一三年，高尔基遵从列宁的意见，回到了俄罗斯。不久，一九一四年的帝国主义大战就开始了。有许多曾经是社会主义者和民主主义者，这时都热中于爱国主义，主张着战争；他们喧嚷着解消阶级的敌意，拥护祖国得到最后的胜利为止。当时，高尔基对于这次帝国主义者们因争夺和分赃不均而引起的大战，却非常的愤怒，很激烈的叫出了反帝的呼声，他是一位英勇的反帝战士，他成为一切反帝战士们底喇叭手。他坚决地如所有多数党们那样；站在国际主义者底立场上，发刊了聚《莱特皮西月刊》。《莱特皮西》在当时是反对战争的唯一的杂志。

在一九一七年十月革命的时候，关于普罗列塔利亚专政以及知识分子的任务之评价等：诸问题，高尔基曾抱着几分的怀疑而和多数党发生了意见的相差。可是不久依据于列宁的定义，这些"政治的周折 Zigzag"就被笔直的舒平了。数月后，高尔基已经和"十月"的活跃分子们一道参加了社会文化的工作。然而，因此很伤害了他底健康，不得已又离开了祖国，再到意大利的海滨去养病去了。

高尔基在外国仍然热心地继续工作着，他写成了巨部的艺术作品。例如长篇小说《阿尔泰庄洛夫家的事业》（中译《没落》），就是其中之一。这里写的是一个商人阿尔泰莫洛夫一家底历史。他们资本主义者底工作，是随着劳动阶级底成长和发展而必然地被破坏的。革命把这个人家底工作扫尽了。作者把一直到他们归于破灭为止的过程用可惊地正确的社会分析表现着。比这规模更大更有意义的，是一部三卷的大叙事诗《克林·查姆金的一生》。这是革命前数十年间之俄国的政治生活与文化生活的分析底总决算，是以经验，观察和艺术的材料底巨大使人惊异的作品。这也是以高尔基式的讽刺底一切的尖锐，致力于暴露那虽然有时浅薄地接近革命，但必然地转移到激烈的敌人底阵营去的，与有产阶级连结的知识分子底一部分底情形的作品。

高尔基虽然远远地离开苏联住着，可是他始终是和祖国保持着密接的连络。他，好像是被派遣到资本主义世界去的苏联底舆论的大使。他以文艺作品阐明了资本主义的本体，而唤起了人们对于世界布尔乔亚汜［范］的憎恶的情绪。布尔乔亚报纸攻击高尔基，并要求着："从意大利放逐出境！"这是很好的反证。阶级敌人的这种攻击，于高尔基不是意外的事，在过去也曾屡次的有过道样的经验。关于这，高尔基写着："对于正义的作家或社会生义者，布尔乔亚的照顾很麻烦的！"

一九二八年，高尔基回到新的祖国来。在几百万民众的狂热的欢迎中，高尔基和其他一切人们一起，进行着这无限广大的飞跃发展着的新世界底建设工程。高尔基成为许多重要事业和计划底主动者。这一年，由于高尔基的发动，单是杂志就有了《我们的成果》，《建设中的苏联》，《超越国境》，《文学研究》等等的创刊。

依照高尔基的提案，并在他丰富的经验的指导之下，编纂，《内战史和工厂史》。这些纪念碑的工作，对于劳动者的政治教育，特别是对于那些不知道革命以前的旧事和英勇的革命斗争的初年底史实的，那些年青的时代底人们，是有着很大的意义的。

一九三二年，当着帝国主义的强盗们正在疯狂一般的地准备着新的战争的时候，战争的危险日益迫近着的时候；高尔基的声音又正在这个时候被听见了，他高呼着"反对帝国主义战争的战争，是社会主义胜利的最后的决定的斗争"。他带着新的力最，带着少年一般的热情，以苏联代表的资格去参加了将在阿姆斯特丹（Amsterdam）举行的反战会议组织。而胆小的布尔乔亚汜［范］们；竟拒绝了高尔基在会议举行地底荷兰国的入境。可是，刊载于苏联报纸上的他底演说词，也同样地在世界各大都市的报纸上刊载了。他底那过去不曾为沙皇政府所能压住的而现在也同样不能为其他资本主义国家所压住的声音，到底还是达到了全世界的劳动者底耳里。

　　高尔基无论是在国外，还是在苏联，他的案头上每天都堆着几十封信和稿本。他把这些稿本一行一行读下去了，就给他们寄去了忠实地批判这些作品的回信。就是这样，这位教师高尔基把许多年青的作家教育了出来，把他们送到世界的文坛上去。无怪在苏联有一幅很流行的漫画，把高尔基画成一只孵雏的母鸡，周围被一大窝小鸡围绕着，在它们身上写着苏联当代最有名的作家们的名字，这些作家们的作品早已被译成了许多种外国文字了，高尔基之被选为苏维埃作家同盟组织委员会的名誉议长，决不是偶然的。

　　当这位伟大的导师不断地在积极参加着社会主义建设的时候，我们来读他的自叙传的小说，我们就会感到现在的高尔基还是和当初的玛克辛姆一样的年青，一样的发挥着无尽藏的活力。同时我们又看见年青的高尔基是怎样执拗地勇敢走遍了一切险恶的道路，他一步也没有退缩，终于由沙皇俄罗斯的"乌古罗夫镇"跑到了如今的苏联新世界去。高尔基是像但丁一样从地狱中走出来的，但他出来时却不只是他自己一个人，他带领了他所有的同患难的痛苦的伴侣们一道——一条以全世界被压迫者组成的长练似的行列，络续的走到这光辉的新的世界上来。

　　在这新的世界里，他还是同样兴奋地在工作着。在他的指导下，苏联文学的成果像其他一切建设的成果那样已经超越了世界的水准，而且不断地在更悬殊的超越着。

　　他以他的无边的慈爱，无涯的智慧所创造的纵横多方面的伟大的事业，无论于劳动阶级以及所有的劳动者，于党和苏维埃政权，都得到了非常的欢迎和无限崇高的评价。作为这种事实底明证的，就是几百万部的高尔基的著作底销数；当他从外国回来时人民对他的热烈的欢迎；他之被选为政府最高机关中央执行委员会的委员以及在一九三二年九月十五日举行的为纪念他的文学活动四十年的盛大的庆祝会等等（此日苏联政府以最荣誉之列宁勋章，授与高尔基，为纪念他而把他的故乡尼什尼·诺甫哥罗特城改名为高尔基城，这一夜并举行了盛大的各种，"纪念之夜会"）。

是艺术家，是社会政治评论家，是革命家，是教师，是社会主义建设的参加者的高尔基，他被苏联本部的人民，以及其他各国所有的劳动者大众所爱护着，尊敬着，那是由于他是"无限地爱人和世界"的缘故。

然而，当这新世界的工程还正挥动着锤子在建设的时候，当他还不曾见到他底行列中最后的一个伙伴走出地狱来的时候；突然！在一九三六年的六月十八日，从莫斯科传出了这样一段消息：

"高尔基因患肺炎和心脏衰弱症于今日上午十一时十分逝世了！"

我们担心着要到来的事终于到来了！高尔基不能例外地逃过那生理状态底变化，他的眼睛已经闭拢了起来，他已经不再在这世界上呼吸着了！一枝有力的笔堕下了！我们应该说：他生着伟大，他死了也是伟大，因为他已经遗留下一条广阔的达到光明的阳光下去的，曾经用他那哺育人类灵魂的母亲底慈爱与那如伏尔加河水那样丰富的智慧筑起来的道路给我们了。

当我们——你底苦难的伙伴们，你底战友们踏着这历史的道程行进着的时候，玛克辛摩［姆］维支，你永远是在我们底记忆里的。

这篇文字是根据赛威林和特里孚诺夫合著的《现代苏联文学概论》第一章第二节写的，间或也参阅和摘录了别人的译著。

一九三六年九月一日

——录自良友图书印刷公司 1937 年初版

《俄国短篇小说集》^①

《俄国短篇小说集》译后杂记

姚蓬子 ^②

在译成这本《俄国短篇小说集》之后，我觉得有在本书后面附几句话的必要。

第一，要将一九二一年以后的新俄短篇小说，有计划地，有系统地，作一个完整的移译，在我底能力与时间固然也办不到；但要在像这样一本薄书里要求获得一个完璧，也是实际上所不容许的事。现在译在这里的，除略悉珂之外，都是同路人底作品。所以多译同路人底作品，是因为，几部出现在新俄文坛上的巨著，在中国都有了译本，而同路人底重要作品，译到中国来的却很少。所以在开始选择的时候就存了这样的观念，纵然是不充分的，不完备的，也要将这部译集作为介绍同路人作品底一个小小的尝试。

第二，这数篇小说完全是从英译转译来的。虽然想尽我能力去保存各篇小说底风格，但以我底文笔的不美丽，不畅达，而且又是转译来的，要丧失原文底不少精彩这缺点，是没有方法可以弥补过来了。　　一九三一年六月，蓬子，在上海。

——录自商务印书馆 1937 年初版

---

① 《俄国短篇小说集》，蓬子选译，"万有文库"第二集，"汉译世界名著"丛书之一，上海商务印书馆 1937 年 3 月初版。

② 姚蓬子（1905—1969），浙江诸暨人。曾就读于北京大学，1924 年到上海光华书局任编辑，1930 年加入中国左翼作家联盟。曾协助丁玲编辑《北斗》杂志，并任《文学日报》主编。1938 年加入中华全国文艺界抗敌协会，并编辑《抗战文艺》，1940 年代在重庆创办作家书屋。另译有俄国安特列夫《小天使》、法国果尔蒙（今译古尔蒙）小说《妇人之梦》《处女的心》、苏联高尔基小说《我的童年》、瑞典斯德林堡（今译斯特林堡）短篇小说集《爱情与面包》等多种。

《鲁滨孙飘流记》[①]

《鲁滨孙飘流记》译者序
徐霞村[②]

　　正如世界文学史上许多非常著名的小说的作者一样，《鲁滨孙飘流记》的作者但尼尔·笛福（Daniel Defoe）也是一个身世不大清楚的作家。但这里之所谓"不大清楚"，并不是说我们对于笛福的一生毫无所知。反之，在笛福死后不久，甚至在笛福的晚年，英国社会中就流行着种种关于他的传说，为当时和后来的一般鲁莽的文学史家所深信不疑。其实这些传说一部分是笛福的敌人当时故意制造出来的，一部分是道听途说的附会之词，不可靠的成分很多，绝不是什么信史。一个人要想替笛福作一篇忠实的传记，第一就须把这些支离而矛盾的材料加以选择，加以整理，替它们找出有力的证据，然后才能谈到别的。然而这种工作是十七八世纪的文学家所没有想到的。一直到了近百年来，靠了许多学者的毕生的考据和研究，我们才对笛福的生平有了一点正确的知识。自然这些知识是不完善的，是需要后世的学者的补充的，但我们研究文学史的人第一个目的是要求"信"，为了"信"起见，我们不得不放弃那些貌似完善的不可靠的材料，而暂时以这点

---

①　《鲁滨孙飘流记》（*Robinson Crusoe*），长篇小说，英国笛福（Daniel Defoe，1660—1731）著，徐霞村译，中华教育文化基金董事会编译委员会编辑，上海商务印书馆1937年3月初版。

②　徐霞村（1907—1986），湖北阳新人。曾就学于北京中国大学，1927年赴法留学，任《小说月报》驻欧通讯员。先后任教于北京大学、北京师范大学、北京女子师范大学、济南齐鲁大学等。著有《现代南欧文学概观》《巴黎游记》等，另译有《现代法国小说选》《近代西班牙小说选》及法国洛蒂小说《菊子夫人》、左拉中短篇小说集《洗澡》、《皮蓝德娄戏曲集》等。

不完善的知识为满足。

笛福的生平大约是一六五九年和一六六〇年之间。他的父亲是伦敦的一个肉店老板，名叫詹姆士·福（James Foe），至于笛福后来为什么把他的姓改为笛福，我们就不得而知了。当时英国的新教徒分两大派：一派是"国教徒"，即安力干会的教徒（Anglicans），一派是"违教徒"（Dissenters），即不遵奉"国教"的那些教徒，如清教徒（Puritans），浸礼会徒（Baptists），长老会徒（Prebylerians）等；同时国内的政党也因宗教的关系分为两大党：以安力干会徒为中心的是保守党（Tory），以"违教徒"为中心的是自由党（Whig）。而笛福的父亲就是"违教徒"中的长老会徒。这位老肉商怀着满腔希望把他的儿子送到一个违教徒的学校里去读书，打算叫他将来做一个长老会的牧师。笛福在这个学校里大约上了三四年学，学到了不少的实用的知识。在十八岁左右，他忽放弃了宗教事业的志向，离开了那个学校。至于离开学校以后他究竟到什么地方去了，至今还是一个不解之谜。据一般人推测，他在十八岁以后曾在一个驻西班牙的英国商业代理人处做了几年学徒。这个推测有几分可能性，因为从笛福的作品里，我们可以很显明地看出笛福对于欧洲大陆有相当的认识。

我们对于笛福从西班牙回到英国的日子也不大清楚。但我们却知道他在一六八四左右已经回到伦敦，做了袜子商人了。在同年一月一日，他和玛丽·吐弗莱小姐（Mary Tuffley）结了婚。后者出身于小康之家，替笛福生了八个孩子，对他终身都很忠实，并且在他死后才死。

笛福结婚的第二年（一六八五），那位靠了保守党的拥护而做了二十五年的复辟英王的理查第二突然于此时逝世，王位落到了他的兄弟詹姆士第二身上。一般清教徒认为詹姆士第二的继位将更把安力干会徒对他们的压迫延长到永无止境。于是便拥了查理第二的私生子蒙木斯公爵（Duke of Monmouth）起事争夺王位。但这个叛变不久便被政府所派的军队打平了，无数的"违教徒"都在那残酷的法官泽夫立兹（Jeffreys）的手下遭了最惨毒的报复。据一些人考据，笛福当时似乎参加了这次著名的叛变，但是他究竟用什么方法逃开了泽夫立兹的屠杀，我们至今还不清楚。

詹姆士第二承继着他的父亲查理第一和祖父詹姆士第一的老毛病，也是一个做着专制梦的君主。在初即位的时候，他因为处处受着国会的限制，不能自由发展他的怀抱。蒙木斯之变给了他一个好机会。藉口削平叛逆，他招集了三万人的常备军，在首都近郊驻扎着。他自恃有军队保驾，竟开始向那一向与他合作的保守党的国会和安力干教会挑起战来。但是他不明白为自由流血还不到四十年的英国人是决不会在这种威胁的手段之下低头的。一般保守党忍无可忍，竟联合了自由党人，上了一个劝进书给詹姆士第二的女婿，荷兰的大总管，信奉新教的威廉第三（Willian of Orango）。于是在一六八八年十一月，这位外国王子便统率了荷兰的海陆军来到英国。詹姆士第二并没有用他那乌合之众的军队来抵抗这个侵入，因为当他看出民心已经归了威廉之后，他就自动地坚欲流亡在外，到法兰西去做寓公，让他的女儿和女婿不流一滴血而做了英国的并头元首。这便是英国历史上的有名的"光荣的革命"。

笛福因为宗教立场与新王相同，老早便做了威廉第三的拥护者。在一六九○年左右，他已在伦敦的"违教徒"中有了相当的社会地位，并且偶然写些政治性质的小册子，或一两首讽刺诗。但是到了一六九二年，他忽然为了一万七千磅的债务而破了产。破产的原因，似乎是由于他买了一批货，而当时英法不合，他的货船被法国劫去了。

在一六九二到一六九七之间，他的朋友连接不断地替他找了些小事，而他自己也开了一个砖瓦厂。在这期间，他对于写作渐渐注意起来。一六九七年，他出版了他的第一本书《计划论》（*Essay upon*

Projects），讨论银行、保险、筑路、妇女教育和一些别的现代问题。在同年中他又写了几篇关于政治和宗教的论文。但真正使他获得作家的名声的，则是他在一七〇一年（这时他已经四十多岁了）发表的讽刺诗《道地的英国人》(The Trueborn Englishman)。

笛福之所以作这首诗，是因为当时有一部分英国人觉得让一个外国人来做他们的国王是一件不大体面的事，对于威廉第三不免怀着恶感。在这首诗里，笛福竭力替威廉辩护，指出英国人根本就不配反对那些与他们有血统关系的人，因为英国人本身就是一个杂种的民族。这本小书出版之后，其中的讽刺成分大受一般民众的欢迎，马上销了好几千本；威廉第三为酬答笛福的忠心起见，立刻给了这位哄动一时的作家一个很好的政界的位置。

在同年的后半年，英国政界上，发生了所谓"肯特城请愿团"(Kentish Petitioners)事件。原因是当时国会中的保守党对于威廉第三的外交政策处处抱着敌意，深为一班拥护新王的人所不满，到了这一年，便有几位肯特城的绅士上了一个请愿书给众议院，抗议保守党的这种态度。笛福抓住了这个机会立刻写了一篇煽惑性的文章(Legion's Address)，赞助"请愿团"的立场。这个举动不但增加了朝廷和自由党对于笛福的好感，而且使一般人一时把笛福看作自由党的发言人。

不幸笛福的好运实在来得太晚，而去得太快了。因为他刚刚得意了一年，威廉第三便在一七〇二年去世，而由詹姆士第二的次女安继了位。安女王是一个信任保守党的君王，因之国内的政治情形也立刻起了变化。一般安力干会徒一旦占了上风，压迫违教的事也卷土重来了。笛福忿于这种暴横的行为，便在这时写了许多攻击安力干会徒的小册子，其中最著名的一种是一七〇二年十二月出版的《对付违教徒的捷径》(The Shortest Way with the Dissenters)。在这个小册子里，笛福用了讽刺的笔法，藉一个安力干会教士的口气提出许多铲除违教徒的断然的办法。一般安力干会徒读到这个小册子，立刻动了公愤，于是便怂恿着政府下令通缉笛福。从这个通缉令里，我们可已略见笛福的外表："他是一个中等身材的瘦子，年纪约四十岁，褐色的面孔，深褐色的头发，但戴着假发；钩鼻，尖颔，灰睛，口边有一个大黑痣。"

笛福听到通缉的消息之后，便用各种方法四处逃匿，一直到一七○三年五月才被捕。当年七月初，法庭除了判决他缴一笔很大的罚金，一个无期徒刑外，还判决他枷示三天。他托了许多门路，想求法庭赦免枷刑，但都没有效力，于是他便作了一讽刺的《枷刑颂》(*Hymn to the Pillory*)，在外面发售。不料到了他示众的日子，民众不但不给他侮辱，反把他看做一条好汉，争着买他的讽刺诗。

笛福一直在狱里住到当年十月才被释放。他的释放是由于女王的命令，而女王的命令则是由于当时的众院的代言人哈莱（Robert Harley）的疏通。

哈莱之所以肯救笛福，大约有两种原因：第一，他觉得笛福是政潮涨落中的一个牺牲者，实际上并没有什么罪；第二，他那狡猾的眼光早已看出那正在萌芽中的新闻纸对于政治的用处，极想收买到这位具有记者才干的文人。从我们现在看来，哈莱的这次善举总算获到了充分的报酬，因为在后来的许多年中，笛福确实对他效了不少的力。

但是笛福的入狱对于笛福个人身上的影响却是不幸的。因为他觉得当初出版《对付违教徒的捷径》时，实际上并没有什么了不得的恶意，后来遭到这样大的灾祸，实在是一件使他叫屈的事。他因为所受的打击太大，遂一变而为一个玩世的、不认真的、滑头的、唯利是图的文丐，对于一切都没有可靠的、一定的意见了。

在出狱以后的七年中，笛福的生活是忙乱的，多故的。从一七○三年到一七○六年，他的主要的工作是替哈莱写政治文章，并替他在国内东奔西跑，搜集政治消息。在这期内，他的政敌有时主使他的旧债控告他，并且运动一个县长发出一个逮捕状，使他不得不费尽心机来逃开他们的罗网。此外笛福在这三年中还有一件重要的事迹，就是创办了一个一星期出版三次的报纸，《评论报》（Review）。这个报上的文章多半是笛福一手包办的，但是它从一七〇四年创刊之日起，到一七一三年停刊之日止，中间很少有脱期的时候，这个小小的报纸的创办不但对于当时的自由党的领袖哈莱和哥多芬（Godolphin）有很大的帮助，同时对于后世的新闻纸也有很重要的影响：第一，它的论调比较公正；第二，它的文体比较轻快；第三，它除了政治和宗教的消息外，尽量刊载社会新闻、商业新闻。

然而笛福的无穷的精力并没有被这个全靠他唱独角戏的报纸用尽，因为据我们所知，他在一七〇六年以前除了替《评论报》写文章外，还出版了几部诗集，许多政治论文，以及一些别种性质的文章，虽然在上述的这些作品中，传到我们手里的只有一篇《鬼的故事》（*The Apparition of Mrs. Veal*）。

这时英国正因了西班牙的承继问题和法国开着战，国内一般政治家为了免除后顾之忧起见，极想以商业和经济的利益为饵，引诱苏格兰来合并。因此在一七〇六年，笛福便被哈莱（这时哈莱已经脱离了自由党，转入了保守党了）遭到苏格兰去，在四处做提倡合并的秘密工作。他在商业方面向国会中的委员会贡献了许多建议，并且在每次的政治旅行中总写些很详细的信给哈莱。他的工作完全是当时欧洲人所瞧不起的间谍工作，但是他却是一个最能干的间谍，虽然他所得的报酬远低于他所办的事。

当笛福在一七〇八年回到伦敦时，哈莱已经下了台，但是这位大政治家却慨然把这位机灵而易于驾御的政治侦探介绍给他的政敌自由党领袖哥多芬。在哥多芬手下，笛福继续来往于英格兰和苏格兰之间，他的主要的使命是暗中监视詹姆士党（Jacobites），因为詹姆士党这时正潜伏于英苏两邦，——尤其是苏格兰，——密谋拥护詹姆士第二的庶生子"老伪王"举事。从一七〇八年到一七一〇年，笛福的唯一比较重要的作品只有一部洋洋巨册的《英苏合并史》（*History of the Union*），但是在这期内他无形中在经验、材料、文笔几方面作了不少的预备，为他后来写小说时之用。

一七一〇年，自由党内阁倒台，哈莱以保守党魁的资格重新得势。哥多芬内阁的倒台，大部分是由于一位有精神病的安力干教士沙其维莱尔博士（Sacheverell）的一次具有煽惑性的说教。笛福起初站在自由党的立场上，写了无数页的文章攻击沙氏，但是当他发现民众对于自由党的恶感已经无法挽救时，他又巧妙地回到哈莱方面去了。这种骑墙式的行为使笛福在自由党和保守党的双方的心目中都受着恨恶和轻视；但是以我们现在的眼光看来，他也不是没有可原谅的地方。因为笛福当时是一个受过枷刑的囚徒，在社会上绝对不能公开做事，而同时他的家累又使他不能不找些事做，假使他专讲究气节，不肯奉命执笔，他和他的全家只有坐以待毙了。明白了这一层，我们就可以知道为什么笛福后来竟一方面替哈莱宣传，一方面又背着哈莱，替自由党效力了。

哈莱（他这时已经被封为牛津伯爵了）是一个赞成与法国议和的人，但因怕自由党反对，不敢公然主张。笛福受哥多芬雇用时，曾极力主张把战争继续下去；现在既做了保守党的小卒，只好顺着哈莱的意思，在一些小册子里并在他所办的《评论报》上藉口财政困难，鼓吹议和。这些文章对于后来的"乌特莱支议和"（Peace of Utrecht）有很大的帮助。此外，对于哈莱的一些别的政治计划，如南海贸易公司的设立，违教徒的公愤的平息，笛福也费了不少的笔墨。

笛福的宣传不久便受了当时保守党中的一个另外的大政治家鲍林布罗克子爵（Henry St. John，Viscount of Bolingbroke）的注意，于是后者商得哈莱的同意，聘笛福替他鼓吹他的商业政策。笛福当时在《地球杂志》（*Mercator*）所发表的那些文章以及他那部由小册子凑成的《通商史》（*A General History of Trade*）在经济史上都有很重要的地位。

在政治和宗教的重要关头上，笛福并不像一般人所想的那样缺乏自己的主张。譬如他虽是受雇于保守党，然而当保守党政府在一七一四年通过"分派法"（Schism Art），不许违教徒教育他们自己的儿女时，他却竭力反对；又如他始终拥护汉诺威王室（照一七〇一年保守党和自由党共同通过的"王位法"〔Act of Settlement〕，安女王死后，承继权应归詹姆士第一的外孙汉诺威王室〔House of Hanover〕，而不再轮到詹姆士第二的后人），反对詹姆士党；这两件事都是很好的例子。

一七一二年，笛福因事至英格兰的北部和苏格兰去了一趟，发现那一带的詹姆士党的势力已经发展得非常惊人，于是回来之后，便写了一些小册子为汉诺威王室张目。不幸他过于爱用反语式的（ironical）笔法，一时大意，竟把一个小册子题名为《反对汉诺威王室继位的理由》（*Reasons against the Succession of the House of Hanover*）。那些痛恨他的自由党抓住了这个似是而非的把柄，立刻咬定他犯了危害国家的罪，鼓动着当时的大法官派克（Parker）对他提起公诉。他们认为假使首相哈莱出头救他，则哈莱和他的关系就要马上暴露出来，假使哈莱不出头救他，他们就可以除掉哈莱一个有力的口舌。不料在检查完毕之后，笛福竟靠了哈莱的暗助，获到保释的许可，真使他们大失所望。不过美中不足的是，笛福在被释之后，不但不稍敛一点锋芒，反而在《评论报》上大谈他的案子，结果又引起了大法官派克的震怒，藉了辱骂法庭的罪名，把他监禁起来，一直到许多天之后，才靠了鲍林布罗克爵士的势力，写了悔过书，被释出狱。

笛福出狱之后不到一年，安女王便死了。自由党的势力不但夺去了哈莱和鲍林布罗克的政治地位，且使他们随时有被人控为卖国贼的危险。笛福既失去了情报方面的薪水和新闻方面的津贴，只好四处卖文为生。但是他仍旧执迷不悟，觉得哈莱至少还有救他的势力，于是便写了一些有连续性的小册子，题名《保守党内阁秘史》（*The Secret*

History of the White Staff），打算替哈莱辩护。不幸在这些文章中，他不但没有帮了哈莱的忙，反而证实了哈莱和詹姆士党间的秘密关系，惹起了全国的注意，使哈莱不得不出来否认笛福曾在他手下做过事。

在那出版于一七一五年的小册子《诉诸义理》（*An Appeal to Honour and Justice*）里，笛福告诉我们他在乔治第一即位之后曾大病了几个星期。但是据一般学者最新的考据，笛福这句话未免有些靠不住，因为他在一七一五年用假名发表的文章简直不可胜数，有些是为了替哈莱脱责而写的，有些则是站在自由党的立场写的，使一个对笛福没有多少研究的人第一眼看来几乎要疑心它们不是出于一个人的手笔。此外，在同年中，他还脱稿了两部近乎文学的书：一部是谈道德问题的，《家庭教师》（*The Family Instructor*），一部是半小说性的传记，《瑞典王查理十二战史》（*The History of wars of his Present Majesty Charles XII King of Sweden*）。

但是笛福用文字开罪于人的地方实在太多了，到了一七一五年的八月间，大法官派克又准备以文字毁谤对他提起公诉。笛福自知这时国内的政治情形已与往日不同，他的灾祸绝非哈莱或鲍林布罗克之流所能为力，急中生智，便写了一篇非常沉痛的信给派克，举出他最近替自由党写的那些攻击詹姆士派的文章，说明他的苦衷，请求法院方面赦免他。派克接到他这封信，很受感动，慨然撤销了他的公诉，同时又因为爱惜他的办报的才能，还把他介绍给当时的国务大臣汤生德（Townshend）。

汤生德以最酷苛，最不近情理的条件雇用了笛福，那条件就是要笛福继续冒充保守党人，混入詹姆士派的报馆里去做事，在那里设法把一切落到他手里的具有叛逆性的文章都给删去，并且还须把新闻界中的不妥的活动随时报告给政府。据我们推测，笛福当时之所以答应下这个危险而不名誉的职务，一方面固然是由于生活所迫，另一方面也不能不说是因为慑于汤生德的势炎。

从一七一六年起，笛福在上述的古怪的条件下工作了差不多四年之久，一直到一七二〇年以后，新王朝的地位比较稳固了一点，他才渐渐有了自由。要把笛福在这四年中所作的一切活动都叙述出来，那实在是篇幅所不能允许的事。简括地说来，他在这期间的确遵守了他的合用，先后混入了一家詹姆士派的报馆和一家保守党的报馆，并且还另外创办了许多著名的刊物和报纸，如《白宫晚报》(*The Whitehall Evening Post*)、《每日邮报》(*The Daily Post*) 等。这些报的编制和风格对于后世的报纸有很重要的影响，因为笛福在编报的时候总是不断地革新，不断地改良，使他的报纸离开那种萌芽时期的简陋。此外，笛福在这四年中还写了许多书，如《续家庭教师，土国侦探书信续集》(*A Continuation of Letters Written by a Turkish Spy in Paris*) 等，并且开始了他的最大的杰作《鲁滨孙飘流记》。

《鲁滨孙飘流记》出版于一七一九年四月，不到年底就再版了多次；同年八月，笛福又发表了它的续集；又过了一年，三续也出来了，不过三续只是一些有连续性的小品文，与以前的故事无关。笛福这时已经差不多六十岁了，但是他的精力一点也没有衰退。这部小说之畅销无形中为他开了一条生财的新路。于是他便在办报和写小册子之余，大量地制造小说起来。在以后的十二年内，他所写出的小说无论在数量方面，在门类方面，都非常惊人，虽然其中除了《荡妇自传》(*Moll Flanders*) 和《大疫日记》(*A Journal of the Plague Year*) 两书比较成功外，没有一部可以和《鲁滨孙》相比。他的小说的毛病是结构太松懈，文笔太无修饰，人物缺乏心理描写。但是它们也有它的长处，那就是叙述朴直，有写实性，富于想象力，以及无论在情绪上，理智上都没有造作之处，这些长处都给了后世的英国小说家不少的影响。

关于笛福在《鲁滨孙飘流记》出版之后的生活状况，我们缺乏充分的史料。大约一七一九年至一七二九年间，他除了一两次短期的旅行外，大部分的时间都是住在纽文顿城（Newington）。他的家庭因为有几个子女结了婚，已经没有从前那样大了。他的身体，被过分的工作所蠹〔蠹〕蚀，渐渐呈露了多病的现象。在某年中，他由于投资的失败，在经济上受了不少的损失。但整个地说起来，笛福这十年里的生活可算是他生平最宽裕、最舒服的时期。他的好客和慈善的性情使他减少了不少的仇敌。而他的幼女苏菲亚（Sophia）与亨利·倍克（Henry Baker）间的恋爱，更在他的家庭中添了不少的朝气。

但是到了一七二九年的秋天，当笛福正在写他的《模范的英格兰绅士》（*The Complete English Gentleman*）时，忽然有一个神秘的原因使他把全家搬出了纽文顿城，到肯特城和伦敦去四处藏躲。一般学者对于这番突如其来的变化都找不出适当的解释。有些人认为他是惧怕什么仇人；有些人认为他是被债主所迫；又有些人猜想他是因年老而神经有些错乱；但以上的种种推测都不大可靠，特别是最后一个。因为笛福从离开纽文顿城之日一直到临死以前，无时不在作文投稿，这决不是一个神经不健全的人所能做到的。

笛福于一七三一年四月二十六日以昏睡病死于伦敦的寓所，享年约七十一岁。盖棺论定，笛福一生的命运可以说完全是操在他的笔上：他的笔使他见弃于当时的社会，同时也使他成了《鲁滨孙飘流记》的不朽的作者。

关于《鲁滨孙飘流记》的本身，这里似乎也有谈谈的必要。我们第一件应该知道的事，就是《鲁滨孙飘流记》并不是当时唯一记述一个人流落在荒岛上的小说。因为十八世纪初正是英国以最高的速度向海外发展的时候，全国的人民对于航海一事的任何方面都感到极大的兴趣，当时所出版的记述航海失事的书非常多，《鲁滨孙飘流记》不过是其中比较著名的一部而已。《鲁滨孙飘流记》的故事的来源大约有两方面：一方面是得自社会上各种关于航海失事的传闻；一方面是取材于一个姓塞尔其克（Alexander Selkirk）的苏格兰水手的亲身的经验，这位水手因为与船长打架，于一七〇四年被弃于太平洋上的飞南德岛（Island of Juan Fernandez），在岛上度了五年的孤独生活，才被人救回，当时曾有许多人记述他的故事，如罗杰斯（Woodes Rogers）的《环球航巡记》（*A Cruising Voyage round the World*）就是其中之一。除了以上两个来源之外，故事的前后组织和细微枝节，当然是出诸笛福个人的想象。

笛福作这部书的唯一动机就是为了赚钱，至于他在序里说他是打算有益于世道人心等等，那不过是因为他未能摆脱一般清教徒轻视小说戏剧的偏见，用冠冕堂皇的话掩饰自己罢了。

《鲁滨孙飘流记》脱稿后，便由出版家泰洛（William Taylor）承受，于一七一九年四月出版。书出不到半年，英国和爱尔兰境内就再版了五六次之多，而那些谋利之徒的翻版书还不在内。以英国当时的读者的数目来说，这种销路实在可以说是空前的。笛福看到有利可图，立刻又把《续集》赶出来。到了第二年，这部轰动一时的小说在德、法、荷三国都有了译本，同时在本国又有《第三集》出版，虽然这一部分从没有像第一二集那样畅销。在以后的二百年中，第一集和第二集不胫而走地行遍全球。几乎没有一种语言中没有译本，从不曾因地点和时代的关系而稍减它的流行，其命运之佳，可以说古今任何文学著作都难与抗衡。

一部盛名之下的书正如一个盛名之下的人一样，不免要惹起一些捕风捉影的话。有些人鉴于这部小说与笛福的其他著作不大相同，便说《鲁滨孙飘流记》不是出于笛福的手笔。又有些人则过于自作聪明，认为它就是笛福的一部变相的自传，而把书中的每一部分都加以索隐。主张第一种意见的人，显然是没有读过笛福的其他作品。先不用说笛福在《鲁滨孙飘流记》出版之后所写的那些小说，即在写这部小说之前，他也不是没有作过小说性的散文。在他的政治论文里，他常喜用些逸话，对话，和人物的描写来说明他的论点。稍后，在《家庭教师》和《土国侦探》中，他也展露过他的叙述故事和描写人物的才能。可见笛福之写小说，决不是什么出人意外的事。至于作第二种主张的人，大概是根据笛福在此书的第三集中的那些自叙。其实第三集是笛福后来硬续上去的，与第一集毫无关联。假使有关联，为什么第一集里处处用暗射的笔法（allegory），而到第三集忽然毫无顾忌地打开窗子说亮话呢？此外，又有些人一定要在地图上把鲁滨孙独居了二十八年的那个荒岛找出来，甚至把塞尔其克所过的飞南德岛称作鲁滨孙岛，这又未免过于认真了：书中的主人公鲁滨孙既可以出自一个小说家的想象，鲁滨孙所住的岛为什么又一定要实有其地呢？

关于《鲁滨孙飘流记》的技巧，古来当然也有许多批评。在赞许这部书的批评家中，我们可以举出约翰孙、蒲伯、卢骚诸人来，不过在另一方面，贬弃它的人也不在少数。在它的许多缺点中，一般人所最爱提到的大约有三点：情节上有许多矛盾的地方；文笔太草率；对于人物的心理欠揣摹。但是这部小说的毛病既然这样多而且大，为什么它至今还有这样多的读者呢？要回答这问题，让我们先从文学史上说。自然，《鲁滨孙飘流记》并不是英国最早的小说。从伊丽莎白时代以来，英国便流行着许多法国式的恋爱小说、武侠小说。及至十七世纪末，阿狄生和斯提尔又用连续的小品文写出了一位加佛莱爵士（Sir Roger de Coverley）。但前者如其说是小说，不如说是近乎史诗，后者只是阿狄生和斯提尔两人理想中的一位英国绅士，既缺乏个性，又没有故事。真正合乎“小说”的近代意义的英国小说还是以《鲁滨孙飘流记》为开山老祖。现在再说这部小说的本身价值。《鲁滨孙飘流记》的最大的长处就是它有生动而紧张的叙述，处处引人入胜，使无论成人或儿童读了都可以感到很大的兴趣。其次，它里面的人物虽然不是人人有个性，却至少都是近乎人情的，不大带理想的痕迹。此外，书中写鲁滨孙在岛上从一无所有的景况发展到衣、食、住都有办法的程度，处处在实际上着想，实在费了不少的苦心。假使一个读者在读《鲁滨孙飘流记》的时候留心以上所讲的各点，他一定可以明白一本书之享名决不是偶然的事。

在我国，林琴南远在二十五年以前就把《鲁滨孙飘流记》译成了中文，而近年以来用白话文译出的本子也有一两种，但是这些尝试多半都是根据节本译出，而且文字过于意译，过于修炼，有失原文的朴直。译者觉得假使国人打算有系统的翻译英国文学，首先有把这部小说再度郑重介绍的必要，因此费了一年的精力把它译了出来。我所根据的是金氏公司（Ginn and Company）出版的，美国哥伦比亚大学教授椿特（W. P. Trent）——椿氏是当代研究笛福的威权，《剑桥英国文学史》（*The Cambridge History of English Literature*）中讲笛福的一章就是出于他的手笔——的手订本。在译文方面，译者在可能的范围内总是竭力设法保留原文的意味，有时自知在字句方面不无累赘重复之处，也不敢妄加润饰，但译者学力有限，误译的地方在所不免，还望国内外的学者们予以指正。

——录自商务印书馆 1937 年初版

《恩格斯等论文学》[①]

《恩格斯等论文学》编者的话

赵季芳 [②]

这里所收集的几篇稿子，大都在《嘤鸣杂志》上发表过的，现在以小册子的形式出版，因为恩格斯和伊里奇在文学上的著述是非常之稀少，仅存的这几篇短文章，应该受着中国读者的珍视。

---

① 《恩格斯等论文学》，合集，赵季芳编译，"生活指导丛书"之一，上海亚东图书馆 1937 年 3 月初版。

② 赵季芳，生平不详。徽州人，上海嘤鸣社成员。

　　除了恩格斯论巴尔札克这一篇是编者根据英文的《国际文学杂志》和英文的《巴尔札克短篇小说集》所编译的以外，其余几篇都是根据《国际文学杂志》翻译的。

　　从"五四"时代到现在，不管整个社会的进化遭着若干的打击和阻力，但文化的车轮，毕竟不能不反乎某些人的意志而逐渐的向前推移。即单以文学而论，在介绍和创作方面，质量上都有很大的进步，而迥非"五四"时代所可比拟。但世界上的一切事务，总逃不出辩证法的矛盾发展过程，所以在整个社会的变革遭受阻碍之中，我们虽可以看出某些文化的进展，而在一般文学的进步之中，我们又可发现一些堕落的因素和种子。

　　"为艺术而艺术"的口号，已经老早被人否定，现在是完全无立足之地了。这本是一种进步的现象，但是作为这个口号之代替物的"为人生而艺术"的口号，似乎至今还未被人正确的了解。因为反对纯艺术的主张，人们竟至走到另一更荒谬的主张，把文学看成政治宣传之简单工具。六七年前有人高唱什么普罗文艺，最近一年以来，同样那些人又在宣扬什么国防文艺了。这两种文艺在形式上是多么矛盾，在政治的立场上则简直是相隔天壤，但在文艺理论上，却完全是一贯的：文艺不是别的，只是为暂时的政治煽动服务，除此以外，就别无所谓文艺了。所以前几年文艺只能宣传阶级斗争，因为它必须普罗，而近一年呢，文艺则又只能宣传阶级合作，因为只有这样才能算是国防。其实，某一时代的文艺，本是该时代整个社会进化和人事变化之反映，而现在这班自命维新的"革命文艺家们"，却硬把活生生的文学运动，关在一个一定的范围以内，凡不合乎这个公式的都有被他们加上各种各式的头衔之可能，难道这不是阻碍文艺之进展吗？

　　正因为这种文学的公式主义之为害作祟，所以人们至今还侈谈什么意识，而无视文学的技巧，甚至于罗列着标语口号，都认为是最高的艺术品。这种现象，正是充满了中国现在的文坛，打击这种现象，实成为中国进步的文艺家之必要的而且是急需的任务，而这本小册子中所收集的恩格斯论文学的一篇短文章，就可以供给我们用为战斗的工具之一，因为在这篇文章之中，恩格斯很简单但是非常明白的解释作者主观意识与艺术作品的关系。他特别着重于艺术品之写实主义的描写，但他主张"作者并不一定要把书中所描写的社会冲突之将来历史的解决勉强灌输给读者"，因为真实的描写，在客观上有时即是提供了读者以解决的方案，这比勉强的灌输要好得多。他决不是反对文艺作者应有主观的意向，但是他觉得"作者的意向应该不着什么特别的痕迹而从事实和行动中自然的流露出来"。恩格斯这几句简单的话，把我们现在所争论的问题解决得清清白白，同时也正是给公式主义的标语口号文学以当头的一棒，所以译者特别希望读者对于这篇短文章加以再三的注意。至于其余几篇的内容，贤明的读者一定自己会去领略，所以编者的话也就此打住。

一九三六年十一月四日

——录自东亚图书馆 1937 年初版

《普式庚创作集》①

《普式庚创作集》普式庚年谱——他的生活和著作的全景

瞿洛夫 ②

一七九九年（普式庚诞辰）

六月六日，即俄历五月廿六日，A. S. 普式庚生于莫斯科德国街

---

① 《普式庚创作集》，诗歌小说合集。俄国普式庚（A. S. Pushkin，今译普希金，1799—1837）著，瞿洛夫选编，上海文化学会 1937 年 3 月初版。

② 瞿洛夫，生平不详。

的一家中产的贵族家庭里，父是贵族；母是侍候于彼得大帝的有名的
阿比西尼亚黑人依勃拉姆·汉尼巴尔的孙女。所以这位大诗人在血统
上，含有阿非利加黑人的血液。我们即使从普式庚的肖像看来也能够
知道，他那卷缩的头发，突出的颐额，和褐色的面孔等，都很明显地
证明了含有黑人的血液。

　　普式庚的家是相当富裕的门阀，父亲是卡得里娜二世时代的典型
的摩登绅士，醉心于法兰西的风俗，习惯和文学，诗名很盛；母亲也
是欢喜出入于社交界的人；夫妇两人过着散逸的生活，都不曾亲切地
注意子女的教育。因此，诗人幼小时候的薰陶，主要的是被委于祖母
和乳母之手。尤其是乳母亚利娜·罗蒂奥诺夫娜给与幼时普式庚的感
化，是伟大的；她是善良的纯俄罗斯妇人。

一八○八年（九岁）

　　贵族子弟的普式庚，在家里受"傅保教育"，功课方面，除《圣
经》和俄文外，其余都用法文教授。这一年，他已能读法文诗了。普
氏利用家里的图书馆，每天坐在那里读法国文学书——尤其是法国
诗集。

一八一○年（十一岁）

　　普式庚致力于模仿服尔泰（Voltaire）和莫里哀（Moliere）的风
格而写作诗和喜剧，而且，模拟拉丰泰纳（La Fontaine）的讽刺诗。

一八一一年（十二岁）

　　十月，进沙皇村的中学。和同学们成立了一个文学团体，发行了
手抄的杂志《中学的贤人》及其他。普氏第一篇较长的诗《告诗人》
可说是打开了诗人生活的前锋，不久即以他的诗才特出于他的同伴
里面。

一八一四年（十五岁）

　　以前他的诗只流传在手抄本上的，他的第一首印在纸上的诗竟被
发表在《欧洲消息》杂志上。作《市镇》，在这首诗里，他列举了他

所爱读的世界古今诗人的名字。

一八一五年（十六岁）

一月八日，在公开的郑重的毕业式里（一说是在"文艺观摩会"里），当时最著名的老作家德尔若文（G. R. Derzhavin，1743—1876 [1816]）也在场，普式庚朗读了他的诗《沙皇村的回忆》，德氏大为惊喜，预言了普式庚的前途的光明。

这学校管理得很不严格，学生们常到托尔斯泰公爵（E. P. Tolstoi，1783—1873，俄国的画家兼雕刻家）的家庭剧场去，和他的雇用的女佣们闹恋爱。这时普氏尝到初恋的痛苦。

一八一六年（十七岁）

是普氏中学时代的末期，他认识了当时的三位最优秀的诗人：（一）巴特尤须考夫（Batyushkov），（二）茹考夫斯基（V. A. Zhukovsky），（三）佛雅任斯基亲王（P. A. Vyazemsky）。这三位是俄罗斯文学中罗曼主义的前驱。他又成为了一个文学会的委员。同时，普氏又和轻骑兵很亲近，结识了卡佛林（P. P. Kaverin，1794—1855）和查达耶夫（P. J. Chadayev），尤其是后者在政治思想上对他发生着巨大的作用。

最初的诗作之一——《睡梦》——是在这时写的。

在中学时代的最后几月间，写了反对沙皇制度的诗。

一八一七年（十八岁）

六月间，中学毕业。毕业试验时，学校当局命令他读熟那首题做《无信仰》的诗，以为他的无神思想的责罚。

毕业后，被派在圣彼得堡的外交部里办外交事务。年俸七百卢布。加入绿灯社，这是有点儿游戏，有点儿文学，有点儿政治的一个组织，进步的青年贵族是它主要的成分。许多秘密社团都跟它有关系，其目的，是要在俄国建立民主政体。全家迁居圣彼得堡。经常地进剧院。作小诗发表于各刊物上，好评啧啧。可惜当时他结交了一般纨绔子弟，染得了一身恶疾，病愈后，作了一首《新生》以自儆。

一八一八年（十九岁）

沙皇的政治愈见反动化。

作短诗《乡村》，要求政府解放农奴。革命性极其浓厚的短歌《自由》，也是在这一年写的。

作《给查达耶夫》等诗，提出了他的革命的结论。这些讽刺和指摘皇帝，军事大臣，教育大臣，希腊教主教，以及政府其他要员的诗和讽刺的短歌，用手抄本流播的结果，亚历山大一世便说："应该把普式庚充军到西伯利亚。他的歪诗流行于俄国，所有的青年人都会暗诵它们啦。"后因茹考夫斯基的恳情，说"他已是俄国文学的夸耀"，才得被逐到南方的贝萨拉比亚和基西涅夫在英索夫将军手下去服务。

开始写他的长诗《罗斯兰和露特米拉》（*Ruslan and Ludmila*）。

一八一九年（二十岁）

续写《罗斯兰和露特米拉》。

一八二〇年（二十一岁）

五月六日，离圣彼得堡。

韵文故事《罗斯兰和露特米拉》完稿。

得英索夫的许可，和拉叶夫斯基将军一家同车到高加索。九月二十一日，抵基西涅夫。动手写第二部伟大的韵文故事《高加索的囚人》（*Kavkaz skie* [*Cawcazskiy*] *Plennik*），至翌年才告完成。

一八二一年（二十二岁）

作小诗《短剑》，《兄弟强盗》，《迦伯列》和许多别的诗。他对于当时的政变——如希腊的叛变，拿坡里和西班牙的革命，拿破仑之死等等——极感兴味似的。此时产生的一首《拿破仑》，极有名。又作韵文故事《加佛列略达》（*Gavriliada* [*Gavriiliada*]），讥笑教堂中传说的关于"圣母"和"圣母受胎日"的故事。

一八二二年（二十三岁）

第三篇伟大的韵文故事《巴赫契沙拉喷泉》（*Bakhchesaraiskie* [*Bahchisarayskiy*] *Fontan*）写成于克里米亚。又作《魔力的奥列格颂》一首名歌。

一八二三年（二十四岁）

伏隆卓夫伯爵任新总督职。普式庚趁此转到奥特萨服务。在这里，他经历了两次恋爱；（一）对富商 A·李士尼的妻的恋爱，（二）对伏隆卓夫伯爵夫人的恋爱，这些都使他感受异常的苦痛。

动手写《欧根·奥涅庚》（*Evgeni* [*Evgeniy*] *Onegin*）。

一八二四年（二十五岁）

写韵文故事《吉卜西人》（Tsygany=Gypsies）。《欧根·奥涅庚》的两章写完。

想逃出俄国未果。

伏隆乔［卓］夫待他很坏，严厉地监视他的职务。普式庚也拿讽刺短歌来回敬他。结果，伏氏要求彼得堡当局把他放逐。八月间，普式庚接到正式命令，遭至柏斯柯省他父亲的采邑密哈伊洛夫斯基村去过日子。与他的父母，姊妹，兄弟以及保姆罗蒂奥诺夫娜重会。记下了保姆所讲述的不少的民间故事。当普式离开奥特萨的时候，望着年来亲近着的黑海的波涛，写了一首著名的小诗《黑海哟，再会！》

十月间，《采冈人》完稿。继续作《欧根·奥涅庚》。研究了意大利文和《可兰经》。

一八二五年（二十六岁）

正月间，北方的革命分子普氏同学时代的老友普希钦来会，谈及秘密工作的问题。

写小诗颇多：《冬天的黄昏》，《冬天的道路》，《一八二五年十月十九日》，《在祖国的天空下》，《豫言者》等。

　　戏剧方面，他决定了一大转变。写了史剧《波里斯·戈都诺夫》（*Boris Godunov*）。后来在尼古拉一世的检查之下，不得通过。沙皇说："这史剧应该由作者另写一道：用散文来代替诗，我想这样更来得适当，并且应该像司各脱那样的历史小说。"

　　写故事《未婚夫》（*Fiancee*）。

　　十二月间，以两个早晨写成韵文故事《努林公爵》（*Graf Nulin*）。

　　动手写《欧根·奥涅庚》中间的两章。——第四至五章。

　　普式庚写信到莫斯科去，要求准他出国，而且承认："留心自己的政治和宗教的思想"，并且声明："不至于发狂得连这既成的秩序和需要也不顾"。但这努力终于徒然。

　　一部分有教养的贵族中的进步分子预谋着取消农奴制度与限制沙皇政权。有的甚至幻想着共和国，成立了有革命目的的秘密组织。这一组织的成分多半是军官。后来这个组织的分子被称为"十二月党人"，因为他们是一八二五年十二月暴动的参加者与领导者。

　　普式庚也是属于这一社会层的，并且保持了许多和十二月党人相同的观点与倾向。他也痛恨沙皇专制，且不满于农民的奴隶状态。他也幻想着政治的自由与一切人民在法律上的平等。他和大部分的十二月党人，凡是他所认识的，结为朋友。在十二月党人中有他最亲近的中学校里的同学，普希钦与诗人勾海而倍凯尔——即被人称为"勾赫力"的。

　　但普式庚并不是秘密组织的一员，也没有参加他们的计划。普式庚以其诗篇来援助十二月党的事业。他的革命诗篇经彼此转递或手抄流行着。

　　一八二五年惊奇的消息传到了密哈伊洛夫斯基：十二月十四日彼得堡发生暴动，逮捕了一切参加秘密组织的分子，普希钦也在内，勾赫力也在波兰华沙城被捕了。

　　暴动在很久以前就准备好的，——这是普式庚所不知道的。十二月党打算利用亚历山大一世死后的纷争：当时有两个沙皇，开始是康斯坦丁即位，后来又立尼古拉为皇。十二月党向士兵宣传道，康斯坦丁的离位是不合法的，他们说，他本欲给民众以自由，解放农民，减轻士兵的服役。士兵们都被预先说服好了。他们拒绝尼古拉即皇位，都跑到赛那茨基广场上来了。可是十二月党人行动不坚决，给尼古拉以时间来动员比较不觉悟的陆军部队，并调遣了骑兵队。暴动于是被镇压下去了。

一八二六年（二十七岁）

普式庚坐立不安起来了。他为了那些他认为"朋友，兄弟，同志"耽忧。他更为自己的命运而恐惧。没有一个人不知他的革命诗。谁都晓得他是一个危险的"自由思想者"。普式庚希望着沙皇对他与他的十二月党人朋友的"宽容"。他于这一年的二月间写给诗人德尔维格，也是中学校的同学信中说道"焦急地等待着不幸者命运的裁判，坚定地希望我们年轻的沙皇的宽容。"经过了几天以后，又写道："有人对我说，二十号那一天他们的命运便决定了——耽心得很。但我始终希望着沙皇的开恩。"

同时普式庚开始为了赦免放逐而尽力设法。他致意于他的经常保护人，诗人茹考夫斯基，和新皇家族有亲密关系的。在写给他的信中说："戴着三角帽，穿上靴子"，这就是说，这样他可以去见皇帝了。但茹考夫斯基觉得这还是太早。他写信给普式庚说道："您和任何事件没有什么关系——那是确实的。但在每个行动者的笔记本上都有您做的诗。这是讨好政府最坏的方法。"

七月十三日五个十二月党人处了死刑。其余的，普希钦与勾赫而倍凯尔也在内，都被放逐出去罚苦役。十二月党人的被残杀，给予普式庚以非常深重的印象。"被吊死的吊死了"。他在同年八月间写信给维亚仁斯基说道，"可是一百二十个朋友，兄弟，同志的苦役真是可怕得很。"在普式庚的手本上还留着他对于十二月党处死默想的痕迹。

在涂得污黑的底稿纸上从头至尾重复着同一种图画：堡垒的墙壁，两根柱子上面钉着一条横木，在绳索上，好似一缕缕丝线，吊着五个小小的人体。两次诗句的开端是简单地写着这样的字句："我要是能够，和小丑一样……我要是能够……"

五位首领，即：（一）里列夫（F. R. Rileev），（二）柏斯特尔（Pestel），（三）摩拉夫约夫（Muravyo），（四）卡霍夫斯基（Kakhovski），（五）倍斯多耶夫（Pestuyev）被绞决。其他的一百二十名党员都流放到西伯利亚。

这年，尼古拉一世，派了使臣到密哈伊洛夫斯村，要普式庚到沙皇那里去。九月四日，普氏入宫。沙皇和他见面时问："普式庚，你好。我希望你愉快地回来。十二月十四日你若是在彼得堡，你会不会参加那次暴动呢？"普式庚答道："那是一定的，陛下。我所有的朋友都是参加了的呵。只因我不在彼得堡，所以才得救了。"

"唔，你干这蠢事也够久了。我希望你对前途注意一点，我们不要再闹架。你把原稿都给我，让我自己来检查吧。"言下，沙皇无非是要把他收买。

至此，普氏的一切作品，均须经沙皇亲自检查而后始可印行。沙皇又委托卫兵司令彭肯道尔夫做普氏的监察。普氏须征求他的同意后才可做任何事情。

一八二七年（二十八岁）

普式庚为了几首被认为有政治危险性的诗，几乎重遭放逐的运命。他的作品的公开朗读已得很大的成功，人们在剧场里开热烈的欢迎会招待他。

他写了第一部散文小说《彼得大帝的黑人》（*Arap Petra Velikogo*），可惜一直不曾完成，其中以他自己母系的祖先彼得大帝的养子黑人依勃拉姆为主人公，描写大帝时代的俄国的风习和十八世纪初叶法国的社会。

《给西伯利亚的消息》一诗，也是在这年写的。

一八二八年（二十九岁）

三月在莫斯科跳舞会中和一位十六岁的姑娘 N. N. 冈却洛华相识。写了许多十分优秀的抒情诗《诗人》，《花》，《回忆安蒂阿尔》等等。续写了许多节的《欧根·奥涅庚》。

韵文故事《波尔塔华》(*Poltava*) 写成。这也是彼得大帝的历史的一部分，以他于一七〇九年击败瑞典大王卡尔十二世的有名的波尔塔华战争为背景，描写了哥萨克首领玛修伯。

年末，普式庚的老保姆逝世。

一八二九年（三十岁）

五月间向冈却洛华求婚，结果是被拒了。受了这一巨大的刺激，他并不经许可地径赴高加索，进了巴斯克维支将军的部队，随军到了土耳其的阿尔柴尔姆。在这一次军役中，他参加了作战和冲锋。写成了《阿尔柴尔姆旅行记》(*Puteshestvi v Arzrum*)。

九月间，返莫斯科。入冬，他便转赴彼得堡，担任德尔维格 (Delvig) 所办的文艺报的编辑。发表了二十多篇关于文艺批评的文字。

一八三〇年（三十一岁）

四月间，普氏重向冈却洛华求婚——这次是胜利了。为了订婚等等的经济负担，他把下诺夫戈洛特省的波尔蒂诺的产业卖掉了一部分。其时，霍乱盛行，交通被阻，普氏只得在鲍尔帝诺关闭了三个月，诗兴颇豪，写抒情诗三十多首。

那时正是秋天，他还写了许多重要作品。戏剧：《吝啬的武士》(*Skupoi Rytsar*)，《摩查尔和萨列里》(*Mutsar and Salieli*)，《石头的客人》(*Kamennyi* [*Kamenny*] *Gost*)，《瘟疫期的宴会》(*Pir vo Vremya Chumy*)，八行诗体的韵文故事：《古隆小筑》(*Domik v Kolomne*)，散文故事五篇《别尔庚小说集》(*Povesti Belkina*)，《郭洛亨诺村的历史》

(*Istoriya Sela Goriukhina*)，还有许多比较不很重要的小品。

续作韵文故事《欧根·奥涅庚》差不多快写完了。

十二月，普氏才回到莫斯科。

一八三一年（三十二岁）

二月，普式庚和 N. N. 冈却洛华结婚。婚后以沙皇的特旨，出任外交部，年俸五千卢布。但婚后生活，并无幸福可言，这位美丽的女人只知道在"上流社会"里出风头，却不顾到普式庚的精神上的苦痛。此时普氏负债非常多。夏天，他带了美妻到沙皇村去避暑。茹考夫斯基也在这里。果戈理正在邻村印行着他的第一部著作《狄亢加近乡的晚上》。

这年八月三十日他写了最有名的童话诗《苏丹皇的故事》(*The Story of the Sultan*)，九月十三日又写《牧师及其工役巴而达的故事》(*The Story of the Priest and his servant*)。

十月，杰作《欧根·奥涅庚》完成。

一八三二年（三十三岁）

开始写《杜布洛夫斯基》(*Dubrovski*)。剧诗《罗沙尔加》(*Rusalka*)，小歌集《西部奴隶之歌》(*Pesni Zapadnikh Slavin*)，也在这年写成。

一八三三年（三十四岁）

普式庚和沙皇的关系逐渐恶化。

写了最伟大的韵文故事之一：《铜骑士》(*Mednyi Vsadnik*)和童话诗《渔夫和鱼的故事》(*The Story of the Fisherman and the Fish*)，《死公主的故事》(*The Story of the Dead Prince*)和短篇名著《铲形的皇后》(*Queen of Spade*)。完成了《杜布洛夫斯基》。普式庚这时对历史特别感到兴味，为了这一目的，他求得了文书保管局的一个位置。本来他是要写彼得一世的历史的，他偶然看到了关于一七七三至一七七六年间普加契夫叛变的丰富的材料。秋天，他就动身到普加契夫当日叛变的战场去。他到了喀山，辛比尔斯克，奥伦堡等城市和乌拉尔草原。旅行后，写了两大卷《普加契夫叛变史》(*Istoriya Pugachev kago Bunta*)，这部史书出版后，他得了二万卢布的奖金。

又开始写一部拿普加契夫事伴〔件〕为背景的长篇小说《甲必丹之女》(*Kapitanskaya Dochka*)。

十二月三十一日，沙皇任命普式庚为"皇上宫廷少年侍从官"。普氏认为这一举——把三十四岁的大诗人任命为少年侍从——是沙皇有意的对他侮辱，因而感到十分的压迫之感。

一八三四年（三十五岁）

草散文小说《埃及之夜》，未完稿。

九月二十日，写成了童话诗《金鸡的故事》(*The Story of the Golden Chicken*)，对于这些童话诗，果戈理曾加以赞美，是"纯粹的俄罗斯的格调"，有"形容不出的美妙"。

在《金鸡的故事》中有许多对沙皇尼古拉及他和普式庚争吵的讽示。但童话的主旨并不在这里。普式庚在这里不单是要讥刺尼古拉，而是对一般的沙皇制度。他的《金鸡的故事》不是对哪一个沙皇，而是对整个俄国社会的一首讽嘲诗。

普式庚一心想退职以谋恢复自由生活到乡间去工作。

一八三五年（三十六岁）

续草《埃及之夜》，仍然没有写完，就绝笔了。

一八三六年（三十七岁）

编辑文学杂志《当代人》，创刊号出版于四月十三日，但结果是很失败的。因为正在这时，流言四起，说是在彼得堡的荷兰大使希盖伦男爵的义子佐治·丹蒂斯与普式庚的夫人有关系。同时，普氏接到许多讥骂他的匿名信。

普式庚受了这种刺激，就约丹蒂斯决斗。这场决斗，终于十一月间为普氏的友人们所劝阻。

一八三七年（三十八岁）

编成《桌上杂谈》一部。

丹蒂斯和普式庚的妻妹结婚，以便亲近普式庚，故情势越来越见纠纷。

二月八日，即俄历一月廿七日，普氏忍无可忍，乃重约丹蒂斯在彼得堡郊外实行决斗。决斗的前夜，二月七日，普氏以非常强烈的意志仍恪守着自己的纪律。他从事于《当代人》的编辑工作，在出门去决斗的前一个钟头，他还写了一信给伊西摩华，要她移译他给这杂志选定了的法国作家高乃叶（Corneille）的悲剧。丹蒂斯首先开枪，普氏即受了致命伤。随后，朋友们把他抬到了家里。

二月十日，下午二时四十五分，普式庚告别了人间。他最后的话是对着他的书架说的："别了，朋友们！"

二月二十八日，葬于普斯柯夫省米哈洛夫斯基村附近的圣山上。

附注：

普式庚的著作，凡不详其著述的年月者，约有下述的几种：（一）文学批评文《批评和辩论的条件》等等，似乎多数写于一八二九至三〇年间。（二）散文小说《吉拉查里》(*Kirazali*)。

本文的编成，曾参考了普式庚传记和作品很多，而以米尔斯基（Mirsky）的《普式庚年表》为导线，至于所引文字，恕不及一一注明出处了。

瞿洛夫

——录自上海文化学会 1937 年初版

《四百万》^①

《四百万》关于 O. Henry 及其《四百万》

伍蠡甫 ^②

O. Henry 是 William Sydney Porter 的笔名。他生于一八六二年，死于一九一〇年，是美国短篇小说名家。十五岁时进过学堂，不久辍学，改在他叔父所开的药店里做书记。因为身体不大好，曾到一个朋友的农场里住过两年，吸那新鲜空气，又感受充分的阳光。一八八四年，他当簿记员，三年后结婚，度着比较安定的生活，写作就在此时开始。

他把幽默的短稿，投登报上。一八九四年，他买进一家幽默周刊，打算好好地干一下，非但文字多半自己下笔，并且连插图也是自己来画，只可惜这次冒险没有多大的成功。他重又退下来，给报纸写时评。一八九六年，他被控告，挪用 Austin 的某银行的款项一千一百五十金元。这桩案子内容复杂，后来一直不曾弄得明白。他正在为难的时候，他的小说却初次受到各大杂志的欢迎，然而，到了一八九八年，他被法庭判决有期徒刑五年，遂不得不在监中动笔。据说，他十分安分，所以法庭又给他减至三年三个月。在这几年里，他苦心写作，以后的成功都由于此。从一九〇三年起，他每星期可以给

---

① 《四百万》(*The Four Million*)，短篇小说集，美国欧亨利 (O. Henry，1862—1910) 著，伍蠡甫译，"万有文库"第二集，"汉译世界名著"丛书之一，上海商务印书馆 1937 年 3 月初版。

② 伍蠡甫 (1900—1992)，广东新会人，生于上海，1923 年毕业于复旦大学，后留学英国伦敦大学，并游学欧洲，曾在英国皇家学院讲授中国画。回国后任教于复旦大学、中国公学、暨南大学等，出任过黎明书局副总编等职。另译有印度泰戈尔《新夫妇的见面》、法国卢梭《新哀绿绮思》及德国歌德《浮士德》《威廉的修业时代》、雪莱《诗辩》等多种。

纽约的《世界》写一篇短篇小说，换得美金一百元了。

　　他的生活经过的变化，不能不算多。这一切都反映在他的小说里。他在纽约前后一共住了八年，对于地方上的形形色色观察入微，所以他的小说题材也就很多取资于此，而他的最大成功，亦复在此。他的作品终于行销全世，获取极大的读者群。

　　本书原名 *The Four Million* 意思是说，纽约城人口虽然多到极点，但是值得作者去注意的，却只有四百万人，而这四百万人又多半都是下层社会，以及那些虽则上流而知识十分浅陋的人们。作者置身这四百万人的中间，以古代罗马的调查民情者（Census）自命。他所得的报告就告诉我们，学识是一桩事情，趣味另是一桩事情，学识的贫乏决掩盖不了趣味的质朴。所以全书描出的人物，不仅各有各的面目、行动、神态、言语、声音、喜怒等等，并且还给每人生活的滋味下了一道十分强烈的粉末，遂使我们在读小说的当儿，也好像吃着胡椒调剂过了的汤菜。至于社会种种相的背景若何，动力何在，却不是作者所曾触到的。然而，这也不足为病，因为不到二十世纪，写小说的人都不会同时担负医生的任务罢！

　　这本书是短篇的汇集，原来共有二十五篇，彼此都可独立，现在选译十九篇，主角有汽车夫、马车夫、女招待、女店员、小药剂师、女打字员、画师、音乐师、游手好闲者、公园中钉梢者，农人等等，无不描写其特征、癖性，手法巧妙，如水银泻地，无孔不入，而其独到之处，则为讽刺。他几乎在每一小小的场所，都不肯放松，使我们可以想到他落笔的时候，得如何细心，如何构思。内中有些涉及俚俗，并且专靠谐声，假借，会意或隐喻明喻的效力，来做幽默的基本，译时似乎不得不遗貌取神。更有一些则是某一时，某一地的特殊情况之产物，以其范围过狭，译时或未精当，还望海内宏达的指教。

　　　　　　二十六年元旦将之英伦，倚装记此于上海。

　　　　　　　　　　　　　　　　——录自商务印书馆 1937 年初版

《沉钟》 [1]

《沉钟》前言

钱公侠 [2]　谢炳文 [3]

今年该是话剧年了吧。

好些人都是这么说，想来也并不是凭空武断的。从去年年底以来，话剧运动开始发展到一个新的阶段，戏剧工作新的集团一天多似一天，尤其因为《赛金花》《雷雨》等，搬上了上海著名的几家大戏院的舞台，于是这一运动在市民群众中也得到了热烈的反响。

无疑的，话剧运动在今年还要更广泛的发展下去。这是有着客观的社会底因素的。第一，随着民族危机的日益深刻化，国防文学运动必需利用戏剧这一武器来发挥宣传，鼓动，与组织的作用，而收得最直接的效果；第二，话剧的重要性，已经不仅为少数爱好文艺者所理解，现在连官厅与教育机关也在设法利用戏剧了；第三，近年剧作家的努力，有了很大收获，作品的水准也相当提高了，当然这是跟国产

---

[1] 《沉钟》(*Die versunkene Glocke*)，德国霍甫特门 (G. Hauptmann，今译霍普特曼，1862—1946) 著，谢炳文译述，"世界戏剧名著"丛书之一，上海启明书局 1937 年 4 月初版。

[2] 钱公侠 (1907—1977)，浙江嘉兴人。早年就读于家乡教会学校秀州中学，1932 年毕业于光华大学文学院。后出任上海启明书局总编辑。1940 年代主编刊物《语林》。另译有法国福楼拜小说《圣安东尼之诱惑》、德国雷马克小说《西线无战事》、美国赛珍珠小说《爱国者》(与施瑛合译) 等。

[3] 谢炳文 (1913—2009)，原名焕章，字炳文，又名谢然之，笔名林华，浙江余姚人。早年就读于上海圣约翰大学附中，后入光华大学文学院、苏州东吴大学政治系、上海东吴大学法律学院。"左联"成员。1932 年到赣南瑞金，担任《红色中华》主编，后任张闻天秘书长。1936 年赴日本中央大学留学。1949 年到台湾。另译有俄国高尔基戏剧《深渊》、美国房龙《圣经的故事》、高尔斯华绥《争斗》等。与钱公侠主编"世界戏剧名著"丛书。

电影的发展，有着密切联系的。

　　启明书局为着适应社会的需要，在这一戏剧运动中也想来凑凑热闹，于是乎就决定刊印一套世界戏剧名著，并且委托我们主编。发刊的动机，原是很简单的。

　　现在，我们已经印就的，有高尔基的《深渊》，戈果理的《巡按》，霍普特曼的《沉钟》，易卜生的《挪拉》，罗曼罗兰的《爱与死之角逐》，奥斯托拉斯基的《雷雨》，奥尼尔的《月明之夜》，斯特林堡的《父亲》，萧伯纳的《人与超人》，高尔斯华绥的《争斗》，王尔德的《沙乐美》及《少奶奶的扇子》。以后还打算络续增加，因此，现在不能确定多少种数。

　　我们相信这些剧本，都是世界早有定评的最优秀的巨著。其中有些已经有过中译本，有的是没有过的。但我们一律都加以细心的校阅，译者也都是竭尽了心力干的。这两点我们觉得可以聊为自慰。只是在印刷与装钉方面，我们感到很大的缺憾；然而这是为着经济的限制，而且为求普及化与大众化，暂时也还无可奈何的。

　　最后，对于这一集丛书的发刊，我们不想有什么奢望，但愿它在目前的戏剧运动中，能够作为一种他山之石，供给戏剧工作者当作小小的参考，那就心满意足了。

二六，二，一。

——录自启明书局 1937 年初版

《沉钟》小引

谢炳文

　　轧尔哈特·霍普特曼（Gerhart Hauptmann）是德国现代的伟大戏曲家。他生于一八六二年十一月十五日，目下也还健在。他的故乡在德国东南隅 Obersaartzbrunn［Obersalzbrunn］的 Silesian［Silesia］村，原是个温泉胜地。他的祖父爱仑弗烈德（Ehrenfried），曾经当过织工。他的父亲劳勃脱（Robert）虽不曾受过教育，为人却很能干，因为开了一家有名的大旅馆，弄到不少的钱。轧尔哈特初入勃勒司拉（Breslau）地方的中等学校，因读书没有心得，加以他父亲营业失利，就此退学了。

但轧尔哈特自幼就想做一个雕刻家，一八八○年，由着他哥哥卡尔的教导，便进了勃勒司拉的皇家美术高等学校。然而他的性情非常放浪，入学仅只三星期，却又因不受管束而遭停课的处罚。翌年，他跟着哥哥卡尔同进约纳大学（University of Jena）受倭伊铿与赫格尔之教。但是大学生活又使他觉得不耐烦，勉强过了一年，他就跑到汉堡作客，从那里便出发远游，曾遍历南部法国，西班牙，意大利等地，终至罗马。一八八四年复游罗马，打算在那里精研雕刻，不幸忽患肠炎，遂返祖国，但是他仍然研究雕刻，此时已有使雕刻与诗综合，表现于演剧的理想。

他廿七岁那一年，发表了他的处女作五幕社会剧《日出之前》，上演于柏林莱森剧场，是为德国现代剧的第一声。《日出之前》诞生后，他不断的创作，把自然主义派的主见应用在戏剧上，直到他的名作《织工》出来，自然主义的戏剧就得了大成功。原来德国当时受着法国自然主义作家的影响，正在掀起一个新的运动，这运动就是自然主义运动，它的首领即鼎鼎大名的何尔兹（Arno Holz）。霍普特曼在这新运动初起时，便立刻加入，最后认识了何尔兹，益发将全神贯注在自然主义方面了。

《织工》排演之后，霍普特曼又写成一篇喜剧《獭绒裤》，还又[有]一篇象征剧《海伦升天》，虽然在技术上仍旧完全是自然主义的笔法，然而思想上却颇带些理想了。《海伦升天》也可说是《沉钟》的先驱，是霍普特曼从自然主义转移到新浪漫主义时代的过渡产物。

《海伦升天》发表后的第三年，那脍炙人口的《沉钟》（*Die*

Versunkene Glocke）便脱稿了。

《沉钟》完全是理想的；题材采自古代神仙故事，而经霍普特曼加以窜改。这部剧本全体是无韵诗，描写的很美丽。剧中情节虽然是怪诞不经的，但剧中人物都非常逼真，没有旧浪漫派戏剧的假装的英雄气概。自然主义的技术工夫，随处可以在剧中看出来。总而言之，《沉钟》是经过自然主义洗礼的浪漫剧或童话剧，和先前的浪漫剧显然不同了。

至于《沉钟》的根本意义，批评家各有不同的解答。有的说，这是被挟在两个女性之间的男性的悲剧。有的说，这便是作者本身的悲剧。更有的说，此剧思想与尼采的超人思想有关，它主张反抗基督教的庸俗，借太阳当作新理想与宗教。不过仔细读来，《沉钟》的根本意义总不外乎是现实与理想的冲突。剧中主人翁铸钟师海因里希分明是尼采式的超人，他努力要战胜现实，寻求他最高的理想，即使终于失败，也是不顾的。总之，海因里希可喻为怀抱创造新艺术的人，亦可喻为一切怀抱高尚理想的人。无论题材怎样荒诞，他的悲哀，凡是现代人，没有一个不感受着的。

关于《沉钟》的详细介绍及批评，读者除了细读译文之外，可参阅茅盾先生的《德国戏曲家霍普德曼》（见世界版《六个欧洲文学家》）及谢六逸先生的《霍普特曼的沉钟》（见世界版《水沫集》），一定可以帮助我们获得更透澈的理解。

最后，提到我的译文，是根据 L. Lewison 的英译本，并参照阿部六郎的日译本而译成的，这里谨向两位原译者表示谢忱。

谢炳文　一九三六年十二月末记

——录自启明书局 1937 年初版

《古史钩奇录》[①]

《古史钩奇录》小引

徐培仁 [②]

提起威廉·霍桑 [③]（William Hawthone［Hawthorne］，1804—1864）差不多是全世界的小朋友所知道的，因为他是美国的大作家——不，是举世闻名的大作家，实在不用在此再行介绍。他的著作所以这般受人欢迎，全在乎文笔的清丽，思想的缜密与趣味的浓厚。这本《古史钩奇录》"*A Wonder Book*"便是具有上列几种特点的。欧美的儿童，确是名副其实地当作它是一本"奇书"，百读不厌了，也许吾国的小朋友，尚有未曾读过此书，故特译成汉文，以飨读者。

本书包括六个故事：《魔女的头》，《点金术》，《孩子们的天堂》，《三只金苹菓》，《神奇的瓶》，《喷火兽》，与 *Tanglewood* 一书为姊妹篇，有连带的口气，因为这六个故事，都是在 Tanglewood 地方所讲的。全书所述，大抵是古代希腊，罗马英雄的冒险事业，取材丰富，奇趣横生，而刻画入微之描写，尤足令吾人读后拍案叫绝；誉为西洋之《西游》《聊斋》，亦无不当。惜译者学识浅薄，未能处处传神，致损原文之菁华，实为憾事。尚乞海内鸿儒，不吝赐教，是所至感！

徐培仁　一九三七，一，上海。

——录自启明书局 1937 年初版

---

① 《古史钩奇录》(*A Wonder Book for Girls and Boys*)，童话集，美国霍桑 (Nathaniel Hawthorne，1804—1864) 著，徐培仁译述，"世界文学名著"丛书之一，上海启明书局 1937 年 4 月初版。

② 徐培仁，生平不详，徐葆炎之弟。另译有安德列耶夫《红笑》、英国王尔德《一个理想的丈夫》、法国罗曼·罗兰《爱与死之角逐》(与夏莱蒂合译) 及丹麦安徒生《安徒生童话全集》(三卷) 等多种。

③ 应为纳撒尼尔·霍桑 (Nathaniel Hawthorne)。

《娜拉》 [①]

《娜拉》小引

沈佩秋（汪宏声）[②]

被称为近代戏剧之父的享特利·易卜生于一八二八年生于挪威的一个贫寒的家庭里；为了贫穷，幼年时候没有好好地受教育，便被送在一个药房里做学徒。年二十，开始戏剧生涯，携带了几个写就了的剧本到挪威京城，不久就在几个著名戏院充任导演，声誉日隆。一八六四年赴罗马，自后大部分的时间留住德国。一九〇六年卒，年七十八。

易卜生的所有重要剧本，都在国外写就，而风物人情，不脱斯坎迭那维亚地方的本色；可是一方面却保持着普遍性与世界性，因为在他剧本里所包含的都是一些人类共通的切要问题。本来，地方性与普遍性的调合，正是伟大作品的必需条件。

《娜拉》一剧原名《傀儡家庭》（*A Doll's House*），为易卜生讨论社会问题的剧本中之最伟大者。易卜生目睹当时妇女地位的低落，所谓爱情与家庭责任夺去了妇女们的灵魂与独立人格，因此他写《娜拉》一剧时，竟大声疾呼要妇女们争回自己这两样最基本的要件。娜拉对

---

① 《娜拉》（*A Doll's House*），三幕剧，挪威易卜生（Henrik Ibsen，1828—1906）著，沈佩秋译，"世界戏剧名著"丛书之一，上海启明书局1937年4月初版。书前有钱公侠、谢炳文"世界戏剧名著"丛书之《前言》一篇，前《沉钟》篇目中已录，本处从略。

② 沈佩秋，汪宏声（1910—？）笔名，浙江吴兴人，1930年毕业于上海光华大学第五届教育系，曾任教于上海圣玛利亚女校，张爱玲的国文老师。另译有美国爱洛柯脱（今译奥尔科特）小说《小妇人》《好妻子》《小男儿》、王尔德的《沙乐美》、郭戈里（今译果戈理）《巡按》等多种。

丈夫滔佛儿说："我相信最要紧的，我是一个'人'，同你一样——或是至少我应该这样造成我自己。"——这是易卜生写作此剧的中心意义。

《娜拉》写于一八七九年，半世纪的时间并没有把他所提出来的问题解决分毫——至少在中国是如此；所以，把《娜拉》译成中文而广泛地绍介给国人，大概不是全无意义的事吧！

沈佩秋——二四，一，五。

——录自启明书局 1937 年初版

《薄命的戴丽莎》[①]

《薄命的戴丽莎》译者序

施蛰存[②]

奥国与德国虽然是两个同文同种的国家，但是在文学上和国民气质上，却有着很显著的差别。虽然同是条顿民族，但奥国人底血统却比德国人混杂，因为在这多恼河一带的平原上，从前曾经是喀尔顿人的住所，后来被日耳曼人所征服，成为奥国，日臻强盛，成为十八世纪以来的欧洲政治文化的中心。他的人民混杂着有日耳曼人阴郁的哲学的血液，有喀尔顿人轻爽温和的血液，还有意大利人的南欧的明朗轻佻的血液，而在另一方面又有着斯拉夫人的幽峭冷酷的血液。因

---

① 《薄命的戴丽莎》，长篇小说，奥地利显尼志勒（A. Schnitzler，1862—1931）著，施蛰存译，"世界文学全集"丛书之一，上海中华书局 1937 年 4 月初版。

② 施蛰存（1905—2003），浙江杭州人。先后就读于之江大学、上海大学、大同大学、震旦大学。1932 年主编文学月刊《现代》杂志，1937 年起相继在云南大学、厦门大学、暨南大学等校任教。另译有挪威哈姆生小说《恋爱三昧》、德国格莱赛《一九〇二级》、奥地利显尼志勒小说《多情的寡妇》《妇心三部曲》、司各脱（今译司各特）小说《劫后英雄》等多种。

此，奥国人的气质遂不同于那些一味庄重严肃，沉浊拙大的德国人，他们不仅奄有南欧的活泼和北欧的凝滞，并且还兼有西方的明澈与东方的神秘。这样的民族，完全是一个富有艺术天才的民族，因此奥国的文艺界，从十八世纪以来，就人才辈出，名著杰作，绵延不断了。

在现代文学界中，奥国作家之负盛誉于世界者有霍夫曼斯塔尔，阿尔登褒格，霍夫曼，巴赫尔，以及本书的著者显尼志勒诸人。

阿尔都尔·显尼志勒（Arthur Schnitzler），以一八六二年五月十五日生于奥京维也纳的一个以行医为世业的家庭里。他的祖父是个医生，他的父亲约翰·显尼志勒教授是一个著名的喉科专家，在这个环境里，无疑地他也只好承袭乃祖乃父的职业了。在大学里毕业了之后，他就在父亲的医院里工作了几年，又曾到过德国和英国，研究医学，终于也成为一个有名的喉科专家。在这时期中，他曾发表了一篇著名的关于《声音的神经病》的论文。

到了三十岁，他忽然不可思议地放弃了他的已成功的事业。一个人闭户著书，写成了他底处女作《故事》（Das Märchen）。这是一个剧本，曾在维也纳上演，但随即就被目为不道德而被禁止了。他的第一个出版物是他的第二个剧本《阿那托尔》，这是以一个维也纳纨绔子弟的一串恋爱事件为题材的剧本，但实际上却是几个短剧连接起来的形式很新奇的作品。这个剧本出版以后，不久就成为欧洲读书界和舞台上的骄子，维也纳更不必说，每一个季节总有好几家戏院里在表演这出戏，于是显尼志勒在文艺界的地位遂从此奠定了。

但是显尼志勒的第一个真正的成功却是在一八九五年作成上演的剧本《恋爱》（Liebelei）。此后，他又继续写了许多剧本，并且还写了许多小说，差不多全是使他的文学声望愈益增高的作品。

他对于写作的态度是异常认真的。他住在一个可以俯瞰维也纳全城的华丽的别墅里，他每天以大部分的时日在他底花园里或书斋里从事写作。每当他在著作的时候，他不愿意有家人去扰乱他，因此他的饮食物都是预先贮藏在书斋里的。

他常常花费几个月工夫写一篇较长的短篇小说或剧本，写好了之后又得在每页原稿上改窜过十几次，然后他把这份原稿搁置六七个月或者甚至一年，此后再取出来加以修改，方成定本。但他有一个特殊的癖性，就是喜欢同时属草两种甚或四五种作品，最普通是一篇小说和一个戏本的同时著作。"我喜欢同时写一篇小说和一个剧本，"他曾说，"我在写倦了小说时便写剧本，写倦了剧本时便写小说，从这样的更迭中，我可以感觉到能力的更新，因为这两种作品的文体是完全不同的。"所以他自己也不知道那一篇会得先脱稿，例如我们知道的小说《爱尔赛小姐》和剧本《列器德夫人》就是同时完成的。

他喜欢旅行，足迹遍于全欧，也曾到过东方，但是终生没有到过美国，因为他怕批评家，怕招待，怕访问，怕人家请吃饭。家居时，他常常骑着脚踏车到乡村里去闲游，晚年来喜欢徒步闲行，随处看见写作材料便录在笔记本里，以备著作时应用。平时他常常喜欢看一些历史和传记之类的书，但不大看小说。从他开始创作生涯一直到死，差不多每年有新著出来。他不大关心世事，即使在欧洲大战的几年间，他还是管自己关着门耽读《卡桑诺伐回忆记》，而从这部名著中找到材料，在一九一八年发表了小说《卡桑诺伐之回乡》，在一九一九年又发表诗剧《卡桑诺伐》。一九三一年五月，他溘逝于维也纳家中。

显尼志勒的作品可以说全部都是以性爱为主题的。因为性爱对于人生的各方面都有密切的关系。但是他描写性爱并不是描写这一种事实或说行为，他大概都是注重在性心理的分析，关于他在这方面的成功，我们可以说他可以与他的同乡茀罗乙特媲美，或者有人会说他是有意地受了茀罗乙特的影响的，但茀罗乙特的理论之被实证在文艺上，使欧洲现代文艺因此而特辟一个新的蹊径，以致后来甚至在英国会产生了劳伦斯和乔也斯这样的分析心理的大家，却是应该归功于

他的。尤其是乔也斯的名著小说《攸里栖斯》所应用的内心独白式
（Interior Monologue）的文体，早已由显氏在《爱尔赛小姐》和《戈斯
特尔副官》这两个中篇小说中应用过了。

　　以性爱为主题的显尼志勒的小说和剧本中间所表现的人生哲学完
全是一种怀疑论。他对于人类的运命有一种怀疑，他相信爱是支配人
生的一个主力，但这个主力的唯一的强敌却是死及其邻人，例如衰
老，贫贱，鳏寡之类。每一个人的最终运命都得取决于这个主力与它
的强敌搏斗之结果，而这个结果往往成为人生的悲剧。显尼志勒的作
品就是以他所最熟悉的维也纳城作为背景而描写的这种人生的悲剧。
是的，我们可以说他全部作品的背景都在维也纳，这或许是由于他不
愿意描写他所不熟悉的地方，虽然他曾足迹遍于全欧；但也或许是由
于他酷爱维也纳城的缘故。

　　现代奥国文学的主潮是新浪漫派。当然，以奥国人这样的混血的
气质，是不容易使写实主义发展的，但显尼志勒虽然是属于新浪漫主
义者群中，他却不像霍夫曼斯塔尔——一个与他齐名的作家——那样
地充满了神秘的色彩，他毋宁说是一个渗透着写实主义的新浪漫主义
者，不过这写实主义当然是南欧式的。

　　显尼志勒的著作虽然则很多，但长篇小说却并不多，就译者所知，
恐怕要以这本《薄命的戴丽莎》为篇帙最巨了。本书原名为《戴丽莎：
一个妇人的行述》现在为了我国出版界的方便起见，改成为这个不免
俗气的题名，译者觉得很是抱歉。本书未必是显尼志勒的杰作，但也
不失为一部名著。而且因为篇幅较长，所描写的书中女主角戴丽莎一
生所遭逢的事件又极繁复，作者所擅长的各种表现方法可谓已具备于
本书之中，那么本书也未始不可帮助读者小规模地领略一点显尼志勒
的文学的容貌。只恐怕译者拙劣，不足传达原作者之精神耳。

一九三七年一月　施蛰存序

——录自中华书局 1937 年初版

《埃及童话集》 ①

《埃及童话集》译者小序

许达年 ②

你如果搭船到欧洲去，在上海上船，经香港，过新加坡而入印度洋，西行进红海，便要穿过苏彝士运河了；在这运河的西岸便是埃及。

埃及和我国，在东方同为两大文明古国，不单是开化最早，并且是世界文明的先导。但是，说来也太可怜了！这两个古国，正如暮年的老翁，近百年来，日就衰颓，几乎不能支持了。

现在且劈开我国不说，单讲埃及，或许对于阅读本书的读者，有一点儿帮助吧！

大约在六千年以前，非洲的尼罗河附近，有一种名叫哈姆族的民族，住在那边。他们开化颇早，别地方的人还在茹毛饮血，用石片凿成斧头打野兽，他们已经舍弃石器不用，能够铸铜为器具了；后来，他们便建立"埃及王国"，发明象形文字，发明太阳历，而现在世界上到处闻名的大金字塔，也就在这个时候建筑的。所以现在虽奄奄一息，托庇于英国卵翼之下的埃及，在历史上也曾经有过赫赫的威名；只因人民不知振作，不能保持先人创业的遗绩，岂不令人可怜！

现在，他们虽然名为独立国，但一切大权，还在英国人的掌握中。国内的居民，大多聚集在尼罗河的两岸，因为其他各地，不是人烟绝迹的沙漠，便是土质贫瘠，并且雨量极少，不易种植。独有这尼

---

① 《埃及童话集》，日本永桥卓介著，许达年译，"世界童话丛书"之一，上海中华书局 1937 年 4 月初版。

② 许达年，生平不详，曾任职于中华书局，主编《小朋友画报》《出版月刊》等，翻译有中华书局出版的"世界童话丛书"多种，如《印度童话集》《波斯童话集》《法国童话集》等。

罗河的附近，靠着每年夏季受河水泛滥的作用，堆积沃土，才能宜于
垦植——人民都以这地方容易生活，大家也就逐渐移殖到这里来了。

埃及人民，由于文化的传统关系，对于宗教的信仰很浓厚，尤其
是虔敬鬼神，所以全国各处，有许多巍峨壮严的庙宇；因为虔敬鬼神
而重视死后的遗体，于是遗体的保存法，和贮藏遗体的坟墓，他们便
非常讲究。——金字塔，就是这样建筑起来的。再因为虔敬鬼神而想
象奇幻，于是魔法神奇等类的传说，便人人所乐道，这，对于传授给
儿童听的童话故事，当然也不能例外了，如本书所选读［译］的《木
乃伊和魔法书》《魔法黑箱》《珂乌夫王和魔法使》等，都可略见一斑。

现在，我国和埃及，在国交上虽然没有特别可说的事件，但大家
都似乎是在"老伯伯"的时代，经历大致相同，现状也有一部分近
似，则在小朋友们看厌了欧美的童话后，由我来介绍几篇材料特异的
埃及童话，想来大家一定欢迎的吧！

达年记二三、五、九。

——录自中华书局 1937 年初版

《福尔摩斯新探案大集成》^①

《福尔摩斯新探案大集成》总序

徐逸如 ②

这部《福尔摩斯新探案大集成》，是集英国大文豪奥塞柯南道尔

---

① 《福尔摩斯新探案大集成》(第 1—12 册)，侦探小说，英国柯南道尔（Arthur
　　Conan Doyle，1859—1930）著，徐逸如译，何可人选辑，上海武林书店
　　1937 年 4 月初版。
② 徐逸如，生平不详。选辑有《女作家书信选》《现代创作小说选》《吴稚辉书
　　信集》等多种。

毕生著作精华汇集而成。他所著福尔摩斯侦探小说，约有七十余种，但是无从稽考其确数。本书共采集四十八种，内有四种是长篇，第一种《万里复仇记》，第二种《恐怖的猎狗》，第三种《荒岛藏宝》，第四种《凡密山的秘密党》。四十四种是短篇，余存数篇，情节不甚紧张，故不纳入，还望阅者加以原谅。说到福尔摩斯的小说，流行到我国，差不多已有二三十年之久了。这个理想中的大侦探，灌进我国人们的脑海中，提高一句说，可称为妇孺都知道的了。他占据了这样永久伟大的地位，当然有他的魔力。换一句说，福尔摩斯的名义，已成了一个敏思想，精技术的大侦探代名词了。这是我国方面的情形。欧美各国，自从一八八七年，已把第一种《万里复仇记》译成各国文字，出版以后，直到一九二五年为止，将近流传有四十年了。其他传译的各国不论，仅以英国而论，没有一个不知道有这位大思想家的。福尔摩斯既有这样的声誉，他的功绩，又如此伟大，我也无从再介绍的必要了。有人说，《福尔摩斯》是侦探小说，并不是有文学兴趣的有益之书。文学上的坐位，尚谈不到。此言未免不近情理。就因为人们对于侦探小说专述凶暴行径，是否有文学价值，还有些怀疑的缘故。但我以为文学的标准，应当以意思为据，不应该以体裁为限。因为文学的条件，以是否能动人的情感为断。侦探的上品，写幽微奇秘的事实，也能使读者忽惊忽疑忽喜忽叹，或对于任侠尚义的侦探而崇拜，或对于穷凶极恶的罪徒而厌恶，往往神移目眩，忘其所以而不自觉。那么，侦探小说确有文学的价值，已无疑义。故而据我的意见，小说的文学价值，应当以文的质地为衡，决不可限以体材，或一概而论，即其他体材的小说，也应如是。本书柯南道尔氏所著的福尔摩斯探案，选成长短篇四十八种之多，合计百余万言，其量已可惊人。质的方面，写福尔摩斯和华生二人，一个思想敏捷，多智善变；一个秉性谨愿，忠于其友。这两人在前后四十八案中，始终一贯，一言一动之间，都能使读者辨识是谁。又写巨憝的奸猾，暴徒的凶残，和受厄人的惊悸惶惑，也莫不惟妙惟肖，也可见得描写的深刻。并且案数虽多，结构情节，绝无雷同之弊，思想笔力，实非常人可及。此非叙事的委宛曲折，布局的新颖出奇，和言辞的简练，写景的忠实，在在都有文学的价值。这不是我个人的私见，凡注意他作品的人，大概总可以同情罢。别种体材的小说，大半却偏于情的方面，侦探小说却兼注重智的方面。福尔摩斯各案，案中情节，运用科学的地方，都有根据，推解引证，也都不出逻辑范围。并且常说侦探案件，必须理想和事实并重，偏于一面，便非佳作。这实在是侦探学上的名言。又说侦查时屏去不近情理的理解，近理的自然显见，这也是侦探家所应奉为圭臬的。此非观察的精密，虽纤细不遗；和结论的审慎，在收集实证以前，不肯轻下断语，也都足为模范的侦探态度。此外福尔摩斯的秉公尚侠的人格，也足以使人感受深切的印象。所以柯南道尔氏此项作品，既经采入《韦白司脱大字典》的世界人名录中，在文学上已有了相当的位置，而实际方面，在一般人的脑中，也必留下一个深刻难灭的印象，所以他的作品，实在是有永久的价值。我在发表我的上述的管见以外，还抱着一种热望。就是希望这个理想的大侦探家，不但能在我们幼稚的侦探界上，发生一些影响，引他们到正轨上来，把染污的侦探二字澈底洗刷，并且提高他们的地位，而使一般无告的小民，不致永处于黑暗之中。同时我还希望一般读者，能引起些科学兴味，处事接物，都能取一种侦探家疑问求真的态度，然后才能进一步达到研求高深的地位。若能如此，这理想的侦探，在事实上真可以大有造于我们了。　　　沪江徐逸如序于绿荫书室

　　　　　　　　　　　　　——录自上海武林书店版（年份不详）

《外国记者西北印象记》 ①

《外国记者西北印象记》[介绍]

这本书是由散见英美报章和杂志的文章合译而成，其中包括美国记者施乐（Edgar Snow）和韩蔚尔（Norman Hanwell）的作品多篇，前者的文章发表在：

China Weekly Review

Daily Herald（London）

North American Newspaper Alliance（U.S.A.）

Evening Post Mercury（Shanghai）

The Sun（New York）

后者的文章则见今年和去年的 *Asia* 杂志，书中所附照片，系由美国杂志 *Life*，*Asia* 及 *Daily Herald* 所翻印者，有的已在《国闻周报》、《东方杂志》和《大美晚报》转载，照片所附之说明，亦系根据原注译成。

——录自陕西人民出版社 1937 年初版

---

① 《外国记者西北印象记》(版权页署《西北印象记》)，散文集。版权页署："著作者：外国记者。出版者：陕西人民出版社。中华民国二十六年十一月初版。"据魏龙泉《〈外国记者西北印象记〉出版经过》一文，该书由施乐（E. Snow，今译斯诺，1905—1972）等著，王福时（1911—2011）等译，"于 1937 年 4 月抗日战争前夕在北平以上海丁丑编译社名义秘密出版发行"。据该文相关叙述还可知 "陕西人民出版社" 版本当属于抗战期间托名翻印本之一。

《外国记者西北印象记》译者序言 ^①

二十世纪是科学昌明的时代，人们对于一切问题，都应以科学的方法，客观的态度，作深刻的研究，轻薄肤浅，人云亦云，不求真理，是自投陷阱，最危险不过的。

例如共产党问题，在中国发生已经十几年的历史，它对于整个民族生存关系非常重大，我们的政治家乃至全国民众，曾有多少人下工夫研究过这个问题？

诚然，研究这个问题有种种困难，这是不可否认的事实。但是我们不能因为它困难，就可不闻不问。要知越是困难，手越见出它的严重性，而越应当从事研究。

说共产党好，自然应当去研究，说它坏，也不能"讳病忌医"，以不了了之。过去政府对于谈这问题，一味严加禁止，这便是为政府本身设想，也不能说是一种聪明的办法，人是有思想的动物，禁止与制裁，总不能使一个人不用脑子。人们越不如［知］事实，越要幻想。而幻想的梦境，常是比事实富丽美满。所以近年来在防止"左倾"的法网之下，不知有多少千万青年，宁愿牺牲性命而追求理想。

去年双十二西安政变，民众多年来盼望的国内和平统一，赖蒋委员长及西安陕北方面只顾全大局，互相让步，得以实现。这在中国近代史中，实在有划时代的意义。

自一九二七年国共分裂后，一直继续了十年的内战。无论双方理由曲直，或孰胜孰败，但是这些年牺牲的无数的生命与财产，对于国

---

① 解放军文艺出版社 2006 年重新出版本书，改名《前西行漫记》，该书也收入了这篇《译者序言》，编者注释："此序至今不知何人所写。王福时先生坦言，他虽是此书的主译、主编，但序言非他所写，但又记不起是何人手笔。"

家民族总是一种无法弥补的大损失。而国共两党所号召的民族解放运动，不但没有成功，反而使强邻进犯，坐失数省的领土，亡国惨祸，迫在眉睫，言之实堪痛心。

三中全会议决团结御侮，同时对陕北方面之和平谈刊［判］亦渐趋具体化。这对于国人，实在是值得额首［手］相庆的事。但对于敌人，却是个极大的打击，敌人盼望的，是中国永远分裂，他们惯用以华制华的策略，来分化中国，所以一面勾结地方军人，来反对中央，一面鼓吹中央，来厉行剿共政策。甚至利用共同防共的口号，来掩饰它侵略中国的政策。因此他们对于此次的国共重新团结，不惜用一切手段来破坏，看哪！在伪满有大批的同胞以思想犯的名目被屠杀了，在冀东以汉奸为领袖的防共政府成立了，在天津他们又制造假共党机关来酿成恐怖状态了。这些都表示什么呢？

正如《大公报》社论所说"共党是中国内政问题"，我们绝不要受敌人的欺骗，上了他的大当。也正如《大公报》社论所说"共党毕竟为有生命力之鲜血"，以他们从江西到陕北二万五千里长征的血的经验与铁的锻炼，须来一定可以作抗敌的先锋，救国的主力。在这高唱团结救亡的时候，对共党的再认识与再估价，以避免一定的隔膜和误解，实在是必要的。

美国记者施乐去夏深入西北，访问红区，对于红军的内政，军事，外交，经济的政策与措施，以及日常生活，都有详细的报告，散刊欧美各报章杂志，颇引起世人注目。又美国经济专家韩蔚尔氏，入川三月，对于红军西进时的情况，亦曾为文。刊诸《亚细亚杂志》，译者认为这种棺［材］料都是很珍贵的，是政府与民众不该忽视的，所以特把它译为中文介绍出来。译者从事这种工作，不但无可自矜，而且非常惭愧：为什么中国的最大问题，不能由中国人自己来研究，而需要外国人来这样关心？然而如以本书问世，而引起国人研究的兴趣，这毕竟是同人的最大希望，本书付印匆促，谬误难免，读者宠而教之，则不仅是译者的幸事了。

译者序

一九三七年四月一日于上海

——录自陕西人民出版社 1937 年初版

《对马》①

《对马》后记

梅雨（梅益）②

本书是根据 Eden & Paul 的英译本，参照上脅进的日译本译成的。英译本上部间有删节，下部系全译。当时因《现世界》篇幅无多，故只能依日译本增补了一小部分。文中许多海军专门名词，大半依照日译。插图系苏联怕夫凌诺瓦所作。

译者着手翻译本书，是在去年九月，因有其他事务，时译时辍，前后译名，恐有不统一处，又文中也难免有误译的地方，这些希望能得到仁恕的先生们的教正。

现在我应该在这里向下列各位致谢：翻译的时候，淡秋，载霍两先生帮我解决了许多难题：出版方面，则得乃夫先生的帮忙特多，没

① 《对马》(上下部)，苏联普里波衣（N. Priboy，1877—1944）著，梅雨译，上海引擎出版社 1937 年 4—7 月初版。1940 年 4 月桂林新知书店再版，增加副标题《日本海海战》，下册书末加附译者再版后记。

② 梅雨，梅益（1913—2003），原名陈少卿，广东潮安人。1929 年考入上海中国公学，后到北平从事报刊编辑工作。1935 年参加左翼作家联盟。抗战期间，主持中共地下组织领导的《译报》《每日译报》，主编《华美周刊》《求知文丛》。抗战胜利后在中共上海局工作，后任中共驻南京代表团发言人，新华通讯社社委、副总编辑等。另译有美国斯诺《西行漫记》、尼姆·威尔斯（斯诺前妻）《续西行漫记》及苏联奥斯特洛夫斯基小说《钢铁是怎样炼成的》等。

有这几位,《对马》是不会与读者诸先生见面的。

一九三七年三月十日记

——录自上海引擎出版社 1937 初版

《对马(日本海海战)》再版后记

梅雨(梅益)

本书是根据 Eden & Cedar Paul 的英译本,参照上胁进的日译本译出的,曾由引擎出版社用《对马》书名出版。这是我初次的译作,在三年后的今天看来,不免有许多不满意的地方,但因战事爆发后几经迁徙,原书业已遗失,一时无法核对修改,这实在是非常抱歉的。希望以后还有机会,让我从头校改一次。

写到这里,觉得还有几句话要说:我们在本书所看到的日本,是一九〇五年的日本,一个因明治的维新而崛起的资本主义国家;而它的敌手,并非劳动阶级的俄罗斯,而是腐败的沙皇政府。一九〇四——〇五年日俄之战,是两个帝国争夺远东霸权的搏斗。日本是新兴的帝国,代表进步的一面,而俄国是一个没落的帝国,落后而且腐败。一九〇四——〇五年俄国陆军在满洲的败北,和海军在旅顺口以及对马海峡的全军覆没,正是俄国的专制政治和封建制度的必然结果。日本虽然获胜了,但实际上也已精疲力竭,在去年美国出版的名著《日本向世界挑战》(*Japan Defies the Word*)一书中,席列尔博士就揭破了这个历史的秘密。书中说日本驻华盛顿的大使,曾秘密要求当时的美国总统西奥多·罗斯福(现在美总统罗斯福的叔叔)出来结束战争,于是两方立刻缔结了"撲资茅资"的和约。但后来日本当局为着掩饰这一点,却鼓动民众焚烧西奥多·罗斯福的肖相。这个国家的行径,一早就是这样的。现在,经过了三十余年之后,日本却已步着帝俄的后尘,渐渐走上没落的道路。二年多来的中日战争，使我们感觉到，中国虽不像当时的日本，但现在的日本却很像当时的帝俄。一九〇四——〇五年的日俄大战，是完全不能和今日的中日大战相比拟的。日本在这两年多的战争中，人力物力财力的消耗，较之日俄之战要大上好几倍。借用日本作家马场恒吾的话来说：“这是日本帝国有史以来所未有的大战，也是远东空前的大战争。”这大战剥下了日本威武的外衣，暴露了它一切的弱点。石川达三在《未死的兵》中描写的那些“未死的兵”，他们的反战情绪，一般地说，较之庐杰斯特温斯基舰队中的帝俄水兵，的确还要猛烈一些。无疑的，现在日本帝国不论在中国或是在日本，在前线或是在后方，都已遇到了决定它的命运的“对马”了。因此，假如我们在《日本海海战》一书中，看出俄罗斯帝国非破灭不可的话，那么，今日的日本帝国，除覆灭之外，还有别的什么出路呢？

在这一点上，我觉得《日本海海战》的再版是很有意义的。

——录自桂林新知书店 1940 年再版

《普式庚短篇小说集》^①

《普式庚短篇小说集》后记

孟十还 ^②

今年二月十日是 Ａ·普式庚底逝世百年纪念日，介绍和研究他的

---

① 《普式庚短篇小说集》，孟十还译，黄源主编“译文丛书”之一，上海文化生活出版社 1937 年 5 月初版，桂林文化生活出版社 1943 年 10 月改订 1 版。

② 孟十还（1908—1981），辽宁人，曾留学苏联，就读于莫斯科中山大学，1936 年曾任《作家》月刊编辑，1949 年到台湾，任教于政治大学东方语文学系。另译有俄国果戈理《密尔格拉得》、普式庚（今译普希金）《杜勃洛夫斯基》、涅克拉绍夫《严寒·通红的鼻子》等。

文学，在俄国当然不用说，就是在中国，用中文发表出来的，这两三个月之内，我们已经看到许多，所以我想关于他底一生和艺术，在这本只打算以介绍他底短篇小说为目的的集子里，可以不必多说了。

这里共收小说九篇，凡是足以作为普式庚底代表作的短篇小说，都在这里了。《埃及之夜》和《大彼得底黑奴》，因为都是未完的作品，故未列入。

《射击》，《风雪》，《棺材匠》，《站长》和《小姐——农家姑娘》，当初发表时是署名别尔金，因此在原文的普式庚全集里，这五篇上面加有一个总称——"死去的伊万·彼得洛未奇·别尔金底小说，A. P. 刊行。"

本书根据苏联国家书店文学部一九三六年出版的《普式庚全集》和莫斯科 M·O·渥尔甫出版公司底《普式庚全集》（第三版）译出。

孟十还

四月二十九日，一九三七年

——录自上海文化生活出版社 1937 年初版

《普式庚短篇小说集》（1943 年改订一版）前记
巴金 ①

孟译《普式庚短篇小说集》于民国二十六年出版，早已售罄了。最近书店有意重印这书，顺便请我编辑一部《普式庚选集》。我答应

---

① 巴金（1904—2005），生于四川成都。1920 年入成都外语专门学校，1927 年赴法国，回国后从事写作和翻译。1935 年出任文化生活出版社总编辑。创办《文季月刊》《呐喊》（后改名《烽火》）。另译有俄国克鲁泡特金《面包略取》《蒲鲁东的人生哲学》、俄国屠格涅夫小说《处女地》《父与子》、匈牙利尤利·巴基（Julio Baghy）小说《西班牙的曙光》、俄国高尔基短篇小说集《草原故事》等多种。

了这个请求，在短时期内便草率地开始了我的工作。

我把孟译《短篇小说集》改编了一下，并且根据一九三八年莫斯科版德文本《普式庚选集》将《射击》、《风雪》、《棺材匠》、《站长》、《小姐——农家姑娘》、《铲形的皇后》六篇校阅了一遍，改正了一些处所，并且加添了一些脚注。我这样做，忘了在事先征求十还兄的同意，希望他能够原谅我。

《杜勃洛夫斯基》是一篇较长的中篇小说，故从《短篇小说集》中抽出，编为选集的第二册。

巴金　一九四三年二月

——录自桂林文化生活出版社 1943 年改订一版

《不夜天——灯的故事》①

《不夜天——灯的故事》附录　翻译伊林作品的经过和印象
董纯才②

苏联青年工程师兼著作家伊林的作品，到现在为止，我译出的，有《几点钟》，《黑白》，《十万个为什么》，《人和山》，《不夜天》，《苏联初阶》等六本。

说到翻译伊林的作品，使我不禁想起了亡友华恺。最初把这位名作家的佳作，介绍给我，鼓励我翻译的，就是这位诚恳真挚的朋友。

---

① 《不夜天——灯的故事》（ *Turning Night to Day* ），儿童科学故事，苏联伊林
（ M. Ilin，1896—1953 ）著，董纯才译，"开明青年丛书"之一，上海开明书店 1937 年 5 月初版。

② 董纯才（1905—1991），湖北大冶县人。曾就读于上海光华大学教育学专业。1931 年在南京中央大学生物系旁听，课余时翻译科普读物。1938 年赴延安，主要从事教育工作。另译有法国法布尔科普作品《坏蛋》《法布尔科学故事》，苏联科普作家伊林作品《几点钟》《十万个为什么》《五年计划故事》《黑白：书的故事》等。

"在静安寺路一家德国书店里，有几本苏联的新型儿童科学读物，你可以去买来看看。你们写作儿童科学读物的人，很可以看看他们的写法。"这是一九三二年秋他对我说的话。

几天后，他就陪我一同到那书店去买书，当时看见的，就是《几点钟》和《黑白》。

我先买了一本《几点钟》。这书写得非常之好。我想像这样的作品是值得翻译出来介绍给中国大众的。他也极力怂恿我译，并且设法代我接洽出版的地方。于是花了两三星期的工夫，我就一口气拿这本书译成了。

一九三三年春，华恺又把《黑白》买来了。他本想自己译它。可是后来他又把书给我，让我翻译：

"还是你来译吧。同一个人译同一个作者的东西，也许比较熟手一点哩。"

我当然是很高兴地接受了他的美意，像译《几点钟》一样，在两三星期内，一口气完成了这件工作。

自从译了这两本佳作之后，我对伊林的作品，就有了很深的爱好。以后这位青年作家的新著，一到中国，我就买来翻译。

《十万个为什么》是在一九三三年冬译出的。

这之后有两年多，不见伊林的新著。直到一九三六年初夏，才买到《人和山》。这是伊林最成功的一部杰构。译者差不多是日夜不停笔地，费了一个多月的心血，才把它从那横行文字翻成方块字。

《不夜天》是今年一九三七年二月从外国买来译出的。

《苏联初阶》本是伊林最初轰动文坛的杰作，可是我反而迟到最近才译出。这是因为中国早先已经有了一本译本，我原来不打算译的。

在《不夜天》没有寄到之前，我忽然动了译《苏联初阶》的念头。后来跟 C 兄谈起我这企图，他也很赞成。

好在一本外国名著，有两个以上的译本，是常有的事。多一个译本，并不一定是坏事。说不定这倒可以使这部杰作更容易流传开来。

于是前前后后总共用了一个月的工夫，算是完成了这部名著的翻译。

译者深信伊林的作品，都是给少年和工农大众的不可多得的精神上的粮食。所以总是抱着一颗热烈的心来从事翻译它们。我十分盼望这样有益又有趣的书能够深入到大众里面。

在我译过伊林这几本书之后，我觉得他的作品，不只是文字优美，并且立论非常正确。他是用一种正确的新的世界观去看一切事物。换句话说，他是从历史的观点，去看一切事物。在他的作品里，他描写的事物是跟着时代在那儿变化不息。

比如：他讲文字、纸、笔、墨水、印刷、钟、表、灯等等发明，他一面描写历史的背境，一面说出它们是怎样跟着时代逐步发展。他不是把科学和发明"写成一篇现成的发见和发明的总账"，却写成"人类跟物质阻力和传统思想搏击的战场"。

我们就拿《不夜天》来作例子吧。这本书讲的是灯的发明故事。伊林开始描写人类当初没有灯，用烟火照亮的情形。跟着人们觉得烟火又不方便，又费木柴，于是由有松脂的木柴，想出了替代烟火的引火木。再进一步，又由引火木发明了火炬；由火炬发明油灯。

等到工业发达，城市兴起之后，人们要在夜里做工，于是又亮又便宜的灯比以前需要得更迫切。因此，有很多人在这方面努力研究，于是洋灯、煤气灯、电灯，都相继应时出现。

这儿显然告诉我们，各种灯的发明，是跟着时代的发展而发展。它们自成一个系统。古式灯是现代灯的祖宗。每种新式灯的发明，都是从旧式灯脱变来的。换句话说，新灯的发明是旧式灯由低级形态发展到高级形态。

普通人都把电灯的发明，归功于爱迪生一个人。可是伊林却不是这样看法，他认为爱迪生不过是许多灯的发明人当中的一个。电灯是由洋灯和煤气灯脱化来的。爱迪生的发明，不过是前人的发明更进一步发展的成果。

因为伊林是从历史的观点去看事物，所以他的作品，每本不啻就是写出人类生活进化史的一面。

他把"历史上的人类从朦胧过去时代以及其原始的半意识的生活形态进化而来的情形指示给儿童看。"使他们知道一点从烟火发明者到爱迪生所经历的途程，从简陋的原始生活达到光明的人生大道所经历的途程。

> "人类社会中间正在进行着一种斗争，以图劳苦大众的劳力得从私有制度和资本主义制度的压迫之下解放出来。这是想把人类的体力变成智力的一种斗争。这是企图战胜自然力，争取健康和长寿，争取人类的团结，争取人类智能的自由发展的斗争。"

这是高尔基指示我们写作儿童文学的一个基本原则。伊林可说是应用这个新原则写作最成功的一个。

他根据最进步的现代科学假设写成生动的故事。这些故事不只是给读者一些科学知识，并且还在字里行间随时给读者一个新的光明的启示。

比如在《人和山》的末尾，他讲到新的制度必定是要集合全人类，共同一致来征服自然。"它必定要把人们集合成一个工作全体一致的集体，成为一个没有阶级的社会，把各民族合并成一个整个的人类，把许多不同的科学合并成一个整个的科学。"

我们读了伊林的作品，尤其是《人和山》和《苏联初阶》就觉

得它们跟普通科学书有一点显然的分别。就是普通科学书，总是讲
化学的讲化学，讲天文的讲天文，讲地质的讲地质，讲动物的讲动
物，……都是各自单纯地讲自己那一部门，很少书讲到各部门之间的
联系。我们读了这些书之后所见到的世界，只是支离破碎的部分，却
不是完整的全体。

可是伊林的作品，常常描写出事物与事物的联系。本来事物在自
然界里是交相错杂，浑然一体的，彼此之间都有关联。科学家们为了
研究的便利，才把科学分门别类地分成许多部门。在伊林的作品里，
他常常打破了这种人为的科学上的界限，描写出自然界的错综复杂的
关系，使人能洞察自然界的全体机构。

例如，在《人和山》里，他讲改造河流的时候，他就描写到地
质、鱼类、农业等等跟河流的关系。他讲控制气候的时候，就写出
化学、电气、生理学、数学、技术工程、经济、政治等等跟气象的
关系。

在《人和山》和《苏联初阶》这两本书里，作者简直把自然和社
会熔化于一炉。他一面描写出了自然界的错综复杂的关系，一面又讲
到人们应该怎样共同一致去征服自然，建设理想的社会。

伊林的这一特色，也就是他给我们的一大贡献：他使我们看见了
世界的整个机构。

伊林的作品跟普通科学书，还有一点大分别。就是一般科学读
物，不是记账式的叙述，就是抽象地说理，非常之单调无味，使人不
愿意去亲近。

刚刚相反，伊林的作品，却是用散文的笔法，借具体的形象来
描写事物的现象和道理，极其生动有趣，非常受人欢迎。他"凭
了他那不可多得的才能，'能把奥妙，复杂的事物，简单明白地讲
出来。'"

举例来说吧。在《几点钟》里，他讲钟表的调节器，并不是抽象

地说理，却用公园的旋转栅这样东西来作比喻。在《不夜天》里，他借用自来水管来说明电池的道理。他用这样具体的东西来作比喻，读者一看，就很容易明了了。

在《人和山》里，他讲改造河流，是用一个工程师筑堤的故事来说明了一切。讲控制气候的时候，他也是用同样的手法。

又如在《苏联初阶》里，他编造一个福克斯、鲍克斯等资本家开办帽厂的故事，来描写美国无计划的生产造成生产过剩，经济恐慌的现象。在这里他没有用一个专门术语，没有空谈一句抽象的理论，可是读者一看他那个故事，就很了然这一事实。

干燥无味的理论，奥妙复杂的事物，经伊林这样用文艺的笔墨写出来，不但使人读来容易明白，并且使人觉得津津有味。他是一个学识渊博的科学家，同时又是一个对政治和文学都有修养的著作家，所以他能用艺术的手腕传布科学知识。他打破了文艺书和通俗科学书中间的明显的界限；因此他写成的东西，都是有文学价值的通俗科学书。这些书都是用简练质朴，清楚明白的文笔，轻描淡写地写成的作品，有些简直是优美动人的散文诗。难怪它们很快地流行全球，获得广大的读者，使人"爱不忍释"哩。

总括一句话，伊林的作品，都是立论非常正确，描写极其动人。译者敢以十分的热忱，把这些优秀的作品，介绍给中国大众。惭愧的是译者没有传神之笔，译文怕是远比不上原文那么优美。如果译文再有不忠实的地方，那还要请大家不客气地指教。

董纯才　一九三七年三月二十四日上海。

——录自开明书店 1937 年初版

《翻译独幕剧选》^①

《翻译独幕剧选》导言

（张越瑞^②）

　　这里所选的共有四个翻译的独幕剧本：喜剧三篇，悲剧一篇。不消说，这里的四位剧作家都是第一流的作家，一提到法国喜剧便没有人不知道莫里哀，一提到现代英国喜剧也没有人不知道巴蕾。爱尔兰的沁孤更以独幕悲剧知名，日本的菊池宽也是现代剧坛的巨子。这仅有的四篇虽则不够代表独幕剧的各方面，编者的目的只在使读者认识独幕剧的体制而已。在下面，我想先述戏剧的一般特质，次述独幕剧的要点，再次述作者的生平和作品，希望给读者以阅读的方便。

　　戏剧是文学主要形式之一。它与小说诗歌最不相同的地方，就在一是写给人读的，一是写来给人演的。一部小说或一首诗歌的成功与否也许只要经过阅读就可以知道，剧本却不尽然，它的成功与不成功不能仅靠阅读，却要靠舞台表演去决定。所以一本伟大的剧本常常是在博得了舞台成功之后才能引人注意，流传不朽的。

　　我们说戏剧是文学主要形式之一，究竟它的功用在哪里呢？这可以拿三点来说明：一戏剧是表现人生的。日常生活中有种种的现象，种种的争闹，剧作家从中抓住最富戏剧意味的几点，加以编排，使它复现在舞台之上，这种复现即是真实生活之复现。二戏剧是批评人生

---

①　《翻译独幕剧选》，戏剧，张越瑞选辑，丁毅音、王云五、张寄岫主编"中学国文补充读本"第一集，上海商务印书馆1937年5月初版。

②　张越瑞（1906—1972），江西余干人。1933年毕业于武汉大学。同年应聘至上海商务印书馆任英文编辑。1944年回余干任教。1949年后历任南昌大学、江西师范学院副教授。著有《美利坚文学》《英美文学概观》《节本水浒传》等。

的。剧作家不仅表现人生而已，他往往更进一步的对某种事件表以赞同，对某种人物加以贬斥，而藉人物的对话来表现这种种的批评态度。三戏剧是改进人生的。戏剧的表演极富感化的能力，它常常寓有深切的暗示，使人类不断的向上发展，而达于理想的境地。希腊悲剧的引人同情，启人惧心，喜剧的讥警横生，发人深省，以及近代社会剧的提出问题，供人讨论，都是向着人类改进之途，给人类以无限的幸福的。唯其有这些功用，所以戏剧能在文学的园地里另辟领域，成为一种绝不可少的舞台艺术。

戏剧的种类究竟有哪些呢？简单说来可分为喜剧，悲剧两种。一种剧本要是它的主要角色不幸沦于悲哀，或毁灭的境地，就可以说是悲剧，这种剧本类皆含有严重的情调。一种剧本要是它的主要角色排除困难，结果达于胜利或成功的境地，就可以说是喜剧，这种剧本类皆含有快慰的情调。固然戏剧内面还包括有悲喜剧，趣剧，风俗喜剧等等，要之都是以悲剧或喜剧为出发点的。

构成剧本的要素又是什么呢？一个剧本大概总少不了布景，人物，情节和剧旨的。布景是指舞台陈设而言，如器具的排列，房屋花木等等的布置是。它的功用在传布一种与故事一致的情调或空气。人物即是剧本中的角色，它［他］的动作和说白是全剧的主脑，个性，思想和故事，全由这里表现出来。情节即是剧本的组织，详细说明事端的历程与转合的，它普通建立在五个步骤上：就是引子，开场，纠葛，顶点，和结局。就本书举个列来说吧，《装腔作势的女子》一剧中克鲁华西、克兰歇二人因求婚碰钉，商量报复是引子。高奇伯劝他的女儿侄女嫁给他们，她们坚不听从是开场。仆人马斯加里和朱德烈扮作有身份的人先后进场，中间马斯加里坐轿子，打轿夫，进见小姐，谈剧赋诗，以至奏乐跳舞都是纠葛，克鲁华西和克兰歇突然进来，鞭打仆人，讥刺小姐，便是顶点。两位小姐弄得不好下台，谢绝仆人，至仆人讥刺小姐以下，便是结局。至于剧旨即是剧本的中心思想。作者在写剧之时抓住了某一点思想，把它含蓄在剧本里，这点思想即是剧旨，例如野心，妒忌，复仇，恋爱，牺牲，爱国主义等等都是常见的剧旨。

独幕剧在最近二三十年极其风行，它与多幕剧就好像短篇小说与长篇小说一样，没有多大的分别。它的组织和方法与多幕剧大同小异，可是它的必要条件就在紧束，经济，简明，迅速，捉住某一点动人的或有趣的事实给观众一个简明的印象。它的人物不多，情节简单，只有一种争斗，一种情绪，一种剧旨，或一种须待解决的问题。通常独幕剧只有一个场面，而排演的时间大约在十五分钟至四十五分钟之间。

上面只是极其简略的叙述了戏剧的各方面，下面更就本书剧作家的生平和剧本介绍一下：

莫里哀（Molière 一六二七——一六七三）原名约翰·巴第斯特·波克林（Jean-Baptiste Poquelin）。父亲是巴黎一个装饰匠，又是皇家的侍仆。莫里哀有一个时期从父亲学过装饰手艺，后来入中学研究哲学。但他自幼对当时流行的趣剧已发生兴趣，毕业不久，他便加入剧团，初为戏子，后来做到经理。曾赴各地演剧，最后还得到法王的赞助，常在宫中表演。就在这时候他为剧团编有不少的戏。最著名的有《伪君子》和《悭吝人》等剧。在法国文学上他是一位最伟大的喜剧家。《装腔作势的女子》这幕喜剧很能看见作者喜剧的天才，这里以讥刺的笔调批评当时法国社会上矫揉造作的妇女界，何等深刻，何等有趣。

沁孤（John Millington Synge 一八七二——一九〇九）生于爱尔兰的都伯林（Dublin），少时在本乡受教育，后赴德习音乐，特具语言天才，精通英法德意等国文字，继又留法多年，从事文学批评。此后他回到爱尔兰，在都伯林一家剧院里担任监督，专事戏剧写作，著名的剧本多在此时写成。在爱尔兰文艺复兴中他是最杰出的一位作家。

作品常写农人的生活，多半有哀痛的情调在那里动荡着。《骑马下海的人》是一本最脍炙人口的独幕悲剧，是一本写下流社会的人们被无可抵抗的自然之力所征服的悲剧。全剧充满着浓厚的悲哀的气息，女主人翁的伤心的说白真足令人酸鼻。

巴蕾（Sir James Matthew Barrie）以一八六〇年生于苏格兰。爱丁堡大学卒业时，即已显露头角。其后赴伦敦，《圣詹姆士报》（*St. James Gazette*）和《不列颠周刊》（*British Weekly*）上常看见他的文章。他虽则写有小品，小说多种，但他的文名却建立在戏剧之上。作品富有幽默机警的意味，就舞台效果而论，他超越了同时代的一切剧作家。《十二镑的尊容》是他最著名的独幕喜剧，极辛辣的讽刺社会上的成功者。男主人翁施哈利的富贵骄人的态度，与桂娣的不屈不挠的神情，都表现得异常生动，纤细。

菊池宽（Kikuchi Kan）生于一八八九年，是日本京都帝国大学英国文学系的出身。曾主办《新思潮》及《文艺春秋》等著名杂志，作有小说戏剧多种，在现代日本文坛可称巨擘。《父归》和《时间之神》都是他的佳制。《时间之神》这一幕喜剧，是写一位穷小说家的家庭生活。主人翁英作夫妇口角，中间经过奇妙的穿插，仍然言归于好。从这里，我们可以明了日本妇女在家庭所处的地位，将剧中女主人翁缝子与《十二镑的尊容》里的桂娣比较起来，我们也可以看见东西妇女思想之不同。

最后还有几句话：前而已经说过戏剧是写来给人演的，读者假使喜欢哪一个剧本，可以邀集几位同学，布置一个舞台，每个人扮演剧中的一个角色，实地上台去表演剧中的说白和动作，这也是鉴赏戏剧艺术之一法。

编者　五，三，一九三七。

——录自商务印书馆 1937 年初版

《哥德对话录》[①]

《哥德对话录》译者序

周学普

　　爱克尔曼所著的《哥德对话录》三卷是自从发表以来被视为研究哥德的珍贵的名著，与哥德的自传《诗与真实》（*Dichtung und Wahrheit*）同为研究哥德者必读之书，著者爱克尔曼是一八二三年以后哥德的亲信的随从者，哥德是具有强盛的创作欲和活动力的伟人，而爱克尔曼是敏感温闲精细的文士。所以爱克尔曼所记的哥德晚年的谈话，不是学者或文艺批评家所写的客观的评论，而是仰慕师长的门人谦虚诚敬地记述的言行录；但他在这书中并不是和中国的许多理学家的语录那样专述师长的论仁义王道格物致知等等的迂阔枯燥的理论，而是以优美轻清的文字描述哥德的日常的生活的动静神态，以及应事接物，随意发挥的谈话的。所以此书除了作为哥德的内面和外面的生活的写照有特殊的意义以外，也是一种极富有情趣风韵的德国的优美的散文。爱克尔曼的这种不朽的浩瀚的杰作，世界的各文明国都有译本，我以为我们无论从什么立场上批评哥德，这书的翻译，对于我国的读书界总之是必要的罢。我不揣浅陋，于译成了哥德的《浮士德》和《铁手骑士葛兹》之后，因兴味上的关联，在前一个寒假的一个月内完成了这种翻译。

　　现在作为简单的介绍，将著者的生涯，本书的成立和内容略述如下：

---

① 《哥德对话录》（*Gespräche mit Goethe*），德国爱克尔曼（J. P. Eckermann，今译埃克曼，1792—1854）著，周学普译述，上海商务印书馆 1937 年 5 月初版。

约翰·彼得·爱克尔曼（Johann Peter Eckermann）在本书的绪言里载有详细的自传。他于一七九二年生于汉堡东南的留纳堡（Lueneburg）的小邑文森（Winsen）。父亲是贫穷的小贩，母亲是个织工。他小时为人牧羊，连受小学教育的机会都没有。十四岁时为乡里的有力者所赏识，得与上流社会的子弟同习法文、拉丁文、音乐等；十六岁受坚信礼后，做某司法官的书记生，其后四年间辗转服务于两三个官厅；一八一三年做志愿兵而参加自由战争，翌年归乡。从军中得欣赏荷兰的名画的机会，打算做个画家，而为才能和境遇所不许；乃入汉诺威邦的陆军部任事，生活得以安定。但好学心切，二十五岁进汉诺威高级中学，学习古语；又得二三保护者的援助，一八二〇年进格丁根大学，学法律。

他以前从军中读了爱国诗［诗人］德沃陀尔·克尔纳尔（Theodor Koerner）的诗集《琴与剑》，被唤起了作诗的兴味，因更博览德国种种的文学的杰作，尤耽读哥德的作品。在格丁根求学数年之后，对于法律的研究渐渐生厌，乃决心以文笔立身。一八二二年三十岁时离开格丁根，侨居汉诺威郊外，著《文学论，尤其是关于哥德》（*Beitraege zur Poesie mit besonderer Hinweisung auf Goethe*）。他以前曾经以处女诗集赠与他素所钦敬的哥德；此次为了这种新著的出版，希望由哥德介绍于有名的出版家科达（Cotta）印行，因此于一八二三年五月末冒暑徒步到魏玛尔访问哥德。哥德非常欢迎他，留他住在魏玛尔。他以后就成为哥德的门人和秘书，直至一八三二年哥德逝世为止，几乎常在哥德的身边。

哥德曾经说过："他是个温雅，敏感，明达的人。"又说："精神极其纯洁正直的他，天天在增广知识和眼界，对于我的事情都很感兴味而鼓励我，无论何时，我总觉得是个难得的人。"老耄的哥德能够完成了《诗和真实》以及《浮士德》，也多赖爱克尔曼赞助鼓励的。

爱克尔曼，如同前面已经说过，不是富于创作力的怎样伟大的天才，而是较为被动的谦虚温和的文士。他勤勉好学，而有玩弓箭和养小鸟等等多方面的嗜好。我们在《与哥德的谈话》里可以看出：他有了如何善于领会体味别人的无论什么高深的言论的特异的才能。

他在哥德死后，还在魏玛尔住了二十余年，一八五四年逝世，享年六十二。

如同他自己在两篇序文里说明，他把和哥德亲近的九年之间的哥德的言行随时精细地记述，虽然其中——尤其是第三卷，有些是依不甚确实的记忆而补充，或把好几次听过的话凑合而成的，但无不是虚心忠实的叙述。哥德自己也阅读了一部分的稿子，说是"很好"，并且嘱他于他死后发表此书。

又他的序文里也有说明：第三卷之中有一部分是用以后的一位大公爵卡尔·亚历山大的师傅杪莱的记录补充的。

一八三六年由莱比锡的勃洛克蒿斯（Blockhaus）书店刊行《一八二三至一八三二年之间与哥德的谈话》上下两卷，一八四三年出了补遗一卷。

爱克尔曼说："我想，这种对话之中不但有关于人生、艺术和科学的许多说明和许多贵重的教训，而且这样的日常生活的素描对于人们已经从哥德的种种作品而想象着的面容的调整上会特别有所贡献罢。

"又在另一方面，我并不以为内面的哥德就此被充分地表现着。有人把这个伟人比做随不同的方向而放不同的色彩的多方面的金刚石，是极妥当的。所以如同他因处境的不同和相对的人的不同而显得不同那样，我在我的场合，不妨极谦逊地说这是我的哥德罢……"这些话里流露着著者的写作的主意和纯情。

哥德是莎士比亚般多方面的活动的伟人，他精敏地观察，深刻地思想，刚毅的行动，黾勉地进取，将修养所得的非常丰富的经验雄浑地表现为具有完美高雅的形式的诗文；因此他的作品，仿佛大自然一般宏远深广繁复，读者与之相接，只惊叹其如万汇在其中生息争竞而演行着无穷的变化那样光华绚烂，而不能窥测其被如何运心缔造而成的经历。此书以圆熟期的晚年的哥德的闲适的日常生活为背景，叙述他的过去和现在的动静，思想，感情，应事接物的态度，关于人生，科学，艺术，政治，宗教等的见解，以及许多作品的成立和内容，使吾人明白他的时代的情形，他从各方面受了如何的影响，形成了怎样的世界观和人生观，他的思想如何演变，他如何始终不懈地刻苦进取，他有了如何的优点或缺点，精神上有了如何的矛盾和烦闷，他的作品是由如何的快乐和辛酸的经验而写成的。因此此书不仅使读者由哥德受到知识和思想上的教益，而且仿佛和哥德晤谈，直接与其感情相接触，而察知其内面的生活。所以此书在内容和形式上都有引人入胜的魔力。

但原书是数十万言的巨著，其中含有现今已被忘却的人物，书籍的批评，色彩学等的过于详细的说明，或太偏于专门的乏味的冗长的谈话等等，对于一般的读者，不免过于烦累；一九一二年柏林的弗利兹·海特尔（Fritz Heidel）书店的"书友丛书"之第三种格尔哈尔特·梅列安（Gerhardt Merian）氏所编成的选本，简单而扼要，本译文便是依据这种选本译成的。

译者识

一九三六，三，五，于青岛

——录自商务印书馆 1937 年初版

《鲁滨孙飘流记》[①]

《鲁滨孙飘流记》我的话（代序）

吴鹤声 [②]

大众丛书第一种出版了这部《鲁滨孙飘流记》，并没有代表任何意义的；有许多人喜把每种丛书的第一册，看为特别重要的书籍，其实是错误的观念。因为要知道第一册书本是决不能作为全部丛书的价值看的。大众丛书的选取，本是采取多方面的方法，只因本书当计划出版大众丛书前已在译了，所以丛书的计划一成，它就幸运的首先得到了出版。

《鲁滨孙飘流记》这部书，怕是惟也听到过或是看到过的吧，即使十一二岁的小学生也能津津有味的说出它内中的一二节故事的情节来，——因为小学教科书上，是大都有选载的——的确它是无须我再在此多所介绍了。不过，我之所以要译写它的原因，和译写上的几句话，似乎还有在这里说一下的必要。

这部书在国内出版界上有好几种译本，不过，有些售价是很高的，有些呢，卖的极便宜，但是又近于粗制滥造，书中的错字每页每段几乎都有，而且半文半白，读起来实在吃力得很。能够多费些力免强看得过去的也不说它，可是有些根据原文直译的句子，使人看起来，真是莫名其妙的；看了一段，等于吃桃核，嚼不烂，梗在喉里，这情形碰在求知心切的读者身上时，我想他不免对于本书阅读的兴

---

① 《鲁滨孙飘流记》，长篇小说，英国特福（Daniel Defoe，今译笛福，1660—1731）著，吴鹤声译述，"大众丛书""世界文学名著"之一，雨丝社 1937 年 5 月初版。

② 吴鹤声，生平不详，另译有法国勒白朗侦探小说《亚森罗苹侠盗案》（上下册）和《复活的罗苹》（上下册）等。

趣，要一定感到失望了。

不过，或人介绍一册编写的本子给你看看吧，诚然这是一个补救的办法。但是可惜这些书大都是写给小学生看的，质量不多，略而不详，和原著丰富精彩的描写，相差实在太远；如果我们看了编写本就认为满足，无异这是自己等于放弃了本书的文学价值。那么多化些钱去买本较可看的全文译本吧，不错，这在负担得起的朋友，当然并不在乎，不过尤应该注意的是本书因为宗教气氛太重，假使你把全书一丝不漏的吞下肚去，包你会变成基督徒的教会中人。在现在帝国主义正假手宗教散布它的侵略的种子的时候，这一点是值得特别予以注意的。可是我们翻开这些译本看看，却都没有注意到这点，连说都没有说及，这大概是不对的吧？我想是。

有了以[以上]这几点感想，所以我决定了再来一下编译这部《鲁滨孙飘流记》。在内容上，我大胆的删掉了含有宗教意味的部分。同时在形式上，我也把它译述的和原书略有不同，原书共分四十五章，现在我改分为五十大节，把原有每章过长，和含有二个独立中心思想的，我就把它分开来；前章和后章有些地方掉换了译述的也有，全是为了行文和故事发展上的需要才如此的。每节我又写上了一个醒目的标题，使读者阅读起来，较容易可收得一节的中心思想；并且在阅后偶或忘去每节中的意思时，只要一看节目的标题，就可以回想起来，再由这节连接那节，这样全书的情节就会很完全的贯串一起了。我这样做，全是为读者阅读上的便利计，因为我小时看章回小说也每遇有这种情形，但不知读者们觉得怎样？

本书的全稿完全是在病中写成的。因此，偶写偶停，我恐怕书中的笔调，会因情境变迁的缘故，不能保持全书统一的调和，俟本书再版时，我想尽可能的来改写一下。不过，在目前为了它，我的确是很疲倦了，不，我的病是第二次的又在发作了，而且比前次还要厉害些！不过看到了自己辛劳的结晶——书——快将成熟和读者相见时，又觉得是十分快慰的。我想，我的病该也很快的脱离我的躯体吧！

吴鹤声写于上海红十字会医院

——录自雨丝社 1937 年再版

雨丝社为出版"大众丛书"的缘起

　　凡是想读点书，想从书本里得到点真实知识的朋友，虽也感觉到在现状的畸形环境里面，所谓负着文化使命的出版界的情形，实在是会使你失望的。因为那些我们迫切需要的书籍，往往它的资值的昂贵，使我们一般的普通朋友负担不起；同时，那些汗牛充栋的廉价书籍，它的内容的无聊，又会使你却步。

　　这现〔种〕现象是不会一下子就消灭，更不会一下就转好起来。因为现在的那些大书贾们，只知道利之所注，他们是决不会把定价放低；当他们发现一般读者购买力薄弱的时候，索性专门精印起什么经史子集的那些贵属的书籍来，不消说，这些书籍更为我们买不起，其实它的内容只教我们跑回已死的古代文化领域里去，与我们大众目前所需要的真实知识，是相差很远的。至于那些出版低级廉价书籍的老板，他们很精通廉价的诀窍，利用低级大众的趣味心里〔理〕，于是什么秘史，奇侠，一类的集子，千篇一律的在发行出来。它的内容，更会教你不寒而慄；我们只见英雄神仙的跳跃，淫荡描写的触眼，在在模糊你的意识，处处使你陷入歧途，那情形的确是十分可怕的！

　　可怜的是我们这些患着知识荒的大众，脑子饿了，既买不起高价的滋养的牛奶或面包来充饥，可是又不能把有毒素的观音粉拿来当饭吃，——然而，人是不能缺少滋养料可以生活得的；我们深切的感到了这些，因此计划出版了这部"大众丛书"。

　　第一，我们就要把这部丛书每集的售价，减至最低的限度，使每位大众都买得起；同时我们也不放松内容的充实，行文方面，是力求通俗简明，使一般看不惯高深文法（如译文之类）的读者也成为我们亲密的朋友。

我们相信，这个意旨，一定会得到广大大众的赞成。可是我们的希望虽大，然而人力物力都太缺乏了，在工作草创的起头，一定会有许多难免的缺点，尚望广大的读者们随时给我们指导和批评，我们是抱着万分热忱期待着的。

一九三七年，四月。

——录自雨丝社 1937 年再版

《莽撞人》 ①

《莽撞人》后记

（树华 ②）

在筏子上　这篇小说，是一八九五年在萨马尔（Самар）写的，高尔基从尼日尼新镇挪到那里，在《萨马尔报》上作固定的文学工作。第一次发表在《萨马尔报》的复活节专号上（一八九五年四月二日第七十一号）。在报纸上题目是"图画"。

书卡子的事情　这篇小说，首次发表在一八九五年《萨马尔报》七月二日和七日的两号上（第一三九和一四三号）。在报纸上小说的

---

① 《莽撞人》（*рассказы*），短篇集，苏联 M. 高尔基（Maxim Gorky，1868—1936）著，树华译，天津生活知识出版社 1937 年 5 月初版。

② 树华，生平不详。另译有苏联高尔基小说集《阿路塔毛奥甫家的事情》《更夫及主人》等。

题目，是"跟书卡子的故事（赤脚汉的职业素描）"。

　　莽撞人　这篇小说，第一次发表在一八九七年的杂志《北方通讯》上（八月号）。一八九六年末在尼日尼新镇写成的，高尔基从萨马尔挪到那里，是为了给《奥界司的消息》写泛俄罗斯工业和艺术展览的通讯。在杂志上和一八九八年出版的集子上，题目是"速写"。

　　其利尔加　这篇小说，第一次发表在杂志《生活》一八九九年一月号里，题目用的是"摘自纪念册中"。

　　浪漫者　这篇小说，第一次发表在一九一〇年《一切人的新杂志》（第十八期四月号）上，题目是"未成熟的"。

　　毛路德温的姑娘　第一次发表在杂志《现代世界》一九一一年第一期上。
　　在给 B·界司尼次克（B.Десницк）的信里，高尔基说，这两篇小说——《浪漫者》和《毛路德温的姑娘》——是一部没创作成功的巨构的短作：

　　　　"要写一部关于工人的书的思想，还在尼日尼，在苏路毛夫司基（Сормовский）的启示以后，就出现在我心里了。同时，我开始搜集起材料来，并且做了不同的标记。……给我搜到的材料，在一九〇五年一月九日以后散失了，也许，宪兵们不送回来了。……我写《母亲》，是一九〇六年夏天，在美国，没有材料，'凭着记忆'，因此就写坏啦。本打算在《母亲》之后，写一部《儿子》；我有好多杂洛毛夫（Эаломов）从充军的地方寄来的信，他那些文学经验，跟两党的工人们和那些最伟大的戈波派

（Гапоновец）们：彼得洛夫，印考夫，车列毛欣，加里宁等的友谊，伦敦旅行的印象，但这一切，多少表现在：《夏天》，《毛路德温的姑娘》，《浪漫者》，《萨士加》里边了，可以认为是《儿子》的一些断篇。"

人的诞生　这篇小说，第一次发表在杂志《意志》一九一二年一月号上。是一九一一年年末写的。依照时代，这是包括在后来《在俄罗斯》一书里的自传体小说栏中的第一部。

耶拉拉士　这篇小说，第一次印在杂志《俄罗斯语》一九一六年第二九八号上，所用的题目，是"回忆的断片"。他出版了选集《耶拉拉士和其他》（一九一八年在彼得堡），也收入了《在俄罗斯》的小说栏中。

怎样编歌儿　第一次发表在杂志《年报》一九一五年十二月号上，跟小说《浅灰的和天蓝的》，《书》和《鸟的犯罪》在一起，用的是总题目《回忆录》。收进了《耶拉拉士和其他》的选集里，随后又收入了《在俄罗斯》的小说栏里。

在　阿路杂马司——小说发生的地方——高尔基是一九〇二年夏天住着来，为了跟苏路毛甫司基的工人们作革命的联络，离开的尼日尼。

关于甲虫儿们　这篇小说第一次发表在年鉴《海港》（Ковш）一九二六年第四号上。收进了《回忆录・故事・附记》（Воспоминания. Рассказы. Эамметки）里。

全书的插图，均摘自卢那卡尔斯基的《高尔基的选集》。

——录自生活知识出版社 1937 年初版

《语体诗歌选》^①

《语体诗歌选》导言
（张越瑞）

　　这本册子里所选的全是语体诗歌，共计有译诗十首，作家九位；国内创作的白话诗四十首，作家十五位。关于编选的目的我想在下面简单的说一说：

　　本书分两部，第一部都是欧美诗歌。说是欧美诗歌，实际只有英、美、德、法四国的作品，而以英国诗歌居最多数。我们认为英国诗歌在世界文坛上占主要地位，形式方面可说花样翻新，内容方面更是很充实，多变化。英国曾经产生过不少的伟大诗人，他们的影响遍及于世界各国，就如丁尼生、哈代、郝斯曼诸人也都在世界文坛放着光荣的异彩，有着不可磨灭的地位。现在将这四国的诗歌的译文选在这里，就在希望读者从此能够知道欧美诗歌的体式，能够欣赏欧美诗歌的艺术。

　　第二部是国内创作的白话诗。自五四运动以来我国文坛充分的介绍欧美的作品，文学创作感受欧美文学影响甚深，而形式与内容方面尤其摹仿着欧美的，特别是英国的法式的便是诗歌。胡适等首先从事新诗的尝试，后来周作人等或则介绍国外诗体，或则从事新诗写作，直到徐志摩、闻一多、饶孟侃、朱湘诸氏，新诗才别开生面，他们认真研究，认真试验，对于音韵之研究，尤为努力，于是把英国诗的声调搬到中国诗里来，英国诗歌的各种体制也无不经过他们的试验，戴望舒、卞之琳等在新诗上继续努力，也有不少的成绩。这个时代，中

---

① 《语体诗歌选》，张越瑞选辑，丁馨音、王云五、张寄岫主编"中学国文补充读本"第一集，上海商务印书馆 1937 年 5 月初版。

国诗歌不能说没有新的进展。可是，不满意于新诗的人确是不少，他们都承认新诗之发展远不如其他文学形式。诚然，新诗一直到现今这个时期还只是停留在试验期内，并没有新的创造，新的建立，但我们同时不能否认，它正在吸收着欧美诗歌的菁华以充实自己的内容，助长自己的发展，它离成熟时期固然还远，这一个试验时期却是绝不可少的一个时期，从这里它可以发扬滋长，成为光华灿烂的中国新诗。这里就这试验时期的新诗加以选择，列于第二部，一则使读者知道中国新诗与欧美诗歌的关系，一则使读者明了这试验期内的中国新诗究竟发展到如何的境地。

这里所选的诗歌有抒情的，也有叙事的。《多娜》与《老洛伯》便是两首最动人不过的叙事诗，从这里我们可以看见英国诗家以客观态度叙述故事的长处。抒情诗居十之八九，大都以主观的态度写作者一时的思想或情绪，如《歌》、《伤痕》等诗都是玲珑佳制。至于文字大都流利通畅，意境也很显明，并且第二部里面有几位作家特别注意音节的铿锵，读者在课余之暇拿来阅读欣赏，很是适宜。我们希望这本小册子能够使读者领悟到诗歌的作法，能够给读者一点灵感的泉源。

最后，为读者方便起见，关于几位外国诗家的生平、作品，我想在下面简单的介绍一下：

林特塞（Anne Lindsay）苏格兰女诗人，一七五〇年生，结婚后，同她的丈夫到南非洲，在那里，她写过几种作品。但她的文名却建立在《老洛伯》这一首叙事诗上，自从它发表后，人人传诵，公认是一首绝唱，后来并有人将它谱入音乐。一八二五年她卒于伦敦。

哈代（Thomas Hardy 一八四〇——一九二八）生于英格兰南部的道塞郡。父亲是石匠。他少年时代受过普通教育，后来到伦敦研究建筑学，渐对文学发生兴趣。最初写诗，中年写小说，晚年却又回到诗歌上。名诗集有《威萨克斯诗集》（*Wessex Poems*），《今昔诗存》

（*Poems of Past and Present*）等。像他的小说一样，他的诗歌也充溢着悲观的韵调，《伤痕》一诗便可见一斑。

　　丁尼生（Alfred Tennyson 一八〇九——一八九二）这位十九世纪英国杰出的诗家，生于林肯郡。最初从他父亲读书，后到剑桥大学研究，第一本《抒情诗集》问世，便表现了他创造的天才。他努力写作，那首为他友人之死而写的《长歌忆》（*In Memoriam*）是一首精心之作，建立了他的不朽的地位。就在这诗出版的那年（一八五〇）他被任为英国最光荣的桂冠诗人。晚年诗兴更浓，长歌短咏写得很不少，在英国诗坛上成功一位多产的作家。他的诗用字极平凡，然而极清丽隽秀，而音节之流畅更非同时代其他诗家所可比拟。

　　罗塞蒂（Christina Rossetti 一八三〇——一八九四）英国名诗家但丁·罗塞蒂（Dante Rossetti 一八二八——八二）之妹，生于伦敦，自幼好读书，喜花木鸟兽。少年时代曾失意于恋爱，在她的诗心上刷下了深沉的印象，从此她的诗歌便弥漫着悲哀的情调。她善写抒情诗，"爱"与"死"差不多是唯一的题材。

　　郝斯曼（Alfred Edward Housman 一八五九——一九三六）是牛津大学的出身，在政府机关服务十年后，先后担任伦敦剑桥等大学拉丁文教授，对于古希腊罗马文学研究甚深，诗集有《一个士洛普郡的青年》与《最后诗集》。所作抒情诗多含忧郁的情调。

　　哈立·恳普（Harry Hibbard Kemp 一八八三——）是美国一位新诗人，生于俄亥俄州的一个市镇上。大学卒业后，他出外游历，足迹所至遍及于北美各处，并在伦敦纽约等地研究当地的夜间生活。作品有诗，有剧，有小说，著名的诗集有《青年的呼声》。《战歌》便是这集子里的一首，每节两行，一行颂战，一行写战争的惨状，警策处很能使读者猛省。

　　保罗·魏伦（Paul Verlaine 一八四四——九六）生于法兰西的麦次，因家境贫穷，中学毕业，便在政府机关办事。但他特具诗歌的天才，早年歌咏宗教的一套十四行诗《智慧集》便足以与冠列士丁娜·罗塞蒂媲美。他是放浪不羁的人，生平沉湎酒色，卒至流离颠倒，死于巴黎贫民窟中。诗歌有音乐的美，用字简单，而想象丰富，采用间接描写法之妙尤足令人惊服。

哥德（Johann Wolfgang Von Goethe 一七四九——一八三二）不但是德国而且是世界文坛的一位伟大诗人。他生在一个贵族的家庭，早年习法律，后到威玛，在当地的公爵那里任职十余年。他研究过科学，并在动植物生活之间有重要的发现，他也学过绘画，文学写作几乎是他终身的事业。作品甚丰富，《浮士德》这本诗剧是举世皆知的一部杰作。所作抒情短歌甚多，全是佳制。这里所选的《游子的夜歌》便是他生平最得意的一首。

编者　五，二，一九三七。

——录自商务印书馆 1937 年初版

《圣路易之桥》 [①]

《圣路易之桥》译者的话

孙伟佛 [②]

我为什么译这本书呢？真是一言难尽。记得民国十八年秋，有一

---

① 《圣路易之桥》（ *The Bridge of San Luis Rey* ），美国韦尔德（ T. Wilder，今译怀尔德，1897—1975 ）著，孙伟佛译述，"世界文学名著"丛书之一，上海启明书局 1937 年 5 月初版。

② 孙伟佛，生平不详。根据此序，似任教于南京中央大学。抗战时期，曾任西安黄埔军校七分校（王曲军校）政治教官。另译有英国莎士比亚戏剧《该撒大将》、美国施平格（ J. E. Spingarn ）《文艺复兴期之文艺批评》，著有《清前中日关系史》等。

位尚在浙江大学读书的朋友来见我。我们都是研究西洋文学的，所以除了寒暄几句以后，他就问我现在看些什么书，我的回答是："在课余之暇读点小说。"他说："哦，那好极了。我现在介绍给你两部小说，这是不可不看的。也是一位教授介绍给我的呢。一是哈代的《苔丝》(*Tess of Durbervilles* [*d'Urbervilles*])，一本是《圣路易之桥》(*The Bridge of San Luis Rey*)。"《苔丝》和《无名的纠德》统是哈代的代表作，我都读过，可是《圣路易之桥》这部书，连名字还是第一回听见呢；惭愧得很。于是费了两天的功夫，在中央大学图书馆里找了一本（也只有这一本，而且还没有人借过）。兹将我一气读完之后那时所得的印象写在下面：

这本书的结构轮廓是极其明显的。作者把它分为五部，第一部叙述事变，第五部叙述事变后的一切事实，中间三部分述三个跌死的人。本来因桥的崩毁而跌死的有五个人，其余两个人虽在这三部里有点叙述，可是他们的地位还不如克拉华小姐，满奴和贾芸娜，女住持，总督，或是大主教来得重要；而且第二部里所叙述的是母女之爱，第三部里是兄弟之爱，第四部里是两性之爱，这三种爱的叙述，是可以说概括地代表了世间的一切爱的，所以其余两个人不另成两部。至于周逆泊对信仰的虔诚，女住持对于事业的热心，固然都是一种爱的变像表现，然而这些总是次要的。

我们读其他的小说，就是名小说家的也是一样，总觉得它们头绪纷繁，总觉得有许多段是可以取消的，就像赛克锐的《虚荣市》，或是班奈特的《老婆子的故事》，或是乔治·爱丽奥特的《撒拉斯·马那》，都是这样。怎么成了这样子的呢？事实的复杂当然是个原因，可是好铺张，好逞才，也是个毛病，在这书里，不但没有一段可以取消，就是一句一字也不能随便删去，因为它一字有一字的力量，一句有一句的意义。作者的遣辞用字，是极经济的。也就因为如此，所以它的文字极其简练，极其有力。单就文字而论，和《大路》及《艾若斯密》的作者刘易士到〔倒〕很相同。有保克夫人的简练，有雷马克的有力。

这书里充满着的是讽刺。它讽刺总督，讽刺大主教，讽刺一切。它的讽刺统是以一种不平易的很异样的句子表示出来，因此在这书里三加二等于五的呆句子很少，尤其在描写人物的时候。譬如介绍大主教吧，它说："在利玛有点东西，用成码的紫缎子包起来，从这缎子里伸出个大而肥肿的头和两只肥而有涡的手；这就是这地方的大主教。……可是墨水瓶里没有墨水；隔墙房间里没有墨水，在整个宫殿里没有墨水。在他房里的事情都弄得这样子，使得这位好人非常恼怒，结果在恼怒与不欲恼怒以伤身体之中生起病来。"这种的讽刺是多么隽永有味啊！按这种讽刺和哈代的《无名的纠德》中的讽刺并不一样。哈代的讽刺使得读者同情于纠德，这书的讽刺使得读者鄙视被讽刺的人，它的讽刺也不像施畏夫特的，因为施畏夫特的讽刺太冷酷，它是多少带点温情的幽默意味。它的讽刺，在性质上很像菲奥丁，尤像施替栽。

一般的小说，统是肯定地叙述一项虚构的事实，它们将所要叙述的叙述了之后，就什么亦完了。它们给予读者的只是一项叙述得很艺术的故事，或者由这故事所引起的情感的宣泄，就是在叙述的时候所用的手段，也只是纯粹的叙述。李查生的《潘迷勒》，叙述一个婢女同她主人结合的经过；迭更司的《双城记》叙述十八世纪末法国大革命前后巴黎和伦敦两地的事变；白伦苔的《琴·尔雅》叙述一个家庭女教师同男主人的热恋；博莱摩的《强盗女》叙述强盗女罗娜和农家子约翰的奇缘；就是李屯的《彭拜的末日》也只是叙述郭劳雕和伊红两性的恋爱而已。可是这本书却不是这样。它在叙述的时候，像是在讨论一种学理，而且充满着怀疑的犬儒学派的气息，因此除了故事趣味以外，里边还有哲理的氛围。它所用的叙述手段既和一般的小说不同，它给予读者的印象，当然亦和一般的两样了。像这种小说，除了表现的功用以外，还具有探讨学理的精神的。还有马锐迭斯的 *Ordeal of Richard Feverel*。马锐迭斯在这本名著里反对科学方法，不承认后天的人为，完全可以克服先天的本能，以一种科学方法来教育子女使他们成为某种样子的人，这到后来终于要失败的。马锐迭斯就将他这种思想充塞在他的名著里，可是这与《圣路易之桥》虽都是藉着一项故事而探讨学理，终有程度上的不同。这只要把两种书统读一遍就可以明了的。

不问是长篇小说是短篇小说，总要有个情节紧张的最高点，所谓 Climax 是；高点所在的地方，普通总是在后半部里。可是这本书却又不同。老实说它没有这种高点；假使一本小说里必须有这种高点的话，那只好说它的高点是在这书的第一部里。这种新颖的布置，将高点放在前边，和剧作家萧伯纳的《英雄与美人》到［倒］很相似，这也是本书的一个特点。

"我们不是偶尔而生偶尔而死，就是有计划地生有计划地死。"诚然，宇宙是个谜。人生更是这迷里的幻象。假使人是偶尔而生偶尔而死，那么人的生死直同粪缸里的蛆一任自然的支配。无善恶，无因果，无宗教，假使人是有计划地生有计划地死，那么人的生死是操在计划者的手里。人的生是有所为而生，死也是有所为而死，——可是这就发生了个问题。假使人的生死是有主宰的，那么决定生死的基本标准似乎应该是善生恶死，而事实上，不善的人每每活着，不恶的人反多死亡，这就是周逆泊惶惑的原因了，这也是一般人渴想知道的一个问题。人生的真谛到底是什么？人生和宇宙的主宰或是自然到底有什么关系？这些问题在我们读完这本书以后会来苦闷我们的。

总之，这本小说所处理的是永久的东西，它所提供出来的问题也是任何时代任何地方都有的问题，它是关于整个人类的作品。因此它的价值的存在不受时间和空间的束缚。假使古典的作品，意思是第一流的作品的话，那么根据以上诸点，这本小说到［倒］的确是古典作品中的古典作品。

可惜的是：这种艺术作品我虽有把它译成中文供献给同好者的热忱，可是我的译笔太坏，这是要减少原文的价值的，我在此特向读者道歉。

伟佛识于南京二十四年十日［月］底

——录自启明书局 1937 年再版

《伊朗童话集》^①

《伊朗童话集》译者小序
许达年

伊朗，这是一个新近改称的国名，原名是波斯。

在本书之前，介绍一点儿关于伊朗的历史和地理，给我们可爱的读者，即作为"小序"，想来总算是最适当的材料，因为读者先看了这篇文字，再翻阅流传于他们国内的童话，一定觉得更亲切有味了。

伊朗是夹在小亚细亚和中亚细亚的中间，即阿富汗和印度的西面，是亚州［洲］一个独立王国。他的国境，是在有名的伊朗高原上，四周大多围着高山，多沙漠，气候干燥，不宜于种植，所以人民大多以游牧为生；只在西北方面，因为雨量较多，居民便引渠灌溉，从事农业。

全国人民，大多信奉回教；手艺非常精巧，所织的绒、绢和毡毯

---

① 《伊朗童话集》，日本永桥卓介著，许达年译，"世界童话丛书"之一，上海中华书局 1937 年 5 月初版。

等，质地紧密，花纹工致，在世界上是颇享盛名的。

　　至于物产方面，在西南部一带，蕴蓄着许多煤油，所以引起各国的注目，但大部份的利权，已被英国所攫取，英国人在他们国内的势力很大，差不多将变成英国的保护国，幸赖一九二九年时国内发生革命，再藉苏联事事对伊朗表示好感的机会，和英国抗争，英国深怕他们倾向苏联，才对他们大大让步，承认他们海关自主，并且撤废领事裁判权，这样，伊朗才得成为名副其实的独立国。

　　讲到伊朗建国的时代，也是很早的。约在二千五百多年前，波斯人和马太人（Medes）同在伊朗高原，后来波斯王居鲁士（Cyrus）起来颠覆马太王国，更西灭埃及，进攻希腊，武功称盛一时，虽然后来败于雅典海军之手，但他们不失为一个强盛的民族，所以能蕃衍迄今。

　　那么现在伊朗人的性质，大致是怎样的呢？据雪赖（V. Sheran）所著《新波斯》（*The New Persia*）中说，伊朗的上等人重礼节，好夸张，下等人则比较愚鲁，无论甚么小事，都容易受人欺骗；在交易时，如果有人阿谀他们，他们便可以尽量的购买你的东西。但话虽如此，近来他们正在励精图治，国际地位已经日有进步了。

　　以这样的民族，秉着这样的历史，该有些怎样的童话流传呢？——请诸君自己看罢，恕我不再多说了。

达年　二五·五·十二

——录自中华书局 1937 年初版

《撒克逊劫后英雄略》[①]

《撒克逊劫后英雄略》小引
（谢煌[②]）

欧洲文学上浪漫主义的兴起是从十八世纪最后的二三十年开始，到十九世纪的三十年代方才确立。

这时关于小说方面，我们就得提到史格德，他是浪漫主义时期文坛的重镇。

史格德（Sir Walter Scott 1771—1832）是一个诗人，又是一个小说家，起初他自认为一个诗人，一直到四十三岁那年（一八一四年）方转向写小说。

他生于苏格兰，他的祖上却全是英国的世家，他自小喜听苏格兰的民歌，他爱好"自然"，爱好"自然"的历史背景。所以他的小说背景，大都是中世纪的堡寨。他不写都市生活，他的题材，也大都是中世纪的历史。（不过他的史料是靠不住的。）他的历史小说创作了一个新形式。

《撒克逊却后英雄略》（一名《伊凡荷》Ivanhoe）在一八二〇年出世，这书在他所有的作品中是最成功的一部。故事是十二世纪末年英国的政争。第三次十字军东征无功，英王理查第一归途遇风舟覆，谣传已死，理查的弟弟约翰勾结骄横的教会派骑士，僭窃了王位，于是撒克逊族的旧臣开特利克也打算乘机拥立撒克逊族的王室后裔。（英

---

① 《撒克逊劫后英雄略（一名伊凡荷）》（*Ivanhoe*），长篇历史小说，英国斯各脱（Walter Scott，今译司各特，1771—1832）著，谢煌译述，"世界文学名著"丛书之一，上海启明书局 1937 年 5 月初版。

② 谢煌，生平不详。

王理查是诺曼底族。）但是开特利克的儿子爱凡荷却是理查王手下的骑士，政见跟父亲不对，因随理查王东征，亦久无下落。开特利克又为撒克逊族贵女公子罗伊娜的保护人。罗伊娜和爱凡荷一同长大，二人已有爱情，这又是老头子所不喜欢的。这时约翰王举行了比武大会，用意在收罗英雄，并夸耀他一派的武力。这比武大会就成为全书的总结构。约翰王所恃为干城的勇将是布拉安，一个教会派的骄横不法的骑士。那时英国没有布拉安的敌手。但是爱凡荷已经秘密回国，在比武场中打败了布拉安，卸盔后露出面目，大家方知此无名骑士便是爱凡荷，于是又猜想到理查大概未死，且已回国。约翰和他的一党立时恐慌起来。然爱凡荷已受伤，为犹太富人尹撒克救去，尹撒克的女儿美貌的利培卡为之裹伤。次日，爱凡荷卧舆中，与尹撒克父女将同往约克，路遇开特利克及罗伊娜等，开特利克不知道遮蔽的舆中病人就是爱凡荷。但是布拉安和他的同党布拉昔已扮为强盗伏于半路，尽劫开特利克等一行人，囚于累杰奈特的堡中。布拉昔志在罗伊娜，布拉安要得利培卡，而累杰奈特则要勒逼尹撒克的金钱。但此时开特利克的家奴窝姆巴与古斯已得一无名骑士黑蜗牛为助，来挑战了。布拉安等忙于防守应战，利培卡遂得偷空看护受伤的爱凡荷。她也很爱这位英雄。无名骑士黑蜗牛就是微服的理查王，他破了堡，救了爱凡荷等，只有利培卡在堡将陷时被布拉安劫去，逃往泰姆普拉会堂。（这是大寺，也就是一个堡）。泰姆普拉会的长老以利培卡为妖女，将付大刑，但尹撒克既竭力运动，而布拉安亦未断念，所以改为比武定谳。布拉安代表教会（即法庭）方面的骑士，利培卡则可自觅一骑士做代表。布拉安自谓无敌，拟在比武后强取长老之位，并可屈利培卡为情妇。不料利培卡请求的代表又是爱凡荷，两骑相交，布拉安气厥而死。到这时候，故事也就完了；爱凡荷与罗伊娜由理查王做主结了婚，约翰王也就让位给理查。

史格德晚年很贫若［苦］，因为他欠了一笔十一万七千镑的巨债，要用一枝笔来还清一切欠款，作品大量生产起来，文笔也难免匆促草率；但他的雄伟的描写，舒卷自如的笔调，依旧不失为无比的好文字。他的其他作品：诗有《湖上美人》(*The Lady of the Lake*)，小说有《华苿莱》(*Waverley*)，《考古家》(*The Antiquary*) 等数十部。于一八三二年九月，因积劳而死，恰巧离哥德去世后的六个月。

——录自启明书店 1939 年三版

《翻译短篇小说选》①

《翻译短篇小说选》导言

（张越瑞）

收在这本集子里的总共有八篇翻译的短篇小说，八位作家，所以代表的是八个国家，而这八个国家当中有大国，也有小国。我们把这八个大大小小的国家的短篇小说作家介绍在这里，就好像将八个国家的讲故事的人聚于一堂，每个人都给我们讲一个美丽的故事。听了他们的故事，我们自然会发现到，他们所讲的人物不同，背景不同，情节也不一样；各有各的风度，各有各的趣味，由此，我们得着各色各样的印象，因而对世界短篇小说的园地约略的见到一个大概，这未尝不是一件有趣的事。

这里请来的八位讲故事的人，我们可以毫不犹豫的说都是世界上讲故事的能手，而且在小说世界里都有他的贡献与地位的。举世皆知的莫泊桑以科学态度观察人生，描写人生，与法国的佐拉（E. Zola）

① 《翻译短篇小说选》，张越瑞选辑，丁馨音、王云五、张寄岫主编"中学国文补充读本"第一集，上海商务印书馆 1937 年 5 月初版。

同为自然主义的前驱。曼殊斐儿虽是俄国名小说家契诃夫（Chekhov）的私淑弟子，然而她的心理分析在近代英国文坛自成一派。伊巴涅夫写本国的人物情感别具风味，为二十世纪初叶的西班牙文坛大放异彩。哈特描写美国西部，开乡土派小说之先河，内容形式在世界短篇小说里独树一帜。契里珂夫极力暴露社会的黑暗，为俄国具有革命思想的作家，至于芬兰的哀禾有优美的想象，勃尔格利亚的跋佐夫有蓬勃的爱国思想，而日本的芥川龙之介善用旧的题材创作新的小说。

　　以上的话只就作者的特质而言。至于小说本身呢，虽不能说每一篇小说都够得上代表每一位作家，但选择之时，编者在拣选最浅显最流畅的译文，务以适合中学程度为目的，这选下来的八篇至少可以说是中学生能够理解，能够拿来作为写文章的良好范本。

　　这八篇小说当中，意义比较深刻的自然要算《太阳与月亮》，可是译者不但在译后有很长的附记，并在译文中间也不时加以诠注，分析得很明白。《父亲拿洋灯回来的时候》外表上看来似乎很简单，里面却蕴藏着深刻的意义，译者在附记里也明白地指点出来，很能供读者参考，启发读者的思路。

　　每篇译文之后，译者多半附有或长或短的记载：简单的叙述作者的生平，作品，思想。中间没有附记的，编者只好狗尾续貂似的给他凑上一个。这些也许更能帮助读者了解或欣赏他们的作品。

　　如果这本小册子能够给读者一点愉快，引起他一点爱好短篇小说的兴趣，编者的愿望便算满足了。

编者　一九三六，一，上海。

——录自商务印书馆 1937 年初版

《米格儿》附记 [①]

（胡适 [②]）

　　哈特（Francis Bret Harte）一八三九年生于纽约省的省会。他的父亲在本城大学教授希腊文，死的很早，死后家很贫，他只受了初等教育，十七岁时，跟他母亲迁往西方，到了加里福利省。他在西美做过矿工，印刷工，教员，报馆主笔。他编辑 The Californian 报时，发表了一些"缩本小说"，很受人欢迎。一八六八年，他创刊 Overland Monthly，为太平洋海岸最早的重要文学杂志，他做了几年的编辑，发表了许多短篇小说和诗歌，不但引起了东美人士的注意，还引起了欧洲文学界的注意。

　　哈特是短篇小说的一个大师。他的小说描写西美开拓时代的生活，富于诙谐的风趣，充满着深刻的悲哀，又是长于描写人的性格，遂开短篇小说的一个新风气，影响后来作者很深。

　　从一八六七年到一八九八年，三十年之中，他的作品出版了四十四册。他在加省大学做了一年教授，回到纽约，住了八年；出去到德国英国做了几年领事。一八八五以后，他住在英国伦敦，专心做文学事业。一九〇二年，死在英国。（节译《大英百科全书》的小传）。

　　此篇原题为 Miggles，是哈特最著名的小说的一篇。

　　　　　　　　译者记十七，八二 [③]，见短篇小说第一集 [④]

　　　　　　　　　　　　　　　　　载《新月》

---

① 《米格尔》，美国哈特（Francis Bret Harte，1836—1902）著，胡适译，《翻译短篇小说选》第一篇。

② 胡适（1891—1962），安徽绩溪人。曾考取庚子赔款官费生，留学美国，先后就读于康奈尔大学、哥伦比亚大学，后获哲学博士学位。参与创办《现代评论》《新月》《独立评论》等刊物。曾任中国公学、北京大学校长。另译有《短篇小说》（一、二集）、易卜生《娜拉》（与罗家伦合译）等。

③ 《新月》第一卷第十号署"廿二"。

④ 此处有误，《短篇小说第一集》并未收入此篇，而是收入亚东图书馆1933年初版的《短篇小说（第二集）》中。

《意外的利益》附记^①（存目）

（周作人）

《省会》附记^②（存目）

（鲁迅）

《太阳与月亮》译后记^③

（陈西滢^④）

　　我的艺术气息太浅了，三家村坐蒙馆的习惯太深了，所以在这篇文中加上了几个注解。曼殊斐尔有知，一定骂我是焚琴煮鹤的俗人。一般富于文艺思想的读者，还不知道怎样的骂我呢。我译完了这篇小说，请一个朋友去看一遍，他对于文艺有很正确明了的眼光，我向来

---

① 《意外的利益》，西班牙伊巴捏支（V. B. Ibañez，今译伊巴涅斯，1867—1928）著，周作人译，《翻译短篇小说选》第二篇。该篇附记收入上海商务印书馆 1922 年 5 月《现代小说译丛》中，此处略去。

② 《省会》，契里珂夫（Evgeni Tshirikov，1864—1932），鲁迅译，《翻译短篇小说选》第三篇。该篇附记收入上海商务印书馆 1922 年 5 月《现代小说译丛》中，此处略去。

③ 《太阳与月亮》，英国曼殊斐尔（Katherine Mansfield，今译曼斯菲尔德，1888—1923）著，陈西滢译，为《翻译短篇小说选》第四篇。

④ 陈西滢（1896—1970），江苏无锡人。原名陈源，字通伯，笔名西滢。1912年赴英留学，入爱丁堡大学、伦敦大学。回国后任北京大学外文系教授。1924 年与徐志摩等创办《现代评论》周刊。1929 年任武汉大学文学院院长。1943 年至伦敦中英文化协会工作，1946 年任国民政府驻巴黎联合国教科文组织首任常驻代表。另译有俄国屠格涅夫小说《父与子》、德国歌德小说《少年维特之烦恼》、法国莫洛怀（今译莫洛亚）《少年哥德之创造》等。

知道的。但是他对我说，他读了两遍，方才把作者的意思会悟到。这固然是我译笔的缺点，然而哪一个能读原文一遍，便完全领会曼殊斐尔的意思？《太阳与月亮》在她的作品中，算最易领略的，另有几篇，非三读四读不能完全了解。美术的作品必须作者观者一同合作，方才有悟会，如读者的目的在几分钟的消遣，不肯费点心，我只好劝他不要去认得曼殊斐尔或与她相同的作家。

《太阳与月亮》从第一字至末一字，完全是那六七岁的小孩太阳一天所得的影像，一天所生的感想。自始至终，作者没有立在太阳及我们读者的中间，来给我们解释。看见的东西是太阳眼中看见的，听见的话是太阳耳中听见的。太阳不懂的东西，如那个音乐会，作者亦不加半字的说明，所以我因为加了说明，心中很不安。太阳自己不知道睡着了两次，所以文中亦没有说明他睡着。曼殊斐尔的艺术，契诃夫（Chekhov）的艺术，超出于过去的大多数作者即在此。她随便写一个人，我们非但看见那个人，并且看见他思潮感情的起落。我们读他的时候，简直忘记了有一个无所不知的作者，在文章的后面。有人或者要问我，这篇东西，既然是太阳个人的影像，何不让太阳出面，处在第一者的地位？这一个问题，又可以发见曼殊斐尔派艺术的妙处。我们一天得到的影像，那样的多，试问我们坐下来的时候，能不能确切的移到笔下，搬上纸张？即使办到，事后的回想，已经不是当时的影像了。我们举一个极鲜明的例。我们读一篇侦探小说，不知他的结果如何时所生的思想，及第二次读那篇小说，已经知道案件如何破裂时的思想，当然大有分别。我们遇了一件事，当时所得的影像及事后回想中所有当时的影像，几乎有同样的分别，——只是我们没有觉得罢了。因为如此，不得不有第三者的作者，神通广大，无所不知，把某人思想影像，当他起落的时候，一一的记下。

莫泊桑说，一个心理小说家只能够把自己处于他书中人物的地位，所以书中种种不同的人，不过是他自己在不同的境地，受不同的训练，这句话，固然可以应用于一般的心理小说家，却不能描写契诃夫不能描写曼殊斐尔。他们玲珑的心，可以明白种种色色不同的人的思想感情，他们爱克司光的眼力，可以洞瞩各色人的肺腑，即拿这篇的太阳来说，他是何等生活的孩子，何等自然地孩子，与平常的孩子，何等的相似，而又何等的特别。难道一个人减去了三四十岁充满烦恼的年纪便能够有与他同样的见识么？

　　太阳与月亮相差不过两岁，然而这一二岁的分别大极了。三四岁的月亮，还不过一个混沌未凿的小动物，五六岁的太阳已经有他的思想，他的观念。他觉得月亮是无意识的，不懂得他。他知道他所见到的，大人们当然亦见得到，但是大人们有一种奇怪的习惯，往往假装不见到一定可以见到的事物。那白雪作顶的小红屋，何等的美丽，玫瑰花及缎带儿束角的桌子，何等的整齐，永久的留住了，不是最可喜的事么？一晚之间，什么都毁坏了。这是非常的不幸，而大人们假装没有什么事。他哪里知道这是恶浊的世界给他的第一次教训。他日后方才能知道种种美丽的东西，没有永久可能的。但是他现在哪里能明白。只顾自己快乐的大人们，一听他哭了，便不问根由，叫他走他的路。太阳所觉的悲哀，太阳所受的委屈，只可高声痛哭了之。世间如此的事实正多，也都以高声痛哭了之。谁说小孩子最快乐，小孩子没有不幸福？

译者记

《太阳与月亮》附记
（张越瑞）

　　曼殊斐尔（Katherine Mansfield 一八八八——一九二三）生长在新西兰（New Zealand），二十岁以前在伦敦大学皇后学院读书。早年在杂志上发表的文章，全是佳制，很受读者的欢迎。后来出版了几种集子。居中以《园会》（*Gardern Party* 商务有中译本）为最脍炙人口。

她因体弱多病，时常出国休养，法意瑞典等国是她足迹常到的地方。三十六岁时以肺病卒于法国的封腾布罗（Fontainebleau）。

她是一位心理写实派的小说家，她能抓住人们的心理状态，把它如实地描摹下来，给读者一种深刻的印象，这印象十分真切，十分美丽。

《太阳与月亮》这篇是比较深刻的写儿童心理的小说，译者上面的话很可供读者的参考。

编者补记
载《小说月报》

《鼻子》附记[①]（存目）
（周作人）

《我的舒尔叔父》附记[②]
（李青崖[③]）

莫泊桑（Guy de Maupassant 一八五〇——一八九三）是法兰西一位富商的儿子，少时受有良好的教育。在海军部供职，并参加普法战

---

① 《鼻子》，日本芥川龙之介（1892—1927）著，周作人译，为《翻译短篇小说选》第五篇。该篇附记收入上海商务印书馆 1923 年 6 月初版的《现代日本小说集》中，此处略去。

② 《我的舒尔叔父》，法国莫泊桑（Guyde Maupassant，1850—1893），李青崖译，为《翻译短篇小说选》第六篇。该篇附记并未收入上海商务印书馆 1923 年 11 月初版《莫泊桑短篇小说集（一）》中，故此处仍保留。

③ 李青崖（1884—1969），湖南湘阴人。1907 年上海复旦公学（后改复旦大学）肄业，1912 年毕业于比利时列日大学。回国后先后任教于湖南高等师范学校、复旦大学、湖南大学、中央大学、大夏大学等。另译有《莫泊桑全集》九种，弗罗贝尔（今译福楼拜）《波华荔夫人传》（即《包法利夫人》）等。

争之役，他专事写作，十年之中竟产生了近三十种的作品，这在法兰西可说是绝无仅有。自一八八六年后，他的精神病一天厉害一天，几次闹到要自杀，四十二岁的那年惨死于巴黎疯人院。

莫泊桑有"世界短篇小说大师"之称。他写小说的目的完全在发掘人生的意义，反映人生的真相，绝不加以主观的批评，或偏狭的臆断，只是把现实的事物丝毫不差的描写出来。《我的舒尔叔父》一篇也可以窥见他的特质之一斑，中间写同情心是何等的真挚而又活现，不知不觉的使我们感动了。

他的作风是流利轻快的，十分简单而又十分有力。凡是他要表现的都以最平凡最洽当的字句去表现他。

《比尔和哲安》（*Pierre et Jean*）是他的长篇杰作，商务有译本。

编者补记

载《莫泊桑短篇小说集》

《战争中的威尔珂》附记[①]（存目）
（鲁迅）

《父亲拿洋灯回来的时候》附记[②]（存目）
（周作人）

——录自商务印书馆 1937 年初版

---

① 《战争中的威尔珂》，保加利亚跋佐夫（Ivan Vazov，今译伐佐夫，1850—1921）著，为《翻译短篇小说选》第七篇。该篇附记收入上海商务印书馆 1922 年 5 月《现代小说译丛》中，此处略去。

② 《父亲拿洋灯回来的时候》，芬兰哀禾（Juhani Aho，今译阿霍，1861—1921）著，周作人译，为《翻译短篇小说选》第八篇。该篇附记收入上海商务印书馆 1922 年 5 月《现代小说译丛》中，此处略去。

《回忆安特列夫》①

《回忆安特列夫》序
黄远 ②

安特列夫与高尔基是两个完全相反的人。然而高尔基说："安特列夫十年来都跟我很亲近，他是我文学领域中，唯一的朋友。"实在的，高尔基对他的友爱是非常深的。在这本书里，他对他奇癖的亲切的指摘，对他本人的爱护与援助，最使人感动。由于安特列夫的固执，他们终于分离，字里行间，高尔基对他的惋惜与欣佩，缓缓地流露出来，使人深深地感到高尔基的宽大，仁慈，对于别人的体念。关于这一点，这本书表现得胜过其他的著作。

我译这本书时，没有把它当作一篇作家论研究，而认为它是艺术上的杰作，是人类内心，性格最深刻的表现。

我看过许多高尔基的作品，但使我最喜欢的是这一篇：是否因为在这里高尔基尽力刻画了一个真实的，最活跃，最刺目的人物，还是因为高尔基的深厚的爱，与对生活的认真，使我感动？我说不定，也许两者都有。

高尔基说："要讲一个你了解的人，了解得非常深的人，是很困难的。"这话初看起来，也许没有什么，但你细想，它的含义实在深远。高尔基对安特列夫没有澈底的理解（假若这是可能的），是不会

---

① 《回忆安特列夫》，回忆录，苏联高尔基（Maxim Gorky，1868—1936）著，黄远译，上海引擎出版社 1937 年 5 月初版。

② 黄远（1911—1992），广东宝安县（今深圳市宝安区）人，曾加入左联，毕业于复旦大学外国文学系，1937 年参加八路军，主编八路军总部《前线》半月刊，抗战胜利后出任华东军区政治部联络部副部长等职。另译有苏联戈鲁勃夫历史小说《巴格拉齐昂》、奥西波夫《苏沃洛夫元帅传》等。

这样说的。安特列夫是一个非常奇特的人，说他是"恐怖"与"疯狂"是不够的。他是绝望地挣扎；实在的，他是不停地拼命挣扎着，然而接着来的却仍是不停的可怕的绝望。但他又防护他的绝望与孤独，生怕受到别人家的影响，他又宝贵他绝望与孤独，那是他独创性的泉源。表面看来，他对书籍与别人毫不重视，然而当高尔基介绍给他一位为人民牺牲自己的神父时，他感动了说："你这幸运的家伙，阿勒克西，你这鬼东西。你总是有些非常有趣的人（而其实那是伟大崇高的人，安特列夫心里明白，口里不肯承认罢了。）围着你，而我——孤寂。"

安特列夫对自己或别人的内心底鞭笞与揭露，真是带着血和肉，使你不敢凝视，虽然高尔基不赞成安特列夫那种向绝望疯狂走去的路，但仍承认"在他追寻真理上，是十足丈夫气的。"他能直面现实，追寻到最深的深处。这是安特列夫可贵的地方。但是他的执拗与任性却永远引他到那可怕的悲观的路上。他极力装作他有绝大的自信，甚至是骄傲，然而在内心里他确实异常地可悯，渴求着别人的怜恤。

安特列夫的创造的天才，实在惊人，他直觉的能力，能在几分钟内得到人家一生的经验与情感。高尔基对他的天才是异常宝贵的，而对他本人更非常爱护。他写着：

"观点的不同，不该影响到同情，在我对人的关系中，我从不给学说，意见，以决定的地位。"

一次，安特列夫读一篇他明知高尔基不喜欢的小说给他听，并且问高尔基的意见。高尔基说他喜欢这篇小说。安特列夫奇怪地问："我不明白，你怎会喜欢它？"

高尔基回答说："世上有许多东西我不喜欢，但是就我所能看到的讲，它们并不因此而更坏些。"

"这样推论下去，你不能成一位革命者了。"

"那么，你也像涅库也夫一样，把革命者，不看作是一个人吗？"

　　高尔基是如此地宽大，和爱，在他对安特列夫一人身上，我们看到他全部崇高的人格。安特列夫是一个难了解的人，他不单明白他，体谅他，还爱护他，扶持他。为看顾他，高尔基曾同他到妓院去，为启示他，他介绍许多崇高的人物给他。

　　高尔基的伟大就在他对于美与善的真挚的热爱。

　　而我们的大作家怎样呢？对生活很冷淡，不在乎，没有泪，没有愤怒，见了卑恶也不呕吐，逢到善良，也不动心。观点与自己微有不同就立刻攻击，了解与扶持更说不上。其实斥责与辱骂是不能说服别人的。

　　一九〇五年，布尔雪维克中央委员会在安特列夫家里开会，宾主都被逮捕。安特列夫之能同党人有这样的来往，显然是在高尔基的影响下的。

　　莱翁尼德·安特列夫在中国已是大家最熟识的俄国作家之一。他作品的中译大概有一二十种，他的戏剧《狗的跳舞》在中国也上演过，而使人最感动的是未名社出版的《往星中》。在俄国社会动乱最激烈的时代，一位天文学家，眼看到社会的混沌，自己家庭中的不幸，却一点不动心，最后人家告诉他，他幼儿被杀了，他回答说：他是研究天文的，在宇宙中，每一秒钟都有一个星球在毁灭，他不能为这样小的事而悲伤。他的女儿，也许是他的儿媳最后疯狂了，结果是他对现世最恶毒的诅咒。《一个大时代中一个小人物的忏悔》，也是反战文学中有名的一篇。钱杏邨好像还作了一本《安特列夫评传》。

　　本书是由英译转译。英文本出版于一九二二年，译者是 Kasherine [Katherine] Mansfield 和 S. S. Kileliansky。曼殊斐儿是英国当代有名的小说家，在中国已有人介绍。她的英译，曾经高尔基的同意。

黄远　一九三七,四月。

——录自引擎出版社 1937 年初版

《五年计划故事》[①]

《五年计划故事》译者的话
董纯才

苏联这个新国家，不，这个新世界，现在是光芒万丈，非常惹人注目了。旧俄罗斯原是个落后的国家，可是革命后的苏联，不到二十年工夫，不论是产业上文化上，有些地方已经追赶上了欧美那些先进的国家。

如果现在苏联的国运，可以说是强盛的话，如果苏联的人民，可以说比别国人民幸福的话，那末，他们的强盛和幸福，决不是偶然从天上掉下来的，而是千百万人同心协力，有计划地干成的结果。

苏联近十年来的建设，简直是一日千里；他们得到今日的成绩，不能不归功于五年计划的成功。

虽说第一次五年计划，早已成了历史上光荣的一页，并且第二次五年计划——一九三三年到一九三七年——也快要完成了。但是就是现在去看看这一页伟大的建设计划，并不是没有意思的啊。

《五年计划故事》所写的，就第一次五年计划最重要的部分。如果有人要想知道这次五年计划的话，这本书可以给你一个明确的概念。

这本书可以告诉你，他们怎样计划去征服自然，建设一个合理的社会，他们怎样去改造人民自己，来适应这新时代。

《五年计划故事》是伊林最初成名的杰作，不但是在伊氏的创作史上占了光荣的一页，并且在儿童科学作品上，开了一个新纪元。

根据那些极其枯燥无味的数字和图表，居然写出这样一部味趣浓厚而有文学价值的读物，这不能不说是儿童文学界的奇迹。

在这本书之后，伊林写成的作品有：《黑白》《几点钟》《十万个为

---

① 《五年计划故事——苏联初阶》（*Moscow Has A Plan*），散文，苏联伊林（M. Ilin，1896—1953）著，董纯才翻译，克摩得绘画，"开明青年丛书"之一，上海开明书店 1936 年 5 月初版。

什么》《人和山》《不夜天》。《人和山》这本书，我们要说它是《五年计划故事》的续集也未尝不可，因为它所写的，多半是《五年计划故事》所讲的那些计划，如何在建设罢了。

伊林的作品，都可以算是不欺骗人的，有价值的"精神粮食"，译者深望这类读物，能够普及到少年大众和工农大众的队伍里去。

在我预备译《不夜天》的时候，我就想索兴连《五年计划故事》也译出来罢。虽说这本书已经有了一个译本，在另外的书店出版，但是多一个译本，说不定使这本名著可以更容易推广一些哩。当时我就把这意见跟 C 兄说，他也很鼓励我译。于是就化了一个多月的工夫，把这本名著译了出来，献给没有读过它的读者。

纯才 一九三七，三，六。

——录自开明书店 1936 年初版

《暴风雨》[①]

《暴风雨》序

（梁实秋[②]）

一 著作年代

《暴风雨》无疑的是莎士比亚晚年最后作品之一。《暴风雨》没

---

① 《暴风雨》(*The Tempest*)，五幕剧。英国莎士比亚 (William Shakespeare，1564—1616) 著，梁实秋译，中华教育文化基金董事会编译委员会编辑，上海商务印书馆 1937 年 5 月初版。

② 梁实秋 (1903—1987)，生于北京。1915 年进入清华学校，1923 年毕业后赴美留学，先后入哈佛大学研究院和哥伦比亚大学研究院。回国后，曾任教于青岛大学、东南大学、北京大学等校。另译有《阿伯拉与哀绿绮斯的情书》、斯特林堡《结婚集》、乔治·艾略特《织工马南传》等，最重要的贡献是毕其一生翻译出版了《莎士比亚全集》。

有"四开本"行世，最初的版本就是在一六二三年"对折本"的全集里。技术的圆熟，文字的老练，声调的自然，以及全剧之静穆严肃的气息，很明显的表示这戏必是莎士比亚的思想艺术臻于烂熟时的出品。但是此剧究竟是哪一年著作的呢？各家的学说很不一致，佛奈斯的"新集注本"所汇集起来的各家的考释占有密排小字三十四页之多，其各家论断的结果大致如下：

Hunter ··· 1598

Knight ·· 1602 or 1603

Dyce，Staunton ······························· after 1603

Elze ··· 1604

Verplanck ··· 1609

Heraud，Fleay，Furnivall ······················· 1610

Malone，Steevens，Collier，W. W. Lloyd，Hallirwell Grant White，（ed. i），Keightley Rev.

John Hunter，W. A. Wright Stokes，Hudson，A. W. Ward，D. Morris ······································· 1610—1611

Chalmers，Tieck，Garnett ························· 1613

Holt ·· 1614

Capell（?），Farmer，Skottowe，Campbell，Bathurst，The Cowden-Clarkes，Philipcotts，Grant White（ed. ii）Deighton ············· ·································· a late or latest play.

　　如从多数论断，大概此剧作于一六一〇及一六一一年间比较的最近于事实。

　　为确定此剧之著作年代，只有一项绝对可靠的外证。那就是《魏尔图抄本》（The Vertu MS.）现藏包德雷图书馆。在这抄本里，明明的记载着《暴风雨》是一六一三年五月二十日在白宫献演的十四出戏之一。这是唯一有力的证据，首先被马龙所引用了。此外的各种证据，都是内证，并且都不免是臆测。

二　故事的来源

《暴风雨》的故事来源是不易确定的。

汤姆士·瓦顿（Thomas Warton）在他的《英诗史》卷三（一七八一年版）里的一个脚注里曾记载着，据诗人考林斯（Collins）说，《暴风雨》乃是根据一篇浪漫故事《奥瑞理欧与伊萨白拉》（*Aurelio and Isabella*）而写成的，这故事曾在一五八六年以意大利文、法文、英文三种本子编为一册刊行，在一五八八年复以意大利文、西班牙文、法文、英文四种本子编为一册刊行。考林斯在晚年是个疯子。《奥瑞理欧》的故事，近已被人发见，其内容与《暴风雨》并不相符。故此说似不能成立。

提哀克（Tieck）在他的《德国戏剧》（*Deutsches Theater*，1817）里首先提出《暴风雨》与一篇德国戏剧《美貌的西地亚》（*Die Schöne Sidea*）的关系。这篇德文戏是 Jacob Ayrer 所作的一个很粗陋冗长的东西，他是在一六〇五年死的。在剧情方面讲，这两出戏相同的地方固然很多，不同的地方也很不少，所以两剧之间有关系是不成问题的，但是我们怎么能确定哪一篇是抄袭的呢？在一六〇四年与一六〇六年有英国剧团到德国去献艺，也许他们把《暴风雨》或类似《暴风雨》的故事带到了德国因而影响了德国的戏剧作家，也许他们把《美貌的西地亚》或类似《美貌的西地亚》的故事带回了英国因而影响了莎士比亚。也许，如提哀克所曾暗示，两出戏有一个共同的来源。

此外有些批评家看出了 Antonio de Esclava 所作的 "*Las noches de invierno*" 里的一篇故事（一六〇九年刊于马德里），Thomas 所作的 *Historye of Italye*（一五六一版），Strachey 所作的关于航海遇险的报告 "*A True Reportory…*" 等等，都与《暴风雨》有关。我们不能不承认，这都是很近情理的推测。又有人看出刚则娄在第二幕第一景所描述的理想社会是采自法国散文家蒙旦（Montaigne）的一篇论文《论食人肉者》（*Of The Cannibals*），论文集的英译本刊于一六〇三年。第四幕第一景的化装表演，据德国学者 Meissner 的考据，是采自一五九四年哲姆斯王在 Stirling Castle 为亨利王子行洗礼时举行的一场表演。这一类的指陈只能局部的说明《暴风雨》的来源。

经过二百年来许多学者的搜索，我们现在可以暂时满足的说《暴风雨》的来源问题以阙疑为佳。《新莎士比亚》本的编者威尔孙教授说得好："那些一定要给每一莎士比亚戏剧的情节搜导一个'来源'的人们，（好像莎士比亚自己就不能创造似的！）对于《暴风雨》就要失望了。"就教他们失望罢。

三　暴风雨之舞台历史

《暴风雨》在莎士比亚生时曾被"王家剧团"在宫廷表演过，也曾在公共剧院表演过。此剧以后的舞台历史是特别有趣的，因为这是莎士比亚戏剧被改动歪曲的最严重的例证之一。达文南（D'Avenant）与德莱顿（Dryden）合编的《暴风雨》，又名《魔岛》，刊于一六七〇年，他们自命这是改良的本子，他们大胆的窜动了剧情不少，主要的是：给米兰达添了一个妹妹道林达，凭空添造一个平生没见过女人的青年希泡利塔，给卡力班配一个雌性怪物西考拉克斯，给爱丽儿配一个雌性精灵米尔卡。这样一改，剧情稍变复杂，人物却有了对称。这改编本最初上演是在一六六七年，很受当时观众的欢迎，证以皮泊斯（Pepys）的《日记》就可见一斑，是年十一月七日、十三日、十二月十二日，翌年一月六日、二月三日，再下年一月二十一日，都有观看《暴风雨》的记载。皮泊斯特别喜欢这戏里的音乐。实在讲，《暴风雨》本身是有容纳大量音乐的可能。一六七三或一六七四年，这改编本变成音乐剧，谱乐者是 Purcell。

《暴风雨》的本来面目在舞台上出现是十八世纪中叶的事。从一七四六年起原本的《暴风雨》断断续续的上演，但是改编本也并未绝迹。改编本的势力直到一八二一年还没有消歇，在这一年著名的演员 Macready 还采用改编本上演呢。

四 暴风雨的意义

《暴风雨》在"第一版对折本"的全集里，是第一篇戏。为什么它要占这样光荣的地位呢？Émile Montégut 说，《暴风雨》就像是古书弁首的图案一般，暗示给读者以全书的内容。别的戏不能有这样效用，没有别的一出戏能这样的赅括其余。恰似对于一位有经验的植物学家，三四种选择出来的植物就可代表半地球的花卉，所以普洛斯帕罗、爱丽儿、卡力班、米兰达这几个人物就可以把莎士比亚的整个世界放在我们的想象面前了。（见 *Revue des Deux Mondes*，1865，Vol. l viii 转引佛奈斯页三五九）这一番话很新颖，但是究竟不免附会之嫌。

《暴风雨》与《仲夏夜梦》有一个共同的特点，很明显的都有庆祝婚姻的插景。若说这两出戏仅仅是为庆祝贵族婚姻才写的，并且除了庆祝之外别无其他意义，那不是适当的估量。莎士比亚写《暴风雨》的动机，也许是为了供奉皇家，但是我们现在鉴赏《暴风雨》时，不能不承认此剧有更严重的意义。没人能否认，莎士比亚最后一个时期的作品，如《波里克利斯》《辛白林》《冬天的故事》以及《暴风雨》，都有一种"和解"（Reconciation）的意味，好像是表示一个老年人阅世已深，已经磨灭了轻浮凌厉之气，复归于冲淡平和之境。在这一点上，《暴风雨》异于《仲夏夜梦》。

但是给《暴风雨》以极端的象征主义的解释，那也是不健全的。Campbell 在一八三八年就说：

　　"莎士比亚，好像是觉得这是最后一剧了，好像是触动灵机要描写自己，于是把戏里的英雄写成为一个自然的庄严的和善的魔术家，能从海底唤起精灵，能用极简易的方术役使他们。——我们的诗人这最后的一剧真是有魔术呢；因为，什么能比飞蝶南与米兰达求婚时所用的言语更朴素，而什么又能比这一段使我们衷心感动的同情更玄妙？在此地莎士比亚自己便是普洛斯帕罗，或者说，是能役使普洛斯帕罗与爱丽儿的更高的精灵。但是这强有力的魔术家该敲碎他的魔杖的时候快要来到了，把魔杖沉在深深海底，——'沉到不曾测到过的海底'。……"（转引自佛奈斯本第三五六页）

把普洛斯帕罗认为是莎士比亚自己，这已经成为一种传统的解释。Frank Harris 所作 *The Man Shakespeare* 把这种解释推到极端，他公然的说："我们从普洛斯帕罗所得到的莎士比亚的画像，是惊人的真实而巧妙。"（第三四七页）"这《暴风雨》是何等的一出戏！莎士比亚终于看出了他自己的本色，是一位没有国土的帝王；但是一位很'有力的魔术'的专家，一位大魔术家，以想象为随身的侍从的精灵，能点化沉舟，能奴使敌人，能任意捏合情人；所有的力量都用在温柔仁厚上面。……"（第三五五页）我们若信任这象征主义的方法，把《暴风雨》当做"比喻"（allegory）看，我们还可以发见许多有趣的解释，爱丽儿是一个象征，米兰达也是一个象征，卡力班也是一个象征，甚而至于像 Garnett 在 *Shakespeare Jahrbuch* XXXV 所主张在这戏里还可以找出一段历史的索隐！攻击这一派象征主义的解释最力的是 Schücking 教授，他的 "*Character Problems in Shakespeare's Play*"，1922，pp.237—266 驳倒了一切的传统的误解，重新用写实主义者的眼光来估量这戏里的人物描写。

　　我们不必把《暴风雨》当做"比喻"，我们越想深求它的意义反倒越容易陷入附会的臆说。莎士比亚在《暴风雨》里所用的艺术手段与在其他各剧里所用的初无二致。他在《暴风雨》里描写的依然是那深邃繁复的人性——人性的某几方面。他依然是驰骋着他的想象，爱丽儿和卡力班都是他的想象力铸幻出来的工具，来帮助剧情的发展。《暴风雨》不一定是最后一剧，所以普洛斯帕罗也不一定就是莎士比亚自己。《暴风雨》终究是一个浪漫故事，比较的严重处理了的浪漫故事，内中充满了诗意与平和宁静的气息，如是而已。

——录自商务印书馆 1947 年三版

《暴风雨》例言
（梁实秋）

（一）译文根据的是牛津本，W. J. Craig 编，牛津大学出版部印行。莎士比亚的版本问题是很繁复的。完全依照"第一对折本"（First Folio）不是一个好的政策，因为"四开本"往往有优于"对折本"的地方。若是参照"四开本"与"对折本"而自己酌量取舍另为编纂，则事实上无此需要，因早已有无数的批评家从事这种编纂的工作。剑桥本与牛津本便是此种近代编本中最优美流行的两种。牛津本定价廉，取携便，应用广，故采用之。

（二）牛津本附有字汇，但无注释，译时曾参看其他有注释的版本多种，如 Furness 的集注本，Arden Edition，以及各种学校通用的教科本。因为广为参考注释的原故，译文中免去了不少的舛误。

（三）莎士比亚的原文大部分是"无韵诗"（Blank verse）。小部分是散文，更小部分是"押韵的排偶体"（Rhymed couplet）。凡原文为"押韵的排偶体"之处，译文即用白话韵语，以存其旧，因此等押韵之处均各有其特殊之作用，或表示其为下场前最后之一语，或表示其为一景之煞尾，或表示其为具有格言之性质等等。凡原文为散文，则仍译为散文；凡原文为"无韵诗"体，则亦译为散文。因为"无韵诗"，中文根本无此体裁；莎士比亚之运用"无韵诗"体亦甚为自由，实已接近散文，不过节奏较散文稍为齐整；莎士比亚戏剧在舞台上，演员并不咿呀吟诵，"无韵诗"亦读若散文一般。所以译文一以散文为主，求其能达原意，至于原文节奏声调之美，则译者力有未逮，未能传达其万一，惟读者谅之。原文中之歌谣唱词，悉以白话韵语译之。

（四）原文晦涩难解之处所在多有，译文则酌采一家之说，难皆各有所本，然不暇一一注明出处。原文多"双关语"（pun），苦难移译，可译者则勉强译之，否则只酌译字面之一义而遗其"双关"之意义。原文多猥亵语，悉照译，以存其真。

（五）注释若干则附于卷末，不求丰赡，仅就非解释则译文不易被人明了之处略为说明，系为帮助不解原文者了解译文之用，不是为供通家参考。卷首短序，亦仅叙述各剧之史实并略阐说其意义。

——录自商务印书馆 1947 年三版

《邂逅草》[①]

《邂逅草》前记
黎烈文 [②]

搜集在这里的译稿，除开三四篇早岁在国外念书时的旧译外，其

---

① 《邂逅草》,（论文、小说、戏曲等）综合集，法国纪德（André Gide，1869—1951）等著，黎烈文译，上海生活书店 1937 年 5 月初版。
② 黎烈文（1904—1972），湖南湘潭人。先后赴日本、法国留学，获巴黎大学文学硕士。回国后曾任《申报·自由谈》主编。与鲁迅等组织译文社，出版《译文丛书》。主编《中流》杂志等。另译有法国梅里美《伊尔的美神》、法国法朗士《企鹅岛》、日本芥川龙之介《河童》及《法国短篇小说集》等多种。

余都是近两年来译出的。

因为死了女人，自己得看顾孩子，凡须整天出门的工作，都不能担任；可是登在屋里，时光也不易过，便译点东西。两三年来，除掉翻了几个长篇外，零零碎碎译登在各杂志报纸上的文章，没有集成单行本的，总计起来，也有了二三十万字。虽是别人的东西，但既经自己苦心移译，也就不无爱惜之意；再想到这些文章最初发表的刊物既极纷纭，读者当然狠〔很〕难完全看到，集印起来，在我，能够看到过去的一点成绩，固是幸事；而在读者诸君，也可以拿来当作一本五花八门的杂志看，或许不会毫无所得罢。——至少总比化钱去买粪帚"文人"的骂人文字，时下"战士"的诽谤作品合算多了！

因为这些文章都是偶然遇在一处，我便借用了纪德著作的名字《邂逅草》（Rencontres）来作书名。明知这位忠于自己良心的老人，最近在一本小书里，对于他所寄与同怜的国家，有着若干苛责，因而引起了许多反感，看情形像要倒霉的样子；但我读纪德的著作，既远在世人哄传一时所谓"转向"以前，现在也就不能因为这再度哄传一时的另一"转向"而失去对他的钦敬。

译文方面，有一点应当声明：有几篇论文，因为发表的便利，不免有几处改换字面和不可避免的省略。此外，"并不敢自夸译得精，只能自信尚不至于存心潦草。"倘有专家教授之流，在这里而发见错误乖谬之处，愿意详为匡正，只要不是蓄意吹求，我是极肯虚心受教的。

　　　　　　　　　　　　　一九三七年劳动节日于上海。
　　　　　　　　　　　　　——录自生活书店 1937 年初版

《巡按》^①

《巡按》小引

沈佩秋（汪宏声）

　　俄国文学由普希金奠定了基础，在上面发扬光大开花结果的是戈哥里（Nikolai vasselvitch [Vasilievich] Gogol）。戈氏惯以写实的手段描写俄国人各方面的实生活，所以被称为俄国写实主义或自然主义之鼻祖。自从他出世之后，俄国文学发现了它的黄金时代，许多文学上的不朽名作都是这个时代产生的，因此有戈哥里时代（Age of Gogol）之称。

　　戈哥里的创作可以分为三个时期：第一期的作品以描写小俄罗斯生活见胜，代表作有《古风的地主》《结婚》等。第二期的作品以描写圣彼得堡中产阶级的生活见胜，代表作有《勒华底大路》《外套》等。第三期的作品以描写地方官吏与地主生活见胜，代表作即本书《巡按》及名重一时的《死灵魂》。

　　《巡按》一剧的主题是暴露俄罗斯的地方官吏的荒淫无耻，其肆无忌惮的态度使当时的一般官吏大惊失色，所以该剧在帝俄时代是禁止演出的。虽然说剧本里所描绘的是俄罗斯的官场情形，可是在中国，在现在的中国，这种怪现状也不能说绝对没有，所以该剧的译出除了便利国人对于俄国文学的鉴赏与研究外，在"世道人心"方面，不无裨益。

　　戈哥里晚年颇陷于神秘的倾向，精神上发生异状，幻想恼神，遂

---

①　《巡按》(*The Government Inspector*)，五幕剧，俄国郭戈里（N. V. Gogol，今译果戈里，1809—1852）著，沈佩秋译，上海启明书局1937年5月初版，"世界戏剧名著"之一。该书有前言已见于1937年4月初版的《沉钟》一书，同为"世界戏剧名著"前言，此处不重复收入，略去。

以去世。戈氏生于一八〇九年，卒于一八五二年。

译者。廿六，二，五。

——录自启明书局 1937 年初版

《争斗》[①]

《争斗》小引
谢焕邦 [②]

英国现代著名社会剧作家高尔斯华绥（John Galsworthy），生于一八六七年，卒于一九三三年。他的作品在国内已有不少译本，诸如《银匣》，《法网》，都是早已介绍过来了的。所以，他对于国内读者，已经很相熟识，用不着我来唠叨了。

这里要说明几句的，全是关于《争斗》本身的话。

《争斗》是一部劳动问题的剧本。全书表现二十世纪初期劳资冲突的实际，虽然剧本的故事只是叙述一个罢工事件，但仔细研究起来，剧本的题旨实在是全世界过去的劳资冲突的整个表现，以及整个罢工时代各方面的心理分析。同时，在《争斗》里面，作者高尔斯华绥关于劳动问题的主张，我们也可以获得一个大概了。

作者的主意，是在说明趋于极端的工厂董事长安沙尼如何地归于失败，同时趋于极端左倾的工人首领劳勃芝也如何地归于失败，而最后的胜利则归于改良主义的黄色工会领袖哈尼斯。很显明的，这是社会民主

[①] 《争斗》（*Strife*），三幕剧，英国高尔斯华绥（J. Galsworthy，1867—1933）著，谢焕邦译述，"世界戏剧名著"丛书之一，上海启明书局 1937 年 5 月初版。该书有前言已见于 1937 年 4 月初版的《沉钟》一书，同为"世界戏剧名著"丛书前言，此处不重复收入，略去。

[②] 谢焕邦，生平不详。

党的思想，完全充满着改良主义的色彩。这种思想，不消说，现在已经由工人阶级底英勇的坚持的斗争及其胜利，加以击破而濒于没落了。

但是，我们应当知道高尔斯华绥并不是一个革命的作家，他之所以推崇改良主义者，实由于他自己所出身的小资产阶级的根性所决定，企图把调和的英国民族特性应用于戏剧中罢了。

不过，谁要是读过《争斗》，谁都会感到它的时代的永久价值是不能泯灭的。我们可以从这部戏剧里看到二十世纪初期英国工人阶级的组织，虽是非常懈松，但是工人们果敢的沉毅的战斗精神，却非常焕发。而他们的失败原因，正是因为资本家把罢工时间延长，用饥饿、内奸种种的诡计来分化工人内部及其家庭，致使他们终竟不得不屈服于饥饿冻馁的鞭笞之下。作者虽处处企图说明他自己的改良主义的胜利，而结果却适得其反，因为作者把资本家对工人的残酷及其顽固，和工人方面的苦痛情形，完全揭发无遗，使我们于不知不觉之间，便同情工人，而憎恨资本家，同时对于调和的妥协的黄色的工会——其实是罢工的破坏者，也生起一种厌恶之心了。

在技巧上说，作者是非常熟练而且成功的。他的戏剧的结构，非常紧严，对于人物的心理与行动的分析，也是极其精到。作者笔下的人物不但生动异常，而每个人物登场时的外象的形容，也细致得很，具有极浓厚的小说中人物描写的风趣。我们只要看他描写工人首领劳勃芝的慷慨激昂，工厂董事长的老奸巨滑，以及工会代表哈尼斯的奸诈虚伪，仰鼻息于工厂董事的情形，都要拍案叫绝了。其他关于种种特殊的结构，以及生动的对话，凡是读过他的《银匣》和《法网》的，都是很能领略的。

总之，《争斗》在意识上，思想上，是不足取的；不过在技巧上，却值得我们回环诵读，大可学习的。

谢焕邦　记于沪寓风雨楼

一九三七年一月三十一日

——录自启明书局 1937 年再版

《罗宾汉》[①]

《罗宾汉》后记
孙琪 [②]

　　这是莫斯科工人出版所的 Geoffrey Trease 原著的 "*Bows Against the Barons*" 的翻译，是一篇以罗宾汉的传说为题材的新的童话。作者是一个英国作家（胡风先生曾在一篇关于儿童文学的文章里，说他是美国作家，不知何所根据?!）除了这本，他还写过两本童话；"*Comrads for the Charter*" 和 "*The unsleeping Sword*"，前者是取材于有名的英国大宪章运动的。

　　在这本童话里，作者用完全新的眼光，以简练有力之笔描写了这个为全世界家传户晓的传说中的大盗。他没有把他写成一个飞詹[檐] 走壁的神奇的侠客，而只是把他作为反对地主暴压的农奴的叛乱的中心。全部故事以一个替罗宾汉做秘密工作的逃亡的小农奴为线索而展开。这里有贵族们的荒淫残酷，和劳苦者们的悲惨的生活，挣扎和反抗，以及对于未来理想的追求。这是一本健康而有益的童话。

　　用罗宾汉代替 "*Bows Against the Barons*" 来作译本的题名——虽然是出于要使这进步的童话很顺利的走进广大的少年读者中间这个善良的动机——以及译文的拙劣，这都是要读者原谅的。

译者

——录自生活书店 1937 年初版

---

① 《罗宾汉 》(*Bows Against the Barons*)，童话，英国 G. 特里斯（Geoffrey Trease，1909—1998，今译杰弗里·特雷斯，原书错标美国）著，孙琪译，上海生活书店 1937 年 5 月初版，后改名为《瑟吴德的故事》于 1942 年重庆国讯书店重版。

② 孙琪，生平不详。

《方枘圆凿》[①]

《方枘圆凿》余序

余上沅 [②]

没有亲见苏俄剧场的人，往往以为苏俄流行的戏剧，尤其是前八九年流行的戏剧，一定全是纯为宣传主义的作品：冷酷，干燥，只有理智，不问情感。抱着这种笼统观念的人，读了这篇《方枘圆凿》以后，我相信是会哑然失笑的。原来新兴苏俄作家，并非洪水猛兽，他们却和剧中人一样，也"很近人情，与在其他社会制度下的青年一样，能为爱情欢笑和流泪。"在这一点上，至少维特女士翻译《方枘圆凿》，对于国内剧坛，是具有很大的意义和贡献的。

翻译剧本，比翻译其他形式的作品，要多一层困难。对话不但要在纸面上读着顺适，尤其要在排演时能使演员上口流利。沈女士是国立戏剧学校的高材生，对于表演受过训练，所以她译的对话是可以上口的。这种可靠的剧本翻译，我个人极乐意为它推荐。

维特女士在功课繁忙的期内，能够利用余暇，完成这件困难的工作，她的学力与毅力是很值得钦佩的。所以我极乐意地写这篇短序。

　　　　　　　　余上沅　二十六年二月于南京国立戏剧学校

　　　　　　　　　　　　　　——录自中华书局 1937 年初版

---

① 《方枘圆凿》(*Squaring the Circle*)，三幕喜剧，苏联凯泰耶夫（Valentin Katayev，今译卡达耶夫，1897—1986）著，维特译，"现代文学丛刊"之一，上海中华书局 1937 年 5 月初版。

② 余上沅（1897—1970），湖北沙市人。早年在武昌文华书院中学部及大学部学习，1920 年入北京大学英文系学习，1923 年赴美国匹次堡卡内基大学戏剧系学习，后到纽约哥伦比亚大学专攻西洋戏剧文学和剧场艺术。1925 年回国后，先后任教于北京艺术专科学校、东南大学、暨南大学、清华大学、北京大学等。1935 年在南京筹办国立戏剧专科学校，出任校长。著译戏剧作品多种。

《方枘圆凿》译者序言

维特（沈蔚德）①

凯泰耶夫（Valentine Katayev）于一八九七年十月生于敖得赛，父亲是一位学校教师。九岁即开始写诗，十六岁已在《敖得赛日报》上发表他的诗篇。欧洲大战时代，尝加入义勇军赴西部参战，受伤两次。在俄国革命与内战时期，他住在乌克兰，担任新闻记者与文字宣传者，尝被白军监禁多次，革命后六年，第一次刊行他的小说集。他的文笔，讽刺而幽默，最著名的一部讽刺小说，是一九二六年的《盗用公款的人们》（*Embezzlers*）。最近的作风，则又趋向于记述式，如记述五年计划时代生活的一九三三年的《前进啊，时间》（*Forward*，*On Time*）。〔李维（G. Reavey）与史洛宁（M. Slonim）合编的《苏联文学》（*Soviet Literature*）上，又译为《赶快啊，时间！》（*Speed Up*，*Time*）〕

凯泰耶夫的戏剧家生涯，是以改编《盗用公款的人们》的一篇剧本开始的。此剧尝在莫斯科艺术剧院上演，轰动一时，第二篇剧本是《先锋》（*Vanguard*），尝在莫斯科的伐克坦哥夫（Vakhtangoff）剧院上演。第三篇便是最著名的三幕戏剧《方枘圆凿》。此剧作于一九二七年与二八年之间，正当新经济政策的末几年，初在莫斯科艺术剧院的分院小剧场试演，继而正式在世界闻名的艺术剧院演出，据说直到现在为止，已经演出七百多次，至于游行剧团到各乡村去演出的，则不计其数；据说非但在本国如此，即欧洲各国，亦甚风行。

这篇剧本描写苏联青年要求爱情，罗曼斯与道德的新的法则，与

---

① 维特，沈蔚德（1911—？），湖北孝感人。先后就读于上海神州女学、北京两级女子中学、湖北省立第二女子中学，1933 年入中华大学外文系读书。1935 年入国立戏剧专科学校学习，后在该校研究实验部深造。1938 年留校任教。抗战期间，著有独幕剧《自卫》、街头剧《我们的后防》、四幕剧《民族女杰》等。

当时房屋紧挤的状况，深深打动人心；其中人物与对话，即未见这篇剧本演出的苏联人民，都记得烂熟。在苏联，就是最粗俗的滑稽剧，都有社会的作用。这篇剧本，则有两方面。一面嘲笑关于婚姻与家庭的小资产阶级的观念，而同时又对于将爱情单是看作小资产阶级的偏见这种愚妄的企图，痛加讽刺。当夫妻可以自由离婚的时候，这种自由却还有社会的与道德的限制。这篇剧本中主要角色，都是"青年团"党员，马克斯与列宁的忠实信徒；可是都很近人情，与在其他社会制度下的青年一样能为爱情欢笑和流泪。

《方枘圆凿》原文为 *Quadratura Kruga*，英文译名为 *Squaring The Ciracle*，恰合中国成语"方枘圆凿"之意。英文译本有二，一为 N. Gooldversechoyle 所译，一九三四年出版；一为 E. Lyons 与 C. Malamuth 合译，见于一九三五年出版，Lyons 编之《苏联六种剧》（*Six Soviet Plays*）中。前者惜未得见；本书系根据后者重译。译稿蒙余上沅师多所指教，又承陈瘦竹君详为校阅，特此志谢。

译者　一九三六年三月于南京国立戏剧学校
——录自中华书局 1937 年初版

《北欧小说名著》[①]

引言

（施落英〔施瑛〕[②]）

文学反映社会的意识形态，它只有时代的区分，却不受国界的限制。

---

① 《北欧小说名著》，合集，施落英编纂，"世界文学短篇名著"丛书之一，上海启明书局 1937 年 6 月初版。

② 施落英，施瑛（1912—1986），浙江德清新市镇人，早年毕业并执教于嘉兴教会学校秀州中学。曾就读于沪江大学、金陵大学。进上海世界书局编辑所，参与编校《英汉字典》，同时为启明书局撰稿。译述有爱米契斯《爱的教育》、乔治哀利奥特《织工马南传》、施笃姆《茵梦湖》等多种。编有"世界文学短篇名著"丛书多种。

所以近世各国表现国民性的国民文学，早已突破国界，一变而为具有国际性的世界文学了。我们中国因为僻处远东，受着地理环境的限制，就很难与世界文坛相接触；加以我国语言和欧美的相去悬殊，移译起来倍觉困难，因此外国文学的介绍工作，也还是近二十年来才开始的。

当林琴南先生用古文翻译欧美小说的时候，国人的脑海中，除了唐宋八大家之外，简直没有别的世界文豪。然而林先生所介绍的作品，都在外国二三流的水准上，况且他自己不懂原文，经过旁人的口述而转到他的笔下，其正确性自然不言可喻了。直到周树人、周作人先生以直译的方法介绍"域外小说"，这才找到了真确的移译的门径。从此以后，由于个人的和团体的努力，世界名著源源输入中国，于是我们在世界文坛上，也渐渐地登堂入室了。自然这中间也有不少粗制滥造和硬译死译的现象，可是翻译的作品对于中国新文学运动，确实尽过伟大的作用，这是谁也不能否认的。试问今日文坛上有成就的作家，谁个不是受了外国名家的影响的呢？

我们所惋惜的是，中国从开始翻译外国文学以来，很少做过有系统的工作。从事于介绍的人往往凭着个人的偏爱，随便把外国的名著搬进来，有的甚至标榜着某种主义，大吹大擂的替自己宣传，结果在文坛上引起许多不必要的纠纷，到末了也只留下几个主义的空洞的名词，而始终不能造成一种实际的运动，或是产生真正名副其实的伟大的作品。例如中国虽然有人提倡过浪漫主义，自然主义，唯美主义，未来主义，颓废主义等等，但是每种主义在国外的代表作品，却毕竟难以一一拿得出来。便是最风行的作家，像托尔斯泰，高尔基，易卜生和罗曼罗兰等，在国内也还找不出他们的全集啦。

讲到短篇和中篇的世界名著，已经译成国语的确实不在少数了。但是大部分散见于杂志报章，很少加以有系统的整理，有的经过长久的时间，没有能够出版单行本，往往就那样默默无闻地湮没了。自然，也有许多出了单行本，关于某个作家的，或是某个国度的，但从来没有就世界文学的观点，加以一次大规模的编纂，以便利读者作综合的研究的。我们根据编印"中国新文学丛刊"的经验，觉得上述的缺点是应当迅速予以补救的，而且补救所得的效果，一定有很大代价。

这里，我们所收罗的有一百五十余位作家，代表三十五个国度。就纵的方面说，从文艺复兴期起，一直选到了最近二十世纪的四十年代；就横的方面说，凡是每一个文艺思潮的主要作家，每一个有文字的民族或国家，这里都收入了他们的代表作。在编辑的过程中，我们的确遇着了不少困难，因为我们不仅要选出代表作家，而且要选出代表作品，我们不仅要考订作家的小史，而且还要从数种中译文中辨出那最可靠最雅达的一种。现在，我们也许可以不客气的说：它是世界名著的总汇，它是珍贵佳作的宝库，它是中国目前文学青年的丰富文粮。当然，我们决不想在这里做广告，事实胜于雄辩，愿聪明的读者自己来体会吧。

最后，我们对于每一位译者，以及所选杂志或单行本的编者与出版者，均一概谨致热烈的谢忱。

——录自启明书局 1937 年初版

《黑人诗选》①

《黑人诗选》序
杨任 ②

那还是中学时代，一次读着美国浪发罗的一首名诗《黑奴梦》，

---

① 《黑人诗选》，杨任译，"黎明文化丛书"之一，上海黎明书局 1937 年 6 月初版。该书共选译修斯、卡伦等 9 名美国黑人诗人诗歌 41 首，各家作品前有作者传略。

② 杨任（1913—1938），广东大埔人，曾就学于上海华通公学，后赴日留学，1937 年毕业于东京立教大学。回国后，任中央陆军军官学校第四分校英文教官。因乘轮相撞事故溺亡。另译有《新俄诗选》《苏联诗选》等。

描写白人鞭捶下的黑奴的惨痛和憧憬。诗人底了解和真挚的笔锋使我开始领会什么是黑人的境遇；同时更令我发生了一个感想，这就是：假如黑人用自己的笔，刻画出自己的生活，托出自己内心底呼喊，不是更要深刻一层吗？因为有了这个感想，所以我就起而注意搜索黑人的创作了。然而一年，二年，三年的过去了，结果什么也没有找到，（好像只今年《译文》中发表过一二个短篇。）一直到四年前东渡以后。

　　日本人虽然不极注意黑人文学，但并没有看不起什么的。各种杂志里常刊登有零散的评论或绍介；各大学的卒业论文亦不少在研讨着黑人文学。我到东京后不久即碰着自己学校里的一位高垣松雄教授，（日本，美国文学界的权威。）蒙他恳切指导，发端的窥了许多黑人的创作。愈读得多，愈叫我感到黑人文学的价值：它们不仅是深深渗透自一个民族灵魂的产物，悲壮沉痛的被欺压的人种的疾叫，而且就在文学上也占有其独特的地位，放了一种异样的色彩。就把诗歌来看罢。黑人的诗歌浓厚地表现着自己的形式的技巧。初读的时候，我们无疑会有一脉鲜新的感觉。人们说修士的诗里俱带着不同于一班保守的单朴的清净的底质是对的。他的东西没有一个不是有力，自然和生动。有时我们还可以从诗上感会到很清楚的 Jazz 的韵调，舞踊的动律。好像：

> The low beating of the tom-tom，
> The slow beating of the tom-tom，
> 　　Low…slow
> 　　Slow…low——
> 　　Stirs your blood.
> 　　　　　　　Dance！
> A night veiled girl

Whirls softly into a

Circle of light,

Whirls softly…slowly,

Like a wisp of smoke around the fire——

And the tom-tom beat,

And the tom-tom beat,

And the low beating of the tom-toms

Stirs your blood.

美国的诗歌，古典一点的也好，现代一点的也好，大半是所谓"欧洲派"。你要寻几个够的上自家夸张的新大陆的独创诗人我想决不是容易的回事。所以美国著名批评家卡尔凡顿（Calverton）喊道："亚美利加的艺术没有一件称得上是自己的，有的话就是黑人的文学"。这，固然有几分自己批评得过于严酷了，但也正不是完全不俱根底的话。

黑人诗歌在十九世纪末叶，二十世纪初页〔叶〕的时候，叫出的声响还只是失望的绝呼，渴待同情的哀求。及最近十数年，出现了麦开，修士，克仑等等后，旗帜忽然一变：他们做了自己民族的咽喉，发挥出火样的反抗和批评的精神。我这里译的仅限于后者方面。当中修士的作品占最多数，这是因为诗人前数年过日本时曾留下一部未发表的稿子给高垣教授作介绍，而后来教授就把该稿子借了给我的缘故。

顺便的我要感谢为我作那幅木刻的黄新波君和打从各方面帮助我的其他朋友。

——三六，八，于东京立大图书馆。

——录自黎明书局 1937 年版

《黑人诗选》修士 Langston Hughes

（杨任）

读者对这个名字知道到怎样个程度，虽然我不敢断定，但他在我们大多数的脑筋里不会很生疏这一层，我倒是十分相信的。修士曾飘浪过一个地球的四个角落。他的诗歌就是他的过去生活的凭据。他深懂得什么是黑和白的"分别"；他看剖过一切虚伪的假面和所有痛苦受罪的灵魂底邃奥。现在他在美国做了黑人文学协会（？）的领袖，曾发表过震动白人的大宣言。我们不仅要读他的过去的作品，同时还需注意，切待他今后的消息，现在让我把修士自身的故事简单一点介绍给大家罢。

一九〇二年生于美国密索里州的约皮蓝地方。十七岁卒业于克莱夫仑德高等学校。即后在密西哥当英文教员。翌年进哥仑比亚大学，因为他不爱那种胃口，中途退学。为了某种缘故，与他的父亲决裂，袋子里装了十三块钱的全部家财，开始找他的独立的生活。在中西部做了一歇农场的散工后，他把自己的名字签进一艘古老的海船的航员的名单里，踏入憧憬的水手的生涯。这第一次的航远把他载到亚菲利加西岸。他写有很多的诗，赞美那里的黑女，的海洋，的港湾，的太阳。他得到了无限的舒慰。后来带着许多金钱和一只猴子回到纽约。不久又离开了大陆，到荷兰。再回纽约再航海，这样到一九二四年二月他二十二岁的诞生日那天他终于在巴黎停滞起来了。口袋里还不到七块钱。那里，他做人家的门房，厨子，仆役。最后他和一家子意大利人做朋友，他们把他带到维也纳，渡一个很舒服的时期。在意大利，他的护照被人偷掉。他写他那刻后的生活；"在毒烈的阳光下和其他一群同命运的人被法西斯蒂党追击。一块面包扯成几份碎片分吃，没有一个人得着满嘴。晚上花二个尼里（意银）睡在阿尔勃哥的几百个鼾声里。……我一路上做水手回家，一条船仿佛就我一个人油漆……"。

　　一九二四年十一月归至纽约。这次他衣袋里仅仅剩下二角五分钱。接踵他做公共汽车的役者。没多时候，他给 Vachel Lindsay（美国研究黑人生活风习的名诗人，写有 Congo 等介绍黑人的长篇诗。）赏识了。于是修士的名很快地就跑进美国文学界里。一九二六年出第一本诗集 The Weary Blue 获 Opportunity 杂志的首席奖金。美国那时一班文学家如奥尼尔、富兰克、安特生、华克顿等对黑人文学早已发表有深切关心的评论。修士、克仑等兴起后一时更集中了社会的注目。一向没有甚异动的黑人文坛跟着几个锋锐，前进的新人而发出革命的光焰。

　　他此后的作品为：

Fine Clothes to Jew，The Dream Keeper 和小说 Hot without laughter，The Way of White Folks。（《白人的行径》，国内现下所介绍的他底创作即取自这本著作里。）

　　他的诗写来非常朴易，美丽。但我也正感得这二则最难译，何则，他朴易里好像每个字都不肯放松。他用字用得很幽默。他的诗的每一行，每一句都挑着一个力量，一个生命的活泼。假如你要传神地译起来的话，不只往往需要一阵很大的苦虑，同时最好还得照他样参用俚语，俗话（在这种场合当然要借用我们的什么北京土白了）。这层我一点都没有做到，于原诗的阵容有所损伤是无疑的；其次他的诗几乎首首都流溢者自然的律调，有音乐的美丽。这方面的介绍我可说完全失败，虽然我们要求的是重在他的内容，但要是果能把它原封搬过来时那是再完全不过［同］的一件事了。

《黑人诗选》克仑 Countée Cullen

（杨任）

　　克仑出生在纽约，长大也在纽约，他在许多黑人诗人里面，要算是在这大都市里浸染得最长久的了。二十二岁卒业于纽约大学，得文学士位。（一说卒业自胡佛大学。）

　　一九二二年《美国黑人诗集》出版时，克仑还未满二十岁，他的作品那时尚没有甚么特质，未被刊入，假如迟三年出版的话，那么这部诗集必然会增多一条异彩的。一九二四年是克仑开始在各杂志上露头的时候；只几个月工夫，他的名字就钻进了文学界里。翌年出版 *Color*，再翌年出版 *Copper Sun* 等两部诗集。他的诗底种族意识也许没有修士的那么浓厚。行句里常很多比喻和概念。一九二七年刊 *The Ballad of The Brown Girl* 为他独编的一册《黑人诗歌集》。一九三〇年发表 *The Black Chirst*。这本书的毛病是在他的风体和感情的太过公式化。计划是很野心的，力量也颇有一些，但这里终欠少热气，只是流畅，以后的著作不明。但他在现代黑人诗坛上，在美国文学里都已经是一个站稳的人物了。

《黑人诗选》吐谟 Jean Toomer

（杨任）

　　一八九四年生于华盛顿。受过中学教育。出社会后不久即开始写作。作品多数投各大杂志发表。

　　一九二三年出版 *Cane*。为一部史诗。他的东西以形格均衡，反复著称。

短篇小说 *Fern* 收入在卡尔凡顿编的《美国黑人的文学》里面。它不只是一节周密的叙写，并且还是一串散文抒情诗。

《黑人诗选》亚历山泰 Lewis Alexander
（杨任）

一九〇〇年生于华盛顿。曾进胡佛和冰西凡尼亚两大学，离校后，做演员，做编辑。诗作大抵发表于 *Opportunity* 与 *Carolina* 二杂志上。

这里一篇《黑色兄弟》可与克仑的《异教徒的祈祷》并读。

黑人很常呼耶稣基督为 White-Lord。他们知道上帝是骗人的。"上帝不会站在黑人的侧边，只会给白人说话"。黑人现在还好像到处捧着上帝，这是因为他们把他当作自己种族底受罪灵魂的具像、的化体的缘故。且看一看黑人的圣歌罢，这里面很清楚的告诉我们一种什么东西

　　　　——他们钉死我的上帝，
　　　　但他片语也不说；
　　　　他们钉死我的上帝，
　　　　但他片语也不说；
　　　　片语也不说，片语也不说。——
　　　　……

《黑人诗选》麦开 Claude Mckay

（杨任）

"我没有受过教育"。这是我们这位诗人自己道的。不错，麦开的确受的很少教育，实际上他少年时代就没有一次踏进过学校的门阶。他除了家里的哥哥教给他一点东西外，就只有社会做他的导师了。

一八八九年生于西印度的爪美加。在京斯顿警察署服务了一些时后即飘浪至美国。那时他正二十二岁。为便利找生活的缘故，进甘刹士农科学校。但打从学校里出来后寻面包依然困难。做卧车的侍者，做旅馆的仆役……。同时他还写作。他的锋锐好战的诗歌顿时抓住了人们的神经，文学界的注意。一九二○年和 *Liberater* 杂志拉切了关系，担任同人编辑。最初的发表物是 *Songs of Jamaica* 这册子诗歌当他尚在爪美加即刻就已印刷出去了。他的第二本东西尤显出他底特征：*Spring In New Hamshire*，一九二○年在伦敦刊行。再次的是两年后的 *Harlem Shadow* 这里充分的悒〔坦〕露出诗人的大胆，他面对着当时他的种族里的感伤派筑起一座对立的壁垒。他的诗的韵调很清楚。问责，咒骂更具有无限的力量。一九二八年出了 *Home of Harlem*，一九二九年 *Banjo* 为两本非常生动的现实小说。本集里收的都为麦开有名的作品。《私刑》描写的是美国当南北战争以前一般黑奴遭受白人施用一种非文明之极的私刑（焚体）的情形。从一八八八年到一九三六年间，黑奴之惨遭此种私刑的达三千二百多人。《假如我们应该死掉》是一个觉悟的爆弹，白人的一班现代诗集大都争载它。

《黑人诗选》荷顿 George Mosss Horton
（杨任）

他与同种族的大诗人约翰孙诞生在共一个地方：扳特兰他。生年无从调查，许多选集中都无确实的报告。

卒业自里索夫大学。平素甚努力于奔走黑人解放运动。作物零散发表于各种新闻和杂志上。

《黑人诗选》可尼 Malcolm Cowley
（杨任）

他的故乡是坂昔望尼亚州的一个小乡村叫做碧尔沙脑。卒业自皮斯堡公学后连续读了胡佛和芒倍利亚等两个大学。接者他走进了左翼派，帮助编辑杂志 *Secession*。初头他以翻译法国文学出名。一直到三十一岁那年，他才从各方接受到批评家和创作家的称维。一九二九年，他三十岁的时候，发表了一册长篇诗 *Blue Juniata*，本书收入的当中的一篇就是他这里面的一小首。有人说这部书很可以改成为小说，因为它展开诗歌上少有的伟大，广范的场面。可尼很善于批评自己。他曾对人说："我已停止珍贵许多过去写起的诗歌。它们的情绪，的技巧太不能永久了。"他又说："写作决不应该有自己辩护的谄笑或无谓的感伤。"

他底名诗颇多，如 *Three Hills*，*Winter*，*Two Swans* 等等。

《黑人诗选》旦柏 Paul Laurence Dunbar

〔杨任〕

本来依照我序里的话，旦柏是不会选入此册选集里来的。他是抒情诗人，是黑人诗坛的老先辈，时期后了许多。不过我终于把他列在一块了；原因是他的诗的内容还没有像其他"老先辈"的那么沉郁，颓落；实实在在说，他的确曾过迈开了老步拼命的追随着一班热烈，健脚的后生们的。他是旧派中的所谓光芒一点；是值得崇敬的。

比任谁都还要早，旦柏生于一八七二年。奥夏乌是他的乡里。父亲为一个黑奴。一八九九年以前他是一个开电梯的侍者，也曾企试过新闻事业，但失败了。他的作品大半是走出到华盛顿后才开始写的。出有几本短篇小说，没有得着多大的成功；最得意是诗歌。他的诗有许多是利用黑人的言语，读起来往往费很大的气力。*Lyrics of Lowly Life*（一八九六）里面搜入不少他的最特征的作物：幽默，柔轻，同情……。接后一八九九年出 *Lyrics of the Hearthside*；一九〇三年出 *Lyrics of Love and Laughter*。都取材自黑人的生活。过后二年发表了他的最后的诗集 *Lyrics of Sunshine and Shadow*。

他有很多短诗被作曲家拿去编入音乐。这也是他的特点之一罢。

旦柏死于一九一六年二月十日。葬在他诞生的原籍。

《献给亚比西尼亚》这首诗我以为颇可以代表旦柏平常作的一部分诗的精神，虽然不是最好的一首。现在疯鱼是硬吞了麻鹰啦，（借亚比西尼亚最近的一位诗人底话。）旦柏若知道了，无疑会愤怼地暗示，激励他的民族，一切被压制的弱民族更昂扬，更奋勇起来的。

《黑人诗选》贝纳特 Gwendolyn B. Bennett

（杨任）

贝纳特是本选集中收入的唯一女作家。她今年是三十四岁。生于铁克洒州的指丁斯镇。一九二四年卒业于甫页德女塾。继后有一个时期在胡佛大学任教。也曾渡法学美术。

按美国的第一个黑人女作家是畏妮 Phillis Wheatley（1753—1784）。一七六一年她被一只奴隶贩卖船输送至波士顿。着陆后一个洋服商人的妻子买她到自己的家里，给她种种的教养，遂成为一个女诗人。诗集有《自由与平和》等等。

过去的黑人女作家计有浮斯特 Jessie Fauset。著有诗歌和小说；格丽姆奇 Angelina Weld Grimké，写剧曲，短篇故事和诗歌；霞朴 Frances E. Harper，她的第一首诗发表于一八六四年，庆祝解放宣言纪念；约翰孙 Georgia Wanglas Johnson，作物甚多刊露于各大杂志，出有小说。

——录自黎明书局 1937 年版

《环》①

《环》首志

徐方西②

希摩诺微支（Dinko Šimunović）是现时南斯拉夫最好的小说家之

---

① 《环》(*Ano de L'ringludo*)，中篇小说，克罗地亚希摩诺微支（Dinko Šimunović，1873—1933，今译丁克·西姆诺维奇）著，徐方西译，"世界文学名著"丛书之一，上海商务印书馆 1937 年 2 月初版，又收入"万有文库"第 2 集，1937 年初版。

② 徐方西，生平不详。世界语者。《环》即从世界语翻译，是第一本译成中文的克罗地亚小说。1996 年 10 月克罗地亚议长弗·帕夫莱蒂访华时，将其作为珍贵的礼物赠给乔石、荣毅仁。

一，属克罗地族。他一八七三年生于 Dalmacio 之 Kuin 城。他底父亲是一位教员，因此他也干着同样的行业。初任教于 Hroaci 村，该村邻近辛夷城。顷在 Split 操业。

关系他著作的特长，同国的名批评家 A. G. Matoš 曾批评过。他以为希摩诺微支得以生在那种原始而至今富于传说的地方是他的大运气。那里现代文化还没光临过，所以克罗地民族的灵魂，仍得保存其古老的色彩。居民坚强而美丽，一如古英雄时代。其山居之老人，往往仍拖着辫发，生活一如在三百年前的样子。因此，读着希摩诺微支的小说，很难叫读者相信那些事会发生在我们现时这个世界里的。

可是希摩诺微支的成功却就在这里：他公开了克罗地民族灵魂底最神秘的所在。别的作家也曾尝试着这个，但都没有希摩诺微支那样的深刻透彻，激刺人心。

他的第一部小说 Mrkodol（《幽谷》）出版，立刻引起南斯拉夫文学界的注意。这书描写摩尔夸杜儿村民底小气量。极为成功。但这书最动人的地方却是那熟练的独创的风景描写。接着出了其他的著作，如：Tudjinac（《外国人》），Gjerdan（《围巾》），Mladi dani（《年轻时代》），Mladost（《青春》）等——都是小说。

本篇《环》（Alkar）即为《幽谷》中的一篇，系根据世界语重译。该集子早有俄、捷、德诸国的译本，但在中国恐怕连他的名字也还没知道呢！

译者　一九三六，九，一九。茜墩。

——录自商务印书馆 1937 年初版

《美国短篇小说集》①

《美国短篇小说集》导言
（傅东华② 于熙俭③）

H·富克尔（Walker）在牛津大学"世界名著丛书"本《短篇小说选》的导言里说，若把英美两国的短篇小说名著合选在一起，美国的作家至少可以占到三分之一的比例，至于诗歌的合选，美国的作家恐怕占不到十分之一罢。这是说明了美国的短篇小说在英语的短篇小说中所占地位的重要。

不；不但在英语的短篇小说中，就是以全世界的短篇小说而论，美国的短篇小说也占着极重要的地位。因为，我们晓得，美国和法国的短篇小说是近代短篇小说所由发展的两个主要的源脉，而法国则等到一八五二——六五年间 K·波特莱尔（Baudelaire）翻译了 E·爱伦坡的作品方才完成了近代短篇小说的艺术，而产生了 G·莫泊桑之流的大作手。那末我们即使说美国的短篇小说是近代短篇小说的鼻祖，

---

① 《美国短篇小说集》（二册），傅东华、于熙俭选译，"万有文库"第二集，上海商务印书馆 1937 年 6 月初版。

② 傅东华（1893—1971），笔名郭定一等，浙江金华人。上海南洋公学中学部毕业。后入中华书局任编译员。1921 年加入文学研究会。1933 年起与郑振铎等主编《文学》月刊。先后任教于北京高等师范学校、复旦大学、暨南大学。另译有古希腊荷马史诗《奥德赛》、英国密尔顿（今译弥尔顿）《失乐园》、宓西尔女士（今译玛格丽特·米切尔）《飘》等多种。

③ 于熙俭（1907—1995），生于湖南长沙，从小就读于教会学校。1928 年毕业于武昌华中大学文华图书科。妻子曾宝荪是曾国藩曾孙女。曾任职于南京中央大学图书馆，做过总务股主任兼西文编目主任，又在浙江省立图书馆担任过编组主任兼征集组主任。后到英国驻华大使馆担任译员。1949 年后曾供职于北京外交人员服务局。另译有《邓肯女士自传》、罗素学术著作《快乐的心理》、科尔《西洋教育思潮发达史》等多种。

也不算过分夸张的。

这里所选译的只有十一个作家，当然不能代表美国短篇小说的全部，但是美国短篇小说对于近代短篇小说所贡献的各种成分，却都有了代表了：——

（1）形式与技巧上的完成——W·欧文，N·霍桑，及E·爱伦坡。

（2）幽默的成分——马克吐温及O·亨利。

（3）地方色彩即乡土小说——F·布雷哈德。

（4）心理分析或性格解剖——A·皮尔斯及H·詹姆士。

（5）生理的解剖——T·德莱塞。

（6）大战后美国生活的反映——W·卡脱及S·列易士。

再从时代思潮上着眼，也已各个作派都有了代表：——

（1）前期浪漫主义，即初期国民时代（1800—1840）的代表——W·欧文。

（2）后期浪漫主义，即后期国民时代（1840—1861）的代表——N·霍桑。

（3）南方浪漫主义的代表——E·爱伦坡。

（4）南北战争后所谓镀金时代的（1865—1900）代表——马克吐温。

（5）美国写实主义创始的代表——F·布雷哈德，A·皮耳斯及H·詹姆士。

（6）写实主义确立时代（1900—20）的代表——O·亨利。

（7）自然主义的代表——T·德莱塞。

（8）大战后的代表——W·卡脱及S·列易士。

美国自从独立运动得到胜利，脱离了英国的羁绊，同时也就渐渐打开了清教主义的笼罩，文化中心由北方清教主义的根据地新英格兰移到了南方的纽约，一般精神都倾向于国力的提高和国运的发展，它的在文学上的反映便是前期的浪漫主义，而在短篇小说部门中的代表便是华盛顿·欧文（Washington Irving，1783—1859）。

当欧文诞生在纽约的时候，美国的独立运动还没有完成。他目击着独立战争的经过，由此替他的作品贮蓄了不少的感兴。少年时因为身体衰弱，便到欧洲去作长期旅行，同时在那里担任过几次外交官的职务。一八〇九年开始在 Salmagundi 月刊上发表 History of New York（《纽约史》），便开始显露他的幽默的天才。一八一五年旅居英国后，他不久就专从事于著作的生活。他的杰作 The Sketch Book（《随笔》，林译《拊掌录》）出版于一八二〇年，当即在英美两国都博得不少的赞美。继此而出的有 Tales of a Traveller（1824）（《一个旅行家的故事》）及旅居西班牙时所作史书多种。一八三二年回居纽约，是早已声名大著的了。

他的作品包含着不少十八世纪的浪漫气分，它的一般特色是感情的，主观的，想象的，内容则充满着民间传说，神秘，悲哀情调及异国情调等等。但他具有他的特殊的风格，特别在短篇作品里，他曾创造了一种独特的优美动人的情调，就成了短篇小说所不可缺少的一个元素。所以短篇小说的体裁虽不完成在欧文手里，欧文却曾给短篇小说打下了一重坚实的精神的基础。

拿但尼尔·霍桑（Nathaniel Hawthorne，1804—1864），虽然比欧文不过迟生二十年，美国文学的发展却已进入了另一阶段。这个时代包括美国南北战争起来以前的二十余年，当时美国一面是在继续的大发展之中，一面却已遭逢到极大的苦难。因为物质上既然突飞猛进，同时社会的罪恶必然也要跟着增加起来。加以经济上政治上逐渐显露南北分裂的危机，于是在这一面努力于大自由，大解放，大活动，大发展的时代，同时也就是一个大混乱，大不统一，大不安的时代。在这样的局面当中，社会自然要求着一种精神的指导，而这种指导既然不免要和当时的物质的要求背道而驰，所以终于不能不充溢着浪漫的色彩，这就成了后期浪漫主义了。

霍桑生于马萨诸塞州（Massachusetts）的撒冷城（Salem），是个清教徒的旧世家的后裔。他自小就受到新英格兰那个清教主义根据地的环境的影响，所以对于清教主义与人类生活的关系有着一种异常深切的了解。有一个批评家甚至曾说霍桑的小说就是清教主义的化身。但是他并不像真正的清教徒那样严肃的说教。在真正的清教徒，艺术是不容存在的；他们以为艺术的美就是恶。在霍桑，则把道德和艺术调和得非常融洽，以致他的作品里虽然包含着深切的教训，却使你无论如何不会觉得讨厌。这一点，我们读了他的最大杰作 The Scarlet Letter（傅译《猩红文》）就可以明白。

无论他的短篇小说——代表的集子是 Twice Told Tales——或长篇小说，他都用象征的方法。他表现在作品里的一般态度和当时一般精神指导者的态度都不同。当时的哲学家，如 R·W·埃默森（Emerson），对于社会是抱乐观的，霍桑则是个悲观主义者。他一面向理想的和灵的方面去竭力探索，一面也对当时的现实世相加以精细的观察。结果是觉得现实的黑暗和理想的光明太相矛盾太难调和了。因此他的作品里面一般地充满着黑暗的阴郁，而又流露着闪电一般的光明，使读者读了之后自然觉得现实之可唾弃和光明之可追求。这就是他用最高艺术手段施行教训的方法。

同是这个时候，南方出了一个怪杰，代表了美国后期浪漫主义的另一态相，而完成了短篇小说的技巧。这人就是爱得加·爱伦·坡（Edgar Allan Poe，1809—49）。原来当时美国的文化是荟萃在北部，南部则在一般大地主的支配之下，大家努力于蓄奴治产，教育文化等等精神的产物全被蔑视，因而和北方的宗教道德的传统完全绝了缘，文学只能从民众当中产出，而坡就是这种文学的代表之一。

坡的父亲是爱尔兰人，母亲是苏格兰人，因而他遗传了前一人种的神秘和热情，后一人种的丰富的想象力。再加上他生长在南部温暖的气候当中，不受宗教上道德上一切的拘束，所以他就成了一个具有特独作风的作家。他的短短的生世也很多波折。他生在波斯盾，生后父母就弃世，寄养在维基尼亚（Virginia）一个同姓的商人家里，虽则也曾得他培植，进过几年学校，但不得他的欢心，被派到商店里去工作。他不耐这种生活，自己跑到波斯盾去尝试文学的生涯。后来又去投过军，犯事被革。从此就一径靠投稿为生，和贫穷不住的挣扎。但是这对于他的作品当然也有影响的。

他同时是一个诗人，批评家和短篇小说作者，但他的短篇小说给与世界的影响最大。他的短篇小说集子有 *Tales of Mystery and Imagination*（《神秘和想象的故事》），就是这书的名字已称暗示我们他的作品的特质了。他的短篇小说里面充满着恐怖感，病的气分及幻想等等。也有一种讽喻的作品，如本书选译的 *The Telltale Heart*（《告密的心》）。他又是后来侦探小说及冒险小说的首创者。他在短篇小说的技巧上的贡献最大。他指出了"整一的效果"（Effect of Totality）为短篇小说的必具条件。他对于情节的展开和性格的描写都不很注重，专注重全篇的气分，因此他用做诗的方法做小说，他的小说也就同他的诗一般，作风简洁而能给人以强力的整个印象。在这一点上，他被承认为近代短篇小说的先驱者。

当南北战争以后进入跟物质的繁荣一齐开始抬头的写实主义的时期中，我们头一个遇见的著名短篇小说作者，就是以幽默著名的马克吐温（Mark Twain）。本书所选译的一篇 *The Celebrated Jumping Frog of Calaveras County*（《天才的跳蛙》）就是他在一八六五年发表于纽约某杂志而成名的杰作。

马克吐温原名撒母耳·蓝朋·克莱门斯（Samuel Lanborne [Langhorne] Clemens，1835—1910），生于东南部的佛罗里达（Florida），少时只受过片断的教育。十七岁时在密西西比河（Mississippi）上一只船里工作，后来才跟他哥哥到西部去。从此他给各日报投稿。及从欧洲旅行回来，仍继续他的写作生活，同时到各处旅行，讲演，所得到的地方颇多。当这七八十年代的所谓"镀金时代"（The Gilded Age），美国正在狂热地从事于矿山地域的开拓，表面上是欣欣向荣的。他却睁着一双冷眼，凝视着现实，看透了人类行为无可掩饰的动机，乃至基于社会的因习和阶级的偏见等等上面的恶俗的道德观，心里感到了深刻的愤慨和憎恶，却用幽默装着讽刺，一一的将它们刺着。在体裁上，则因短篇小说跟定期刊物发生了更密切的关系，自然不得不新闻通信化，但正唯如此，倒替短篇小说说开辟了一条新路了。他的短篇集子有 *Sketches New and Old*（《新旧随笔》）出版于一八七五年。

同时同是为这镀金时代的反映而却采用比较严肃的态度的，则为乡土小说的作者法兰西斯·布雷哈德（Francis Bret Harte，1836—1902），他生于阿尔班尼（Albany），少年时过着一种不安定的生活，做过小学教师，矿工和排字人，但始终倾向于新闻事业，到十八岁时，就跟旧金山一家报馆订了约，替它写短篇小说。一八六四年他开始写 *Condenced [Condensed] Novels* 又四年后创办 *Overland Monthly*，他的最好的短篇小说大半都是这上面发表的。后来终老于伦敦。他的代表作品有 *The Luck of Roaring Camp and Other Stories*，*Miggles*，*The Outcast of Poker Flat* 及 *Tennessee's Partner* 等，题材多取于加利福尼亚的矿工生活，而以含有浓厚的地方色彩著名。他并不怎样掩饰人们的恶，但他有一种技俩，能够显出即使万恶的败类也未尝不包含着几分的善，而表现时又丝毫不违背自然。

但是写实主义在它发展的过程中，必须要经过性格解剖或心理分析的阶级，方始可算确立，于是应运而生的就有 A·波尔斯和 H·詹姆士。

安卜罗斯·皮尔斯 [1]（Ambrose Bierce，1842—1914）。生于俄海阿（Ohio），在南北战争时当过军官。一八六六年他到加利福尼亚，又六

---

① 原文如此。

年后旅居英国。未到英国之前，他就写过许多的随笔和短篇小说，但并没有人注意。一八七七年至一八八四年间，由英国回到加利福尼亚，编辑了一种杂志。一九一四年时居墨西哥，从此再听不见他的消息，据说就是那一年死在那里的。他的短篇小说集著名的有 *Tales of Soldiers and Civilians* 为心理分析小说的开始。它们的情调也有悲剧的，也有讽刺的，但都非常精细而深刻。

亨利·詹姆士（Henry James，1843—1916）生于纽约，但大部分受教育的时期都在外国。及到一八八〇年，他就决计久居于英国，只不过偶尔回到美国来几趟。他的短篇小说集有 *The Better Sort*（1903）。他因旅居在欧洲及英国受了不少的刺激，所以一般作品都表现着对于一种有教养及有洗练趣味的世界的渴求，往往把文化空气稀薄的美国社会和富有传统美的欧洲文明作种种的对照，而所用的方法则是性格分析，从此开拓了心理小说的一条大路。

但是到了O·亨利的手里，美国在短篇小说中的写实主义才算是确立。O·亨利本名威廉·雪德尼·波脱尔（William Sydney Porter，1862—1910），生于南部之格林斯卜罗（Greensboro）。父亲是一个穷苦的医师，因而他小时不过受过一点极粗浅的教育。青年时做过地产公司和银行的小职员，又因人牵累下过狱。在狱中时他开始作短篇小说给各杂志投稿，不久，就成为一个流行极广的作家。他的题材大都是近代都市中的下层薪给者的生活，常能引起读者的轻妙的笑和不可及料的泪，把握题材擅长发明力和布局的技巧，故虽在社会意义上价值不如那些同时代的社会抗议的作家，却不能不认为都市生活的精密的反映，因而具有了历史的价值，同时又完成了美国短篇小说最高的技巧。他的短篇作品著名的有 *The Four Million* 及 *The Voice of the City* 等。

稍后，用着比较严肃的态度及自然主义的观察点去解剖近代都市的丑恶面的，则有提奥多·德莱塞（Theodore Dreiser，1871—　），他小时因家境贫苦，就投身于新闻界，从此做了差不多二十年的文字生活才得成名。他因受过长久的新闻记者的训练，所以也用新闻记者的态度做小说。他是彻头彻尾的一个自然主义者。无论在长篇小说或短篇小说里，他都用严格的科学家的眼光去解剖人生和社会，而认定人类的一切行为都是生物化学的（bio-chemical）作用，无所谓善，也无所谓恶。他又认出人生是不住的奋斗，而奋斗的结果往往是产生悲剧，所以他又是一个悲观主义者。在短篇小说上，他大胆打破了从前那种讲究布局的作风，而自创一种新风格，因为他已经看出现实的人生是并不如小说家所意想的那么有结构的。他的短篇小说集有 *Free and Other Stories* 及 *Chains* 等。

经过了世界大战之后，美国一般文艺作品中所表现的是对于以前的繁荣理想的幻灭意识和败北主义。这里只选两个代表：

威拉·卡脱女士（Miss Willa, Cather, 1870—　）生于温彻斯脱（Winchester），从事过新闻生活好几年，又做过 *McClure's Magazine* 的助理编辑许多年。她的短篇小说集 *Youth and Bright Medusa* 出版于一九二○年。她的写实的观察非常忠实，但一般的含着悲剧的情调，往往把现代生活烘托在过去时代的背景上。

辛克莱·列易士（Sinclair Lewis, 1885—　）以 *Main Street*（1920）一部小说著名，短篇集有 *Selected Short Stories of Sinclair Lewis*（1935）。他是一个眼光锐利的第一流的讽刺家。他的题材是彻底地现代生活的。他自己并没有什么明显确定的主张，但是他对于现世相的各方面表示着深刻的不满和愤激，一九三一年他得了诺贝尔文学奖金，他在美国文学界的地位从此固定了。

以上不过指示美国短篇小说的一条极其粗略的线索，且因篇幅的限制，被遗漏了的作家当然很多。但是读者倘能依着这条线索去读本书所收的几篇小说，并从此推广出去读其他作家及其他作品，想来就不致茫无头绪了。

——录自商务印书馆 1937 年初版

《月明之夜》[①]

《月明之夜》小引

潢虎 [②]

欧金奥尼尔 Eugene O'neill 是一个表现社会和时代的作家。他残酷无情地抓住社会的种种丑恶，用他的辛辣的笔调细致地刻画出来。每一部戏都充分地表现那些平实的，普通的；然而奇怪的，异常的一切现实之真相。他只是表现，并不是纠正，而所表现的却是最真实的内心观察，具体地接受现实给他的刺激。但他的手法多少有点离奇和浪漫。他的文章充满着梦幻似的情境，诗和哲理的气味，彻头彻尾，一行一字都有筋节脉胳调节。他写日，写海，写爱，美丽的场面后面却躲着污恶的种种。生死；爱欲；真伪；美丑的描写，永远在他的笔头下。

他努力摆脱了许多传统上的规律，有时却又把久被沉埋的废律，插入他的现时代的，新奇的作品里。摆脱的，与拾起来的废物，反而增加了他作品的力量与更善美的运用。他尽量把黑人土语和水手俚语加入对白，这固然使读者陷于困难，而在另一方面却有相当地成功。

奥尼尔于一八八八年生于纽约。他的父亲名杰姆士奥尼尔（James O'neill）是个演员。小奥尼尔跟着他父母东跑西走，过着戏班的流浪生活。他在一九〇六年进普仁斯顿大会［学］，过了一年就被开除。他热恋着航行的滋味，因此他得到过西班牙，到过阿根廷，到过南非州［洲］并且学会了水手的俚语。

[①] 《月明之夜》（*Ah! Wilderness*，今译《啊！荒原》），剧本，美国奥尼尔〔Eugene O'neill，1888—1953〕著，潢虎译，"世界戏剧名著"丛书之一，上海启明书局 1937 年 6 月初版。书首有钱公侠、谢炳文丛书前言，已见前载，此处从略。

[②] 潢虎，生平不详。

一九一二年养病时，写成了那本《以妻易妻》*A wife for a wife* 的剧本。一九一四年，又进哈佛大学读戏剧。一九一六年他的剧本 *Bound East for Cardiff* 开始排演。一九一八年他和阿尼司蒲登结婚。一九二〇年，他的《天际线外》在纽约排演，并获得普力滋（Pulitzer）奖金。从此以后一帆风顺直到去年又得了诺贝尔奖金。本书《月明之夜》是他一九三四年作品。

他有一个长长的身材，长长的臂膊。两撇小胡子。眼睛大而亮得像发火般地。他很沉默，很羞怯，却又有点神秘，他一生只看过三次自己剧本的上演。

译者　二六年四月三十日

——录自启明书局 1937 年初版

《雷雨》[①]

《雷雨》小引

黄深 [②]

阿史特洛夫斯基（Ostrovsky），生于一八二三年，死于一八八六年。他是俄国顶早的戏剧专门家，俄国第一座崇奉写实主义的剧场，就是他创办的。他受了教育没有多少时候，就喜欢戏剧；一有了闲空，就到剧场里钻来钻去，还热心和朋友们讨论。他在离开了大学生

---

① 《雷雨》(*Storm*)，剧本，苏联奥斯托洛斯基（A. Ostrovsky，今译奥斯特洛夫斯基，1823—1886）著，封面题、正文称阿史特洛夫斯基，施瑛译，"世界戏剧名著"丛书之一，上海启明书局 1937 年 6 月初版。书首有钱公侠、谢炳文丛书前言，已见前载，此处从略。

② 黄深，生平不详，另译有美国鲍尔温（James Baldwin，1841—1925）少儿童话故事集《泰西三十轶事》。

活之后，就在一个商务法庭里当书记官，因此和商人阶级非常接近。我们要知道帝俄时代的大作家，大都擅长描写贵族，和住在贵族四周的农民；但是描写商人阶级的，可以说只有阿氏一个人。阿氏在俄国文学史上，所以有独特的地位，就是在此。

阿氏毕生的时间，差不多全部都消磨在戏剧上。几乎可以说，他除戏剧以外无嗜好，除戏剧以外无生活，除戏剧以外无别的著作。他专诚致志，从事戏剧的著作和排演，有四十年之久，在俄国的戏剧界上，找不到一个同样的人；也许在全部的世界上，差能胜过他的，只有英国的莎士比亚吧。在他的戏剧里，字里行间，充满了天然的真挚，和仁慈的心肠。这不单在文字里面见之，就是在他的行事上，也有得表现出来，莫斯科的演剧者，多受过他的恩惠，非常感激他的。

阿氏所做戏剧，约计有五十多种，都是很适于排演的，其中有几本久著盛名。顶有名的一本，就是《雷雨》。批评家甚至于把这一本书，称做"黑暗之国里的太阳光"（Sunbeam in the realm of darkness），就可以看得本书的价值。它所照示的是：虽然在这个无动的世界里，受死道德的支配，受生的无法律的剥夺；然而人类的情感，究未全失。暮鼓晨钟，发人深省，实在可以当做黑暗中的一线光明。这是阿氏于一八五九年作的一出大悲剧。它的内容，是写一个养育在宗教的氛围气中的女子，嫁到一个封建势力非常浓原〔厚〕，环境和自己的个性完全相反的家庭里面，因而发生了无数的苦恼和悲哀。在这悲哀中，她偶然爱上了一个素所爱慕的人，但是环境阻碍着他们不能相爱。她渴望着自由然而旧势力紧迫着她，终于不得已向黑暗和因袭的环境奋斗而毁灭自己。这是一出女性的命运的悲剧。自然，在目前的苏联，这样的悲剧是不会发生了；但是在帝俄时代，女性还是社会的奴隶，这悲剧的发生是必然的。就目前中国的社会情形来说：在那黑暗的势力之下，在那愚昧和迷信的环境之中，这种意志薄弱的女性的悲剧的发生，我们也是不能否认的。当我们看完了本剧的时候，我们也一定要想到，这是描写中国，不是描写俄国。

翻译外国戏剧，顶大的困难，就是（1）情节不合中国，（2）对话直译太生硬，（3）外国性［姓］名太噜苏。第一点困难是不能克服的，然而本书却毫无问题。第三点却已有前例，像《梅罗香》《寄生草》等，都将外国人名改作中国人名，好在这只为适于表演，无关大体，本书也采用了。第二点的困难，本书也努力克服；然而能够做到如何地步，尚属难说。但是本剧在中国剧台上表演，却是没有问题的，译者敢作郑重的保证。

黄深

——录自启明书局 1937 年初版

《钢铁是怎样炼成的？》①

《钢铁是怎样炼成的？》著者略传与其创作过程②
（段洛夫③　陈非璜④）

一九〇四年，在乌克兰和波兰交界的沃朗斯基省什别托夫加地

---

① 《钢铁是怎样炼成的？》（上部），长篇小说，苏联 N. 奥斯托洛夫斯基（Н. Островский，今译奥斯特洛夫斯基，1904—1936）著，段洛夫、陈非璜译。上海潮锋出版社 1937 年 5 月初版，据日译本转译。另 1937 年 6 月底订正再版、1939 年 5 月战时订正初版、1946 年 5 月再次订正。

② 初版该文未署名，1937 年 6 月底订正再版时署"译者"。初版前尚附有《中央执行委员会会长彼托洛夫斯基序言》。

③ 段洛夫（1911—1983），生于江西永新，原名承诰，字衍青。1929 年和 1933 年两次东渡日本求学，曾在东京大学英文系、日文系学习三年，1936 年回国后曾任潮锋出版社编辑，抗战全面爆发后赴皖南参加新四军，解放战争时期，出任大连《关东日报》社副社长，东北人民政府教育部秘书长等职。另译有苏联勃伦蒂涅尔《尼采哲学与法西斯主义之批判》、米尔斯基《现实主义》等。

④ 陈非璜，生卒年不详，曾赴日本东京留学，参加东京留日学生文艺活动。回国后，于上海创办新路出版社。另与吴天（洪为济）合译德国沃尔夫（Friedrich Wolf）戏剧《希特勒的"杰作"》《马汉姆教授》等。

方，一所暗淡僻陋的铁路工人的住房里，这位多才能的英勇斗士奥斯托洛夫斯基诞生了。他的父亲早就逝世；一家人的生活，全靠他的长兄和做厨子的母亲的艰苦工作来维持。在一九一五年，奥氏十一岁，因时常和神父争辩被教会学校开除以后，便开始他的劳动生活。起初在车站饭店里作小工，洗碟子，走杂，忍受着主人和司役的叱骂和殴打，继而在一个栈房作工；后来又在一所电站上当小火夫及发电工人。

他对这时候的生活带着引人的微笑叙述着："我大部分同富商的儿子，读书人的儿子，甚至一些贵族之家的儿子们玩着。惟有我是一个无产阶级的代表，而且也许是特种性，也许是一种象征。我且常常扮做一个军官，譬如说，假如我们玩着打仗，我始终扮演长官的角色，率领着缺少勇敢甚至懦弱的部队去袭击那怯儿辈防守不坚的敌人的地盘。我毫不留情地严罚了懦夫和叛逆者，并且不断发觉我——军官和严正的评判官——一定要从出身名门的父辈们身边逃脱，如果他们极力反对厨房的小孩对他们的儿子们的不守礼仪的态度的话。"

十四岁左右他便开始读小说，他得到的是一部波兰作家俄民支作的《奥鄂》，这书的主人公奥鄂模仿意大利民族解放斗争的英雄加尔里巴敌在波兰领导农民暴动，于是奥鄂和加尔里巴敌便成了奥氏一时所心爱的英雄。

当他十五岁的时候，十月革命的火焰燃烧到了什别托夫加，这时奥鄂和加尔里巴〔敌〕的这两个革命的浪漫的典型在他的脑袋里出现了，激动了他的心胸，他也和其他一切青年们同样把他青春的一股热血，毫不惋惜地供献给革命的战争，参加了乌克兰的赤色骑兵队和青年团。一九一七年，乌克兰虽然从德国侵占者手里解放出来，可是内战并未终息，革命与反革命及波兰的侵占者正在剧烈的斗争。奥氏赶赴前线，加入白尼及哥多夫斯基骑兵队里，为冲击队员，他经历了无数次和敌人的生死肉搏，骑在马背上，冲陷过了多少敌人的阵垒，终于在一次追击中，一颗巨弹在他面前爆炸了，使他受了重伤。他在赤卫军医院里，疗养了数月，才得痊愈。但刚一痊愈，他那颗热血沸腾的心，永不枯竭的精诚和热力，重又燃烧了起来，于是即刻又投入工作的漩涡中，直至内战完结才退伍。

一九二一年从前线归来的奥氏到基也辅的铁路机械修理厂作工。为着搬运柴火需要修筑铁路的一条支路，奥氏首先应组织的号召在严寒，冰冻，饥饿等异常艰苦的条件下去筑路。本已负伤的他，在这里又染了伤寒症。大家都以为他必死；但他重新挣脱了死神的魔手；依然站起来，他被派去边防军作政治委员的工作。

一九二四年奥氏加入党籍，作了许多党和青年团的工作；直至一九二七年，他的健康已经非常衰弱为上 [止]，仍然担任着政治研究组的宣传工作。他不断地和各种偏向斗争，打击着官僚主义和空谈怠惰的人们，他那年青具有生命力的步伐，踏破了一切途中的障害和毒虫，只要细胞还活动，他要求工作的意志，是永不褪色的；生活，只有生活；能使他不畏惧一切地努力发展开去。

正当这时候，因为过于劳力，旧病又发作了。此后奥氏，竟得半身不遂，手足都不能动作。然而奥氏的一颗热烘烘的心是不稍稍灰暗的。在写给他的长兄的一封信中，他这样写着："在这个世上，对于我没有比从战列上落伍更可怕的事情了，那简直是不能想象的。"从这句话中我们可以看出他肉体上虽然受到病魔所抓弄的苦楚，但他并没有绝望；他仍然挣扎斗争，他要求担任一些无须体力活动的文化工作，可是遭受了拒绝。因为他过去没有受过良好的教育，他缺乏写作的熟练技巧。随后，更大的灾难咬碎了他的身心，他永远失去了他那一双黑亮的眼睛，沉沦在无边无底的黑暗中，再也看不见日光，花朵，同志们的微笑，和活泼的青春了。他手里曾几次地握着一支冷冰冰的手枪，想一枪完结自己的生命，但他究竟是一个勇敢的"生"的战士；他克服了那可耻的"苦痛"的诱惑。

接着他的手足也麻痹了；他的眼睛也瞎了；只剩下两只耳朵和脑袋的他；因为他的耳朵是敏捷的，脑袋里的思想是正确的"永远的战士"的。所以他不畏惧病魔的虫毒；而开始与病魔斗争。他决定用另一种武器——文化工作——为社会服务。他的亲切的青年团的朋友们，赠给他一架收音机，而且大家经常轮流着读作品给他听。他精心地学习文法，研究古典文学。在这种艰难惨淡的条件中，他的第一部处女作《钢铁是怎样炼成的?》开始写作了。这是一九二八年的事。

奥氏既然是盲目的，残废的，他的写作工作，自然需要友人的帮助，他积集自己在床上所构想的佳构和文句或口授请人笔录，或对收音机说出，把它收在留声片上。书成后寄出给别人批评时，不幸被邮政局全部遗失了。不过他并不因此灰心作罢，他重开头口授笔录一次。这部书的第一部，结果在一九三二年发表了。一时大得读者，党及政府之称评与尊重。全书当即印成普及本，销书数百万本，成为近年来最著名的优秀作品之一。被译成各民族的文字及各种外国文。一九三五年十月一号苏联政府赠与奥氏以列宁奖章。奥氏得奖章后致书斯大林说："我愿意告诉你，领袖和导师，对于我是最亲爱的人这句话热烈的，发自衷心的话。政府奖给我以列宁奖章，这是最高的褒奖……当我的心脏还跳动着，到它最后的一搏，所有我的生命将付于社会主义祖国青年的教育工作，我很痛心地想到我不能到火线上去和法西斯主义作最后的决战。重病缠害了我，但是我抱同样的热忱，将用别种武器以打击敌人，这武器是列宁——斯大林的党武装了我的，使我由一个少识字的工人长成为苏维埃的作家。"

在这部书里面，他成功的刻画出一个在革命中成长，被革命的现实生活锻炼成钢铁一般坚强的青年战士的姿态。因为可却金是著者的化身，要说他是纯粹自传式的记录，那是不确的。虽然他在艺术的成就上还有一些缺陷，但那洋溢着的年青的魄力，青春的热诚，一种新的力量，矢勇地永不停息的斗争精神……刻画出了一部历史的小说，被永远存在着。——因为他所描写的现实性，给我们创造了一个"在典型的环境中的典型性格"，这就是他所能得到列宁奖章的并非偶然的史实。

再来看看奥氏的创作生活的开始与涵养，是会使我们更加钦佩他认识他。他本身就是作家，——斗士，他最初写作思想上的倾向，便一贯地和被压迫阶级联系在一起，而反抗那压迫者。他自己曾回忆着说："我在十二岁时，在艰难困苦中，弄到一本法国的某资产阶级作家的小说，我记得很清楚，这部书描写一个愚昧的伯爵，他因为成天闲得无聊。于是专门以调戏自己的奴隶为乐。他对仆人真是无所不为——有时忽然打那仆人的鼻子，有时忽然对他大声叫喊，使得仆人吓得两膝都弯下了去。我读着这些把戏给我妈妈听，心里觉得很生气，于是乎，当那伯爵打了仆人的鼻子，仆人把一个茶盆子摔在地下，我不照著者所写的那样，说仆人卑贱地微笑退去，而说是仆人大生其气来，口出恶言，自然，这完全失掉法文的秀致题材，作品完全成了工人的言语：'仆人一翻身，对着伯爵的鼻子一拳两拳……使得伯爵两眼起了花……''喂！慢一点'；——当时我的母亲喊了起来——'那有仆人打伯爵耳光的事！'我红着脸说：'这是该当的，他那混蛋，他为什么要打工人！''那有这样的事，我不信，拿书给我看！'——母亲说：——'书上没有你说的后面那一段话。'我气愤地把书扔到地上，叫着：'如果书上没有，那是冤枉！假如是我，我要把他的筋骨通通打断！'……也许这就是我的写作生活的开始，不错，这是不十分美妙的。"看过了这段自述，我们可以明白奥氏的生性坚强，富有反抗，不屈服的精神，成了他从来生活中一贯的信条。他身历艰难困苦的实际斗争，一直到了成为残废而仍不熄灭其内在的斗争精神。在他的自传内他写着："我所有的体力差不多完全失掉了，剩下的只是那为党为阶级尽力的永不熄灭的青年的热情和欲望"，他常爱重复地说："人之最贵重的是生存"，关于死他常幽默地说："哼！看吧！究竟谁战胜谁？""我要给那老鬼婆看看，布尔什维克将怎样死去的"，又在他死以前的一个半月说过："倘若有人告诉你们说，我尼珂莱（奥氏名）死了，你们不要相信。如果你们自己没有看见我真的死了。但是如果真的战败了，谁也不敢说'他还可以活下去吧！'我是完全毁灭了而后去的，假使我的身体机构内还有一个细胞是活着的，还能抵抗的话，我是会活着的，我是要抵抗的！"的确！他是在和病与死斗争到最后一分钟。

这样的受着肉体的苦刑的著者，完成第一部小说《钢铁是怎样炼成的？》又把它改编电影剧本之后，还是不断的工作。他躺在床上，毅力还是一样不稍减。他又继续写他的新著《暴风雨所产生的》（写国内的战争）。十一月十五日作家会主席团特在奥氏家里开会时讨论他的这部新著。奥氏很兴奋地听了同志们的批评与帮助，他说："弄完这部书需要三个月工夫，我将一天作三班的工，一个月便给修改完"——接着他默默地说：——"恰好我患不眠症，这很好，有的人用休息治此病，有的工作，我的治疗便是工作"。奥氏坚毅地实践他自己所说的话，每天从早晨八九时起听人家读报纸，约从上午十一时起到夜晚十二时止，和他的书记整理这部著作。书记们将原稿一句一段地诵读，奥氏逐字逐句的加以修改。有时删去一大段，有时改变整章的构造。他丝毫不松懈苟且，在整天的工作过程中，只在吃饭的时候，略事休息。无线电传播最后新闻时，他是一定要听的。每逢当着友人劝他多休息一回，或从无线电听听音乐及文艺作品之朗读等的时候。他总是这样的回答说："这些都好，等我的稿纸交卷后再说，我现在无权娱乐休息一分钟。"

在整理他的新著时，他的书记们有时会感到疲倦的，但是他时常故意笑他们的"弱"，而鼓舞他们"前进，朋友们前进！"朋友们劝他相信校对者，有权威的编者，作家来替他完成他的初稿，可是，他严厉拒绝说："修改著作要由作者亲手修改，你们倘使在村中对那种糖萝葡最多而得了奖的农妇们说：来，我替你们种，她们一定回答说：'我们自己完成我们的种植吧！'"事实上，奥氏虽在重病中仍极力撑持和校对者们作长时期的谈话，监督书记们的工作，而整理了全书的一十二章的稿子。

在十二月十一夜十二点钟时，奥氏《暴风雨所产生的》，整部稿纸整理完毕了，距他所自定的期限还早四天。可是十五号奥氏又开始从事作第三部书的创作。他想写完《暴风雨所产生的》三部曲，他想写《钢铁是怎样炼成的？》之后一部并已定名为《可却金的幸福》。可是，战士虽然蕴藏着烈焰似的热情，钢铁般的信仰，然而人力究竟还不能完全征服自然，这伟大而年青的心脏终于在一九三六年的十二月二十二日下午七时五十分停止了跳动。在他临死前曾和某人通电话问："玛德里守住着吗？"当他知道玛德里还守住着便加一句说："有本事，好汉，那末我也该守住着，不过似乎我要被攻陷了！"这是说明这个战士忽然感到他之将死无疑了。而在他将绝气的时候还对陪坐的女医生说："真想活着，应该活着，我对青年负着重大的债务，我还有许多工作要做……"但这异常稀有的勇者，为大众所至爱的作家，热烈的战士终于带着生活与战斗之志而死去了。死后，苏联全国上下莫不悼惜，全国报纸出特刊，作家会及青年团中央委员会共同组织营葬委员会。奥氏遗体置"作家之家"中庭，二十三，四，五，诸日前往凭吊者络绎不绝，从乌克兰，列宁格勒，各地都派代表团特往吊献花圈，作家荣誉守卫（即站立在遗体之四隅每五分钟换班一次）者，除苏联名作家艺术家外，有戏剧名家梅叶荷德，德国剧作家夫里特里西乌尔夫，几个戏院的演员，青年团工作人，莫斯科学习的学生，工人，红军代表，太平洋舰队的海籍兵士，青年团总书记科萨留夫，列宁之姊乌里扬诺瓦，苏联中央执委主席彼得洛夫斯基之妻，及各地的代表团。……奥氏虽然死了，但是他的倔强的，战斗的精神，正在苏联的年青人们的心胸里，蓬蓬勃勃地生长着。

——录自潮锋出版社 1937 年初版

《钢铁是怎样炼成的？》译者的几句话

段洛夫　陈非璜

本书的好坏，自然不用译者来饶舌；只要一看奥氏的略传，及其怎样产生这部书的经过，我想一般"识者"自然就能决定这部书的价值。我们为什么译这本书呢？事实是这样：在日本看到日译本时，翻读了日译者的序言，及对作者的介绍，便使我们怀着一颗热烈的心，想知道一个特有的，被革命的现实锻炼成钢铁一般坚固的青年战士的杰作的姿态；买了一本回来，细细的咀嚼，愈读愈兴奋愈感动，因之萌芽了译这书的意念。

在翻译时，时常碰到土语成语的阻难，几乎不敢译下去，可是书中的激扬壮烈的史实以及作者的奋斗精神，招引我们，鼓舞我们，而使我们生下绞尽心血来译完本书的雄心与毅力。

前面说过，本书中的土语，成语是非常多的，为了忠实于作者，为了稍尽翻译者的良心，我们曾经多方奔走找人帮忙。疑难的地方，承鹿地亘先生及刘山兄嫂，恳切指教，日译本的××及被遗失的一页（第七章的头一页）承陈伊范先生由俄文译成英文，得以译出，又承张谔先生代为设计封面，我们在这里对诸先生表示由衷心的感谢。

本书出版的广告，记得在去年八月间就登出了，那时候，是决定由陈、洪、叶三人翻译，后来因生活关系，洪到南洋去，叶到广东去了。于是这翻译的责任，推到了我们两个人的身上，而我们两个人，亦苦于生活，忙于生活，虽然努力想在预定的期间（今年一月）出版，可是终底不可能，我们对于渴望本书的读者，只有惭愧，抱歉。

《西线无战事》一书，似乎有了七种译本，谁好谁坏，不是要在这里介绍的。现在所以提到它，因为我们虽然尽了能尽的能力，但错误会还是免不了的，我们恳求进步的译作者的批评与指正，同时希望有另外的一种两种……直至定译本出现。

最后，本书的作者——可却金——奥斯托洛夫斯基，在他的短促的生命中，时时刻刻在为着他的祖国斗争。我们的祖国，早已陷入了破灭支离的状态，挽救它（我们的祖国）的免于危亡的责任，是我们每个青年都应担负的。现在谨以此书献给在为我民族解放斗争中的英勇的青年战士。

译者　一九三七·五·一日清晨
——录自潮锋出版社 1937 年初版

《钢铁是怎样炼成的？》再版译者的说明 ①
段洛夫　陈非璜

本书初版出书后，一面有勇敢的"批评家"，只看几行，或者连翻开书都没有翻开过，就想用"费解""难懂"这些空泛的概念，格杀本书的存在，另一面有朋友作友谊的严格指正。我们对后者是感激，对前者是一笑了之。因为我们深知他们的批判，根本不能在有眼光的读者层里，起重大的作用。

本书的初版里，因为校对的疏忽，不少错字及倒排的地方。译文

---

① 1937 年 6 月底订正再版增加此文，其他前附与初版同，后附增加勘误表。

方面，也有几处误译及欠明朗的句子，现在都已改正。我们感谢详细校阅本书的朋友，特别是焕平兄。同时对初版的读者，表示无限的歉意。

　　这本书，是我们开始译作的第一部。错误明知是免不了的。但我们译作的态度，是诚挚的，严肃的，能够接受批判（自然是正确的，善意的），能够改正错误。今后，还希望进步的批评家译作者及贤明的读者的善意指正。

——录自潮锋出版社 1937 年订正再版

《钢铁是怎样炼成的？》(1946 年再次订正版)[前记]①

　　这是一部**轰动全世界的**苏联文学最高峰获得列宁奖章**的世界名著：**

　　本书是由盲目而残废的苏俄天才作家 N. 奥斯托洛夫斯基口授经他人笔录而成，描写他自己所经历的艰苦而激扬的生活过程，书中的主人翁可却金就是作者的化身，写一九一七至一九二二年内乱时期驰骋在战场上的生活，新经济政策开展后在工厂内的生活。还有内乱时期中，帝国主义者、资本家、地主、富农的丑陋、阴险、奸诈、狡黠的姿态，也真实地被暴露了。

　　由于本书的产生，苏联文学达到了最高峰，电影剧本作家蔡斯已将本书改编为电影脚本，由奥迪沙的康孛木尔斯电影场摄制。作者本人，得到了列宁奖，这些显著的事实，都证明着了本书的价值。

---

①　该文无标题，附书名页前，加黑框。从内容可知，该文因误会译者之一段洛夫牺牲而悼念之。此标题为编者所加。该版删去《著者略传与其创作过程》《再版译者的说明》，增加作者《奥斯托洛夫斯基自传》《我怎样写〈钢铁是怎样炼成的？〉》及戈宝权《关于奥斯托洛夫斯基》，其余前附均保留。

现在增加作者《奥斯托洛夫斯基的自传》《我怎样写〈钢铁是怎样炼成的?〉》及戈宝权先生的《关于奥斯托洛夫斯基》，并由陈、周两先生再加以订正，可说是最完善的定本。

最后，我们同为救祖国危亡在西北同日寇冲搏而杀身成仁的青年作家——就是本书译者之一——故段洛夫先生致敬。

——全书四百页，木炭图七帧。——

——录自潮锋出版社 1946 年再次订正版

《钢铁是怎样炼成的?》关于奥斯托洛夫斯基
戈宝权 ①

这已经是三年以前的事情了。一个冬日的黄昏，天空里满布了阴霾的灰色云层，好像一块铅板似的；房屋的屋脊上和马路的行人道上，堆积着皑皑的白雪；商店的橱窗里面，早已就透射出淡黄色的灯光。就在这时候，我从莫斯科工人住宅区红普勒斯尼亚乘电车到城中心去，三辆长蛇似的电车，先蜿蜒过城郊，经过了动物园，到了起义广场的时候，它的速度就逐渐地减慢了，在广场的四周，是黑层层的人群，一排一排长长的行列。

"这是怎么一回事呢?"

行列中有人这样讲道：

---

① 戈宝权（1913—2000），江苏东台人。1932 年上海大夏大学肄业，后到《时事新报》当编辑。1935 年去莫斯科任天津《大公报》驻苏记者，1938 年回国后，出任《新华日报》《群众》《中苏文化》编辑和编委，并参加中华全国文艺界抗敌协会。抗战胜利后任职于上海书店、时代出版社，负责《苏联文艺》的编辑和出版工作。另译有苏联爱伦堡报告文学、政论集《六月在顿河》《英雄的斯大林城》、高尔基《我怎样学习写作》、苏联顾尔希坦文艺理论《论文学的人民性》，并编辑有《普希金文集》等多种。

"作家奥斯托洛夫斯基逝世了。"

的确，这是一个惊人的不幸的消息。谁不知道盲目作家奥斯托洛夫斯基的名字呢？谁没有读过他的《钢铁是怎样炼成的？》这本小说呢？本来乘客是挤满了车厢，好像车厢都容纳不下了似的，自从听了这个消息后，车厢里顿然地空了一半，我也不由自主地，随着人的浪潮挑在行列中间，慢慢地挤进了伏罗夫斯基街口的苏联作家协会，在协会一间小厅屋里，安置着奥斯托洛夫斯基的遗体。我看到了这位作家了，这是位经过多少难苦和病魔磨炼过的人呀，宽大的额骨，瘦削的两颊和深陷的眼睛——他虽然并不魁伟，但是他的心，他的思想却是无限的伟大的。

一九三七年的深秋，我又在莫斯科近郊的新处女修道院的墓地中，看见了他的石碑，这是块一尺见方的黑色大理石，嵌在新处女修道院的古老的白色墙壁上，比起其他许多作家的墓石，这显然地是太素朴了，但是他上面刻划出的金字："尼古拉·奥斯托洛夫斯基"是这样光辉夺目，它好像是永远地铭刻在你的心之深处！

奥斯托洛夫斯基的一生，正像他的两本小说的题名一样，是"钢铁怎样炼成的？"是"从暴风雨里所诞生的"，这两本小说的题名和内容，就正象征了他整个的一生。

一九〇四年的九月二十九日，这位作家在乌克兰和波兰交界的伏林斯克省的雪柏托夫卡地方诞生了。这是家贫寒的铁路工人的家庭，他的父亲早就逝世，母亲在"大户人家"当厨娘，哥哥在火车站的车厂里当铁工，一家人的生活，就全靠了他们微薄的工资来维持的。

奥斯托洛夫斯基在六岁的时候，进了初级小学校，十二岁的时候就自己去谋生活，他牧过马，在雪柏托夫卡车站的饭厅中当过小茶房，洗碗碟和跑杂的事务，继而在车站的材料栈房里做过工，后来又在市发电站当过小火夫和发电工人，雪柏托夫卡的小车站，是和他的生活的开始密切相联系着的。他在小说中这样写道："这是铁道的集合地，集合着六条路线的。——车站上聚着几百辆列车，又向四面八方散开去了。……在这两年之间他长大了，规矩了，他在这些年月里，尝试过种种工作，……他不知道疲倦，他做的事情比谁都要多些。"的确，奥斯托洛夫斯基就是在这种情形和主人及师父的打骂责罚之下成长的，在现在苏联沙溪（Soclii）地方的奥氏博物馆中，还陈列了一张当时他服务过的车站饭厅的照片。

奥斯托洛夫斯基的性格，正像他著作中的一位女主人公所说的一样："他真是像火一样的人，他怎样的顽固呀！"当十月革命爆发的时候，他正是十三岁，就投身进革命的烈火，在一九一九年十五岁的时候，加入了青年团和参加国内战争作战。他做过雪柏托夫卡革命委员会的信差，参加过科托夫斯基的师团，在布君尼的第一红骑军的宣传列车上做过工作，在司令营里当过联络员……在每一处地方，他都表现出他是一位英勇的战士和天才的煽动家，当他作战时，他经历过无数次的与敌人的生死肉搏，在有一次战斗中，一颗巨弹在他面前爆炸，使他受了重伤。他在赤卫军医院里休养了几个月，"青年的身体总是不能死亡的，所以力气也渐渐恢复起来，他又第二次地诞生了"，当他病愈之后，他就又投身于革命工作的漩涡，一直到国内战争结束时为止。

一九二一年从战地归来之后，他还是走进了工厂，参加了社会主义的建设工作。他先在基辅铁道机械修理厂当电气修理师，翌年参加修筑一条运输燃料的铁道支路的工作，他们是在饥饿、严寒和冰冻的条件之下工作的，他们很多人都得了伤寒症，但他又挣扎出死神的手，这正像他在小说中所写的："伤寒症并没有杀死巴瓦尔。他第四次冲破了死的防线"，在恢复了健康之后，他就到边防军中去做政治工作，一九二四年加入了联共党，此后参加过许多党的和青年团的组织与教育的工作。

　　到了一九二七年初，他的健康完全衰弱了，得了半身不遂症，手足都不能动作，继而他的眼睛也瞎了，这是他一生中最苦痛的事情！他曾这样写给他的哥哥道："在这个世界上，对于我没有比战线上落伍更可怕的事情了，那简直是不能想象的。"身体上的奥斯托洛夫斯基虽然是死亡了，但是他的心并没有死亡，他抱着这样的信心："在最困难和艰苦的条件之下是可以工作的。不仅可能，并且还必须这样，假如没有其他办法的话。"他抱着很大的信心，"为了对于党，对于自己的阶级多少有些贡献"，就想"用文学的语言把过去的情形描写出来"，这样在一九二八年他就开始写作了。

　　他本人既然是残废，同时又是盲目，所以他的作品都是口授由人笔录或是由收音机收音而制成留声机片的。他第一部作品就是《钢铁是怎样炼成的？》，这是本自传式的小说：主人翁巴瓦尔·可却金就正是奥斯托洛夫斯基本人的化身；他从他在小学校，在雪柏托夫卡小车站的生活写起，怎样参加了英勇的国内战争，一直到战后的建设工作和政治工作为止，差不多在这本小说的每一页中，我们都可以看出奥斯托洛夫斯基的面影来。这本书的主人翁巴瓦尔（也正是奥斯托洛夫斯基自己），就是从《钢铁是怎样炼成的？》这本小说表现出一个青年布尔塞维克的光荣斗争的路来。

　　当他把第一本小说写好之后，他先将原稿寄给别人批评，但邮政局把它在途中失落了，奥斯托洛夫斯基并没有因此灰心，他又重写这一本作品，它的第一部在一九三二年出版了，这本书立即震撼了整个苏联文坛，在七年之中曾再版过一百次，印为二百五十万册和译成各种文字。一九三五年十月一日，奥斯托洛夫斯基得到政府所奖的列宁勋章。

　　在第一部小说完成之后，奥斯托洛夫斯基又开始他第二本小说：《从暴风雨里所诞生的》。他想在这本小说中，描绘出乌克兰人民反对波兰统治者的侵犯和武装干涉。可惜是他并没有写完这本小说，在第一部分完成的几天之后（一九三六年十二月二十日）就逝世了。这本书也正像《钢铁是怎样炼成的？》一样，受到苏联读者的热烈欢迎，仅在奥斯托洛夫斯基逝世后的两三年中，这本书就印行了四十版和一百五十万册的这一事实，就可想而知了。

他的妻子拉伊斯在一篇回忆的文字中，曾告诉我们他著作《从暴风雨里所诞生的》这本小说的情形。在十一月初时他从沙溪到了莫斯科，遥远的旅途虽然使得他很疲倦，但是期望这本小说完成的心，却使得他更加兴奋。十一月十五日，苏联作家协会的主席团，在他家里举行了一个集会，讨论他这部新著。奥斯托洛夫斯基非常兴奋地作了一个开会词，要求作家们对他加以严格的批评，不要因为是个残废的人而多少加以宽恕。他还这样讲道：

"你们开大炮吧，这将给我以更多的力量和期望来迅速从事工作。"

舍拉菲冒维奇、盖拉希冒娃、法捷也夫等许多人先后发表了意见，大家以为修改这部作品，至少要三四个月的功夫，奥斯托洛夫斯基带着微笑地讲道："再过一个月，青年团就可以得到《从暴风雨里所诞生的》这本小说的第一卷了。——我将一天做三班工，一个月就给修改完。"他继续又讲道："恰好我有失眠症……有的人用休息来治疗这个病，有的人则用工作"，他就是用工作来治疗这个病的。"没有人能阻止我这样做，我觉得，我只有当工作的时候，我才健康。"从这个时候起，他每天从朝至夕毫不间断地在工作着，很多人劝他多休息一会儿，他这样坚决地回答道："同志们，爱护是很好的东西。我惯于珍视它。但在目前的这样情形下，这种爱护的出现会妨碍我的治疗的。"在工作的时候，他的书记也许会疲倦了，奥斯托洛夫斯基故意地笑他们"弱"，并且鼓励他们："前进，朋友们前进吧！"

当有人要帮助他完成他的初稿时，他这样答道："帮助我是需要的。非常需要的。但并不是那样形式，像一些个同志所表现的一样。大家都知道，作家爱自己的书，决不能把它交给另一个作家，甚至是最敬爱的人来帮他'写完'。你们想吧，假如你们当收获糖萝卜最忙的时候对玛利亚·丹青科说：'我帮你来做完吧。'我可以确信地告诉你们，玛利亚·丹青科一定要把你们赶开，并且这样说道：'我要用自己的手完成一切。'"奥斯托洛夫斯基就是抱了这种果决的精神，而完成他自己的著作。

　　奥斯托洛夫斯基是这样一位英勇的战士和作家，任何一切痛苦和艰难，是不能阻止他的前进和把他毁灭的。他在《我的一日》这篇短文中，曾这样写道：

　　　　"……我醒来了，我的第一个感觉，就是我被束缚和上了镣铐的身体的极大的痛苦。这意思就是说，我刚刚梦见我年青而力强，我骑在无比的骏马上去迎接上升的太阳。——我不张开我的眼睛。这是不必要的，因为在片刻之间，一切事情就会涌现到我前面来。在八年之前，这个可怕的疾病使得我身体衰弱，困于病榻，瞎了眼睛和把我投进漫漫的长夜。……

　　　　"……幸福是无限的。在我们国家里，黑夜会变成为太阳光辉照耀着的清晨。我深深地感到幸福。我个人的悲剧，已为创造和知识的奇迹的愉快所消灭了，因为我们的手放下了我们所建筑的美丽建筑物的砖石，这个建筑物的名字，就是社会主义。"

　　因此，奥斯托洛夫斯基非常重视生活。他曾借用《钢铁是怎样炼成的?》主人公巴瓦尔的话说道："对于人最珍贵的，——就是生活。它仅给他一次，因此就应该这样地生活：不要因为长年岁月毫无目的地消磨过去而后悔，不要因为卑劣的繁琐的过去而自愧，当死的时候，应该能这样说：我已经把一切的生活，一切的力量都贡献给世界上最美丽的东西——为人类解放而斗争的事业！"

奥斯托洛夫斯基就正是这样的一个人，他是把他"一切的生活，一切的力量都贡献给世界上最美丽的东西——为人类解放而斗争的事业！"

——录自潮锋出版社 1946 年再次订正版

《高尔基文艺书简集》①

《高尔基文艺书简集》译后附记
楼逸夫（楼适夷）

此书为公谟学院编纂——代司尼兹基主编的《玛克辛高尔基研究》中《书简篇》日译本的重译。日译者为横田瑞穗。东京 Nauka 社出版原书分三部：一，高尔基与安特列夫的来往信札；二，与象征派及外国作家的来往信札；三，致批评家及作家的信。唯重译已删去约百分之五十。其内容为第一部分中安特列夫给高尔基的全部信札，第二部中勃留沙夫给高尔基的信，及高尔基和安菲戴亚忒洛夫（《现代人》杂志的编辑者）的来往书信，安特列夫的信大半都是为自己消极颓丧的倾向辩护，并且有许多歇司忒里的情调。和《现代人》编辑者的通信，是因高尔基受列宁的劝告，和当时倾向恶劣的《现代人》杂志脱离的事，纯粹是事务式的。象征派勃留沙夫的信，虽涉及当时文坛及对高氏作品的意见，但译者亦认为并无教示之处。如果将

---

① 《高尔基文艺书简集》，苏联高尔基（Maxim Gorky，1868—1936）著，楼逸夫译，上海开明书店 1937 年 6 月初版。

此集当作研究高氏的文献，上面所说删去的部分自有保留的必要。但重译者的意思，是想将此书献给国内一班真挚的文艺学徒当作文艺与人生之修养读物；至于文献的介绍，此集所收还太贫弱，将来自必有丰富完全之书简集出，不妨留待他日，因这理由，便以现在的形式和读者相见了。一般地说作家的书信每每比他的作品更和自己的实生活相接近，为着更明晰地景仰这位巨人的姿影，除了洋溢满纸的文艺工作之宝贵的教训，同时要感受太阳一般的伟大人格之照耀，则这里所介绍的二十余通书信实值得我们抱着神圣的战栗来熟读万遍。

一九三七年二月译者

——录自开明书店 1946 年三版

《人与超人》①

《人与超人》小引

蓝文海②

　　萧伯纳（George Bernard Shaw）是英国莎士比亚以后第一个伟大的剧作家，他以一八五六年生于爱尔兰的杜柏林，小时家境很穷，靠他母亲教授音乐为生。二十岁时，他到了伦敦，就开始他的著作生涯。最初他是从事于小说的创作，后来才改作戏曲。直至最近为止，

---

①　《人与超人》（*Man and Superman*），四幕剧，英国萧伯纳〔George Bernard Shaw，1856—1950〕著，蓝文海译，"世界戏剧名著"丛书之一，上海启明书局 1937 年 6 月初版。

②　蓝文海，生卒年不详，潮州大埔人，曾就读于上海吴淞中国公学大学部。主编过《秋声》半月刊，另译有俄国屠格涅夫小说《父与子》，与张世禄合译英国福尔〔J. R. Firth〕《语言学通论》等。

他所作的剧本，不下三十余种。重要的有《华伦夫人的职业》，《武器与人》，《坎底达》，《运命与人》，《结婚》，《伤心的家》等十余篇，而这篇《人与超人》(*Man and Superman*) 则是他最伟大的成功之作。实可代表萧氏的人生哲学，他对于人生的真谛，两性的关系，以及宗教伦理的观念，于此书中皆有独特的见解，用极轻松诙谐的笔调，来发挥他最精深渊奥的哲理。我们读了这篇剧，至少对于萧氏的人生观，恋爱观，道德观，可以明了个大概。

这篇剧前原附有一篇献词，是献与他的友人华克雷（Walkley）的，说明作此剧的动机，与原剧无多大关系；后面附有一篇《革命家指南》，是当作剧中人但纳所作，虽可藉此觇见萧氏对革命的见解，然实与此剧无关，故译者一并省略了。

本书的译成，得老友吉樑先生的帮助不少，附此志谢。

译者识　　一九三七年二月二十八日

——录自启明书局 1938 年三版

《十三女圣人传》[①]

《十三女圣人传》序言

（迟尚德 [②]）

本会曾经出版过不少的男名人传记，可是对于女名人的史略，却尚付缺如，当然这是一种遗憾！

现在得告慰于己了；就是有十位女士利用服务后的暇晷，肯勤谨

---

① 《十三女圣人传》(*Thirteen Women Saints*)，传记，迟尚德等编译，"一角丛书" 之一，上海广学会 1937 年 6 月初版。

② 迟尚德，生平不详。

地选译了十三位值得人敬仰的女伟人的短传，里面记载着极多可歌可泣的事迹，奋勇服务的毅力，和为道殉难的惨史。当我诵读一遍后，情不自禁地被感动得流下泪来，同时心灵上深深缅怀这群女伟人曾为救主耶稣发扬了多少荣耀的光辉灿烂，更为后世人立下了永古的懿德功范！

　　当然这书有极大的价值，能推荐于今日的女基督徒和女学生前，俾看后心中有所感触，而将来的人生得以遵循。不仅如此，就是我们男基督徒和男学生也须一看，前程亦有所师法。

编辑者

一九三七年三月

——录自上海广学会 1937 年初版

《新俄诗选》^①

《新俄诗选》序

杨任

　　三四年来陆续的译了好些零散，没有系统的诗歌。这本《新俄诗选》就几乎全部是自里面整理出来的东西。因为一向都不习惯检留底稿，所以忽然间想编理出一册什么译集来，真比全般重头译起来还要费工夫。但朋友们都热心地给我一致的主张，并且这个那个的帮助我要做的工作，这样，在没有办法偷懒的情势下，我终只好把它来诞

---

① 《新俄诗选》，诗集，苏联乌拉志美鲁·基里诺夫等原著，杨任译述，施落英编纂，"世界文学短篇名著"丛书之一，上海启明书局 1937 年 6 月初版。书首有"世界文学短篇名著"丛书引言，已见前施落英编纂《北欧小说名著》条目下，此处略去。

生了。

正如大家知道的一样，革命前的苏俄文学因为缺乏观念和主义的缘故，是非常之悲观的。它嘲笑并轻侮现实底诸物象；他失掉对人生的信仰，全无真实的活跃的情热。亚历山泰布禄（Alexander Blok）在他底诗集中这样说过了；在二十一岁那一年他已是"一个画成的尸骸"。但苏联的势力确立以后，青年作家的许多干部由工人和农民中生长起来了。新底，丰富而多方面的苏联文学不断地渴求人生，注视人生，及由人生中求学。最前进的赤派作家会羞于在一个非社会性质底题目上写作，或在一个他们所未曾研究过底题目上写作。

诗，尤表现出长足的跃进。扼色林的《田园的梦》，马耶高尔夫斯基的《颓废的艺术土壤》，都完全毁坏了。库滋尼亚派（"库滋尼亚"俄文解作"铁工厂"；此派为普罗列塔利亚诗人的总干部。）接替上他们的位子。他们写出的内容是历史上未曾看过的新底观念；他们描写的人物也是向所未闻，向所不注意的。因为小布尔乔亚的情绪，旧式家庭组织观念，私有制度等都在新诗人的身上抖落了。苏俄新诗歌认识正直的主人公——不是道德家，也不是单纯的破坏者等诸如此类的过去底一般主人公——建筑家，生产者。他们正在缔造社会主义者的社会和现示它的品质的富裕与更新。

这里的介绍似乎还欠缺周密的组织，但假若读者能从这本小册子上获到新俄诗歌的约略轮廓的话，译者也就很满足了。这诗集是根据英日两国，翻译译成的，当中倘有疏忽的地方，尚望读者原谅并指教。

一九三六，夏，于东京。

——录自启明书局 1937 年再版

《新俄诗选》乌拉志美鲁·基里诺夫小传
（杨任）

　　基里诺夫是苏联作家中最杰出的一个。他生于一八八九年。幼时
在小学校中仅仅住了一年。十岁进靴工场的教习所。一九〇三年做奥
德撒商船队的学生船员，航海于黑海一带。二年后在黑海水手革命运
动涡里被捕，以未成年故，免除惩罚。当时有很多同志遭了徒刑和绞
杀。一九一一年至翌年居住亚美利加。归国后住比得堡。两年后召入
军队，这样勤务到一九一七年。"二月革命"中，他担当联队委员，
"十月革命"中任波尔率维克党地方委员会秘书。

　　他于一九一〇年徒刑中开始写诗和短篇小说。作品发表于《劳动
新闻》，杂志。最初的诗集出版于一九一八年。此外写关于诗的批论
等，连接的刊行在《库络斯诺乌特罗》，《普罗列塔利亚诗歌论》等等
杂志中历次发表过的长短论文。

《新俄诗选》米夏卢·盖拉时莫夫小传
（杨任）

　　一八八九年九月生于刹玛拉县。父为铁道工人。诗人曾肄业于当
县的铁道学校。一九〇六年秋至翌年春被投入牢狱。一九〇七年秋移
住外国。在比利时，法兰西等地的机关车工场，熔铁炉工场和汽车工
场里做电工。继后当汽船的石炭工，火夫，给油夫。从一九一四年战
争始发时起，在法国加入做第二外国军的义勇兵。参加了马鲁鲁，西
耶彭，亚卢降等地的战斗。一九一五年秋因不忠顺于当局和宣传非战
的缘故，被送还祖国。翌年春再被投狱。

一九一七年做第一回全苏中央执行委员会委员。

一九一三年开始创作。

《新俄诗选》敏赫卢·高露脱雷小传
（杨任）

一九〇三年十二月生于多涅县。父为制革厂工人，母做面包，伤一足，现两人都已残废。还有姊妹，靠裁缝过活。高露脱雷十二岁时被送入工厂的仓库做奴仆。一九一九加盟为×××青年同盟会员。卒业市立小学校。一九二四年中央委员会送他入莫斯科的徒弟学校，二个月后转入普里索夫纪念高等艺术学校。

一九一九年踏进写作生涯。处女诗——《今日》。作品大都刊载于普罗列塔利亚文化院创作集。

《新俄诗选》亚历山泰·查诺夫小传
（杨任）

一九〇四年生于堡洛捷脑州，色敏约虚夫村的百姓家里。一九一八年始，在莫察士库郡的×××青年同盟部内工作。三年后莫斯科同盟委员会召他回去。那时即起头写诗，交由同盟会出版，处女作《流冰》，初发表于杂志上。继后是《巨匠耶诺夫》，《列宁格拉特》，《青年同盟会员》等。为现代苏联诗人中杰出的一个。

《新俄诗选》滑西利·加曼斯基小传
〔杨任〕

　　一八八四年四月五日生于加马河畔的汽船上。父亲是个金矿的监督人。故乡在匹露美。从一九一〇年起二年间加曼斯基担任飞行船长，跋涉了英，法，德，澳大利亚，匈牙利，意大利，北冰洋等地。诗作自一九〇四年始。处女作为《铁匠》，揭载于同年九月的《乌拉卢》新闻上。也写有许多小说和戏曲。戏曲屡次上演于苏维埃社会主义共和国联盟的诸剧场。

《新俄诗选》倍兹勉斯基小传
〔杨任〕

　　一八九八年一月六日生于伏尔路士库县。中学校卒业后攻读商业。一九一五年加盟入一社会主义团体，从事波尔率维克的秘密活动。革命当儿，他还只二十岁。翌年被举为县执行委员会机关纸的编辑长。再后受选为列宁××主义青年同盟的中央委员。

　　倍兹勉斯基在作家同盟会中居有指导地位。一九二一年，他主宰央委员会的机关杂志，展开普罗列塔利亚文学的中坚阵线。先后出版的诗集有《青年赤卫军》，《十月的空》，《朝向太阳》，《青年同盟》等十数种。他也写戏曲，如《射击》，曾上演于莫斯科有名的梅耶尔荷尔德剧场。

　　诗人的作品没有一首是抒情的东西，他亲身参加过反动派斗争的革命战线，亲眼看见了"××"的胜利，他的情感完全是属于民众自觉的一种，他的笔就是××党的呼声。因为他的诗大都很长，这里只能摘入这么一两首，确是遗憾得很。

《新俄诗选》伊利也·刹多费夫小传
（杨任）

"都会中有自己的诞生和传记，有自己的文学底发达与事业，有对饥饿的困难的斗争；农村里有快乐和悲伤的少年时代，有爱抚和叱斥，有初等教科书，百姓的忍耐的劳动和每日的饥饿……"诗人的自传中的一段。

刹多费夫生于国防劳动节制定后的第二个月。家乡是"花岗岩层，有可爱灼热的太阳的彼得堡"。父亲在工场中做工。

十岁诗即开始写诗，也写散文。长大复目睹国家组织的崩坏，遂积极参加革命活动。在自己乡村里，曾因反抗人道的不正义而作过激烈的行动。

他的作品充分的流溢着梅特林的影响，但一九一七年革命后渐渐改变形式。

诗集：《未来》；《世纪的豫言者》；《诗中的诗》等等几本。

《新俄诗选》蒂米耶·北脱雷依小传
（杨任）

一八八三年四月十三日生于黑磜霜士库县，亚历山泰郡。他是最初的普罗列塔利亚诗人，同时也是革命家。

小学卒业后进军医学校，在校的时候甚憧憬俄罗斯的古典文学。一九〇五年——一九〇七年，北脱雷依还是个中立派的人物。接后他参加了革命运动，做杂志编辑，开始发表他的诗歌。

一九一七年这位诗人大展他的才能，政治和文学两方面都留下很大的收获。革命成功后中央执行委员会曾授以"赤旗徽章"，并给他永久免除军队义务的待遇。

自后，北脱雷依仍然继续他过去在市民对地主的斗争中的努力。挟着一枝大笔站在平和建设的战线上作有力的指导。

《新俄诗选》滑西利·亚历山泰洛夫斯基小传
（杨任）

一八九七年生于莫林库县，瑞尔捷夫郡，家贫乏。父亲早死。母亲一个人赴莫斯科工作。诗人在他的伯父家中一连住了十一年。当中修卒小学程度。一个夏天他给人家雇去看守小孩子，深夜十一二时还得拼命的摇着小主人的睡篮，自身还是个小孩子的亚历山泰那时就吃了很大的苦头，遭打，遭骂。十一岁上莫斯科探母亲，那里读了一年书样子。继进杂货店做徒弟。朝八时一直劳作到夜晚七点，月薪只得到八卢布。一年后增二卢布，再一年后又增二卢布。在店六年，工钱达到月二十三卢布时走出当兵。给爆裂弹击伤了左手，除队。复回旧店工作。这时主人给他每月二十八个卢布。迎着二度的革命后。一九一八年普罗列塔利亚文化院派给他工作。接着在教育部文学局勤务。最近在作家联盟本部担当指导。

诗人喜爱文学。十岁起无秩序地读了许多书，遇着不懂的便一遍，二遍的反复着读。十六岁后看列宁，甫尼赫诺夫，尼采，叔本华等的著书。

他喜欢的小说家有高尔基，柴霍甫，查尔斯基，安德列夫等。诗人则华鲁夏仑，比耶里库，甫洛库，扼洗林及甫也高尔夫斯基等。

——录自启明书局 1937 年再版

《在西班牙火线上》 ①

《在西班牙火线上》译者序
李兰 ②

本书所以成了现在的形式，完全是因译者想实现如下的两种企图：第一想尽量将西班牙战争的全景展开在读者眼前，因此在正文报告文学《在西班牙的报告者》之外，又加上了内容丰富而新鲜的一篇通讯，一篇速写，一篇短篇小说和二十三幅插图。

译者的第二个企图，是想尽可能将报告文学的作法显示给读者，例如它的简而扼要的理论（沈起予先生译的法国有名报告文学家安得列·马尔洛写的《报告文学的必要》一文），它的美好的范本（本书正文报告文学《在西班牙的报告者》），以及它与其他的文体的区别，附录中的通讯、速写、短篇小说各一篇就是因此加上的。

在我国现在这样的大动乱的时代中，不知有多少最宜于作报告文学的题材，而也不知有多少人正在那里想表达这些题材苦无适当的方法。倘使本书的问世，能多少给这些人一种提示，使中国能产出几部伟大的报告文学，那便是译者，所万分切盼着的。

一九三七，五，十五于上海

——录自北雁出版社 1937 年初版

---

① 《在西班牙火线上》，报告文学，F. 皮加因（Frank Pitcairn）等著，李兰译，"报告文学丛书"之一，上海北雁出版社 1937 年 6 月初版。

② 李兰（1907—?），湖南湘阴人，先后入武昌华中大学、上海艺术大学、日本京都外语学院学习，1936 年任上海《光明》杂志主编，1949 年后任上海译文出版社编辑。另译有俄国柯伦泰小说《伟大的恋爱》、美国马克·吐温小说《夏娃日记》、苏联高尔基小说《胆怯的人》等。

《唐吉诃德》①

《唐吉诃德》小引

温志达 ②

《堂吉诃德》是西班牙的代表作，也是世界最大名著之一。

作者是西万提斯，生于十六、十七世纪之间。与英国莎士比亚同为文艺复兴时代的人。生平遭遇，曲折、离奇、惊险：曾作战……中弹……被掳……为奴……逃走……坐监……。

《堂吉诃德》在当时当地的特殊意义是讽刺风行当时当地的骑士小说；其在世界上的、永远的意义，是表现"理想主义"，和"自己牺牲精神"。其材料是浪漫主义的，而其处理方法是写实主义的。

本译文是根据数种英译本——但以 Jervas 的为主——写成，经多次修改，四年前曾按日登于《广州民国日报》文艺栏，在七个月间登完第一部，（当时第二部未曾发表）。本译文是包含第一部与第二部的完全译文，无删节之处。

详情请看下面的《西万提斯与堂吉诃德》一文。

——录自商务印书馆 1939 年再版

---

① 《唐吉诃德》(*Don Quixote*)，长篇小说，西班牙西万提斯（M. de. Cervantes，今译塞万提斯，1547—1616）著，温志达译，"世界文学名著"丛书之一，上海启明书局 1937 年 6 月初版。

② 温志达，生平不详。

《唐吉诃德》西万提斯与唐吉诃德（序）

温志达

希腊有荷马，意大利有但底，德意志有歌德，英格兰有莎士比亚，而西班牙有的是西万提斯。

西万提斯莎伟特拉的米古尔 Miguel de Corvantes-saavedra（1547—1616）是以一部书而成名的。这书之前部出版于他五十八岁之时，其后部出版于其后十年，所以他生时的情形，后人很不明白。我们只知道他的父亲是下等医师，东奔西走，为不幸延请他的少数人看病。我们的少年西万提斯，当别人正要进大学之时，却因贫困而得不到机会。但是他曾在实际经验的大学受教育，学习"忍耐"两个字；因此他的创造天才就不受学者的传统和学院的定程所限而自由发展。在伴着他父亲奔走之时，他展览、精读无数的骑士罗曼斯，时行的牧歌，强汉小说，当代诗人的作品，民间歌谣——所时常引用在他杰作中的，除此书本的阅读之外，他更观察街头上客栈中所遇各色各样的人物：他开始认识游行戏班的狡计，以抢夺为事的客栈主人的奸谋，流浪无依的其泊西人（Gipsies）的诈骗；他和口齿不清的安达鲁西亚人打和气的招呼，学习倍斯卡人胡说乱道的切口，并和各种冒险家擦肩膀。

一五六八年，他开始写作；可是发挥天才的时候还没有到来；因为他绝世之作的完成，是在尝味人生与世界的咸酸苦辣，额上含着汗水，吃几十年面包数十年之后。不过，我们不要忘记，他是对困厄如同对幸运一样感谢的人。

一五六九年十二月，他随着被派在玛德里的法王使节往罗马。在此一年上下的服务当中，他认识了在《唐吉诃德》中的教区牧师，谈戏剧创作法的僧人，在公爵家中饶舌的、狭心肠的神父。

　　他约于一五七〇年秋投入西班牙军，参与里班陀之战，他所谓"往昔现今未来最重大的胜举"。遇着敌舰之时，他适值得了热病，不顾同伴的劝阻和警告，更不顾他的健康和生死，走出去迎敌；结果胸膛中了两弹，还有一弹把他的左手弄残废了，留下他一只右手写《唐吉诃德》，可是为着光荣的行为而受伤，他觉得比完成这大著作还更得意，所以他常常为光荣的留迹与纪念向人示傲。他在病院中留养七月之后，见自家还可以荷枪，不久他又在军队里了。这时候，他认识了文生底拉罗沙这个豪杰、这个诗人。服了五年役之后，他便回西班牙找事做，带着唐约翰的介绍书，由那不力斯启程，不料与一五七五年九月二十六日，在马赛近处为摩尔海盗所袭，经过一番的抵抗后，他的同船人一概被掳到亚尔琪斯去了。捉西万提斯的海盗，首领叫做达里马米，性情凶蛮，残酷，有许多奴隶，被迫在大船上划桨，但一部分有被赎的希望的奴隶，就安置在海岸上，把他们囚在"浴场"中，有时叫他们在花园中工作。西万提斯当其被掳之时，适好带着唐约翰的介绍书，摩尔人就以为他是贵族，把他放在第二类的奴隶们中间。他就在这儿过了五年的悲惨生活。他比任哪一个同受患难的弟兄都更受马米的虐待，因为他不断地作逃遁的企图，时时把全个"浴场"闹得天翻地覆。到了事情泄露了，他就自认是主谋者，把他同伴的逃亡的一切过失都放在他自己一人的背上。不知几次，马米差不多想结果了西万提斯，如果不是想到他到底是自己荷包中的金"冠"，你现在也没有机会来读你现在所读的名著了。总之，这不驯的西班牙人逃了五次，第五次情形是这样：

　　马米有一个朋友，在政府中当重要职务，赋性的凶残不亚于马米。马米时时叫西万提斯行三哩路到城外海滨这个朋友的别墅，去传达消息给他。别墅园丁是西班牙奴隶。不久，西万提斯和这园丁相识了，确信了此人之可靠，就和他商量在花园下面掘一个大地穴，可容他和他的"兄弟"十五人的。地穴非常秘密地掘好之后，西万提斯就和他的同伴在晚上逃出亚尔琪斯城，躲在此穴中。在这儿七八月头当中，园丁和哈山亚加（即马米的朋友）的别一个奴隶叫爱陀拉多的，给他们以粮食，而他们的主人用尽千方百计寻他们，都终寻不见。

同时他们想出种种方法筹款，以便赎出留在城中的一个同伴，让他到西班牙去觅得一个船只，于是回来接西万提斯等人。这被赎的西班牙人乃依约回国，在西班牙大帅处弄得一个很好的船，于是回来巴巴利的亚尔琪斯；不幸，船将靠岸时候，就被摩尔人的步哨发觉了，只好使船离岸驶如海心，以免人家注意西万提斯的藏身处。可是更不幸的还是，曾替西万提斯及其同伴出了许多力的爱陀拉多，竟利用这不可多得的机会，害西万提斯等人，开始做叛教者的事业——把西万提斯等人的图谋告诉了他的主人哈山亚加。结果是：那十五人用手镣扣着被带回亚尔琪斯，主犯西万提斯则为王所扣留，王想由他口中探寻得比较有钱的叛教者的消息，但西万提斯却一句不说。受过种种的究问，他都自认是唯一的主谋者。到了后来，亚尔琪斯王见他硬梗不屈，不能再忍气了，哈山亚加也极力主张绞死这强顽的西班牙人，但是达里马米却说这个“东西”倒还值得两百金“冠”，而《唐吉诃德》的作者就这样从死神的手缝中溜走了。可是不为一切的挫折和危险所屈的西万提斯，依然作他“不轨”的图谋，以至哈山亚加时时说，俘虏，船只以及全城，一定稳妥，假如那无手的西班牙人是靠得住的话。总之，五年与死为邻的生活过去了，他的母亲姊妹等人才用不知什么方法筹得五百“冠”买西万提斯的自由，将款交于打理赎奴隶事物的和尚；可是款数差得太远，好在蒙一位亚尔琪斯商人解囊补足。这时——真危险！——摩尔官长已把奴隶们安置在战船上，预备回君士坦丁去；而西万提斯呢，他也在奴隶群中，系着铁链坐着在那等候恶运的来临；在他万想不到之时，就接到被赎的消息：于是他的悲惨生涯，便告一段落——我说一段落。

一五八〇年，他回西班牙来，只见随处都是像他一样的退伍军人。此时他的恩人唐约翰已经去世。他见无别事可就，乃专心于文学。他在牢中已经写了不少戏剧，娱乐他的侣伴。可惜大部分散失了。一五八五年，西万提斯的《卡拉提亚》（Galatea）巨作出世。但这作品并不怎样伟大：他的天性是自然的，活泼的，真诚的；他不能装模作样去流泪，去写须要工巧浮华的牧歌。

一五八四年十二月十二日，西万提斯和长大他十八岁的女人结婚，次年其父逝世。家中留下五株葡萄树，一个果园，四十五只母鸡和雏鸡，一只公鸡，四个蜂房；一些零星家物，一个坩锅，此外没有值钱东西；于是西万提斯的背上又添多他母亲和姊妹数人的负担了。这时，他在五年之内完成三十篇戏剧，他说，它们上演的时候，没有人丝丝作声，也没有人用南瓜掷演员；但到头来，他的作品带来的名誉极微，而所得的稿酬尤不足道。诚然，他的《卡拉提亚》卖得 1336 银角（Real），可是它又不是掘不尽的宝藏，末了，他只好把笔投了。

一五八七年时，他在无畏舰中做军需官，这职位虽不近乎西万提斯，可是他可以不致眼睁睁地看着家人和自己饿死了。但他是注定倒霉的：神圣不可侵犯的牧师团的麦子，他把它征收了，为着这事，他陷于逐出教外的危险，并且向他们道歉。他见所就职业异常无聊，便向王请求给他以在中美洲的一个缺位，所得的批复是"让他在他的家庭近处做事吧。"所谋不遂之后，他便作收税官。可是不睡觉的魔鬼又来播是弄非了：西伟利的银行，卷走了他寄存在行中的大宗公款，不知跑到何方去了。事情的结果是：他于一五九二年间尝两个礼拜的铁窗风味，出狱之后，他当然是革了职了。

此后数年间，他在西伟利的狱中狱外过着悲惨的生活，有时甚至因无盘费，以致不能到庭受审。

他从狱中出来，只见自己如同丧家之狗。他年纪是五十余岁了，从事新生活似乎是太晚了。将来吗，漆黑一团。过去吗，一事无成：作教师，作军人，作随员，作戏剧家，作军需官，作收税官，都是失败；他作过五年的奴隶，曾为宗教侵犯者，坐过至少四次的牢。这样历史的人，谁肯信用呢？任何人都许会被连续不断的祸患所摧残而觉心灰意冷，可是西万提斯的特性，是恬静的英勇和不动的意志；他不埋怨他的不幸，他不感怀身世而自怜，所以一切遭逢不特不足扰乱他心境的和平，而反激发了他的创造才。

他于是，把他丰富深入的经验写了出来，起腹稿和起笔，似乎是在"一切困难所居住，一切哀声所占据"的西伟利牢狱中。最后在一六〇四年，正当《哈孟雷特》出版的那一年，感动全国全世界的他一生心血结晶《唐吉诃德》出世于玛德里。出版的那一年，在西班牙印有四版之多，在葡萄牙翻印有两版，一六一二年译成英文，一六一四年译成法文。腓尔丁（Fielding）夸说他的《约瑟安特路士》是以《唐吉诃德》的态度写成的。"小儿用手弄《唐吉诃德》，儿童读它，大人赞美它，老人说它不错。""各种各样的人都知道它，一见一匹瘦马，就说，那儿走着罗西宁了。贵族的侍候室无不有《唐吉诃德》；一个人把它放下，第二个人把它取起来；一个人要找它，第二个人把它夺去了。"腓力王从他的王宫的窗上望见一个人在街角站着看一本书，只见他看了之后，狂喜地打他自己的额，接着又看，又如此；王就说道："那家伙不是疯子，便是一定在看着《唐吉诃德》了。"

但是命运不放宽他的辣手：一六一〇年时，西万提斯的街邻，宫中少爷，被人杀死；西万提斯和他全家人统统遭了嫌疑被投入狱中，囚了数天。

一日，有一个法国公使的随员，因慕西万提斯之名，特来访他；一个指导员便带他，带到一个模样好似叫化子的一个人面前，说这就是西万提斯。随员吃了一惊说："这就是西万提斯？政府何以不帮助他？"指导员平静地说道："希望上帝使他永远贫穷！他自己虽然贫穷，但他会使世界富庶。"但三百年后的现在，国家学院却拨一万二千西币，赠十九世前为西万提斯作评传作得最佳的国人——然而，我们不能不想者是，如果西万提斯生于现在，事情恐怕又不相同了。

一六一三年，他的名作《模范小说》十二篇出版。这虽不能和《唐吉诃德》媲美，也有它自己的魔力的。

当一六一四年，他的《唐吉诃德》第二部写到五十二章时，假名为 Alonso Fernandez de Avellaneda 的一个人所著《唐吉诃德》第二部先在 Tarragona 出现了；序上极力诋毁第一部原作者西万提斯，这人是谁，没有人知道，除他本人。不过西万提斯为这假冒品所刺激，乃在次年发表他多人悬望的货真价实的第二部。他完成了他杰作之后，就好像已经尽了在这世界上的义务似的，在下年四月十三——又是莎士比亚逝世之日——离开世界。被葬时候，面无遮掩，遗体安置在三一寺院，确定的葬位今已不明，也没有堂皇的纪念牌，其实都不必需；他已有比铜像石碑更不朽更永久的纪念物留于世上了。

他生平著了许多未曾在此提及的十四行诗，棍徒小说，罗曼斯牧歌，尤其是戏剧；但大多数是次要的，没有多大成功的——至少没有《唐吉诃德》这样伟大和出名。

《唐吉诃德》不特是打倒当时骑士小说的一部西班牙骑士小说，而且是与莎士比亚的《哈孟雷特》同其不朽的世界杰作。你可以设一个大图书馆，专容《唐吉诃德》的种种译本与版本，和关于它的种种论文与图书。在常用的《英华合解词汇》(随举一部字典)里，你可以发见 Quixotic 这个字，下面的注解是："极端荒狂，如小说中魁克叔。"如果对俄国的一个农人说："你是唐吉诃德"，他就不再和你客气了，虽然他没有读过《唐吉诃德》。原来它是欧美除了《圣经》以外第一普遍的书籍，而唐吉诃德之为欧美的"下层社会"所熟知，是像关公、岳飞之为我们这儿的乡下人所熟知一样，不过不像关公、岳飞那样百战百胜，力敌万人吧了。

《唐吉诃德》有一种不可抵抗的魔力，令人一读就不忍释手。因为各种各样的读者，都可由此吸取各人所特别喜欢的东西：少年可以看"打架"，青年可以由山曹的口里取得笑料，老年人可以由此体味生命之严肃。如果你是忧郁的，它会使你不由得微笑；如果你是快乐的，它会使你更加快乐；如果读者是哲学家，这儿也有许多严肃问题的提出，如果是个历史家，可以由此重建十六世纪西班牙社会；而为着某种理想而感受痛苦的灵魂，尤可由此发见自己的肖像，而汲取安慰与鼓励之清泉。

西万提斯他想创造一个人物，藉此嘲笑充斥着当时西班牙的骑士小说；但同时又要表现人类心灵对于理想之热狂，所以目的之一虽然是在嘲笑，态度却要庄重端严；然而他不能由古时的荷马或当时的Ariosto得到用这态度处理这题目的著作之暗示；因此，他就只好自创一个新的东西，结果就完成了兼用写实派浪漫派的笔法写成、和描写表面情节的世界第一部小说。自唐吉诃德出世之后，我们可见许多他的徒弟接踵而来：法国都德创造的达哈士孔的狒狒，英国腓尔丁的《约瑟安特路士》里的牧师，《威克斐牧师》里善良的老头子……都是；甚主［至］有人说波华荔夫人就是穿裙的唐吉诃德。

对于《唐吉诃德》，有许多人，以为它是讽刺腓力第二，圣母玛利或某某政治家；但这都是无聊的解释；它没有哑谜给人猜，它不是如其第二部里所说的绘画家的反常的图画，下面要写一行的字，说"这是公鸡"，才能使人明白。第一，这华美的杰作的目的，确是像其序上所说，在消灭骑士书的势力的。我们要知道，当时罗曼斯的骑士冒险，在西班牙国外是早已消亡了；但它的精神依然在罗曼的西班牙维持它的权威，把毒汁灌入每一个西班牙人的脑中，把全国造成鄙视劳动与工业的夸大狂者之疯人院。见到这个危险，宣传员在讲台上劝告大家；牧师写文章，想拿基督同圣徒们替代犯神渎圣的英雄；政府多方防阻；这一切不能说是没有多少效果，可要到西万提斯出台时，才在一击之中肃清了在西班牙弥漫多时的骑士风气，打破了西班牙雄大而空虚的沉梦。

但是拜伦及其他的人们说讽刺骑士精神的，直是叛徒，因为他是把牺牲，英勇，自尊等高尚精神毁弃了，所以，对西班牙的衰落他须要负其责任。其实，如果将杰作的原意和西班牙当时的情形加以考察之后，我们就明白：西万提斯并不是消灭任何的高尚精神，只是把蒙蔽着它的渣滓除去，而还它永远真实的未来面目：当我们除掉了那可怜的绅士的疯狂之后，他将是何等英侠可敬的人物呀！

所以西万提斯这样纯化中世纪的骑士观念，是救济了他的西班牙。因为十七世纪的西班牙人，其最明显的特征，便是沉醉在超人的、雄壮的空梦中，不肯张开眼来，看看四周的现实及已经变了的世界，去认识小贵族的骑士团所依附的封建堡垒是已经为资本主义的金元之怒涛所扫荡了，去认识逆着潮流盲目前冲便只有灭亡之一途。唐吉诃德攻击只存在于他热烘烘的脑中的巨怪，被风车连人带马地卷到半天；他为着平天下的幻想，每每得到苦味的教训；在这方面，西万提斯是把西班牙真正的弱点与过分的自大狂，它思想的空虚与它言语的堂皇，大众的贫乏与华丽的背景造成一个互相反视的对照，且诙谐地、活活地把它表现出来了。

我们知道：唐吉诃德出世之前的罗曼斯和他种文学作品，是塞满着不知多少的怪人怪事的：骑侠必然是有什么宝刀魔环，或有什么魔术自卫，可以不吃饭睡觉，和做其它自然的动作；骑侠的敌人必是巨怪，恶蛇，毒龙，妖魔；背景必然是鬼气森森的古林奇洞，或壮丽巍峨的皇宫；女人必然是普天之下都找不见的美人；骑侠一定是力敌万人，如果和敌相战，一定把他们或它们杀得如同木偶似的。

可是唐吉诃德出来冒险的那一年，一切都被我们的"魔术家"所改变了：敌军变成了羊群，堡垒变成了客栈，皇女也因魔术变成了乡村妮子；不吃几天饭，就连生他的母亲也认不出他了；打起架来，倒霉的总是我们的痴心骑士；非拉伯拉斯灵油虽则偶然治好他的伤，但他差不多因此连他的肠都要呕出来了。

因此，唐吉诃德可说是前后两时代的分界碑：对于中古主义的胜利的戏拟作品，对于近代科学精神的急先锋。因为它是以现代的现实背景，描写五花八门的奇事；以写实主义的手腕，处置罗曼主义的材料，把这两个要素巧妙地打成一片——而其幽默的原因即在于此。所以我们处处觉得它的无稽，同时又处处觉得它的实在与可能，觉得事情是我们在现实世界中所常遇到的，而人物也同我们这儿的一样有血有肉的。

其次，说到《唐吉诃德》的风格上面。其时大家都致力于独特的风格，把文学雕琢到失了气力和明晰。但西万提斯则用浅白，明了，老实，而排列适当的文字，说他的话。所以他的文字是如同静静的江流一般清畅而流利，如孩子一般地质朴而坦白；并且随处都有有声有色的俗谚，这俗谚使山曹班差粗土的话发出美丽的光芒。诚然西万提斯没有莎士比亚电火一般的笔法，没有拜伦火山一般的情绪；但由他那儿，如屠格涅夫所云，"你会感到真叙事诗的闲静平和之喜悦"，像在炎热的中午，看见一条青色的河流在你眼前徐徐地经过一般。

唐吉诃德是欧美各级人所熟悉的传奇人物，一说到他的名字，就知道是瘦长的、可怜的、可笑的、老年的愁面面①骑侠，所以唐吉诃德竟成为荒唐愚鲁的人的代名词了。不过，我们虽觉他不自量力和不加细想的可笑，但"理想"和"自己牺牲"毕竟是光荣的，严肃的；因此，当我们看他做狂把戏的时候，虽然也许要发笑，但是终于不能笑出声来；因为我们不由地在这可怜可敬的骑士之瘦影背后，看见过去现在将来无数与他一样的灵魂们的悲哀；他们也是敬人而为人所轻，爱人而为人所恨，利人而为人所害的。所以，纵有许多人（连作

---

① 原文如此。

者也在内）说这是娱乐之书，但当我们略想一番时候，便可感到其所含笑声是混和着多少沉痛的眼泪；不过这眼泪是因作者系以微笑观察人生的缘故，而被笑声所掩没了。

　　浮士德是跳身在时代的奔波，跳身在事变的车轮，痛苦、欢乐、失败、成功都不问，去穷究宇宙的核心，唐吉诃德也差不多是如此。他虽年及半百，且是在洋纱葛布之间长大的，但知道他生在世上来唯一目的，是"解除惨祸，惩治凶恶，镇压暴乱，匡正罪过，清偿债欠"；所以他"日里夜里，骑马步行，冬天夏天，忍饥挨寒"，漫游四处，救弱除强。他对这光荣事业，迷恋到视基本生活所需要的睡眠饮食为多余。他不知道什么是金钱，他更不知道什么是虚荣，他尤不知道什么是欺骗；他只知道"世间一切罪恶的铲除都是留给他一个人的"这点就得了。所以结果，他洪炉般的热心，金刚石般的信仰，把他变成了与现实脱离了的人；一切平庸之物，都在他热腾腾的幻想之下，融化成辉煌的、热闹的东西；白身的姑娘变成米可米看娜公主，理发匠的盆子变成孟伯利诺头盔，妓女来找一个搬运夫，变成堡主女儿钟情于他，到来幽会；被人欺骗关在笼子里，他以为是着了魔。然而，正如屠格涅夫所说的一样："我们中间的哪一个，自己凭了良心寻问一下，将过去和现在的确信检点一下，哪一个能够决定的主张说：我是无论如何常能够分辨出理发匠的铜盆和魔术者的金胄来的？所以我想，真理的根本问题，是在各个人的信仰的忠实和信仰的力量上的。"也诚如法郎士所说："不幸的是，不是有时变为唐吉诃德的人们，永远不会把风车当成巨怪的人们。这伟大灵魂的唐吉诃德就是迷他自己的魔术家。他把自然置在与他的灵魂相等的地位。这不是受欺！受欺的是眼前看不见美丽和伟大的东西的人们。"

　　正因为他的心思，幻想，意志的全部都倾注在那儿光荣的事业上面，所以纵使把他拳打、脚踢、棍击得半死，把他吊在半空，把他打得头破耳缺，把他关在笼子里如同供人观看的老虎一样，这，在他看来，都不过是牛乳饼罢了。但我们千万不要因此以为他是用精神胜利法的阿 Q，是火般的热情，铁般的意志，天般的度量，使唐吉诃德不能辨出痛苦和快乐来——只要不把他惩戒恶人的持刀手斩掉就行了。

我每每把唐吉诃德（Don Quixote）和阿 Q 联想在一块；一来是同为名字有 Q 字母的著名老年小说人物，二来是他们的特性相异得令人吃惊；因为一个是自私自利，一个是大公无私；一个是阴险狭窄，一个是慷慨大量；一个是具有兔子的怯弱，狐狸的狡猾，一个是狮子一般的勇气，孩子一般的坦白，母亲一般的恳切；一个是醉生梦死，今日不知明日事；一个是一心一志为着一个理想，以致不知死为何事。

唐吉诃德对于牧师，暴徒，仆人，无论何阶级的人，都极殷勤，只要人家不妨害他生在世上来的使命；不然虽是国王，他都不客气的。他对杜新娜的爱情，是专一、纯洁、深热得几乎不可想象；他把爱情和信仰合而为一，他为信仰而恋爱，他为恋爱而信仰；所以当他将冒世界最大又是世界最小的险之时，他对他的随仆山曹说："如果我不归来，你就回去同我做一件好事，告诉她说我为了使我配做她的人儿的事业死了。"所以他的脑子里，尽管是充满着五颜六色的狂想，但是他种种人格的威力，使他成为不特为他家人所爱，而且为世人所爱的人。

一切学问以比较为始终。因此，我很高兴把西万提斯和与他同时同伟大的莎士比亚放在一块来看，观察两人之异同，而增加我们对于西万提斯的认识。第一，我们所感觉着的是，他们的心灵装着丰富的宝物，这宝物似乎是永不穷竭的样子；许多平庸的事与人，一经过他们的手，便穿着可爱的衣裳而出现；他们是看得多，听得远，想得深；发见普通人不曾发现的；他们所造的人物，同借自然之力所造成的人一样活泼或者（在某种意义上说来）还要有生命力，使你猜想如果用手按在这些人物胸前，定会觉得有心在跳。莎士比亚把世界一切置于他的视线之下，他要用之时，就随手取其所需，毫无阻碍之感；

而西万提斯则像屠格涅夫说的，带着父亲的慈容，把他最熟悉最了解的东西，一件一件地告诉你；莎士比亚赋有北方人特有的刚强与严峻；西万提斯则赋有南方人的活泼与轻灵；所以莎士比亚的文字好像火山——时时喷出火；而西万提斯的，是淡青色的静流——有时上面起着涟漪。

现在把以上两位伟人所创造的代表人物探讨一番：屠格涅夫说过，人类的性格有二种，一种是像唐吉诃德一样的暴发型，一种是像哈孟雷特一样的怀疑型。这话，我觉得很有心理学上的根据；美国的哲学家詹姆士在他的《心理学简论》里说道："有一种人的冲动发为动作异常的快，他们是充满了跃跃欲试的好动心，谈论起来，如同汽水之冒沫一样。必要时，还要独自一个出来做异想天开的艰难事业，以致旁观人简直当他一只小指里所藏生活力，比明哲有分寸的人全身上所有的还要多。试看历史下许多革命家，就属这类坦白直率而机敏的人物。如果这类冲动派的人们不易走错路之时，他们实在是最令人慕悦而最不可缺的。还有一种人禁止力过强，同前一例大相径庭的。他们对某一事故，不能有决定的办法，只是呆呆坐定，睁眼直看，可是一些举动都没有，他们的知性虽然明白，但动作不是不随之而起，便是走进别途。他们一生一世无时不在矛盾之中，他们的道德知识常在背地里怨恨不平，在批评，抗议，眷恋，可是那虚拟语气终不会变成命令语气。这种人算是最无望最可怜的了。"

唐吉诃德他的头脑一起行侠的奇想，就身穿铁甲，手执长矛，单身出门去为人打不平，丝毫不曾想，也不愿想，他自己是老迈无力的绅士，和做这事业有何危险，因为骑士必有爱人，他自己也选了一个，可是这爱人却是走遍西班牙也找不到的，除了在他热腾腾的脑子里。一看见风车，纵然是亚里斯多德来告诉他，他也以为那一定是巨怪；这样一想的时候，他就马上策马前奔，去取巨怪的头，到了被风车连人带马卷到半空而被抛到地上之后，他也有他热烘烘的脑中所产出的解释：是魔术家把这风车化成了巨怪无疑。总之，理发匠的铜盆和妓女，在这热心的绅士的眼中，就不是理发匠的铜盆和妓女，却是孟伯利诺的头盔和公主；在行侠当中所受的无数戏弄和殴打，他以微笑置之——他伟大的灵魂，是这样地不为感官所支配，在遭受痛苦的肉体之外翱翔着！翱翔着！

哈孟雷特和他相反：他不断地反省，不断地思考，到要实行时，就打不定主意了。他说："我也不知道我到底是秉着兽类的健忘性，或是一个万事都怀疑的懦夫——把我的思想分作四份，只有一份是智慧，倒有三分是卑怯——放着充分的理由，意志，能力，手段不去复仇，却天天嚷着'此仇必报'。但看这人数众多的军队，是着一个蛋壳，都不惜把脆弱的生命暴露于一切运命，死，和危险之前。我却如何呢，父亲被人杀了，母亲被人玷污了。于理于情都无可忍，却恬然忍着，于今好不惭愧，眼看这两万人为着儿戏的声名，至于趋坟墓如衽席，所争的地方还不够做战争者的埋身之所。哦，从今之后，我要把心放残忍些，否则太不值了。"他就是这样不断地思前想后，把事情分析了又分析。他决不是把风车当成巨怪人，就真的看见巨怪，也未必肯杀它。

以上二型，屠格涅夫曾加哲学的解说："人的全部生活是不外乎继续不断地忽分忽合的两个原则的永久的冲突和永久的调解。假使诸君不怕我用了哲学上的流行语来惊骇你们，那末我想说，哈孟雷特们所表现的是宇宙的求心力，因此结果所以全部活的物事都在想自己是宇宙的中心，而旁的一切都是为自己而存在的东西。……没有这一种求心力（为我主义的力）大自然是不会成立的，正如没有其他的一种远心力，大自然也不会成立一样，照这远心力的法则，则各种'存在'都是为'他'而存在的。这两种力量——静止和活动，守旧和进步，就是凡存在在世上的万物的根本力量；植物的生长，强大民族的发展的原因，都可以用这两种力量来解答的。"

　　总之，唐吉诃德是视"理想"为唯一可贵的东西，可是这"理想"却不是可以这样容易捉到的，当着他用手伸出的捕它之时，它不是现形为一块拳头那末大的石头，突然地把他的牙齿夺去四个，就是现形为一条绳子，把他吊在半天，或是变为一群猫儿抓得他一面伤痕。但为着实现他锄强扶弱的志愿，他不惜把生命置于一切的危险之中，一切困苦之中，吃可以打出巨怪的脑浆的牛乳饼或地上野生的青草，饮野间的泉水，受着冷风的摧残，忍着烈日的照射。所得到的虽是嘲笑，诅骂，拳打，脚踢，作为他每日之粮，但他深知实现他的理想是一件事，而得到人们的赞美又是一件事，所以"不幸"不断地落到他的头上，他都不叹一口气，只要他的手还执得剑，他又骑上他的马到别处去冒他的险了。他的灵魂是这样地超出他所有的患害之外，他的心是这样地像无云天似的清明。

　　为着唐吉诃德这个人物，西万提斯另外创造一个乡人山曹班差，作为唐吉诃德的行为之尺度。山曹班差在小说中与唐吉诃德占同等重要的位置，我们甚至可以说，为着山曹班差，所以创造了唐吉诃德。总之，要知道唐吉诃德狂到什么程度之时，可以用山曹去量度，要知道山曹笨到什么程度，就有唐吉诃德代我们测定。一个是往泥土里窜着，一个是向天上飞翔，全书的要点就是在他们两人之间的距离，滑稽的成分之多少是由这距离之大小而定。山曹是个感官主义者，他不相信"想象"；他最信任的是他的眼和耳。同唐吉诃德全不相同，他把风车视为风车，把理发匠的铜盆视为理发匠铜盆。一切事物，在他的眼中，都是很平庸的，没有什么特别的；一个人所最要留心的，是饮食好一点，居住好一点；生命到了黄热之时，不摇而自落，不必拿些不妥当的嗜欲去摧残它，生命应该同补鞋匠的绳子一样，能拉得那么长就那么长。他说："我听牧师说过，我们不要希望光荣或恐怕痛苦而爱上帝，我们要为着上帝而爱上帝；不过，在我自己呢，我却为着他对我有什末好处而爱他。"他是个很善打算的人，在什末地方吃亏，他是很明白的。如果不是所从的主人——唐吉诃德——愚直得好像水瓶，在日间小孩子可以使他相信是在夜里，他早既使他的驴转头回他的家里去执犁耙，不再在高山深谷东奔西走，如同阴鬼一样了。尤其是殴打一落到他的背上之时，他就宁好不出一步门了；因为这样的漫游，去救人反被人所殴是不上算的。他想做个岛总督，想用最不花钱和最不吃亏的方法——譬如海岛会自行落到他的脚边之类——去达到这目的，可是这目的既达到了，他却发觉总督不是一尝就会连手指都吃进口里的东西，觉得他的手是不适于执权标，只能执镰刀的，最好还是回家里去带大子女，平平静静地生活。（像法郎士的《波纳尔之罪》里所云）他对我们说："你应当静听天命，我的伙计。你对于你背囊中阴干的面包，应当比对于那种在贵族厨中烧烤的鹧鸪格外珍重。服从你的主人，无论他是智慧的，或者是愚蠢的；而对于充满了无益的事情的头脑，不用自讨麻烦。留心着吃亏吧，这是不自量力，这是自讨麻烦。"

但唐吉诃德却这样对我们说："你应当极力向着大的事业思念，应当知道思念是世上唯一的事实。你应得将自然的现象提到和你一般儿高，而全个儿宇宙，在你不过是你英雄式的灵魂的余荣。你为光荣而战吧；这是对于一个人唯一尊贵的事，倘若你有时受了伤，你便应当任凭你的血液和慈爱的甘露一般散布，你还应当微笑。"

总之，在这杰作，荒唐中含着实在，诙谐中含着泪水，使你欲哭不能，欲笑无声，满头满脑塞满了西班牙人的狂妄的骑士唐吉诃德，虽然做出愚蠢和疯癫到了不得的事，你都不能不爱他，或许，见他遭人粗鲁的待遇，反不平起来，这都是你的自由。不过，他的创造者既然告诉人以他千万万的蠢事，却又能使人敬爱和尊拜他，把他的疯狂从他的伟大中簸去，不能不使人惊叹他的创造者的技巧之成功，怪不得古尔律治（Coleridge）说创造人物，除了莎士比亚，只有西万提斯一人了。在这杰作之中，你还可以读到对于种种观念与习俗的嘲笑，关于种种问题的发挥；你将看见你所习见的东西，都以不同的新鲜的姿态和你相见，无数如珠似宝的妙句从西班牙的伟人的笔尖上滴下来，好似一点都没有障碍似的。

《唐吉诃德》第二部，是在第一部之后十年完成，有的人（如歌德）爱第一部，有的人却爱第二部。不过，在我的意思，在体裁，材料，态度，笔法上，两部是一样的，所异者是结构上第二部比较严整，没有凭空插入与上下文无甚关系的故事，其次就是，再加十年的风尘，使西万提斯对于人生，加深一层悲哀的感念；虽然，你还是见他在向我们微笑。

关于《唐吉诃德》的事是不尽的，那末，让原书说明其自身吧。

不过在这儿还有几句：

这书在全世界，几乎各国都有译本。日本译文在一八九六年出版，印度译本在一八九四年出版。关于中国，西万提斯曾有这样的话：中国的皇帝很关心这本书，请作者把它寄给他，因为想在中国创办一间研究卡斯隄尔语的大学，拟定《唐吉诃德》为教科书。在中国第一个（用文言文）译它的是林纾先生，书名《魔侠传》。据爱读《唐吉诃德》的周作人先生所说（我自己一时觅不到这译本）这译本是节了不少。这书到二十世纪初期，计有七百种全译本与节译本，流传之广，仅仅次于《圣经》。因为它的滋味是适合一切时代、一切民族、一切人性的。普通人读这杰作，觉得如同着了魔一般，巨人歌德和莎士比亚也称赞它，甚至头脑冷静的哲学家如康德也对它发生无穷的兴味。

我认得《唐吉诃德》是在八年前，记得给朋友的一封信中，说过一句话：一个人不曾读过《唐吉诃德》就死了，何等可惜！我在六七年前早想译它的全文，第一步和第二部，卒之在一九三一年至一九三二年的两年当中把两部译完了，字数大约有五十万，其第一部曾登于《广州民国日报》的《黄花》，登有七八个月。唯这日报在中中和北中不很多见，所以《唐吉诃德》译文的登载，不大为广东以北的读者界所晓得。因欲以翻译世界杰作为此生全部之职志，我在未译我计划要译的群书中之第一部——《唐吉诃德》——之前，曾以年半的整个光阴，对照四十余部（都是四百页左右的）杰作之英文本与其中译本，以为动笔之预备。译时每日不断地作平均八小时的工夫，上课时就作在讲堂里。有时一日可译三千字，有时因一二字难译，只能译一二百。但我觉得在高中与大学讲堂及其图书馆里，在寓所的洋油灯前，翻译在牢狱中起稿和起笔的书，是太舒服的了。其次我最担心的是：译文不知会因我的浅学，以致弄出可笑的或甚至不可原谅的错误；关于这一点，我只有等候识者善意的指示之一法。不过，亲爱的读者，我知道自己力量的薄弱，所以把译文与原文对看了七回，加以修改。我所根据翻译的原文是英文译本：Motteux，Ormsby，尤其是 Jervas 的译本。译者极得 Gregory 先生（懂西班牙文）的助力，应该在此向他道谢。尤使译者感激不尽者，是老师 Fletcher 教授，为我解决了许多疑难。亮生兄，继姊，绍妹为我对看，为我抄写稿子的功劳，我是不能忘记的。还有许多友人——他们是简［间］接加增我翻译它的能力的——我当在此提及，和向他们致谢——最后，励文友帮忙我打理出版事务，尤使我感激无穷！

关于翻译，我想说一点话。翻译的第一目的，是"译得同"，就是译到意义和语法都同原作一样；但是在实际上每每有做不到之时。在这情形之下，我们只好以"译得像"为满足；即是把原作的文法形式打破，把它的原本精神加以保留，然后拿在中国时行的衣裳给它穿起；诚然样子变了，但是大家总还知道他是素来所认识的张三。如果又做不到第二步之时，我们眼前就只有两个办法，一个是把原文直接写下来——但又不是翻译了。第二个是以不背原意为主，用别一个方式表示原意，只求"译得近"就得了。总之，忠实不忠实到成为词句形式的奴隶，弄到不特不懂外国文的读者，对于译文如同对原文一样不知其所云，而译的也不知道自己说什么话；流利也不流利到以为自己是作者；译者的唯一要事，是使忠实等于半斤，使流利等于八两。

《唐吉诃德》里，引用颇多不大为中国读者所熟知的书名，人名，地名。对之，我本已作有很详细的注解，各条共计有三四万字；后因感觉《唐吉诃德》本文已是卷帙繁重，再插许多字的注解，本子就不免太大，而有许多不便，所以终于把一切详解都删去了；同时希望读者最好在未读之前，先读一些希腊神话，《圣经》节译本，西班牙史地书籍，尤其是骑士文学史，以为准备，这样，虽无注解，都就没有什么问题了。

——录自商务印书馆 1939 年再版

《爱与恨》①

《爱与恨》前记

（钱颖②　张庚③）

为一本改编的剧本写一段序言，似乎是多余的。因为如果说些介绍原作者的话，读者在剧本中已经不能找出完整的作者的思想来了；

---

① 《爱与恨》，戏剧。俄国奥史特洛夫斯基（A. N. Ostrovsky，今译奥斯特洛夫斯基，1823—1886）原著，钱颖、张庚据其《罪与愁》改作，"戏剧丛刊"之一，上海杂志公司 1937 年 7 月初版。

② 钱颖，生平不详。

③ 张庚（1911—2003），湖南长沙人，曾就学于上海劳动大学社会学系，1932年参与成立"左翼剧联"武汉分盟，后到上海从事戏剧活动。著有《什么是戏剧》《戏剧艺术引论》等。

如果说些自己，但自己究竟是在原作者的思想力之下工作。原则地说起来，改编其实是一种没有多大意义的工作。

但我们也仍然逼着走上了改编的路了，我们不能不说，这是很苦的，假使不是为了蚂蚁剧团等着上演，特别是剧团的诸位对于我们过厚的期待，这剧本是不会产生的。

我们也是时常在剧本堆里摸来摸去，想掏点可以上演的东西出来的许多人中的两个，不过除此之外，我们还有一个相同的偏见，就是对于奥史特洛夫斯基的热狂。自然，对于他编剧的技术我们很心折，但更重要的还是他的深刻的现实主义，他对于市民灵魂深刻的发掘。这的确是偏见，我们自己也看得出来，因为我们对于描写知识分子生活的，问题的，以及所谓"主题积极性"的剧本感觉了效果上的怀疑，我们时常想望一种真正是发掘生活，从中挑出那终日缠绕着现代的市民们而一直不曾被他们认识的世界观所构成的悲剧或喜剧。我们窄狭地想，目前的戏剧运动应当以这种戏的上演当作主要任务，因为只有这种戏才不是对于市民们表面的刺激，才能引起他们对于自己生活的深思。

就在这点上，我们热爱了奥史特洛夫斯基，也就是在这点上，我们为蚂蚁剧团找了奥氏的《罪与愁》来改编。

在我们同意改编这剧本的当时，我们的原意是想把奥氏无条件同情市民阶级而反贵族的态度改成对于市民生活和世界观的批判。我们对奥氏的反贵族而同情市民一点，是相当同情的，不过我们认为那是十九世纪俄国农奴解放前后一个有博大心肠的作家的态度，而不是我们现在所应取的态度。我们的市民正在进步中，决不能放松对他们的鞭策。

可是问题也发生在这里了。我们重新塑起角色的形象来，并且企望着这些形象不是凌驾在环境之上，而是植根在社会基础之中，我们努力克服"为性格的性格"，而企图完成现实的性格。于是唐露英、罗宝生和其余许多别的人总算在我们脑子里形成了。可是，一方面是奥氏剧作的谨严，另一方面是我们的瞢昧，结果，我们想只修改一下台辞就完事的计划完全打破，退后到只保留故事发展的轮廓了。

工作是这样分配的：钱颖写对白的初稿，张庚修改；在动笔的前后甚至于当中，我们差不多是用争吵的方式来讨论剧中 Action 的展开的。往往为了人物性格的变更和 Action 的必然展开，和原有的故事轮廓之间发生了矛盾，几乎有不更改故事就不能进展的样子，可是我们却很傻气的想了许多方法解决了这些问题。然而在分场一点上（就是人物的上下），我们到底不能再支持原来的样子了。我们其所以念念不忘于原来的形式，也并不是根据了什么奇想，而是为了改编的迅速，但到结尾，我们两个全都承认：除了轮廓之外，几乎是另写了一个剧本，甚至所花的精力比写一个剧本还多，这真是一件笨透的工作。

这粗劣的东西居然有书店肯印行了，这未免令人惭愧。我们就当作一种主张的初步实践和试验罢。自然，这块断砖抛出去还希望能引些珍宝出来。

最后，台辞在蚂蚁剧团的排练中，经过了导演和诸位演员的再三斟酌，修改了许多不顺口的地方，一并在此致谢。

改作者六月十五日

——录自上海杂志公司 1937 年初版

《保卫玛德里》^①

《保卫玛德里》小序

（黄峰〔邱韵铎〕②）

血中火中的西班牙！它的战争，从爆发到现在，已经有一年光景了，而据我们看来，这一战争正未有穷期。有些政治观察家说，这一战争或将延长到两年以上，至少将拖过一九三八年的夏天。无论这句话的正确性会有什么样的程度，总之，无可怀疑的是：西班牙战争，是一种长期的决斗。

血中火中的西班牙！你想象一下它的苦难的运命吧！你想象一下它的坚决的搏斗吧！它的父老妇孺，死在法西叛军以及德意强盗手下的有多少了？尤其是它的青年子弟、少壮战士，被他们内外的敌人屠杀了的，有多少了？他们的抗斗，他们的丧身，究竟是为了些什么？

血中火中的西班牙！它的战争，就我们所知，早已不是单纯的内战，而是国际民主势力、反法西阵线跟反民主势力、法西阵线之间的悲壮剧，而且是世界第二次大战的前奏曲。一边是残酷的侵凌，一边是英勇的自卫，一边是出卖祖国，一边是救护祖国。在无耻的西班牙叛军的狂攻之下，在德意对叛军的直接加紧援助之下，在英法的不干

---

① 《保卫玛德里》，报告文学，柯尔左夫（Mikhail Koltsov，今译科尔佐夫，1898—?）等著，黄峰编译，上海杂志公司 1937 年 7 月初版。

② 黄峰，邱韵铎（1907—1992），上海人。早年就职于创造社出版部，左联发起人之一。1936 年参与中国文艺家协会的发起筹备工作，编辑过《文学界》《文艺新闻》等。曾任光明书局编辑。著有小说《热情的书》，另译有法国嚣俄（今译雨果）小说《死囚之末日》、挪威纳突韩生（Knut Hamsun，今译汉姆生）小说《魏都丽姑娘》、美国贾克伦敦（今译杰克伦敦）小说《深渊下的人们》与文集《革命论集》等。

涉政策对德意一再让步的间接援助之下，到了最近，比尔波（西班牙北部巴斯克邦的要港）又告失陷了。据说叛军（德意的凶手也一样）正准备分两路着着进攻了：西进，攻圣坦特；南下，攻玛德里。

血中火中的西班牙！它的首都玛德里，不仅仅是西班牙全国人民的力量和希望所集注着的中心，而且是"整个世界的思想和感情都在关心着"的"美丽的城市"①，在西班牙的战争中，每一个有正义感的世界大众都有自己的岗位。是的，"让每座房子都成为战垒，每条街道都成为战场吧！"②这决不仅仅是身在西班牙战场上的健儿们的口号。因为保卫玛德里，就是保卫民主，保卫革命，保卫和平，那是不容细说的了。

在这个用意之下，我贸然地答应了书店的邀约，僭妄地编起这本书来，使一些关心西班牙问题，关心世界和平问题的读者们可以从这些报告文学中获得西班牙的实情，增加他们对残酷战争的印象，鼓励他们以敌忾同仇的勇气。

编译者志　七月三日

——录自上海杂志公司 1937 年初版

《保卫玛德里》自由的旗手（代跋）

黄峰（邱韵铎）

"终于，自由呵！终于，自由的旗呵，虽然破碎了，却又在飘扬，

好似大雷雨一般向着风儿注射着波光。"

——拜伦（Byron）诗

---

①② 均引自电影《火中的西班牙》（*Spain in Flames*）。——原注

"自由的旗，本来是握在福克斯和他的同志们的手里的，现在是要捐在我们的肩头了，我们一定不要辜负他们的托付之重，而对于法西主义者，'一报还一报'，在我们是不够的。他们杀掉我们中间的一个健儿，我们的健儿便杀掉而且一定要杀掉他们中间的一百个。"

——波立脱（H. P. Pollitt）演说词

一

当去年八月间，西班牙斗争刚刚开始的时候，莫斯科举行了一次拥护西班牙政府的示威运动，小说家法捷耶夫（L. Fadeyev）的演讲词中有这样的一段话：

"玛德里和巴塞洛那的英勇的劳动者，亚斯杜里亚的雄壮的矿山劳动者，加泰罗尼亚自治州的人民、农民、知识分子、士兵、水兵、妇人、青年、普通市民和政府官吏，他们对抗着祖国和全人类的敌人，逆出了斗争的火花。让我们把他们作为模范吧！"

接着，他便下了一个结论：

"让我们给西班牙伟大的人民和他的民主政府以同情、爱护和援助吧！给法西斯蒂叛徒们——人民的公敌——以侮蔑和憎恶吧！"

此后，战事越来越扩大，越残暴，为了保卫民主和文化，各国

的前进作家和战士，一个一个地奔到西班牙去，形成了国际纵队
(International Brigade) 这样的组织，或则担任了飞机师的工作（例
如法国的小说家马尔洛、苏联的小品作家柯尔左夫），或则担任了救
护员的工作（例如英国的诗人奥腾），或则担任了政治指导员的工作
（例如英国的小说家兼政论家福克斯），别的作家，则更担任着别的
工作。

　　我们知道，像这样的一些作家之所以参加西班牙的战争，是负有
非常重大的正义感和责任感的。原来，西班牙抗战，不只是西班牙一
国的问题，而是整个世界的问题。好像现在是中国的人民正在对东方
侵略主义者和汉奸拼个你死我活的关头一样，现在也正是西班牙的人
民对法西主义的幽灵搏斗的严重危急的时间。

　　占着无上的光荣而且值得万分的崇敬的国际纵队，实在可说是一
种真正的人民军。它包含着各国的反法西主义的优秀的战士。无数的
战士和作家，毫无烦恼地，毫不犹豫地从本国出发；都是静悄悄地，
并不需要在报纸上预先登出什么照相一类的东西，就立刻奔赴西班
牙，而且一到西班牙，就立刻奔到玛德里——激战正酣的玛德里，危
险万状的玛德里。任何人在出发之际，就早有知识的武装，情愿做一
个反法西主义、野蛮主义的忠诚的，精明的战士。无论是文人也好，
武人也好；党人也好，非党人也好；医生也好，救护员也好；码头工
人也好，知识分子也好：都站到了一条战线上面，努力团结在一起去
击退共同的敌人——法西主义。

二

　　好多个作家，终于在西班牙这次残酷的搏斗中献出了人类所能献
出的最宝贵的东西——他们的生命。这件事，使我们追想到过去的英
国诗人拜伦，他曾经为了争取希腊的独立和自由，到希腊的火线，在

军旅中丧了生命，这不仅是英国的诗人中间可尊贵的传统，实在也可说是一切争自由的人们的指导的精神。

在这次光荣而且悲痛的死难的作家之中，尤其值得我们纪念的，是英国的福克斯和古巴的托连脱白牟等作家的悲壮的死。这是人类的损失，然而也是人类的光荣。这决不是一种"悲剧的浪费"①。我们应该知道：由于福克斯和别一些被难的作家的牺牲，一个新的西班牙必然会从此产生出来，一个新的世界也必然会产生出来；因此，作家在斗争的热浪中舍生，决不是一种浪费。我们必须在这些被难作家的血淋淋的、分散着的墓前，立下这样的誓词：我们不但要替死者复仇，而且要在这里竭力建立他们所要建立的社会建筑。

三

这儿以下，我想把西班牙战线上的许多主要的国际作家，逐一地描述出来，这对于一般的人，或许是有点启示的吧。

路特维喜·雷痕（Ludwig Renn）是德国的一个最辉煌的作家，是著名小说《战争》（*War*）的作者，这是大家都已经知道了的。雷痕因为政见关系，曾为希特勒拘禁于纳粹德意志的"集中营"②里。自从这地狱一般的巢穴中被释出来后，他就奔赴西班牙，参加政府军方面的活动。他统率着民团的步兵大队。他从玛德里寄发的德文信中说：

---

① 这是《新政治家》（*New Statesman*）杂志的文艺编辑摩蒂茂（R. Mortimer）追悼福克斯的文字。原文中说："福克斯是以一种罕有的理解力和同情心的阔度论述文学的。……我毫不怀疑地相信：他是乐于死在反法西主义的斗争里的，但我对于这一斗争虽是强大地同情，而他的损失，在我毕竟含有悲剧的浪费之感。"总之，他认为福克斯这样的死是不值得的。后来，波立脱（H. Pollitte）曾在"福克斯追悼会"中竭力证明这种估计是不正确的。——原注

② Concentration Camp，即是希特勒拘囚一切反对法西主义的政治犯的集中地带，表面叫做"营"，其实是化名的监狱。——原注

"当西班牙的渴血的'法西犯'大施威胁于西班牙之自由的今日，西班牙人民和政府所受的荼毒，较任何国家都属厉害得多。让我们大家来援助西班牙人民吧！"①

四

应着这种呼召而去的英国作家牢尔夫·福克斯（Ralph Fox）的死，是首先值得悼惜的。他本来领导着国家队的十一支队，在本年一月二日星期日为法西军所杀。

福克斯生于一九〇〇年，当世界大战结束时他曾在英国军队中服役，此后不久，即回牛津大学继续读书。一九二〇年，参加"友谊赈灾队"（Friends Relief Expedition）到了苏联，从此积极地从事于政治的生活。凭着那一次在中亚细亚的经验，写成了《高原之子》（*The Children of the Steppes*），此后又写了长篇小说《暴风天》（*Storming Heaven*）。此外，大部分的著作都是关于政治社会的研究，但新出的一本《小说和民众》（*The Novel and the People*），却是他对于文学的新解释。他是国际作家拥护文化协会英国部的基本会员之一。

还有，英国的两位青年诗人也在西班牙。一位是奥腾（W. H. Auden），别一位是斯宾台尔（S. Spender）。大约是三年以前吧，奥腾和斯宾台尔等，曾组织过一个革命的诗歌团体。可惜的是，他们当时人手太少，所以不能发展出一次广泛的文学运动②。据最近的消息，听说奥腾现在西班牙参加政府军方面的救护工作，斯宾台尔也于今年的一月间到前线去了。

----

① 原文见《新大众》第三〇五号。——原注
② 参看黄峰著《英国的新兴文学》一文，载《社会公论》第二号。——原注

在英国作家中，以西班牙问题为题材而出名的，也有两位：一是倍慈（Ralph Bates），一是匹脱卡仑（Frank Pitcairn）。

倍慈新出一册小说《橄榄田》（*The Olive Field*），这部作品胜于他的另一作品《落魄者》（*Lean Man*），显示着这位作者熟悉西班牙劳动阶层的生活，而且富于革命的热情。

对于这部新著，美国新文艺批评家表示过极其满意的感情。在他的《英国人来了》[①]一文中，他说："革命的自我表现，是要通过多数人们的想象的，但并不是通过某一单独的天才者的想象的。我们所要求的英国文学，就是革命的实体，而这个，我们是已经开始获得了"。接着，他就首先介绍了倍慈的《橄榄田》。

在这一次西班牙战争中，他也写成了好多篇短篇小说，《光明》半月刊曾载过一篇，题目叫做《乔加斯突烧毁了一座教堂》。这位作者又曾替匹脱卡仑的报告文学集《记者在西班牙》[②]一书，写过一篇"代序"，题目叫做《我加上我的实证》（*I Add My Witness*）。

说起《记者在西班牙》这部书，因为有译本可以看到，且国内的杂志也已经有专文介绍，我不想赘说什么。我只知道这位作者，原是英国的一个新闻记者，自西班牙战争爆发之初，便上了前线，身任小卒，把他目睹的一切，陆续写成了短篇的报告二十二篇，于去年十月间在英国出版。这部书虽缺乏艺术性的生动的表现，但是在事实的揭发和战斗的记录方面，却是［实］是值得注意的一部作品。

以记者的身份去参加西班牙战争的，还有一位女记者，叫做华纳（S. T. Warner）。他的一篇《我见了西班牙》，已由唐弢译出，译者在《后记》中说："此篇专为美国反战反法西斯同盟的机关报《战斗》杂

---

① *The British are Coming*，载《新大众》三〇五号，作者是希克斯（G. Hicks）。——原注
② 原题是"*Reporters in Spain*"，有林淡秋译本，改名《在西班牙前线》。李兰亦有译本。——原注

志（*The Fight*）而作，……对于动乱的西班牙，这是一篇很好的报告。"

五

　　去年钱俊瑞曾讲过他在法国时的事情。他是这样说的："有一天，一位法国著名的文学家告诉我，他刚从西班牙坐了飞机回来，他就是在前线驾了轰炸机向法西叛军投弹轰炸的。"另据《新群众》杂志的记载，则这位在西班牙前线参加工作的法国著名的文学家大约就是那位以《人类的运命》（*Man's Fate*）和《愤怒的时代》（*Days of Wrath*）等等光辉作品闻名的安得雷·马尔洛（André Malraux）。试看他给《新群众》杂志的信吧：

　　　　"我回到巴黎住了三天的时候，发现了你们给我的信。现在我是西班牙航空纵队的长官，阻碍了写作任何文艺作品的可能性了。"

　　这意思是说，他现在忙于作战，忙得连写文章的功夫也没有，并不是不想写作。《煆炼人类的运命在西班牙》（*Forging Man's Fate in Spain*）是在纽约出版的《国民杂志》（*The Nation*）编者招待马尔洛和路易·斐雪（Louis Fischer）①席上的马尔洛的谈话。

　　法国名作家之在西班牙者，还有保罗·尼赞（Paul Nizan），他曾在那里写成了《西班牙的秘密》一文，连载在去年的《国际通信》（*Inprecor*）上面，为大众所注意。

　　这位作家，几年前，自从在《欧罗巴》杂志上发表了他的处女作 *Aden Arable* 以来，文誉很高，认为是新兴进步作家中的最前进的。一九三二年，他在《警犬》（*Le Chiens de Garde*）一文里说明了新兴哲

―――――――――――――――――――――

　　①　Louis Fischer 是现代的名记者之一。——原注

学的坚实的立场，同时更主要地给拥护布尔乔亚文化的思想家们下了无情的攻击。他在巴黎举行的第一次文化拥护会议上，竭力主张社会主义的人道主义，和布尔乔亚文化的拥护者班达（Benda）等火并甚力。他曾在一九三五年到过苏联，去年西班牙战争爆发后，便奔到前线加以种种的援助。所写文字，可说是他的一部分工作的表现。

《译文》三卷二号曾载《利安的陷落》一文的作者锡斯提芬斯（Serstevens）也是赶往西班牙的法国小说家之一。该文是他"去年从西班牙归来后写的一段记事，原文载于去年八月二十六日《玛丽安周报》。作者忠实于他的描写，没有参杂一些党见，似乎是一个偏重艺术的美的作家，西班牙的内战是世界两种政治理想——或毋宁说是一种政治理想与残存的黑暗势力的搏斗，它的悲壮亦在此。作者似乎没有感觉到——或极力避免这一点，这是译者引以为遗憾的。"[①] 这种评语是很恰当的。

但在许多方面，一切的呼声，一切的报告，都含有着马尔洛那样的忠勇的呼吁的色彩，使读者中的消极的会变得积极起来，悲观的会变得兴奋起来。偏重艺术之美而放弃了斗争之美的作家，如锡斯提芬斯那样的作家，究竟是为数不多的。有人说，报告文学，在目前是重在"报告"，而不必责成其必为"文学"，实在是一种极有见解的主张。

我们试告别了法国的作家，走向意大利的作家那边去看看吧。

六

在西班牙战争中，虽则有意大利人帮助法西叛军，然而忠诚地替政府军服务的作家，也大有人在。对于这些作家和战士，我们是不能忘掉的。

---

① 这是译者"后记"中的原文。——原注

　　这首先使我们想到《战争的西班牙》一文的作者夏洛蒙德（N. Chiaromonte）。译者湘渔在"后记"中说他"是意大利一个散文作者与批评家。今年三十三岁。他是自由主义者。意大利法西主义专政后，亡命于巴黎。西班牙战争发生后，他和他的友人法国有名小说家马尔洛同赴玛德里参加政府军，驾驶飞机，保卫玛德里。本文前段，即其在飞机上的实录。"

七

　　古巴的一位作家托连脱白牢（Pablo de la Torriente-Brau），已经听说在去年西班牙前线阵亡了，这是很可惜的。他的《最后的通信》一篇，已由孙用从《新群众》译出。"据编者 ① 说，作者原是《新群众》的通信员，后来，他觉得做一个作家（他的本来的志愿）还不够，他必须加入实地的战争。这实行了，然而他仍有时寄一点通信来。在去年十二月发表了他的一篇题作《壕沟里的论争》的通信之后不久，就得到了他在波塞罗·德·阿拉尔康前线阵亡的消息，他是那儿的农民大队的政治委员。他在本国受过两年以上的监禁。"

　　据说在托连脱白牢被战死前，他在堑壕里站了起来，想发表演说，于是在这一瞬间，被敌人的机关枪打死了。后来，因为战事没有停止，所以不可能去收拾他这死了的英雄的尸首 ②。

八

　　美国作家海敏威（E. Hemingway）和帕索斯（Dos Passos），曾

---

　　① 此指《新大众》编者，括符内的文字，系引录孙用原文。——原注
　　② 这里所根据的是西班牙女作家里昂对苏联记者的谈话中的报告。——原注

于一月间在纽约声称：要到西班牙前线去。此外，当然还有许多的作家，还在准备到那里去，或者已经在那里了，因为我们见闻所限，不能一一缕述。

现在我还要说一说辛克莱关于这一次西班牙事件的小说《不准通行》(*No Pasaran!*①)。辛克莱在一篇文告里面说：

> "每个优秀的分子都愿意援助西班牙的民主的人民的政府。我的援助是采取了小说的形式；同时是采取了出版的事业，以便传达到大众中间去。……我曾经写信告诉我的德国出版人——在海牙的一个亡命者——我不要抽取德文版的版税；我，对于玛德里和巴塞罗纳的西班牙出版人和意大利的各种亡命人的团体，也采取了上述的不抽版税的办法，这是我对于墨索里尼（禁止我的作品的人）和希特勒（焚烧我的作品的人）的答复。"

季愚在辛克莱的《不许通行》那一篇介绍文里，指出"《不许通行》的故事虽然不是发生在西班牙，而是发生在金圆国的纽约城中，但全书从头至尾都被一条美丽的保卫玛德里，与西班牙的法西势力斗争的线索穿通着。作者怀着巨大的自信心，指明出西班牙事件的国际性，及中立国家保持隔岸观火的漠视态度的不可能。"——这是非常正确的分析。

九

爱伦堡（I. Ehrenbourg）是苏联的一个女作家。曾从西班牙的前

---

① 王季愚在《光明》上写"No Passage"该是"No Pasaran"之误，同时原文的副题是："They Shall not Pass"，译为《不准通行》是正确的。——原注

线上写成不少的作品，《经过战乱涡中》，已被译成中文，这是一篇报告文学中的优秀作。

另一位值得我们特别推荐的苏联作家，就是密哈衣尔·柯尔左夫（Mikhail Koltsov）。他本是苏联报告文学和幽默文学的名手，集体创作《世界的一日》（*A Day in the World*）的一位编辑人，密哈衣尔·柯尔左夫在他的《战线上的依巴鲁意》等速写文学里面，仍然是惯用着他那一贯的创作方法。在 V·雷尼的一篇论文 ① 里，我们看到了柯尔左夫自己曾这样说过：

　　"我不相信粉饰事实，用虚构的情节去装点它们，也不相信'捏造'什么活人来放到我的作品中去：对于实际上也许每天修面的人们，我不敢替他们捏造出胡须来；对于在实生活中讲话时和背书一样的人物，我不敢把寻常的日常用语放到他们的嘴里去。"

柯尔左夫今年还只三十六岁。雷尼又说：

　　"他生于基辅，父亲是一个穷苦的手艺工人。在小学里时，因为和他的'老'师们辩论，竟被开除。可是坚毅和勇敢终于使他进了圣彼得堡的工艺学校，同时他又研究经济学，……

　　"在大学里，他被牵入了革命的漩涡，这使他在内战期间跑到前线去，同时做兵士和诗人，又做编辑和演说家。在内战终止以后，柯尔左夫继续不断地为苏联最有势力、销数达数百万的《真理报》（*Pravda*）写稿，同时又兼任一个很大的出版社的社长，并亲自参预编辑好几种杂志。

------

① 这文章有许天虹译本，题目是《最快活的人们》，载《译文》二卷四号。——原注

"可是这一切事业，还不能满足柯尔左夫的战斗精神。所以他又变成了一个'业余'飞行家，做了那强大的'高尔基航空队'的队长。

"柯尔左夫深信苏联的全体人民必须都变作飞行家，所以他自己就先'以身作则'。

"柯尔左夫曾飞渡黑海，到昂哥拉去访问土耳道［其］的人民和政府。他曾在欧洲大陆上飞行过好几次，他曾在空中俯视德国、意国和法国的江海，以及阿那托利亚（Anatolia）的山脉。他看见过印度喀什山（Hindu Kush）的高峰，和那令人望而生畏的沙朗加峡（Salanga），那是这一带的亚纳亚群山中唯一的孔道。"

从去年起，他又飞到西班牙的上空了。雷尼从前批评他的题材，说是"不在天空而在地上"，在今天看来，尤其是使人非确信不可的。

一○

西班牙的一个革命的女作家兼新闻记者里昂（Maria Teresa Leon）和西班牙名诗人阿尔勃蒂（Rafael Alberti），最近一同到苏联，对文学报记者谈话中说：

"玛德里——这是前线——我们的家被毁了……一切作家们都想穿上军服。"

记得在西班牙抗战刚开始的时候，一九三二年所组织了的进步作家协会就已吸收了政见不同的全国的文化人，除了作家和艺术家以外，各种职业的知识分子的代表。协会会员有一千左右，马德里一处，就有三百个会员，其他各处都设有分会，在人民教育部次长罗塞斯（V. Roses）的领导之下，协会的宣传组的工作是很完美的。文学组在马德里出版着文学报《蓝罩衫》，在瓦朗西亚发刊着哲学文学的综合杂志《现代西班牙》。戏剧组在最大的玛德里剧场不断地演戏，电影组也在前线上放映国防影片。

——

　　这些作家，不问新旧，不问左右，都怀着同一的目标：为着西班牙人民生活的解放。

　　最前进的作家小说家山德尔（R. Sanders）以前写过一部富于国防意义的《钥匙》（剧本），诗人 A·马卡多（A. Machado）和阿尔勃蒂，写了许多的诗，等等，这且不去说它，而主要的，他们还投身在实际的行动。在这次抗战的开头，这些作家和一切前进作家都曾经自动请求人民的政府把他们编为一个特殊的作家部队，这无疑地是西班牙革命战争史上的一段壮烈的插曲。

　　《玛德里——瓦朗西亚——巴塞罗纳》的"作者 E·索马柯衣斯（Eduardo Samakois）也正是西班牙的一个革命作家，曾著《人人的罪恶》《根源》等书，现在充任左翼共和党机关报《自由》（Liberatad）的从军记者。他从玛德里出发，经瓦朗西亚，到巴塞罗纳，目睹国内战争的实际情况，写成这篇报告文学"[1]。至于别一些作家，大都在抗战的进行中，所以还不及把实情写出来，却也是实际的情形。

　　在西班牙的著名文学家之中，还有一位，就是路易·阿拉贡（Louis Aragon）现在也正在前线作战。他说：

　　　　"我在玛德里要向《新群众》的同志们致送多多的敬礼。我

---

　　① 　参见《译文》三卷二号所载"后记"。——原注

真切地感到，他们 ① 将为着援助和保卫民主的西班牙的英勇战士担任一切可能的以及难能的事情。我要告诉他们的是：法国的作家、科学家和艺术家——就是说他们中间最优秀分子——凡是站在人民阵线的立场上的，谁都反对所谓'中立性'的政治，而将运用一切的军事力量，一切热情的权力，对唯一合理的西班牙政府——劳动人民的民主政府——给与一种实际的援助 ②"。

他在这一次战争中的生活经验，当然是会非常丰富地保留在他的以后的作品中的，只是现在还不是写作的时间吧了。无论现在已写或未写，都没有什么关系。总之，一切为民主、为和平、为自由而战的人，他们的生活本身便是诗，便是艺术，我们相信，光辉的生活一定是光辉的作品的母胎，而产期也一定是不很遥远的。每一部大大小小的作品，都将成为西班牙革命战争的大大小小的里程碑。

一二

不仅进步的作家对于西班牙的民主政府如此地热烈，就连一些老作家们也都不能不流露出自己倾向于民主主义的感情。老作家巴罗哈（Pio Baroja），本来是怀着极端虚无的、浑沌的思想的，但在这一次的抗战给他的教训中，他一定会跟着安那其党人一样，走上民主革命的这条道路吧。还有被视为西班牙戏剧之王的老作家倍那文德（Jacinto Benavente），听说也已经投身于革命和动乱的西班牙漩涡中去了。

在老作家之中，最显著的一桩文学事件，就是乌纳摩诺的死。乌纳摩诺是怎样死的呢？在法西叛军起事之际，乌纳摩诺是站在法西主

---

① 指《新群众》杂志的诸同人。——原注
② 见《新群众》第二十一卷十二号。——原注

义方面的，到后来，他却是反对法西主义的，认为"他们所相信的仅是残酷和盲目的破坏力与暴力。"①虽然"他幻想建筑在中世纪的精神上，有皇帝、僧侣、教会，和行会的大西班牙；幻想胜利的西班牙法西斯是以给个性发展以极大的可能，并且肯定西班牙在全世界上的精神的优越地位"，然而呢，"这些幻想都毁灭了"。于是在去年十月一日萨拉曼卡大学举行开学典礼之际，校长乌纳摩诺针对着反动的文学教授马独纳多的发言，揭破了法西主义的残暴与无耻。终于乌纳摩诺被撤职，被监视，以至于死在军事法西主义者的俘房中，死在萨拉曼卡的拷问所里。

关于乌纳摩诺的死，苏联批评家 F・凯林说得十分透彻："法西斯给乌纳摩诺的教训，对于所有那些想在反动国之中逃避新生活的作家，是可怕的警告。"他又说到："乌纳摩诺的两个儿子——霍赛和拉蒙——在政府民团的队伍中作战着——这是我们革命时代真正的英雄。这是历史的裁判。"②

——录自上海杂志公司 1937 年初版

《保卫玛德里》附录：新兴文学在西班牙

黄峰（邱韵铎）

一　旧势力的灭亡和新势力的诞生

"西班牙法西主义的没落，恰恰是证明了革命危机的成熟以及法西主义的快要不能存在了"，约瑟夫在联共第十七次大会的报告中曾

---

① 括号中的文字，均引自乌纳摩诺对法国《礼拜六周刊》记者的谈话。——原注

② 引凯林所作《乌纳摩诺之死》文中语。——原注

这样说。

约瑟夫关于西班牙情势的天才的解释，当我们拿西班牙的知识阶级所担负的斗争过程来印证，尤其是拿文艺战线上历次的战绩来印证的时候，在现在显见得比从前更加正确。革命斗争的过程中的阶级矛盾的锐化，自不能不在这里直接地反映出来。比方说，布尔乔亚阵线方面传来的哭诉吧，要不是拿西班牙法西主义和社会法西主义的文学的"意识的败北"（Ideologicvefeat［Ideologic defeat］）去解释它，试问还有什么可以解释它呢？他们用了各种各类的语调，说了一模一样的意思："西班牙没有文艺。没有书籍，没有作家，而且没有读者。没有小说，没有戏曲，而且没有诗歌。"在他们的否定里面，若干布尔乔亚的批评家和讲学者甚至怀疑了整个西班牙都没有什么创作能力了。可是，新兴文学——小说，诗和戏剧——的急速的成长，竟然不曾达到他们的意识之中。据他们看来，工厂、农村、职业方面来的人，就根本不能希望他们制造什么真的文艺。然而抹杀不了的是：一种革命的文艺却确确实实存在着！当然，布尔乔亚也得同意于这一点，不过，关于这，劳动者群所感激的，不是本阶级，而是布尔乔亚汜［范］的叛徒，如 R·阿尔勃蒂、R·山德尔、C·M·阿尔珂那达等等作家；劳动者群自身，智［至］大的劳苦大众自己，还不能有艺术创作的可能，这些作家，是少数优秀分子中的获得优先权的人，他们曾吸收了前代的文化，也曾谨严地接受了他们的遗产，而"并不把寺院拆毁"。在这里，就是西班牙著作事业的处理者的思想路线。

无论布尔乔亚要求独占艺术创作的领域是怎样，然而他们（法西主义的，社会民主派的）西班牙现存文学的情势是超过了可怜的程度以上的。

"文坛寂寞，时间不够"——这些是我们常在布尔乔亚的报纸的评论中间看见的主要的表现，……但我们的面前，有的是主要各报（例如 *La Libertad*，*Heraldo de Madrid*，*El Sol* 等等）的一九三三年的总批评。除了两三种作品足以增光于西班牙文坛而外。这些评论家竟不能给布尔乔亚文艺阵线记录出一桩可以慰人的事情。虽然如此，可是法西主义和社会法西主义的文学圈内的恶劣的现状和彻底崩溃，并不就是说布尔乔亚的作家已经停止了斗争。当艺术领域陷于彻底破产的时候，"西班牙的文化领袖"（照西班牙语用法完全引来）便把他们的反革命工作的重量转移到抽象意识形态的领域，提出西班牙人民的前途问题，及其哲学的本质的问题，等等。一般的情形是西班牙社会思想史上既成事实之一种复演——在十九世纪的九十年时和二十世纪初期，当一八九八年西美战争后，西班牙大失殖民地的时候，西班牙社会里就发生了反对派倾向的激增，尤其在深受了巴枯宁思想影响的青年文学的一代中间。因为逐渐不满于摄政后玛丽·克里斯蒂娜（Queen Regent Maria Christina）的政府中无用的政治首领的结果，西班牙文学界便形成了特殊的一代，他们曾自称是"一八九八年事变的一代"。青年作家反对派（J·倍那文德，P·巴罗哈，M·德·乌纳摩诺，D·R·德·凡里·英克兰等等）的主要口号，使这个集团在西班牙文学史上声誉鹊起的主要口号，就是反对和"腐败政府"合作。"事变的一代"替"西班牙人民的前途"问题找出了一个解决的途径，就是回到在"中世纪和民族精神秘密停止"的乱石堆中所求求的那真实的西班牙。

　　"事变的一代"的虚无主义的小布尔乔亚本质，表现在拒绝参加对僧侣封建政权的直接斗争上面，这一政权，是促使僧侣和地主联合一起的，终于（是的，那是在长期的动摇，甚至企图抵抗德·里维拉（Primo de Rivera）的军事政权之后），使这政府达到了官僚西班牙的地位。在目前，"一八九八年的一代"是已经完成了它的历史的范畴了。

　　和在十九世纪的末期一样，在二十世纪的初期，西班牙布尔乔亚泛［范］中间，也发生了一种壮大的浪潮，说是"援救祖国"而避免

"行将到来的野蛮主义的恐怖"的，当然，这是指西班牙所谓"文化首领"头脑中的普罗独裁，到了十九世纪的末期，有一位名叫 M·匹卡威亚（Picavea）的，写成了一部题作《民族问题及其事实、起因和补救》的书，颇有轰动一时之势，那里面不多不少的，提出了民族病的医治法一百种，而当时的最大的政治首领 J·珂斯太，也在他的《皇朝议事工作纲领书》中（一八九八年十一月十三日所写）提议西班牙所需要的摄政者是一身须兼有俾斯麦和圣方济上人（St Francis of Assisi）两种质素，而西班牙现在的布尔乔亚的见识，甚至还要辽远。他们的俾斯麦——G·洛布尔——企图着血染全国，为的挽救布尔乔亚地主制度（"我们是不怕血的"），同时，圣方济上人的化身乌纳摩诺，竟用了文学，胡乱解释"Revolution"（革命）一词的语学的构造，他的解释是这样的：分词"Re"在拉丁语常表示一种倒转的动作和行动。换过来说：一种真正的革命，不该是向前的运动，而是向后的运动，这就是说，回向过去。可是西班牙的历史的过去，曾表示着它的最优秀的统治者往往是"王者、圣者和魔术师，像亚尔丰琐十世、博士等等……"这是西班牙历史的路径的去向！是回到封建关系的时代！——这也就是西班牙法西主义和社会法西主义的现代圣方济上人的理想，不管他们贴的是自由党标语或是共和党标语！

二 西班牙的新兴文学

西班牙的新兴文学呈示着一种迥不相同的景象。当愁云笼罩着布尔乔亚法西主义和社会法西主义的文艺阵线的时候，充满着生气的乐观主义和最后胜利的把握的声音，从新的阵线上传送出来。虽然如此，但在事实上，西班牙的新兴作家却必须在极端困难的条件之下斗争，在经常被迫害被逮捕的威胁之下斗争，在长期的穷愁条件之下斗争，因为小布尔乔亚的急进刊物的编辑者都不愿给他们以发表文章的便利。不管这一些，西班牙的新兴作家却仍然很有生气地继续斗争下去。的确，全国的斗争的极端尖锐化，造成了这一势力的改组，在这过程中，曾发生了许多出党的事情，以及转向到敌人的阵营里去的叛徒等等。在一九三四年的三月间，西班牙的劳动者的出版物上公布了开除作家 J·A·巴尔朋丁党籍的中央委员会的议决案，这位作家，本来是代表党的利益参加着西班牙"议会"的工作的。这时他被暴露为"社会民主党的一个经理，他以后者的名义走进了前进的党内，要求和社会党忠实联合，并且订立契约"。巴尔朋丁的缺点，并没有形成特殊的震惊。在巴尔朋丁的工作之中，他时常屈服于小布尔乔亚的败北主义的倾向。在他的最优秀的小说《阿里尔公爵的自杀》（一九二九年）里面，他创造了一个作为神话之国的"太阳岛"的英雄，这位英雄，跟法庭破裂，走向民族方面，以一个神样的人物典型的革命前的人物而死。他的诗集 *People's Romancero* 里面，巴尔朋丁也怀着同一的见解出现着。

　　西班牙的新兴文学运动，在一九三三年间获得了许多的较大的胜利。在这以前，他们很早就摸索着一种组织的形态，这里的原因，不外乎西班牙的前进作家政治认识的未成熟，他们的溺爱于布尔乔亚的工作方式，而尤其主要的，是因为他们与群众的游离，几经失败，这个运动终于在一九三三年五月间组织起"西班牙革命作家艺术家同盟"（AERA）于玛德里，并自认是"国际革命作家同盟"的支部。成立之初，就得到许多著名的前进作家（R·阿尔勃蒂，R·J·山德尔，C·M·阿珂那达，M·T·里昂，J·阿尔代留斯等等）的活泼参加。这一组织的机关杂志，便是《十月》（*Octubre*）。

　　在这里，我们必须特别注意到西班牙新兴文学运动发展史上的四点。第一，是西班牙前进作家的参加群众活动；第二，是工农新人材的出现；第三，是艺术作品的质量两方面的不断的成长；第四，就是西班牙新兴文学理论的结晶化（虽然仍带着颇为模糊的形式）。这四点，有加以个别的考察的必要。

在西班牙革命运动发展史上最早的阶段，西班牙前进作家就企图到街头去和广大的劳苦群众接触。可是真正的接触，却始于一九三三年的十月和十一月之间，当时西班牙前进作家，才努力于机会竞选的工作。在这件工作上，三个前进作家，阿尔勃蒂、里昂和山德尔，他们的任务是特别显著。这前面的两人，乃是《十月》背后的指导精神，他们是把它自费出版了的。直到一九三三年十一月，出至包含着有极高级的艺术价值的西班牙文学和外国（多数是苏联）文学的五期。这方面特别有价值的文章是：第一期内阿尔珂那达的专著《西班牙文学的五十年》；第二期内 S·狄那莫夫的《对于战争的文学准备》的译文；第三期内 A·卢那卡尔斯基的论文《个人主义和革命》。第四五两期合刊，则是关于十月革命和苏联社会主义建设成功的专号。这其实就是最后的一期。反动的政府，一看见这杂志的影响逐渐扩大，便急得把它禁止发售，并把玛德里和各省所有的册数尽行没收了去。新的杂志则在一九三四年二月间得到了出版的许可，然而三月份就又来了新的禁压，其时警察所没收了四千册之多。出版人阿尔勃蒂和里昂，当场在他们的寓所被捕，拘留了少数日子，而且家宅被搜查。这就是前进的西班牙作家必得生活和工作的环境。我们会不由自主地回忆到十九世纪的前半的惊人的西班牙作家 L·菲加洛的老话："在西班牙，写就是哭"。

然而阿尔勃蒂和里昂的革命活动，并不限于《十月》的印行。两人都为了一九三三年的竞选运动大施活濯〔跃〕，参加了特别委员会，作了无数次群众会上的演说，等等。尤其是阿尔勃蒂写了几篇鼓动性的短剧，在竞选日子之前，由一群失业演员演出于街头。他又给几种革命宣传画上题了诗，这一工作的帮手是"西班牙革命作家艺术家同盟"的若干艺术家。《十月》编辑同人的革命活动，极得玛德里的劳苦大众的一致赞美，当他们在玛德里竞选大示威的日子向西班牙前进作家（尤其是阿尔勃蒂和里昂）致敬礼的时候，一片的喊声是"《十月》编辑人万岁"！

三　山德尔和其他作家们

一个同样勇敢而坚忍的革命地位，是为苏联的另一个朋友——前进作家山德尔——占领着。在他给那很有声望的《文学新闻》（莫斯科）的一封信里，他答应回玛德里时"怀念你们的胜利"，并誓愿在"社会主义的斗争和建设的前线"上充当一个小兵。他一向坚守着他的誓约。他对于西班牙无政府工团主义者曾为文加以严词的叱责，说他们不该拒绝参加竞选，徒然帮助了阶级的敌人，这文章发表于一九三三年十一月选举期间的党机关报（*Mundo Obrero*）。他的文章《选举和群众斗争》，以如下的几句作结："你们说：我们要在街头选举。这样的选举，我们也正在想这样的事，可是稍有一点不同的见解。你们所了解于这'街头'二字者，正和布尔乔亚氾［范］所了解的一样——就是'无人之境'，就是对于所遭的事负担的责任减到最小限度的意思。……在我们看来，'街头'也者，却是国会、集会、市府、兵营，而尤其重要的，当然是巷战！"

跟着国内革命危机的生长，前卫的报纸便遭了新的钳制，而*Mundo Obrero*则被禁止了，代之而起的，是联合战线的机关报《斗争报》（*La Lucha*）的出现。山德尔担任了它的编辑人。这份报纸的全部历史，极其短命（它最初出版于二月九日，三月中即为当局所禁），却是不少报纸被没收，编辑受检察等等的一桩连续性的故事。这结果是几道命令，要把山德尔暂时加以逮捕，于是被迫而放下了编辑工作，开始过度一种不合理的生存。当局对《斗斗［争］报》的愤怒，完全是可想而知的。这报纸由一个极有经验的作家继办下去，不上几天功夫，就获得了玛德里劳苦大众的温热的同情，也就成为斗争的一种十分凶险的武器了。文艺性较 *Mundo Obrero* 浓重，内地通信也较多登，所以《斗争报》很能适应着读者大众的内心的需要，也相当能够说出西班牙革命事件的阶级观点的解释。我们尤其要特别注意的，是在《斗争报》上出现的西班牙布尔乔亚政治家的文艺画家，讽刺画和速写。

除了编辑《斗争报》以外，山德尔还发表了许多大无畏的著作，最值得注意的是《政权机关》那一篇（一九三四，二，一七，第卅五期）。在这篇文章里，山德尔热烈地主张着在西班牙建立新的政权形式。他写道："联合战线的广泛的委员会，就等于苏维埃的雏型，曾给俄罗斯的新兴阶层带来了胜利，也曾在苏联十七年来的社会主义建设民主政权的机关里表现了成就。由于这些，也只能由于这些，政权机关才有成立的可能，而且由此才联合成大众争取解放的英勇的努力，并使他们维系在继续不断的进步运动之中。"

在《斗争报》发表的另一篇文章中（《联合战线工作的新展望》），山德尔号召着同志们加紧注意"委员会"介绍，工人和店员代表们一同参加工作。

西班牙新兴文学的另一重要的而且多望的明证，就是从工农出身的新鲜力量的不断涌现。我们看见了多的新兴文学团体在西班牙风发云动。看见了不少青年作家的产生等等。因此，除了玛德里的"联盟"以外，巴塞罗纳和瓦朗西亚也有文学的外围组织。这显然是《十月》以部分的篇幅公开给青年作家们而完成教育的任务的果实。

当他们和青年诗人作家们在一起工作的时候，《十月》的编者们从不停止他们吸收布尔乔亚文学阵线上的真实的分子。于是，一九三四年的几个月间，就有许多署［著］名的诗人从布尔乔亚那边走来参加新兴文学运动（这其间，L·塞尔奴达（Cernuda 就是一个）。可是这方面的最大的事件，就是现代西班牙诗坛的真实奠定者之一——A·玛却多（Machado）——的转向新兴文坛。这位以"卡斯蒂里亚式的忧郁”（Castilan Grief）出名的歌者为《十月》的编者写下了一篇对青年新兴诗人寄与着一种同情的批评文字。这是西班牙文学阵线上的一桩十分重大的事件，这篇批评文本已预备发表在被没收的《十月》第六期上面。

西班牙的新兴文学不仅在数量上，而且在质素上逐渐地生长着。我们只要提到阿尔珂那达的小说《贫富阶级》和山德尔的《七个红星期日》（《国际文学》一九三四年第五期上有节译）就尽够了。他们俩都从身于西班牙革命在各个发展阶段中的综合化问题。现在就正在继续着创作的活动。阿尔珂那达写了一本描写农村革命斗争史的小说《没有农地经营主的土地分配》，山德尔呢，在一九三三年他初次出版了关于维埃亚斯（Casas Vieas）的札记以后，（该文题名《犯了罪的乡村》，曾载玛德里急进报纸 La Liberatad），又开始写了许多新的作品（《流浪》及其他）。在诗的分野里，质的成长是表现在阿尔勃蒂的新诗集《笼罩欧罗巴的一个暗影》和 P·倍尔特兰的诗集，《血的叙事》诗里面。

尤其表现得成功的，是在最近的新兴戏剧运动方面。这里，主要的工作是属于“新兴剧场”那个联盟。“我们剧团”（“Nosotros”）的指导人物是演剧家和小说家的 C·法兰康。“新兴剧场”，时常在工人集会时出演（大多数是独幕短剧），也曾旅行到各省去公演。在阿斯吐里亚（Asturia）和别斯卡叶（Biscaye）两地，尤其获得特殊的成功。玛德里的“新兴剧场”此外，在外省还有许多大大小小的剧团，更有在“国际革命戏剧联盟”的决议的基础之上为推动西班牙新兴戏剧运动而努力工作着的更多的俱乐部，它们是该联盟的支部。最近还有许多著名作家在新兴戏剧运动的组织里面开始了活泼的工作，并且替它写下了不少的剧本。这中间有阿尔代留斯的剧本《罪》，青年诗人阿尔妥拉几里（M. Altoilaguire [M. Altolaguirre]）的《两个社会》，阿尔勃蒂的反宗教剧本《国王和天意场的趣剧》，里昂的速写剧等等。

演剧阵线上的活动，展示了西班牙新兴剧场在西班牙的一般新兴文学运动发展中所必须担负的任务。

西班牙新兴作家的理论教育，是和他们的组织活动和创作活动一起进行着的。他们对于"国际革命作家同盟"的"答问"(《国际文学》一九三五年第五期)，明示了他们的意识方向。理论工作的主要人物，无可争辩地是阿尔勃蒂、山德尔和阿尔珂那达。自然，这方面的许多工作还放在他们的面前。然而我们也已经知道了新兴理论家所作的理论分野的种种成就，他们通过山德尔和其他的人们，宣布了他们向"一八九八年的一代"和法兰西派的坏影响作有系统的斗争的决心，并对于过去的文学遗产的问题也表示了确固的立场，向群众解释西万提斯、克维多（Quevdo）、德·维加（Lope de Vega）、卡尔达龙（Calderon）和西班牙旧文学上的诸巨子的革命意义。

四　结　语

基于上述的论据，我们倘若把社会法西主义作家和革命作家的成果两相对照起来，我们立刻可以看出这残酷的斗争的胜利是属于哪一方面了。失业恐慌弥漫在布尔乔亚的圈内。西班牙布尔乔亚作家正饿着肚子。没有人读他们的书或论文，也没有人注意他们的工作上所引起的问题。相反的，西班牙的新兴文学却正在激剧地成长，有足以自傲其成就的绝对权利。这并不是说它已经没有缺点。它的缺点却是很多。举例说来，那么，西班牙作家大部分都太一般化，而因此他们的创作往往不能像预期的那样具体；又如在诗歌中，不是缺乏想象，便是这想象还保留着小布尔乔亚象征主义的余毒，等等。虽然如此，西班牙新兴文学仍在正确的道路上进行着，它将在不绝的斗争中达到新的胜利，和西班牙大众工农知识分子一致工作，在实践中证明世界革命的巨人约瑟夫对于西班牙情势的估计的正确性。

西班牙文学的一个伟大的未来，正展开在它的前面。

——录自上海杂志公司 1937 年初版

《地下》①

《地下》作者小传

（金人②）

　　亚历山大·绥拉菲摩维支·绥拉菲摩维支（本姓波波夫）一八六三年一月七日（新历二十日）生于原顿州的尼日涅库耳马亚尔斯克部落。

　　在中学毕业之后，亚历山大·绥拉菲摩维支的母亲为他请求了一笔大学奖学金，于是在一八八三年他到了彼得堡，在那里进了大学。他在作数理系第一班的学生时和乌拉吉米尔·伊利支·列宁的哥哥——阿·伊·乌里扬诺夫认识了。

　　一八八七年，当亚历山大·绥拉菲摩维支作第四班生时，他为了写一篇告民众檄文被捕，那檄文的内容是企图说明一八八七年因谋刺亚历山大第三未能成功而被处死的虚无党员的思想的，那一个团体

---

① 《地下》，短篇小说集，苏联绥拉菲摩维支（今译绥拉菲摩维奇，1863—1949）著，金人译，成都跋涉书店 1937 年 7 月初版。另上海燎原书店 1937 年 9 月初版，"世界文学丛书"之二。

② 金人（1910—1971），原名张君悌，河北南宫人，哈尔滨特区法学院肄业，曾任哈尔滨法院俄文翻译，上海培成女子中学教师，后到苏北参加新四军，任职于苏中《苏中报》、苏北《抗战报》。抗战胜利后，随新四军第三师进驻东北，任《东北文学》编辑，东北文艺协会研究部副部长、出版部部长等职。另译有苏联萧洛霍夫小说《静静的顿河》、《契诃夫小说集》、梭罗维约夫《伊万·尼古林：俄罗斯的水兵》、美国查尔斯·卓别林电影剧本《杀人的喜剧》、苏联万妲·华西莱夫斯卡亚小说《只不过是爱情》等多种。

就是以阿·伊·乌里扬诺夫为首领的。亚历山大·绥拉菲摩维支在一八八七年三月底被捕入狱而且被判处充军到阿尔汉盖里斯克省的梅津去。

在流放中亚历山大·绥拉菲摩维支写出了自己的第一个短篇小说《冰上》。

三年的流放之后，亚历山大·绥拉菲摩维支又被遣送到顿州的乌斯旗·蒆得月吉次克部落，受着警察的监视。

他的取材于顿河流域的矿工生活的（《地下》《小矿工》《七张皮的故事》），取材于工厂工人的，渔夫的生活的（《工厂中》《残废的人》《复仇》《散步》）和其余的小说都是和这个时期有关系的。

一九〇五年革命以后亚历山大·绥拉菲摩维支写了许多取材于工人生活和革命斗争的故事，在那些故事中间带着巨大的艺术气分刻画出了那种残酷性，第一次俄罗斯的革命就是因为那些残酷性沉默到血中去的。

一九一〇年绥拉菲摩维支完成了长篇《荒漠中的城》——是他那时的最巨大的创作。

从一九一七年革命的最初，绥拉菲摩维支就在苏维埃的和党的新闻界中服务。遵照莫斯科执行委员会和莫斯科苏维埃的指示写着檄文和小册子。亚历山大·绥拉菲摩维支加入了"莫斯科苏维埃工人代表情报"的出版委员会的干部。

一九一八年五月亚历山大·绥拉菲摩维支入党。他以《真理报》特派员的资格出发到国内战争的前方来。

在国内战争的前线上工作的结果是出现了他的天才的创作《铁流》（一九二四年），在那书里面艺术地表现出来了国内战争的英雄。这一本创作把亚历山大·绥拉菲摩维支侪入了普罗文学的第一流之列。

——录自上海燎原书店 1937 年初版

《地下》后记

金人

还是在两年以前了，因为要出一册翻译的小东西，曾在后记里写下这样两段话：

"我时常想：谈起现代中国文学的人，总是说受俄国的文学影响最大；一直到现在，这种说法还是支配在文坛上；假使肯反顾一下我们的工作，真会叫人不寒而慄，惭愧死了！我们可曾把些什么样的俄国文学著作移植到我们的园地里来呢？

"有许多久已著了世界声誉的俄国著作，在我们的国度里直到现在只知道名字，甚至有的连名字还不知道。我们还谈什么受到哪国文学的影响。"

这意见直到现在，我仍是以为对的；事情虽然过了两年，我的出书愿望也未曾达到，中间还经过了一个被人谥为"翻译年"的年头，但是我的意见仍旧不变。

为什么会可怜到这样子？自然受书贾们的生意眼所限制是最大原因。但是从事翻译工作的人们自身的破产也是不可磨灭的事实。

他们为了生活，有时不惜埋没了自己的良心，粗制滥造固不必说，但最厉害的坏现象，就是迎合一般人的时髦［髦］心理；所以近二年出现在文坛上的译品，不问是不是名著，却先问是不是时髦［髦］；这样一来，你也时髦［髦］，我也时髦［髦］，弄得近来的翻译工作反到［倒］更不如前几年了。

同时呢，又有些人们在高呼，中国翻译界真是荒凉呀，沉寂呀，我不知道他们是真患了近视病，抑或还是装着玩呢？他们真不明白现在中国文坛的现象吗？

来到上海以后，最使我感到痛心疾首的，是文人的无耻比任何一种人都厉害，"帮口"和"门阀"之见也比任何一界都加甚；他们满口标榜着为国家，为民族，为文学的好听的口号，但是结果他们是把持着一部分文坛却专门为自己造势力，无论是翻译或创作只问是不是属于自己的一派，至于内容如何那根本没人去管。

我自己是从早以来就有从事文艺工作的志愿，固然对于这种行帮政策颇有些戒心，但主要是总感到自己的能力的不足，所以从来还没敢有什么野心；虽然心里也时常有把自己译的东西搜集起来出版一两册的妄想，但一想到自己的能力的薄弱，便不由把兴头打去一大半；自从来到上海，为了生活问题，却又不得不从这方面寻出路，结果是承跋涉书店肯为我来印这一册绥拉菲摩维支的短篇集子；我当然很高兴，但也很畏惧，我译的这些东西会给与读者些什么呢？

不过使自己唯一得到些心安的，是我翻译的东西总是尽了十二分力量的，在我的力量外，再有什么错误，那只能怨我能力不足，但是希望大家都来指正我，也希望我自己的能力还能有进步，将来会得到更好的结果。

我自己是从事俄文翻译工作的人，尤其希望从事同样工作的同志们也不客气地指示我，好给我一种助力。

如果环境许可的话，我更愿意把所有俄国文学的名著作一个有系统的介绍，使一些近视的人们看一看。

本集内所收的五篇作品都是绥氏早期的东西。差不多都是写于十九世纪末，如《地下》是写于一八九五年，《工厂中》写于一八九九年，《冰上》却是作者的第一篇作品，还是发表在一八八八年的，《天文学》是写于一九〇四——五年间，《风》是什么时候写的却查不出来了，但那是早期作品是无疑的。

有一个朋友说：绥氏的每一篇作品都是一首抒情诗，我的感觉也是如此，可是恐怕经我这一翻译，什么诗也不像了，不过希望读者读一下，披沙拣金，总不会有害吧？

本集内前二篇是没有发表过的翻译，后三篇则曾散发表在《译文》和《国闻周报》上。

至于各篇所根据的原本书，则《地下》，《工厂中》，《冰上》三篇系译自一九〇五年彼得堡"兹拿尼耶"公司出版的绥氏短篇集第一册第二版本；《天文学》系译自一九三三年莫斯科"出版同盟"所出的绥氏全集第九册；《风》则系译自一九二六年国家出版部的绥氏全集的第九册。

绥氏的作品的特色是从他的第一篇作品《冰上》起直到《铁流》止，都是反映俄罗斯工农生活的苦痛，以及革命的劳动者的，从来就不曾有过专写布尔乔亚生活的作品，所以有人说："绥拉菲摩维支的文学工作由第一步开始就表现出了是一个革命作家"，这是无疑的，我们也要这么承认。

我要翻译这几篇东西的动机，一方固然为了应付环境，一方也是为了给我们现在从事文学工作的人们一个借镜。看一看人家革命前的东西，也和我们的现在流行的纤巧而无内容的东西比一比。

至于收到什么结果，那只有且观后效了。

二六，六，二六，金人记

——录自上海燎原书店 1937 年初版

《母心》①

《母心》陈序
陈西滢

这本书写一个母亲的一生。

书中的女主人名美梨，在她十八岁的时候，嫁了公司里的一位同事，傅南威廉士。像通常的母亲一样，她结了婚每过一年便生一个孩子。她自己还不到二十三岁时，已经有了四个孩子。傅南是一个好丈夫；他在家的时候，也帮着招呼小孩，可是在大孩子方六七岁的时候，他被电车撞死了。本来没有恒产，完全靠丈夫一个人在外面挣钱。丈夫一死，这全家五口的衣食问题，完全在美梨一个人的身上。幸而她能缝衣，就买了一架缝衣机，挂了成衣匠的招牌，开始挣扎。靠了她的十个手指一天到晚弯着腰的工作，居然维持了一家人的生活，而且让孩子们读完了小学。

她的四个孩子，一二两个是男，三四是女。

第二个儿子安悌，是一个有天才的人，读完了小学又自己挣钱读中学，中学毕业后，得到州政府的补助学额，进大学去读建筑。因为毕业的成绩特别好，所以毕业后能在一家大建筑公司得到一个位置。又因为他所设计的一个大建筑物的图样中了选，他在二十五岁的时候便成了公司的一个股东。

三女娟莲的性格很像母亲。在中学职业部三年毕业后便在一个小印刷公司做事，不久嫁给铺子的经理，像她的母亲一样，她是一个温

---

① 《母心》(*Mother's Cry*)，长篇小说，美国 Helen Grace Carlisle（1898—1968）著，帅约之译，"现代文学丛刊"之一，上海中华书局 1937 年 7 月初版。

柔的妻，一个贤良的母。

大儿子但利与小女儿碧莉可与他们俩不同了。碧莉是一个热烈的，富于情感的，过重理想的女子。她也进了大学，但是因为看不过但利的种种行为，十九岁便离开了家，只身到了巴黎，在欧洲漂泊了几年再回来。但是人生的经验没有能改变碧莉的性格。她还是一个重理想的女子，因此受了她在服务的银行里的副经理的骗。但利是一个放浪下流的恶少，被他探听到了这个消息，认为有了敲诈巨款的机会，逼着他的妹妹要那些可以做证据的文件，因为她不肯给他，在争夺中他把她开枪打死了。他也得了坐电椅的结果。

这位辛苦了一生，养大四个儿女的母亲，在她不到五十岁的时候，一个女儿被杀，一个儿子受了死刑，另一个女儿的全付精神和时间都花在家务和儿女的身上，一个有出息的儿子又因为她怕家庭的丑事牵连了他，损害了他的名誉，破坏了他的前程，自动的与他断绝了关系，最后只剩了孑然一身。所有的苦痛与奋斗，只得了这样的结果，普天下做父母的真是要和她同声一哭了。

作者 Helen Grace Carlisle 女士，她的名字从前不曾看见过。从帅女士译的这本书看来，作者在技巧方面的手腕是很高妙的。她把这一部故事完全放在母亲自己的口中道出。美梨是一个思想简单，到老没有失去她的天真的女子。她所叙述的，大部分只是一个有几个孩子的家庭的日常生活，一个穷苦而不断的挣扎的母亲的平凡的经验。可是她那平铺直叙的无邪的言谈，一句句的打进了读者的心腔，叫人不由得不去分担她的忧愁，共享她的愉快。这看来似乎容易，实在大是费力。尤其是美梨的知识简单，许多事情她自己不能了解，可是我们在听了她的叙述之后，还可以明白她自己不明白的是什么。作者在这些地方更是煞费苦心。虽然有的时候也有免不了的失败，但掩不了许多技术上的胜利。

美梨所最不能够明白的，是为什么她亲生的，一手教养大的四个儿女，会有那样不同的结果，她有时似乎诿之于遗传，但利生时，他的父亲问："我们哪里来的红头发?"美梨的母亲说,"因为父亲有一个红头发的兄弟,便是那位骗钱逃跑了的……"又"碧莉出世时,母亲说:她很像凯特姨母家的格茜。母亲告诉我说:格茜现在确实坏透了,和她私奔的那个伶人,并没有和她结婚,她现在整天在各处酒楼上厮混。"他们两人的命运,好像在生下来的时候就决定了似的。相貌有相同处,性格也有相同处,甚至于连命运也有相同处,这未免把遗传看得太神秘了罢?

美梨又怪自己,没有在未生碧莉以前,听了医生的劝告,忍心的将这腹中的一块肉打将下来,这几段是写得很动人的。她取出药瓶,在厨房中坐了下来。

坐下后,我想到我所做的一切,为家庭,为傅南,为三个孩子。想到傅南的经济渐感拮据。单说今天早晨的鸡蛋,便已涨到一角六分钱一打;牛乳要四分钱一瓶;牛油要二角六分钱一磅;而且每星期我还要付二角五分的煤气费。我想到自从婚后,我没有穿过一件新衣裳,除了那件特为怀孕制的外。星期日我从来没有打扮齐整出去顽〔玩〕过,就是中央公园也没去。当然是因为我们没有闲钱到别处玩耍,同时我又离不了孩子。我又想到傅南前儿说他想制一套新衣,因为他在公司里不能太寒伧,算来至少又要十五块钱,我不知这笔钱打哪儿有。

忽然我又想到自己很久没有照镜,或者我会改变了一些罢?……我似乎很疲倦的样儿,真的我是很疲倦呵!因此我便拔开了药水瓶塞,我禁不住流泪,我不懂我为什么哭。我说:美梨,你真蠢,你哭些什么?但是我感觉痛楚,我还是哭。后来我明白了,我哭,因为我舍不了我的婴孩!我还是要一个婴孩!……三个与四个有什么分别呢?……我不能忍心杀了他,他实在是活跳跳地在我身体内呵!我喂乳时不是常常有休息吗?那

> 么一天七次，每次十五分钟，我差不多有两点钟的休息了！我还
> 埋怨什么呢？……
>
> 我仍旧将瓶塞放回瓶上，将瓶搁进柜中，但是我心中有些害
> 怕，便又走到柜前，将它拿出，拔去瓶塞，将药水通通倒在水漕
> 里了。……
>
> 但是我当时哪里会想到那棕色的药水流下水漕时，有三条生
> 命也一同跟着流去了呵！

这里写母爱与常识的交战，谁都会感到同情。可是要她听了医生
的话，不生碧莉，虽然不至于“三条生命也一同跟着流去”，可是但
利的结果，恐怕也好不了多少。碧莉虽然个性很强，行为不很寻常，
她却实在是一个极可爱的女郎。她不一定得有悲剧的结局。他们一家
的悲剧的不可避免，只是为了但利。

但利从小就学会了说谎，偷窃，欺骗，博赌，游荡，到后来成了
一个不务正业，无恶不作的人。美梨不明白她怎样会有这样一个孩
子，她始终不知道使但利成为但利的，不是他的叔父的遗传，而是她
自己的爱。到后来她的女婿儿子，都劝她将但利赶出去，不许他上
门，美梨说：

> 我不忍那样做呵！我如何能忍心，他也是我的孩子，正如你
> 们一样，即使他是一个匪党，我也不忍看待他不同。安悌，我真
> 做不出手。我明知这样是不对的，可是我没有办法呀。做父母
> 的，自能了解这样的爱，自能同情这样的爱。

而且就是她在那时将但利赶了出门，碧莉的凶杀或者可免，但利的
结果依然不会有很大的不同。因为但利的结果，在很早已经下了种子了。
但利在三岁半时，稍有不如意，便会大哭大闹，而且踢他的母

亲。有一次，被他的父亲遇见了，很生气，打了他一顿。

> 我哭着叫道：傅南！傅南！你真是杀他了！傅南见我在哭，便把但利扔到床上，跑出屋子，乒的一声将门关上。……
> 从此以后，我心里想再不要把关于但利的任何事情讲给傅南听了。因傅南太爱我了所以才是那样。他平日总是很和蔼很温柔的，我们自结婚以来，我还是第一次看见傅南是这样生气。我想以后关于但利的事，完全由我来处理罢。不过那也是很困难的，因为我除开允许他各种条件之外，无法使他听我的话。

美梨非但允许但利提出来的一切条件，而且他惹下了祸，做错了事，还要代他撒谎，替他掩盖。但利知道无论他做什么事，他的母亲不敢把他怎么样，母亲的爱，便成了他的一切恶行的护符。但利与碧莉的最后一次的冲突，母亲立在屋外，一切都听见。读者也许奇怪为什么她不早进去劝解，进去斥退但利。她也许是呆了，但是她也许心里知道，但利从来就不曾听过她的话，从来就不曾把她放在眼里，进去了也是没有用。

可是但利是完全桀傲不驯，没有方法可以制服的吗？却也不见得。他就很怕他的兄弟安悌。两个孩子还没有进中学的时候。

> 我听见安悌警告但利说：若是他碰了一下他的小狗和狗屋子，他一定得打他出去，我忙说：呵，安悌，你不要说这种话。但是安悌回答道：你不知道，对付但利非是这样讲不行。最后一次但利在外省闹了大乱子回家时，安悌警告他道：
> 我告诉你假如你使母亲有一点儿不快乐时，你当心那便是请你出这大门的时候，你可以在此睡觉，在此吃饭，可是你得让母亲独自清清静静地。

从此以后，但利对他母亲，"从不再出一句恶言"。由此可见但利不是没有方法对付的，这方法可不是一味的爱。

父母的爱，除了少数的例外，真如日月之光，无所不照，雨露之泽，无所不润，好的子女得到爱，不肖的子女也同样的得到爱。这正足以显出父母之爱的伟大。可是盲目的，没有辨别的没有方法的爱还是不够的。应当狠心的时候狠不下心，应当教诫的时候不忍教诫。这样姑息的爱，到头来往往得到"爱之适以害之"的结果。

美梨到底没有看到这一点，这是她虽然辛苦挣扎，仁慈和爱，而不能避免的悲惨的结局的原因。我不知道这是不是作者书中的主旨，但是这是一种可有的解释，至少一个读者是这样的来解释了。

彦仁先生是教育专家，不知以为如何？我很感谢他，让我先读到约之女士译的这本书。从她的清楚明快的译文，我得到了一个有意味的新经验。

西滢

——录自中华书局 1937 年初版

《母心》译者序

帅约之 ①

我根本就没有看过几本西文小说。前年夏天，我和彦仁暑假内留在广州，想找一种好法子来消磨那炎热的天气，他便介绍我看这本书，理由是这本书的内容和我所研究的教育科学颇有关系，同时文笔生动流利，看起来不费劲儿。起初我还没有想到读起来会那么有趣，

---

① 帅约之，生平不详。另译有美国卜劳迪（O. H. Prouty）小说《丝蒂娜》。

竟使我忘了那是七八月的天气！

这本书原名 *Mothers Cry*，一九三〇年在纽约 Harper and Brothers 书局出版，作者是 Helen Grace Carlisle 女士，她运用了她灵妙的手腕，把这篇可歌可泣的故事，用自述的体裁写了出来，使我们读的时候，格外觉得亲切，恍惚书中的主人翁时而眉飞色舞，向我们诉述她的幸运；时而酸楚流涕，使我们对她的遭际，不禁深表同情。这故事的背景，虽然空间上是远在地球的那一边，时间上是从三十多年以前的事迹写起，可是内容的鲜明活跃，打动读者心灵的力量，却非常深刻！

我因为读完以后印象很深，便想把它译出来，彦仁也十分鼓励我，帮助我解释文字上的疑难，先后费了七个月的工夫，我便把它译好了，彦仁又帮我详细校阅一番。亲友们看见稿本的，多肯赐教，使我得益不少。尤以时昭瀛先生、陈西滢先生、凌叔华女士、李儒勉先生、舒新城先生热心指正和赞助，使此书得以印行，更为感激。

民国二十六年一月约之序于武昌

——录自中华书局 1937 年初版

《日本小品文》①

《日本小品文》译者小序

缪崇群②

这里，我委实没有什么要说的话，只是惶恐着我所译的这些作品

---

① 《日本小品文》，日本德富芦花（1868—1927）等著，缪崇群译，"中国文艺社丛书"之一，上海中华书局 1937 年 7 月初版。

② 缪崇群（1907—1945），江苏人。早年曾留学日本，回国后在湖南、上海、南京等地从事编辑和写作。著有散文《唏露集》《废墟集》《夏虫集》等。

是否忠实，是否可以得到识者的一睐，是否可以得到高明的教正。

这书的原稿大都是亡妻张祖英女士为我誊录的，我默默地把它翻来翻去，噙着泪，看到由她的手她的笔誊出来的句子："你为什么不和我同样地睁着眼呢？我的悲哀不是你的悲哀么？""在我的周围，像结婚那样盛大的集合一度也不曾有过，年年仅只是那些寂寞人们的死亡。""我的灵魂像枭似的在黑暗里：看见往日的欢愉，往日的悲哀，在夜里也睁着眼"……

我又默默读着它，当作我所写的句子在纪念着她。

附谢徐仲年先生，他为这本小书尽了最大的努力和关照，才能和读者今日相见！

——录自中华书局 1939 年再版

《世界最奇妙的故事》[①]

《世界最奇妙的故事》译者自序
朱崇道[②]

关于耶稣故事的书，近已出的许多，几于汗牛充栋，但合乎小朋友们，和认字不多的人看，还是不多。梅先生这本书，我喜欢它。

一、浅显而有趣；

二、简赅而合实用；

---

① 《世界最奇妙的故事》(*The Most Wonderful Story in the World*)，宗教小说，英国梅里福（Amy le Feuvre，1861—1929 ）著，朱崇道译，上海广学会 1937年 7 月初版。

② 朱崇道（？—约 1944 ），湖南蓝县人，毕业于南京金陵神学院，牧师。湖南郴县沦陷后，曾做维持会会长，抗战胜利前夕被处决。

三、合乎高级小学以上的学生参阅；

四、主日学校也可作为课本外的参考；

因此我乐意把它译出来。

我译这书，大概都根据于千字课本常用的字，为的要使它通俗化，使多数民众，也可以参阅，代作文字传道之用。

我费两月多的功夫，才得把它写完，内中说错的地方，当然很多，在此我要深深谢谢依小姐静贞的帮我忙，她不特借这书给我译，更是帮助解释许多的疑难的地方。

末了我在此深谢谢颂羔先生帮我的忙，校阅一遍。

朱崇道　一九三六·五·十三

——录自上海广学会 1937 年初版

《远东大战》[①]

《远东大战》译者序言

王语今 [②]

在世界出版界中，关于未来战争底假想的书籍，已经有几十种之多了。

---

① 《远东大战》(中苏日战争小说)，上下册，长篇小说，美国驻远东记者乔治·赫德（George Hart）著，王语今译，上海杂志公司总经售，1937 年 8、10 月初版。另上海杂志公司尚将该作改副标题为 "远东未来战事小说" 同时出版。

② 王语今（1910—1970），赫哲族，祖籍黑龙江省瑷珲县。先后考取中东铁路传习所、北平大学艺术学院西洋画系、哈尔滨中东铁路局俄语翻译。曾任《中国导报》中文版编辑。另译有苏联奥斯特洛夫斯基《暴风雨所诞生的》及《奥斯特洛夫斯基两卷集　第二卷》(与孙广英合译)、斯密尔诺夫小说《她见到了斯大林》等，并编有《俄华大辞典》等。

欧战结束虽然仅是短短的二十年，在这期间中，人类还未及恢复创伤，不幸的母亲为了儿子底死伤而哭泣的泪痕还没有干的今日，人类正应该以绝大的果断力来避免再蹈一九一四——一九一八年间的覆辙，但是我们却看到了若干帝国主义国家正在疯狂地准备着新的人类的大屠杀。

谁都知道，未来的大战底主要燃火者，在欧洲是法西斯的德国和意大利；而在东方就是那军国主义的日本。无论意大利、德国或是日本，都是如出一辙地要在战争中——在以弱小民族为牺牲品的世界重分割中，求取避免资本主义经济破产的方法，梦想以战争来挽救其必然要崩溃的资产阶级的社会——剥削阶级底统治。

日本底御用学者直截了当地宣称：日本在亚洲、太平洋和远东乃是秉承天意的主宰。田中义一底同情者底见地就更进一步：他们认为日本人不但是在亚洲大陆，即在欧洲也是当然的优秀民族。从此就产生了所谓的"积极政策"，而"九一八"就是它底实现底开端。

在《田中奏折》以及黑龙会和日本军部每年所发行的小册子中，处处都表示着是向着同一个目标前进的：为了未来的大战组织了日本民众，燃起了排外的爱国思想，使民众深信欧洲国家和中国乃在合力使日本陷于孤立的地位，日本为了自己底主权和民族底生存，不得不起而奋斗。每一本小册子底内容，日本总是以战胜者的地位自居的，日本民族在胜利的战争之后，就可以把她底统治地位远远地伸张到亚洲以外去，而且能收获胜利的果子。日本前陆相荒木贞夫在自己底小册子里写过这样的话："……经过几年的损失而战胜敌人之后，日本民族就可以享受世界上一切的福利了……"

战争应当在什么地方爆发，在西方呢，还是在东方？这个问题占据了专门写作战争小说和报告文学的时论家底头脑。他们说，战争之火无疑地要在东方燃起来，因为日本统治阶级现在是站在歧路上：不是发动战争以苟延其统治地位，就是实行剖腹自杀。军国主义的日本，在中国的冒险，已经浪费了过多的生命、金钱和物力。中途而止，又绝不能做到。那么只好孤注一掷地冒险了，但是对象呢？继续侵略中国呢，还是进攻苏联呢？

我们看到，苏联自建国以来，就一向为世界和平而奋斗。苏联从未有过侵略邻邦的野心，乃是事实。酷爱和平然而以实际行动来保卫其祖国的苏联革命领袖曾经说："我们不要别人底土地，我们底土地一寸也不给别人。"不仅我们知道这句话，侵略主义的日本人也知道。但是日本帝国主义者却故意把苏联描画成赤色帝国主义国家，一个有"征服"日本野心的国家。

自从日本帝国主义占据了中国最富裕的领土——东四省以后，五年以来，我们看见了日本军阀是在不断地向苏联挑衅，以便引起广大冲突，不到一个月，在苏联国境上至少要发生一次冲突。苏联底忍耐竟至使人惊异，苏联对于侵略者放弃了应该断然给予的打击，而遵守着和平底信条，始终以和平手段来解决一切的冲突和纠纷。然而侵略者则不然，随时都在准备反苏战争，随时都在苏联国境掀起纠纷，而今日，在华北，日本帝国主义者底屠刀，已经染上了民族抗战英雄底鲜血——日本帝国主义者不仅是远东的反苏前哨，而且是东亚弱小民族底当前的大敌，所以这一英勇的民族抗战，乃是答复野心的日本帝国主义者底侵略，乃是答复日本帝国主义者在反苏战争中欲以中国人民供其驱使底不可能；这一鲜血淋淋的英勇的民族抗战，将唤起无限的世界弱小民族的奋起，将促成日本帝国主义者自身的灭亡——这一反苏战争底序幕——华北事件是侵略者维持其苟延残喘，不得不做孤注一掷地燃起大战底巨火，而民族抗战，乃至苏联保卫国土所表现的事实，是证明了谁是世界大战底戎首。可是这并非苏联恐惧战争，苏联不但为和平而奋斗，而且准备对于任何扰害其民众底安全和工作的人们，要给以断然的打击；对于弱小民族底解放运动，将以充分的力

量援助，不仅给予侵略者以打击而已。所以弱小民族抗战底力量，与
维护世界和平的友人——苏联联结起来是必要的。上述的这些，在本
书中便有力地证明了。

著者在本书中描写未来日苏战争底景象，表现得最明显的，是苏
联在维护世界和平这一前提之下，除了对于敌人在他所来自的地方给
以歼灭以外，在别人底领土上并不以战胜者底地位自居，而是处在解
放日本压迫下的殖民地底地位。意大利法西斯在占领阿比西尼亚的当
时，曾残忍地屠杀阿比西尼亚的人民大众，相同的，意大利和德国底
"志愿兵"在已经"征服"了的西班牙领土上，也是大批地屠杀人民。
而红军则不然，红军在占领日本帝国主义者作为据地的殖民地时，只
有帮助当地的人民共同去打击他们底敌人——日本底殖民地掠夺者。
本书底作者曾经以红军占领满洲和朝鲜以后，帮助当地人民共同反帝
为例子，证明了苏联的立场。

著者在本书中描写的红军，并不是帝国主义底向导，而是忠实的
保卫祖国的战士，是被压迫者底挚友。

原文写得非常生动而有趣。译者是根据《中国导报》（*China Daily
Herald*）逐日登载的《日落》（*Sunset*）（自一九三七年四月二十五日起
刊）而译的。只是因为译笔很拙劣，所以只能努力保持原著底精神，
以谢读者。如果读者有所指正，译者当以至诚接受。

译者　一九三七·七·二十七于上海

——录自上海杂志公司 1937 年再版

《我爱》[①]

《我爱》译后记

（春雷[②]　殊令畸[③]）

一九三〇年《我爱》的作者亚历克山大·亚弗勤哥是马格宜斯托洛衣制铁综合工厂的火车头司机师，《我爱》是他一九三二——三三年间写成的第一本取材于他自己的传记的长篇小说。这小说曾有一个著名的插话，即它最初为高尔基发现。

一九三四年作者在全苏联作家大会上，曾自述他写《我爱》的动机，是在马格宜多哥尔斯克综合工厂中有一次熔炉出了危险，他曾舍身救下镕铁，当他把那救下的镕铁运到铸铁机上去时，他从火车头的窗口看见姑娘们都向他点头挥手，可见她们也在分受他心里的快乐。那时候他忽就立下要把他的家族的历史，他父亲的身世和劳动阶级的生活写成小说的愿心，他决定要把两种不同的劳动阶级的生活加以对照的描写。

他的《我爱》诚然是伟大的收获。它一出版后，即被列为描写社会主义建设的代表作之一，而且从此英雄司机师亚弗勤哥的名字即迅速地在全世界广大的读者之间轰传。

因为《我爱》是作者的处女作，故其中不免有许多冗赘的描写也曾引起人们的疵议，我们一想到高尔基初期的作品也曾有同样的插话的事，不觉很可寻味。

---

① 《我爱》，自传体长篇小说，俄国 A. 亚弗勤哥（1908—1996）著，春雷、殊令畸译，上海生活书店 1937 年 8 月初版，书名页标 7 月。

② 春雷，生平不详。陈伯吹使用过这一笔名，待考。

③ 殊令畸，生平不详。曾在《中流》发表文章。

不过现在《我爱》这种技巧上的缺点也已成为过去。因在一九三四年出版的《我爱》已经作者大加改删，所以它已不再像一九三三年的初版那样把全书分为上下两部[①]，分的章回也比初版多了约一倍。而且在初版所有冗赘的描写都已加以删改，例如初版第一章第一段在新版中已全被删去。[②] 此外还有比这更大的删改，因限于篇幅，不胜枚举。

经过这一次大改删之后，作者似乎仍不满意，所在［以］此后所出的版本中，仍不断可以发见曾被作者改删的痕迹。例如一九三七年的版本比之一九三五年的也已略有不同[③]，即可见一斑。

但我们不要因此即得出《我爱》的初版是一种粗制滥造的推论，在事实上即以《我爱》的初版而说，在技巧上也可说是成功的。不过后来经作者一再的改删，更来得完美罢了。

正因为这样，所以译者先后也曾把《我爱》改译了三次，第一次远在一九三四年，后来曾由译者之一致信作者，希望他能为中译写一篇序。但结果只得到后面这封回信：

XX 同志！

　　迟迟才得到你的信。匆促作答。我非常，非常高兴，因你把《我爱》译成了中文。

　　那里有三个珊瑚王冠色的太阳燃烧着等等，是应该那样看的，你了解得不错。

　　你要我写一个序，不知要怎么样的序，而且一般地说究竟要

---

① 《我爱》初版分为上部《憎恶》，下部《爱的诞生》。——原注
② "煤炕的汽笛绵长而悲哀地叫鸣着。汽笛冲进了工人宿舍，摇撼着那瑟缩地睡着独身坑工的松板床框。"——原注
③ 例如在第八章第一段中在"天空挂在那些橺树的檣干"之下，一九三五年版比一九三七年版就多了一句"死沉破烂的云块弥漫于树枝上。"诸如此类的改删，也举不胜举。——原注

不要序?

　　雪威尔特洛弗斯克社会主义城，二六号房。

三五年七月九日　Ａ·亚弗勤哥

　　就只有这样短短几句。不过我们从他的信中至少可以看出他的忙和高兴来。

　　最近译者根据一九三七年最新出版的原文，同时参照英译和日译，又把《我爱》进行第三次的改译。虽英译所根据的原文是一九三四年版，尤其日译所根据的原文是初版，它们和最新的版本都有出入，不过可以参照的地方也仍不少，而且参照日译时曾得到精通日文的友人之助，今特在此向他们致谢。

　　《我爱》的中译可说是偏重于所谓直译，但遇有费解之处，都由译者详加注释。以补直译之不足。译者的学力有限，加以《我爱》中很多现代的新语词，在贫乏的中文中几乎感到无法充分传达，所以倘有舛误之处，尚望贤明的读者随时加以指正。

　　最后还得说一说在《我爱》以后，作者也曾发表过不少的作品。在一九三五年在《真理报》上曾登过他一篇《诞生》和由黑海来的一篇《随笔》，后来在雪威尔特洛弗斯克的出版部曾出了一本《命运》，不久在"火报的图书馆"也曾出了一小本他的《一百天》。

一九三七年七月廿九日译者记于上海

——录自生活书店 1937 年初版

《西班牙万岁》①

《西班牙万岁》译叙

〔尤竞〔于伶〕②〕

一

"……我国的妇女永远也不做压迫者的牺牲品，我国的男子在刀击之下永远也不失足。大人、小孩、妇女、老年人，大家一齐汇成一条，一条有信仰的胜利的激流！起来，西班牙人民！母亲送走自己的孩子，不要哭，孩子们是抱着必死的决心去出征的。妇女们必须有男子的牺牲的勇气。宁为英雄的孀妇，不做懦夫的妻孥！宁可西班牙化为废墟，而西班牙人不能变成奴隶！我们应该永远粉碎法西主义！与其屈膝而生，不如挺然地死去！"

——这是《万岁，西班牙！》剧本中间的女英雄——"一位热情的护民官和领袖"——桃洛列斯对西班牙民众说的话。这是使我热烈地爱这个剧本而勉力地把它译出来的第一个理由。

不是吗？这在德意法西斯蒂惨无人道地屠杀下的英勇的西班牙民众吼出的悲壮热烈的战歌，由在敌人侵略下的我中华民众的声音来吼唱是最合拍不过的。这种呼声，从西班牙民众的心之深处爆发出来的声音，也就是我们的声音呀！

---

① 《西班牙万岁》，两幕剧，苏联 A. 亚非诺干诺夫〔A. Afinogenov，今译阿菲诺格诺夫，1904—1941〕著，尤竞译，上海生活书店 1937 年 8 月初版。
② 尤竞，于伶〔1907—1997〕，江苏宜兴人。毕业于北平大学法学院俄文政经系，曾任中国左翼戏剧家联盟北平分盟研究部部长，上海剧联总盟执委会组织部长。著有戏剧《血洒晴空》《我们打冲锋》《浮尸》《夜上海》等，编有《大众剧选》。

二

作者把本剧标明为"二部带尾声的浪漫蒂克的剧本"。形式上，这儿非但不按着习惯应用"幕"来做剧的发展的梯级；就是"场"或"景"的转换，这儿应用的也不是作剧术上的传统手法。它已不是我们平常所谓的舞台脚本，而简直是"一个有声电影的拷贝"了。声音，光色与人事，境况，多用着"淡出、淡入""化入、化出"甚至"叠印"的"摄影"方法，"织接"是极其明快、素朴而灵活的。这是使我热烈地爱这个剧本而勉力地把它译出来的第二个理由了。

不是吗？在这戏剧的武器作用将被大大地发挥，演剧者该在各种戏剧形式中追求出最战斗的来作大胆的尝试与有效的应用的现在，这"有声电影的拷贝"式的剧本之介绍，当不是无益的事。——至于因着自己翻译的能力有限，虽是"勉"了，仍像一个不甚高明的洗印师在翻印拷贝时损坏了原拷贝或多或少的部分，倒是颇不自安的。

可是紧接着就来的该是演出问题了。

以莫斯科劳动组合剧场和列宁格拉国立剧场那么完全的设备，用转动或升降的舞台来当活动的银幕，演映这样的戏剧，自然毫无问题，可是我们呢？

这我想原则地建议给有心作大胆的尝试的演剧同志，不妨采用一部分旧剧——京戏和地方戏的方法来演。自然，许多重要的实际问题，不是这儿所能说述得完，而须要作更周详的讨论的。

三

还是回到内容方面来谈谈吧。这个剧本据说是作者用一个月的短促时间写成的，出版期是一九三六。写的是去年七月西班牙叛军作乱中，拥护民主政府的人民第五军与民众的战斗情形。

剧中的人物，不但如桃洛列斯，何哲等领导者真有其人，就是巴塞隆那的滑稽家和那把三个女儿都交给义勇军，都在反法西暴徒的英勇斗争中牺牲掉的那个老太婆也是实有其事的。比如滑稽家叫米格尔，老太婆叫莎莎亚娜。

其中，特别值得我们介绍的是何哲和桃洛列斯。

何哲·第亚司是塞维拉人，是真正勤劳阶级的儿子。由于贫苦的家庭生活，幼年时就开始艰苦的工作了。十二岁起就帮人家做雇工，受主人的凌辱，因此他开始了憎恨不合理的资本制度。一九一七年起参加他故乡的工运。苦斗十年中成为英勇卓越的斗士和指导者了。一九三二年因工运在本乡被捕下狱，判了十八的徒刑，当时各地各派的工人一致联合着要求政府释放了他。三三年在竞选斗争中又被捕，未满一年再由工人群众强迫政府恢复了他的自由。一九三四在血腥的十月中，何哲是号召广大的群众起来摧毁白色恐怖主义者的第一个人，在伟大艰苦的运动中任着巨艰，显出他的革命大领袖的才能。去年二月国会选举，工人群众推他做代表，为人民阵线的胜利而战。从法西斯蒂暴叛的第一天起，何哲在前线，在后方最勇敢最艰苦地领导群众斗争着。

挑洛列斯·依巴路利是阿斯杜里亚的矿工的女儿。做过咖啡馆的洗碗女佣，发财人家的孥婢。可是她一有时间就教育着自己。十七岁起参加西班牙社会党，在创造与巩固勤劳大众之利益的组织中，她常常显着革命的领袖的能耐。在残酷的与封建地主君主政治的斗争中，在与小资产阶级的改良主义的政治斗争，在克服无政府主义者的思想在工人群众中影响的斗争中，她是我们这时代的最英勇伟大的妇女之一，是为西班牙谋解放的女英雄。这位"泼辣的"胆质的女人，因为和勤劳大众的敌人斗争的残酷和坚决，被大家称作"上帝派给我们的护民官和领袖"，被起着浑名叫"派萧那利亚"——热情家，有信仰的泼辣女人。

"派萧那利亚"的传记是不能和二十世纪的工人运动史中的伟大

事件分开的。一九三四年做过玛德里五万妇女反法西斯游行的领袖，她曾武装过阿斯杜里亚的妇女作过反法西斯的战争，被压平后，法西主义者一面谣传她已经被打死，一面在暗中通缉她。女工们曾经抬着她的棺材游行过，听说她被捕了，又强迫着政府释放了。一九三六的二月，她在阿维独领导过三十万人的大示威，亲手高举旗帜扑到大监狱前去要求政府释放政治犯，因此受了伤。在国会中，她用炸弹轰毁过法西斯蒂。这次大战中，她出死入生地致力着后方与前线的反法西斯活动，"派萧那利亚"这浑名震动着全国。在斗争极紧要的关头，她曾偷逃到巴黎，在几十万群众面前，演讲西班牙民众的英勇事迹，同德意法西魔鬼的残酷和无耻。要求法国武装保护西班牙。当时法国的一位布尔乔亚名记者也称赞说："这多么伟大的女人呀，只有在人民的壁垒中才会有的……。"

——西班牙战争的周年日

——录自生活书店 1937 年初版

《死之忏悔》[①]

《死之忏悔》后记（巴金）

巴金 [②]

前年年底伯峰回到上海，和我常常见面，我看见他闲着无事便介

---

① 《死之忏悔》，散文。日本古田大次郎（1900—1925）著，伯峰译，"文化生活丛刊"第 22 种，上海文化生活出版社 1937 年 8 月初版。

② 巴金（1904—2005），出生于成都，1920 年入成都外语专门学校，1927 年赴法国，回国后从事写作和翻译，创办上海文化生活出版社，主编《文化生活丛刊》《文学丛刊》等。另译有英国王尔德童话《快乐王子》、克鲁泡特金《面包略取》、屠格涅夫小说《父与子》、高尔基短篇小说集《草原故事》等。

绍了一本书给他翻译。这是日本古田大次郎的狱中记《死之忏悔》，我知道他在东京时就读过了的。他说他也喜欢这书，打算动手翻译两三章试试看，便高兴地把原书拿了去。他不曾爽约。去年五月底他把全部译稿送来了。我答应替他仔细校阅一遍。我以为至迟七月初我就可以把他的译稿交到印刷局去。然而忙碌的生活将我对朋友失了信。我在七月初交出去的，只是一部分的译稿，其余的三分之二就在我的书桌上放了将近一年的光景，直到最近我才能够把它校完。现在这书要出版了，在我也算卸去了一个重负。我自然感到欣慰。这一年来我每天就记挂着这工作，它把我折磨苦了。

　　我应该告诉读者，伯峰交来的只是一个节译本。其实原书就非全璧。出版之前便经过了检查员的删削，节译的办法还是出于我的提议。原书出版在十一年前，古田的事件发生更早，我们一般异国的读者对当时的情形自然十分隔膜，所以原书中有许多处所我们的读者现在看来颇不易了解，而且感不到兴趣。我以为不如索性把它们删去，倒可以省去读者的一部分时间。不过我读了伯峰的节译本，我对于他那取舍的观点却不能同意。因此在校阅的时候我还做了编辑的工作。我删去了一些地方，又增补了一些地方。删去的约有两三千字；增补的字数至少在三万以上。这时伯峰已不在上海，我只得请了陆少懿来做补译的工作，其中也有几处是我翻译的，但这样的处所并不多。同时我还请少懿把全部译稿对着原文再看一遍。总之古田的狱中记能够以这样的形式在中国出版，除了伯峰而外，我们还应该感谢少懿。

　　我们知道《死之忏悔》是一个死刑囚的狱中感想录，原稿共三十二册。但这都是死刑确定前所写的。作者自己说只有第三十三册才是"真正的死刑囚的狱中记"，那是判决死刑后的作品。这最后的一册据布施辰治在序文里说当局不许拿到外面去发表。然而它后来终于被领取出来而且秘密出版了。我得到一册，曾读过一遍。书名

是《死刑囚的回忆》，但在一二八的沪战中被炮弹打毁了。我没法将
它译出附印在这里。这一册的内容和以前的三十二册（即《死之忏
悔》）差不多，不过调子略微有点不同。写以前的三十二册时作者已
经知道死刑是无可避免的了。他没有挽救的方法。然而判决究竟不曾
确定。死虽然就立在他的眼前，但它却不住地在摇晃。希望纵然是极
其微弱，却也不曾完全消灭。所以那时有疑惑，有挣扎，有呻吟，有
眼泪。作者当时还不大认识死的面目。最后临到了写第三十三册，一
切都决定了，从此再没有从前那种不安定，从前那种苦苦的挣扎。的
确如布施辰治所说确定了舍弃生命以后，心境和态度都是更为沉静，
真有超越生死之慨。因此无怪乎有人会以为这真实的一册"真正的
死刑囚的狱中记"反不及以前的三十二册中文笔之清丽和表现之沉
痛了。

　　古田大次郎是一个安那其主义者，同时他又自称为一个恐怖主义
者。其实安那其主义和恐怖主义是两样东西。（许多安那其主义者都
不赞成恐怖主义）。而这书可以说是和安那其主义不相干。若把它当
作一个恐怖主义者的心理分析的记录看倒很适当。或者把它看作一
个纯洁的青年灵魂（或者就说一个人）的最真挚的自白看也无不可。
所以加藤一夫读了它。就"觉得我（加藤氏）的灵魂被净化了。我
真的由于他的这记录而加深了我对于生活的态度。"这记录在深与真
两方面是超过了无数的书册。和它同类的书本我连一册也没有见过。
加藤一夫称古田为一个"真诚的，真实的而又充满温情的纯真的灵
魂，"这个灵魂的最深而又最真的表白当然会引起无数青年的灵魂的
共鸣。加藤一夫说《死之忏悔》是一本"非宗教的宗教书"也是有原
因的。

　　但这样说并不就是表示在古田的书中所有的观点都是正确的，其
实不然。我觉得原书内有一些议论都是值得商讨的。伯峰似乎喜欢议
论，他常常不肯将它们割爱。然而我却不得不把它们删去了一部分，

以便补入被他割弃而我和少懿都觉得是更有价值的一些篇页，虽然那样的处所我们也还保留了一些。

　　我爱《死之忏悔》，我甚至为了这书才发愿去学日文，但是我每次读它，在我的心灵被那么强烈地震撼了以后，我却有一种惋惜的感觉。像古田那样的人不把他的希望寄托在有组织的群众运动上面，却选取了恐怖主义的路，在恐怖主义的境地中去探求真理，终于身死在绞刑台上。这的确是一件很可痛惜的事。

　　我最近写过一篇谈死的短文，里面也谈到这书，而且和我在前面所说的话还有一点关系，所以把它印在后面作为附录。

公历一九三七年四月　　巴金

——录自文化生活出版社 1938 年再版

《告青年》①

《告青年》献给读者

巴金

　　我们有一颗纯白的心，我们有一个热烈的渴望，我们有满肚皮的沸腾的血，我们有满眼睛的同情的泪，我们是青年。

　　我们是幸福的，因为我们生下来就有着一切了。

　　我们有房屋居住了，但是我们不满意；我们有饱饭吃了，但是我

---

① 《告青年》，俄国克鲁泡特金〔P. A. Kropotkin，1842—1921〕著，巴金译。版权页署"美国旧金山司塔克顿街　平社出版部　最近出版"，封面题"社会问题小丛书第一种"。据《巴金全集》第 17 卷第 162 页收入的《〈告青年〉序》一文注释，"一九三七年十月以旧金山平社名义出版；一九三八年一月由上海平明书店重新排印出版"。

们不满意；我们有衣服穿了，但是我们不满意；我们有书读了，但是我们依旧不满意！因为在我们的周围还有着许许多多没有房屋，没有衣服，没有饱饭，没有书读的人。而且这些人正是我们所赖以生活的。

我们有着一对明澈的眼睛，我们不能不看见在他们的肩上安放着我们的全部幸福。我们和我们的父兄一样也成了掠夺的人了。

黑暗，压迫，灾祸，痛苦在我们的周围扩张起来。我们的欢笑里面夹杂了无数呻吟号泣的声音。我们已经知道现在的社会是一个什么样的东西了。我们说我们应该走出我们的幸福的环境，到那外面的世界去。走进实生活去！我们要做一些事情，一些有用的事情：要消灭那黑暗压迫，要消灭那灾祸痛苦，要改革现在的社会；要帮助我们周围的无数受苦的人！我们要在众人的幸福中求我们自己的幸福，我们不愿再把我们的生活费用放在别人的肩上。

"怎么办呢？"我们现在是预备向着外面世界，向着实生活走了，但是在我们的面前横着许多条道路，在每条路上都放着我们可以做的工作。于是，我们站在歧路边踌躇起来。没有一个人来给我们指路，我们的父兄已经躺在死床上了。

在这时候一本小书就出现在我们的眼前。它像亲密的朋友一般给我们说明了一切，它的话是我们可以了解的。它的话里面并没有欺骗。读了它，我们就觉得一线光明把我们的头脑完全照亮了。

现在我们没有一点踌躇了，我们捧着这一本《告青年》，怀着纯白的心，沸腾的血，热烈的渴望，同情的眼泪，大步向着实生活走去！

一九三五年四月译者

——录自美国旧金山司塔克顿街平社出版部 1937 年版

《日苏未来大战记》[①]

《日苏未来大战记》译言（代序）

碧泉 [②]

日本对华的侵略，按照它预定的计划，又从卢沟桥的挑衅，开始新的全面的进攻了。我们一想到日本军阀以"东亚安定势力"自居，把亡华灭俄当做大陆国策的目的，则现在紧张的情势，我们不夸大的说，由于侵略国的行动，由于中华民族救亡自卫的烽火，也有燃烧起远东大战的可能。二个月前，我译完了这部《日苏未来大战记》节本时的兴奋，到现在又重涌在心头，我在兴奋中涉想：如果中日战事全面的展开了，日苏战也前后爆发了，那书中所设拟的一切，都将变成事实的话，我们这远东，不知将会有怎样的"明天"？

《日苏未来大战记》，原名《远东》（*Navostok* [*Navostoke*]），是去年苏联轰动一时的国防名著。去年苏联举行全联邦国防文学会议，曾宣言说："国防是举国的事业；同样的，国防文学也非由全苏联全文坛的一切作家来共同负担不可！"又今年二月十七日在莫斯科开的国防作家会议，也指示了国防文学的目标，谓："要在国民之前，暴露国民的敌人。"在这个口号之下，去年的苏联文坛，就有几部伟大的国防作品产生，如维依尔达的《土》，乌尼也夫的《我们从克隆斯达开始》，及班夫琳珂的这部《远东》。

---

①　《日苏未来大战记》（苏联国防小说名著），苏联班夫琳珂（P. A. Pavlenko，今译巴甫连柯，1899—1951）著，碧泉节译，夏衍主编"抗战小文库"之一，大时代出版社 1937 年 10 月初版。

②　碧泉，疑为袁殊（1911—1987）笔名，袁殊原名袁学易。湖北蕲春人，曾留学日本，专攻新闻学。回国后创办《文艺新闻》。后入党并参加中共中央特科，具有多重间谍身份。另译有日本村山知义戏剧《最初的欧罗巴之旗》、编译榛村专一《新闻法制论》等。

这部作品的内容，完全为未来日俄大战假想战的描写。对于地理，战略，都有军事学和事实上的根据。所谓假想战，并不是向壁虚构的"假想"，它是把日本的国力和军情，把日本进攻苏联的作战计划，都从可能的估计上，集纳了事实的材料，来着手写成的。同时关于苏联在远东的国防军备，航空的伟势，新兵器与新战术，机械化兵团的功用，潜水舰艇的突击技能等等，都在假设战的布置中，发挥了国防的战斗力。特别是把苏联社会主义的战士们，为守卫他们的祖国，那种全民的敌忾同仇，那种沉着机警，活泼勇猛的国防的精神，和国防的战斗意志，有恳挚的描写。这不但表现了苏联随时随刻都在积极地进行予打击者以打击的准备；并且，这坚决抗战的准备，由于文学作品的表现，也无异是向敌人的一种精神的示威。他要使敌人知道："我们是不甘受侮的！"——红军的统帅说："我们不让敌人侵入我们的国土一寸"，这部小说，便是这句话的具体的注释。

人家不让敌人走进他们的领土一寸；我们呢？东北四省的土地，三千万的同胞，辗转敌骑之下，不是六年过去了吗！而现在，平津、华北、上海、全中国都当面着最猛烈的苦战，每一处地方都伸进了敌人的毒蜇，全民都似被宰的羔羊，……看看苏联，能不愧死？不仅为了迫在目前的远东大局的认识作参考，我们不可忽略这部作品；即为了作为国防文学的典范，介绍这部书，也更有莫大的价值。

原作者 P·A·班夫琳珂（Pavlinko [Pavlenko]），生于一八九八年，是比得堡一个工人的儿子。一九一九二十一岁的时候，加入了共产党，被编入赤卫军，参加 Z·卡甫加斯的革命内战。退伍后，即从事党关系的新闻杂志的编辑工作，经过地方党的副主席和地方委员会的出版部长等职务，从一九二四到二七年，又充当过驻土耳其的商务官。他的文笔生活，是一九二七年与皮涅克合作出版处女作《拜伦公卿》时开始的。三〇年夏加入作家团体，到三二年止，充当苏维埃作家同盟的代理主席，三三年为杂志《卅日》的主笔，现在是革命纪念文库"十七年"的编辑委员之一。代表的杰作，有描写巴黎共产党的长篇历史小说《拜里凯特》，是被称为充满了革命灵感的作品。

现在的这部《远东》，可称为是与历史小说相对的报告小说或新闻小说，被苏联文坛认为问题作，引起了全世界的注意。原书全部分为五章，第一部三章，写一九三二年到现在为止的远东情势；第二部二章，是写未来的日苏大战。现在节译出来的，是第二部的梗概。但因为是据日译本转译的，而日译本又经过检阅才得发表的，所以希望另有人能从原文译出全书来。原书卷首引用了中国的民谣，当作引序：

全民众的呼吸，

　　可以卷起巨风；

大众举足蹴地，

　　可以撼为地震。

这不知是什么歌谣中的。不过，就看这小小的引序，我们亦能想见作者班夫琳珂的磅礴气概了。

碧泉　十月·一九三七年。

——录自大时代出版社 1937 年初版

《海底的战士》[①]

《海底的战士》诺维可夫·普里波衣小传

（包之静[②]）

阿莱克塞·茜洛维克·诺维可夫–普里波衣（Aleksej Silovio,

---

① 《海底的战士》，长篇小说，苏联诺维可夫·普里波衣（Aleksey Silych Novikov-Priboy，今译诺维科夫–普里波伊，1877—1944）著，包之静译，上海杂志公司 1937 年 10 月初版。

② 包之静（1912—1971），江苏苏州人。震旦大学肄业，世界语者。后加入中国共产党，进入淮南抗日根据地。先后出任《前锋报》《新路东报》《淮南日报》社长，《新华日报》《大众日报》副社长。

Novikov Poriboj）于一八七七年十二日 ① 生于顿波华（Tampova）县的玛脱凡也夫斯可（Matvejevskoje）村庄里。是一个退伍军人的儿子。

玛脱凡也夫斯可村简直无教育可言，没有学校的。起先，他的父亲教他读书，后来牧师教他，但是进步是很慢的。最后他进了离玛脱凡也夫斯可村十公里远的乡村小学去，过了两个寒假便结束了，他希望能再升学，然而学费没有着落。

普里波衣住在村里，跟着他的父亲一起工作。他的母亲是一个信教的女人，要他作一个僧侣，但是他跟一个水手的偶然遇见，使他的生活转到另一条道路去。海洋生活，在普里波衣的心中刻下了一个深刻的印象。那时候，招募为战争服务的人员的时候来到了，他就立刻决定做船员。这里，他极力从事于自我教育工作，后来，他进了克隆斯达脱的一个星期学校，那儿的教员使学生认识了革命文学。在这个生活的时期，正如他自己所说，他的精神开始觉醒了，革命的意义开始启发了。不久之后，发生了逮捕教员和学生的事件，学校也就此停闭。普里波衣刚准备中等学校的试验，而要投考大学的时候，就跟其他的船员一起监禁在临时的监牢里。

大约是在这个时候吧，普里波衣开始准备创作了。普里波衣说："几个作家的传记，像赖显铁可夫、可尔左夫、高尔基把我推到文学的道路上去。"他开始在报纸上写文章，日俄战争的参加，供给他写著名的《对马海战》的材料。但是这本书因为有革命的内容便被扣留而且消灭了。后来，一九〇七年到一九一三年，他做了一个政治的亡命者，在国外流浪着。回国后，正是世界大战开始，普里波衣想重新出版一本书，关于海上的故事的集子，但是这本书又被沙皇的检查禁止不能问世。

一直到十月革命以后，普里波衣才获得了出版的可能，并且由于他的海上的故事而成名了。

普里波衣的这本小说《海底的战士》，是描写在大战时潜水艇里船员底生活情况的。

---

① 按，三月十二日。

哥皮可夫（I. N. Kubikov）在他的论文集中论普里波衣的文学活动说："《海底的战士》，是作者极大的成功，把有很大的艺术成就。"

《海底的战士》是用回忆的题材写的。整个的小说，是由于主人公的生活经验和他的许多同伴的生活交织成的——那些几乎死亡在海底的潜水艇员。船员们的得救有着它惊奇的地方，可是读者们立刻就会相信，这是不值得惊奇的，这是征服海洋自然界的技术进步的结果。

《海底的战士》是反对帝国主义战争的热烈的申诉，并且用了明显的例子指出这个人类间的屠杀的毫无意义。

普里波衣在苏联的成名，并不是偶然的。他作品里的真实的反映是跟故事的趣味性合起来的。他的著作都有革命的倾向，并且确定了那些为整个人类谋幸福的、强壮的、机敏的、在斗争和工作中坚强起来的人们的威权。

——录自上海杂志公司 1937 年初版

《忆》 ①

《忆》[小序]
（胡端 ②）

依斯兰（Islande），这充溢着稗传流史的岛屿，它便是斯文逊司

---

① 《忆》(Nonni et Manni)，中篇小说，冰岛斯文逊（ Jón Svensson，今译斯文森，1857—1944 ）著，胡端译，"震大公青会丛书"之一，上海土山湾印书馆 1937 年 7 月初版。

② 胡端（ M. P. Hou Toan ），生卒年不详。江苏人，早年就读于徐汇公学，毕业于震旦大学法科。1930 年代常在其学校刊物《汇学杂志》，上海教区徐家汇圣依纳爵公学圣母始胎会会刊《慈音》发表译作和诗文。1939 年到越南海防商政机关任职。另译有佟甘谭司铎（ 神父，R. P. J. DE TONQUÉDEC ）著《翼下共鸣录》("震大公青会丛书"之三)。

铎的产生地了。

　　一八五七年十一月十六日，他诞生在岛南一个农家，双亲是耶稣教徒，父亲是个资质聪明的农夫，曾历任审判厅秘书跟政府行政公务员，并办过十五年报，他的报章至今被保存于莱耶未克（Reykjavik）公共书馆中，被认为依斯兰风土人情之惟一志源。

　　父亲的多才多能，子女们显然会受到相当的影响。果然，熊（家庭名诺呢"Nonni"）——即斯文逊司铎，在他父亲善导之下，幼年时早获得智慧上的成熟。六岁，开始读拼音字母，他的母亲便是他的教师，他父亲的图书馆则尽量的供给他参考书。所谓参考书也者，便是几本荷马的著作呵，《一千零一夜》（《天方夜谭》）等童话呵，这时的小熊，在头脑里盘旋的，差不多都是这些童话中的王子公主跟英雄好汉了。

　　由于阅读书本范围的扩大，他的童心使他不耐烦再蛰住于小小的岛上。果然，在一八七〇年九月里，一叶征帆，把这少年载到高本阿根（Copenhagen），一八七〇年的战争，把他想往法国游历的意念打消了，他整整一年留在葡萄牙，那时他开始研究宗教，竟日沉醉于宗教书本中，蓦然地，在一八七一年，他求得了母亲的同意，开始了"保守生涯"。

　　不久，他终于离开了高本阿根，念书于主宰公学（Collège de la providence）中，一八七三年，他的弟弟阿尔孟"Armann"（家庭名吗呢"Manni"）也来了，于是他们兄弟俩很和睦地在一块儿念着书，这时，他已开始了写作，但并不发表而已。一八七八年他跨进了"耶稣会"之门，跟着便是他的弟弟，他弟弟去世于一八八五年路佛杏（Louvain）之哲学期中，他便离别了比利时，不久；到了荷兰，为研究他的哲学，他再由荷兰到了英国，学成后，被派往达纳马克（Danemark）一公学任教授。直到一九一二年，在他带学生往依斯兰岛作了一次远足后，他产生了那处女作：《在冰火之间》（*Entre les glaces et les feux*）。从此，他的著述便陆续不断地产生了。一九二一年的一场大病，逼他到荷兰之阿埃柴当（Exaten）修养，后至斐特凯雪（Feldkirch）地滨公斯当斯（Constance）河，在那边，不但病全好了，而且他文学上的修养工夫也到了"火候纯青"的地步。他的名著《喏呢》（*Nonni*）出版于一九一三年，跟着便是这部《喏呢和吗呢》（*Nonni et Monni*）（一九一四年），这本书的出现，曾给"耶稣会"日历以灿烂的一页，同时出版了那本《依斯兰之声音》（*La voix d'Islande*）。他最后的著作是一九二二年完成的《海滨之城》（*La ville au bord de la mer*）。

可惜；这位六十多岁的老人，已在"不久的过去"逝世了。但是；他那富于诗趣的著作，永远留给人，以深刻的印象和值得回味的教训。

——录自土山湾印书馆 1937 年版

《爱尔兰名剧选》①

《爱尔兰名剧选》小引

涂序瑄 ②

此集内辑印爱尔兰名剧五篇，均曾登于川大之《文艺月刊》，今

---

① 《爱尔兰名剧选》(合集)，莘谷等著，涂序瑄译，"现代文学丛刊"之一，上海中华书局 1937 年 12 月初版。内收《海葬》(莘谷)、《麦克唐洛的老婆》(格莱哥丽夫人)等 5 个剧本。

② 涂序瑄（1900—1970），江西南昌人。早年留学日本，毕业于九州帝国大学，为文学士。后赴英国，入剑桥大学皇家学院。1930 年回国后，任教于北京大学、北平师范大学、中法大学、四川大学等。后到台湾。另译有《诗与科学》《英文学史诠释》，及英国密狄·霍尔克纳（J.Meade Falkner）的《月湾村之鬼》(今译《慕理小镇》)等。

因虞散佚，汇成一集，印行以就正于国人之爱西剧者，非敢言介绍，
为此小劳作留一纪念耳。

二十五年，六月，译者。

——录自中华书局 1937 年初版

《未来的世界》 [①]

《未来的世界》译序

杨懿熙 [②]

    一个有思想的人，不论男女，大概都感觉得，在现存制度之下，
必定有了错误的地方，才使世界上大多数的人类不能享受世界可以供
给他们的安乐和幸福。二十世纪潜伏了资本主义的危机，生产过剩，
军备扩张，久蕴的毒氛，终至以战争为出路。然而一九一四年的世界
大战，不特未将现有的危机剔除，且更种未来的恶因。第二次世界的
狂澜，行将又把人类文明，捲没以去！忧时之士，高瞻远瞩，危惧将
来，洞悉当世政治经济的弊病，痛心列强民众的沉迷。欲肆行抨击，
直加指谪，又恐遭逢当世之忌，不得已乃托诸预言，故设幻境，向世
人作当头棒喝，使知如不早谋妥善的解决，即将同归于尽。这便是作

---

① 《未来的世界》(*The Shape of Things to Come*)，上中下三册，长篇科幻小说，
    英国威尔斯（H. G. Wells，1866—1946）著，杨懿熙译述，万良炯校订，"汉
    译世界名著"丛书之一，商务印书馆 1937 年 12 月初版。

② 杨懿熙（1900—?），广东高州人。杨永泰之女，曾就读于香港圣保罗女中、
    上海中西女塾，后考入金陵大学，又转入上海沪江大学。毕业后，在南京导
    淮委员会当英文秘书，又任上海暨南大学高中部教席、上海市政府英文秘
    书。另译有英国狄更生（G. Lowes Dickinson）《欧战前十年间国际真相之分
    析》、英国威克斯铁（A. Wicksteed）《莫斯科十年记》等。

者威尔斯（H. G. Wells）氏著《未来的世界》一书的一片婆心。至于
推想人类饱经战争疠疫之苦，乱极思治，新势力蓬勃以兴，建设其理
想中的世界国家，为世界保和平，为人类谋幸福，这便是威尔斯氏的
一番热望。威氏此书我们不能认它是子虚乌有，也不能认它真是梦
呓，他是一部有建设思想，有科学眼光的伟大著作。我特地把他移译
出来，介绍于国人。

译者　二十三年，八月，七日

——录自商务印书馆 1938 年再版

《未来的世界》本馆附识

　　原著者威尔斯在学术上的地位，读者都很知道，用不着我们再来
介绍。威氏是以好作预言出名，然而他的观察未来，多是根据科学眼
光，故对于许多事变所作的见解，往往遂有"未卜先知"之概，如本
书断言日本帝国主义侵华的暴行必归失败，现在已渐证实，即其一
例。"惟智者千虑，必有一失"，观察未来，本为难事。威氏在数年前，
虽料定当前中国对暴日的自卫，必获最后胜利，然于中国民族团结力
之大，和抵抗力之强，则均有估计过低之弊，因而遂多想象之词，未
免不无缺点，此是我们应该注意的。

——录自商务印书馆 1938 年再版

《高尔基论文》^①

《高尔基论文》写在前面

萧参（瞿秋白）^②

　　高尔基的论文，也和鲁迅的杂感一样，是他自己的创作的注解。为着劳动民众奋斗的伟大艺术家，永久是在社会的阶级的战线上的。战斗紧张和剧烈的时候，他们来不及把自己的情感，思想，见解熔化到艺术的形象里去，用小说戏剧的体裁表现出来，他们直接的向社会说出自己的"心事"，吐露自己的愤怒、憎恶或是赞美。读者群众，却很幸运的，可以得到他们创作之中所含蓄的意义的解释。高尔基的论文，都可以当做这种解释去读。高尔基的创作是三四十年之中的俄国历史的反映，而他在每一时期的剧烈事变之中，还给我们许多公开的书信、论文、随感，那就更是正面的，公开的表示他对于事变或是一般的社会现象的态度。

　　文艺的反映，简单明了的说句"痛快话"罢，这也包含着文学家所表示的对于社会现象的态度。高尔基自己说："艺术家观察着人的内心世界——心理，——表现他的伟大和卑劣，他的理智的力量和

---

① 《高尔基论文》，版权页署"编译者：萧参；发行者：张鑫山；分销者：各省大书局"。封面、书名页署"1937"，具体出版月份不明。

② 萧参，瞿秋白（1899—1935），江苏常州人。1917 年入北京俄文专修馆攻读，先后和郑振铎等创刊《新社会》和《人道》杂志，1920 年以《晨报》记者身份赴苏俄，回国后曾主编季刊《新青年》及《向导》周报、《前锋》等，任教于上海大学。大革命失败后，当选为中央临时政治局书记，曾出任中共驻莫斯科代表团团长。1931 年被解除中共中央领导职务后，在上海养病期间进行文艺创作和翻译。另译有俄苏文学著作《高尔基创作选集》、A·卢那察尔斯基《解放了的董·吉诃德》、普希金《茨冈》等。瞿秋白牺牲后，鲁迅编辑其译文集为《海上述林》。

他的兽性的力量。"这里，他明白的说出来：艺术家首先要有点儿分辨"伟大"和"卑劣"，"理智"和"兽性"的能力。这是要从一定的立场——阶级的立场去分辨的。要知道对于孔孟或是黄老，对于耶稣基督是伟大的——例如"温良恭俭让"或是"给人打嘴巴"的美德，——对于我们也许是奴性的卑劣。对于资产阶级的理论家是理智的，对于我们恰好是比兽性还要卑劣的私有主义和利己主义。文艺上反映着现实的时候，作家没有可能不表示某种立场的某种态度。他的每一个字眼里都会包含着憎恶或是玩赏，冷淡或是热烈的态度……他是在可惜，是在感动，是在号召，是在责备，总之，他必然的抱着一种态度，在高尔基的创作里，我们可以看见他所赞助的是什么，他所反对的是什么；而在他的论文里，我们就看得格外明了，我们看得见历史舞台上的真正人物，看得见社会上的具体现象，这里，代名词变成了名词——小说里的"英雄"露出了真名真姓。

高尔基是新时代的最伟大的现实主义的艺术家。而他对于现实主义的了解是这样的！他——饶恕我把他来和中国的庸俗的新闻记者比较罢——决不会把现实主义解释成为"纯粹的"客观主义，他不懂得中国文，他不曾从现实主义"Realism"的中国译名上望文生义的了解到这是描写现实的"写实主义"。写实——这仿佛只要把现实的事情写下来，或者"纯粹客观地"分析事实的原因结果，——就够了。这其实至多也不过是自欺欺人的"客观主义"，或者还是明知故犯的假装的客观主义。天下的事实多得很。你究竟为什么只描写这一些事实，而不描写哪一些事实？天下的现实，每天在变动着。你究竟赞助着或是反对着现实变动的哪一个方向？你能够中立吗？你的"中立"客观上帮助了谁？这些问题是文学家必须回答的；每一个文学家也的确在回答着，不过有些利于自己掩饰一下，有意的或是无意的。高尔基的回答是：

真实有"两个"：一个是临死的、腐烂的、发臭的；另外一个是新生的、健全的、在旧的"真实"之中生长出来，而否定旧的"真实"的。

　　高尔基的论文之中，反映着世界的伟大战斗的各方面。他暴露虚伪的人道主义和自由主义，他鞭挞市侩的个人主义、不可救药的利己主义。他大声疾呼的反对一切剥削制度，一切屠杀，暴虐，战争……他赞助这世界上的唯一的神圣的战争——消灭一切剥削阶级的战争。他歌颂劳动民众的理智的力量——工人阶级的领导和创造。他极深刻的揭破小私有者的惰性。他深恶而痛绝那些坚持"资本家和工人之间"的中间立场的市侩。他暴露这些自称"第三种战士"的虚伪，这些"机械的公民"的真相——那就是十月之前的"机械的革命者"啊！

　　高尔基这本论文集里，的确反映着新的社会建设的过程：这里，关于智识阶级，关于农民，关于工人，关于妇女，小孩子，关于文学和文化革命，关于叛徒，关于刑事犯……关于一切种种社会现象，都有透辟的见解和深刻的考察。他不会像幼稚的革命作家似的，只限于狭隘的"战壕里的生活"，他看得见整个"战斗"。他知道"战斗"的目的，"战斗"的事实，是整个社会秩序的改变，是几千百万群众的新生活的痛苦艰难的产生过程，社会关系的各方面的现象都在这"战斗"的范围之中。

　　高尔基的文化革命的观点，是和一些"文化的"文学家绝对相反的。他认为文化的基础是劳动，他认为现代的英雄是"群众里的人"。他承认自己在十月的时候做了一个大错误，过分估量了智识阶级的革命性和所谓"精神文化"。他却从来没有像一些"文化专制者"的文学家和大学教授似的，蔑视群众，而把"博学多能"当做唯一的文化。他固然同着劳动民众的智识分子，"把自己所知道的，亟亟乎去教给比自己知道得更少的人"，然而他自己还在每天向群众学习，像他在自序里所说的：作家的情绪随着读者情绪的高涨而高涨，作家对于一些现象的观察，随着群众的行动而得到更确定的观点。是的，这里反映着空前的伟大的群众的战斗啊。

　　中国的读者已经读到高尔基的一些小说和戏剧，而高尔基的论

文，还没有中国文的译本。这里所选的，是一九三一年出版的《高尔
基：社会论文》（*Publicist articles*），原本上有高尔基的一篇自序。我
们希望这本选译的文集，能够帮助一般读者了解苏联的各方面的社会
现象，了解国际资本主义社会的崩溃，能够帮助中国的文学界，更深
刻的提出许多从来没有人注意的问题，例如反市侩主义的问题等等。
而且，在这里，读者可以知道高尔基的为人，——是一个和气的，发
笑的老头子，时常同"不相干"的小孩子，工人等等通信，还时常答
复各国"智识贵族"一些不大通的问题。

萧参　　1932.12.11

——录自 1937 年版

《上海——冒险家的乐园》^①

《上海——冒险家的乐园》弁言

（包玉珂^②）

　　这一本书，《上海——冒险家的乐园》：

---

① 《上海——冒险家的乐园》，报告文学。版权页（出版者信息阙如）署："上
　海——冒险家的乐园：原著者：爱狄密勒。翻译者：阿雪。经售处：各大书
　店。中华民国二十六年三月。"据上海文化出版社 1956 年 12 月第一版《上
　海——冒险家的乐园》封面署"包玉珂编译"，该书《新一版前记》中编译
　者说："这本书原议由商务印书馆印行，但后来改生活书店出版。在上海受
　到帝国主义的禁止之后，它曾用不具出版者名称的方式，印行过一次。"并
　提及当时拟用的署名是"珂雪"，但书出版后，上面的署名却是"阿雪"。仅
　见不具出版者 1938 年 5 月已出第三版。生活书店 1946 年 5 月另版。

② 包玉珂（1906—1977），浙江吴兴人。1925 年毕业于上海青年会高中文科，
　后入光华大学，业余为商务印书馆翻译"苏联小丛书"，曾任教于光华附
　中，就职于南京某银行。1949 年后任职于上海第一师范学院。另译有阿得
　勒（Alfred Adler）《儿童教育》、柯兹（W. P. Coates、Z. K. Coates）《苏联第二
　次五年计划》、克罗守（J. G. Crowther）《苏联科学》等。

讲惊人的事实与使这些非常的事实成为可能的情境。

将事实正确地写出来,没有任何宣传的作用,也不带些微主观的色彩。

暴露久藏的秘密,使那些身蒙其害的人得以一豁其眼界。

启示人所不相信与不肯相信的二重行为,与包庇这些行为的组织。揭穿天壤间的大大小小的阘廉无耻的人与阘廉无耻的事。

包括一部分几经选择的最富于典型性的实在材料。

为在上海多年的经验,观察与调查的成绩。

显出自欺甚于欺人的个人与个人的集团。这些个人与个人的集团虽造成极严重的社会的与政治的问题,然而我们为了上面的缘因,将不以庄重的态度,来看他们。

在幽默的情境下写成。

希望读者也以幽默的态度来读它。读者应该记得一个人原是可以嬉笑而保持着庄重的态度的。

——录自 1937 年初版

《上海——冒险家的乐园》序
（包玉珂）

冒险的故事!这是全世界都喜欢听的。

真正的冒险,惊心动魄的冒险,在无人晓得的陆地中,在未经航行过的海洋上,在奇形怪状的人民间,在人类企图的新领域里,在日新月异的科学发明内,在探索人所未闻的天涯地角中。

伟大的征服者,伟大的发明家,伟大的创业者都是最优等的冒险家。

犹太人在摩西领导之下,摩西从埃及逃到巴勒斯丁是《圣经》时代之最伟大的冒险事业。

北美洲的发见是哥伦布一生中的最伟大的冒险事业。

斯登莱在非洲是一个什么都不怕的冒险家。

狄福笔下的《鲁滨逊漂流记》，斯蒂文生笔下的《金银岛》，都是不朽的冒险故事。

马哥勃罗在中国，麦斯密伦在墨西哥，林白上校飞跃大西洋，皮特少将远征北冰洋，皮卡教授上升同温层都是真正的冒险家做的真正冒险事业。

有胆量去应付新的形势，向不可预知的情境挑衅，冒不可预见的危险，走他人所未曾走过的路，成就他人所未曾成过的事业：这一切，合在一起，造成真正的冒险。

知其不可为而为之是真正的冒险：诸葛亮的恢复汉室，文天祥的志延宋社。

人不知其可而独己知其可而独力以成之也是真正的冒险：哥白尼的创立地动说，马丁路德的反对天主教。

在真正的冒险中，一个人经验到许多平常所经验不到的快事。他得以测定其一己的勇气、毅力、意志与智慧。换句话说，他可以知道他自己。所以，事情在他人的眼光中为行险，为妄动；而在他自己的心目中则为快举，为乐事。

冒险的本义向来是如此的：发明引导，开辟新的道路，成就新的事业。其中有的是定见，是大无畏的精神，是忠于所事的心，是建设的努力，是抉发真理的希望，是福利众生的宏愿。

然而，现代却替冒险这一概念增加了新的意义。现代的小说与现代的戏剧使冒险家套上了一个新的面具。

二十世纪的冒险家不向荒原绝域中去讨生活，也不在真理正道间找材料，而专在人海中施展他的绝技。他遥估他人的钱囊的重量，布置巧妙的机关，让一颗颗好吃的果子落到他的怀里。人瘠则我肥是他的信条，他的宗教，他的全部人生哲学。

二十世纪的冒险家正站在冒险事业的相反的极端。他不创造而只事毁坏；不为社会努力而唯社会的利益是侵；不做人们的良友而做大众的公敌。

虚伪、欺诈、无赖、狂妄，总而言之，一切的鬼域都是他的法宝。他今天恭维你，只因为明天他可以乘你的不备在你背上刺一刀。他今天替你筹划许多似乎极有利的事业，只因为明天在你的失望中他可以得到极好的利益。

他的最大的目的是在不劳而享他人的劳动的结果。他人放进去，他拿出来；他人往上推，他向下拉。是好处都归他享受；而一切的损害则由他人去担当。

在二十世纪的冒险家的眼光中，除了利益以外，什么都不值得顾惜。爱情、友谊、宗教、信义，一切好听的东西都是他的踏脚石。他踏着向前走去以装满他的肚皮与口袋。只要能获得利益，变猫变狗都可以。

但是冤家总不免有对头。二十世纪的冒险家是法律的冤家；投桃自当报李，法律不客气的做了他的最凶恶的对头。法律伸出无情的铁爪，随时预备抓住他。所以他的唯一的要务就在设法跳出这一重法网。他厌恶那一条条的规程，憎恨那如狼如虎的警吏，畏惧那铁面无私的法庭。任何所在如有了这些人与物，他就以迁地为良。

迁地固然为良，然而这良土又在什么地方？

这良土必须容纳得下吞舟之鲸，同时他更须有多量的好吃的果子可供大嚼。

这一良土就是上海，冒险家的乐园。

上海，这华洋杂处的大都会，这政出多头的城市，这纸醉金迷的冶游场，这遍地黄金的好处所，不正是一个最好的冒险家的地点么？

在上海更何况，还有那可伸可缩的领事裁判权，五颜六色的种族，争权夺利的组织，纷歧杂出的误会；这一切再加上了上面的一切，将这世界的第五个大都会，氤氤氲氲，化成一团漆黑。

上海，你成了冒险家的乐园。

大家到上海去啊，那里的水浑，有鱼可摸。

来的有装着大幌子的商贾，披着黑外套的教士，雄冠佩剑的官佐。然而尽你们打扮得怎样庄严或阔绰，总遮不过你们这副猴儿相来。在这里，就将你们的善言善行照实录下。

二十世纪的冒险家本不以男人为限。可是这一本书却完全没有将那些善女人的懿言懿行收入，因为作者在这一方面还观察得未曾到家。这是应请原谅的。

　　　　　　　　　　　　　　　　　——录自 1937 年初版

《上海——冒险家的乐园》献词

（包玉珂）

斯人之俦，玄玄之流；或求浪迹，或事妄求。

或货殖者，轩眉席上；得财不正，终露丑状。

或传道子，滥巾五岳；利彼信心，盈我贪壑。

亦有长吏，箕冠载首；大帑三千，铭诸坐右。

更有黔产，遣使解嘲；调而不察，薄海腾笑。

衮衮诸老，拄杖北驰；事未一就，华城沦池。

更有智士，自擅吹嘘；山海之经，橐垂有余。

凡此众生，咸我佳客；敬以相献，请暂驻驾。

　　　　　　　　　　　　　　　　　——录自 1937 年初版

1938 年

《柏林一丐》 [①]

《柏林一丐》孤岛闲谈之一
郭定一（傅东华）

天下的事情都经不得一想，因为你要肯去想，什么东西都会改变了原样，什么东西都会使你觉得新鲜起来，觉得奇怪起来。譬如笑和哭这两桩事，是人人从出世以来直到临死的一分钟都免不了的。但是你也会把这桩事情仔细想一下没有？为什么你心里快活的时候，就会眯起了眼睛，咧开嘴来放出嘻嘻嘻或是哈哈哈的声音来呢？又为什么你心里难过的时候，就会眼睛里淌水呢？难道你的心像一个电灯的开关，有一条线通到你的嘴巴和眼睛，等你那快活或是难过的感情将它一掀，就会使那边发生变化吗？像是这样的问题，要是你在床上睡不着觉的时候，或是青天白日里坐着无事可做的时候，把它拿来一层一层想进去，那我可以包你一辈子也想不完的。

你也许要说："我要是一天到晚都像这么的想法，岂不也要想成'柏林一丐'那样一个疯子吗？"可是从前确是有人拿这种问题来想过

[①] 《柏林一丐》，长篇小说，英国 Philip Gibbs（今译菲利普·吉布斯，1877—1962）著，郭定一译，上海新闲书社 1938 年 1 月初版。该书封面书名下题有"一个说明战争原因的故事"，封面、书名页及版权页另标"孤岛闲书第二回"。

半生世的，要不然的话，像《笑之研究》或《哭之研究》这一类书，是从哪里来的呢？

孔子说："饱食终日，无所用心，难矣哉！"怎么叫做"难矣哉"？就是说这人有些对他没有办法了。因为人是一种奇怪的动物，就奇怪在没有一个人愿意闲着。动物也有不愿闲着的：小猫儿吃饱了，要找点东西来玩儿；黄莺儿自顾自〔自〕唱歌儿给人听；就连知了那么光有一个空壳子，也不甘愿默默无声的在树叶子里打磕铳。可是像猪猡那么吃饱了连噷也懒得多噷几声，那是我们人办不到的；像蛇那么一伏就是几个月，当然更加办不到。我们人做孩子的时候，靠父母养活我们，不愁衣食，力气往哪里用呢？只有用它来玩耍。等到要我们自己养活自己的时候，有的是整天整夜的工作，再没有余力可用，自然要没余闲去"用心"；但有的享着现成财产，有别人代他们工作，自己可以一径的闲着；又有的虽要工作，却无须把精力全部放进去，因而也还可"忙里偷闲"。而无论是整日的闲，是偷来的闲，按人类的天性说起来，总都要设法去消了它的。于是在这方法上面，就大大的有个分等了，但是粗粗的分起来，也不过是两等：就是物的和心的，或是肉体的和精神的。心的或精神的消闲法所以比物的或精神的优胜，在于一者不需消耗，一者必需消耗，因而一者无限度，一者有限度。既有限度，便不得不继续要求增益；要求增益，便生欲望，生欲望，便不得不与人争。那末就说世界上一切残酷的战争都是由这一类消闲人惹出来的，也不能算是过甚。可见孔子说"无所用心"的人"难矣哉"，真是一句至理名言了。

精神的消闲方法，其一就是谈。但是谈也有种种不同。新闻记者满头是汗的赶到火车站，船埠头，或是飞机场，去找要人们谈话，要人们早已打好了腹稿，然而仍旧将你当做个间谍一般，掩掩饰饰，吞吞吐吐的给你几句不痛不痒的官话，你拿到报馆里去，原也可以换到几个钱，可是那一套八股式的酸腔儿，从你耳朵里灌了进去，也就尽够你作三日恶！

其次是所谓外交辞令。像那样的字斟句酌，斗角钩心，只要是心眼儿稍直的人，准是谁也耐烦不了的。

又其次是讲茶楼上的谈话。那种做惯鲁仲连的人，只求息事宁人，不管是非曲直，讲的话是一句句两可磨棱，因而到结局，还是个不得要领。这可也并不限于茶楼上，即如今国际间的和平会议之类，也都流于讲茶式的了。

只有碰到了三数极熟人，聚在一起瞎聊天，大家都丝毫不用心机，也没有一点目的，可是你一句我一句的大家抢着说，这才可以算是真正消闲的谈话——真正的闲谈。

这一种闲谈有一个特色，就在于没有"伦次"。譬如三个人在一起谈了一整夜的天，到明天早上再去回想一下，你还记得着你们一共谈过几个题目吗？记得着哪一个题目是谁最先提出来的吗？记得着从一个题目移到另一题目去的顺序吗？当然不能的。倘如有一个人站在你们旁边，暗中替你们做速记，那所记下来的东西一定会杂乱无章到出奇。但是正唯这样的杂乱无章，才是这种闲谈的好处。

这种闲谈还有个好处，就是能够有机会促起你的思想来。因为你独个人坐着的时候，常要抓不到题目来想，若有三数人聚在一起谈，那就不啻是彼此互相出题目，你的脑子就一径不会停滞了。

拿这种闲谈来消闲，固然一点不需要物质的耗费，但是也有个缺点，就是你必须要找到谈话的对手。常言说，"话不投机半句多"，可见这种闲谈的对手是比打马将的"三缺一"还要难找的。

你如果找不到一个投机的朋友做你闲谈的对手，那末你住在这座"孤岛"上，就无异于住在鲁滨孙漂流到过的那块"荒岛"上了。在这样的情境中，你的唯一的高尚消闲方法就只有读书——那是说，如果你是能读书的话。

但是书也有几等几样的读法。一般人所以喜欢读"闲书"，无非是要陪着书里人笑，陪着书里人哭，或是白给书里人干着急一阵。这就叫"替古人耽忧"，也叫做"无事讨烦恼"。我们人类为什么会具有这种嗜好，我可也说不明白。不过我以为读闲书要只是这么读法，那也仍旧要说是"无所用心"。而且这种"无所用心"的读法，是很容易有流弊的。最显明的流弊就是要使你变成书呆子。有些孩子读了《江湖奇侠传》，竟会逃出了家庭，跑到五台山上去拜师父，就由于做书人既"无所用心"，读书人也是"无所用心"之故。

　　记得英国有个批评家说过："书是一种叫你思想的机器。"这就是说，你读书的目的，是要从书里去找题目来思想。

　　书要经过思想方才读得出兴趣，犹如橄榄要经过含哂方才觉得到滋味一般。我们这一套闲书每回都有个"附录"，这是我们的创格，目的就是要在这"附录"里安着一把钥匙，使读者可以拿去把自己思想的门开出。就如读完了现在这回书，你便有许多问题可以提出来想一想。例如，人类之有战争，是应该不应该的呢？战争的真正原因是什么呢？照这回书的说明，你想是对不对的呢？像这一类的问题，只要你肯去思想，是可以层出不穷的。而且你越想得多，越能看明这个故事的意义，越会觉得这个故事和你自己的问题切近起来。

　　我们先来谈历史。现在这一回书，讲的是第一次世界大战以后的德国，离开现在快要二十年，世界的情形已经大变，也该算是一篇历史小说了。人们总以为历史是真的，小说是假的，这话却也不尽然。我在开头的时候便已说过，天下的事情都经不得一想，想穿了都要觉得奇怪起来。譬如说罢，一个月以前，战争就发生在我们这"孤岛"的周围，我们亲耳听得见炮声，亲眼看得见烟火，可是比较详细的消息，还得靠报纸供给我们。这些报纸，当然就是将来历史的最好资料。假如一千年后有个历史家，要编一部一九三七年的上海战争史，竟被他搜罗到那一期间上海全部的报纸，那他岂不要觉得如获至宝吗？他如果知道一点历史学，当然要拿这些报纸上的资料来做一番比较考证的功夫，但他发现了大部分的事件，各报的记载完全一样，于是他就信之不疑，以为他那部上海战争史一定是信史了。但是你若投胎到一千年后去读他那部历史，而还记得现在的事情，那你能相信它是一部信史吗？我们对于耳可闻目可见的事情，尚且不能知其详，试问历史这东西又怎么可以相信？

读到第一次世界大战的历史，还不过是二十年前的事，但是做这历史的人不限于一国，而参加战争的诸国，则各有各的立场，各有各的看法，因而各人所做的历史总都不免要染上一点宣传的色彩，其中除了一部分大家完全一致的统计数字之外，也就已不能全信。现在这一回书，当然不能当做历史看的，但是其中描写战后德国经济崩溃的状况，作者似乎并无其他的用意，所以也许比历史还要真实。

照历史上怎么说呢？当时德国战败之后，协约国方面向她要求的赔款，是 240000000000 金马克。又说，德国在欧战中耗费的军费，是平均每人要负担 292.6 金元。我们看到了这些数目字，确也想象不出当时德国的人民要苦痛到怎样的程度。但是倘如没有读过这篇小说，我们就决然意想不到，当时的柏林竟还有那么些衣冠齐整的绅士，在那里大做其投机事业；也决然意想不到，当时柏林竟还有那么样的大饭店，竟还有那么许多人在那里醉舞酣歌，竟还有那么阔绰的舞女，可以住得起那么阔绰的别墅。

而其实呢？这也是不足为怪的。就拿我们眼前这"孤岛"上的情形来比拟罢。就在我们这套闲书第一回出版的前一夜——就是一九三七年耶稣圣诞的前夕——我们这里岂不也"城开不禁"，各大跳舞场里都有"人满之患"吗？这种情形，莫说是我们华北，南京，以及其他战区里那些涂炭的生灵所万万意想不到，就是近在我们南头的难民区里，只和我们隔着一重铁栅的那些苦难同胞，倘从铁栅缝里来窥探我们时，又岂能窥得见我们这样的升平气象！

近在眼前的事情尚且不得而知，传到百千年后的历史又岂能完全置信？唯其不能全信，所以我们读历史的时候就不得不特别慎重。

按理说，历史是人类生活经验的记录，它的用处就是供我们做一种借镜，藉以解决现在的问题，或是预测将来的趋势的。但是一来，因为历史决不会重复，二来，因为历史本身就已靠不住，所以将往事来比拟现今，就常常要弄出错误来。

所谓历史决不会重复，是说历史上的几件事情尽可以非常相似，却决不会完全相同。有人曾经拿打马将来譬喻历史的演进，比譬得非常有趣。譬如你坐下去打了四圈，如果没有人连庄，那一共是十六牌。有的人记性极好，对于有几付得意的牌，和人谈起牌经的时候，是背得出他和出的过程来的。一竖起来是怎样十三张牌，后来打出什么，捞进什么，怎样出听，谁家防铳，和出来是多少和，他都记得清清楚楚。但是无论你的记性怎样好，你打完了十六牌，能够把每一牌和出或和不出的过程都记得清楚吗？有人忽发好奇心，他去约了三个人来打牌，另叫四个人坐在旁边替各人做记录，将每一副牌捞进打出的经过都一一的记下来。结果，四圈牌打完之后，竟没有两副牌的过程是完全相同的。于是这人恍然大悟，悟到了人类历史的演进也是如此。

而其实，人类历史的不会重复，比马将牌的不会重复更要加甚。因为打牌还不过是一百三十六张里面的变化（每张牌都有四张，其实只是三十四张不同的牌的变化），至于人类历史的事件，无论怎样的单纯，因果之间所要牵涉到的方面，又岂止一百三十六个？这里面只要有一个方面不同，所得的结果就不会完全一样。

……

若拿二十年前的欧战来比拟现在的东方战争，或比拟未来的第二次世界大战，自然其中的因数是完全不同的，所以结局也决不会完全一样。一来，现在的世界已跟二十年前的世界大不相同了。在二十年前，世界的阵营比较复杂。当时参加战争的国家虽也分了两个大集团——一面是以英法俄三国为中心的协约国（The Allies），一面是以德国及奥匈为中心而加入了布加利亚及土耳其的中央国（Central Powers）——可是两方面都不是为着什么主义而战争，因而也都不曾举起怎样鲜明的旗帜。现在，则划然分成了共产主义和法西主义两个阵营，彼此之间，只消拿一种主义的名字加给对方，就可以构成对方的罪状，尽管事实上全然不是这么一回事。这样，各国之间乃至于各人之间，只要有了一点嫌隙，或是有了什么野心，就可拿一顶帽子给对方戴上，而战争的藉口就随时都可以有了。有了这样形势上的变迁，所以要根据二十年前的往事来预测将来的趋势，那就包你要铸成重大的错误。就如日本，欧战时代是在协约国方面的，那时它和德国是敌国，现在呢，她们已成了反共同盟的与国了。那末二十年前的历史到底对我们还有什么用处？

也曾有人拿欧战时的德国来比拟现在的日本，以为殷鉴不远，就在二十年前，前者的覆辙后者一定也要蹈进去。这是可能的，却也要看世界大势怎样迁移而定。至少就目前而论，这样的比拟总还有些儿不伦。反之，战后德国人民的苦痛——就像这回书里所描写的——我们现在却已活生生的亲尝着了。且莫说那些战区里的居民，颠沛流离，死尸山积，已早现了我们中华民族四千年来空前的惨状，就在这叨庇外人的"孤岛"之上，你要肯一劳玉趾，跑到那些米店面前去参观一下平民鱼贯籴米的情形，不也要联想到俄国革命前夜的莫斯科吗？

是呀，战争毕竟是罪恶，无论你所藉口的是如何振振有词！而今冤有头，债有主，在我们这些身受其痛的人们，原是早已认清了罪魁祸首的了。但是战争的真正原因一天不查明，战争就一天不能消弭。若照现在这回书里的解释，那就我们人人都该有自省一下的必要。我们是否是吃得太饱，以致别人因不得吃饱而起不平呢？我们是否像那"柏林一丐"所说的，能有勇气去"穷"呢？其实，事到如今，也已不由得我们不及早准备去过穷日子的了。

　　的确，穷本不是怎样大的难事，难只难在没有这勇气。人要平心想一想，要得吃饱肚皮，盖暖身子，所需本来也不多。只因一个人的习惯难移，你过惯了饱暖轻肥的生活，一旦被强迫着要改变方式，便不免怨天尤人起来，或甚至甘愿出卖灵魂，铤而走险。其实你要是自愿去穷，准备去穷，那穷也就不至于像你所想象的那么可怕了。

　　好了，我这番闲话竟变成了酸溜溜的劝世文了！我仔细一想，也自觉是浪费笔墨。你看这回书里的孟扎儿汉，他本为着劝世才去做乞丐。他所取的代价不过是五个马克，或是一片面包，然而围绕着听他的也只有一些天真未凿的儿童。至于大饭店里那些绅士们，则不过当他好玩，或竟对他愤怒。所以他那一番苦口婆心的成绩，也只不过"捏碎一只蝴蝶儿"。讲到这回书的原著者吉布斯先生，他的目的也无非在劝世，然而对于德国人分明并没有发生丝毫的影响，因为他们现在又正在整军经武，准备再来一次世界大战了。至于在下，现在特地把这一回书译了出来，一面是要供我"孤岛"居民解闷消闲，一面也希望给他们一些安慰，却不晓得究竟有多少人肯垂清听，听了之后又不知要发生如何的观感。但我只要能拿这译本去换到几个马克，或是几片面包，使我能够继续活下去，再译第三回来献给读者，我也就可心满意足了。

　　再见！

——录自新闲书社 1938 年初版

《新默示录》 ①

《新默示录》关于这故事的一些注释
郭定一（傅东华）

这回书的篇幅已经剩下有限，不能跟列位再作长谈了。只是这故事里有些地方也许需要一点解释，等在下来效劳罢。

第一，这回书的原名本叫《以凤的幻想》（*The Visions of Yvonne*），译书人怕列位看了一时不懂，这才改换了现在这个名称的。"默示"或"启示"，原文 Apocalypse，是"对于某一部分人隐约有所启示"的意思，也就是我们从前所谓"泄露天机"之意。基督教《圣经·新约》的最后一篇就叫《默示录》，相传为圣约翰（St.John）所作。但这约翰究竟是那耶稣使徒之一的约翰呢，或是另外一个约翰？学者为说纷如，至今莫衷一是。这且不在话下。

如今单说这《圣经·默示录》的内容，是一种预言的性质，人们一向都认为难解的。但从全书大体上去看，意思却也似乎很明白。《史记·屈原贾生列传》说："夫天者，人之始也；父母者，人之本也。人穷则反本：故劳苦倦极，未尝不呼天也；疾痛惨怛，未尝不呼父母也。"天与父母，在这里是一样性质的；人当劳苦倦极，疾痛惨怛的时候，所以必要呼到天，原不仅是要天的哀怜，却是要天的"启示"。但是问天天不应，人又怎能得到它的启示呢？于是就有一班所谓"先知"者出来，或诚或伪的自命为曾得天之默示，以之转告于一般问天

---

① 《新默示录》（*The Visions of Yvonne*），长篇小说，英国 Philip Gibbs（今译菲利普·吉布斯，1877—1962）著，郭定一译，上海新闲书社 1938 年 1 月初版。该书封面书名下题有"一个说明和平何以难能的故事"，封面、书名页及版权页另标"孤岛闲书第三回"。

天不应的苦人儿，这才产生了《默示录》一类的作品。且看《默示录》第五章里说那"宝座右旁七印封严的书卷"，惟有羔羊才配开，就可知道这一类预言是专给苦人儿做的，也惟有苦人儿才要读它。又看我们这"孤岛"的报纸上，前些日子接连刊着刘伯温《烧饼歌》的广告，可见得"孤岛"居民际此"疾痛惨怛"的时候，便都要看一看这类预言了。

这《新约·默示录》里的预言有没有应验呢？当然有一部分是早已应验了的，就是那"坏"的一部分，就是那关于"刀剑，饥荒，瘟疫，野兽"的部分。有很多人并不是不迷信，却不大肯去请教算命先生，理由是因一般算命先生照例是"说好不应，说坏便灵"的。原来这《圣经》的《默示录》也同样有这缺点。你若碰到一位耶教的信徒，问他说："那《默示录》里的'新天新地'——就是那里面说'好'的部分——为什么直到现在还没有实现呢？"他的回答一定是："最后的审判还没有到呀。"好罢，那末我们还有什么办法呢？也只得咬紧牙关等着这一天罢了！

于是到了第一次世界大战发生不久，西班牙有一位著名小说家伊本涅兹（Vicente Blasco Ibanez，1867—1928）又做出一部《默示录的四骑士》（*Los cuatrojinetes del Apocalipsis*）来。那四骑士，据《圣经》上所说，一个是骑"一匹白马，拿着弓，并有冠冕赐给他，他便出来，胜了又要胜；……第二匹马出来，是红的，有权柄给了那骑马的，可以从地上夺去太平，使人彼此相杀，又有一把大刀赐给他；……第三个骑一匹黑马，手里拿着天平，……似乎有声音说，一钱银子买一升麦子，一钱银子买三升大麦，油和酒不可糟蹋；……第四个骑一匹灰色马，名字叫做死，阴府也随着他，有权柄赐给他们，可以用刀剑、饥荒、瘟疫、野兽，杀害地上四分之一的人。"这书开场时，有一个人物说道："上帝是睡着了，把世界忘怀了。……当他睡着的时候，那兽国的封建四骑士将要作为大地的主人而把它普遍蹂蹒着。"后来这书编成了电影，也曾在这"孤岛"上演过几回，想列位之中总也有人看见过。如今做这书的人死了已经届满十周年，而上帝还一睡未觉，以致那四骑士正在他祖国的地面猖獗横行，不知他自己葬身的坟墓还能保全否。又不料我们这东方古国，也已应了他的预言了！

　　列位从这回书的封面标题看下去，便也看见一个骑马人。这可不是在那四骑士之内，而且还不是一个男人呢。原来这个骑马的，就是书中人用以比拟孟以凤的那个贞德（Jeanne d'Are）。她是法国历史上的一个女英雄，离开现在已有五百余年了。她的生地是法国服果庐（Vacucouleurs）附近的唐勒米村（Domremy）。父母业农，家境极贫苦。她自小信教綦笃，至十三岁时，值法国受英国侵略，奥良省（Orleans）被围，形势岌岌，乃自言尝得诸圣徒之默示，命其率队赴援，并往奉迎法王查理第六（Charles VI）至东北部理米城（Rheims）加冕。事为当地政府所闻，命学者顾问辈加以考问，贞德指陈用兵之策，一一中肯，遂授以部队六千人，驰援奥良。贞德乃改作男装，披白铠甲，骑黑色马，与英军战十四日，遂解奥良之围，旋即奉迎查理第六至理米即位。但其后卒为敌军所擒，被囚于庐昂（Rouen），旋诬以异端之罪，火焚而死，时为一四三一年五月八日，她的年纪还不过是二十岁。后至一四五五年，罗马教皇乃指定一特别委员会，为之释罪。一九一九年，追尊贞德为圣者，自是定每年五月八日为国际节。

　　最后需要解释的，当然就是作为这一回书的主题的和平问题了。照孟以凤的意思，分明以为人类之有战争是由于人心不爱和平而起。这话是否真确呢？译者还记得去年七月号的美国《现代史料》（Current History）杂志上曾发表过一篇文章，题为《人皆不好战争论》。作者郝格伦（Mauritz A. Hallgren），举出许多事实来证明他这句话，其中最有趣的一种事实，就是那些当军官的不但须教他们的兵士怎样去

"杀"敌人，并且须教他们的兵士怎样去"恨"敌人。他说他有一次听见一个教刺刀术的军官在对兵士们训话，说道："你得学会去恨他们呀！你得把刺刀对准敌人的胸膛直戳进去。因为你不戳他们，他们就要来戳你，就要来划开你的肚皮。你必须要恨他们！"

这样的心理，原也不过是《打严嵩》里那种"骂上气来我好打"的意思。然而人之恨人也既有待夫军官之教导，则其对人本无仇恨可知矣。本无仇恨而和平终于难能，到底是什么缘故呢？这在这回书里也可以找到个解答。那些特地跑到巴黎去宣传和平的青年农民们，一经无端遭到别人的袭击，自然就不能毫无抵抗，而不得不将和平暂时搁开的。

从此看来，战争之不能消弭，和平之所以难能，自古来责有攸归——责在野心的侵略者！

呜呼和平！天下不知曾有几多人借你的名义来造成罪孽！

你就看那彭查司，他一面标榜和平，一面却又要"打倒现政府！"

你再看今日之侵略者，他们不也口口声声喊着"缔造永久和平"吗！

那末叫我们这些真爱和平的"羔羊们"怎么办呢？

请抄一段"老"《默示录》（第十七章十二——十四节）来作答复：

"他们一时之间，要和兽同得权柄与王一样。他们同心合意，将自己的能力权柄给那兽。他们与羔羊争战，羔羊必胜过他们。因为羔羊是万主之主，万王之王，就是蒙召被选存衷心的，也必得胜。"

——录自新闲书社 1938 年初版

《以牙还牙》①

《以牙还牙》孤岛闲谈之二
郭定一（傅东华）

上次跟列位开始闲谈，不觉然倏忽已是二十日。闲谈本来可以一点儿不受拘束，可是在下译了几回书，也已颇得了一些教训，因在如今这种年头，仿佛人人都有点神经过敏，都恨不得能够扳到别人一点错头才痛快似的，所以往往要"夫人不言，言必出毛病"，而"闲谈不中，亦足以起纠纷"！而况所谓是非黑白，早已经没有一部论理学可以作据，你若不愿人云亦云的瞎胡调一阵，你就唯有真到孤岛上去做居民。只看我们第二回书里的"柏林一丐"，第三回书里的以凤姑娘，以及现在这回书里的这位老女士，不都是被别人当做疯子看待了吗？

因此在下抱定了一个主意，译书就只是译书，决不敢妄参末议；不但书中人的说话与我无关，便是原著人的主见也与我无涉。我让他们讲他们的话，我不予赞同，亦不加反对，同时也希望列位千万不要误认原著人或书中人的意见便是译书人自己的意见。要是那么的话，译书的人是无论如何吃勿消的嘘！

又来谈读书了。我前次说过，书是一种机器，是要人用它来想的，但是如果读书的人想得过于认真，也容易发生流弊。因为无论什么人，都往往要拿此时此地的观点和切己利己的立场去估计一切，即

---

① 《以牙还牙》，长篇小说，英国 Philip Gibbs（今译菲利普·吉布斯，1877—1962）著，郭定一译，上海新闲书社 1938 年 1 月初版。该书封面书名下题有"一个慈善女人碰壁的故事"，封面、书名页及版权页另标"孤岛闲书第四回"。

使读的是小说，也要求那些人物的意见或至少那著作人的意见能和自己的恰相符合，因此虽是做小说的人，也不得不揣摩着此时此地此一些读者的心理，以期迎合。至于译书，这可就不易办了，因为刚刚合着此时此地此一些读者心理的那种书，是不见得很多的。而且此一些读者的要求和彼一些读者的要求又未必完全一样，所以做书的人就只有顺从多数之一法。而要能恢足多数人的要求，当然那种疲软温和的东西是不行的，正如到大群众面前去演说，你非得要磨拳擦掌，慷慨激昂，一句句都是大有抑扬顿挫的口号，方才能博得听众的掌声如雷。做书的人由此学到了一个诀巧〔窍〕，就在他所做的书里放进一点刺激，犹之郎中开药方要用三片生姜做药引一般。这个诀巧〔窍〕，译书的人未必学不会，可是在下译到史老女士对本书原著者说的那几句话时——"你们做文章的人如果也负着一点使命的话，就不应该单只出卖刺激！"——在下是不由得毛骨悚然了！

可是我对于这位老姑娘也有不满她的地方，因为她对于土耳其人和希腊人全然不分彼此，并不袒护哪一边（Taking side），这是有些不合现代做人的方式的。对于这一点，想来列位和在下也有同感罢。我们人类有一种特别的天性，就是我们凡是看见有两个方面做着敌对的行为时，即便是事不干己我们在情感上也总要去帮着一边。就如读小说，我们读《岳传》时总都帮着岳飞恨秦桧，读《水浒传》时总都帮着梁山泊的英雄恨那在朝的奸臣，读《三国演义》时总都帮着刘备恨曹操。又如读新闻纸上的时事，如读到了意阿战争或西班牙战争，我们的同情总都给予阿比西尼亚或西班牙的政府军方面，决不会给侵略国或叛军方面助桀为虐的。这一种感情就叫"正义感"，仿佛是人类生下地来就具备，不待教育而后有的。因此，我们看到一个人对于什么事情都无分彼此，便要觉得那个人有些麻木，看到一本书不能使我们发生帮着哪一边的感情，便要觉得那本书没有意义。所以像史弥诗女士那样一个人物，特别在目前我们这些身受过强烈刺激的人看起来，是要觉得有些难以索解的，犹之现在美国的那种"孤立派"叫人觉得很讨厌一般。

但是这个史弥诗女士原不过是做书人创造出来的一个人物，我们且看做书人自己对她处什么态度罢。做书人在这篇小说的序文里有过这么一段话：

> "我从君士坦丁堡到了士麦纳，便感觉到当时那个城市的处境确是这样，并且发生了一种恐怖的预感，因而就写了这篇。那个希腊的中尉和他的夫人，都是确有其人的，而且我确是到过他们家里，确是听见过他夫人和孩子们的唱歌。至于史弥诗女士，那是我假造出来的，她的蓝本就是我在那位中尉家里碰到的一位英国老太太。这一点我所以要特别声明，是因我这篇小说在一个美国杂志上发表之后，我的读者竟都相这［信］她实有其人，大家担心着她的命运，纷纷写信来问我，弄得我不胜其麻烦了。又当这篇小说在美国发表的时候，美国正有一个委员会在那里研究关于收容希腊难民的问题，因而被我这篇小说引起了许多争讼。当时一般反对收容的人士，就利用我这篇小说做理由，认为我这小说是反希腊的。那是因为我在这里确实有一段写到希腊人的残暴，但这虽然是事实，我却并无丝毫反对希腊的用意。而那些赞成收容希腊难民的呢，便又认这小说是反土耳其的了。倘要我表示一下我的本意，那我可以说，我的同情是全然在那不幸的希腊人方面的，因为他们的苦楚确实是难以笔墨形容，而且经过士麦纳那一次大恐怖之后，他们直到现在都还靠着别国人的赒济呢。"

从此可见作者在他这篇小说里，也并不是无分彼此并不是无所偏袒的。但是如果这希土战争是发生在现在，而消息由新闻纸上传到我们这边来，那末我们对于它的反应一定要跟作者的两样。因为这次的战争，希腊方面是帝国主义的侵略（你就看那君士坦丁所根据的理由罢），土耳其方面是民族自卫的斗争，而且土耳其人和我们同属东方的民族，处境又很相像，所以如果要我们帮哪一边的话，那是一定帮土耳其这边的。即使土耳其人攻进士麦纳的时候，真是像这篇小说写的这么残酷，我们也还是可以拿"以牙还牙"的理由去原恕他们的罢。

现在取这"以牙还牙"四字做篇名，也就是译者根据着我们对这篇小说所必定要有的这种看法将它换上去的。这四个字的出典是在基督教《圣经·旧约·申命记》的第十九章第二十一节，全文是：

"你眼不可顾惜，要以命偿命，以眼还眼，以牙还牙，以手还手，以脚还脚。"

怎么叫做"你眼不可顾惜"呢？请看上文第十一节：

"若有人恨他的怜舍，埋伏着，起来击杀他，以致于死，便逃到这些城的一座城。本城的长老就要打发人去，从那里带出他来，交在报血仇的手中将他治死。你眼不可顾惜他，都要从以色列中除掉无辜血的罪，使你可以得福。"

这《申命记》就是一部申述摩西法律的书，而摩西法律是由耶和华上帝的吩咐而制定的。请再看《民数记》第三十五章第十六节：

"倘若人用铁器打人，以致打死，他就是故杀人的；故杀人必被治死。若用可以打死人的石头打死了人，他就是故杀人的；故杀人的必被治死。若用可以打死人的木器打死了人，他就是故杀人的；故杀人的必被治死。报血仇的必亲自杀那故杀人的，一

遇见就杀他。人若因怨恨把人推倒，或是埋伏往人身上扔物以致
于死，或是因仇恨用手打人，以致于死，那打人的必被治死。他
是故杀人的，报血仇的一遇见就杀他。"

那末，倘若本无仇恨，却只为要满足无厌的贪欲，而竟用大炮轰
人，炸弹抛人，以致于死，当然更不用说，是故杀人的了，而报血仇
的又怎能不一遇见就杀他呢？

至于国与国之间，民族与民族之间，请看《民数记》第三十
一章：

"耶和华吩咐摩西说：'你要在米甸人身上报以色列人的仇，
后来要到你列祖那里。'摩西吩咐百姓说：'要从你们中间叫人带
兵器出去攻击米甸好在米甸人身上为耶和华报仇。'……于是从
以色列千万人中，每支派交出一千人，共一万二千人……与米甸
人打仗，杀了所有的男丁。……以色列人掳了米甸人的妇女孩子，
并将他们的牲畜、羊群和所有的财物都夺了来，当作掳物，又用
火焚烧他们的城邑，和所有营寨。"

照此看来，那凯末尔军队攻进士麦纳时的行为，即使揆之于基督
教《圣经》所载的法律，也似乎并不违背，决不能因其是东方回教的
民族而稍存偏见的。

至于本篇的作者，分明是站在纯粹人道主义的立场，他所创造的
那个史弥诗女士，也分明是个纯粹人道主义的化身。但在人与人间正
在进行"以牙还牙"的当口，纯粹的人道主义是不能不碰壁的，这种
事实，作者无论如何抹杀不了，而他也并不企图抹杀。所以他这篇小
说做了这么一个结束，总算还能忠实于现实。

因想起莎士比亚《第十二夜》里的一句名句来："如此，星回

斗转，终于到了这一天雪恨申冤。"又记起了美国诗人惠特曼（Walt Whitman)《草叶集》里的一首散文诗，觉得和我这时的情绪恰相契合，不免将它全首译出来——

打罢! 打罢! 鼓!

打罢! 打罢! 鼓! ——吹罢! 吹罢! 号!
通过窗——过通［通过］门——像一股无情的力量冲进去罢，
冲进了庄严的礼拜堂，冲散那集会的群众，
冲进了学校里去，冲散那在读书的小学生；
就是那安静的新郎房里也要冲进去——他现在不能拥着新娘作乐了；
就是那和平的农民也不得和平，他现在不能安静的耕田割稻了，
你的鼓是这么猛烈的擂着挝着——你的号是这么锐利的吹着响着

打罢! 打罢! 鼓! ——吹罢! 吹罢! 号!
吹打在那往来仆仆的城市上——吹打在那车声辘辘的街衢上；
床是预备人家家里晚上睡觉的吗? 这些床上不得有人睡觉了；
日间做买卖的也不得做买卖了——管他是经纪人，是投机者，他还能继续下去吗?
闲谈的还要闲谈吗? 歌唱的还想歌唱吗?
做律师的还要站在法庭上陈述他的案子吗?
那末将你的鼓擂得再急些罢，挝得再重些罢! ——将你的号吹得再野些罢!

打罢! 打罢! 鼓! ——吹罢! 吹罢! 号!

不要开什么谈判——不要听什么劝告，

不要管那些胆怯的——不要管那哭泣的或祈祷的，

不要管那向青年哀求的老迈人，

不要让孩子的声音进你耳朵里，不要让母亲的哀告来软化了你，

便是那在停尸架上等着棺殓的尸身，也不恤将它翻滚，

啊，可怕的鼓，你搥得竟是这般雄壮——你的号竟吹得这般响亮。

我觉得一个民族对一个民族真个"以牙还牙"起来的时候，群众的情绪确要像这诗里所表现。而且这诗的音节也很像是擂急鼓一般，只可惜我译了出来之后，已经十中不能留一。

最后我还要介绍一首诗，是英国诗人克拉夫（Arthur Hugh Clough，1819—1861）所作。说也奇怪，这诗离开现在已近一百年，却仿佛特地为我们此时此地的情景而作，特地来安慰我们的一般。原诗是有韵的，所以译文也只得押韵——

莫说这奋斗全然无效

莫说这奋斗全然无效，

　莫说这劳苦和牺牲尽是徒然，

莫说敌人终不会失败而晕眩，

　莫说事情就永远只是这般。

若说希望是欺骗，恐惧何尝非诳言？

　你看那边的黑烟，若不被它障掩，

也许便可看见，你的同伴们正赶得敌人飞跑而前，

　且若不因你，也许就已占领了那个地面。

这可譬那骇浪狂涛有些儿疲倦，

　　仿佛费尽辛劳也冲不进一寸地面，

却不知远远在后边，有无数的小溪小涧，

　　默默无声的贮力蓄势，正要一下的冲决而前。

黎明已经发现，

　　不但东窗里要透进光线，

不但在前面，太阳要慢慢的升天，

　　就是在西方，你看罢，岂不已光辉耀眼！

　　　　　　　　　　　——录自新闲书社 1938 年初版

《二万五千里长征》[①]

《二万五千里长征》写在前面
（汪衡[②]）

本书的材料是以美国名记者史诺氏（E. Snow）在《亚细亚杂

---

① 《二万五千里长征》（*Long March*），报告文学，美国史诺（Edgar Snow，今译埃德加·斯诺，1905—1972）著，汪衡译，"文摘小丛书"之一，文摘社 1938 年 1 月初版，黎明书局总发行。

② 汪衡（1914—1993），原名汪椿宝，祖籍江苏苏州，父亲汪凤瀛，哥哥汪季琦（汪楚宝）。曾就读于复旦大学土木工程系（后转入经济系），参加复旦大学文摘社，担任《文摘月刊》编辑工作，一直到抗战胜利。因将冯玉祥将军自传《我的生活》译成英文，得冯赏识。1946 年作为冯玉祥英文秘书，随其水利考察团赴美。曾主编《留美中国学生通讯》。1950 年回国，曾就职于国际新闻局、《学习》杂志社、北京图书馆、国家出版局。改革开放后，为版权立法做出了重要贡献。另译有美国史诺笔录毛泽东口述《毛泽东自传》。

志》(*Asia*) 上分四期发表的《长征记》(*Long March*) 为主体，其中有许多细节而原文所无的则都是编者三数好友供给的材料。史诺氏的名字已为国人所熟知，他的历史，这里可以不必介绍。他曾发表过许多介绍前中国红军的状况的文字。最近他在美国《新共和周刊》(*The New Republic*) 上发表的《中国苏维埃》一文，其中对红军的西征也有记述，不过较为简略；但末段所述红军到达后的陕北工业状况，则是《长征记》中所没有的，本书中最后一章，就是它的译文。

本来红军在西征中所遇到的困难和挫折，是非一般人所能想象的，但是，在后面追踪了两万五千里的国军的艰苦，却更不为国人所知，而且在某一种意义上说来，国军士兵所遭受的艰苦，也许较红军尤甚。可惜现时还没有这种材料，还没有人把它写出来公诸国人。但是，就凭了这一点，我们已经可以断言：中国民族的吃苦耐劳的精神，是今日世界上任何民族都赶不上的；而编者编印本书的主要目的，也就是在证明这一点。本书的第二目的是在证明：具有高度机动性而政治水准很高的军队可以战胜在武器、资源、经济等方面远占优势的敌人，只要自己能站在主动的地位，采取主动的战略，与民众打成一片。本书的第三目的是在证明：在战事过程中，虽然犯了种种严重的错误，遭受了重大的损失，甚至失却广大的土地，但只要随时发扬自我批判的精神，随时把错误纠正过来，那仍然是可以保全了战斗力来争取最后胜利的。

在目前，关于八路军的书籍，真是"汗牛充栋"，多得不得了；就是记述"长征"的小册子，也已经有了好几本，但多半东拼西凑，既无系统，而且前后重复。史氏原文的材料则全部是由八路军军部方面供给的，原文写成以后，又经过他们的校正，所以可以说是比较正确的记述。在抗战形势已转入新阶段的今日，这本书的印行，是具有战略意义的，而且可以给读者一个比较正确的观念。

编者

——录自文摘社 1938 年初版

《西行漫记》①

《西行漫记》序 ②

爱特伽·斯诺（埃德加·斯诺）③

这一本书出版之后，居然风行各国，与其说是由于这一本著作的风格和形式，倒不如说是由于这一本书的内容罢。从字面上讲起来，这一本书是我写的，这是真的。可是从最实际主义的意义来讲，这些故事却是中国革命青年们所创造，所写下的。这些革命青年们使本书所描写的故事活着。所以这一本书如果是一种正确的记录和解释，那就因为这是他们的书。

而且从严格的字面上的意义来讲，这一本书的一大部分也不是我写的，而是毛泽东、彭德怀、周恩来、林伯渠、徐海东、徐特立、林

---

① 《西行漫记》（*Red Star Over China*，又译《红星照耀中国》），美国爱特伽·斯诺（Edgar Snow，今译埃德加·斯诺，1905—1972）著，王厂青等译，上海复社 1938 年 3 月精装初版。本书译者共有王厂青、林淡秋、陈仲逸、章育武、吴景崧、胡仲持、许达、傅东华、邵宗汉、倪文宙、梅益、冯宝符等 12 人。

② 该序文是斯诺专为中文译本所写，故按本集体例予以收录。

③ 埃德加·斯诺（1905—1972），美国新闻记者、作家。1928 年来到中国，先后担任《密勒评论报》《支加哥论坛》报、伦敦《每日先驱报》驻东南记者，《纽约日报》驻华记者，曾兼任燕京大学新闻系讲师。1936 年在宋庆龄安排下，斯诺访问陕甘宁边区，成为第一个采访毛泽东等中共领导人的西方记者。另著有《为亚洲而战》（*The Battle for China*）、《毛泽东自传》《二万五千里》，编译中国现代作家短篇小说集《活的中国》（*Living China*）等。

彪这些人——他们的斗争生活就是本书描写的对象——所自述的。此外还有毛泽东、彭德怀等人所作的长篇谈话，用春水一般清澈的言辞，解释中国革命的原因和目的。还有几十篇和无名的红色战士、农民、工人、知识分子所作的对话，从这些对话里面，读者可以约略窥知使他们成为不可征服的那种精神，那种力量，那种欲望，那种热情。——凡是这些，断不是一个作家所能创造出来的。这些是人类历史本身的丰富而灿烂的精华。

但是这自然并不是说，共产党或红军或红军领袖，对我自己对于他们以及他们的工作的意见或印象，可以负责。因为我和共产党并无关系，而且在事实上，我从没有加入过任何政党，所以这一本书绝对不能算作正式的或正统的文献。在这里我所要做的，只是把我和共产党员同在一起这些日子所看到、所听到而且所学习的一切，作一番公平的、客观的无党派之见的报告。这样就是了。

自从这本书在英国第一次出版之后，远东政治舞台上发生了许多重大的变化。统一战线已经成为事实了。可是当这一本书的大部分写着的时候，国共积极合作这一件事，大部分人们还认为非常辽远。现在民族解放战争已成为唯一出路，而一切其他问题，都给扔开去。当我写这一本书的时候，日本以"中日合作"为名，并吞华北这一个企图的和平成就，似乎还不是不可能。而现在，帝国主义中间的矛盾已经深刻化。中日战争扩大为法西斯主义和国际和平战线的世界斗争，在最近将来，是可以想象得到了。

人类行动的客观环境和条件，往往会把人类在社会演变中的任务的性质和意义变换过来。战争所促成的大的变化之一，就是中国国民党和民族资产阶级中间的进步分子，在蒋介石委员长贤明领导之下，恢复了他们的革命意志。对日本帝国主义，已没有妥洽余地。当前的历史途径，不是战斗，就只有灭亡，而除了完全投降出卖外，也再没有一条中间的路，这一个真理，现在已成为事实。中国资产阶级的最前进分子已经懂得，在他们的需要与中国革命的需要之间，已经没有基本的冲突，因此他们现在抱定决心，要领导这民族救亡图存的斗争。现在已再没有所谓"红军""白军"互争胜负的斗争了。现在全世界已没有人再称中国共产党员为"赤匪"了。第八路军和国民党士兵现在肩并肩地在作同样广大的战斗。现在已只有一个军队，就是为争取民族独立而斗争的革命中国的军队。

从最近时局发展的观点看来，这本书有的地方写的过分，有的地方写的不够，这是断然不免的。本书英文本第一版原有的一些错误，已经在这里改正了。其他的错误自然也还有着。但是中国在这最紧急的时候，找到了民族最伟大的统一，找到了民族的灵魂，基本的因素在哪里？原因在哪里？关于这一点的研究，这一本著作是颇有一些价值的。在事实上，最值得注意的，就是这书里面所说到的许多意见，始终是一种准确的判断。我并不是指我自己说过的话，而特别是指本书中那一些部分，就是共产党领袖们用了神奇的远见，正确地分析那些促成对日抗战的事实，预测这一次抗战的性质，而且指出中国为求生存起见，政治上、经济上、军事上的各种绝对必要。

此外《西行漫记》值得一提的，是通过红军的经验所得到的一种客观教训，就是有组织的民众——尤其是农民大众——在革命游击战争中的不可征服的力量。我记起毛泽东向我说过一句话，因为毛所预测的许多事，现在已变成真实的历史，所以我把这句话再重述一遍。他说："红军，由于他自己的斗争，从军阀手里，争得自由，而成了一种不可征服的力量。反日义勇军从日本侵略者的手里夺得行动自由，也同样地武装了自己。中国人民如果加以训练，武装，组织，他们也会变成不可征服的伟大力量的。"

毛泽东再三重复地说，为了要打败日本帝国主义，中国人民自己起来，完成统一，抱定抗战决心，是十分必要的。其他一切都要从这统一和决心来决定。只有中国人民自己能够使中国打胜，也只有中国人自己会使中国失败。不管打了多少次胜仗，日本现在已在失败和最后崩溃的路上走着——即使要在几年之后，而且中日双方都受极大痛苦，日本军阀才会失败，但这总是不免的。能够挽救日本的，只有一个条件，就是妥协或者"暂时的和平"。坚决而强硬的抵抗，要是多继续一天，日本的国内国外矛盾，也一定一天比一天更严重，等到恐怖的强制手段已经镇压不住的时候，日本军阀只好停止下来，或者折断了帝国的头颅。

那时候国际反日行动，就要到来。这种国际行动已经用多种间接的方式在开始着。将来这种行动的效力会逐渐增加。最后日本在大陆消耗力量过多，实力削弱，不能再成为世界的大国，到那时各大民主国的人民一定会起来一致对日本实行制裁、封锁、抵制。这种国际行动是完全确定了的。只有一件事可以阻止这种国际行动，就是中国停止抗战。可是这本书里所描写的中国的各种力量，已经显示出，日本发动得太迟，中国现在已经不能再被征服了。

我愿意感谢在前红军中各位朋友，因为当我在他们那里作客的时候，受了他们的慷爽的亲昵的款待。我以门外汉的资格，来写他们的故事，一定有许多缺点和不正确的地方，这得请他们原谅。创造这本书的故事的勇敢的男女战士，现在正在每天用了英勇的牺牲精神，在写着许多的别的书，对于这些男女战士，我愿意和他们握手道贺。原来在这些老资格"赤匪"之中，有许多位，是我在中国十年以来所遇见过的最优秀的男女哩。

最后，我还得感谢我的朋友许达，当我在北平最不稳定的状况下，写这本书的时候，他曾经跟我一块儿忠诚地工作。他不仅是一个第一流的书记和助手，而且他是一个勇敢的出色的革命青年，现在正为他的国家奋斗着。他译出了这本书的一部分，我们原打算在北方出版，可是战事发生之后，我们分手了。后来别的几位译者起首在上海翻译这本书。现在这本书的出版与我无关，这是由复社发刊的。据我所了解，复社是由读者自己组织起来的非营利性质的出版机关。因此，我愿意把我的一些材料和版权让给他们，希望这一个译本，能够像他们所预期那样，有广大的销路，因而对于中国会有些帮助。

承译者们允许留出一些地位，使我有机会作这一番说明。而且承他们看得起，费了很多气力翻译出来，认为这本书值得介绍给一切中国读者。对于他们我是十分感激的。

谨向英勇的中国致敬，并祝"最后胜利"！

爱特伽·斯诺　一九三八·一·二四　上海

——录自上海复社 1938 年初版

《西行漫记》译者附记

王厂青^①　等

本书的作者爱特伽·斯诺（Edgar Snow）一九〇五年生于美国米苏里（Missouri）。他的祖先是爱尔兰和英国种。幼年曾当过佃工，铁路上添机器油的工人，和印刷学徒。后来进米苏里大学念书。最后又进纽约哥仑比亚大学。他最初担任新闻界工作，是在坎萨斯城（Kansas City）《星报》（*Star*）。后来又在纽约《太阳报》（*Sun*）。二十二岁的时候，和友人合资经营广告公司，颇赚了一些钱。但嫌生活单

---

① 王厂青，据范用编《存牍辑览》（生活·读书·新知三联书店 2015 年版，第145 页）所收唐弢 1973 年 11 月 27 日给范用的信，王厂青原名蔡志清，曾与唐弢同在上海邮局工作，经唐弢向王任叔推荐参加了《西行漫记》的翻译，后来曾参与 1938 年《鲁迅全集》的出版工作。

调，所以改行，在一条开往外洋的货船上当海员。他历游中美洲各国，后来到了夏威夷的散特维区群岛（Sandwich Islands），担任报纸通信，并替美国杂志写文章。因为他对中国、日本，特别感兴味，所以不久，就来到了东方。

一九二八年，斯诺担任上海《密勒氏评论报》（*China Weekly Review*）的助理编辑。两年之后，经那时的国民政府铁道部长孙科聘请，视察中国本部及东三省的国有铁道，写了几本旅行指南。一九三〇年开始担任纽约《太阳报》的国外通信员。一九三二年又兼任伦敦"*Daily Herald*"通信员。在一九三〇年以后的八年中间，除中国本部外，他遍游东三省、蒙古、日本、朝鲜、台湾、荷兰东印度、缅甸、印度和婆罗州。

一九三〇年，斯诺在中国西南各省，作长时间的游历，步行经过云南省西部，到了缅甸。一九三一年缅甸叛乱的时候，斯诺曾在那边。后来由缅甸到印度，会见了甘地，结识了许多印度革命领袖。不久，九一八事变开始，斯诺回到中国，探访日本侵略中国的情况。一九三二年的上海战争，一九三三年的热河战争，斯诺写了许多通信给纽约《太阳报》和伦敦"*Daily Herald*"。后来又写一本书，名《远东前线》（*Far Eastern Front*），这本书被称为关于远东问题的一本标准英文著作。

从那时以后，斯诺都住在北平，在燕京大学担任教授两年。同时学习中国语文，并且编译了一本英文现代中国短篇小说选。把鲁迅的著作介绍到西方的，他是第一人。同时斯诺也在美国"*Asin*"，"*Saturday Evening Post*"，"*New Republic*"，"*Current History*"各杂志发表过许多文字。一九三六年六月他第一次进入陕北苏区。外国记者亲自到苏区视察并写通信的，他是第一人。从苏区出来之后，他仍住在北平。卢沟桥事变以后，才到了上海，继续给"*Daily Herald*"担任通信。

　　《西行漫记》（*Red Star Over China*）是斯诺观察西北苏区所作的一个综合报告。英文原作于一九三七年十月，由伦敦 Gollanez 公司初版发行，到了十一月，已销了五版。美国版于一九三八年一月由 Random House 发行。除插图外，内容和英国初版完全相同。原书已译俄文，在苏联销行很广。法文、瑞典文本，也正在翻译中。英文初版发行后，作者发现有许多错误，决定在再版修正。第十一章中删去了一个整节。第十章中关于朱德的一节完全重写过。此外还改正了许多字句。现在中译本，系照作者的修正本译出。有许多字句和英文初版不相同的地方，都是作者自己改正的。

　　中译本所用图片，差不多全部是英、美版本所不曾登载过的。其中许多人物照片，还是破天荒第一次公开登载。这些图片，大部分是作者供给的，另一部分是去年到陕北游历的另一位美国记者韦尔斯女士（Miss Nym Wales）供给的。承他们慷慨地允许中译本第一次发表这些非常名贵的图片，这是要特别感谢的。

　　原书的一部分材料作者曾经陆续在英、美各种报纸杂志上发表，而且已经译成中文。其中如《一个共产党员的来历》，在国内有了两种以上的译本。此外还有一部分材料，登载在西北人民出版社编印的《西北印象记》。自然，这些已经译出的一小部分，并不是作者最后订正的定稿，读者对照一下，就会明白和现在这一个译本有很大的出入。

　　在翻译本书的时候，曾经用极大的力量，查出那些英译人地名及各种专名的原文。这对于读者有很多的便利。自然还有一小部分无法查出，只好译音。读者有知道这些原名的，希望通知，在再版改正。此外本书翻译因时间过于短促，错误是不能避免的。这要向作者和读者特别道歉。

这是复社出版的第一本书，也是由读者自己组织，自己编印，不以营利为目的而出版的第一本书。这种由读者自己组织出版的事业，是一种冒险的试验。这种冒险的试验，要是能够成功，固然倚靠一切文化人的赞助，同时也是倚靠这第一本书的内容，能够受广大读者的欢迎。但是我们相信这冒险是一定成功的，也正像本书作者的"冒险"成功一样。

对于作者所表示的意见，照一般的例子，译者是没有责任的。对于这一本书，也是一样。而且我们竟可以说，作者在本书所发表的某些个人的见解，也许竟和译者的个人见解，完全不同。但是无论如何，读过这一本书的人，都不能不承认作者和他的夫人韦尔斯女士是真正的中国的朋友。假如没有热诚和丰富的同情，不能写出如此动人的报告文学；而对于这在艰苦的经历中斗争的中国民族，没有深刻的理解，也断不能有像这本书作者那种奇异的收获。

在这伟大的艰苦的年头，没有比中美两大民主共和国的友谊，更值得重视的。而爱特伽·斯诺先生这一本巨著，却是用这伟大的友谊当作养料所栽植的鲜艳的花。我们从这里更加坚信全世界民主国联合战线的胜利前途了。

译者　一九三八·一·二八　上海
——录自上海复社 1938 年初版

《潘彼得》^①

《潘彼得》小引

夏莱蒂^②

本书原名为 *Peter Pan*，*The Story of Peter and Wendy*，英国 J.M. Barrie 所著。著者于一九〇四年先将这故事以剧本的形式问世，到一九一一年始又写成这小说。著者白利老先生的头脑，天生为极健全的两个部分：一部分是著作剧本的头脑，一部分是著作小说的头脑。因此，他的剧本与小说两种文学的表现法决不丝毫相混，而都能表现到极好。

这是一本通透了孩子的心的书，G. Meredith 曾经说 H. James 的《美国景象》（*The American Scene*）是 James 的心的游历，这本《潘彼得》实在也可说是孩子的心的游历。白利不但是创造了一个永恒的孩子潘彼得，而且还创造了那适合于纯朴的赤子之心的纯朴的绝域，在那里有滴得滴得的鳄鱼，有以丁当声作言语的仙女，有月夜哀哭的人鱼，有衔着烛盘似的烟管的海盗，有披着熊皮毯的红人，没有一样不适合于孩子的浪漫的心。

潘彼得这人物的来源，据说即是一个名为 George Liewellyn

---

① 《潘彼得》（*Peter Pan and Wendy*，今译《彼得·潘》），童话，英国勃蕾（James Matthew Barrie，今译詹姆斯·马修·巴里，1860—1937）著，夏莱蒂译，"世界文学名著"丛书之一，上海启明书局 1938 年 3 月初版。

② 夏莱蒂（1901—1973），原名夏莱骎，笔名莱蒂、夏洛蒂等，江苏松江（今上海）人。曾就读于上海中法国立通惠工商学院，后在宜兴私立彭城中学任教员，曾与郁达夫合编《大众文艺》，与林微音、朱维基等组织绿社，创办《绿》杂志。另译有英国道生《装饰集》、《英美名家小说集》、俄国安特列夫小说《七个绞死的人》等。

Davies 的小孩子，白利即以这孩子作为标本而创造出潘彼得来的。这小孩子后来也就做了白利的干儿子，不幸于欧战的初期阵亡战场的。但他所以取名为潘彼得者，则我猜想或是因为希腊神话中有一个在山林中与禽兽共同生活的神名叫潘（Pan），而这彼得的个性与潘神极相近，所以取名为潘的吧。书中的这张插图是派拉蒙影片公司所演的《潘彼得》剧中的一幕，这上面彼得所吹的一支芦笛，其形式也是和希腊神话中潘神所吹的芦笛一样的，这乐器因为是出之于潘神所造，迄今还叫它做"潘笛"哩。

温黛这人名的来源，据 John Kilmer 在一九一六年十一月十二日《纽约时报》上所发表的一篇研究白利的论文中说，是白利的一个小朋友，即是 W. E. Henley 的最幼的女儿，名叫 Alice，有一天她要叫白利 Friendly，但因为年纪太小，发音不清，以致事实上说成了温黛（Wendy）。这小朋友不幸夭亡了，白利便把她所说的这个娇爱的名字放进了《潘彼得》这本书里。

潘彼得这个永恒的孩子，在英国已成为人人皆知的人物，迄今在伦敦每逢圣诞节还总上演《潘彼得》这剧本。而这书的各种文字的译本，亦迄今获有广大的读者。因为这本书是有着永久新鲜的原素，正如《罗宾逊漂流记》《格列佛游记》《阿丽思漫游奇境记》等同样是百读不厌的书。

一九三七，五，译者序。

——录自中华书局 1938 年初版

《突击队》①

《突击队》前记

黄峰（邱韵铎）

从自己开始学习翻译以来，一转眼间快近十个年头了。为着生活的不安定，我的工作虽是像潜流一样不断地在流动状态中，但半死半活的凝滞现象，却也是时常发生的。记得《流沙》——中国大革命运动失败后掀起的文化运动中的一个小刊物——创办时，我才初试翻译，那时我选定了贾克·伦敦的自传式的，带有革命性的小品文，译出了一篇，给仿吾先生看后，他居然肯定地告诉了我，说是有发表价值的东西，这就是本书中题名为《我怎样成为个社会主义者》的那一篇。

此后，我就常常动着翻译些什么的念头，不过，每一个念头的起来，总伴随着一定的动机；换句话说，总是针对着一定的事态或潜伏着一定的心境的。例如当人们拖着辛克莱不放的时候，我才拉出了贾克·伦敦的遗尸来做伴客，人们说伦敦是浪漫文学家的时候，我才介绍他的革命性的文字。又如当一位美国留学生译出的半部果尔德的无产文学作品被译成千疮百孔的时候，我才重译了它。这并不是出于我的高视，而只是发自不平——替作家抱不平，或是替作品抱不平而已。这些译品，从这方面说，无疑地可以说是担任突击工作的文学的部队。这些部队是以前进的姿势，打击落后的现象。我之所以把书名

---

① 《突击队》，小品散文集，美国作家史沫特莱（Agnes Smedley，1892—1950）等著，黄峰译，上海光明书局 1938 年 3 月初版。该书扉页书名上方题有"美国现代小品"，共选录史沫特莱、埃德迦·斯诺等 7 位美国作家共 26 篇作品。

拟为《突击队》，用意就在这里，我推想一位法兰西革命家称高尔基
为世界第一个突击队队员，其意义大约也差仿佛吧。现在，我只就自
己目前的可能范围，把美国的突击队（从自己的观念上）的作品先搜
集了起来，成为七个部队，以在中国生活着的史沫特莱女士和斯诺先
生为冠军，并以死去了的贾克·伦敦、马克·吐温作最后的殿军；至
于未及搜入的，那就只好取得如下的一个运命：或是陷于暂时的散
失，或是沦入永久的消灭。

　　这也可以说是从下层出来的突击队。史沫特莱是贫农之女，果尔
德是工人之子，贾克·伦敦是海盗出身，马克·吐温则是烂水手之
流，至于乔万尼提、斯诺、辛克莱诸氏，也正如大家所知道，都不外
乎是民众生活的同情者和支持者。

　　这也可以说曾经跟中国人民共过许多患难的美国小品集。其中，有
几篇，在数年前红白战争还在进行着的时候，曾在一个新区域中被采作
读本（据一位现在某外国报馆当记者的友人，亲身视察该区后的报告）；
而同时，在另一区域中，则又受着另一种光荣的奇遇，那就是奉命检查
的大人先生们的朱笔下以及屠刀下的软禁和硬压；当时为了免得刺激大
人先生们的神经，便不得不使读者多费一点脑筋去猜度。这种痕迹，在
本书中也还可以看到，这真是没有办法的事。又据一位刚到华南去的朋
友的来信，才知道我这本集子里的一些新文章，已被一再地翻版，销行
得很厉害，而错也错得很厉害，我固然抱定只要值得流传的作品，就须
得广泛而深入地流传，可是并不愿使自己的脑汁变成别人的烟灯中的油
膏，因此才决定把它好好地修饰一下，一并编在这里。

　　末了，我谨将这部书献给作家兼战士的 A·史沫特莱先生，以表
示我对这位"将在历史上被描写为中国民族解放运动中的重要战士的
一员"（引用辛克莱评史女士语）的敬意和怀念。因为我在九年前，当
她担任着德国《佛兰克府报》（*Frankfurt Zeitung*）驻华特约通讯员的
工作时，跟她会过面，谈过话，讨论过中国文化问题，当时她就给我

以抹不掉的良好印象；现在，又看到她在西战场上替我们中国人民奔走呼号，这就使这个良好印象更加深化了一层。为了她的劳绩，不但是我，连中国人民全体都应该向她致送最大的敬意！

　　　　　　　　　　　　　　黄峰，一九三七年十二月。

　　　　　　　　　　　　　——录自光明书局 1938 年初版

《敌兵阵中日记》①

《敌兵阵中日记》士无斗志的日本

夏衍②

　　十月二十五日深夜，我和寿昌从炮火连天的前线归来。那天大场告急，所以 ×× 路上荡漾着一种异样紧张的空气。在疏星和敌机照明弹交辉的夜阴里面，我们的车子缓缓地从我们英勇的战士队伍中间擦过。道左，我们短小精悍的南国健儿背着庞大沉重得和他们身体不很相称的武器和行囊，跑步地望着火线挺进。他们衔枚疾走，淬厉无前，那种大无畏的精神，庄严的情景，使我不自禁地流了好多感激的眼泪。道右，大约是经过了长期的堑壕生活，而退下来休息的队伍。他们虽则军服上沾满了泥泞，行列中间或夹杂着一两个裹了伤的勇士，但是

---

① 《敌兵阵中日记》，日记，日本松永宇八（？—1937）等著，夏衍、田汉译，广州离骚出版社 1938 年 3 月初版。

② 夏衍（1900—1995），原名沈乃熙，字端先，笔名夏衍，生于浙江杭州。曾留学日本，在九州明治专门学校电机科获工学士学位。1929 年与郑伯奇、钱杏邨等发起上海艺术剧社，1930 年参与创建左联，任执行委员、电影小组组长，主编左翼戏剧刊物《艺术》《沙仑》。后任《救亡日报》主编、《新华日报》代总编辑等职。另译有日本本间久雄《欧洲近代文艺思潮概论》、苏联高尔基《母亲》《奸细》、苏联柯根《伟大十年间文学》等多种。

他们依旧是英气焕发，步调整齐，眉宇间绝没有丝毫的张皇和倦意。当晚的情景，在我生活中留了一个不能磨灭的印象，我觉得这种沉默的真实，比百十篇宣言千万遍演讲更有实际的使人振奋的力量。我们的军队从最高的将帅，到万万千千的士兵，都一样地燃烧着火一般的敌忾。他们炽烈而坚定的"战意"，从每个人的沉默的行动里面表示出来。抗战以来，省籍不同，体系不同的千万兵士在前线用血肉和强敌作战。我们虽则有了全连全营全团乃至全师殉国的悲壮的史实，可是值得骄傲的是到今日为止，我们还没有一个（单单一个！）脱逃和降敌的兵士！敌人的兵员被俘的时候没有一个不是叩首请降，而我们空军阎海文烈士用他战斗到最后的一颗子弹自尽的那种烈烈的气魄，就是敌人的将卒也不能不发出了钦佩和惊奇的感叹！近卫文麿说要使我们屈膝，使我们丧失"战意"，现在我们可以傲然地说："四万万五千万人的战意，在日本的侵略行为停止之前，是永也不会丧失的！"

回到上海之后，在百忙中整理了四五十种从战线搜集来的敌兵的信札和日记。这些材料大都是从敌人的尸体上搜来，有的染着血迹，有的被我的子弹穿过。这些惨淡的遗物使我黯然，使我悲悯，有几次我终于不忍读完那些悲楚的文件而不能不暂时地停止了我的工作。他们在信札日记上虽则也有"誓当一死报国"，"尽力奋斗"的套语，但是"厌战""惧战"的心情，却是百分之百的普遍。他们亲友给他们的信中也常提到要"膺惩暴戾的支那"，但是在战线兵士所写的东西里面，却完全找不出一毫的对中国的敌忾。有的，只是目击和身受着中国士兵的勇敢的攻击，而感到的恐怖。下列的例子，随处都可以读到：

　　"九月二十一日，三中队几乎全灭。想起来，虽说是'支那'，却也有不可蔑视的战斗的力量！"（部队不明）

　　"十月二日，战死者中队长千田大尉等八人，负伤者准尉西原次雄等十七人。本日失败主要原因，在将敌人的力量估计得太

小。"（山室部队小队长山口少尉日记）

"午前十一时登陆，听见'八百个中之一个'的球磨郡青年讲，善通寺师的团登陆时二大队八百人中，只剩七人，为之惊倒。"（重藤部队，猪坂稔日记）

"九月二十二日，午前一时，将多数战友的尸体埋在土窟里面，继续前进。中队集合在土民家中，过了一夜。此夜敌机来袭三次，吹着喇叭冲锋，想不到'支那'兵竟有这样的勇敢！"（重藤部队高桥部队后藤熊次郎日记）

又如重藤部队高桥部队监物队坂本稔的两封写成而不及寄出信里：

"支那兵的狙击，非常准确，不能随便走路。此次支那兵所用武器，大概为英美德等国出品，非常优秀。二三日前袭击我阵地，汹涌而来，我等拼死防御，始将其击退。"——致友人境武一

"我皇军之苦战，有非言语所可形容。今日之支那，已非昔日之'清国奴'可比！"——致女友信子

因为对中国没有敌忾，不懂得为什么要"出征"的原因，所以对于残杀中国妇孺的行为，他们都表示了对残忍的反对！

松尾部队兵士谷本一致他母亲的信上写着：

"将逃剩的土民众从屋中拖出来枪毙，使我想到了自己，觉得委实可怜，假使敌人到日本来，那时候我们如何？"

署名中岛的一本日记上：

"在十月三日安达部队占领的陶家宅村落内（离罗店南约三

公里）有妇女尸体二百五十具，据队长说，这是支那军为着充分
地安慰强拉来的兵士而掠夺来的妇女，但是看情形……"

他不写下去，不，他不能写下去了。可是，单单这样，他们对于官长
的欺骗不再相信，已经很显然了。

因为我们抗战的勇敢，和他们死亡的惨重，给养的困难，在敌军
士兵中普遍地存在着一种畏怯的感情，上面引用过的坂本稔致他女友
信子的信中：

"在急雨一般的炮弹中前进，真感到已经不是人世的事了。
掩藏在恐怖心后面，我常常耽溺于落寞的悲哀！"

后藤熊次郎日记中：

"说起来好像畏怯，可是（对于眼看着多数战友变了尸骨回
去）感慨无量，我以泪洗颊，不能自已，没有饭吃，没有水饮，
在战地的劳苦，在内地的人果真能知道吗？"

再在山室部队松尾部队仓冈友市的札记本中，有下面的一节：
"坐在家里的哥哥写信来，说'要勇敢，要不负皇国男儿的本怀，
即使打坏一只手一条腿，也不希罕'，不希罕，将来他能养我吗？"这
种对于将来和现在于"生活"的忧虑，更减少了他们作战的勇气，在
一个署名吉永忠一的写信给山室部队的兵士吉桥广贵，内中讲道：
"静枝（当系吉桥的妻子）努力地照顾着买卖，和养育着孩子，你托
我问的事情，关于孩子念书的事，也曾讲过，据说学校不致使他退
学，你可以安心，……"

看这信就可以知道，从一个和平的家里夺去生产者，赡养者，现

在他们的家业无人管理，妻子无人扶养，连儿子的学业，也有被中止的危险，这样有了后顾之忧的兵士，能使他有战意吗？

对于这一类的悲剧，我还可以举出最惨痛的一个。松尾部队村山队的战死了的兵士鹤冈力夫，身上怀着几封故乡妻子给他的信。从各方面考察，他们这一家非常贫困。他的妻子没有受过什么教育，所以连她丈夫名字的"鹤"字，也写了一个奇怪的"鹤"。可是他有五个孩子，和一个年老的母亲。妻子给他的信上，虽则勉作安慰，但是那五个孩子给他的信，却使我代这个无辜地战死了"敌人"淌了眼泪。这封信由他大女儿"富江"写了两页，次子"励"写了页半，三男"喜八郎"写了一页，最小的"艳子"和"美和子"联名写了页半，前面的还有几个汉字，到后面大概还是初上学的孩子，所以只写一些不很易认的假名。这五个共同一致的希望，就是请他们爸爸早日将"支那人""杀光"，"打平"，早一点回来，那么过新年的时候可以快活地同在一起！鹤冈写了一封回信，这信笺上的铅笔字迹已经模糊，但还隐约地可以看出叫他妻子好好地照管孩子，"生活总得想法子维持下去"，最后的一句，是"我很健壮，你可以安心，家里门户火烛当心"。却不料这封信不及寄出，他已经做了异域的鬼了！信纸的斑点，我不知道是汗，是血，是泪？谁使他们如此？使他们如此的是什么？

近卫文麿要我们丧失"战意"，可是我们的"战意"强固如铁，而你们自己的兵士，早已经没有"战意"了。在这种铁一般的事实前面，一切的矫饰，宣传，谎骗，都是没有用的！

日本的士兵们！你们，和我们一样的都是被压迫者，你们受着欺骗和强制，你们没有"战意"，这是很应该的，可是，消极的没有"战意"，是不能解除你的锁铐的。你们要把"战意"振作起来，向另一个方向，用你们阶级觉醒的"战意"，来"膺惩"你们"暴戾"的财阀和军阀！

——录自广州离骚出版社 1938 年初版

《敌兵阵中日记》东战场敌兵手记
夏衍

以下译出的，是东战场敌军"上海派遣军松尾部队村上队兵士"松永宇八的日记和书信。松永是九州熊本县人，一个兼营制造业的批发商人，这从一张夹在日记本中的名片就可以知道。

他于八月二十九日从故乡出发，九月十日抵上海，参加罗店方面作战，日记自出发这一天起，至十月十五日（战死的那一天吧）止，中间偶有空白，计四十五日。日记俘获地点，在丹石桥苏家村，俘获这日记的，是我军第十八军 ××× 师部队。

日记大部分是用铅笔写的，经过汗水泥泞污渍，有几处已经不可辨认，除大意可以推想者外，均留空白，以存真实。

译者，我军退出南市之日。

——录自广州离骚出版社 1938 年初版

《敌兵阵中日记》[小序]
田汉 ①

适与夏衍兄整理由前线得来的敌人的日记和信札，六逸兄为《国

---

① 田汉（1898—1968），原名田寿昌，笔名田汉、陈瑜等，湖南长沙人。1916年赴日本留学于东京高等师范学校，1921年与郭沫若等组织创造社。回国后任职于上海中华书局编辑所，后创立南国社、南国艺术学院，主编《南国月刊》，1930年参加左联，曾任左翼戏剧家联盟党团书记。后参与编辑《抗战戏剧》《抗战日报》《戏剧春秋》等刊物。另译有英国莎士比亚戏剧《哈孟雷特》(今译《哈姆雷特》)、《罗米欧与朱丽叶》及法国梅礼美小说《卡门》等多种。

民周刊》征稿，因译《敌兵阵中日记》一种以应。作者属上海派遣军重藤部队佐藤支队新川队。俘获日期为十月十八日，作者文章简劲，且有短歌数首，似为智识分子，但在两军相接之时，仍不能不向神明作可怜的祈祷，可知敌军精神武装何等脆弱！我们当充分把握敌人这一弱点而充分发挥吾人之强点。在他二十一日参加冯宅攻击时，作者是这样写着：

　　　　"攻击冯宅时，三中队几乎有全灭之忧！想来虽说是'支那'也有不可蔑视的战斗力！"

　　这该是对于我们英勇的士兵同胞一点没有虚假的赞词。某些失败主义者因为最近我军阵线的后退，不去理解其症结之所在迅速改善之，反而怀疑我军的作战能力，主张向敌人妥协投降，其肉真不足食！

　　此次我们所得敌兵的文件甚多，拟加以细密的整理，以供我抗战士兵及民众参考。有的书札写的那么缠绵悱恻，刚要寄出而其人已饮我弹火，成了异域之魂。有的日记上批明"我如战死希望战友们给我寄回故乡"，我们虽不是他的战友但也乐意替他执传达之劳，等到我们获得决定的胜利足以使敌人"反省"的时候。

十月三十一日

——录自广州离骚出版社 1938 年初版

《现代欧美女伟人传》 [1]

《现代欧美女伟人传》编译世界名人传记丛刊旨趣
（陆高谊 [2]）

教育方法，不外两种：一方面启发青年之个性得自由发展；一方面指导青年之学习有正当途径。阅读名人传记之好处，即能收此两种教育方法之功效。盖传记所记，皆以事实为根据，非如小说家言，信笔所之，尽多空中楼阁；其成为名人者，殆又皆人类中之杰出英才，一言一行，一举一动，莫不足以启发激励，而为后人楷模也。

或曰，取法于上，仅得乎中，姑不具论；而熟读某人传记，充其量亦不过成为某人第二而已，有何足贵？余曰，果能成为某人第二，亦属佳事；盖所谓某人者，当必为有用之人，以前只有某人一人，而今能有某人若干人，岂不快哉！况人类进步，端赖历代经验之积聚。初民之日常生活，无一不出于"尝试与错误"（Trial and error）；吾人今日之日常生活，抑承先人之经验，几可无所用心，于是每日所省之"尝试与错误"时间，皆可移用于其他工作，人类乃日见进步。阅读名人传记之益，亦正相同，前人经数十年所得之经验，吾人能于旦夕间得之。青年人能具有成功人之经验，基础既高，则将来之成功自必更高，又岂仅如某人第二，与之并驾齐驱而已哉！

至就文学方面言之，传记文学在西洋文学中颇占地位，而中国素

---

[1] 《现代欧美女伟人传》（*Heroines of Modern Progress*），美国阿丹斯（Elmer C. Adams，1885—？）、福斯忒（Warren Dunham Foster，1886—？）著，胡山源译，"世界名人传记丛刊"之一，上海世界书局 1938 年 4 月初版。

[2] 陆高谊（1899—1984），浙江绍兴人。毕业于浙江之江大学，后曾长期从事教育工作，1933 年进入世界书局，1934 年至 1945 年期间任总经理，是世界书局的全面主持者。

不注意于此。虽有《史》《汉》及诸史之列传，备此一格，但苟非以文胜质，或即语焉不详；此外如年谱之类，更无非个人之"流水账"，索然无味；偶有一二所谓大人先生之言行录，则又非"官书式"，即"超人化"，一若其人非今世所能有者；等而下之，千篇一律之哀启与家传，及视作应酬之墓志铭，或竟苦块昏迷，语无伦次，或即满纸套语，毫无实际；凡此种种，比诸西洋传记，瞠乎远矣。

余少时，尝从西人阅读西洋名人传记多种，嘉言懿行，倍受感化。其后忝为人师，办理学校，亦每以阅读名人传记谆劝学生，潜移默化之功，诚有足多者。今负责本局，以地位言，本局为国内三大出版家之一；以责任言，应辅助教育，发扬文化；以此，深觉名人传记之出版，实属急不容缓。兹特先就世界各国名人传记中，如科学家，文学家，政治家，实业家，其一生经过，足以激励青年，发扬志气者，精选若干种，以生动之笔，移译介绍，名曰"世界名人传记丛刊"，以为青年休养之助；次则拟进而试编中国名人传记，以为倡导。刊行伊始，用布区区，幸海内贤达，有以教之。

——录自世界书局 1938 年初版

《现代欧美女伟人传》序

胡山源 [①]

我国文学里面，除了官书的"列传"以外，传记很是少见。妇女

---

① 胡山源（1897—1988），原名胡三元，笔名耿之、杉园等，江苏江阴人。曾就读于浙江之江大学，1923 年在上海组织弥洒社，创办《弥洒月刊》，1931年入上海世界书局当编辑，抗战期间先后在之江大学、东吴大学、沪江大学、大夏大学等校任教，抗战胜利后任《新闻报》、上海《中央日报》编辑。另译有美国布克·华盛顿《黑人成功传》（与林汉达合译）、日本小泉八云《日本与日本人》等。

的传记，尤其少见。

无论在精神上或物质上，我国都有必须现代化的理由。因此，我们的为人处世，都有借镜西方人士的必要。至于我国的妇女界，受了几千年的束缚和压制，在这方面的需要，似乎又格外紧迫些。

为了以上两个理由，所以我译出了这本《欧美女伟人传》。本书原名 *Heroines of Modern Progress*，原著者为美国阿丹斯（Elmer C. Adams）和福斯忒（Warren Dunham Foster）。

本书中的宗教色彩，似乎太浓些。但这是不足为怪的，正如《小妇女》一样，因为西方人对于宗教似乎比我们看得重，而妇女的宗教性，当然古今中外都是一例的，所以在本书中，不免随处流露着宗教信仰。何况她们的相信基督教，也大非我们一班吃素婆婆，骂一句人念一声佛者可比，我们正可以从她们对于宗教的虔诚，看出她们立己立人的实践来。

我认为这里所选出来的十个人，的确是她们时代中的女英雄，是可以为我们的妇女界，作他山之石，以为切磋之需。不过我尤其要推荐的，首是奈丁该尔和巴吞二人的传记，次是阿丹斯的传记。由于前者，我们可以看看国家在战争时，妇女应该做些什么；由于后者，我们可以知道妇女能够给予贫民的帮助是什么。战争和贫穷，似乎就是荼毒我们的恶魔，有力量的妇女，不应该不像她们恻然心动，奋然而起。

当然，我不是说我们的女同胞像她们一样，我国便可以得救。我国的得救，当然还有赖于全国人士更大、更努力的一致奋斗。不过在各尽其力的原则下，我们的女同胞能做到和她们一样，也就是我国现代进步中的女英雄了。

本书前四篇是我请洪彦霖君所译，而由我修改过的，特此声明，并以志谢。

胡山源　二十七年一月，在上海"孤岛"上。

——录自世界书局 1938 年初版

《秘密的中国》 ①

《秘密的中国》译后附记

周立波

本书根据 Michael Davidson 的英译重译。

书中有好几个无法调查出来的人名地名和几个不便写出的人名，一律注明着译音。

书中有一两个作者的小错误（如北平有孔的双铜元），译文给改正了。

书中注释，除一个是英译者所加外，余都重译者所加。

第一篇里的菜单，第四篇里的印度人歌，最后一篇里小丑和意大利人的两句话，英译者既没有注释，重译者也无法通晓，不能译注，这是遗憾。

译本书时，关于许多地名人名和其他事情的调查，麻烦了许多朋友，在这里感谢他们。

基希是著名的德国报告文学者。他的在轻快的笑谈间夹着逼人的严肃的风格，他的渊博的知识和丰富的正义感，使他不负他的盛名，使他可以成为新起的中国报告文学者的良好的模范。

这书里二十三篇文章，描写了上海，北平，南京三处地方的社会状况。这中间有榨取中国的帝国主义者的丑态笑剧，有受难的中华民族的悲剧，基希带着充分的理解，和炽热的同情，描写了我们的国家和人民。在我们的国家和人民正被人恣意宰割，放肆欺侮的这时候，基希的这种同情和理解，会使我们格外的感动。他是中国的真挚的友人，是中华民族的亲切的知己。

---

① 《秘密的中国》（ *China Geheim* ），报告文学，德国基希（ Egon Erwin Kisch，今译俄刚·柯什，1885—1948 ）著，立波（周立波）译，天马书店 1938 年 4 月初版。

校完这本书的时候，正是北平，天津相继沦亡的时候，真使人悲痛。那末，千百年的故都也竟沦于敌手，这本书里关于北平的描写，竟成了对于失地的伤心的追忆么？

这伤痛不会长久的。我们会很快赶走日寇，收复所有失地，重振基希所称谓的"鞑靼人的骄傲"。

一九三七，七，八。

——录自天马书店 1938 年初版

《秘密的中国》再一个附记
周立波

本书于去年七月八日在上海校好后不久，淞沪战争再起，于是，描写了一二八初次淞沪战争时日军暴行的本书的铅版，在八一三再度淞沪战争中，被日军的炮火毁去了。幸书店保存了我所校改的校样一份，使它还有在汉口出版的机会。

这次汉口的版子，我不满意。字太小，也太挤了，错字也多。我不愿意基希的名作，取着一个这么卑微的形式初次在中国出现。但是我没有法子，版权早不属于我，书店有着急出版的权利。当我这次来到汉口时，书的十分之八九，已经制成纸版，我只能在纸版上校阅一次，尽可能的改正了几个重要的错字。

本来，有许多没有确定，或是不应写出的名字，我都译音，而且在上面注明了"译音"两个字。这次不知是谁，在有些地方，把我的"译音"两字勾去了，有些地方还存着。显得没有规则，要是我早来了几天，这些不满，都会没有。

在上海排版时，我自己已校了两次，很少错字。起应又替我找了作者一张珍贵的照片，现在，铅版和照片，通通被日寇的炮火毁掉了，不胜痛惜。不把日寇赶出中国去，是什么都谈不到呵。

这本书是作者六年前的著作，有许多地方是不合中国目前的形势的。但凡是他反对日本法西，描写日寇暴行的每一个字，都将有永远的价值。

一九三八，三月三十一日，汉口。

——录自天马书店 1938 年初版

《日本反侵略作家鹿地亘及其作品》[①]

《日本反侵略作家鹿地亘及其作品》编后附记

衣冰 [②]

我们，全中国的同胞，在日寇疯狂进攻之下，唯一的有力的回答，是给侵略者以迎头的痛击；是坚固不拔的抗战到底；是要认清敌人和友人，对于敌人要毫不容情的予以打击；对于友人是万众一心的团结奋斗；尤其要紧的是应该明了中国胜利的条件在哪些方面。根据这些认识，才能够在心理上建立起抗战必胜的信念，才能够在行动上遵循正确的道路。

因此，我开始想到中国的友人日本反战作家鹿地亘先生的作品，

[①] 《日本反侵略作家鹿地亘及其作品》，日本鹿地亘（1903—1982）著，夏衍等译，衣冰编，汉口新国民书店 1938 年 4 月初版。由于所见图书版权页缺失，编者信息及出版信息系据《民国时期总书目·外国文学》补充，收录鹿地亘杂文、诗歌、通信、演讲等作品，及胡风、黄源、楼适夷等人介绍和欢迎鹿地亘的 4 篇文章。该书于 1938 年 4 月初版发行，同一月中重新调整目录次序并增补鹿地亘《致日本同胞》及其夫人池田幸子短篇小说《西崽的故事》后，改题书名为《日本反侵略作家鹿地亘》（编者：现实社），由汉口现实出版社初版发行。

[②] 衣冰，生平不详。

有广泛介绍的必要，就着手编成了这本小册子。

这里面有论文、有诗歌、有通讯、有讲演稿，八一三以后鹿地亘先生的文章，可以说已经全都收集了。

在这些文章中，关于敌人内部的矛盾，日本民众在军阀压迫下生活的痛苦，和他们的反侵略运动，以及日本法西斯在遭遇我们坚强的抵抗后的狼狈慌张情形，鹿地先生都清楚的，有趣的分析着，和报道着。

更可感的，是鹿地先生一再指示出敌人企图用"各个击破"的策略，分化中国抗日民族统一阵线，所以警告我们应该深切防止，加紧团结，以免中了敌人的诡计。

鹿地先生赠给我们的是极难得的珍贵的礼物，我们除出衷心的感谢以外，还要在事实上证明我们虔诚的接受。我们不但要越加坚固的团结自己，我们还要进一步与日本民众，紧密合作，以打倒共同的敌人——日本帝国主义！

另外在附录上收集了几篇介绍鹿地先生的文字，这对于鹿地先生生平和思想的了解上，相信一定是可以得到不少的帮助的。

版子排好后，编者曾仔细校对过，改正了几个明显的错字，加添了几个漏字，括号中的单字，即是编者擅加的，如果有武断或错误，应该由编者负责。

二十七年四月一日　编者
——录自汉口新国民书店 1938 年版

《日本反侵略作家鹿地亘及其作品》再版题记
现实社

我们编这本小册子，事前曾经过几度商讨。我们以为这本小册子的编集，主旨在欢迎和介绍鹿地先生，决不是《鹿地先生全集》或

《鹿地先生言论集》，所以把欢迎或介绍鹿地先生的文章放在前面，而把鹿地先生在"八一三"以后的作品附在后面。鹿地先生平生致力于反侵略运动，他的作品多得很，一时也搜集不起来，附录的几篇，不过使读者知道鹿地先生怎样在艰苦挣扎中始［终］在我们同一阵线里反对日本帝国主义的侵略而已。

鹿地先生的夫人池田幸子女士，她和鹿地先生一样在努力做反侵略工作，我们正计划另出专册，介绍给全国同胞。在这里也收了她一篇《西崽的故事》，那是因为她写的是她和鹿地先生蛰居上海法租界时的情形，可以和前面黄源先生那篇文章参照，使我们知道鹿地先生曾经在这样危险、紧张的时地里挣扎过来。我们决不敢随便杂凑，亵渎了这两位反侵略的战士。

趁本书再版之际，除增收最近鹿地先生《致日本同胞》一文并改正错字外，谨追述本书的编辑主旨如是。

二十七年四月二十二日，编者。

——录自汉口现实出版社 1938 年再版

《我的丈夫郭沫若》^①

《我的丈夫郭沫若》弁言

金重子 ②

"郭沫若先生回国了！"这是新中国文坛在抗战开始以后第一笔大

---

① 《我的丈夫郭沫若》，回忆录，日本佐藤富子（又名郭安娜，1894—1995）著，晓华、重子编辑，"战时文化丛书·丛书外集之二"，武汉战时文化出版社 1938 年 5 月 14 日初版。该书未署译者名，据编者金重子《弁言》，系由《中国日报》原刊译文编辑而成。

② 金重子，生平不详，著有《四十一号女童军》，编有《抗战诗选》等，均由战时文化出版社出版。

事。郭先生致力于新文学运动，毕生的精力，几乎全都用之于此。十年前，悄然地离开了中国，蛰居日本。十年后，中国对日战争开始了，他又悄然地回到了中国。十年，十年是多么长的时间，我们该怎样庆幸于郭先生的归来。

和任何人的回国不同，郭先生这一次的归来，是带着两种不同的心境：一颗赤诚的心在跳动着说："回国了，参加到抗日的阵线来了"，而同时一颗寂寞的心在颤栗着说："回国了，妻儿子女都抛开了。"为了民族，为了国家，郭先生终竟抱住了这一颗寂寞的心。

在日本，还留着他的夫人和他的子女。一对感情很好，同过艰苦，共过患难的夫妻，现在是分离了。而且两个国家正对准着枪炮子弹和飞机在作立体与平面的战争。

他的夫人，是有无限的感慨的。

何况他出走的时候，他的夫人一点也不知道。

追忆起昔日的光景，她只有祈祷战争赶快结束。

然而侵略者正猛烈地向她的夫之国进攻，她的愿望，什么时候可以达到呢？这一点热情，郭夫人只好宣示于她的文字中了。

《我的丈夫郭沫若》于是用热情，眼泪，还有无穷尽的希望交织而成。

这无异对侵略者猛烈的攻击。

当我读完这篇东西，我为郭夫人洒出同情的泪。同样，我为每一个日本妇人而太息。侵略者的巨掌不仅抓去了郭夫人亲爱的中国丈夫，而且把成千累万日本妇女的日本丈夫都抓去了。

这篇文章的原文刊在日本新近出版的《新女苑》三月号中，在上海，首先由《中国日报》翻译刊出。当上海的友人为我寄来这一篇译作的时候，我们真有说不出的感想。

为了纪念这伟大的战争中文坛的大事，我们拿来出版成为一个小册子了。同时，更为了使其系统的说明郭先生回国以后的感想和工作，又拿了郭先生自撰的《由日本回来了》的日记集在一块，末了，更以几个文学青年对郭先生的描写文字荟集一起，这样使我们看出郭先生的一生。

　　我私心非常庆幸，我觉得这份工作是应当做的。

　　　　　　　　　　金重子。二十七年五月一日。汉口。

　　　　　　　　　——录自武汉战时文化出版社 1938 年再版

《敌军战记》①

《敌军战记》前言
夏烈②

　　这里所辑录的数篇，都是较珍贵的文字，《从军私记》是发表于英文《亚西亚》杂志上的，可看出一个日本兵自国内出发以至于战死的历程。《"皇军"还活着》见［是］一篇奇文，它描述出了日本军的兽性，对于敌人的新军影响，是极重大的。第三篇虽是一个新闻记者的随军，但也报告人战争中可注意的一段情形。附录二篇是西人的观战记，充溢着对我抗战的同情。

　　　　　　　　　——录自广州新群出版社 1938 年初版

---

① 《敌军战记》，日记，日本石川达三（1905—1985）等著，夏烈编译，广州新群出版社 1938 年初版。该书内收《从军日记》《"皇军"还活着》《鲁南遇险》等三篇，书名为编者所拟。

② 夏烈，生平不详。

《云》①

《云》译者序
罗念生 ②

这剧是根据福尔曼（Lewis Leaming Forman）的版本和罗泽斯（Benjamin Biekley Rogers）的版本译出来的，前者名《阿里斯托法涅斯的云》（*Arristophanes*：*The Clouds*），一九一五年由纽约城美国图书公司（The American Book Company）出版；后者名《阿里斯托法涅斯的喜剧》（*Comedies of Aristophanes*，*Volume Ⅱ The Clouds*），一九一六年出版于伦敦培尔书局（G. Bell and Sons）。这两书的注解都很详细，此外还参考过格累夫斯的注解（Aristophanes：*The Clouds*，edited with Introduction and Notes by C. F. Graves，Cambridge，1911），和哈姆夫利的注解（Aristophanes：*Clouds*，edited by M. W. Humphreys. Ginn and Co. Boston，1913）。

这是一部讽刺当日的诡辩家的喜剧，切不要误会了阿里斯托法涅斯的用意，以为他有意在攻击苏格拉底个人。剧里的苏格拉底是一个想象的人物，作者故意在这个人物上加入诡辩家的性格，加入科学家的头脑，那都不是那真正的哲学家所固有的。据说苏格拉底

---

① 《云》（*The Clouds*），希腊喜剧名著，古希腊阿里斯托法涅斯（Aristophanes，今译阿里斯托芬，约前446—前385）著，罗念生译，中华教育文化基金董事会编译委员会编辑，长沙商务印书馆1938年5月初版。

② 罗念生（1904—1990），原名懋德，生于四川威远。毕业于清华大学，1929年留学美国，先后就读于俄亥俄大学、哥伦比亚大学研究院、康奈尔大学研究院，后入雅典美国古典学院研究古希腊文学。1934年归国后历任北京大学、四川大学、武汉大学、清华大学等校外文系教授。曾与梁宗岱合编天津《大公报·诗刊》。另译有索缚克勒斯《窝狄浦斯王》、攸里辟得斯（今译欧里庇得斯）《特罗亚妇女》《美狄亚》等多种古希腊名著。

曾经看过这部戏，他只觉得好笑，并不介意；不但不介意，他和这位喜剧家的友谊且从此更加亲密，六七年后他们在柏拉图的《聚饮》（*The Symposium*）里面相见时特别要好，那次有人同他开玩笑，问他是不是那剧里的"思想家"，他点头后，那人便说："请你告诉我，你和我相隔的距离相当于跳蚤的腿长的若干倍？"可见大家把那喜剧里的故事当作谈笑的资料；"思想店"（Phrontisterion）一字且变成了那位哲学家的字号。哪知这部剧到后来竟变成了他的罪状，因此被判死刑！

正当一八五二年罗泽斯（Rogers）所编的《云》出版后，曼塞尔（H. L. Mansel）摹仿这部古典作品，写了一篇《思想店》（*Phrontisterion*），又名《十九世纪的牛津大学》，来讽刺牛津的大学教育，里面的歌舞队是由大学教授组成的。这个仿制品很有趣味。只可惜没有写完。（原剧载入罗泽斯的《阿里斯托法涅斯的云》的附录内。）

译文里的专名词列有一个简明表，读者可以按照译名表推测希腊原名。

阿里斯托法涅斯的小传见编者的引言。这引言多谢两位朋友替我费心校改。

罗念生

二十六年二月四日北平

——录自长沙商务印书馆 1938 年初版

《德国间谍》 [①]

《德国间谍》序

楚之 [②]

一提起间谍，就会叫人想到一些善于欺诈、投机的人物来，也会令人胆战心惊。因他们不但能散布流言，惑乱人心；能利用女色来骗取军事秘密；能收买流氓、匪徒以刺探国防消息，以扰乱后方；能混入种种团体，做着内应，为其主子从事摧残民治，剪除敌党的工作；能实行绑架、暗杀与组织暴动；甚至还能利用落后国家内部各阶层间的深刻矛盾趁火打劫，或挑拨内战，或扶殖反动势力，建立一个适于他们胃口的政治制度，以便在幕后执行其牵线的工作！

我们痛恨帝国主义的间谍，因为他们是宰割弱小民族的先锋。我们咒诅国际法西斯的间谍，因为他们助纣为虐，为其最富侵略性的主子极尽挑拨战争、破坏民治与摧残文化的能事。这些东西都是摧毁和平的喽啰，是人民大众的吸血虫的触角，是阻碍进化的恶魔的走卒。我们唾弃各帝国主义国家的间谍，因为他们只知道盲目地听从主人的使唤，做着种种有害人类的罪行。他们直接或间接是凌辱弱小民族的前哨。但从斗争的技术上说来，则间谍组织非但没有可咎的地方，而且还是必要的。它的罪恶不在它的本身，而在它的出发点。如果一个弱小民族有了很好的间谍组织（不可用以对内，因为这样反足以促成分裂，加速灭亡），可以在民族解放的斗争上加添不少

[①] 《德国间谍》(*German Spy*)，回忆录，德国格澜（Ludwig Grein）原著，英译者纽曼（Bernard Newman，1897—1968），楚之译，上海世界书局 1938 年 5 月初版。

[②] 楚之，生平不详，另译有奥斯旁《弗洛伊特与马克斯》。

的力量。

　　本书著者是欧战时活跃于英军前线上的一个极重要的德军的间谍。他于欧战前一年曾冒充坎拿大人至英国某大学读书。他到英国后即创造一种新人格，广事交游，以取得社会的信任。欧战爆发后，他混入英军服役，竟得充当某重要参谋的汽车夫！他利用这个优越的地位，不知替德军立下了多少奇功，使英军蒙受极大的损失。直到欧战将终，因偶遇儿时同学，引人起疑，致遭英军军法处下令通缉。他得到这个消息，即设法潜逃到巴黎，欲转奔瑞士，中途因护照问题，被法军扣留。他意志很强，信仰坚定，虽几经胁迫与诱哄，始终没有吐露出真相来，终藉计谋，得免死刑，于和会后被释放回国。其中除人名因恐牵连英国现役军事要员而不得不加以虚构外，一切都是事实。其布置的周密、计谋的机智、应付的沉着，与手段的毒辣，就是单单读着他那轻描淡写的故事也要叫我们感到惊心动魄的。可惜作者的思想太浅薄了，他误解帝国主义分割殖民地的战争是民族自卫的战争！故本书有好多地方流露着浓厚的国家主义的色彩，有些地方简直在说教，实在叫人头痛，使我不得不把一些太不合理的话略去了。

　　然而这个缺点并没有减少本书的价值。它可以帮助我们警戒敌人的阴谋，充实我们斗争的技术。本书中所述的事实虽然还是在二十年前，但至少对于我们什么技术都很落后的东方人是一种有力的刺激。

译者　一九三七年八月九日

——录自世界书局 1938 年初版

《活着的兵队》 [1]

《活着的兵队》译者序
张十方 [2]

　　始终带着悲愤的心情，把这篇小说译了出来。译完之后，像满有许多话想说，而又不知从何说起。

　　这是一篇在人类的文化史中最野蛮最残酷的兽行的记载，它总算为日本帝国主义者在我国所发挥的兽行，稍为画了一小部分的自供。

　　这篇小说，是在日本法西军阀们严厉的对文化的封锁与压迫之下，不知怎么样的一个疏忽被发表了出来的，惟其是这样，所以它特别值得重视。

　　这篇小说的原名是《生きてゐる兵隊》，它的发表，即使在日本国内，也引起了极大的波澜。下面，且从日本杂志《セハバン》（LeSerpent）四月号《日本文化杂志编辑的横额》一文中，摘译一段与这篇小说有关的述说：

　　　　"《中央公论》三月号，为了登载石川达三的通讯小说《活着的兵队》，被禁止发售，损失极大。加上广告的浪费，损失达数

---

① 《活着的兵队》，纪实小说，日本石川达三（1905—1985）著，张十方译，"文摘小丛书"之三，广州文摘社 1938 年 6 月初版。
② 张十方（1914—?），原名张广桢，笔名张四正、张一正等，广东东莞人。早年就读于福建泉州平民中学，是吴朗西学生，后入立达学园农村教育科。曾留学于日本东京帝国大学，1937 年入狱，被遣送回国后，参加复旦大学文摘社在汉口编印发行的《文摘战时旬刊》的编译工作，后担任新民报社主编。著有长篇小说《江南儿女》《囚徒》等。另译有日本及川六三四《远东军备现势》。

万元。……跟着，就发生所谓责任问题。原来《中央公论》的
编辑系统是采取'二头制'，其编辑之一是两宫庸藏氏，其一是
佐藤次郎氏。……结果，两人均受'休职'处分。'休职'的
期限，尚没有决定。……现时，似拟以小森田氏为临时代理总
编辑。"

据日本大阪《每日新闻》的记载，作者石川达三氏及《中央公
论》的编者，大有被拘禁的可能。

因此三月号的《中央公论》，不易购到。即购到，这篇小说大都
是已经被撕去的了。文摘社费了很大的力量才把原文找到。

这篇小说中，除了有我军英勇抗战的可歌可泣的记述外，更逼真
而又老实地描画出"皇军"的兽行及敌军厌战的心理。至其使人最感
到可惜的，就是内中有许多描写"皇军"的兽行过于明显的句子，都
被删去，留出一行行的空白或"……"来。不知是作者或编者这么做
的？本书中的××，就是根据这点而来。当我一想到每一个×的下
面都有我们同胞的血肉，我的悲愤便到了无法按捺的情度。血的债是
得用血来偿还的！

至于原作者究竟是一个何等样人，到目前还没有办法正确地知
道。译者的推测，或许在本文中就有他自己；或者是一位年青的随军
记者吧？他现在似乎正留在东京。虽然原著者在本文的前面加了一个
短短的前记，说："关于中日事变的军略及其他不许发表之处尚多，
从而此稿并非实战的忠实记录，作者只是在尝试一种非常自由的创
作。部队名及将兵姓名等，都是假想的东西，谨此说明。"不过我想，
若非参与实战的人，断难写出这么逼真生动的描述来。这段前记，一
定是为了避免引起不便而发的。所以这篇小说，实可作为"皇军"自
画的供状。

虽然日本内务省公布说该作品对"时局"颇有未便，因而禁止其

发刊，而且还带着叹息的口气说："于目前的非常时期下，竟有编辑'反军'内容的作品者，实是殊遗憾。"可是，篇中还有不少掩饰"皇军"兽行的话，例如将劫掠称为"征发"之类，更有不少侮辱我国的狂言。为了保持原来的作风，对这些尽可能不加以删除。而对前一种，则由译者加上一个"「」"。

为了时间的短促，自知误漏的地方是极多，希望能得到各方面的指正。

去吧，愿这篇血的记录，永亘地留在每一个人的心底。

十方一九三八·四·于汉口

——录自广州文摘社 1938 年初版

《远方》①

《远方》附记

《少年读物》编辑社编者

在苏联，有许多专为孩子们写的读物。像班台莱夫的《表》，像盖达尔的《远方》，都能脱离了神仙故事的色彩，充分表现着"人性"的。这里面的孩子，不美丽，却很结实；不富有，都是穷人家的孩子；不会碰着纺锤——工作的象征——便睡着的，却会拿起镰锤，工作得和大人一样。他们固然是天真，有良善的心地，也有着孩子的自私心和羞恶心，一切都活生生地是"人"，是"孩子"，是大家所熟悉的孩子。

---

① 《远方》(*Distant Countries*)，苏联盖达尔（Arkady Gaidar, 1904—1941）著，佩秋、曹靖华合译，《少年读物》编辑社编"少年读物丛刊申辑第三种"，上海文化生活出版社 1938 年 6 月初版。

　　这些孩子，生活在新的时代，新的环境中，使他们更勉励，更奋发，更多自由发展。他们以好奇的心理来观察感受新的事物，来建设来创造新的世界，他们求知，进取。这在旧的少年读物中是找不到的。

　　二年前鲁迅先生在《表》的序文上说："十来年前，叶绍钧先生的《稻草人》，是给中国的童话开了一条自己创作的路的，不料此后不但并无蜕变，而且也没有人追踪。"这说明了介绍几种新的"有益"和"有味"的读物到中国来的需要。《表》曾经鲁迅先生译出。这之后，值得推荐的少年读物，恐怕只有曹靖华和佩秋先生合译的《远方》了。

　　曹先生的名字在读者都不陌生，不用在这里多介绍。本篇是从原文直接译出来的。最初发表在《译文》月刊上面，后改成单行本，交文化生活出版刊行。原定于二十六年八月间出版。校样早就排好寄给译者，请他校正。后因战争关系，寄出函件在路上跑了几个月又退回来。直到现在，我们仍无法和曹先生通讯，只得先行出版。书中如有错误，俟再版时改正。

　　《远方》的作者盖达尔（Arkadii Gadar）和插图作者叶尔穆拉耶夫（A. Ermolaev）都是苏联的新作家。关于他们的事迹，可参考的材料很少，暂且缺着，将来有机会时再作介绍。

一九三八年六月十日编者记
——录自文化生活出版社 1940 年再版

《远方》（1944 年渝一版重版）前记 [①]
曹靖华 [②]

　　曾得勋章的苏联儿童文学作家葛达尔（A. P. Gaidar）写过不少有趣而健康的儿童读物：《远方》《第四座避弹室》《学校》《革命军事委员会》《军事的秘密》《鼓手的命运》《邱克和格克》《铁木儿及其伙伴》及《铁木儿的誓言》等。这些作品，是包括了各方面：有的谈太平生活，有的谈战争，有的欢乐，愉快，有的悲凄，惊惧。

　　但这些作品，都有一个共通之点：作者所写的都是关于苏联的儿童。作者书中的主人公，儿童的生活，都非常有趣，非常紧张，惊异，同成人的生活总紧密的联系着。在作者的作品里，同在现实生活中似的，儿童都积极的参加成人的一切的生活，同他们一块儿劳作，一块儿思虑，一块儿奋斗。

　　在作者的主人公里，每个少年读者，都能找到他自己和他的同伴们。

　　作者的作品，对小朋友们的每一个迫切的问题，都给了解答：怎样的处理生活，应当作什么。所谓怎样的处理生活，并不是他们长大的时候，将来如何的去处理生活，而是在目前，在现在，在今天他们应该作什么和怎么作。

　　作者不但是在自己的作品里去教育小朋友们，而且他是以身作则

---

① 重庆文化生活出版社 1944 年 8 月渝一版，增加曹靖华重版《前记》，删初版编者《附记》。著者署"葛达尔"，译者署"尚佩秋、曹靖华"。1947 年 4 月五版，将重版《前记》改题为《重版题记》，文末附初版编者《附记》。

② 曹靖华（1897—1987），河南卢氏县人。1920 年由中国社会主义青年团派赴莫斯科东方大学学习，翌年回国，参加未名社，后加入文学研究会。1927 年重赴苏联，在列宁格勒大学任教并从事翻译。1933 年回国后，在北京大学等校任教。另译有苏联绥拉菲靡维奇《铁流》、拉甫列涅夫《第四十一》等。

的。他十四岁的时候就参加了国内战争，十七岁的时候，就当了红军的指挥官。

苏德战争一起的时候，他就到前方去了，在动身的时候，他对苏联儿童作了一次广播，在他的广播里说道：在这严峻的日子里，将表现出来谁最勤劳而勇敢。在这时，小朋友们不但要好好的学习，不但要严守作为前后方胜利因素的铁的纪律，而且还应该多多的劳动，在家庭里，在工厂里，在田园里，在敌后与前方——尽一切的可能，到处去帮成人们劳作。

的确，苏联的儿童，专心的学习着，顽强的工作着，以英勇的姿态，执行着作者所指示的光荣的任务。

不幸得很，在今年五月六日的《真理报》上，我们读到爱伦堡的一篇文章，其中有一段说：

"葛达尔是一个有赤子之心的伟大的作家。他被德国人包围了以后，就到游击队里去了。他同游击队员们一块儿阵亡，一同葬在聂伯河畔了。他的战友们关于他写道：'他是一个英勇无比的人物……'"

在上边所提及的他到前方出发时对儿童的广播里，有这样的话：必要时，将以自己的生命献给祖国。

在一九四三年苏联作家协会机关刊物《旗帜》第七八期合刊上，在文学理论家 V·石克洛夫斯基一篇文章《离散与损失》里，关于葛达尔殉难的情形，有更详细的报道：

"……苏德战争一爆发，葛达尔即赴前线当随军记者……

"德军拟直下畿辅城，可是被苏军击退了。敌人就开始包围起来。用望远镜当时可以望见敌人。可是畿辅城，依然在工作着，戏院、马戏院都在开演着。德军深深的把城市包围起来了，苏军就下令撤退。

"军民都撤退着。最后撤退的一部分人中有葛达尔。他们取道普里鲁克撤退着。德军楔入阵地，企图切断苏军退路。有些部队失掉联络了。他便把这些人招集起来，自己又做起指挥官来。

"后卫队在池沼里被敌人包围了，有一千来人被封锁到池沼中间的一个小岛上的密林里。

"他们决定把汽车棚盖卸下来，铺到池沼上，以便从这儿逃出去。铺了一条六公里长的窄路，剩有一公里来长，没有材料了。

"他们在很深的泥泞里走着。

"走在后边的是葛达尔。他带着残部出了池沼，到了聂河岸的森林里，加入到游击队里。

"冬天我们收到一封信，说葛达尔阵亡了。他的遗骸运至铁路附近，葬在距路警哨舍不远的一颗橡树下边……"

我们看到这一个不幸的消息，借本书改版的机会，谨向他表示我们无限的哀悼！

作者的作品，介绍到中国来的，除本书之外，尚有拙译的《第四座避弹室》及柈鸣先生译的《铁木儿及其伙伴》。

《远方》前半部都是佩秋译的，后半部是我译的。现改版重排的时候，乘机又校阅了一遍。

一九四四年八月二十日，读毕记于渝郊。

——录自文化生活出版社 1947 年渝五版

《无家儿》[①]

《无家儿》译序

陈秋帆[②]

本书所叙述的，是一个卖把戏的孩子，转转流浪的故事；所描绘的是一种举目无亲，孤苦伶仃的境界；所包隐着的是一个"冷酷"和"热情"的对照。

这故事，是抓住了生活的阴惨面而暗暗地指示出了：最平常的家庭生活，即为儿童幸福的泉源。所以本书如能在儿童读者以外，更得到父兄们的偶加披阅，倒是值得庆幸的。因为在他们读后，或将不期然而与"非使孩子们一读此书不可！"之感。

孩子们果然需要着甜美可口的糖果，然而，偶然在这甜美的糖果内，和人些辛辣或苦味，那也可合成另一种新的味道，而使孩子们换换口味，这样，也可产生一种新的趣味吧？本书，就是这么一种味觉的调和。

要是，我们不否认上述的需要的话，那么，本书的翻译，不是完全无意义的。

本书原著者爱克德·曼罗氏，为法国著名家庭小说作家，本书是他的不朽的名著！各国都有译本，日译本达四五种版本之多，这也多少说明了本书的价值。译者系据日本三宅房子氏的日译本译出。

译者一九三六，九，九日。于东京。

——录自长沙商务印书馆 1938 年再版

---

① 《无家儿》(*Sans Famille*，今译《苦儿流浪记》)，法国爱克德曼罗 (Hector Malot，今译埃克多·马洛，1830—1907) 著，陈秋帆译，"世界儿童文学丛书"之一，长沙商务印书馆 1938 年 6 月初版。

② 陈秋帆 (1909—1984)，笔名陈秋子、阿启等，广西柳州人。曾留学日本，于东京法政大学获文学学士学位，回国后任教于中山大学。另译有日本鹤见祐辅《拜伦传》、俄国阿法那西也夫编《俄国童话选集》等。

《给一个青年诗人的十封信》①

《给一个青年诗人的十封信》译者序

冯至 ②

这十封信是莱内·马利亚·里尔克（Rainer Maria Rilke，1875—1926）在他三十岁左右时写给一个青年诗人的。里尔克除却他诗人的天职外，还是一个永远没有疲倦的书简家；他一生写过无数比这十封更亲切，更美丽的信。但是这十封却混然天成，无形中自有首尾，向着青年说得最多。里边他论到诗和艺术，谈到两性和爱，严肃和冷嘲，悲哀和怀疑，论到生活和职业的艰难……这都是青年人心里时常起伏的问题。

人们爱把青年比作春，这比喻是正确的。可是彼此的相似点与其说是青年人的晴朗有如春阳的明丽，倒不如从另一方面看，青年人的愁苦，青年人的生长，更像那在阴云暗淡的风里，雨里，寒里演变着的春。因为后者比前者要漫长，沉重而更有意义。我时常在任何一个青年的面前，便联想起荷兰画家凡诃（Van Gogh）的一幅题作《春》的画：那幅画背景是几所矮小，狭窄的房屋，中央立着一棵桃树或杏树，杈枒的枝干上寂寞地开着几朵粉红色的花。我们

---

① 《给一个青年诗人的十封信》(*Briefe an eincn jungen Dichter*)，书信集，奥地利里尔克（Rainer Maria Rilke，1875—1926）著，冯至译，"中德文化丛书"之七，长沙商务印书馆 1938 年初版。

② 冯至（1905—1993），原名冯承植，直隶涿州（今河北涿州）人，毕业于北京大学德文系，就读北京大学期间曾参与浅草社、沉钟社，后留学德国，先后就读于柏林大学、海德堡大学，获海德堡大学哲学博士学位，回国后先后在同济大学、西南联合大学、北京大学等校任教。另译有德国海涅《哈儿次山旅行记》《德国，一个冬天的童话》、席勒《审美教育书简》、歌德《维廉·麦斯特的学习时代》等多种。

想，这棵树是经过了长期的风雨如今还在忍受着春寒。四围是一个穷乏的世界，在枝干内却流动着生命的汁浆：是一个真实的，没有夸耀的春天！青年人又何尝不是这样呢，生命无时不需要生长，而外边却不永久是日光和温暖的风。他们要担当许多的寒冷和无情，淡漠和误解。他们一切都充满了新鲜的生气，而社会的习俗却是腐旧，腐旧得像是洗染了许多遍的衣衫。他们觉得内心和外界无法调协，处处受着限制，同时又不能像植物似地那样沉默，他们要向人告诉——他们寻找能够听取他们的话的人，他们寻找能从他们表现力不很充足的话里体会出他们的本意而与之解答的过来人。在这样的寻找中几乎是一百个青年有一百个失望了。但是有一人，本来是一时的兴会，写出一封抒发自己内心状况的信，寄给一个不相识的诗人，那诗人读完了信有所会心，想起自己的青年时代，仿佛在抚摩他过去身上的伤痕，随即来一封，回答一封，对于每个问题都给一个精辟回答和分析。——同时他却一再声明，人人都要自己料理，旁人是很难予以一些帮助的。

可是他告诉我们，人到世上来，是艰难而孤单。一个个的人在世上好似园里那些并排着的树。枝枝叶叶也许有些呼应吧，但是它们的根，它们盘结在地下，摄取营养的根，却各不相干，又沉静，又孤单。人每每为了无谓的喧哗忘却生命的根蒂，不能在寂寞中，在对于草木鸟兽（它们和我们一样都是生物）的观察中体验一些生的意义，只在人生的表面上永久望下滑过去。这样，自然无所谓艰难，也无所谓孤单，只是隐瞒和欺骗。欺骗和隐瞒的工具，里尔克告诉我们说，是社会的习俗。人在遇见了艰难，遇见了恐怖，遇见了严重的事物而无法应付时，便会躲在习俗的下边去求它的庇护。它成了人们的避难所，却不是安身立命的地方。——谁若是要真实地生活，就必须脱离开现成的习俗，自己独立成为一个生存者，担当生活上种种的问题，和我们的始祖所担当过的一样，不能容有一些儿代替。

在这几封信里，处处流露着这种意义，使读者最受感动。当我于一九三一年的春天，第一次读到这一小册书信集时，觉得字字都好似从自己心里流出来的一般，又流回到自己的心里，感到一种满足，一种兴奋，禁不住读完一封，便翻译一封，为的是寄给不能读德文的远方的朋友。如今已经过了六年，原书不知又重版多少次，而我的译稿则在行箧内睡了几年觉，始终没有印成书。现在我把它取出来，略加修改付印，仍然是献给不能读德文原文的朋友。后边附上一篇里尔克的散文《论山水》。这篇短文内容的丰富，在我看来，是抵得住一部艺术学者的专著的。我尤其喜欢那文里最末的一段话，因为读者自然会读到，恕我不在这里抄引了。

关于里尔克的一生和他的著作，不能在这短短的序中有所叙述。去年他去世十周年纪念时，上海的《新诗》月刊第一卷第三期，曾为他出一特辑，读者可以参看。他的作品有一部分已由卞之琳、梁宗岱、冯至译成中文，散见《沉钟》半月刊、《华胥社论文集》、《新诗》月刊、大公报的《文艺》和《艺术周刊》中。

至于收信人的身世，我知道得很少，大半正如他的《引言》上所说的一样，后来生活把他"赶入了正是这位诗人温暖、和蔼而多情的关怀"所为他"防护的境地"了。

1937 年 5 月 1 日

——录自长沙商务印书馆 1938 年初版

《野鸭》[①]

《野鸭》译者序
孙煦 [②]

　　《野鸭》是一出不大好懂的戏剧，这原因是易卜生企图藉象征的方法来表达他的思想，所以剧中的人物，对话和布景，都带有几分神秘空幻的色彩。

　　但《野鸭》究竟是表达一种什么思想呢？每个读完这剧本的人都不免要提出这样的问题。这问题是难于答复的，而且一件文艺作品，有时即使作者的意向表示得极其明白，也不免要引导评论它的人作出各种不同甚至完全相反的论断。以下我只想极简单的说一说我个人的认识。

　　野鸭本是一种海阔天空的生物，翱翔在大自然之中，是多么的逍遥自在，但是被人养在一个窄狭的后楼里，它不仅能够生活下去，而且久而久之，还能发育滋长。这表示一种不自然的生活如何把原来自然的性质摧残殆尽，而反过来把不自然的生活当作自然生活了。推而广之，人类生在社会以内亦复如此，现实环境的力量往往使一些怀抱高尚理想的人，逐渐的与现实妥协，到了后来反而把黑暗的现实当作他理想的乐园。环境的力量之难于抵抗，和不自然的生活之如何抑压人性，这便是易卜生在《野鸭》中所要表达的中心思想，这思想我们都可以在《野鸭》中几个人物的遭遇中找到解说，老欧克达首先就是明白的一个例子。

---

① 《野鸭》(*The Wild Duck*)，戏剧，挪威易卜生 (Henrik Ibsen，1828—1906) 著，孙煦译，"世界文学名著丛书"之一，长沙商务印书馆 1938 年 7 月初版。

② 孙煦 (1904—1965)，笔名雪芦，四川新津人。肄业于成都青年会教会学校及工科学校，曾加入陈独秀组织的无产者社，负责《无产者》编印工作，后参加左联。另译有挪威易卜生戏剧《社会栋梁》《海妲》等。

这位不幸的人，在少年时代，奔驰于崇山峻岭之间，与野熊飞鸟相角逐，但命运的坎坷，竟使他后来只能在窄狭的后楼里消磨他的岁月，但他也居然安于这种境遇，反而在其中感觉极大的满意，把兔子当作他所要狩猎的熊，把几棵干枯的圣诞树当作广大的森林。环境同化的力量，竟使他乐此而不疲，而格勒克斯之提议要他回到他老行猎的地方，结果只有引起他的嘲笑。

这种"野鸭的"性质，在耶尔马·欧克达的身上显然也是存在的，我们且看他对于威利那封信的态度：在开初，他的自尊心占了上风，他撕毁了信，抛弃了妻女，但后来身体的自然要求（饥饿），竟使他回到他已经抛弃了的家庭，而那封戳破他的自尊心的信也居然对他发生了引诱。他并不是一个有宽大的谅解精神的人，但是他始终是环境的堕性之俘虏。

勒林虽然是一个神秘的人物，但他的许多议论是非常之现实的。他嘲笑格勒克斯的一切努力之徒劳而无功，他指出耶尔马并不是一个抵抗环境冲破习惯而能奋发起来的人，他说明一般的人生活于幻想之中和习惯于虚伪和谎言，并且只要能够随遇而安，只要能够去掉理想的要求，那人生是很值得过下去的。勒林本人也就正是把不自然的生活当作自然生活的人，很明显的他也是一个"野鸭"，所不同的，他似乎比老欧克达和耶尔马更自觉一些罢了。

不像易卜生在《国民公敌》和《社会栋梁》所表示的那样的蓬勃精神一样，《野鸭》里面充满了悲观的气氛和宿命的见解。在那两个剧本里，易卜生除了忠实的描写社会现象以外，还显示了一种积极的意向。司铎门医生在遭受一切世人的反对之后，转而把他的全部希望寄托于街头之子，想藉教育的力量训练一代人起来，以改正旧时代的错误。而《社会栋梁》的英雄，不仅发生良心的忏悔，抑且达到更进一步的新的认识："真理的精神和自由的精神——它们才是社会的栋梁。"

易卜生在《野鸭》里，他解剖社会现象之深刻，和他批评基本人性之犀利，并不亚于我们上面所说的两大杰作，但解决的途径，在他似乎是更加模糊和不定了。格勒克斯把从虚伪之中挽救起耶尔马作为他人生的任务，可是他一切的努力并不能唤起耶尔马心中更高贵的人性，反而促成无辜的海蒂汶格之自杀。海蒂汶格是完美无缺的表征，她的天真，她的感情，自始至终都紧紧的系住我们的心灵，使我们不断的迸出同情之泪，但现实的丑陋却使她只能成为她所不知道的罪恶之牺牲品。易卜生观察社会观察得太清楚了，但是他没有看出可以改造社会的人群，他太侧重个人的忏悔和努力，但是他不能预见集体的改造力量之伟大和丰富，这便是他的悲观主义之根源。

民国二十六年六月二十六日

——录自长沙商务印书馆 1938 年初版

《外人目睹中之日军暴行》 [①]

《外人目睹中之日军暴行》郭沫若序

郭沫若 [②]

　　人类的正义在未能树立其绝对的权威之前，民族与民族或国家

---

① 　《外人目睹中之日军暴行》(*What War Means：The Japanese Atrocities in China*)，报告文学，英国名记者田伯烈（Harold John Timperley，1898—1954）编著，杨明译，汉口国民出版社 1938 年 7 月初版。

② 　郭沫若（1892—1978），原名郭开贞，字鼎堂，笔名麦克昂、易坎人等，四川乐山人。1914 年春赴日本留学，先后在东京第一高等学校预科、岗山第六高等学校、九州帝国大学学习，1921 年与成仿吾、郁达夫等组织创造社，编辑《创造》季刊、《创造周报》等。后到广州任广东大学文学院长。抗战时期出任国民政府军委政治部第三厅厅长，主办《救亡日报》等。另译有德国歌德《少年维特之烦恼》《浮士德》、俄国托尔斯泰《战争与和平》、美国辛克莱《石炭王》等多种。

与国家之间，为利害冲突而诉诸战争，原是难免的事。然而，这战事，至少要求其为堂皇的决赛，要要求其破坏的惨祸仅限于战斗的成员与战斗的设备，于此等人员与设备之外不能任意波及。这是文明民族间所公有的义务。然而，把一切世界公约蹂躏尽了的日本军部，根本上便说不到这一步。自从"九一八"以还，他们始终是以海盗的姿态而出现，擅自造成酿祸的口实，因而继之以不宣而战的大规模的侵略。毒气毒品，横施滥用，对于不设防城市与无抵抗的老弱平民，任意施行轰炸，这已经是惨无人道，为世界各国所一致谴责的行为，而残酷的暴行还要继续到每一次作战过程告了一个段落之后。大规模的屠杀、奸淫、掳掠、焚烧、破坏等等的惨剧，在每一个被占领了的城市中都要表演出来，而且要继续到一月二月三月之久，不使成为灭绝人烟的废墟不止。说到屠杀与奸淫的手段之酷烈，尤其有令人发指者。已经解除了武装的士兵，被诳骗了去集团地加以扫射或焚烧。十一二岁的女孩，五六十岁以上的老妪，均难免于淫欲的魔手。有的在奸淫之后还要继之以残杀，继之以死后的不可名状的侮辱。这罪孽，在人类史上，实在是留下了不能洗刷的污迹的。

本来日本民族离开原始的区域并不甚远。在我隋朝时代，日本的俗习还不冠不履，甚且是无盘无俎，以手进食。隋唐以来输入了我国的文明始逐渐开化，然而这德泽仅及于沐猴而冠者的上层，并未能浸润于一般的民众。直至明治初年，日本的一般平民才开始有了姓氏，这原始的程度是可以想见的。本来还是半开化的民族，侥幸地又受着了西欧文明的恩惠，而统制者不能运用理智的力量以事统御，故成为文明利器的逆用，犯出了人类空前的罪行。这罪行要斥之为野蛮，事实上单纯朴素的野蛮人并没有这样的酷烈，这样的残忍。这儿，充分地表现着了人类社会的危机。文明而无理智的统御，文明的利器而遭了逆用，这所招致的结果无疑地是人类的毁灭。人是有自杀本能的动物，人类不也在开始自杀了吗?

　　我们中华民族十二万分地不幸是有了这样的一位"芳邻"，而遭受着空前的浩劫。我们无数的同胞，无数的文化业绩，都在这浩劫中毁灭了，并且还在继续毁灭着。我们是成为了文明逆用者的牺牲。然而这牺牲，在我们不过是首当其冲而已。我们的牺牲，对于全世界全人类，绝不是毫无意义的。由我们的牺牲警悟了爱好和平的民族，使他们知道了文明的逆用是怎样危险的行为。由我们的牺牲控御了文明逆用者的超野蛮人——日本的狂暴军部，使他们的兽行不至于像洪水一样立即泛滥于全世界。我们的牺牲不仅在为自己的祖国，自己的文化筑着血肉的长城，同时，也在为全世界的人类，全世界的文化筑着血肉的长城，我们是这样相信，这样坚决地相信着。

　　《孟却斯德导报》的驻华记者田伯烈氏所编纂的这部《外人目睹中之日军暴行》，正是我们所筑着的血肉长城的一部分的写照了。这样公平的客观的写照在我们自己是很难做到的，深赖明达的编者与本书中对于编者提供出宝贵资料的国际的友人们，冒着莫大的危险与艰难，替我们做出了。这儿不仅横溢着人类的同情，这儿更高涨着正义的呼声。编者在高呼着："中国已经发生的和正在发生的事态，对于全世界的人士，不管是集体安全主义者或孤立主义者，都有切肤的关系。……除非人类准备长期放弃决定是非曲直的权利，除非人类甘冒绝大的危险，使中国目前所遭遇的无可名状的恐怖苦难再演于将来，那末，全世界人士对于英勇抗战的中国，就不应该袖手旁观，漠不关心呵。"是的，但我们相信，人类是决不"放弃决定是非曲直的权利"，全世界人士对于我们也并不会"袖手旁观，漠不关心"的，本书的编者和无数友邦人士正是无上的证明，本书的出世备受了全世界热烈的欢迎，也正明白地表示着，我们的友人是布满于全世界的。

　　现在本书的译文又呈现在我们自己的眼前来了。我们对着这片血肉长城的写照，我们相信，凡是中华民族的儿女，必然会感受着无限的悲愤而愈加勉力。我们要为死难及受害的同胞们致哀，要向同情于我们的国际友人致敬，而同时要倍加觉悟着自己的责任，要把保卫祖国、保卫人类、保卫文化的使命，彻底地完成。我们相信，我们正是在执行着"决定是非曲直的权利"的。抗战快满一周年，敌人已经在作最后的挣扎了。我们始终相信着，人类的正义终必有树立其绝对的权威之一日。

二十七年六月二十三日夜
——录自汉口国民出版社 1938 年初版

《外人目睹中之日军暴行》译者附言

杨明 [1]

日本帝国主义强盗军队，除发挥飞机、大炮、毒气、唐克车等现代杀人武器的暴力外，并以大规模屠戮、放火、奸淫、掳掠种种残酷野蛮惨无人道的手段，来破坏、来摧毁、来消灭我们的人力和物力。日本帝国主义强盗军队的一切暴行，决非偶然的或例外的现象，而是故意、整个的、有计划的、和有组织的举动。只要看本书内各中立国家旅华公正人士的观察和叙述，就可以明白。

本书的作者田伯烈氏（H. J. Timperley），是英国最有地位最负声誉的新闻记者之一。西班牙战争爆发后，他代表《孟却斯德导报》赴西班牙，对于西班牙政府、军队、和民众团结一致抗御法西斯侵略势力的英勇斗争，予以忠实的、真切的、同情的报道，而为广大的读者所赞扬。日本帝国主义进攻中国的侵略战争爆发后，《孟却斯德导报》

---

① 杨明，生平不详。

因为他在远东曾有将近二十年的长期经验，熟悉远东的情形，所以又派他到中国来观察战局。

田伯烈氏站在爱护正义、爱护公理、爱护世界和平、爱护人类文明的立场上，报道展开在远东大陆上黑暗吞噬光明的最疯狂的一幕。日本帝国主义的代理人当然要认为非常不利，而在各方面予以牵制、干涉和阻碍；我国军队退出上海附近后，这一种趋势更为明显，"变本加厉"。日本帝国主义的代理人，一方面在国外进行虚伪荒谬的宣传，一方面则在暴力控制的范围内，以种种方法遏止公正忠实的报道，想以一手掩尽天下人的耳目。然而，这企图是失败了。《外人目睹中之日军暴行》（*What War Means*：*The Japanese Atrocities in China*）的问世，实在是最有力的反击。

译者在上海时知道田伯烈氏搜集了许多珍贵的材料，写成本书，将返国进行出版事宜，乃在他离沪之前，向他商购该书中文译本的版权，承议定由田君以原稿的副本，留给译者，因此日夜赶译，以期与英文同时跟读者见面。出版的时候，恰逢我国全面抗战的一周年，这不能不说是一种巧合，也是很有意义的一种纪念啊！

插入本书的几十帧照片，是译者向各方面搜集的，与本书的作者无关。还有一点须加声明，就是：因为中文本出版的期间非常急促，不及参阅英文本，倘有出入之处，这责任完全由译者担负。

译者代表受难的同胞，向本书的作者致敬，向国际的友人们致敬。

最后，请读者不要忘记：我们要为受难的同胞复仇！要为被侮辱被蹂躏的父母妻儿兄弟姊妹们复仇！

一九三八年六月二十五日

——录自汉口国民出版社 1938 年初版

《巴尔干民间故事》^①

《巴尔干民间故事》序

李丽霞　苏敏^②

去秋一日，我和李丽霞女士两人闲谈，谈起翻译之事，她说："我这几年搜集了世界各国的民间故事有好几十种，我想把它们译成中文，你有没有兴趣？"我当时便回答："好极了，我工余之暇，可以和你合作。"后来因为别种事情，无暇顾及这事。到了今年初夏，我们旧事重提，就着手开始工作起来。

我们决定这些译品名称为世界民间故事丛刊。现开始选译二十余国的，先出单行本；待至四十余国的译成后，就以各篇国家文化发展的先后分编上下两集。

我们要翻译这丛刊的目的是：

（一）为我们自己个人的兴趣。

（二）为供不懂外国语的同胞作家庭的愉乐资料。

（三）可供高小学生课外读物。

（四）可供有兴趣研究世界各民族的色彩者作参考材料。

现在，我们要诚恳的向金古心先生致谢，他对于这书的国语体裁上很给指教，而且还替作封面。

苏敏

李丽霞

二十七年八月一日

——录自传信印书局 1938 年初版

---

① 《巴尔干民间故事》，李丽霞、苏敏合译，"世界民间故事丛刊"第二集，版权页署"印刷者：传信印书局"，1938 年 8 月初版。

② 李丽霞、苏敏，生平均不详。

《未死的兵》[①]

《未死的兵》译者序
白木[②]

　　这篇小说曾接载于日本高级综合杂志《中央公论》的三月号，作者石川达三是日本的著名小说家，曾于国军西移以后，到江南一带来实际视察战迹，与许多"皇军"的"壮士"接谈之下，他获得许多新的智识与感想，回到日本以后，就开始这部创作，原著共长一〇五页。描写战地的实际情形，很能刻细入微，并且因为著者不昧良心，不肯掩饰战争过程中惨酷的事实与兵士们对战事的反感，所以虽然是日本人的作品，却很能把事实客观化，这就是这篇小说的不朽价值。

　　但是这篇描写客观事实的小说，终于触犯了当局的忌讳，最初先把原文删改了许多以后，方准登载；而出版以后，又觉删改不足，索性禁止发卖；以后更觉这种小说的出现是对当局者威严的侮辱，所以又把原著者石川达三、《中央公论》编辑人两宫庸藏、发行人牧野武夫都以违反出版法的罪名，在法院里起诉；同时，军部方面更将以淆惑人心或不利于军部的罪名，用其他的刑罚对付他们。可怜正直的原著者，却因叙述客观的事情，遭受冤罪，我们除对他表示敬意并且一掬同情之泪以外，更深感正义与公理的没落和好人之不易做。

---

① 《未死的兵》，纪实小说，日本石川达三（1905—1985）著，白木译，上海杂志社1938年8月初版。

② 白木，生平不详。巴人（王任叔）有此笔名，曾去日本留学，翻译过日本岩滕雪夫小说《铁》，但无确证材料，存疑。

这里译出的十三节，不过是原著三分之一，都曾在《大美晚报》上发表过一次；这次承几位朋友的好意，又以单行本的形式出世，并且又承汪子正君每节添上一幅图画，生色不少，感谢无涯。本来，我准备趁发行单行本的机会，多译几节，添补上去；但是原书上有的地方删去太多，不成句读，所以只得割爱了。我在单行本上的工作，因此只有校正讹字和修改标点。

末了，对于"非艺术化"的译文，谨致歉意。

译者　六月十七日

——录自上海杂志社 1938 年初版

《黑河英雄探险记》[①]

《黑河英雄探险记》译者自序

连警斋[②]

自来所谓英雄豪杰，非有过人之节，即有过人之行。过人节则坚忍能守，过人行则刚毅有为。能守则持其素志，百折不回，虽履艰险，不挠其神。孟子所谓富贵不能淫，贫贱不能移，威武不能屈，大丈夫之所有事也。有为则施其抱负，积极进行，屡遭颠沛，不挫其

---

① 《黑河英雄探险记》(*The Romance of The Black River*)，报告文学，英国华克尔（Frank Deaville Walker，1878—1945）著，连警斋译，上海广学会 1938年 8 月初版。

② 连警斋，生卒年不详，又名连之铎，山东登州（今蓬莱）人，1899 年毕业于长老会创办的山东登州文会馆。后任教于北洋女子师范学堂、天津新学书院、齐鲁大学、青岛市圣功女子中学等，曾出任后两校董事。美国长老会教徒，编著有《郭显德牧师行传全集》《孔子行》，另译有 Glover 编纂、Morgan 口译《基督精义》。

气。孔子所谓素富贵行乎富贵，素贫贱行乎贫贱，素夷狄行乎夷狄，素患难行乎患难。大圣人之有所事也。

是故君子以济世为心，以救民为志。古人济世救民，每以政治力为后盾，如汤之伐夏，武王之伐纣，是也。然考其未施政治力之先，恒以仁政为第一步工夫，如汤之葛伯馈饷，文王之泽及枯骨，皆仁政之最著者。故汤之十一征，皆曰徯我后，武王之一戎衣，皆曰解倒悬，初不觉有战征之苦，漂杵之悲也。

余读华克尔之《黑河英雄探险记》，未始不以英国政府之能先以仁政施及黑奴之国，耗巨帑，牺大牲，卒以此收获人心。为之设教会，开学校，振工业，利通商，迨黑河流域居民，知英国女王之慈惠子元元也，然后以武力驱除贩黑奴之诸回王，以清豪萨之大地，而立黑族之大国，至今黎庶称颂，百姓安堵。虽为英国之藩属，终是自主之大邦。试翻阅西非地图，详细讨论，知黑河流域，若非由英国政府苦心经营，今犹在奴隶压制之下也。

虽然，政府有慈惠之心，而无政治之力，或徒有政治之力，而无先见之明，以遵善时晦，及布署之方，以划分步骤，徒恃武力，以与蛮族相争，既得其地，乃驱逐其人民，焚掠其庐居，以为蛮彝之人，不可与同中国，悉成为本族之殖民地，是犹以暴易暴，伯夷、叔齐所以终饿死于首阳山而不去也。今观英国政府之所为，先馈巨款，与葡萄牙政府，请其取缔奴隶之贩。继遣军舰，梭巡于西非口岸，见有贩奴之船，不问其为何国海寇，辄拘而刑之，释其黑奴于自由城，教之以礼仪，训之以文化，养之以道德，培之以宗教。不数十年，千百万之小黑奴，尽成为能独立之大国民。乃遣之回乡，各以所学，教其本族之民。又不数十年，黑族丕然变化，感恩知德，乃与英人通商，敦睦交好，殁齿不忘。此所以非洲之人，独喜与英人联谊也。

本书所记，始于一八二二年，黑族小奴阿第宰库劳德之被掳，以至被救，在自由城如何受教成人，又如何回乡与诸同志组织探险队，足迹遍黑河流域，随处设立教区，以教训本乡之愚民，不数十年，库氏之精力已尽，大地之文化已兴。黑族之民，追念往情，知库氏之功，固不可泯，英国之惠，终不可没也。于以知教化与政治，为不可分之势力，霸道与王业，终有悬殊之功也。

编译既成，名之曰《黑河英雄探险记》，所以取合于英之原名 *The Romance of the Black River* 也。西非地图，并无黑河其名，因此河流域之民，皮皆深黑，正在赤道之下，故以黑名其族，并以黑名其河。究其族实名内革罗，而其国后称为内革利亚国也。在黑河之北，苏丹大地，名之曰北内革利亚国，黑河之南，名南内革利亚国，今已蒸蒸日上，已称为黑族文明之国矣。吾之读此书，应作如何感想。

数年前，余曾就职上海广学会，与莫安仁博士同桌译书，彼此研习，多所成就。嗣因余改就青岛教席，遂与之分离，不再会晤。屈指光阴，彼已告老回国，余亦因落伍赋闲。书笥所留，只此一部，尚有兴趣。今因贾立言总干事之请，欲以此书赠之广学会，亦所以报贾君知人之恩也。

连警斋谨序　一九三六，九，一日。
——录自上海广学会 1938 年初版

《日本向全世界挑战》[①]

《日本向全世界挑战》译者序

陈清晨 [②]

　　紧张了一个多月，毕竟译完了这本书。古人云："家有敝帚，享之千金"，盖昵之久而感情自生也。月余以来，心在兹，目在兹，手在兹，一字一句都经过我而传达，则我今日之依依于此书，乃当然之事，故而在译完而舒了一口气之后，还要写几句介绍的话，使它能更完美地和读者见面。

　　著者施莱尔博士（James A. B. Scherer）是个"老日本"。一八九二年大学毕业之后，他即到日本担任英文教职，自此以后，直到一九三七年，三岛之上不断有他的足迹。在四十五年的侨居生活中，他观察了日本人的生活的各方面，经历了明治维新以来日本政治社会的沧桑，加之日本政界军界的要人中，像真崎甚三郎是他的老学生，像已被杀的斋藤实大将，还活着的荒木贞夫大将与广田弘毅，以及其他等等名角，都是他的熟友。像他这样一个熟悉日本情形的人，并且是西方人，至少能讲给我们许多很有趣味的"日本侵华的幕后故事"，

---

① 《日本向全世界挑战》（*Japan Defies the World*），报告文学，美国薛莱尔博士（James A. B. Scherer，今译詹姆斯·施莱尔，1870—1944）著，陈清晨译，战时出版社 1938 年 8 月初版。

② 陈清晨（1900—1942），原名陈其昌、又名陈仲山，河南洛阳人。曾就读于北京大学，在校期间加入中国共产党，是王实味入党介绍人，"无产者社"成员，后任职于神州国光社，并主编中国托派机关刊物《斗争》，在"两个口号"论争中，曾给鲁迅写信，《答托洛斯派的信》即冯雪峰拟稿代鲁迅的回复。1942 年被日军杀害。曾在报刊上发表多篇时论文章，著有《人口西迁与中国前途》。另译有苏联斯大林、托洛斯基等《五年计划论战》（与潘天觉合译）。

那大概是"意表之内"的事吧？

故而在本书中，他以轻松美丽的笔调，揭露了日本军阀侵华的渊源。他谈天皇崇拜，谈自杀操练，谈艺妓，谈孝顺的娼妓，谈农民的痛苦与财阀的剥削，然后再谈到这种种社会背景对于日本军阀的心理影响，总括一句，他从历史上观察了日本的新旧矛盾的生活，侵华的原因，并还推测了她的前途。

"陨星？"无论他观察的方法是否正确，但他告诉了我们许多新奇的故事，新奇得连日本人中也只有几个人知道；他表达了一部分西方人的"日本管见"，这是很能增长我们东方人的自知之明的；他给了我们十几篇好文字，叫我们必须一气读完，欲罢不能；最后，而且最重要的，他还说出了日本帝国主义这次侵华，是法西斯军阀的权力野心的表现，是不能赌赢的孤注一掷，是出卖人民的行为，这使我们读了以后能更明了他们的侵略基础之薄弱，而增加我们的抗战勇气。因此，对于这本书，译者虽不愿随着别人说它"是一九三八年关于中日问题的最好著作"（《译报》），但无论如何总是很可读的一本书。

本书之可读，由日本政府之严禁进口而得到了反面证明。本年三月一日的东京《朝日新闻》载了一篇文章，说道：

> 施莱尔博士，原是日本的朋友，在我国居住了许多年……这位六十七岁的加利福尼亚大学的前任老教授，在四十五年前来日本，任教职于九州的佐贺中学……从此以后，他常来日本，并写了许多关于日本的书，如《日本历代传奇》(The Romance of Japan through the Ages)、《今日的日本》(Japan Today)、《满洲伪国》(Manchoukuo) 等等。他的见解和同情笔调，很博得了日本人的欣喜与信任。
>
> 他最近一次回国是在去年六月，正当中国事件爆发之前。七月间，政府命驻洛杉矶的崛江领事赠给了他三等神圣宝章。

　　但最近外务省突然得到报告，说他竟写了一本炸弹般的反日著作：《日本侵华的幕后故事》。外务省当局立刻得到这部书，一读之下，发现全书二百七十二页中，除了恶毒地诬辱日本以外，什么都没有。好像他已抛弃了友谊的面具，并还因此而疯狂地得意似的。

　　一般相信，他所以写这一本书，是因为想藉此弄到美国反日团体的巨额金钱。从前他曾想做南满铁路顾问而遭了政府的拒绝，故而写此恶毒反日的书，以泄私愤。（转译自上海《密勒氏评论报》三月十二日号）

　　事实，并不如日本帝国主义者的反宣传。日本当局常认为颁给一枚勋章，或用政府基金或满铁金库，就可以叫任何外国人替他们作工具。因而他们拿这手段去对付施莱尔，用天皇名义，赠给他一枚高等勋章，"以答谢他那增进日美邦交的帮忙"。施莱尔当时坦白告诉崛江道，他要说他自己所要说的话，并且后来，他又把那枚高等勋章退还了天皇；《密勒氏报》评论说："这是明治维新以后第一件最刺激人感情的事。""虽然日本外相广田向国会保证，决不让施莱尔的这本书有一本运进日本，但这种书的一大批一到上海，便像'热大饼一样'地一哄就卖完了。"

　　宣传得够了。下面再说几句关于翻译的话。

　　本书原名（*Japan Defies the World*），应译作《日本抗拒世界》，现仍译作《日本向全世界挑战》。

　　原书中英译日本人名地名特别多，并且大多是举姓而无名，且包括上下古今。把这些人名地名再译成日文，不但对于我中国人为讨厌事，即对于日本人也并不很容易。本译本中，有一二人地名之未能查得者，均译音而附上英文原文；其原只举姓而无名的人名，如可以查出姓名者，则用其全姓名。至于"高丽"与"朝鲜"，译文中并用，盖因就一般通用说，对前代高丽之不便称朝鲜，亦犹对现代朝鲜之不便称高丽也。

一九三八年，红色五月之末日，译者。

——录自战时出版社 1938 年初版

《中国大革命序曲》[①]

《中国大革命序曲》后记
王凡西[②]

关于本书作者——A·马尔劳的生平，及其作品在目前世界文坛上的地位，我只想从英美的书报上摘译几段：

> 由 A·马尔劳的艺术及其为人而论，他已经和我们这时代的革命力量合而为一。他的小说早已闻名世界，可以说是革命的史诗。他所有作品的动机，总是英雄主义与勇武气概，这两种精神能使人趋向高尚，且可用以根本克制仇恨而达到美与和平。他在一九〇一年十一月三日生于巴黎，于一九二一年赴印度支那，嗣后又赴柬埔寨与暹罗作考古的旅行。当一九二五——二七年中国

① 《中国大革命序曲》(Les Conquérants，原名《征服者》)，小说，法国马尔劳（André Malraux，今译马尔洛，1901—1976），王凡西译，"国际文艺丛刊"之一，上海金星书店 1938 年 8 月初版。

② 王凡西（1907—2002），原名王文元，笔名王凡西、双山等，浙江海宁人。曾就读于北京大学，1927 年曾入苏联莫斯科中山大学学习，成为托洛茨基派领导人之一。回国后参与组织十月社，出版《十月》杂志，后任托派《斗争》《火花》等杂志编辑。另译有俄国蒲列汉诺甫（今译普列汉诺夫）《从唯心论到唯物论》、《伯林斯基文学批评集》、美国里特（J. Reed）《震动世界的十日》等。

大革命之际，他曾任南方革命政府的宣传部长（译者按：广州国民政府中并无宣传部，至于国民党中央宣传部则从无外人任部长之事，马尔劳或曾任该部顾问，确否待考）。他是十二人委员会中之一员，曾积极参加广州的暴动，他所作关于中国革命的小说《人的命运》——又名《上海暴风雨》——获得了刚果尔文学奖金。一九三三年，他坐飞机飞过了阿拉伯沙漠，据说他发见了传说中的 Sheba 城。回法后，马尔劳参加了极左派的活动。

他所著的小说有：

Lunes en Papier（《纸月亮》）（一九二一）

Lea Conquerants（《征服者》）（一九二八）

La Voie Royale（《王道》）（一九三〇）

La Condition Humaine（《人的命运》）（一九三三）

Le Temps du Mepris（《可鄙的日子》）（一九三五）——在这本小说中，他开始来描写欧洲的情景，它是关于国社党治下德国的恐怖情形的。

（译自美国"现代丛书"中之《人的命运》）

在这篇小说后面，我要加的只有一点：A·马尔劳现在西班牙政府军的前线，正与法西斯党徒作殊死战。不久以前，他写过一本关于西班牙工农伟大斗争小说 *L'espoir*（《希望》）。

《征服者》与《人的命运》——这两首中国革命的史诗，乃是马尔劳的两大杰作，关于《征服者》，英国有名的杂志 *Living Ago* 上，有过一段还确切的评论：

狂暴的反抗，乃是他所有的作品，特别是《征服者》一书中的动力。书中的主角——喀林，反抗他的上级长官，反抗他所居住的中国，反抗东方与西方的社会，反抗人生之基本的前提。马尔劳常以牧师的态度，谈到那无尽的空虚："一切都是精神之虚幻与苦恼。"年青时代太短了。曾几何时，人们已经是眼花，齿落。谁要是没有享受过尘世间的珍品异味，那他就算是一个傻子。不过享乐也不能以享乐为目的。我们必须有点信仰，即令我们对这信仰并不相信也行。因此，喀林就决心献身于俄国的事业。他的观点，即是要给自己找一个虚幻的信仰，以便作本人行为的藉口，他知道绝对的反抗，结果只有遁世或自杀，所以他虽然在内心里怀着一种深刻的失望，但他却绝无疑问地接受了生活，而他之行动，首先是因为渴望享乐。因此，在马尔劳的小说里，我们可以看到许多变换极快的片段描写，而他那狂暴的，赤裸裸的，可怕的故事，竟能以这样紧凑的形式讲述出来，剪裁得仿佛是天衣无缝的；同时也因为这个原因，他书中的人物能那样地合乎人性，又那样地特殊。

我个人译后的一点感想，觉得他不单是一位天才的艺术家，同时又是一个对革命有深刻认识的评论家。他的小说是以史实作根基的，请看，他把革命之内部与外部的势力关系认识得多清楚！读了这本小说，假使我们回顾一下中国十余年来发展的经过，那不得不佩服这位年青的法国朋友是有先见之明的！

临了我要提一提翻译本书的经过。本来我是根据了美国 Harcourt, Brace & Company 出版 Winfred Stephens Whale 的英译本译的。谁知着手以后，愈来愈觉得他文句之奇离难解；于是去买了一本法文原本（第三十八版）。不对犹罢，一对可糟，这位 Whale 先生的译笔简直无法领教；例如法文里的 Sino——（中）他都会弄成 Russo——（俄）（其实英文里也有 Sino），法文里的 Comintern（即 Communist International

的缩写）他竟会译做 Kuomintang（国民党），其他如肯定之弄成否定，难译处之随便揩油，真是不一而足。由法译英，竟能坏到这步田地，生平倒是第一次见到！

化了好几个星期的工夫，才把已经译好的一半，根据了原本校改过来，真倒霉，尤其是因为我的法文程度实在不会比 Whale 先生的高明；不过稍能叫我自己安心的，就是比他略为负责一点，仔细一点。我希望这译本能不致于太对不起作者。

译者　一九三八年，五，十一日，上海。

校样拿来，自己再读一遍，觉得其中还有许多与法文本意同而结构略异的句子，没有改过；甚至也许还有错误没有发现；这都只能等再版的机会来修改了。

译者校后又及。
七，十一日。

再版的机会终于来了，但是为了生活与疾病的牵制，还是不能作一次极满意的修正。不过能够改正几个显著的错误，总已经是很大的愉快了；这里得顺便对指出错误的友人 W 君表示谢意。

译者
一九三九年，二月，十九日
——录自上海金星书店 1939 年再版

《暴风雨》[①]

《暴风雨》关于莎士比亚

（郑振铎[②]）

莎士比亚（William Shakespeare）是所有伊丽莎白时代作家中的最伟大者，也是文艺复兴期的三大作家之一。莎士比亚在英国文学史上的地位，较之中国的伟大诗人杜甫在中国文学史上的尤为重要，而且影响更大。他所遗留于世界文库里的宝藏是任何作家所不能企及的。莎士比亚生于一千五百六十四年，幼年时甚贫苦，二十二岁至伦敦，初在剧场里为演剧者，后乃为剧场修改古代戏曲，再后则自己制作剧本，供剧场的演作。他的一生，自壮年时起，差不多无一刻不与剧场相联合，他的全部力量也都耗费在戏曲上。他的著作剧本的时期，前后历二十年，所作剧本凡三十七篇，可以分为喜剧、悲剧、历史剧三类。喜剧以《夏夜梦》等为代表，悲剧以《哈梦雷特》《奥赛洛》《马克白》等为代表，历史剧以《该撒》《亨利第六》等为代表。他死于一千六百十六年。他的剧本里的人物极为复杂，有的是日常遇到的人，有的是历史上的人物，有的是人间的英雄，有的超人间的神仙，而他写来都各栩栩欲活，各个时代的生活，各种社会的里面，也都极真切的表现于读者之前。很少作家写作的范围有他这样广漠而且

---

① 《暴风雨》（*The Tempest*），戏剧，英国 Shakespeare（今译莎士比亚，1564—1616）著，蒋镇译，上海启明书局 1938 年 8 月初版。

② 郑振铎（1898—1958），字西谛，笔名宾芬、郭源新等，生于浙江温州。曾就学于北京铁路管理学校，1921 年与沈雁冰等发起文学研究会，主编《小说月报》《世界文库》等，后旅居英法，回国后任教于燕京大学、清华大学、暨南大学等校。著有《插图本中国文学史》《中国俗文学史》等，译有俄国路卜洵小说《灰色马》、印度太戈尔诗集《新月集》等。

复杂，他的作品里所具有是最飘逸的幻想，最静美的仙境，最广阔的滑稽，最深入的机警，最深挚的怜悯心，最强烈的热情，以及最真切的哲学，他的喜剧使人嬉笑，他的悲剧使人感泣，他早期的作品多半是喜剧，中期多作历史剧，晚年则多作悲剧。但他在悲剧之中，亦间杂有喜剧的分子，他觉得喜剧与悲剧在人生的生活里是时时杂在一处的，泪与笑是有一个共同的根源而流于共同的沟渠中的。他在最后的七八年中，他的生活算是最快乐的，他的心灵成熟了，他的热情柔和了，希望的热病已退去了，他已得到了永久的地位，他的使命已完成了。在最后的三年中，他差不多什么剧都没有写。总读他的作品最足以使我们感动的，是他的喜剧《夏夜梦》（*Micdsummer* [*Midsummer*] *Night's Dream*）及《威尼司商人》（*Merchant of Venice*）与他的悲剧《罗米奥与朱丽叶》（*Romeo and Juliet*）《哈梦雷特》（*Hamlet*）《奥塞洛》（*Othello*）《马克白》（*Macheth* [*Macbeth*]）《该撒》（*Julius Caesar*）及《安东尼与克丽亚巴特拉》（*Antony and Cleopatra*）等。

——录自郑振铎编《文学大纲》——

——录自启明书局 1940 年三版

《暴风雨》小引
（蒋镇①）

一　著作年代

《暴风雨》（*The Tempest*）的最早刊印本，是作者死后的对开本（一六二三年出版）。再以前无可考。关于它的创作的年代，从种种证

---

① 蒋镇，生平不详，另译有美国 C. J. H. Hayes《现代欧洲史》。

据上可以断定最早不过一六〇三年，最晚不过一六一三年。为什么说最早不过一六〇三年呢？因为在它里面引用着同年出版的英译本《蒙太尼》（Montaigue）文集中的语句。何以说最晚不过一六一三年呢？因此剧乃因供查尔斯王子，伊利沙白公主及公主未婚夫德国的弗雷特烈克观览而上演，上演的日期即在一六一三年二月，有记录确凿可据。其中巧妙地插入当时最为上流社会所欢迎，尤其在宫廷喜宴中作为不可缺的余兴的假面剧（mask），又有供耳目之娱的种种新奇的装置的迹象可以窥见，由此证明也许它即是公主大婚贺典中的一项点缀。

在剧情方面，一面是飓风覆舟，王子遭溺，一面是在孤岛上遇见了美人而缔结良缘，悲喜错综，颇有与当时事实相映带之处。那时伊利沙白女王之兄即英王詹姆士一世的长子亨利王子新死，公主结婚的时候（即此剧上演时）尚在服中。作者插入王子复活的事，也许是暗示公主得婿，不啻亨利王子复生，这样安慰着王心，也未可知。弗雷特烈克远渡多佛（Dover）海峡而来，很像剧中的非迭南（Ferdinanel）王子横断地中海过非洲而得偶的情形相类。如果再穿凿附会一点，那么詹姆士王和剧中的主人公布罗斯比罗（Prospero）多少有关联之点。王在当时以一代最博学的君主知名，颇以此自负，某史家曾嘲之为当时王侯中"最贤明的愚人"(the wisest fool)。因为过于炫耀之故，屡遭其敌人的嘲侮。王因对于各种正式的法术颇为精通，故十分疾恶邪法魔术，曾经把许多行使巫术的女子处以严刑。以此事实作为参照，那么也许布罗斯比罗可以认为詹姆士王的理想化。对于剧中的魔女西高拉克斯，作者是出之以恶骂的口吻的。后世人以为像莎翁那样的作家，不至于去拍"最贤明的愚人"的马屁。其实在为供王廷观览而作的剧本中，掺杂一些恭维的意味，在那时代中很是常有的事，就是在莎翁其他剧作中也可以见到。由此观之，可以证明此作年代在一六一三年左右的假定大致无误。

　　此剧作于一六一〇年以后，尚有其他事实可以证明。其一，一六〇九年五月，乔治汤麦斯爵士（Sir George Thomas）率英国舰队到美洲维基尼亚殖民地，途中遭飓风失事，漂到号为"恶魔岛"的伯缪达斯（Bermudas）岛上，经过九死一生而归国，次年（一六一〇年）将该旧船遇难的始末详叙在题为《伯缪达斯岛之发现》的一本小册子上，一时流传人口。此剧中有"永远烦恼着的伯缪达斯岛"（the still-ueped［still-vex'd］Bermoothes）之句，当系此事件的暗示。照剧的内容而论，本剧的题名倘称为《魔岛》或《魔法师布罗斯比罗》，似乎更确当一些，但作者却以《暴风雨》标题，而开场第一个舞台面即是船舶在海中遭难，大抵是剧作家投合时好的一种惯用手段吧。又此剧中暗示新世界的开拓，文明人与土蛮间的关系之类的文句不少，按英人在维基尼亚地方的开拓事业渐具规模，是一六一二年以后的事，就此可知此作的动笔当在一六一〇年以后。

　　又作者的同辈而兼竞争者的裴强生（Ben Jonson）在一六一二年至一六一四年间所作的《伯莎洛缪祭》一剧中，有暗嘲《暴风雨》作意的文句。这也可以证明《暴风雨》的著作，当在差不多的时间。此外就内容方面作者的思想及无韵体诗句的特征而观察，其为与《辛白林》（Cymbeline）、《冬天的故事》（The Winter Tale）、《亨利八世》等同时期的作品，殆无怀疑的余地，所以现今除一二异识之外，被假定为莎翁绝笔的《暴风雨》一致认为是他最晚年的杰作。

二　材料来源

　　被认为本剧材料的来源的，除前辈的《伯缪达斯岛之发现》以外，尚有德国剧作家哀雷尔（Jacob Ayrer）所作《美丽的薛第亚》（Die Schone Sidea）一个剧本。哀雷尔为十七世纪初期的一个凡庸作家，该剧恐系改编古代英国剧本而成，其中情节颇与《暴风雨》相似。全剧共五幕，兹略述梗概如下：

第一幕叙路道尔夫公与洛依特嘉斯脱公间的战争，路道尔夫打败了，和他的女儿一同逃到森林里。在森林中他用符咒召唤妖精龙西法尔，问以未来的运命。龙西法尔预言洛依特嘉斯脱公及其子恩格兰勃莱脱不久将被俘虏。以下接着说洛依特嘉斯脱公和他的儿子到这座林中狩猎；恩格兰勃莱脱公子误入歧途，不意中遇见了路道尔夫公和他的女儿。路道尔夫命令公子和他的从者投降，公子不从，拔剑欲击，路道尔夫把魔杖一挥，他们的剑就拔不出鞘来，手足也都麻木了。公子变成了薛第亚小姐的奴隶，为她搬运木材。薛第亚起初和她的父亲站在一方，只图报复旧怨，待遇公子很是苛酷。可是渐渐为公子的风貌的优美所动，而怜悯起他的劳苦来，对他说，"你如果爱我，我愿意违背父命而救你，希望你答应和我结婚。"于是互立盟誓，瞒着父亲而携手出奔。此时妖精龙西法尔突然跃出，说要把这事告诉她的父亲。薛第亚把她父亲的魔杖一触妖精的嘴唇，后者就变成哑子了。两人到了一个山中，女郎很是疲乏，简直一步都走不动了，公子害怕追捕，女郎便攀上了一株树梢躲好了，叫公子先回到自己的邸舍，然后再来接她同去。不料女郎的影子映在河里，为来往的人所见，知道她是公爵的逃女，有人就去向她的父亲报告。还有人答应了她的请求，扶着她下树，趁追寻的人未至之前，赶快同着去了。同时公子回到邸中，却变了心和另一少女订婚了，完全把薛第亚的事忘却了。薛第亚假扮作荡妇的样子跑进了公子的邸中，那时婚礼正在进行着。她用一种神奇的药剂暗放在公子的酒里，他无心地喝了下去，忽然明白起来，深悔前非，拔剑想要自杀。她便上去劝慰他，卸去假装，现出她的本来面目。这时两方的父亲都到了场，为了子女的缘故捐弃旧怨。这样来了一个大团圆。

以上是哀伊尔剧作中的梗概。在故事的轮廓上很有些像《暴风雨》。例如主人公路道尔夫能行使妖术，妖精龙西法尔听他使唤，又有一个独生的美貌女儿，另一公爵和他相敌，后者的儿子和他的女儿发生恋爱，大致都和《暴风雨》相同。但以剧诗的组织及文字内容而论，则二者明显地大相径庭了。无论在思想上，意境上，角色的性格上，剧中的空气及情调上，都截然各异。推测起来，大概两者都系根据同一的古英国剧本而作成。

——录自启明书局 1940 年三版

《萧伯纳情书》^①

《萧伯纳情书》译者序一

黄嘉德^②

伦敦坎士塔布书店（Constable and Co., Ltd）于一九三一年出版一部圣庄（Christopher St. John）编辑的《萧伯纳情书集》，引起社会人士极大的注意。在这部书里，萧伯纳的对象不是他的夫人夏绿蒂潘旦馨女士（Charlotte F. Payne-Townshend），而是英国著名女伶爱兰黛丽女士（Ellen Terry）。好述者的萧氏在这些情书里，于讨论戏剧之余，大卖弄其风情，把爱尔兰人的风流性格，流露无遗。虽则他自谓对于那些狂热地表现于纸上的热烈爱情词语，不曾有一半的实诚，但

---

① 《萧伯纳情书》（ *Ellen Terry and Bernard Shaw：A Correspondence* ），英国萧伯纳（George Bernard Shaw，1856—1950）著，黄嘉德编译，"西风丛书"第一种，上海西风社 1938 年 9 月初版。

② 黄嘉德（1908—1993），笔名蓝萍心、默然等，福建晋江人。毕业于上海圣约翰大学，后留学美国，获哥伦比亚大学文学硕士学位。曾与弟弟黄嘉音创立西风社，任主编兼发行人，出版《西风》月刊、《西风副刊》《西书精华》等杂志。另译有美国馥德夫人（Julia Ellsworth Ford）《下场》、英国戴维斯《流浪者自传》、英国萧伯纳喜剧《乡村求爱》、英国赫理斯（Frank Harris）《萧伯纳传》等多种。

他还很怕引起外界的误会，所以他对他与爱兰黛丽情书集的出版，迟迟不加同意；直到爱兰黛丽逝世三年后，这部书才有和世人见面的机会。

萧伯纳在他五十余年的文艺生涯中，与欧美的艺坛和剧院发生了极密切的关系。批评家和剧作家的他，在职业上和女伶们常有接触的机会，因此产生了许多永久的友谊关系。爱兰黛丽就是他最亲密的一个女友。赫理斯在《萧伯纳传》第十六章《萧与女伶的关系》里（参阅商务版拙译第二五二页），曾引用萧氏寄给他的一封信中的话。萧氏在信里说：

> "……至于与女伶的私人关系，职业上亲热的'同气相投'的现象，使大众很难避免谬误的见解，很难看见实在的情形。道德与情感在舞台脚灯两边并不相同。爱兰黛丽和我在一八九〇年代，曾互通了二百五十多封书信。旧式女教师一定会说，其中有许多轻佻的情书；然而，我们彼此的住处虽然距离很近，只要一先令的马车费便可往来，但我们向来不曾秘密会过面。我唯有一次接触她，那是在《勃拉斯庞》一剧出演的第一夜，我在仪式上吻她的手。……我可以说，从爱兰黛丽到伊文思（Edith Evans），一切和我有过私人接触的著名女伶，都曾把她们毫无顾忌的友谊给我。……由考琳康培尔夫人（Lady Colin Campbell）数起，我认识过许多有名的美人，而且也认识过许多和有名的美人绝不相同的真美女，但彼此的整个人格，都不曾脱落一根毫毛。……"

这段自白很可以表现他和爱兰黛丽的关系。他由一八九二年起，和爱兰黛丽互通了三十年的书信。在这期间，爱兰黛丽不但已经结婚，做了母亲，而且做了祖母，而萧伯纳也于一八九八年和潘旦馨女士结婚；时过境迁，事态万变，但他们两间还是始终如一，维持着纯洁的友谊。这种关系的确是难能可贵的。他们的友谊无疑地不曾超过"纸上求爱"（"Paper courtship"——依萧氏自己的话）的程度。他们到一九〇〇年十二月萧氏的戏剧《勃拉斯庞大尉的感化》（*Captain Brassbound's Conversion*）初次上演时，才正式晤面，虽则萧氏在过去常常看见爱兰黛丽在舞台上表演，而她也偷望过他几次。萧伯纳对爱兰黛丽的工作与事业，始终很关心地维护着，因为在私人友谊和艺术上，他觉得应该这样做。他的《坎底达》（*Candida*）与《勃拉斯庞》两剧的女主角，是以爱兰黛丽为活模型的；《勃拉斯庞》和《时势造英雄》（*The Man of Destiny*）也是为她而作的。他们的友谊建筑在艺术的基础上，双方志同道合，于彼此的性格和事业，具有深切的同情和彻底的了解，所以彼此的关系，并不因空间的阻隔而疏远起来。

爱兰黛丽以一八四八年二月十七日生于英国科芬德里（Coventry）；父母都是伶人，所以她是在艺术的氛围气中生长起来的。她于一八五六年初次现身于舞台上，年仅八岁。由一八六〇年至一八六六年，她先后加入几个剧团，到各地去演戏。她在年纪很轻时，就跟一个名叫华特（G. F. Watts）的画家结婚，不久因故脱离关系。她的第二个丈夫是伶人瓦地尔（E. A. Wardell），舞台上的名字叫做凯莱（Charles Kelly）。她于一八六七年开始和英国著名伶人和剧院经理亨利欧尔文爵士（Sir. Henry Irving）合作，两人在伦敦兰心剧院（Lyceum Theatre）合演莎士比亚的《威尼斯商人》《麦克白》《罗密欧与朱丽叶》《亨利八世》等戏剧，成绩优越，大受欢迎；后来原班人马几次赴美表演，均得佳评。黛丽和欧尔文三十余年艺术合作的成功，多半是由于前者有一种可爱迷人的性格，高尚的美感和出类拔萃的表演天才。欧尔文死后，她继续在科特剧院（Court Theatre）等重要舞台艺术中心主演名剧，在这期间，也担任萧伯纳几出戏剧的女主角。她于一九〇六年在伦敦举行舞台生活五十周年纪念，情形极为热烈。欧美人士发起募捐八千金镑做她的养老金，以示景仰拥戴之意。

她于一九〇七年又和美籍伶人詹姆士卡留（James Carew）结婚。她于一九二八年度过八十诞辰之后，在七月二十一日因病逝世于肯德郡（Kent）。

她的女儿爱狄克勒格（Edith Craig）也上过舞台；儿子戈登克勒格（Edward Gordon Graig）是著名的舞台设计家和艺术批评家。

她是英国历史上一个最伟大的女伶，以卓越的艺术和惊人的表演天才把英国剧坛支配了五六十年，其影响之重大是不言可喻的。萧伯纳在从事艺术批评工作的初期，就认出她是个鹤立鸡群的天才女伶，另眼看待，于事业上给与她很大的助力。这两个男女艺人的友谊，在西洋戏剧演进史上无疑地占着重要的一页。

这部书是萧伯纳与爱兰黛丽的情书集（原名 *Ellen Terry and Bernard Shaw：A Correspondence*），系编者以双方互寄的三百零十封信辑成的。实际上其数必不止此，但有些已经烧毁，有些一时搜寻不到，只好付诸缺如。不过据编者的调查，未编入的书信大约不多，所以此集的内容，大体上可说是很完整的。

这番继续三十年的通信，是在偶然的环境中开始的。《世界杂志》的主编耶次（Edmund Yates）于一八九二年接到爱兰黛丽一封信，内容谈到她一个朋友想做歌唱家，问他的意见怎样。耶次把信交给该刊音乐评论记者萧伯纳看。萧氏便跑去听那位女士唱歌，把他的印象很坦白地写成一篇详细透彻的长评，寄给爱兰黛丽。黛丽接读这封信后，大受萧氏卓越的见解和诚恳的态度所感动，复信道谢。两人的通信就这样开始。

这些书信表现了萧伯纳和爱兰黛丽的性格，双方的友谊关系，以及个人对舞台艺术的见解；同时显露了十九世纪末叶英国戏剧界的内景。这两个近代剧坛的杰出人物在笔谈的时候，绝对没有把他们私人书信公开出来的念头，所以书中始终流露着一种赤裸裸的坦白直率的态度，使读者得到亲切痛快的感觉。萧伯纳事实上是一个最仁慈，最大量的人，无时不想帮人家的忙，即使因此牺牲自己的利益，也在所不惜。他崇拜黛丽，爱她的高超的人格和艺术。他站在批评家和剧作家的立场上，维护黛丽的事业，无微不至。他关怀她的工作，她的艺术，和她的子女及朋友。他批评她的表演，说了许多别人不敢说的话，使她知所改进，有所适从。他就这样成为她终身的畏友。

爱兰黛丽也是一个始终为人类服役的伟大女性。她是英国剧坛上一个最可爱的女伶，慷慨，无私，任劳任怨，到处做快乐的天使，受人欢迎。她一生处于逆境，遭遇了许多不幸的事情，失恋，困穷，疾病，到晚年甚至失明，然而她还是快快活活地为他人服役——为亨利欧尔文，为丈夫，为女子，为朋友。不但如此，她的艺术造诣之深，学问修养之富，也不是任何一个伶人所能望其项背的。她用虚心谦逊的态度去追求智识，那种排除万难的勇气和毅力，真是值得钦佩。她在通信中和萧氏讨论艺术戏剧，彼此切磋磨琢，获益匪浅。她不但能够欣赏文艺作品，而且也能够根据自己独特的见解去作切当的评论。这在没有相当修养的人是办不到的。她于一九〇八年出版的《自传》（*The Story of My Life*）是英国十九世纪剧坛上一部重要的文献。

萧伯纳在这书信集里排斥英国舞台的旧传统，主张新剧院的建设。他对莎士比亚和欧尔文的攻击，一方面固然是由于彼此艺术观念的不同，另一方面也是由于妒忌——妒忌爱兰黛丽的表演天才给莎士比亚的戏剧和欧尔文的兰心剧院独占了去。他崇拜黛丽的艺术，当然想占有了它，去实现其戏剧理想，而不愿她和别个艺人发生关系。他觉得莎士比亚和欧尔文都不配和黛丽合作，觉得此种办法仅是浪费这伟大女伶的天才而已。这种由爱而妒的情感是十分自然的表现。

这部书是两个伟大艺人的思想情感的结晶。萧氏在爱兰黛丽的身上，看见一个有个性有修养的天才女伶，可以把她独特的艺术观念在舞台上生动地表现出来。黛丽喜欢聪明，诚恳，有毅力的男子，而萧伯纳正适合她的条件。他们通信的开始虽是偶然的，但友谊的发展却不是偶然的。这里有的是机智，幽默，热情，温柔，殷勤，和诚挚的友爱。这里有一些最可爱，最动人，最有个性的情书。

有人也许会说这仅是一个纸上的罗曼斯。可是那有甚么关系？这个纸上的罗曼斯，这番精神上的恋爱，终究是美丽动人的。萧伯纳在情书集的序里说得好："有人也许会埋怨说这一切都是纸上的；让他们记住：人类只有在纸上才会创造光荣，美丽，真理，智识，美德，和永恒的爱。"

在原书三百零十封信当中，有一部分详论当时英国剧坛的情形和人物，批评某些剧本的内容和出演方式，不一定会引起一般人的浓厚兴趣，尤其是没有相当历史背景的外人；所以暂时也许没有介绍的必要。译者现在只由原集选译了一百封最精彩，最有趣味的书信，由一九三六年九月起，按期连载于《西风月刊》。选择的标准比较着重双方私人关系和个人的思想与观念，而不大着重其他的材料。书信和其他的作品不同，每封都可以独立成为一个实体，所以这一番选择工夫，不但不至于破坏整个的印象，而且可使印象更清晰更明显地表露出来。

在萧伯纳庆祝八十寿辰的今年，译者谨把这部情书集介绍于国人之前，以为纪念。

黄嘉德

二十五年七月二十六日萧翁诞辰脱稿于上海

——录自上海西风社 1938 年初版

《萧伯纳情书》译者序二
黄嘉德

《萧伯纳情书》在《西风月刊》上按期连载，时常接到读者来函，要求出单行本，以便永久保存。廿七年六月间全部登完后，遂即着手进行单行本的出版事宜，排校印刷，前后费时两月余，在万分困难的环境之下，这本书居然得以和世人相见，真是值得欣幸的一桩事情。

我在校对的时候，把这一束情书再度细读一番，越发觉得萧伯纳和爱兰黛丽是现代世界文坛上两位人格最伟大的艺术天才。萧伯纳在他的书信中，处处表现他的疾恶如仇的不妥协性，表现他的学识的渊博和文艺见解的正确。在他那幽默，诙谐，讽刺的背后所藏着的，是一颗仁慈良善的心。他痛恨虚伪的言语和虚伪的行为。他要拆穿世间一切虚伪者的纸老虎，假面具，使人对人之间流露着真情，使人类都以赤诚相见。他这种苦心有时不免引起一部分人士的误会，可是世人终究有一天会了解他。

爱兰黛丽是十九世纪英国剧坛上一位最负盛誉的女伶。这个地位不是轻易可以得到的。她有容貌之美，更有性格之美，使观众和社会人士不期然而然地崇拜她，敬仰她。她是个勇敢的，前进的女子，思想健全，情感虽极丰富，却时常在理智的控制下。她以爱人类为处世的精神，以服役人群为对社会的态度。为着要实现她的理想，她不惜打破宗法社会的传统习惯，因为她不怕短视者的非难和攻击。这位奇女子的势力是超越舞台和艺坛的。

在这个书信集中，萧伯纳和爱兰黛丽的格调的清新活泼，文字的美妙自然，经过了我这支拙笔的转达，恐怕已经失色不少了。这是应该向著者和读者深致歉忱的。

闷在乌烟瘴气的"孤岛"上，正在忙着这本书的出版事宜的时候，海外突然传来萧伯纳患沉重贫血病的消息，不禁为这个老头儿的生命担忧。本来一个活了八十二岁，替世界文坛写了这么许多优秀的作品的人，也可以死无遗憾了。可是萧翁还有一些著作计划要完成，还希望对文坛有着更大的贡献。他是不愿在这时候辞世长逝的。关于他的病中的消息，近月来又是十分沉寂了。大约他的病势没有转重吧。大约这位身体顽健的素食主义者还有相当的抵抗力吧。我遥祝他健康！

承凯恩先生（Mr. Ralph D. Keen）借用爱兰黛丽的像片，宋以忠先生帮助我编书后的"附录"，蔡振华先生写封面的字，谨此一并致谢。

黄嘉德

二十七年八月八日，上海

——录自上海西风社 1938 年初版

《炮火里取获》[①]

《炮火里取获》代序　碰着了冷硬的壁——从敌兵的书简日记中观察日本的败灭

林英强[②]

我敌的战争，现在是到了最紧张的时期，中国能被日本所征服吗？那是一个重要的问题。

这次的冲突，日本军阀当初的莽撞的气焰，确实惊人，但自经过了长期的试验，却碰着了冷硬的壁，也就知道过去是不该太看轻了中国。他们的木次一郎曾这样说："我们常笑敌国的精神萎靡，误为是没有希望的民族。可是，自从战争爆发以来，全国都充满了紧张的空

---

① 《炮火里取获》，日记书信集，陆印泉编，"阵中日报社丛书"之一，阵中日报社 1938 年 9 月初版。

② 林英强（1913—1975），广东梅县人。象征派诗人，1930 年代活跃于香港、广东、上海等地，曾参与创办香港《今日诗歌》、主编广州《星期报》，在《诗志》《中国诗坛》《诗林》《红豆月刊》等发表了不少诗作散文。著有散文诗集《麦地谣》《凄凉之街》等诗集。1939 年后旅居南洋，曾出任马来亚《马华日报》国际新闻编辑兼副刊主编，编著有《郁达夫先生及其作品》。

气，每个人都表现着振作的精神，所谓萎靡景象，已经涤除殆尽了。反观我们呢，悲观心理正在咬噬我们的神经，道德精神逐渐走上堕落的途径。如果人们还不觉悟，日本将来的命运，真不敢乐观的估计了。"经过了木次的一笔，把日本的危难已完全道尽。

中国无论如何决不会被日本征服的，以中国的团结，的进步，日本早失了吞灭的机会。今日无论是军队，是民众，都提高了战斗的力量，给了敌人以莫大的重创，军事策略的失败，敌人的热烈期望亦随之沉落，因此可知胜利却不能全依仗着武力。

在表面上，日本的机械物力，算超胜我们，照理，是很稳定的把握着必胜地位。但是日本的士兵，许多都不知道为什么要来中国打仗，有了这种心理的影响，他们是没有了战斗意味，获得胜利真遥远无期。

敌兵的苦恼，就是日本最后败灭的原因。单在北战场，从敌兵身上检获的书简日记里面，我们看得到他们和他们的家属对此次战争的怨愤，及对日本军阀的不信任。樱井的日记写着：

"究竟中国和我们帝国有偌大的仇恨？其实中国也不并像军部所说的那么容易征服；一二八的时候，在上海只同中国的十九路军冲突，我们便发动了十几万皇军，还没占到什么便宜，这次要征服中国，又调动了百多万皇军，——成年人调得精光了，现在又征调我们这批青年的学生，这可证明他并不容易征服。我并不知道军部为什么要怎样干，要这样欺骗我们人民，要把我们人民的生命拿去同中国人民赌输赢？

"我相信，我们这三千新兵中，没有一个满意这次出征，谁愿意把这宝贵的生命，断送在中国军队手里呢？"

珍子致文畸三太郎的信说：

"我们俩从前形影不离，成天的度着快乐的日子，万不料那可恶的军阀起了横心，想征服中国，动了百万的大兵到中国去打仗，那些可怜的兵，做了军阀的爪牙，去打我们友邦，可是都死在中国的炮火之下。万恶的军阀大怒恼起来，将全国人民动员，你也被征，穿着那破陋的军服，肩着沉重的枪出发，我看见你走时忧愁的脸，背着你哭泣起来。"

日本对于这次战斗受很多损害，就是由于士兵民众的战意十分冷淡，并且对于中国军队的忠勇，和游击队的袭击，表示相当的恐惧。

敌队长由下松次郎的私札：

"××线系由河北通山西的口道，当警备此线时，队员官兵无不万分紧张，因此间为山岳地带，敌游击队出没甚便。故每夜均有局部的夜袭。……后来我的继任部队长荒井少佐以下诸人，闻于二十四日亦已战死。"

樱井一郎致其母书：

"虽说没有同中国兵作过战，不知他们究竟如何凶恶，但是据同他们作过战的老兵回来说，他们实在不怕死，不管帝国的飞机大炮怎样厉害，总要杀到我们面前来，母亲，这是多么恐怖的消息，我是一个未成年的孩子啦！"

这一类的例证很不少，可见敌兵充满着极不愉快的情绪。部队缺乏，连孩子兵也要踏上火线，在中国的战场，断定他们的收获是很微的。

再如敌兵有些是非常蛮恶：残杀，奸淫，不一而足，这是日本所谓的文明么？谁会相信？

"因此我们的军队，捉住学生是不让他生存的，在北平天津不知伤害了若干中国学生的生命，就是这彰德也有几个断送了头颅呢！现在连那年青的，斯文的，留发的，也不能幸免了。我虽然不愿中国学生同我们拼命对敌，但是帝国对待他们的手段也太毒辣了。他们是中国人，遇到别人争夺了中国的土地，当然要起来反抗，然而也要有确实的证据，不能就这样随便的屠杀，何况愈杀愈增加他们的反感呢？"（樱井十一月二十日日记）

"昨天中岛小队长，带了二十名弟兄到城外各村庄去搜索，下午带回了五个中年妇女，另外一个十四五岁的姑娘，她们仿佛给捆到了杀场。……那个小姑娘，面貌很清秀，她的眼睛很像我妹妹禾子的眼睛，……假如我亲眼见着禾子给人蹂躏，我的心情又是怎样呢？"（樱井十二月十五日日记）

最能证实敌兵无耻的行为，是一件从敌兵中夺获的文件关于强奸事件的。那文件是显然记载着：

"昭和十三年（即一九三八）三月十日第二兵站宪兵分遣队小林木之助，关于强奸案致第十二师第二输送监队山下部队长少佐的第十三号通报。

强奸者的姓名：山下竹一。

籍贯：福冈县门司市广石町二丁目五六三番地。

所属部队：第十二师团第二输送监视队。

年龄：三十六岁。

强奸日期及场所：昭和十三年三月八日上午十点三十分，在河南新乡县城外车站前菜市街一三一号农民周常氏家里。

强奸性质：以暴力强迫奸污。

强奸方法：强奸人（山下竹一）在被害者周常氏的家里，用暴力强迫那个女人到寝室里去，推倒床上，仍旧穿着军服（仅取下军刀，军鞋也未脱），脱下军裤一半，便跨在那女人的身上，用两手压着她的两手，妇人在大声痛哭。"（据杨秀怡摘译）

千真万确的卑劣举动，这是日本民族的羞耻，哪里还有日本帝国的颜面？哪里还有日本帝国的斯文？

观察着过去和现在的情势，日本士兵的无斗志，无风纪，军阀在后面策动他们，也不外是尽在财力物力人力上作没有代价的消耗，又因为对中国作战的无人道，使国际地位更加孤立，日本不久必定是败灭。

至于日本败灭的迅速，那就视我们的战斗力量发挥到如何程度而定。不过，拖延的性质的战斗，最容易促侵略阵线的崩溃。我们中国人或是外国人，谁都坚信日本是必败无疑。"中国军队的顽强是特别反映出了抗日民族战线的巩固。"（苏联 Prurvda）这话对中国确有充分的认识。

（空袭下，一九三八，六月，三十日）

——录自阵中日报社 1938 年初版

《日本向全世界挑战》[①]

《日本向全世界挑战》译者前言

哲非（吴诚之）[②]

　　施撒勒博士（Dr. James A. B. Scherer），现年六十七，是一位熟知日本民情国情的美国学者。在明治初叶即去日本，在九洲嵯峨县当过多年教员，像日本的真崎大将，就是他的学生。足迹遍历全国，并目睹多次决定日本国运的历史大事变，这在本书中也随时提到。前后在日本及五十年，于一九三七年中日事变爆发前夜，他才重返美国，而不久就出了现在这本书。

　　施撒勒博士在本书出版以前，是被日本政府一向认为美国的亲日派的。他过去曾写过《日本浪漫史》（*The Romance of Japan*）、《今日之日本》（*Japan Today*）、《满洲国》（"*Manchukuo*"）、《日本的前进》（*The Advance of Japan*）以及别的小册。这些书的内容，都是同情日本的，所以很博得日本政府的好感，结果日政府送了他一个三等宝章，想藉此使他在笔下永远给日本涂些蜜糖，可是结果日本政府却大失所望。

　　我们相信任何一个学者，他只要能有勇气直面探索事情的真相，他在事物的认识上一定会达到真理的结论。这在中国在欧美，甚至在日本都不乏这种先例。施撒勒博士在写了如许被认为是亲日的书后，

---

① 《日本向全世界挑战》（*Japan Defies the World*），报告文学，美国 James A. B. Scherer（今译詹姆斯·施莱尔，1870—1944）著，哲非译，上海美商华美出版公司 1938 年 9 月初版。

② 吴诚之，生卒年不详。笔名哲非，曾留学日本，通晓日、英、法文，上海"孤岛"初期是夏衍主持的《每日译报》骨干之一。上海沦陷后随袁殊从事秘密地下工作，并出任《杂志》主编。抗战胜利后与袁殊一起撤往苏北加入新四军工作。另译有《日本的机密》等。

忽然写出了一本被日本政府目为恶意的《日本向全世界挑战》，就是作者趋向真理的一步表现；而这种真理启示的杠杆，就是日本及世界法西斯蒂的猖獗及日本的大举侵华。如果作者仅仅写了许多赞美日本的书而不写这本《日本向全世界挑战》，那作者还远说不上是深知日本国情的学者，现在他的确证明他自己是了。因为他能不囿于感情，不受情面的拘束，而一往奔向真理。

这本书出版后，日本政府一时竟惊慌失措不知所从。外务省急急弄得原书一观，内务省马上下令禁止该书输入日本，并在报纸上散布谣言，谓作者所以写该书，系受美国反日团体贿赂，又谓因作者未曾被聘为南满铁路顾问，所以出此报复。这种话当然是以日本小人之腹来度仁人之心。因为出乎贿赂私仇的毁谤之作，是不能有条分缕析的事实展示给我们的。何况这本书的写作动机，实是出于对日本的一片善意——不过其对象是人民，不是现下的法西斯蒂政府就是了。

关于宝章的一节趣话，我们最好还是让施博士自己来说吧："三月一日我致此间日本领事一信，谓：'倾接得东京来电，贵国政府因余近著《日本向全世界挑战》一书事，对上年夏赠余之宝章，甚觉遗憾。据云该项宝章之赠给，系感于余促进国际友谊之功绩。但苟赠送目的，系在封锁余之嘴唇，则余实不愿得此，谨行璧回。'

"当我离开日本返国时，送行中的一位日本高官，曾向我过去的几本著作表示感谢，并希望我继续能为日本向美国解释，我就答复他我将继续述说我所见的真理。在去年七月中驻洛衫矶的日领堀江交给我宝章时，我也对他说的同样话。但这位领事在我退回宝章之后，竟想来告诉我宝章的赠与，目的确是在封锁我的嘴的。他甚至说政府训令他，如果我能变更我的意见，我仍可保持这块宝章。我当时真不相信我的耳朵了，老实说吧，一旦降落至为交换价值的水准时，帝国宝章根本不值稀罕的了。"（引自《密勒氏评论报》八十五卷一期施氏致该报信）

这就是本书经过的事实，我们也不用再加甚么按语。

至于译文方面我谨恪遵"我尽我力"的原则，谨愿受读者的指教批评。本书原文为十六章，全部曾在《华美晚报》络续发表，现已修正一过。最近作者又发表了一篇日本的墨索里尼南次郎大将传，极有价值，故一并收入本书。

本书在翻译过程中，每遇难以索解的日语专名均蒙韦陀先生帮助译出，又承步溪兄帮助校对，谨此致谢。又对玉成本书出版的诸君一并在此志谢。

译者于一九三八年七七纪念日

——录自上海美商华美出版公司 1938 年初版

《世界预言》 [①]

《世界预言》序言

顾器重 [②]

当这本《世界预言》刚刚付排时，世界大战的序幕已在欧洲的一个复杂的小国——捷克斯拉夫揭开了，以后的进展如何，自然不是单凭我们浅薄的见识所能预料，但是我们可以断言，本书的能够恰在这种时候出版，定能使它的读者对于这个问题的思索，获得不少便利。

作者威尔斯是当代英国一位博学多才的作家而兼政论家。他的作

---

① 《世界预言》(*The Shape of Things to Come*，又译《未来的世界》)，小说，英国威尔斯 (H. G. Wells，1866—1946) 著，顾器重译，上海博文书店 1938 年 10 月初版。

② 顾器重，生平不详，著有《租界与中国》《八十五年之中英》等。

品全是靠了他丰富的科学知识与想象能力写成。关于他的思想，没有人能加以具体的解释，因为无论对于身旁的事实或在自己所写的作品里面，他总是站在冷眼旁观的立场，有时看来好像一个社会改造主义者，但有时又有些倾向贵族主义。

他的作品往往都是属于预言一类的，而这本《世界预言》就是一部最伟大最出名的心血结晶，几乎把他所经历过、看见过、听到过、读到过的一切智识与经验，完全交织在内。他把这本书公开献给世界上每一个角落里的人们，没有一个读者像其他作家的读者那样，提出过一个不满，或认为不妥当不正确的建议。这里有着过去人类进化史的简明而确切的剖析；有着目前一切政治、文化演进情形的公正的报导；有着未来世界"拆穿西洋镜"的忠实的预告。他把过去、现在、未来引成一条直线，毫无间缝地做演算式的推算，当我们读下去的时候，好像自己正在跟着远古的世界，不知不觉地步入未来的世界中，全书可以说是整个的预言，也可以说是整个的史迹。我们简直分不出一个未来、现在和过去的领域来，只觉得这是一篇完整而不可拆开的东西。

当然，在微细的描述中，我们是不能希望它毫无错误的，因为威尔斯究竟不是一位先觉的神怪，他只是一位具有精密头脑的"时代演算家"吧了。当他说得第二次大战的导火线"似乎是一粒橘子的核或是一小片胡桃壳"时，他并没有以星相家的眼光去研究"某一种植物到了某一处时辰，将要成为世界大战的祸首"，只是说：战争既已到了一个布置就绪的紧张局面，任何一件小小的事物，都有促使它爆发的可能，关于这，我们可以举一个别的作家描写第一次世界大战爆发的例子：

    "巴瓦利亚第十六步兵团的备忘录上，曾记有一个无事之夜，
实则此夜并非无事，不过午夜所偶发的事被人忘记罢了。在巴瓦

利亚森林里躲藏着的卡尔刚自他隐蔽的处所爬了出来，伸了伸懒腰，打吹〔呵〕欠时，一粒子弹忽的一声飞进他的口里，在他的头颅底下穿了一个窟窿。这事在卡尔的伙伴中起了一个平淡的笑谈。

　　……

　　美必赞伍长的表七点钟了，这时大地上千尊大炮一时怒发……"——（Emrl Lengyel：《粉墨登场的希特勒》）

"一粒橘的核或是一小片胡桃壳"正可做这样的描写文章看。

　　这书的原著，早在五六年前就已出版，但他的预言，有许多地方，都像现在才写出来一般地"中的"了。最明显的就是他对于中日战争的预示，他早已知道中国在必要时将一致团结御侮。而这一个团结是这样地坚固，没有人能将它击破。他说起战争一起，日本即将"占领北平与天津。他们在北平建立了第二个傀儡国，但他们觉得维持这个国家，是很困难的，尤其是这些地方中心的南边与西边。""战争的胜利（日本）一共得到三次，但每次又是重新爆发。""四川及南方诸省对于国民党的抵抗供给了用不完的费用与助力。"最后他说："日本愈走愈远，想放手也不可能了。""一九三八年的全年，日本希望有好消息从包围了武昌的月形堅壕中传来，但是毫无所得。"于是"一九三九年初，他们开始退到南京。在南京，倦怠的和沮丧的残剩者，知道日美已经开战，大阪和名古屋已经落在共产党的掌握中。"这几句短短的预言，都是他从读过的许许多多关于中日两国的政治、经济、地理、历史书中，仔细用一种准确公式演算出来的。现在已经有好几句完全"中的"，其余也已成为目前熟悉中日形势的人的口头禅了。

　　世上有发生的许多事情，往往粗看似乎非常神秘，但一经合理的解说，就了然了。这种解说能力是一个预言家所必须具有的，本书作者威尔斯在不欲累赘地煊耀自己博学的条件下，对于这一点已经充分地办到。

全书共分为五卷："今天和明天""明天以后"①"世界复兴，新国家的产生""新国家的斗争""统制生活下的新国家"，本已全部译就，但因受环境所迫，只能将前两卷印出，其他三卷只得等待来日再出版了，这是应向读者致歉的。好在各卷还都有单独存在的价值。

译者程度低陋，译笔难免有错漏的疵点。但自信经过三次修改及参考别的译本校正后，在正确与通顺两点总算是尽了很大的努力。但若读者仍旧觉得有些不大妥当的地方，希望不吝指教，以便于再版时更正！

最后，我们能在本书里附有好几张精美的插图，还得以十二分的敬意，向供给这些插图的影片公司志谢。这些逼真的第二次世界大战的照片，是由该公司出品《未来世界》的影片中剪来的。我们处在目下紧张局面中，常常具有两种矛盾心理，就是一方面希望世界大战爆发，以刺激陷于苦闷中的心情，一方面却又畏惧世界大战的爆发，因为它将带给我们以无限的苦痛。现在××影片公司既已根据本书的原著，摄成极逼真的片子，我们从此可以处在安全的小小影场中，预观大战的演进，以满足我们的欲望了。这张片子常在国内各地开映，读者在读了本书之后，再去看一看这个逼真的场面，一定可以得到更深刻的印象！

说了许多累赘的话，害得读者消磨许多宝贵的光阴，好，就此告退吧，敬请本书原著者威尔斯先生登场！

译者九，一八，一九三八。

——录自上海博文书店 1938 年初版

---

①　这两个引号内原为空白，现据本书目录添加。

《早点前》^①

《早点前》序
陈林率 ^②

　　大战后英国戏剧里一直没有出色的人才；白利与高尔斯华绥已经死了，萧伯纳虽还活着，但他们的主要工作都在战前已完成。现在英文戏剧里能够与他们争短长的倒是一位美国作家奥尼尔。

　　美国的戏剧文学，因为历史短的关系，没有像英国的十六世纪、法国的十七世纪般可以骄人的东西。不过最近二十年来，奥尼尔的才分，替美国戏剧争回许多光荣。现在欧洲多数国家，都演过他的戏，就是东方的东京，孟买也演过。前年诺贝尔文学奖金赠给奥尼尔，这更证实了他已享着的国际名誉。

　　在中国介绍奥尼尔的文章，有过好几次，其中且有很好的。翻译方面，有《琼斯皇帝》与《天外》等六七种。上演方面大概还没有过。

　　《早点前》是奥尼尔早年所写许多独幕剧中的一个。一九一五年他在哈佛大学跟倍格教授学了一年戏剧后，就在纽约格林尼契村住下了。纽约文人，艺术家多半都聚居在这一带。一九一六年他写《早点

---

① 《早点前》(*Before Breakfast*)，独幕剧，美国尤金·奥尼尔（Eugene O'Neill，1888—1953）著，范方译，"剧本丛书"之一，上海剧艺社 1938 年 10 月初版。本书封面和书名页署"上海剧艺社"，版权页署"发行者：陆寿慈、郑孝迻，总经售：汉文正楷印书局"。

② 陈林率（1905—1969），原名陈麟瑞，又名石华父，浙江新昌人。毕业于清华大学，后留学美国，先后获威斯康辛大学文学学士学位、哈佛大学硕士学位，又至英国、法国、德国留学。归国后历任暨南大学、复旦大学等校教授。另译有美国勃尔曼《传记》、德国施笃姆小说《傀儡师保尔》（与罗念生合译）等。

前》，其中罗兰先生，就是这村里的人物。

这不但是独幕剧，而且是独脚戏，除开罗兰先生的一只伸出来接水的手外，台上没有第二个人。有人或担心这是危险的尝试。其实也不尽然。我们所见闻的虽然只是半壁戏——罗兰夫人一人的动作，责骂；可是我们最关心的还是由她的举动言语，所介绍给我们的那个人的命运——那另外看不见的半壁戏。这自然是作者故意卖弄的关巧。这个关巧吸引着观众的注意力，一直到罗兰夫人的惊慌表明了罗兰先生已经自杀为止，但那时幕也下了。

把一切凶暴的行为，如谋害自杀等，都摆在后台，是希腊悲剧的传统。后来剧作家虽然已早不遵守这传统，甚至有在台上流血为非常热闹场面的，但巧妙的应用，还到处可见。《早点前》不过是一个例子罢了。

最成疑问的恐怕是罗兰先生的自杀。单是为了罗兰夫人的一顿责骂，罗兰先生就自杀吗？原因或不如是单纯。穷困潦倒，想成作家的失望，不满意的婚姻，过去的打击，还有，那海伦的信，都引他走到了这条路，这条毁灭了一切理想的路。同时司特林堡 Strindberg 嫌恶女人的态度，也影响奥尼尔造成这个戏的结局。

这个独幕剧算不得奥尼尔的杰作。但他对人生细微的观察体会，剧情的紧凑，以及上演方面的尝试精神，即使在这短短的剧本里，或也能见到一些。

林率　十月廿日

——录自上海剧艺社 1938 年初版

《早点前》奥尼尔

范方（张可）^①

　　奥尼尔 Eugene O'Neill 是美国最著名的戏剧家，名优 James O'Neill 的儿子，生于一八八八年。他到七岁为止，一直跟着他父母在各处游历。此后进了学校，最后一年是在普令斯登大学读完的。后来过着多年的漂泊和冒险的生涯，有探金者、戏子、水手和售货员各种不同的生活经验。他的足迹踏遍北美、南美、英国、南非洲各处。他关于海上生活和水手经历的丰富知识显露在他早年的几个剧本里。

　　经历了海上生活之后，他又随着他父亲出去卖艺，并且自己也做过戏子。后来他在新英报馆找得一个新闻记者的职位。在哈佛大学读了一年书，他决然投身戏剧运动。他的处女作发表在 *The Smart Set* 杂志上。那时候该杂志的编者是 L·孟肯，他赏识了 O'Neill 的天才，鼓励他从事写作。

　　奥尼尔最著名的戏剧有下列几种：

　　　　The Moon of the Caribbees

　　　　The Emperor Jones，

　　　　The Hairy Ape，

　　　　Beyond the Horizon，

　　　　Anna Christie，

　　　　The Great God Brown，

　　　　Desire under the Elms，

---

① 范方（1919—2006），张可笔名，王元化夫人，江苏苏州人。曾就读于暨南大学外语系，受教于李健吾、孙大雨、陈麟瑞等，后任教于上海戏剧学院。另译有《莎士比亚研究》、《读莎士比亚》（与王元化合译）等。

Marco Millions,

Strange Interlude

————译者————

————录自上海剧艺社 1938 年初版

《拊掌录》[①]

《拊掌录》小引

王慎之 [②]

华盛顿欧文（Washington Irving），是早年的美国文学家，生于一七八三年，殁于一八五九年。他在少年时候，和普通人一样，也没有什么出奇的地方。他起初在学校里研究法律，但是他的兴趣，却在于回教时代西班牙的历史。后因用功过度，身体不好，到欧洲去游历；名胜古迹，采访殆遍。归国之后，就在故乡附近的城市里做了律师。但是律师生活，实在不合他的兴趣。他耽读古史游记，余暇的时候，也写一点文章，到报纸杂志上去发表。后来也曾到美国驻欧的使馆里去做事。在欧文晚年，还曾做过一度美国驻西班牙的公使。他辞职之后，便从事笔墨生活，以娱晚年。在他最后的大著作《华盛顿传》（*The Life Of George Washington*）完成后，就含笑长眠了。

这一本《拊掌录》（或译《见闻杂记》，原名 *The Sketch Book Of*

---

① 《拊掌录》（*The Sketch Book Of Geoffrey Crayon*，一名《欧文见闻记》），小说，美国华盛顿·欧文（Washington Irving，1783—1859）著，王慎之译，"世界文学名著"丛书之一，上海启明书局 1938 年 10 月初版。该书封面及版权页书名下题有 "（一名欧文见闻记）"。

② 王慎之，生平不详，另译有法国小仲马《茶花女》、英国路斯金（今译罗斯金）《金河王》等。

Geoffrey Crayon）是欧文的代表作之一，原书共有三十四篇，长短不一，风格互异，但是流行时颇有节略，往往只选了几篇精采的。在英美两国，差不多没有一个入学校的人，不曾读过本书。它的盛名，可以和史蒂文生的《宝岛》齐驱，虽然两者是完全两样的。在本书里面，顶有名的两篇，一是《睡乡述异》，二是《李柏大梦》，情节的谲奇，想象的丰富，可以说是空前的。尤其是《李柏大梦》一篇，"山中方七日，世上已千年"，和我们中国的民间传说很相像，所以在我们中国读者读起来，虽然不觉可贵，但是在西方，那样温厚冲和的作品，自然要惊倒一时了。

欧文是小品文名家。他最擅长的，是琐屑的叙述，和细腻的描写，而且他想象力的丰富，和充满温厚博爱的感情，也是不容我们忘记的。请看他关于圣诞节的几篇描写，就可以知道了。在中国，小品文是不登大雅之堂，较稗官野史，也许还要次一层。所以很早的时候，林琴南先生翻译本书，就题名"杂记"，以卑琐忽之。新文学运动以来，小品文已显出蓬勃的气象。但是笔调能够比得上欧文的，我们还不多见。本书的译出，希望对于中国小品文的前途，有点影响吧。

译者志——一九三七，一夏。

——录自启明书局 1939 年再版

《父亲》[①]

《父亲》小引
（黄逢美[②]）

近代瑞典文学中最具特色的作家，要算史脱林堡。他的原名叫做 John August Strindberg，一八四九年一月廿二日生于瑞京斯笃荷姆（Stockholm）地方。家庭贫困，父亲是做小买卖过日子的，所以幼年环境非常恶劣。但他生有刚毅的个性，而求学的意志尤其坚强，经他多年的艰苦奋斗，终于在十九岁那一年升入了奥普塞拉（Upsala）大学。不过，他因为自己有着卓越的天才，性情就非常孤傲，往往瞧不起那些庸俗的大学教授，以至与学校当局发生严重的龃龉，终于未卒业而退学。后来经朋友的介绍，得供职于瑞京皇家图书馆，同时并从事教读，参加演剧及编辑工作等，从此他就踏进混杂的社会开始致力于文学事业。

他的著作，多半根据他自己的人生经验，尤其是个人的悲苦的遭际，写出这社会的矛盾和缺憾，与夫人世间的冷酷，野蛮和不合理。他的作品，富于强烈的情感，往往能激动读者热切的共鸣，可是缺乏客观的理智的分析，以致在揭发社会问题的隐秘中，不能令人把握住正确的思想上的根据。

在他的所有著作中，《父亲》算是优秀的代表作之一，凡是叙述十九世纪欧洲文学思潮的人，没有谁会不提起这部名剧的。这剧本的主旨是描写女子对丈夫的冷酷与虐待，使男子受着极大的刺激，以致

---

① 《父亲》(The Father)，戏剧，瑞典史特林堡〔 J. August Strindberg，今译斯特林堡，1849—1912 〕著，黄逢美译，"世界戏剧名著"丛书之一，上海启明书局 1938 年 11 月初版。

② 黄逢美，生平不详。

发狂而死。他在这里面用尽了许多恶毒的言词来表示他对于妇女的厌恶与蔑视。自然，他的偏见与不正确的观点，在现代的妇女问题专家看来，是不值得批评的。不过男女间的不平等与两性关系的矛盾，直到目前何尝获得了正确的解决呢?! 况且，斯脱林堡以三次离婚的痛苦的经验，当然要写出这样牢骚的文字来了。这是我们应该谅解他的。

其次，我们选译这部名剧，一方面是为的要介绍斯脱林堡这样一个古怪的大作家，另一方面却也要使读者研究文学家对于同样问题所作的绝对相反的解答：这便是我们为什么选了《娜拉》，又选《父亲》的原因。要是一个妇女读者读了《父亲》，觉得忿忿不平的话，我劝她最好还找《娜拉》去读一读。

最后，讲到斯脱林堡的晚年，那是一幅很凄凉的图画。他于一八九五年侨居巴黎，专心研究科学，日夜孜孜，卒至患神经病，寄身于寂寞的病院中，度着他的无聊的病态生活，直至一九一二年，遂与世长逝。

——录自启明书局 1938 年初版

《卡门》[①]

《卡门》小引

施大悲[②]

在这里，我们先来介绍《卡门》的作者。

---

① 《卡门》(*Carmen*)，小说，法国梅理曼（Prosper Mérimée，今译梅里美，1803—1870）著，施大悲译，"世界文学名著"丛书之一，上海启明书局 1938 年 11 月初版。
② 施大悲，生平不详。

　　梅里曼 Merimee 是法国人，生于一八〇三年，卒于一八七〇年。他生长在一个贵族的家庭里。本来是学法律的，可是他性情不近，就放弃了这门学科，所以他从来没有实习过。后来他从事于写作，因为生活条件的关系，他在文学创作上是很尽致的，起初是属于浪漫派，继而他又很嫌恶这派的夸大的情感，于是就脱离了这个宗派，改变他以前的作风，埋头于考古学和古典作品的研究，他对于语文学上也有相当的研究，这在《卡门》中可以看出一些来。

　　梅氏的作品，除《卡门》以外，有《太蛮哥》(*Tamango*)，《柯龙巴》(*Colomba*)，《麻梯奥·佛而功》(*Mateo Falcone*)，以及 (*Le Vase Etrusque*)、(*Erlevement de la Redoute*) 等。

　　《卡门》是梅里曼底得意工作，它在叙述一个吉卜赛 (Gipsy) 女人卡门，描写得很活泼，有着一种典型存在。本书大意是这样的：一个伍长 Don Jose 本来是一个安分守己的人，后来遇见了卡门，惑于她底美色，竟放弃了自己底执行她犯罪的刑罪的责任；还神志颠倒，不觉和她发生了密切的关系，给她深深地诱惑着；起先是放任卡门们的偷还走私，后来竟加入了他们底一伙干着行劫的勾当，犯了罪。而卡门原先是有爱人的，因之 Don Jose 就杀死了他底情敌；然而不久卡门又爱上一个斗牛士 Escamillo，舍弃着 Jose；Jose 非常苦闷，结果就杀死了卡门，但为良心上的痛苦终于投案自首。法国音乐家皮赞（Bizel 1838—1875）曾用这题材作《卡门》歌剧，极为成功，称近代法国歌剧杰作之一，《卡门》后来还拍成电影。

　　在《卡门》中，作者隐约地叙述了吉卜赛人底痛苦，天涯海角，漂泊无常。他们成为一种特殊的民族。卡门是个吉卜赛女子，她或许放浪不羁，狡猾，残忍，这未始不是在特殊的生活环境中养成的罢。

　　所以我们不能单纯地把她看成十恶不赦的荡妇就算了。

——录自启明书局 1938 年初版

《麦与兵队》[①]

《麦与兵队》译者的话

哲非（吴诚之）

　　《麦与兵队》的作者火野苇平，真名玉井胜则，是日军中的一个步兵伍长，服务于日军报道部。关于此人本来的身份履历，译者无从查考，仅知目前已升为曹长（营长）。本书和石川达三著的《未死的兵》，虽同系写的日军在华作战的情形，立场却截然不同。在《未死的兵》中，作者是站在人道的立场上轻描淡写地暴露了日军的怎样残酷，并且暗示出这种残酷的原由，作者的笔调感伤气氛异常浓厚，因此在有损军威的罪名下终于一度锒铛入狱（因缓刑关系现又来华任《中央公论》特派员）。《麦与兵队》的作者却不然，他是被认为"皇军"中的典型人物的，在思想的深度上，他远不如石川达三，他对于战争及于人性的影响并无深究，对于日军的种种行为，当然无意暴露，然而在某种程度内，他还能客观地记载事实，而这也就是我们译这文章的动机。我们固希望日本的从军人员中有千百个石川达三来暴露他们自己，从而有所觉悟。但在现状下这毕竟是很少可能的，所以我们只得就其次觅取一些相当客观的东西，我们相信只要读者具有几分正确的眼光，他自能从中看出些甚么来。再者因为本书是一种动的纪录——行军的日记，它定能供给一些有益于我们抗战的认识，文笔也还相当生动，有时或不免太琐屑一些，这恐怕作者并不是一个有十分文学素养的作家。但大体上仍无损于我们的了解。凡涉及诋毁和夸

---

　　① 《麦与兵队》，日记，日本火野苇平（1907—1960）著，哲非译，上海编译社主编，上海杂志社 1938 年 12 月初版。

张之处，则均行删去。

哲非　九月一日

——录自上海杂志社 1938 年初版

《红色的延安》[①]

《红色的延安》译者的话

哲非〔吴诚之〕

陕北的延安，是今日中国青年心目中的圣地。而事实上以延安为中心的陕北一带，确是成了今日中国救亡青年的干部养成所——未来新中国的摇篮地。不独全国各地的青年们都集中到那里去，即远至海外侨民，朝鲜，安南等地的有为青年，都来到延安受训，他们不辞千里长途的艰难，明知陕北生活的辛苦，而自愿地蜂涌而来，他们的愿望只有一个——追求光明的真理。这在中国就是怎样学习抗战的理论和武器。在别的祖国已陷沦亡的青年们，是学习怎样在理论上到实践上去谋恢复祖国的独立，解放自己的被压迫的民族。总之，双方都为的是追求人类的光明。他们都是保卫民主主义，保卫人类文明的斗士。

就是在这目迷五色的上海，也有不少青年男女在憧憬着陕北的那块圣地，他们都渴思有一天能到那边去，但多数由于家庭或其他环境的关系，都是心有余而力不足，他们这种渴求光明的心，是非常值得尊敬的。但我们认为能够去陕北的人固然很幸运，但即使不能去的人，亦不必失望。我们只要记好到陕北去并不是去探险，而是学习救

---

① 《红色的延安》，报告文学，哲非译，内收瑞士瓦尔太·巴斯哈特《延安视察记》、英国彼德·弗来敏《红色的延安》、美国诺门·裴索思《红色大学》、苏联 Krauaya Zuezda《中国共产党特区之现状》4 篇报告文学作品。言行出版社 1938 年 12 月第 1 版。

亡工作，在经过了短期的训练后，仍旧要回到前线或后方——特别指已失陷的区域——去做救亡工作。而我们处身于斯时斯地的青年，即使没有陕北的环境，但我们仍旧应当秉"陕北精神"来尽我们一份力量。在东战场上的新四军，可说就是这种"陕北精神"的一支别流。我们正可以就近学习，实践。救亡工作是随时随地可做的，举个例说，推进节约运动就是人人能为的救亡工作，而切不要小看了这一运动的意义。能执戈卫国固然最好，即使不能，也不是并无其他工作可做。

这本小册子，是献给一般憧憬陕北生活而却不能亲身去的朋友，正因为心目中常频频现着一般欲去陕北而不能的青年友人的苦闷印象。在本书中我认为即使身子不在陕北的我们，也不无可以学习的地方。让我们留在这"憧憬"的青年，先来学得一种"陕北精神"，以身作则，在自己能力行的范围内来实践这种精神。

——录自言行社 1939 年 5 月版

《黑人成功传》①

《黑人成功传》序

胡山源

本书的中译本已有好几种，似乎再没有另予翻译的必要。然而我

---

① 《黑人成功传》（*Up from Slavery*，又译《黑奴成功者自传》），美国 B. Washington（Booker Washington，今译布克·华盛顿，1856—1915）著，林汉达、胡山源译，"世界名人传记丛刊"之一，上海世界书局 1939 年 4 月再版。该书版权页未标出初版时间，据译序写于 1938 年 1 月，该书属于 1938 年上海世界书局发行的"世界名人传记丛刊"之一，以及胡山源于 1938 年另译了《现代欧美女伟人传》同属"世界名人传记丛刊"之一等信息推测，该书初版应在 1938 年。书首有陆高谊《编译世界名人传记丛刊旨趣》一文，已见前录，此处从略。

以为要是一本外国书，果然有真价值的话，正不妨多几种译本，以广流传，以资比较。而本书已有的中译本中，甚至有一本无端删去了四章，并且在每章之中，又任意节删，任意不顾原文地捏造，恐怕更有另予翻译的必要罢。

以上的意见，我和林汉达兄虽时常谈起过，我们都主张必须再将本书另译。因为我没有工夫，汉达兄就担了这个责任。去年九月初，他译到第十章还差一页的时候，到美国去了，临行时，就将这件未了的工作交给了我。战争的进行不息，居然使我有了译完这本书的工夫。我是否应该感激战事，思之不禁惘然。

我们究竟译得如何，很愿意读者将本书和其他译本比较一下。倘有错误或其他不到之处，很愿意接受读者的指正。

原著的价值，早已有口皆碑，用不着我在这里再作介绍，请读者自己去欣赏原著的真面目罢。

胡山源

民国二十七年一月

——录自世界书局 1939 年再版

书名索引

作者索引

Q

S

T

W

图书在版编目(CIP)数据

汉译文学序跋集. 第十三卷,1937—1938/李今主
编;刘彬,张燕文编注. —上海:上海人民出版社,
2022
ISBN 978 - 7 - 208 - 17651 - 5

Ⅰ.①汉…　Ⅱ.①李…②刘…③张…　Ⅲ.①序跋-
作品集-中国-近现代　Ⅳ.①I265

中国版本图书馆 CIP 数据核字(2022)第 038868 号

特约编辑　屠毅力
责任编辑　陈佳妮
装帧设计　张志全工作室

汉译文学序跋集

第十三卷(1937—1938)

李　今　主编

刘　彬　张燕文　编注

出　　版　上海人民出版社
　　　　　(201101　上海市闵行区号景路 159 弄 C 座)
发　　行　上海人民出版社发行中心
印　　刷　上海商务联西印刷有限公司
开　　本　890×1240　1/32
印　　张　71.25
插　　页　10
字　　数　1,783,000
版　　次　2022 年 11 月第 1 版
印　　次　2022 年 11 月第 1 次印刷
ISBN 978 - 7 - 208 - 17651 - 5/I·2017
定　　价　360.00 元(全五册)